Anne Holt
Das einzige Kind

Anne Holt / Berit Reiss-Andersen
Im Zeichen des Löwen

SERIE PIPER

Zu diesem Buch

Gleich zwei Fälle für die charismatische Kommissarin Hanne Wilhelmsen: In »Das einzige Kind« setzt sie sich für den zwölfjährigen Olav ein, der die Leiterin des Kinderheims umgebracht haben soll, in dem er lebt. Denn kurz nachdem Agnes Vestavik erstochen aufgefunden wurde, verschwindet der Junge spurlos … In dem Roman »Im Zeichen des Löwen« erzählt Anne Holt vom rätselhaften Tod der norwegischen Ministerpräsidentin Brigitte Volter, die erschossen in ihrem Büro aufgefunden wird. Es fehlt jedes Motiv, und die Indizien sind höchst unklar. Auch Benjamin Grinde, Richter und ein Freund Brigitte Volters aus Kindertagen, der sie zuletzt lebend gesehen haben soll, kann nicht weiterhelfen, denn er nimmt sich das Leben … Hanne Wilhelmsen muß im Spannungsfeld von Politik, Intrigen und Macht ermitteln, ehe sie sich der Wahrheit mit Fingerspitzengefühl nähert.

Anne Holt, geboren 1958 in Norwegen, arbeitete nach ihrem Jurastudium als Journalistin, Polizistin und Anwältin, bevor sie 1996 für kurze Zeit norwegische Justizministerin war. Seit 1993 veröffentlicht sie psychologische Kriminalromane, die zu internationalen Bestsellern avancierten und mit den wichtigsten Krimipreisen ihres Landes ausgezeichnet wurden. Zuletzt erschien auf deutsch »Was niemals geschah«. Mit ihrer Frau und Tochter lebt Anne Holt in Oslo und Südfrankreich. Weiteres zur Autorin: www.anne-holt.com
Berit Reiss-Andersen arbeitet als Rechtsanwältin in Oslo und war unter Anne Holt Staatssekretärin im Justizministerium.

Anne Holt

Das einzige Kind

Anne Holt/Berit Reiss-Andersen

Im Zeichen des Löwen

Zwei Bestseller in einem Band

Aus dem Norwegischen von
Gabriele Haefs

Piper München Zürich

Die Übersetzungen wurden von NORLA, Nowegian Literature Abroad, Oslo, gefördert.

Das Gedicht »An –« von Edgar Allen Poe auf Seite 7 in »Das einzige Kind« wurde den »Gesammelten Werken in zehn Bänden«, hrsg. von Kuno Schumann und Hans Dieter Müller, Walter Verlag, Olten 1966, entnommen.

Von Anne Holt liegen in der Serie Piper vor:
Das einzige Kind (3079)
Im Zeichen des Löwen
(mit Berit Reiss-Andersen, 3216)
Das achte Gebot (3581)
Blinde Göttin (3602)
Selig sind die Dürstenden (3658)
In kalter Absicht (3917)
Das letzte Mahl
(mit Berit Reiss-Andersen, 4273, 6161)
Die Wahrheit dahinter (4432)
Das einzige Kind / Im Zeichen des Löwen (mit Berit Reiss-Andersen, Doppelband, 4541)

FSC

Taschenbuchsonderausgabe
1. Auflage Oktober 2005
2. Auflage Februar 2006

Titel der norwegischen Originalausgaben:
»Demonens død« und »Løvens gap«

Umschlag / Bildredaktion: Büro Hamburg
Heike Dehning, Charlotte Wippermann,
Alke Bücking, Kathrin Hilse
Foto Umschlagvorderseite: Brakel / PicturePress / Mondadori Press
Foto Umschlagrückseite: Peter von Felbert
Satz: Uhl + Massopust, Aalen, und Pustet, Regensburg
Papier: Munken Print von Arctic Paper Munkedals AB, Schweden
Druck und Bindung: Clausen & Bosse, Leck
Printed in Germany
ISBN-13: 978-3-492-24541-8
ISBN-10: 3-492-24541-2

www.piper.de

Anne Holt

Das einzige Kind

SERIE PIPER

Für Erik Langbråten, der mir so viel über
Die Wichtigen Dinge beigebracht hat

An –

Gleich gilt mir's, daß mein irdisch Geschick
mir so wenig Irdisches erwies –
daß Jahre der Liebe ein Augenblick
des Hasses vergessen ließ: –
auch daß noch glücklicher sind denn ich
die Einsamen, acht' ich gering –
doch es quält mich, daß du *dich grämst um* mich,
der doch nur vorüberging.

Edgar Allan Poe

1

»Ich bin der Neue!«

Mit energischen Schritten stapfte er mitten ins Zimmer. Dort blieb er stehen, und der an seinen riesigen Turnschuhen klebende Schnee bildete um seine Füße herum kleine Lachen. Breitbeinig, wie um seine X-Beinigkeit zu verbergen, stand er da, dann breitete er die Arme aus und sagte noch einmal: »Ich bin der Neue!«

Sein Kopf war auf der einen Seite kahlrasiert. Vom rechten Ohr aus waren widerspenstige rabenschwarze Haare über seinen Schädel gekämmt und endeten dann, glatt abgeschnitten, einige Millimeter über der linken Schulter. Eine dicke, verfilzte Locke hing über das eine Auge. Der Mund formte ein wackeliges U, als der Junge immer wieder versuchte, sich diese Locke aus dem Gesicht zu blasen. Seine Steppjacke war Größe 56, um die Taille herum paßte sie genau, aber ansonsten war sie einen halben Meter zu lang, während die dreißig Zentimeter überflüssiger Ärmelstoff zu dicken Manschetten aufgerollt waren. Die Hosenbeine schlackerten um die Waden. Als er mit einiger Mühe die Jacke öffnete, wurde allerdings klar, daß sie an den Oberschenkeln trotzdem saßen wie angegossen.

Das Zimmer war groß. Der Junge hielt es nicht für ein Wohnzimmer, es gab schließlich weder eine Sitzecke noch einen Fernseher. An einer Wand befanden sich eine Art Anrichte, ein Spülbecken und ein Herd. Aber nach Essen roch es hier nicht. Er hob die Nase, schnupperte und überlegte, daß es noch eine weitere Küche geben müsse. Eine richtige Küche. Dieses Zimmer hier war ein Aufenthaltsraum. An den Wänden waren Zeichnungen befestigt, unter der ungewöhnlich hohen Decke hingen kleine Mobiles und Wollfiguren, offenbar von Kindern gebastelt.

Über seinem Kopf flatterte eine Möwe aus Pappe und Wolle, grau und weiß und mit feuerrotem Schnabel, der halb abgefallen war und wie ein lockerer Zahn an einem dünnen Faden hing. Er streckte die Hand danach aus, reichte aber nicht hoch genug. Statt des Schnabels riß er ein Osterküken aus Eierkarton und gelben Federn von der Decke. Er hob es auf, rupfte ihm alle Federn aus und warf den Karton wieder auf den Boden.

Unter zwei großen Fenstern mit aufgeklebten Sprossen stand ein riesiger Arbeitstisch. Vier Kinder unterbrachen ihre Beschäftigung. Sie starrten den Neuankömmling an. Das älteste, ein Mädchen von vielleicht elf, musterte ihn ungläubig von Kopf bis Fuß. Zwei Jungen, die mit ihren identischen Pullovern und kreideweißen Mähnen Zwillinge sein konnten, kicherten, tuschelten und stupsten sich gegenseitig an. Eine rothaarige Vier- oder Fünfjährige saß einige Sekunden ganz verängstigt da, dann rutschte sie von ihrem Stuhl und lief zur einzigen Erwachsenen im Raum hinüber, einer kräftigen Frau, die die Kleine sofort hochhob und ihr beruhigend über die Locken strich.

»Das ist der Neue«, sagte sie. »Er heißt Olav.«

»Hab ich doch schon gesagt«, erklärte Olav sauer. »Ich bin der Neue. Bist du verheiratet?«

»Ja«, antwortete die Frau.

»Und wohnen hier nur diese Kinder?«

Seine Enttäuschung war deutlich zu hören.

»Nein, das weißt du doch«, sagte die Frau und lächelte. »Hier wohnen sieben Kinder. Die drei da hinten …«

Sie nickte zu den dreien am Tisch hinüber und bedachte sie gleichzeitig mit einem strengen Blick. Die Jungen ließen sich davon nicht beeindrucken.

»Und die da? Wohnt die nicht hier?«

»Nein, das ist meine Tochter. Sie ist nur heute mal mitgekommen.«

Sie lächelte, während das Kind seinen Kopf an den Hals der Mutter schmiegte und sich noch fester an sie klammerte.

»Ach so. Hast du viele Kinder?«

»Drei. Das hier ist die Jüngste. Sie heißt Amanda.«

»Blöder Name. Und außerdem seh ich selber, daß sie die Jüngste sein muß. Du bist doch zu alt, um noch Kinder zu kriegen.«

Die Frau lachte.

»Da hast du recht. Jetzt bin ich zu alt. Meine beiden anderen Kinder sind fast erwachsen. Aber möchtest du nicht Jeanette guten Tag sagen? Sie ist fast so alt wie du. Und Roy-Morgan? Der ist acht.«

Roy-Morgan wollte den Neuen durchaus nicht begrüßen. Er rutschte auf seinem Stuhl hin und her und tuschelte demonstrativ abweisend mit seinem Nachbarn.

Jeanette runzelte die Stirn und rutschte auf ihrem Stuhl nach hinten, als Olav mit ausgestreckter Hand, von der schmutziger schmelzender Schnee heruntertropfte, auf sie zukam. Ehe er Jeanette erreicht hatte und ehe sie auch nur Anstalten machen konnte, die gespreizten Finger zu berühren, die ihr da angeboten wurden, machte er eine tiefe Verbeugung und erklärte feierlich: »Olav Håkonsen. Es ist mir ein Vergnügen.«

Jeanette preßte sich an die Stuhllehne, packte den Sitz mit beiden Händen und zog die Knie bis ans Kinn. Der neue Junge wollte die Hände seitlich herabhängen lassen, aber seine Körperform und seine Kleidung sorgten dafür, daß seine Arme wie beim Michelinmännlein schräg abstanden. Seine offensive Haltung war wie weggeblasen, und er vergaß das Breitbeinig-Stehen. Jetzt berührten die

Knie sich unter seinen dicken Oberschenkeln, und die Spitzen der großen Zehen in den riesigen Turnschuhen zeigten aufeinander.

Die kleinen Jungen verstummten.

»Ich weiß, warum du mir nicht guten Tag sagen willst«, sagte Olav.

Die Frau hatte das kleinste Kind in ein anderes Zimmer gebracht. Als sie zurückkam, entdeckte sie in der Türöffnung Olavs Mutter. Mutter und Sohn sahen einander ungeheuer ähnlich; die gleichen schwarzen Haare, der gleiche breite Mund mit einer auffälligen Unterlippe, die ungewöhnlich weich und außerdem feucht und dunkelrot aussah, nicht trocken und rissig, wie es eigentlich zur Jahreszeit gepaßt hätte. Bei dem Jungen wirkte diese Lippe kindlich. Bei der Erwachsenen sah sie abstoßend aus, vor allem, weil immer wieder eine ebenso rote Zunge hervorschoß und sie anfeuchtete. Neben dem Mund zogen vor allem die Schultern die Blicke auf sich. Genauer gesagt, die Frau hatte gar keine Schultern. Vom Kopf her zog sich ein gleichmäßiger Bogen nach unten, wie bei Bowlingkegeln oder Birnen, eine gewölbte Linie, die an unfaßbar dicken Hüften endete, unter denen dicke Oberschenkel und dünne Waden die Gestalt trugen. Ihre Körperform war deutlicher zu sehen als die des Jungen, vermutlich, weil ihr Mantel so eng saß. Die andere Frau versuchte erfolglos, ihren Blick aufzufangen.

»Ich weiß, warum du mir nicht guten Tag sagen willst«, sagte Olav noch einmal. »Weil ich so fett und häßlich bin.«

Er sagte das, ohne sich auch nur im geringsten verletzt anzuhören, mit leichtem, zufriedenem Lächeln, fast als wäre es eine soeben erst entdeckte Tatsache, die Lösung eines komplizierten Problems, das ihn nun schon zwölf Jahre lang beschäftigt hatte. Er drehte sich um und fragte, ohne die kräftige Kinderheimangestellte anzusehen, wo er wohnen würde.

»Würdest du mir bitte mein Zimmer zeigen?«

Die Frau streckte die Hand nach seiner aus, aber statt danach zu fassen, machte der Junge mit dem Arm eine galante Bewegung und verbeugte sich leicht.

»Damen haben Vortritt.«

Dann watschelte er hinter ihr her in den ersten Stock.

Er war so groß. Und ich wußte, daß etwas nicht stimmte. Sie legten ihn mir in die Arme, und ich empfand keine Freude, keine Trauer. Sondern Ohnmacht. Eine riesige, schwere Ohnmacht, so als sei mir eine Aufgabe gestellt worden, der ich niemals gewachsen sein würde. Sie trösteten mich. Alles sei ganz normal. Er sei einfach nur groß.

Groß! Normal? Hatten sie je versucht, einen Brocken von 5340 Gramm aus sich herauszupressen? Ich war drei Wochen über die Zeit, aber das wollte die Ärztin mir nicht glauben. Als ob die eine Ahnung hätten! Ich wußte genau, wann er entstanden war. An einem Dienstagabend. Einem der Abende, an denen ich nachgegeben hatte, weil ich keinen Streit wollte, als meine Angst vor einem weiteren seiner Wutanfälle so groß war, daß ich nicht dagegen ankonnte. Nicht an diesem Abend. Nicht bei dem vielen Alkohol im Haus. Am nächsten Tag hatte er dann seinen tödlichen Unfall gebaut. An einem Mittwoch. Und seither hatte ich keinen Mann in meine Nähe gelassen, bis dieses schwabbelige Baby mit einem Lächeln auf die Welt kam. Das stimmt! Er lächelte! Die Ärztin behauptete, das sei nur eine Grimasse. Ich weiß, daß es ein Lächeln war. Dieses Lächeln hat er noch immer, hat er immer gehabt. Seine beste Waffe. Zum letztenmal geweint hat er mit anderthalb Jahren.

Sie legten ihn auf meinen Bauch. Eine unbegreifliche Masse neues Menschenfleisch, das sofort die Augen aufriß und mit seinem breiten Mund meine Haut nach der Brust absuchte. Die

Leute in den weißen Kitteln lachten und gaben ihm noch einen Klaps aufs Hinterteil. Was für ein kleiner Kobold, sagten sie.

Ich wußte, daß etwas nicht stimmte. Sie sagten, alles sei normal.

Acht Kinder und zwei Erwachsene saßen um einen ovalen Eßtisch. Sieben Kinder sprachen zusammen mit den Erwachsenen ein Tischgebet. Der Neue hatte recht gehabt. Er war bei seiner Ankunft nicht in die Küche geführt worden.

Die Küche lag weiter hinten in der großen umgebauten Villa aus der Jahrhundertwende, und damals war sie wahrscheinlich nur eine Anrichteküche gewesen. Sie war anheimelnd und gemütlich, mit blauen Möbeln und Flickenteppichen. Das einzige, was hier anders war als in einem normalen Wohnhaus, waren die ungewöhnlich große Kinderschar und die Dienstpläne. Die hingen an einer großen Pinnwand neben der Tür, die in eins der Wohnzimmer führte, in den Aufenthaltsraum, das wußte der Neue schon. Außer mit den Namen waren die Dienstpläne auch mit kleinen Fotos der Angestellten versehen. Der Junge hatte erfahren, daß nicht alle Kinder lesen konnten.

»Ha, die können nicht lesen!« hatte er spöttisch kommentiert. »Die sind doch alle schon über sieben!«

Als Antwort hatte ihm die kräftige Frau, die die Heimleiterin war, nur ein freundliches Lächeln zugedacht.

»Das heißt nicht Heimleiterin«, hatte er behauptet. »Das heißt Heimleiter. Immer. Genau wie es Doktor heißt, auch bei einer Frau.«

»Mir gefällt Heimleiterin aber viel besser«, sagte die Frau. »Außerdem kannst du mich Agnes nennen. So heiße ich nämlich.«

Agnes war jetzt nicht da. Die Erwachsenen am Abendbrottisch waren viel jünger. Der Mann hatte noch jede Menge Pickel. Die Frau war ziemlich hübsch, sie hatte lange blonde Haare, auf eine seltsame Weise schon ganz hoch oben am Kopf zu einem Zopf geflochten, der in einer roten Seidenschleife endete. Der Mann hieß Christian, die Frau Maren. Alle faßten einander an den Händen und sangen ein kurzes Lied. Der Junge wollte nicht mitmachen.

»Das brauchst du auch nicht, wenn du nicht willst«, sagte Maren. Sie war wirklich lieb. Dann fingen sie an zu essen.

Neben Olav saß Jeanette, die ihn morgens nicht hatte begrüßen wollen. Sie war auch ein bißchen dick, und immer wieder lösten sich ihre struppigen braunen Haare aus dem Gummiband. Sie hatte nicht neben Olav sitzen wollen, aber Maren hatte jegliche Diskussion energisch unterbunden. Jetzt war sie so weit an die Stuhlkante herangerückt, wie es überhaupt nur möglich war, was wiederum Roy-Morgan veranlaßte, ihr immer wieder den Ellbogen zwischen die Rippen zu stoßen und sich zu beschweren, weil sie ihm angeblich Mädchenläuse verpaßte. Auf Olavs anderer Seite saß Kenneth. Kenneth war mit seinen sieben Jahren der jüngste Hausbewohner. Er mühte sich mit der Butter ab und zerbrach eine Schnitte.

»Du bist noch ungeschickter als ich«, sagte Olav zufrieden, schnappte sich noch ein Stück Brot, bestrich es sorgfältig mit Margarine und legte es auf Kenneths Teller. »Was willst du darauf haben?«

»Marmelade«, flüsterte Kenneth und schob die Hände unter seine Oberschenkel.

»Marmelade, du Trottel! Dann brauchst du doch keine Butter!«

Olav nahm noch ein Stück Brot, plazierte einen dicken Löffel Blaubeermarmelade in die Mitte und verteilte sie mit energischen Bewegungen.

»Hier!«

Er klatschte das Brot auf Kenneths Teller und nahm sich das mit der Margarine. Er schaute sich um.

»Wo ist der Zucker?«

»Wir brauchen keinen Zucker«, sagte Maren.

»Ich will Zucker aufs Brot.«

»Das ist nicht gesund, das machen wir hier nicht.«

»Weißt du überhaupt, wieviel Zucker in der Marmelade ist, mit der dieser Trottel da sich vollstopft?«

Die anderen Kinder verstummten und lauschten interessiert. Kenneth war knallrot angelaufen und hörte, den Mund noch voll Brot, zu kauen auf. Maren erhob sich. Christian wollte etwas sagen, aber nun ging Maren um den Tisch herum und beugte sich über Olav.

»Dann kannst du ja auch Marmelade essen«, sagte sie freundlich. »Übrigens ist das Diätmarmelade, sieh her.«

Sie griff nach dem Glas, aber der Junge kam ihr mit einer blitzschnellen Bewegung, die man ihm gar nicht zugetraut hätte, zuvor. Er sprang so plötzlich auf, daß sein Stuhl umfiel, und schleuderte das Glas quer durch das Zimmer gegen die Kühlschranktür. Die Tür wurde eingebeult, das Glas blieb aus unerfindlichen Gründen heil. Ehe irgend jemand ihn aufhalten konnte, stand er vor dem Küchenschrank auf der anderen Seite und riß einen großen Zuckertopf heraus.

»Hier ist der Zucker«, schrie er. »Hier ist der verdammte Scheißzucker!«

Er riß den Deckel vom Topf und warf ihn auf den Boden, dann wirbelte er in einer Zuckerwolke durch die Küche. Jeanette lachte. Kenneth weinte. Glenn, der vierzehn war und schon dunkle Haare auf der Oberlippe hatte, murmelte, Olav sei ein Idiot. Raymond war siebzehn und mit allen Wassern gewaschen. Er betrachtete den Aufstand mit stoischer Ruhe, nahm dann seinen Teller und verschwand. Die sechzehnjährige Anita folgte seinem Beispiel. Roy-Morgans Zwillingsbruder Kim-André packte aufgeregt und glücklich die Hand seines Bruders. Er schaute zu Jeanette hinüber und fing ein wenig unsicher ebenfalls an zu lachen.

Der Zuckertopf war leer. Olav wollte ihn auf den Boden werfen, wurde aber in letzter Sekunde von Christian daran gehindert, denn Christian packte ihn am Arm und hielt ihn mit eisernem Griff fest. Olav schrie und versuchte, sich loszureißen, aber nun stand Maren neben ihm und legte die Arme um ihn. Für seine zwölf Jahre war Olav ungewöhnlich stark, aber sie merkte doch nach zwei Minuten, daß er sich langsam beruhigte. Sie redete die ganze Zeit leise auf ihn ein.

»Aber aber, jetzt beruhige dich doch. Es ist alles in Ordnung.«

Als er merkte, daß Maren den Jungen unter Kontrolle hatte, ging Christian mit den anderen Kindern in den Aufenthaltsraum. Kenneth hatte sich erbrochen. Ein kleiner unappetitlicher Haufen aus Brotmasse, Milch und Blaubeeren lag auf dem Teller, den er mit unsicherem Griff mit hinaus nehmen wollte, wie die anderen es ihm vorgemacht hatten.

»Laß den stehen, du«, sagte Christian. »Ich geb dir eins von meinen Broten.«

Kaum waren die anderen Kinder verschwunden, als Olav auch schon ganz zur Ruhe kam. Maren ließ ihn versuchsweise los, und er sank wie ein Sitzsack auf dem Boden in sich zusammen.

»Ich esse immer Zuckerbrot«, murmelte er. »Und meine Mutter findet das in Ordnung.«

»Dann schlage ich vor«, sagte Maren, setzte sich neben ihn und lehnte den Rücken an die verbeulte Kühlschranktür, »daß du bei deiner Mutter Brot mit Zucker ißt, wie du es gewöhnt bist, und daß du hier so ißt wie wir anderen alle. Ist das nicht eine gute Idee?«

»Nein.«

»Vielleicht gefällt sie dir nicht, aber es muß leider dabei bleiben. Wir haben hier einige Regeln, an die alle sich halten müssen. Alles andere wäre ziemlich ungerecht. Oder nicht?«

Der Junge gab keine Antwort. Er schien sehr weit weg zu sein. Vorsichtig legte sie eine Hand auf seinen dicken Oberschenkel. Er reagierte augenblicklich. Er versetzte ihrem Arm einen Schlag.

»Faß mich nicht an, zum Teufel!«

Ruhig erhob sie sich, blieb stehen und blickte auf ihn hinunter.

»Möchtest du noch etwas zu essen, ehe ich abräume?«

»Ja. Sechs Brote mit Zucker.«

Maren lächelte kurz, zuckte mit den Schultern und fing an, die Lebensmittel in Plastikfolie zu wickeln.

»Muß ich in diesem Drecksloch auch noch hungrig ins Bett gehen?«

Jetzt blickte er ihr zum erstenmal in die Augen. Seine waren ganz schwarz, zwei tiefe Löcher in seinem fetten Gesicht. Ihr kam der Gedanke, daß er hätte hübsch sein können, wenn er nicht so riesig gewesen wäre.

»Nein, Olav, du brauchst nicht hungrig ins Bett zu gehen. Das liegt allein bei dir. Du bekommst keinen Zucker aufs Brot, jetzt nicht, morgen nicht. Nie. Du wirst verhungern, wenn du darauf wartest, daß wir nachgeben. Alles klar?«

Er begriff nicht, wieso sie so ruhig bleiben konnte. Es verwirrte ihn, daß sie nicht nachgab. Er konnte noch immer nicht fassen, daß er hungrig zu Bett gehen sollte. Ganz kurz dachte er, daß Salami eigentlich auch gut schmeckte. Doch diesen Gedanken ließ er sofort wieder fallen. Mühsam und vor Anstrengung schnaufend kam er auf die Beine.

»Ich bin verdammt noch mal so fett, daß ich nicht mal aufstehen kann«, sagte er leise zu sich selbst und ging zur Tür.

»Du, Olav!«

Maren hatte ihm den Rücken zugekehrt und untersuchte die Beule im Kühlschrank. Er blieb stehen, drehte sich aber nicht zu ihr um.

»Es war sehr nett von dir, daß du Kenneth bei seinem Brot geholfen hast. Er ist so klein und empfindlich.«

Der Zwölfjährige blieb kurz stehen und zögerte, dann drehte er sich langsam um.

»Wie alt bist du?«

»Ich bin sechsundzwanzig.«

»Ach so.«

Olav ging hungrig ins Bett.

Raymond schnarchte. Er schnarchte wirklich wie ein Erwachsener. Das Zimmer war groß, und im trüben Licht, das aus der Nacht draußen kam, konnte Olav über dem Bett seines Zimmernachbarn ein riesiges Rednex-Plakat erkennen. In der Ecke stand ein zerlegtes Geländefahrrad. Raymonds Schreibtisch war ein Chaos aus Schulbüchern, Butterbrotpapier, Comics und Werkzeug. Olavs eigener Tisch stand kahl und nackt da.

Das Bettzeug war sauber und ein bißchen steif. Es roch fremd, aber gut. Irgendwie nach Blumen. Es war viel schöner als das bei ihm zu Hause, es war mit Formel-1-Autos in vielen Farben bedruckt. Kissen- und Deckenbezug hatten dasselbe Muster, und das Laken war blau, so wie einige Autos. Zu Hause hatte er nie passendes Bettzeug gesehen.

Die Vorhänge bewegten sich im Luftzug des angekippten Fensters. Raymond hatte es so haben wollen. Olav war an ein warmes Schlafzimmer gewöhnt, und obwohl er einen neuen Schlafanzug und eine warme Decke hatte, fror er ein wenig. Er hatte Hunger.

»Olav!«

Das war die Heimleiterin. Oder Agnes. Sie flüsterte von der Tür her: »Schläfst du?«

Er drehte sich mit dem Gesicht zur Wand und gab keine Antwort.

Geh weg, geh weg, sagte eine Stimme in seinem Kopf, aber das half nichts. Jetzt saß sie auf der Bettkante.

»Faß mich nicht an!«

»Ich will dich nicht anfassen, Olav. Ich will nur ein bißchen mit dir reden. Du bist beim Abendessen wütend geworden, habe ich gehört.«

Kein Wort.

»Du mußt doch verstehen, daß ihr euch hier nicht so aufführen könnt. Stell dir vor, alle würden die ganze Zeit Zucker und Marmelade an die Wand werfen!« Sie lachte ein leises, perlendes Lachen. »Das wäre vielleicht eine Bescherung!«

Er sagte noch immer nichts.

»Ich habe dir was zu essen mitgebracht. Drei Brote. Mit Wurst und Käse. Und ein Glas Milch. Ich stelle alles neben dein Bett. Wenn du es essen magst, freue ich mich, wenn nicht, dann können wir ausmachen, daß du es morgen früh wegwirfst, ohne daß die anderen es sehen. Dann weiß niemand, ob du es gegessen hast oder nicht. Okay?«

Der Junge bewegte sich ein wenig und drehte sich dann plötzlich um.

»Hast du entschieden, daß ich hier wohnen muß?« fragte er wütend.

»Nicht so laut«, sagte sie. »Sonst weckst du Raymond. Nein, du weißt genau, daß ich das nicht entscheiden kann. Meine Aufgabe ist es, mich um dich zu kümmern. Zusammen mit den anderen Erwachsenen. Das wird schon alles gut laufen. Auch, wenn deine Mutter dir sicher fehlen wird. Aber du kannst sie ja oft besuchen, das darfst du nicht vergessen.«

Jetzt hatte er sich im Bett halb aufgesetzt. Im trüben Licht sah er aus wie ein dicker Dämon; seine rabenschwarzen Haare mit der unvorteilhaften Frisur, der breite Mund, der selbst in der Dunkelheit blutrot leuchtete. Unwillkürlich wandte sie ihren Blick ab. Die Hände auf der Decke waren die eines kleinen Kindes. Groß, aber mit Babyhaut, und hilflos umklammerten sie nun zwei Autos auf dem Bettbezug.

Himmel, dachte sie. Dieses Monstrum ist zwölf Jahre alt. Zwölf Jahre!

»Eigentlich«, sagte er und starrte ihr ins Gesicht, »bist du mein Kerkermeister. Das hier ist ein verdammtes Gefängnis!«

Und die Leiterin des Kinderheims Frühlingssonne, von Oslos einzigem Wohnheim für Kinder und Jugendliche, sah etwas, das sie in ihren dreiundzwanzig Dienstjahren in der Jugendfürsorge noch nie gesehen hatte. Unter den schwarzen schmalen Augenbrauen des Jungen erkannte sie das, was so viele verzweifelte Erwachsene mit sich herumschleppten; Menschen, denen ihre Kinder weggenommen worden waren und die sie, Agnes, mit dem Rest der Bürokratie, die sie verfolgte, auf eine Stufe stellten. Bei einem Kind hatte Agnes Vestavik das noch nie gesehen.

Haß.

Mit neuen Versprechungen wurde ich dann aus der Klinik nach Hause geschickt. Alles sei in Ordnung. Er sei nur ein bißchen gierig. Und das liege nur daran, daß er so ein fescher großer Bursche sei. Nach drei Tagen wurde ich in eine leere Wohnung zurückgeschickt. Das Sozialamt hatte mir Geld für ein Bett, einen Wippstuhl und ein wenig Kinderwäsche gegeben. Zwei- oder dreimal hatte mich eine Mitarbeiterin besucht, ich hatte mitbekommen, daß sie heimlich in die Ecken schaute und behauptete, sie müsse zur Toilette. Nur um zu sehen, ob es bei mir sauber war. Als ob das je ein Problem gewesen wäre. So oft, wie ich putze. Bei uns riecht es doch die ganze Zeit nach Ajax.

Er füllte die Wohnung sofort aus. Ich weiß nicht so recht, aber schon am ersten Abend schien er davon auszugehen, daß das hier sein Platz sei, seine Wohnung, seine Mama. Seine Nächte. Er weinte nicht. Er lärmte nur. Andere hätten vielleicht gesagt, er weine, aber das tat er nicht. Er vergoß nur selten Tränen. Wenn er ein seltenes Mal wirklich weinte, ließ er sich rasch trösten. Dann hatte er Hunger. Ich steckte ihm die Brust in den Mund, und schon hielt er die Klappe. Ansonsten machte er nur Krach. Einen schreienden, klagenden Krach, und dabei fuchtelte er mit den Armen, strampelte sich aus der Decke heraus und riß sich die Kleider vom Leib. Er füllte die Wohnung dermaßen aus, daß ich ab und zu einfach weg mußte. Ich steckte ihn ins Badezimmer, weil das am besten isoliert ist, und schnallte ihn auf dem Wippstuhl fest. Sicherheitshalber legte ich ringsherum Kissen auf den Boden. Er war erst einige Monate alt, er konnte sich also unmöglich aus dem Stuhl befreien. Dann ging ich. Ins Einkaufszentrum, wo ich eine Tasse Kaffee trank, eine Illustrierte las, Schaufenster ansah. Ab und zu rauchte ich auch eine. Ich hatte während der Schwangerschaft mit dem Rauchen aufgehört und wußte, daß ich nicht wieder anfangen sollte, solange ich ihn noch stillte. Aber hin und wieder mal eine Zigarette konnte doch nicht so schlimm sein. Und trotzdem hatte ich danach jedesmal ein schlechtes Gewissen.

Als er fünf Monate alt war, nahmen diese Ausflüge ein jähes Ende. Ich war nicht lange weggewesen. Zwei Stunden vielleicht. Höchstens. Als ich nach Hause kam, war es beängstigend still. Ich riß die Badezimmertür auf, und da lag er, leblos, halb aus dem

Stuhl gefallen, den Gurt um den Hals. Ich brauchte eine Weile, ein paar Sekunden vielleicht, um mich so weit zu fassen, daß ich ihn losmachen konnte. Er würgte und hustete und war ganz blau im Gesicht. Ich weinte und schüttelte ihn, und nach und nach wurde sein Gesicht wieder normal. Aber er war so still.

Ich drückte ihn an mich und spürte zum erstenmal, daß ich ihn liebte. Mein Junge war fünf Monate alt. Doch empfunden hatte ich bis dahin nichts für ihn. Von Anfang an war alles ganz unnormal gewesen.

Es war spät. Der Neue war schlimmer, als sie vorhergesehen hatte. Sie blätterte im psychologischen Gutachten, war aber zu nervös, um Einzelheiten mitzubekommen. Und sie wußte ohnehin, was dort stand. Über alle Kinder wurde das gleiche geschrieben, nur jeweils mit einem etwas anderen Ausgangspunkt und neuen Wörterkombinationen. *»Massives jahrelanges Fürsorgedefizit«; »die Mutter kann den Jungen nicht vor Schikanen schützen«; »der Junge ist leicht lenkbar«; »der Junge weist ein schulisches Leistungsdefizit auf«; »umfassende und ernsthafte Grenzziehungsprobleme«; »der Junge pendelt zwischen ausagierendem, aggressivem Verhalten und einem parentifizierten, übertriebenen und fast galanten Auftreten seiner Mutter und anderen Erwachsenen gegenüber, was einwandfrei die Hypothese von ernsthaften Entwicklungsstörungen als Folge des Fürsorgedefizits untermauert«; »die mangelnde Impulskontrolle kann in Kürze für seine Umwelt zur Gefahr werden, wenn er nicht in einen geeigneten Fürsorgebereich kommt, wo er Festigkeit, Sicherheit und Vorhersagbarkeit erlebt, die ihm so sehr fehlen«; »der Junge tritt anderen Kindern mit einer Erwachsenenhaltung gegenüber, die ihnen angst macht, deshalb wird er ausgestoßen und verfällt in aggressives, asoziales Verhalten.«*

Eigentlich landeten nur die allerschlimmsten Fälle hier

im Heim. Kinder, die aus irgendeinem Grund nicht bei ihren leiblichen Eltern leben können, werden in Norwegen in Pflegefamilien gegeben. So ist das. Es ist sehr leicht, für Babys solche Familien zu finden. Auch bei kleinen Kindern, so etwa bis zum Einschulungsalter, gibt es keine großen Probleme. Aber dann wird es sofort schwieriger. Trotzdem klappt es in den meisten Fällen. Abgesehen von den allerschlimmsten. Denn die sind so anspruchsvoll, so verletzt, schon so weit zerstört vom Leben oder von untauglichen Eltern, daß keine Einzelfamilie eine solche Aufgabe bewältigen könnte.

Solche Kinder landeten bei Agnes.

Sie unterdrückte ein Gähnen und massierte ihr gutgepolstertes Kreuz. Olav würde sich schon eingewöhnen. Sie hatte noch nie ein Kind aufgegeben. Außerdem war Olav strenggenommen im Moment nicht ihr ärgstes Problem. Sie versuchte, sich bequem hinzusetzen, was ihr allerdings nicht gelang, dann legte sie Olavs Papiere in eine Schublade und öffnete eine andere. Ein Ordner aus Pappe enthielt fünf Blätter, und diese Blätter starrte sie nun an. Schließlich packte sie auch diese Blätter zusammen, atmete schwer und schloß die Schublade sorgfältig ab. Der Schlüssel war ein wenig verbogen, aber am Ende konnte sie ihn doch herausziehen. Steif erhob sie sich, nahm eine Topfblume aus dem Bücherregal neben dem Fenster und legte den Schlüssel in sein Versteck. Dann blieb sie noch einen Moment vor dem Fenster stehen und schaute hinaus.

Nachts wirkte der Garten immer größer. Das Mondlicht ließ eisblaue Schatten über den spärlichen Schnee wandern. Ganz hinten, zur Straße hin, an einem niedrigen Drahtzaun, stand Glenns Fahrrad. Sie seufzte und beschloß, ihn diesmal wirklich in die Mangel zu nehmen. Bei Glatteis wurde nicht radgefahren. Vor zwei Tagen war

Glenn befohlen worden, sein Rad in den Keller zu bringen. Entweder hatte er diesen Befehl nicht befolgt, oder er hatte den Kellerverschlag aufgebrochen und das Rad wieder herausgeholt. Sie wußte nicht so recht, was sie schlimmer finden sollte: schlampige Angestellte oder ein zutiefst ungehorsames Kind.

Es zog vom Fenster her, das Fenster war alt und undicht. Sie mußten Prioritäten setzen, und als erstes hatte das Erdgeschoß, wo die Kinder sich tagsüber zumeist aufhielten, neue Fenster erhalten. Die Götter mochten wissen, wann Agnes' Büro auf der Prioritätenliste auftauchen würde. Sie seufzte leise und ging zur Tür. So wie die Situation zwischen ihr und ihrem Mann im Moment war, sehnte sie sich nun wirklich nicht nach Hause, aber ihr Körper schmerzte vor Müdigkeit. Wenn sie Glück hatte, war ihr Mann schon im Bett.

Ehe sie ging, schaute sie noch einmal bei Olav herein. Ein Vierteljahrhundert Erfahrung mit Kindern sagte ihr, daß er schlief, obwohl sie den Umriß der schweren Gestalt im Bett nur ahnen konnte. Er atmete ruhig und gleichmäßig, und sie nahm sich die Zeit, seine Decke richtig festzustecken, ehe sie vorsichtig die Tür hinter sich schloß. Und sie hatte gelächelt, weil Brote und Milch verschwunden waren. Sie hielt sich an die Abmachung und ließ Teller und Glas stehen.

Christian saß, die Beine auf dem Tisch, im Aufenthaltsraum und döste vor sich hin. Maren saß mit hochgezogenen Knien in einem Sessel und las einen Kriminalroman. Als die Heimleiterin das Zimmer betrat, ließ Christian wie im Reflex seine Füße auf den Boden knallen. Er hätte schon längst gehen können, er hatte seit über einer Stunde Feierabend. Aber er war einfach zu faul.

»Ehrlich gesagt ist es schwer, den Kindern Manieren beizubringen, wo sie dir so ganz und gar abgehen«, sagte

Agnes zu dem Studenten, der eine halbe Stelle hatte und zu Abend- und Nachtdiensten eingesetzt wurde. »Und wir hatten doch abgemacht, daß Glenns Fahrrad im Keller eingeschlossen wird.«

»O verdammt. Das habe ich ganz vergessen.«

Er machte ein beschämtes Gesicht und betastete einen riesigen Pickel an seinem linken Nasenflügel.

»Hör mal, Christian«, sagte die Heimleiterin und setzte sich mit geradem Rücken und zusammengepreßten Knien neben ihn. »Dieses Haus wird von der Heilsarmee betrieben. Wir geben uns alle Mühe, den Kindern ihre Gossensprache abzugewöhnen. Warum fällt es dir so schwer, meinen Wunsch, nicht immer diese Flüche hören zu müssen, zu respektieren? Verstehst du nicht, daß du mich im Grunde jedesmal beleidigst, wenn du solche Wörter benutzt? Kinder sind Kinder. Du bist ein Erwachsener, der Rücksichtnahme gelernt haben sollte. Kannst du das nicht einsehen?«

»Tut mir leid«, murmelte er betreten, und plötzlich platzte der Pickel. Gelber Eiter quoll heraus, und Christian starrte seinen Zeigefinger fasziniert an.

»Himmel und Ozean«, stöhnte Agnes, erhob sich und wollte gehen.

Während sie ihren Mantel anzog, drehte sie sich zu Maren um, die sich durch den kleinen Auftritt nicht von ihrem Krimi hatte ablenken lassen.

»Ich muß bald unter vier Augen mit dir sprechen«, sagte Agnes und fügte – mit einem Blick auf Christian, der noch immer darüber staunte, wieviel Eiter doch in einen Pickel paßte – hinzu: »Wir müssen über die Dienstpläne für Februar und März reden. Kannst du einen Vorschlag ausarbeiten?«

»Mhm«, sagte Maren und legte ihr Buch für einen Moment beiseite.

»Es wäre schön, wenn du das bis morgen schaffen könntest. Dann sprechen wir morgen nachmittag darüber.«

Maren schaute wieder auf, lächelte und nickte.

»Alles klar, Agnes. Der Vorschlag ist morgen nachmittag fertig. Kein Problem. Gute Nacht.«

»Wünsche ich euch auch. Gute Nacht!«

2

Es war eine prachtvolle Villa. Die Mittel für die Renovierung hatten zwar nicht ausgereicht, um die ursprünglich achtfach unterteilten Fenster im Erdgeschoß zu erneuern, weshalb sie durch Plastikfenster mit aufgeklebten Sprossen ersetzt worden waren, aber trotzdem prangte das Haus stolz mit seinen spitzen Giebeln hinten in seinem großen Grundstück. Es war aus beige verputzten Steinen, die grünen Holzverkleidungen jedoch gaben ihm ein Schweizer Gepräge. Vor fünf Jahren waren die beiden Stockwerke neu aufgeteilt worden; nun gab es zwei Wohnzimmer, einen Besprechungsraum, Küche, Bad, Waschküche und ein Zimmer, das sie Bibliothek nannten, das im Grunde aber eine Art Archiv war. Im ersten Stock gab es für die Kinder sechs Schlafzimmer, aber einige davon waren für zwei Personen eingerichtet, und deshalb dienten derzeit zwei Einzelzimmer als Schulzimmer und als zusätzlicher Aufenthaltsraum. Außerdem gab es noch ein Schlafzimmer für Angestellte. Das Arbeitszimmer der Heimleiterin lag am Ende des Ganges, rechts von der Treppe. Gegenüber befanden sich ein großes Badezimmer mit Wanne und ein kleineres mit Dusche und Toilette. Außer den beiden gut ausgenutzten Stockwerken gab es noch einen Keller und einen hohen, geräumigen Dachboden. Nach einer Feuerwehrinspektion waren vor einigen Jahren an den Fenstern jeweils am Ende des Flurs Leitern angebracht und jedes Schlafzimmer mit einer Rettungsleine versehen worden.

Die Kinder liebten Feuerübungen. Alle, außer Kenneth.

Und jetzt Olav. Kenneth saß mitten auf dem Gang, weinte und klammerte sich an den an der Wand befestigten Feuerlöscher. Olav stand breitbeinig und sauer da, die Unterlippe weiter vorgeschoben als sonst.

»Ja Scheiße«, sagte er wütend. »Ich rutsch doch nicht die Scheißleine runter!«

»Dann nimm die Leiter«, schlug Maren vor. »Die Leiter ist nicht so schlimm. Und hör endlich mit dem Fluchen auf. Jetzt bist du schon seit drei Wochen hier, und dein ganzes Taschengeld ist dafür draufgegangen.«

»Na los, Olav!«

Terje stupste Olav in den Rücken. Terje war Anfang Dreißig und auf dem Papier stellvertretender Heimleiter.

»Ich gehe vor dir her. Oder, besser gesagt, unter dir. Wenn du fällst, kann ich dich gleich auffangen. Okay?«

»Ja Scheiße«, sagte Olav und trat einen Schritt zurück.

»Ich wette zehn Kronen, daß der Trottel sich nicht traut«, rief Glenn von draußen hoch, er war schon viermal nach unten und wieder nach oben geklettert.

»Was soll denn aus dir werden, wenn es brennt?« fragte Terje. »Willst du dann mit verbrennen?«

Olav starrte ihn haßerfüllt an.

»Das kann dir doch egal sein! Meine Mama wohnt in einem Betonblock. Ich könnte ja zum Beispiel zu ihr ziehen!«

Terje gab auf, schüttelte den Kopf und überließ dieses störrische Kind Maren.

»Wovor hast du eigentlich Angst?« fragte sie leise und winkte ihn in sein Zimmer.

Widerwillig stapfte er hinter ihr her.

»Ich habe keine Angst.«

Er ließ sich auf sein aufächzendes Bett fallen, und Maren ertappte sich dabei, wie sie dieses solide Möbelstück bewunderte. Sie setzte sich neben ihn.

»Wenn du keine Angst hast, warum willst du dann nicht klettern?«

»Mir ist eben nicht danach. Ich habe keine Angst.«

Vom Flur her hörten sie Kenneths verzweifeltes Weinen, aber sie hörten auch die anderen Kinder begeistert johlen und Tarzanrufe ausstoßen, wenn sie sich an den Leinen nach unten schwangen.

Sie war keine Heilige. Der blödeste Spruch, den sie kannte, war die Behauptung: »Ich bin ja so kinderlieb!« Kinder waren wie Erwachsene, manche bezaubernd, manche hinreißend, andere wiederum Miststücke. Als professionelle Fürsorgerin glaubte sie, niemand könne es ihr ansehen, wenn sie ein Kind nicht leiden mochte. Sie behandelte nicht alle Kinder gleich, denn sie waren nicht gleich, aber sie war gerecht und machte keine Unterschiede. Olav aber sprach sie auf ganz besondere Weise an.

Seit er hier war, hatte niemand ihn anfassen dürfen. Und doch hatte er etwas, wie er hier so saß. Wie ein bekleideter Buddha, der wütend aussehen will und doch nur traurig ist; seine ganze makabre Gestalt hatte etwas, das sie zu ihm hinzog. Sie trotzte dem Berührungsverbot und fuhr ihm langsam über die Haare. Er wehrte sich nicht.

»Was ist denn bloß los mit dir, kleiner Olav?« fragte sie leise und streichelte ihn noch einmal.

»Besonders klein bin ich ja nicht gerade«, sagte er, aber sie ahnte ein Lächeln in seiner Stimme.

»Ein bißchen schon.« Sie lachte. »Ab und zu zumindest.«

»Arbeitest du gern hier?« fragte er plötzlich und schob nun doch ihre Hand weg.

»Ja. Ich arbeite sehr, sehr gern hier. Ich möchte um nichts in der Welt einen anderen Arbeitsplatz.«

»Wie lange bist du denn schon hier?«

»Seit etwa drei Jahren…« Sie zögerte, dann fügte sie hinzu: »Seit ich von der Schule gekommen bin. Von der

Sozialschule. Bald sind es vier Jahre. Und ich will noch viele, viele Jahre hier bleiben.«

»Warum legst du dir nicht lieber eigene Kinder zu?«

»Das mache ich vielleicht irgendwann einmal. Aber deshalb arbeite ich nicht hier. Weil ich keine eigenen Kinder habe, meine ich. Die meisten, die hier arbeiten, haben welche.«

»Wie viele Seiten hat die Bibel?« fragte er unvermittelt.

»Die Bibel?«

»Ja, wie viele Seiten hat die? Das müssen doch verdammt viele sein. So dick, wie sie ist.«

Er schnappte sich die Bibel, die auf seinem Nachttisch lag, denn in diesem Haus lag auf jedem Nachttisch eine Bibel, und schlug sich damit ein paarmal auf den Oberschenkel, ehe er sie Maren reichte.

Maren blätterte darin herum.

»Du kannst auf der letzten Seite nachsehen«, schlug er vor. »Du brauchst sie nicht zu zählen.«

»Tausendzweihunderteinundsiebzig«, sagte sie. »Und ein paar mit Landkarten. Und du … ich meine das mit der Flucherei wirklich ernst. Sollen wir jetzt die Feuerleiter ausprobieren?«

Er stand auf, und das Bett seufzte vor Erleichterung.

»Ich gehe jetzt nach unten. Über die Treppe.«

Hier gab es nichts mehr zu diskutieren.

Ich habe mich ans Jugendamt gewendet, als er zwei Jahre alt geworden war. Ich war außer mir vor Angst, ich brauchte Hilfe. Ich hatte schon seit Monaten dort anrufen wollen, aber ich hatte es immer wieder aufgeschoben, weil ich doch nicht wußte, was sie machen würden. Sie durften ihn mir nicht wegnehmen. Wir hatten doch nur einander. Ich stillte ihn noch immer, obwohl er nun schon neunzehn Kilo wog und jeden Tag fünf weitere Mahlzeiten zu sich nahm. Er aß alles. Ich weiß nicht, warum ich so lange so weitergemacht habe. Wenn ich ihn stillte, war er wenigstens diese zehn Minuten lang ruhig. Alles war unter Kontrolle. Es waren kleine Momente des Friedens. Als er das Interesse daran verlor, bedeutete das einen Verlust für mich, nicht für ihn.

Sie waren wirklich nett. Nachdem sie mich einige Male besucht hatten, vielleicht zwei- oder dreimal, bekam ich einen Kindergartenplatz. Von Viertel nach acht bis fünf. Sie sagten, ich brauchte ihn nicht die ganze Zeit dort zu lassen; weil ich doch nicht berufstätig sei, könne ich seine Tage dort abkürzen. So lange Tage seien anstrengend für ihn, hieß es.

Ich lieferte den Jungen jeden Morgen um Viertel nach acht dort ab. Ich holte ihn nie vor fünf. Aber ich kam auch nie zu spät.

Ich bekam einen Kindergartenplatz und überlebte.

Olav hatte Heimweh. Es schien in seinem Körper zu bohren, und er hatte so ein Gefühl noch nie erlebt. Er war aber auch noch nie so lange von zu Hause fortgewesen. Er versuchte, das Loch in seinem Bauch kleiner zu machen, indem er schnell und kurz atmete, aber davon wurde ihm nur schwindlig, und er bekam richtiges Bauchweh. Also versuchte er, tief durchzuatmen, aber dann war das Bohren wieder da, das böse Gefühl kam zurück. Er hätte weinen mögen.

Er wußte nicht, ob er sich nach seiner Mutter sehnte oder nach der Wohnung oder nach seinem Bett oder nach seinem Spielzeug. Er dachte auch nicht darüber nach. Alles war einfach nur eine einzige riesengroße Sehnsucht.

Er wollte nach Hause. Aber das durfte er nicht. Erst nach zwei Monaten im Heim durfte er auf Besuch nach Hause, hatten sie ihm gesagt. Seine Mutter besuchte ihn zweimal die Woche. Als ob sie hier im Kinderheim etwas zu suchen gehabt hätte. Er sah, daß die anderen Kinder sie anstarrten und daß die Zwillinge immer lachten, wenn sie auftauchte. Kenneth war der einzige, der mit ihr redete, der Arme hatte ja selber keine Mutter, und da war er sicher ein bißchen neidisch. Eine häßliche und scheußliche Mama war irgendwie immer noch besser als keine.

Sie durfte zwei Stunden dableiben. Die erste Stunde war kein Problem. Sie redeten ein bißchen oder gingen einmal um den Block. Zweimal waren sie in ein Café gegangen und hatten Kuchen gegessen. Aber das Café war ziemlich weit weg, und der Weg hatte fast alle ihre Zeit verschlungen. Das eine Mal waren sie eine halbe Stunde zu spät gekommen, und Agnes hatte seine Mutter ausgeschimpft. Olav hatte gesehen, wie traurig die wurde, auch wenn sie nichts sagte. Deshalb hatte er den Garderobenhaken zerbrochen, und dann war Agnes auf ihn böse gewesen.

Nach der ersten Stunde wußten sie meistens nicht mehr so recht, was sie machen sollten. Agnes hatte vorgeschlagen, seine Mutter könne ihm doch bei den Schulaufgaben helfen. Aber das hatte sie noch nie getan, und er wollte es auch nicht. Deshalb blieben sie einfach in seinem Zimmer sitzen, ohne besonders viel zu sagen.

Er hatte so schreckliches Heimweh.

Er hatte Hunger.

Er hatte immer, immer Hunger. Hier im Kinderheim war der Hunger nur noch schlimmer geworden. Er bekam einfach nicht genug zu essen. Am Vortag hatte er eine dritte Portion Frikadellen mit sehr viel Soße haben wollen. Die hatte Agnes ihm verweigert, obwohl noch genug übrig gewesen war. Kenneth hatte ihm seine Portion geben wollen, aber gerade als Olav sie auf seinen Teller schob, hatte Agnes ihm den Teller weggenommen und ihm statt dessen einen Apfel gegeben. Olav wollte aber keinen Apfel, er wollte Frikadellen.

Er hatte einen *verdammten* Hunger.

Im Moment waren die anderen Kinder nicht da. Es war jedenfalls ziemlich still in dem großen Haus. In der Schule war ein Besprechungstag, deshalb war die Feuerübung sicher für heute angesetzt gewesen. Er stand vom Bett auf und schüttelte sein eingeschlafenes Bein. Es prickelte und piekste, und obwohl es weh tat, kitzelte es auch ein wenig.

Das Bein hätte fast unter ihm nachgegeben, als er auftrat, und er humpelte zur Treppe hinüber. Von unten konnte er Stimmen hören, aber das waren sicher die Erwachsenen. Er stapfte ans Fenster hinten im Flur und sah Kenneth und die Zwillinge den Hang zur Straße hinunterrodeln. Das war ein Hang für Schlaffis. Viel zu kurz, und außerdem mußte man bremsen, um nicht gegen den Zaun zu prallen. Wo die großen Kinder steckten, wußte er nicht. Aber die durften eigentlich fast alles. Gestern war Raymond sogar bei McDonald's gewesen. Mit seiner Freundin. Er hatte Olav eine kleine Figur mitgebracht. Olav, der sie total kindisch fand, hatte sie an Kenneth weitergereicht.

Er versuchte, die Treppe hinunterzuschleichen, aber die Stufen knackten. Dann fiel ihm ein, daß sie nicht knacken würden, wenn er die Füße ganz am Rand aufsetzte. Lautlos gelangte er fast bis ganz nach unten.

»Hallo, Olav!«

Er zuckte heftig zusammen. Es war Maren.

»Du bist im Haus? Die anderen sind doch alle draußen!«

»Keinen Bock. Ich will fernsehen.«

»So früh am Tag ist das aber nicht erlaubt, und das weißt du. Du mußt dir schon eine andere Beschäftigung suchen.«

Sie lächelte ihn an. Sie war unter den Erwachsenen hier im Heim die einzige, die er leiden konnte. Sie war logisch.

Das war sonst fast keine. Auch seine Mutter nicht. Und Agnes schon gar nicht.

»Ich hab solchen Hunger«, beklagte er sich leise.

»Aber wir haben doch erst vor einer halben Stunde gegessen!«

»Ich hab aber nur zwei Brote gekriegt.«

Maren schaute sich um und konnte niemanden entdecken. Mit übertriebenen Bewegungen legte sie den Zeigefinger an ihren lächelnden Mund und schlich in die Küche, wobei sie das Lied der Räuber von Kardemomme summte. Olav lächelte und schlich hinterher, obwohl er das alles ziemlich beknackt fand.

Sie öffnete den Kühlschrank einen Spaltbreit. Beide lugten sie durch den Spalt. Das Licht ging an und aus, weil die Tür nicht ganz offen war, und deshalb mußten sie den Spalt verbreitern.

»Was möchtest du denn?« flüsterte Maren.

»Frikadellen«, flüsterte Olav zurück und zeigte auf die Reste vom Vortag.

»Das geht nicht. Aber du kannst einen Joghurt haben.«

Damit war er nicht sonderlich zufrieden, aber es war immerhin besser als nichts.

»Kann ich Müsli dazutun?«

»Klar.«

Maren nahm einen Haushaltsbecher Joghurt aus dem Kühlschrank und goß etwas davon in einen Napf. Olav hatte die Müslipackung aus dem Schrank geholt und leerte gerade den dritten Löffel über seinem Napf aus, als Agnes in der Tür erschien.

»Was macht ihr denn hier?«

Beide erstarrten für einen Moment, dann packte Maren den Napf und stellte sich vor Olav hin.

»Olav hat solchen Hunger. Und ein bißchen Joghurt kann doch nicht schaden.«

Agnes sagte kein Wort, als sie um den großen Eßtisch herumging und Maren den Napf wegnahm. Immer noch schweigend nahm sie Plastikfolie aus einer Schublade, umwickelte damit den Napf und schob die beiden Sünder beiseite, um den Napf in den Kühlschrank zu stellen und die Tür zu schließen.

»So. Wir essen in diesem Haus nicht zwischen den Mahlzeiten. Das wißt ihr beide ganz genau.«

Sie sah Olav kein einziges Mal an. Sie starrte die ganze Zeit Maren an. Maren zuckte verlegen mit den Achseln und legte die Hand auf Olavs Schulter. Olav dagegen hatte sich nach dem ersten Schrecken wieder gefaßt.

»Verdammte Kuh!«

Agnes hatte die Küche gerade verlassen wollen, aber nun erstarrte sie. Langsam drehte sie sich um.

»Was hast du gesagt?«

Zur Warnung drückte Maren die Schulter des Jungen.

»Verdammte blöde Scheißkuh!«

Jetzt schrie der Junge.

Agnes Vestavik war schneller bei ihm, als irgendwer erwartet hätte. Sie packte sein Kinn und zwang sein Gesicht hoch zu ihrem. Er protestierte, indem er die Augen zusammenkniff.

»Solche Ausdrücke werden hier nicht benutzt«, fauchte sie, und Maren hätte schwören können, daß ihre linke Hand sich wie zu einem heftigen Schlag hob. Es wäre das erstemal in der Geschichte gewesen, daß Agnes Vestavik Hand an ein Kind gelegt hätte. Nach kurzem Zögern ließ sie die Hand sinken, hielt aber das Kinn des Jungen weiterhin fest.

»Sieh mich an!«

Er kniff die Augen noch fester zusammen.

»Olav! Mach die Augen auf und sieh mich an!«

Olavs Gesicht war rot angelaufen, und die Finger der Heimleiterin hatten weiße Spuren darin hinterlassen.

»Ich kümmere mich um ihn«, sagte Maren leise, bittend. »Ich werde mit ihm reden.«

»Reden! Hier wird nicht geredet! Hier wird...«

»Rotzfotze«, murmelte Olav mit zusammengebissenen Zähnen.

Die Heimleiterin war jetzt leichenblaß. Wieder hob sie die linke Hand, wieder ließ sie sie nach wenigen Sekunden sinken. Ihr Griff um das Kinn des Jungen wurde härter. Dann schluckte sie zweimal und ließ ihn langsam los. Der Junge machte die Augen noch immer nicht auf und blieb mit nach oben gewandtem Gesicht stehen.

»Ich werde deine Mutter anrufen und ihr sagen, daß sie sich in den nächsten zwei Wochen nicht herzubemühen braucht. Verstehst du das? Das wäre doch eine passende Strafe.«

Maren öffnete schon den Mund zum Widerspruch, schloß ihn aber wieder, als der Blick der Heimleiterin sie traf. Sie versuchte, zwischen den Jungen und Agnes zu treten, aber das war nicht leicht, denn Olav hatte nach der Urteilsverkündung Augen und Mund zugleich aufgerissen und wollte sich auf Agnes stürzen. Die ihrerseits hatte sich umgedreht und war schon auf dem Weg aus der Küche. Maren konnte den Jungen gerade noch aufhalten, indem sie seine Arme packte und sie ihm auf den Rücken drehte. Er heulte auf.

»Ich hasse dich! Ich hasse diese verdammte alte Fotze!«

Agnes knallte die Tür hinter sich ins Schloß und war verschwunden.

»Mama!« rief der Junge und versuchte sich loszureißen. »Mama!«

Dann biß er sich ganz bewußt so fest auf die Zunge, daß das Blut nur so herausquoll. Aber er weinte nicht.

»Mama«, murmelte er, während ihm das Blut aus dem Mund schoß.

Maren, die hinter ihm stand, merkte, daß der Junge keinen Widerstand mehr leistete. Langsam ließ sie ihn los und führte ihn zu einem Stuhl. Und dann sah sie das Blut.

»Herrgott, Olav«, sagte sie entsetzt und griff nach einer Rolle Küchenpapier.

Das erste Stück Papier war bald von Blut durchtränkt, und sie verbrauchte fast die ganze Rolle, bis sie den Schaden endlich genauer betrachten konnte. Olav hätte sich um ein Haar ein Stück Zunge abgebissen.

»Aber Olav«, sagte Maren verzweifelt und drückte das Küchenpapier wieder auf die Wunde.

Sie wußte, daß es nicht mehr viel zu sagen gab. Höchstens noch eins: »Merk dir das, Olav, wenn alles schwer und übel ist und alle gemein zu dir sind, dann mußt du zu mir kommen. Ich kann dir *immer* helfen. Wenn du vorhin nicht so böse geworden wärst, hätten wir zusammen alles wieder in Ordnung bringen können. Kannst du nicht versuchen, beim nächsten Mal daran zu denken? Daß ich dir immer helfen kann?«

Sie war nicht ganz sicher, glaubte aber, daß der Junge nickte. Dann stand sie auf und rief den Hausarzt an.

Der stellte fest, daß die Zunge mit drei Stichen genäht werden mußte.

Nur einer der vierzehn Angestellten fehlte. Agnes leitete die Besprechung. Die Dienstpläne für die nächsten beiden Monate standen fest, auch wenn es einige Zeit gedauert hatte, Marens Vorschläge teilweise noch zu ändern. Als nächstes nahmen sie sich jedes Kind einzeln vor.

»Raymond kann an diesem Kurs teilnehmen«, sagte Terje. »Er fängt nächste Woche an, dann hat er pro Woche drei Tage Schule und zwei Tage Praxis Motorradreparatur. Er freut sich schon sehr.«

Mit Raymond gab es keine Probleme. Er war mit neun Jahren ins Haus Frühlingssonne gekommen und bis zu seinem zehnten Geburtstag ein harter Brocken geblieben. Danach hatte er die Schultern sinken lassen, tief durchgeatmet und sich damit abgefunden, daß er seine Mutter nur an den Wochenenden besuchen durfte. Die Mutter war phantastisch. Sie hatte alle Eigenschaften, die man sich bei einer Mutter wünscht, sie war fürsorglich, anregend, beschützend und liebevoll. In nüchternem Zustand. Während der ersten fünf Lebensjahre des Jungen war alles gutgegangen, dann fing es wieder an. Mit sieben wurde Raymond in eine Pflegefamilie gegeben. Das ging überhaupt nicht. Er hing so sehr an seiner Mutter, daß niemand sonst diese Rolle übernehmen konnte. Nachdem er drei Garnituren Pflegeeltern verbraucht hatte, ohne daß seine Mutter sich von der Flasche trennen konnte, war er ins Haus Frühlingssonne verlegt worden. Von da an hatte sich die Lage gebessert. Die Mutter war von Freitagmorgen an trocken und machte die nächste Flasche erst auf, wenn Raymond am Sonntagabend aus dem Haus war. Dann trank sie sich durch die Woche, um Kraft für weitere achtundvierzig nüchterne Stunden zu sammeln. Aber sie war unbestreitbar Raymonds Mutter. Und mit Raymond gab es keine Probleme. Auch an den übrigen Heimkindern gab es nicht viel auszusetzen. Abgesehen von Olav.

»Mit dem werden wir noch unsere Schwierigkeiten haben«, seufzte Cathrine, eine magersüchtige Erzieherin von etwa dreißig. »Und wenn ich ganz ehrlich sein soll, dann habe ich direkt Angst vor dem Jungen. Ich hab doch keine Chance, wenn er sich quer legt.«

»Dann iß ein bißchen mehr«, schlug Terje vor, aber niemand achtete auf ihn.

»Als seine Mutter am Dienstag gehen wollte, hat er sich ziemlich angestellt«, sagte Eirik, der gerade Dienst gehabt hatte. »Er klammerte sich an ihrem Bein fest, und sie stand einfach nur stocksteif da und starrte mich an; sie hat nicht einmal den Versuch gemacht, den Jungen zur Vernunft zu bringen. Und als ich mich bückte, um seine Hände loszumachen, hat er mir das hier verpaßt.«

Er beugte sich über den Tisch und legte den Kopf schräg. Alle konnten den blaugelben Ring um das linke Auge sehen.

»Der Junge ist ganz einfach gefährlich. Und was von der Mutter zu halten ist, läßt sich wirklich nicht so leicht sagen.«

»Die anderen Kinder läßt er aber in Frieden«, wandte Maren ein. »Da kann er sogar hilfsbereit sein. Wenn er will, kann er sich auch gut benehmen. Wir dürfen nicht übertreiben. Und was die Mutter angeht, die ist einfach verzweifelt.«

»Übertreiben? Ist es nicht ziemlich stark, daß er mir ins Auge tritt, droht, mich umzubringen und am Ende sogar die Zeichnungen aller anderen Kinder in Fetzen reißt?«

»Solange er sich nur über dich und die Zeichnungen hermacht, sollten wir ganz ruhig bleiben«, sagte Agnes, ohne den dramatischen Zwischenfall vom Vormittag auch nur zu erwähnen. Sie deutete an, daß die Besprechung beendet sei, indem sie ihre Unterlagen zusammenpackte. Als die anderen jedoch scharrend ihre Stühle zurückschoben und aufstanden, hob sie noch einmal wie zu einer Korrektur die Hand und fügte hinzu: »Ich würde gern mit jedem von euch unter vier Augen sprechen«, sagte sie. »Eine Art Kollegenberatung.«

»Kollegenberatung?«

Cathrine machte darauf aufmerksam, daß eine solche Beratung nicht angekündigt worden und eigentlich auch erst in zwei Monaten fällig sei.

»Wir machen es jetzt. Es dauert nicht lange. Terje, du bitte als erster. Wir gehen in mein Büro.«

Maren Kalsvik, die praktisch, wenn auch nicht offiziell, als eine Art stellvertretende Heimleiterin fungierte, musterte ihre Chefin nachdenklich. Agnes wirkte müde. Ihre Haare waren stumpf, und ihr sonst so glattes, rundes Gesicht war viel schärfer gezeichnet. Unter den Augen lagen wenig kleidsame bläuliche Schatten, und zeitweise schien sie an den Kindern keinerlei Interesse mehr zu haben. Es hing bestimmt mit ihrer Ehe zusammen. Maren und Agnes waren nicht direkt Freundinnen, aber sie arbeiteten schließlich zusammen und unterhielten sich ab und zu über Gott und die Welt. Seit einigen Monaten kriselte es in Agnes' Ehe, das wußte Maren. Und vielleicht handelte es sich um eine ernstere Krise, als Agnes zugeben mochte. Die haarsträubende Strafe für Olavs Wutanfall zeigte ja schon, daß hier etwas ganz und gar nicht stimmte. Gleich bei der Besprechung wollte sie sich diskret erkundigen. Und sie mußte die Strafe umwandeln. Schwer würde das sicher nicht. Es war nicht nur pädagogisch unklug, den Kindern das Zusammensein mit ihren Eltern zu verbieten, es war außerdem nicht erlaubt.

»Kann ich als zweite an die Reihe kommen?« fragte sie. »Ich muß nachher zum Zahnarzt.«

Agnes konnte ihre Beratungen mit den einzelnen Kollegen erst nach fast vier Stunden beenden. Und dabei hatten die letzten nur zehn Minuten gedauert.

Das Haus schien zu atmen. Tief und gleichmäßig. Eine sichere, feste Burg für die acht schlafenden Kinder.

Jedenfalls geben sie Ruhe, dachte Eirik zufrieden und schaltete den Fernseher aus.

Es war schon eine halbe Stunde nach Mitternacht, aber müde war er nicht. Das wunderte ihn. Ob er vielleicht geschlafen hatte, ohne es bemerkt zu haben? Er schnappte sich die Karten und legte eine Patience. Das war für ihn das pure Schlafmittel. Einige gepfuschte Runden lieferten ihm die nötige Bettschwere. Also konnte er sich auch gleich in das bereits gemachte Bett im ersten Stock legen. Auf dem Weg nach oben fiel ihm ein, daß Agnes noch nicht nach Hause gegangen war. Er hatte es jedenfalls nicht mitbekommen, und sie hätte doch bestimmt kurz in den Fernsehraum geschaut und ihm eine gute Nacht gewünscht. Er konnte ohnehin nicht begreifen, warum sie an diesem Abend, so gegen zehn, noch einmal gekommen war. Sie hatten den ganzen Papierkram doch im Griff, das hatte sich am Morgen bei der Besprechung herausgestellt. Und nun war sie schon wieder so lange hier. Noch einmal sah er auf die Uhr. Fast eins. Mit vorsichtigen Schritten ging er im ersten Stock nach links und öffnete behutsam die Tür zum Schlafzimmer der Zwillinge. Beide lagen in Kim-Andrés Bett. Sie sahen aus wie Engelchen, wie sie sich so umarmten und mit ihren kleinen Mündern leise und gleichmäßig atmeten. Vorsichtig hob Eirik Roy-Morgan hoch und trug ihn in dessen eigenes Bett. Der Junge murmelte einen schlaftrunkenen Protest, dann drehte er sich auf den Bauch, seufzte und schlief weiter. Wie immer hatten die Jungen das Licht angelassen, Eirik ließ es brennen und setzte seine Runde fort.

Alle schliefen. Raymond schnarchte. Mit offenem Mund und leicht zurückgebogenem Kopf lag er auf dem Rükken; ein Arm und ein Bein hingen zur Hälfte aus dem schmalen Bett heraus. Die Decke lag auf dem Boden. Eirik hob sie hoch, brachte Arm und Bein des Jungen im Bett unter, ohne daß dieser sich davon stören ließ, und stopfte die Decke zwischen Matratze und Bettkasten fest, damit sie nicht wieder hinunterrutschen konnte.

Er schaute zu Olavs Bett hinüber und erstarrte. Das Bett war leer. Das konnte doch nicht wahr sein! Er hatte zwar den Fernseher laufen gehabt, aber er hätte doch etwas gehört, wenn der Junge das Haus verlassen hätte. Die Tür zum Aufenthaltsraum hatte offen gestanden. Oder nicht? Und dann wurde ihm glühend heiß.

Es waren schon ein paarmal Kinder durchgebrannt. Sie waren einfach nicht aus der Schule zurückgekommen oder von einem Ausflug in die Stadt. Das hier aber war seine Schuld. Es war mitten in der Nacht. Und Olav war erst zwölf.

Das Fenster war offen. Die Rettungsleine war am Haken unter der Fensterbank befestigt und hing nach draußen. Eirik riß das Fenster ganz auf und starrte auf den Boden fünf Meter unter ihm. Aber der Junge hatte sich doch nicht einmal in die Nähe der Rettungsleinen getraut!

Ohne daran zu denken, daß er die schlafenden Kinder wecken könnte, stürzte er aus dem Zimmer, vorbei am Personalschlafzimmer, und rief, als ihn noch zwei Meter vom Zimmer der Heimleiterin ganz hinten rechts von der Treppe trennten: »Agnes! Agnes! Olav ist weg!«

Er rannte in ihr Büro. Und dort blieb er wie gelähmt stehen.

Hinter dem für dreihundert Kronen auf dem Flohmarkt gekauften Mahagonischreibtisch mit dem Fleißigen Lieschen, dem Telefon, der billigen Plastikschreibunterlage und der roten Tasse mit vier Kugelschreibern und einem Bleistift saß Agnes Vestavik. Ganz ruhig. Sie starrte mit erstauntem Blick und halboffenem Mund durch ihn hindurch, und ein kleiner, geronnener Bach aus Blut klebte unter ihrem einen Mundwinkel. Das Blut floß nicht mehr.

Nachdem er sie eine halbe Minute lang angestarrt hatte, ging Eirik langsam und unsicher um den Schreibtisch herum, wie um die Tote zu ehren. Sie war so tot, wie ein

Mensch es überhaupt nur sein kann. Aus ihrem Rücken ragte ein dreizehn Zentimeter langer Messergriff. Ungefähr auf der Höhe des Herzens.

Eirik schlug die Hände vors Gesicht und begann zu weinen.

3

»Das versichere ich auf Ehre und Gewissen.«

Sie ließ die rechte Hand sinken. Hauptkommissarin Hanne Wilhelmsen fand nur weniges schrecklicher, als vor Gericht aussagen zu müssen. Zwar brauchten Polizeiangestellte – anders als andere Zeugen – zumeist nicht lange zu warten; der Staatsanwalt sagte ihnen eine halbe Stunde vorher Bescheid. Aber trotzdem geschah immer irgend etwas, das den Betrieb aufhielt. Allein schon die richtigen Unterlagen herauszusuchen war zeitraubend genug. Viel leichter wäre es natürlich gewesen, wenn man zwei Tage im voraus vom Staatsanwalt eine Kopie der Akten bekommen hätte, aber Hanne Wilhelmsen und ihre fünfzehnhundert Kollegen bei der Osloer Polizei wußten, daß sich das nur in einem von zehn Fällen ermöglichen ließ. Die Polizeijuristen versprachen und beteuerten, aber die Papiere wurden nie geliefert, und am Ende mußten sie sich vor jeder Verhandlung durch mehr oder weniger handgebastelte Archive hindurchwühlen.

In diesem Fall ging es um eine Bagatelle. Die Juristen in ihren Roben saßen mit düsteren Mienen da und nutzten ihren Arbeitstag, um festzustellen, ob eine Einundzwanzigjährige während einer Demonstration einen Polizisten ins Bein gebissen und ihm ins Ohr gespuckt hatte.

Die Frau kaute auf einem Kaugummi herum, zupfte an ihren lila gefärbten Haarsträhnen und bedachte die Hauptkommissarin, als diese in voller Uniform den Zeugenstand betrat, mit einem vernichtenden Blick. Hanne Wilhelmsen konnte es nicht hören, von den Lippenbewegungen her jedoch hätte sie schwören können, daß die Angeklagte das Wort »Klassenbullerei« formte, ehe sie sich mit demonstrativem Seufzen zurücklehnte und die Decke anstarrte. Ihr Anwalt machte keine Anstalten, sie zur Ordnung zu rufen.

Die Vernehmung war schnell erledigt. Hanne Wilhelmsen hatte wirklich alles gesehen. Sie war nicht im Dienst gewesen; zufällig war sie über den Stortorg gegangen, wo eine kleine Gruppe von Menschen, die mehr oder weniger präzise als Autonome bezeichnet wurden, wütend die Kneipe, vor der sie standen, für ein Nazinest erklärte. Das stimmte durchaus. Die Polizei wußte längst, daß rechtsextreme Gruppen dort ihr Stammlokal gefunden hatten. Als Hanne Wilhelmsen vorbeikam, wurde die Frau mit den lila Haaren gerade, ohne besonderen Widerstand zu leisten, von zwei Beamten aus dem Gewühl gezogen und mit Handschellen gefesselt. Hauptkommissarin Wilhelmsen blieb stehen. Sie war nur drei oder vier Meter entfernt, als die Autonome dem einen Beamten anbot, ihm ein Geheimnis zu erzählen. Ehe er antworten konnte, hatte sie sich auch schon zu seinem Ohr vorgebeugt und eine solide Ladung Kaugummi und Spucke hineingeschleudert. Wütend riß der Beamte sie zu Boden, worauf sie sich gleich über dem Knöchel in seinem Stiefel verbiß. Für ihre Zähne und ihren Kiefer mußte das eine um vieles größere Belastung bedeutet haben als für das Stiefelleder, vor allem, weil der Beamte voller Zorn versuchte, sie abzuschütteln. Schließlich ließ sie ihn los und lachte. Danach wurde sie auf die Beine gezerrt und in eine wartende Grüne Minna gestoßen.

»Haben Sie deutlich gesehen, daß sie den Polizisten ins Bein gebissen hat?«

Diese Frage stammte vom Staatsanwalt, einem kleinen, blutjungen Polizeirat, dessen bartlose Wangen wie rote

Rosen blühten. Wilhelmsen wußte, daß dies sein erster Fall war.

»Na ja, wenn der Stiefel zum Bein gehört, dann ja«, antwortete die Hauptkommissarin und sah den Richter an.

Der sah aus, als könne er vor lauter Langeweile jeden Moment tot umfallen.

»Es steht doch wohl außer Frage, daß sie gebissen hat?«

Der Staatsanwalt ließ nicht locker.

»Sie hat den Kollegen ins Stiefelleder gebissen. Das Gericht muß entscheiden, ob das einen Biß ins Bein bedeutet.«

»Haben Sie gesehen, ob sie ihn angespuckt hat?«

Hanne Wilhelmsen versuchte, ein Lächeln zu unterdrücken.

»Ja, sie hat ihm ein dickes Kaugummi ins Ohr gespuckt. Es sah sehr unangenehm aus.«

Der Rotwangige war zufrieden, der Verteidiger hatte auch nicht mehr viele Fragen. Wilhelmsen konnte gehen.

Die Autonome würde wohl für dreißig Tage hinter schwedische Gardinen wandern. Gewalt gegen einen Beamten im Dienst. Nicht gut. Die Hauptkommissarin verließ das neue Osloer Gerichtsgebäude, trat auf den C. J. Hambros Plass hinaus, blieb kurz stehen und schüttelte langsam den Kopf.

»Wir machen schon komische Sachen mit unserer Zeit und unserem Geld«, murmelte sie, dann winkte sie einem vorüberfahrenden Streifenwagen, der sie mit nach Grønlandsleiret 44 nahm, dem Osloer Polizeigebäude.

Das neue Büro war doppelt so groß wie das alte. Das hatte sie ihrer Beförderung zur Hauptkommissarin zu verdanken. Sie hatte diesen Rang seit einem halben Jahr inne, wußte aber noch immer nicht, ob sie sich damit wohl fühlte. Verwaltungsarbeit machte nun einmal keinen Spaß. Andererseits war es auch eine Herausforderung, andere bei dem anleiten zu können, womit sie sich am besten auskannte: bei Ermittlungsarbeiten. Sie selbst beteiligte sich aktiver daran als die meisten anderen Hauptkommissare, und sie wußte, daß das kommentiert wurde. Und zwar nicht nur positiv. Überhaupt kam ihr immer deutlicher zu Bewußtsein, daß ein jahrelanges Dasein als allseits anerkannte Heldin, die von Kritik und Konflikten glücklich verschont blieb, nun zu Ende war. Wenn sie früher konstruktiv und unverbindlich Rationalisierungsmaßnahmen hatte vorschlagen können, die andere durchführen und verantworten mußten, so hatte sie nun Macht und Pflicht, diese selbst in die Wege zu leiten. Als einfache Ermittlerin hatte sie sich aus allen persönlichen Konflikten und Intrigen herausgehalten. Sie hatte ihre Arbeit erledigt, und zwar ganz hervorragend, dann war sie, gefolgt von bewundernden Blicken, nach Hause gegangen. Jetzt steckte sie mitten im Trubel, konnte nicht fliehen und mußte oft eingreifen, entscheiden und über andere verfügen. Vielleicht war ihr das im Innersten zuwider. Bisher hatte sie viel mehr Energie dafür aufgewandt, zwischen sich und anderen Trennwände zu errichten, Wände, hinter die sie sich zurückziehen können mußte. Jederzeit.

Hanne Wilhelmsen wußte wirklich nicht, ob sie sich wohl fühlte.

»Hanne, mein Täubchen, mein Herzensvögelchen!«

Ein braungebrannter Gigant füllte die Türöffnung aus. Er trug verwaschene Jeans ohne Gürtel; an einer Gürtelschlaufe war eine dicke Goldkette befestigt, die zur Uhrentasche an der rechten Hüfte führte. Sein T-Shirt war knallrot und quer über die breite Brust in Schwarz mit dem Befehl »FUCK OFF!« bedruckt. An den Füßen trug er schwarze Stiefel mit echten, riesigen Sporen. Blonde Haarstoppeln von einem halben Zentimeter Länge bedeckten seinen Schädel. Sein Schnurrbart war viel länger und außerdem kupferrot.

»Billy T.! Du hast dir die Haare wachsen lassen!«

Hauptkommissarin Hanne Wilhelmsen sprang auf und wurde sofort zum Objekt für die innige Zuneigung dieses gewaltigen Besuchers. Er hob sie hoch und schwenkte sie so heftig durch die Luft, daß die Kaffeetassen umkippten und der Papierkorb an die Wand flog. Schließlich setzte er sie wieder ab, pflanzte ihr einen dicken Schmatz auf den Mund und ließ sich in einen Sessel fallen, der vier Nummern zu klein für ihn wirkte.

Sie kannten sich schon seit der Polizeischule. Anders als die allermeisten Männer aus ihrem Jahrgang hatte er nie versucht, sie anzubaggern. Im Gegenteil, mehrere Male hatte er ihr wie ein Prinz auf seinem Schimmel aus peinlichen Situationen helfen können, und eine Zeitlang waren Gerüchte über sie und ihn im Umlauf gewesen. Als er sich dann ein Kind nach dem anderen zulegte und keins davon mit Hanne, waren neue und ganz andere Gerüchte über sie aufgekommen. Vor denen hatte er sie nicht retten können. Aber er hatte sie nie auch nur für eine Sekunde fallenlassen. Im Gegenteil, in einer schönen Frühlingsnacht vor einem Dreivierteljahr, in dem legendären Hitzefrühling, als sie in einem Sturzbach von Verbrechen zu ertrinken drohten, hatte er sie auf eine Weise mit sich selbst konfrontiert, die sie zu der geheimen Überlegung gebracht hatte, daß sie an ihrem Leben etwas ändern müsse. Aber diese Überlegung blieb sehr geheim.

»Das war vielleicht toll«, sagte er und kam damit ihrer Frage zuvor. »Ich fand es toll, die Jungs fanden es spitze, und zu allem Überfluß hab ich auch noch eine verdammt scharfe Frau kennengelernt.«

Vierzehn Tage auf den Kanarischen Inseln. Die hätte Hanne auch brauchen können.

»Und jetzt bist du ausgeruht und dienstbereit. Bei mir. Für mich.«

Ihre Stimme klang seidenweich, und sie beugte sich über ihren Schreibtisch zu ihm vor.

»Daß ich das noch erleben darf! Chefin von Billy T. zu werden! Dem Schrecken aller Vorgesetzten! Ich freue mich schon.«

Er reckte zufrieden seinen über zwei Meter langen Körper und verschränkte die Hände im Nacken.

»Wenn ich mich je irgendwem unterordnen kann, dann nur einer supertollen Frau. Und wenn ich mich je einer supertollen Frau unterordne, dann nur dir. Das schaffen wir schon.«

Billy T. arbeitete wieder in der Ermittlung. Nach vielen Jahren als Jeanspolizist in der sogenannten »Unruhetruppe« hatte er sich von Hanne Wilhelmsen überreden lassen. Sie hatte sogar seinen Antrag auf Versetzung geschrieben. Es hatte sie viele Flaschen Rotwein und ein Festmahl gekostet, bis er eines Samstags nachts um zwei Uhr unterschrieben hatte. Am nächsten Morgen um neun hatte er verzweifelt angerufen und den Antrag in Fetzen reißen wollen. Sie hatte gelacht. Das kam nicht in Frage. Nun saß er hier. Und freute sich im Grunde wohl auch.

»Und das hier wirst du als erstes erledigen.«

Sie reichte ihm drei grüne, nicht allzu umfangreiche Umschläge. Eine Messerstecherei vom vergangenen Samstag, ein plötzlich gestorbenes Kind, das aber wohl dem Krippentod zum Opfer gefallen war, und einen anderen Todesfall von der Schattenseite der Lebensführung, der sich mit ziemlicher Sicherheit als Alkoholvergiftung entpuppen würde.

»Das machst du mit links«, sagte sie. »Aber hierbei wird's

ernst. Ein Mord. Altmodischer Messermord, der pure Groschenroman. In einem Kinderheim! Letzte Nacht. Sprich mit der Technik. Viel Glück. Ich würde gern eine ganze Kompanie auf diesen Fall ansetzen, aber wir hatten letzte Woche ja schon den Doppelmord in Smestad. Wir kriegen höchstens vier Leute. Und auf jeden Fall wirst du die Ermittlungen leiten.«

»Verdammt, ist das alles schon entschieden?«

»Ja.« Sie lächelte einschmeichelnd. »Bis auf weiteres arbeitest du mit Erik und Tone-Marit zusammen.«

Billy T. erhob sich und raffte mit demonstrativem Seufzen seine Sachen zusammen.

»Ich hätte da unten bleiben sollen«, stöhnte er.

»Ich bin froh, daß du das nicht gemacht hast.« Hanne Wilhelmsen lächelte zuckersüß und fügte hinzu: »Solche T-Shirts kommen hier nicht gut an. Zieh dich sofort um. Auf jeden Fall, ehe du ins Kinderheim fährst.«

»Den Teufel werd ich tun«, murmelte er und beschloß, dieses Hemd noch den ganzen Rest der Woche zu tragen. Dann stampfte er mit klirrenden Sporen davon.

Billy T. hatte dann doch das Hemd gewechselt. Bei genauerem Nachdenken war dessen Botschaft für ein Kinderheim wirklich nicht geeignet. Jetzt trug er ein normales weißes Hemd mit Knopfleiste unter seinem abgenutzten, voluminösen Lammfellmantel. Er stieß mit dem Kopf gegen den Türrahmen, als er sich aus dem kleinen zivilen Dienstwagen zwängte, und versuchte vergeblich, den Schmerz wegzureiben. Es war nach einer milden Periode wieder kalt geworden, die Kieselsteine auf dem Gartenweg knirschten trocken und gefroren unter seinen spitzen Stiefeln. Hanne Wilhelmsen war mitgekommen. Billy T.

machte so lange Schritte, daß sie laufen mußte, um nicht zurückzufallen.

»Ich sollte Gefahrenzulage für diese Karre da beantragen«, sagte Billy T. vergrätzt. »Blute ich?«

Er bückte sich und hielt seiner Kollegin den Kopf hin. Unter den Haarstoppeln war die Kopfhaut zu sehen, mit Narben und Kerben von früheren Kollisionen. Er blutete nicht.

»Waschlappen«, sagte Hanne Wilhelmsen, pustete auf seinen Kopf und öffnete eine Haustür, in der in Augenhöhe ein blaues, dreigeteiltes Fenster in Halbmondform saß. Ein kleiner geblümter Vorhang versperrte die Sicht.

Sie betraten einen Windfang mit Garderobenhaken an der einen Wand und einem dreistöckigen hölzernen Schuhregal vor der anderen. Schuhe in allen Größen zwischen 32 und 44 lagen dort in glücklichem Chaos wild durcheinander. Während Hanne Wilhelmsen noch überlegte, ob sie ihre Schuhe ausziehen sollte, riß Billy T. schon die nächste Tür auf, und sie folgte ihm, die Schuhe noch an den Füßen. Zu ihrer Rechten führte eine Treppe in den ersten Stock, vor ihnen lag eine Art Aufenthaltsraum. Es war leer und still.

»Gemütlich, gemütlich«, murmelte Billy T. und bückte sich, um einem Mobile mit bunten Hexen aus Pappe, Kreppapier und Birkenzweigen auszuweichen. »So hätte ich mir das nicht gerade vorgestellt.«

»Hättest du dir eher etwas wie in einem Buch von Dickens vorgestellt? Oder was sonst?« fragte Hanne Wilhelmsen, dann blieb sie stehen und horchte. »Hier ist es wirklich unglaublich still.«

Wie zur Antwort kam eine Frau die Treppe heruntergelaufen. Sie mußte so um die Dreißig sein und hatte einen langen blonden Zopf. Sie trug einen handgewebten Kittel, der so alt aussah, wie er sicher auch war, und Jeans mit

Schlag. Entweder waren die wieder total in, oder sie waren Erbstücke aus den siebziger Jahren.

»Tut mir leid«, sagte die Frau atemlos. »Ich mußte noch telefonieren. Maren Kalsvik.«

Ihr Händedruck war fest, ihre Augen aber waren rot und verquollen. Sie war nicht geschminkt, und trotzdem waren ihre Wimpern dunkel und außergewöhnlich lang. Sicher hatte sie sich die Haare bleichen lassen, wenn die auch nicht danach aussahen.

»Wir haben alle Kinder weggebracht. Nur für heute. Die Polizei meinte...« Ein wenig verwirrt brach sie ab. »Also, die, die heute nacht und heute früh hier waren, Ihre Kollegen ... die haben das gesagt. Daß die Kinder nicht hier sein dürften, solange die Stelle noch untersucht wird. Der Tatort, meine ich.«

Sie fuhr sich mit einer schmalen Hand mit kurzgeschnittenen Nägeln durch den Schopf und sah nun noch erschöpfter aus.

»Den wollen Sie doch sicher auch sehen.«

Ohne auf eine Antwort zu warten, drehte sie sich um und ging wieder die Treppe hoch. Hanne und Billy T. folgten ihr. Der Flur, den sie oben erreichten, hatte an jedem Ende, offenbar an den Stirnwänden des Hauses, ein Fenster. Der Flur selbst war etwa zwei Meter breit, und zu beiden Seiten gingen Türen ab. Sie wandten sich nach rechts und wollten offenbar in das hinten rechts gelegene Zimmer. Maren Kalsvik blieb in der Türöffnung stehen und wich zurück. In ihren Wimpern glitzerten Tränen.

»Wir dürfen da nicht rein.«

Das galt jedoch nicht für Hanne Wilhelmsen. Sie kroch unter dem rot-weißen Plastikriemen mit dem Verbotsschild hindurch. Billy T. drückte den Riemen nach unten und stieg hinüber.

»Da saß sie«, sagte Hanne und nickte zu einem mit rotem Wollstoff bezogenen Schreibtischsessel hinüber, während sie in einem Ordner blätterte, den sie aus ihrer großen Schultertasche gezogen hatte. »Mit dem Rücken zum Fenster. Und dem Gesicht zur Tür.«

Einen Moment lang starrte sie den Schreibtisch an, während Billy T. zum Fenster ging.

»Komisch, einen Schreibtisch so aufzustellen«, sagte Hanne dann zu Maren Kalsvik, die noch immer in respektvoller Entfernung vor der Tür stand. »Schreibtische stehen doch sonst immer vor einer Wand.«

»Auf diese Weise wollte sie alle willkommen heißen«, sagte Maren. »Sie hätte der Tür nie den Rücken zugekehrt.«

Billy T. machte das Fenster auf. Ein frischer, kalter Wind wehte herein. Maren Kalsvik näherte sich dem Plastikriemen, fuhr jedoch zurück, als sie sah, daß er sich an einer Seite aus seiner Befestigung löste.

»Das Fenster war von innen geschlossen«, teilte sie mit. »Das hat jedenfalls heute morgen die Polizei gesagt. Die Riegel waren geschlossen.«

Billy T. rüttelte an einem soliden Spiralhaken, der neben der Fensterbank in die Wand geschraubt war.

»Für eine Rettungsleine?«

Er wartete die Antwort nicht ab, sondern beugte sich hinaus und schaute nach unten. Auf dem Boden unter dem Fenster lag eine dünne alte Schneeschicht. Ohne Spuren. Er ließ seinen Blick an der Mauer entlanglaufen und registrierte unter den übrigen vier großen Fenstern des ersten Stocks ein wildes Getrampel. Der Schnee war fast verschwunden und Dutzende von Fußspuren verliefen kreuz und quer. Er zog den Kopf zurück und rieb sich das Ohrläppchen.

»Wohin führt die Tür da?« fragte er dann und zeigte auf eine schmale Tür in der Längswand.

»Zum Personalschlafzimmer. Manchmal nutzen wir es

auch als Büroraum. Ich habe dort telefoniert, als Sie gekommen sind.«

»Und hier wohnen acht Kinder?«

»Ja, eigentlich haben wir Platz für neun, aber im Moment steht ein Bett leer.«

»Und alle Schlafzimmer liegen auf dieser Etage?«

Sie nickte.

»Weiter hinten im Flur. Auf beiden Seiten. Ich kann sie hinführen.«

»Ja, gleich«, sagte Hanne Wilhelmsen. »Haben Sie schon festgestellt, ob irgendwas gestohlen worden ist?«

»Nein, bisher nicht. Wir wissen natürlich nicht, was sie vielleicht in ihren Schubladen aufbewahrt hat, aber … die Schubladen sind abgeschlossen und nicht aufgebrochen worden.«

»Wo ist der Schlüssel?«

Hanne Wilhelmsen hatte mit dem Rücken zu Maren Kalsvik gestanden, als sie diese Frage stellte, aber sie glaubte doch, im Gesicht der anderen eine leichte Verwirrung zu bemerken, als sie sich umdrehte und sie ansah. Nur eine Spur von Verwirrung. Und vielleicht hatte sie sich selbst die nur eingebildet.«

»Der liegt dort unter dem Blumentopf«, sagte Maren Kalsvik. »Im Bücherregal da hinten.«

»Ach was«, sagte Billy T. und hob den Übertopf hoch.

Kein Schlüssel.

Marek Kalsvik wirkte ehrlich verblüfft.

»Sonst liegt der immer da. Vielleicht hat die Polizei ihn mitgenommen?!«

»Vielleicht.«

Hanne und Billy T. tauschten einen Blick, und Hanne machte sich auf einem Spiralblock ein paar Notizen, dann steckte sie ihn wieder in die Tasche und bat, in die Schlafzimmer geführt zu werden.

Olav und Raymond teilten sich ein Zimmer. Wie auch Glenn und Kenneth, während Anita und Jeanette das hinterste Zimmer auf dem Flur bewohnten. Ihnen gegenüber wohnten die Zwillinge, zwei Zimmer standen leer.

»Warum müssen sie sich die Zimmer teilen, wenn ihr doch leerstehende Räume habt?«

»Aus sozialen Gründen. Kenneth hat Angst vor dem Alleinsein. Die Zwillinge wollen zusammen wohnen. Olav...« Sie verstummte und fuhr sich wie schon so oft durch die Haare. »Olav ist der, der verschwunden ist. Agnes dachte...«

Jetzt kämpfte sie offenbar mit den Tränen. Sie holte zweimal schluchzend Luft und riß sich mit Mühe zusammen.

»Agnes meinte, Raymond könnte einen guten Einfluß auf Olav ausüben. Er ist zäh und groß und kann mit den Jüngeren eigentlich ziemlich gut umgehen. Obwohl er sich zuerst gegen den neuen Mitbewohner gewehrt hat. Rein soziale und pädagogische Gründe also, wenn Sie so wollen. Die leeren Zimmer nutzen wir zum Aufgabenmachen und so.«

»Und von dem verschwundenen Jungen haben Sie noch keine Nachrichten?«

»Nein. Wir machen uns schreckliche Sorgen. Er ist nicht nach Hause gegangen, aber das ist ja auch kein Wunder. Unseres Wissens hat er kein Geld, und zu Fuß ist es sehr weit.«

Billy T. lief im Flur hin und her und zählte leise und murmelnd die Meter. Als er wieder im Büro der Heimleiterin stand, mußte er die Stimme heben, um sich den anderen verständlich zu machen.

»Dieses Fenster hier, das steht doch sonst sicher nicht offen?«

Am Fensterrahmen zeigte der zartlila Staub, daß die Technik hier nach Fingerabdrücken gesucht hatte.

»Nein«, rief Maren. »Um diese Jahreszeit ist es immer geschlossen. Aber wir hatten gestern Brandübung. Die Kinder sind eine Stunde lang an Leinen und Leitern herumgeklettert.«

Das konnte Billy T. sehen. Das Fenster klemmte und ließ sich nur mit Mühe öffnen, aber es gelang ihm schließlich. Unter sich sah er das gleiche Durcheinander von Fußspuren, wie er es schon von der anderen Seite her kannte. Die Feuerleiter ließ sich zusammenschieben und war dann vom Boden her nicht zu erreichen. Sie war breit und stabil, mit groben, geriffelten Sprossen. Er löste sie an beiden Seiten, und die untere Hälfte fiel an gutgeschmierten Rollen dem Boden entgegen. Solides Teil. Er zog an einem Draht, der neben dem Fenster über eine kleinere Rolle lief, und der untere Leiterteil faltete sich brav zusammen. Als er oben angekommen war, gab es einen kleinen Klick, und Billy befestigte den Verschlußmechanismus wieder an Ort und Stelle. Dann schloß er das Fenster, überzeugte sich rasch davon, daß die Zimmer gegenüber dem Büro der Heimleiterin zwei Badezimmer waren, ein großes und ein kleines, dann ging er schweigend zurück zu den beiden Frauen.

»Wir müssen Sie alle verhören«, hörte er Hanne Wilhelmsen sagen, fast in einem Ton des Bedauerns. »Wir werden Sie der Reihe nach vorladen. Es wäre eine große Hilfe, wenn Sie uns eine Liste über alle Hausbewohner und, noch wichtiger, über alle machen könnten, die hier arbeiten. Namen, Geburtstage, aber auch Herkunft, Adresse, Familienstand, wie lange sie schon hier arbeiten und überhaupt. So schnell wie möglich.«

Die andere nickte.

Hanne und ihr Kollege gingen, gefolgt von Maren Kalsvik, ins Erdgeschoß hinunter. Schweigend inspizierten sie das restliche Haus und machten sich Notizen. Ungefähr eine Stunde nach ihrem Eintreffen schloß die Frau mit dem Zopf die Tür wieder hinter den beiden.

Ohne weitere Kommentare sprang Billy T. über eine kleine, niedrige Hecke, die Kiesweg und Rasenfläche trennte. Er klappte seinen Mantelkragen hoch, schloß die beiden noch nicht abgerissenen Knöpfe und bohrte die Hände in die Taschen. Danach lief er um die Ecke und blieb unter dem einzigen Fenster in der Stirnwand stehen, das sich etwa in sechs Metern Höhe befand. Hanne Wilhelmsen wußte, was er vorhatte, und stand sofort neben ihm.

Bei dem milden Wetter der letzten Woche war der Boden so weit aufgeweicht, daß sich in der braunen Erde zahllose kleine und große Fußspuren abzeichneten. Erst am Morgen hatte der Frost wieder eingesetzt. Jetzt sah der Boden aus wie eine winzige Mondlandschaft, durch die kreuz und quer flache Täler und kleine spitze Gebirge verliefen, ganz ohne System und ohne jeglichen Wert.

»Diese Feuerübung kam ja wie gerufen«, sagte Billy T. »Selbst der ausgefuchsteste Techniker würde hier versagen.«

»Immerhin haben sie es versucht«, sagte Hanne und zeigte auf winzige Gipspartikel, die mit dem Reif fast verschmolzen, und auf rotes Kontrastspray in mehreren Spuren. »Wenn nach der Brandübung noch jemand hier gewesen ist – und das muß ja der Fall gewesen sein, wenn jemand die Leiter hochgeklettert ist –, dann müssen diese Fußspuren die obersten sein. Wissen wir, wann der Frost eingesetzt hat?«

»Erst gegen Morgen. Als die anderen gegen halb zwei hier waren, war der Boden noch ganz weich.«

Die Hauptkommissarin ging vorsichtig auf dem zertrampelten Stück Boden hin und her, in der geheimen Hoffnung, diesem doch noch die eine oder andere Botschaft entreißen zu können. Danach trat sie dicht an die Mauer heran und streckte die Arme nach der zusammengeklappten Feuerleiter aus. Mehr als ein halber Meter trennte ihre Fingerspitzen noch vom unteren Ende der Leiter.

»Schaffst du das?«

Vorsichtig tauschten sie die Plätze, aber auch Billy T., 2,02 Meter auf Socken und mit den Armen eines Gorillas, konnte die unterste Sprosse nicht greifen.

»Ein Regenschirm oder irgendwas mit einem Haken würde aber genügen«, sagte Hanne Wilhelmsen und hauchte ihre rechte Hand an.

»Nein, das Schloß sorgt dafür, daß sie nicht von unten her ausgeklappt werden kann. Solide Konstruktion. Diese Leiter läßt sich nur von drinnen ausfahren. Ganz wie es sich gehört. Und sie kann auch nur vom Haus aus zusammengeklappt werden. Du mußt verdammt stark sein, wenn du sie von hier unten aus hochkriegen willst. Und das Schloß hast du damit noch längst nicht im Griff.«

»Aber dann«, sagte Hanne Wilhelmsen, »dann gibt es doch nur zwei Möglichkeiten. Entweder ist der Mörder nicht auf diesem Weg ins Haus gelangt. Oder wir haben es mit einer sehr kurzen Liste von Verdächtigen zu tun.«

Obwohl Billy T. erkennen ließ, daß er dieser Argumentation durchaus folgen konnte, fügte sie mit ruhiger Stimme hinzu: »Denn wenn die Leiter benutzt worden ist, dann von jemandem, der sie früher am Abend herunterlassen konnte, um sie später hochsteigen zu können, und der die Möglichkeit hatte, sie danach wieder hochzuziehen. Von innen. Das bedeutet im Grunde, daß es jemand vom Personal gewesen sein muß.«

»Oder eins von den Kindern«, murmelte Billy T. und schauderte.

Es wurde immer kälter.

Am schlimmsten war der Hunger, obwohl er auch fror. Eigentlich hätte er sich wärmer anziehen müssen. Eine Strumpfhose zum Beispiel wäre jetzt gut gewesen. Zum Glück hatte er eine dicke Jacke im Zimmer gehabt, aber seine Lederjacke, die unten im Windfang hing, unter seinem Namen aus munteren Blumenbuchstaben, wäre noch besser gewesen. So weit hatte er allerdings nicht gedacht. Oder hatte es nicht riskieren wollen. Die Turnschuhe waren für diese Jahreszeit jedenfalls total ungeeignet. Und seine Zunge tat schrecklich weh.

Das mit der Rettungsleine war ganz einfach gewesen. Glenn und Terje hatten behauptet, er traute sich nicht. Aber er hatte einfach keinen Bock gehabt. Da noch nicht. Er hatte auf nichts Bock, wenn andere ihn herumkommandieren wollten. Aber wenn es sein mußte, ging es ganz leicht. Sogar mit der Schultasche auf dem Rücken.

Wie weit er schon gelaufen war, wußte er einfach nicht. Ihm kam es vor wie viele Dutzend Kilometer.

»Ich bin sicher noch in Oslo«, sagte er leise, um sich selbst zu überzeugen, und dabei lugte er aus der Garage und sah unter sich eine Million Lichtquellen unter einer rosa Dunstglocke.

Es war blöd, daß er kein Geld hatte. Und daß er daran nicht vorher gedacht hatte. In einer Socke, tief hinten im dritten Fach von oben im Schrank, in dem Zimmer, das er mit Raymond teilte, steckten hundertfünfzig Kronen. Die hatte seine Mutter ihm zugesteckt. Hundertfünfzig Kronen waren ein Haufen Geld. Vielleicht sogar genug für ein Taxi nach Hause. Im Grunde hatte er geglaubt, daß er dieses Geld nur für den Zweck bekommen hatte. Sonst wäre eine Summe von hundert oder zweihundert Kronen logischer gewesen.

»Logisch bedeutet, leicht zu verstehen.«

Er klapperte mit den Zähnen und preßte die Hände auf

den Bauch, während er einen langen, leisen Schrei nach Essen ausstieß.

»Ich verhungere hier noch«, sagte er, und seine Zähne führten einen wilden Tanz auf. »Entweder ich erfriere, oder ich verhungere.«

Das Haus, zu dem die Garage gehörte, in der er sich versteckt hatte, war ganz dunkel. Obwohl seine Swatch zeigte, daß es schon nach neun Uhr abends war. Er hatte erwartet, daß gegen fünf jemand nach Hause kommen würde. Aber niemand hatte sich blicken lassen. Und hier stand auch kein Auto, obwohl es eine sehr große Garage war. Vielleicht waren die Hausbewohner verreist. Sicher wohnte hier eine Familie. Vor der Haustür stand ein schönes Rodelbrett, so eins mit Kufen und Steuerrad. Zu Weihnachten hatte er ganz sicher mit einem solchen Brett gerechnet, aber statt dessen hatte er einen Farbkasten bekommen. Seine Mutter hatte traurig ausgesehen. Aber er wußte, daß sie wenig Geld hatte. Er hatte außerdem einen Power Ranger gekriegt. Den hatte er sich immerhin gewünscht. Aber seine Mama hatte vergessen, daß er den roten wollte. Der rote war viel besser. Er hatte den grünen bekommen. Genau wie vor zwei Jahren, als er sich Rafael von den Turtles gewünscht hatte und mit Michelangelo abgespeist worden war.

Vielleicht war er ja doch ein bißchen eingeschlafen. Auf jeden Fall war er überrascht, als er sah, daß es schon nach Mitternacht war. Mitten in der Nacht. Er war lange nicht mehr so spät noch wach gewesen. Das Haus war noch immer leer. Als er aufstand, wurde ihm vor Hunger fast schwindlig. Ohne wirklich darüber nachzudenken, ging er zur Haustür. Natürlich war sie abgeschlossen. Mit einem normalen und einem Sicherheitsschloß.

Er stand auf der Betontreppe, seine Hand lag unschlüssig auf dem schmiedeeisernen Geländer. Lange. Dann lugte er über die Kante und entdeckte unten ein ziemlich großes Kellerfenster, dicht über dem Boden. Er ging die vier Stufen nach unten, und ohne sich die Sache weiter zu überlegen, benutzte er das Rodelbrett als Rammbock und zerbrach das Fenster. Er hatte schon Angst, sich nicht hindurchzwängen zu können, aber das war kein Problem. Zuerst warf er seine Tasche hinein. Innen stand nur einen Meter vom Fenster entfernt ein langer Tisch, es war also nicht schwer, nach unten zu gelangen. Er hatte im Dunkeln immer ziemliche Angst, deshalb suchte er zunächst einen Lichtschalter, und erst nach einigen Minuten ging ihm auf, daß es sicher keine gute Idee war, in einem fremden Haus Licht zu machen. Er hielt sich an der Türklinke fest, knipste das Licht wieder aus und betrat einen kleinen Korridor, wo im trüben Licht, das durch das eingeschlagene Fenster hereinströmte, eine Treppe zum Erdgeschoß zu sehen war. Zum Glück war die Tür am Ende der Treppe nicht abgeschlossen.

Der Kühlschrank quoll nicht gerade über von Lebensmitteln. Milch hatten sie zum Beispiel nicht. Er konnte auch kein Brot entdecken, obwohl er überall suchte. Aber in einem Fach in der Kühlschranktür gab es einige Eier, und Olav wußte, wie Eier gekocht werden. Als erstes muß das Wasser kochen, dann legt man die Eier sieben Minuten lang hinein. Er hatte zwar noch nie Eier und Fischklöße zusammen gegessen, aber das spielte jetzt keine Rolle. Er hatte solchen Hunger. Es fiel ihm gar nicht leicht, beim Essen nicht die Wunde in seiner Zunge zu berühren, und immer wieder blieb etwas in den Fäden hängen, aber es ging irgendwie. Und im Kühlschrank standen jede Menge Konservendosen.

Er schlief erst um zwei ein, in einer dunklen Küche, mit einem langen Damenmantel, den er im Flur gefunden hatte, als einziger Decke. Er war total erschöpft und konnte einfach nicht mehr überlegen, was er am nächsten Tag machen sollte. Es spielte auch keine Rolle. Jetzt wollte er nur schlafen.

Mit nur drei Jahren hat er mich dann zum erstenmal verletzt. Im Grunde war es nicht seine Schuld. Er war eben ein riesengroßer Dreijähriger. Obwohl er sehr viel mitbekam und im Kindergarten gelobt wurde, weil er so klug war (vielleicht wollten die mich ja nur trösten), konnte er nach wie vor nur zehn Wörter. Mama gehörte nicht dazu. Er war bestimmt das einzige Kind in der Weltgeschichte, das nicht »Mama« sagen konnte. Die Kindergärtnerin beruhigte mich und sagte, alle Kinder seien unterschiedlich. Sie habe einen Bruder, der Professor sei, sagte sie, und der habe erst mit vier Jahren sein erstes Wort gesprochen. Als ob mich das interessierte!

Ich hatte gerade gekocht. Er saß auf seinem Kinderstuhl, den ich von dem Geld vom Jugendamt gekauft hatte. Der Sicherheitsgurt war schon fast zu eng, aber ich konnte ihn doch nicht weglassen, Olav war noch nicht alt genug. Er quengelte noch mehr als sonst. Ich hatte unglücklicherweise die Fischstäbchen anbrennen lasssen, ich hatte plötzlich Magenprobleme bekommen und war ein wenig zu lange auf dem Klo geblieben. Die verkohlten Reste waren ungenießbar, aber zum Glück hatte ich noch eine Packung in der Tiefkühltruhe. Olav wurde langsam ungeduldig. Und sein Geschrei machte mich entsetzlich nervös. Sein lautes, tränenloses und von wildem Herumfuchteln begleitetes Geschrei. Die Nachbarn sahen mich schon vielsagend an, wenn ich mir zu lange am Müllschacht zu schaffen machte und unfreiwillig einem von ihnen begegnete, sicher hatten sie ihn auch diesmal gehört.

Ich hatte nur eine Tüte Lakritzschiffchen, um ihn ein bißchen abzulenken. Die waren schnell verschwunden. Als ich endlich fünf Fischstäbchen aus der Bratpfanne auf seinen Teller mit Karius und

Baktus legen konnte, dachte ich, er wäre jetzt zufrieden. Nachdem ich die Bratpfanne warmgestellt hatte, setzte ich mich ihm gegenüber hin und schälte zwei Kartoffeln. Er sah zufrieden aus mit seinem Mund voll Fisch. Ich lächelte ihn an, er sah so niedlich und engelhaft aus auf seinem Stühlchen, so still und zufrieden. Ich griff nach seiner Hand.

Und ohne irgendeine Vorwarnung stach er mir die Gabel in den Handrücken. Es war zum Glück nur eine Kindergabel, so eine mit nur drei Zinken, eher wie eine Kuchengabel. Aber sie riß meine Haut auf mit einer Kraft, die niemand einem Dreijährigen zutrauen würde. Das Blut spritzte nur so hoch. Ich war wie gelähmt und konnte gar nichts machen. Er riß die Gabel aus der Wunde und stach mit aller Kraft noch einmal zu. Es tat unbeschreiblich weh. Aber schlimmer noch war, daß ich so schreckliche Angst hatte. Vor mir saß ein Dreijähriger, und ich hatte größere Angst vor ihm, als ich je vor seinem Suffkopp von Vater gehabt hatte.

Himmel, ich hatte Angst vor meinem dreijährigen Sohn!

Terje Welby lag schon seit drei Stunden wach, wenn sich der Schlaf zu nähern schien, sprudelte plötzlich und gegen seinen Willen das Adrenalin wieder hoch. Seine Bettwäsche war schon schweißnaß. Er wälzte sich von einer Seite auf die andere und jammerte. Sein Rücken quälte ihn. Er legte sich das Kissen auf den Kopf und murmelte verbissen vor sich hin: »Ich *muß* schlafen. Ich *muß* schlafen.«

Das Telefon schellte.

Er stieß so heftig mit der Hand gegen die Nachttischlampe, daß der gläserne Lampenschirm auf den Boden fiel und zersplitterte. Er lutschte an seinen blutigen Fingern herum und starrte verängstigt das Telefon an.

Aber es gab keine Ruhe. Es schien nur immer noch lauter zu werden. Mit einem Ruck riß er den Hörer von der Gabel.«

»Hallo!«

»Hallo, Terje. Hier ist Maren. Tut mir leid, daß ich so spät anrufe.«

»Macht doch nichts«, sagte er rasch und sah auf seinem Nachttischwecker, daß der nächste Morgen nur noch drei Stunden entfernt war.

»Terje, ich muß es wissen.«

»Was denn wissen?«

»Du weißt schon, was ich meine.«

Er setzte sich auf und zupfte an seinem schweißnassen T-Shirt.

»Nein, das weiß ich ganz und gar nicht.«

Schweigen.

»Hatte Agnes es entdeckt?« fragte sie endlich. »Hat sie deshalb diese plötzliche Kollegenberatung angesetzt?«

Er schluckte so laut, daß es durch das Telefon zu hören war.

»Nein. Sie hatte es nicht entdeckt.«

So schrecklich auch alles war, immerhin war er glücklich, weil sie ihn nicht sehen konnte.

»Terje, nicht böse sein.«

»Ich bin nicht böse.«

»Dann sag es mir.«

»Was soll ich dir sagen?«

»Hast du sie umgebracht?«

»Nein, Maren. Das habe ich nicht. Ich habe sie nicht umgebracht.«

Sein Rücken quälte ihn mehr denn je.

4

»Sieh dir das an! Sieh dir das an!«

Billy T. platzte, ohne anzuklopfen, in das spärlich eingerichtete Büro der Hauptkommissarin. Er zeigte zitternd hinunter auf den Åkebergvei, wo zwei in Mäntel gekleidete Männer in ein wildes Handgemenge verwickelt waren. Ein Volvo hatte seine Schnauze unverschämt weit in den Hintern eines Toyota Corolla neuesten Typs gebohrt.

»Es hat einfach peng gemacht, und schon sprang der erste aus der Karre und zog den anderen Heini aus seiner, ohne auch nur guten Tag zu sagen. Ich setze einen Hunderter auf den Volvo.«

»Wem gehört denn der Volvo«, fragte Hanne ziemlich gleichgültig, aber immerhin war sie jetzt aufgestanden und neben dem aufgeregten und glücklichen Billy T. ans Fenster getreten.

»Dem im helleren Mantel. Dem Großen.«

»Ich setze nicht dagegen«, sagte Hanne, als der Große im helleren Mantel dem Toyota-Besitzer eine perfekte Rechte verpaßte. Der Toyota-Besitzer taumelte rückwärts, verlor das Gleichgewicht und ging zu Boden.

»Reine Notwehr«, brüllte Billy T. »Der Toyota hat angefangen!«

Als der Toyota-Besitzer versuchte, wieder auf die Füße zu kommen, kamen zwei uniformierte Polizisten angerannt. Sie trugen weder Mütze noch Jacke, sicher hatten sie die Szene auch von irgendeinem Fenster aus beobachtet.

»Typisch Bullen«, sagte Billy T. gereizt. »Müssen einem auch jeden Spaß verderben!«

Er blieb noch eine Minute stehen, um den weiteren Verlauf der Dinge zu beobachten, aber natürlich streckten die beiden Kämpfer angesichts der Uniformen sofort die Waffen. Die Polizisten konnten die Lage offenbar beruhigen und machten sich überraschend schnell an das Ausfüllen von Formularen.

»Das Leben bringt eben große und kleine Freuden«, sagte Billy T. und nahm seiner Chefin gegenüber Platz. »Nur bei dieser Kinderheimgeschichte will es uns offenbar nicht gerade verwöhnen.«

»Ach?«

»Technische Spuren: eine Million. Davon brauchbar: keine.«

Eine Riesenfaust legte sich über die Zigarettenpackung auf Hanne Wilhelmsens Tisch.

»Ich habe dir doch gesagt, daß du damit aufhören sollst«, sagte er. »Das bringt dich noch um, Wuschel.«

»Du, das kriege ich zu Hause oft genug zu hören. Hier auch noch dieses Gequengel, das ertrage ich nicht«, sagte sie mit überraschend scharfer Stimme.

Billy T. ließ sich davon nicht abschrecken.

»Cecilie ist schon eine tolle Frau. Die weiß, was für ihre Liebste gut ist. Ist ja nicht umsonst Ärztin.«

Hanne Wilhemsens Gesicht verdüsterte sich, sie sprang auf und schloß die halboffene Tür zum Flur. Billy T. nutzte die Gelegenheit, um die Zigarettenpackung, in der noch mindestens zehn Zigaretten steckten, zusammenzuquetschen. Dann warf er sie in den Papierkorb.

»Siehst du. Eine Packung Sargnägel weniger«, erklärte er zufrieden.

Sie wurde wütender, als er erwartet hatte.

»Hör zu, Billy T. Du bist mein Freund. Von Freunden

lassen wir uns viel gefallen. Aber eins verlange ich: Respekt. Vor der Tatsache, daß ich nicht über mein Privatleben sprechen will, wenn andere uns hören können, und vor meinem Privatbesitz. Du kannst gern herumquengeln, daß ich zuviel rauche, ich weiß, du willst nur mein Bestes. *Aber laß meinen Kram in Frieden, zum Henker!«*

Wütend bückte sie sich über den Papierkorb und fischte die ramponierte Packung zwischen Papier und Apfelresten heraus. Zwei Zigaretten waren zwar zerknickt, hatten aber überlebt. Sie steckte eine an und machte zwei tiefe Züge.

»So. Wo waren wir noch gleich?«

Billy T. ließ seine Hände, die er während Hannes Ausbruch erhoben hatte, sinken.

»Tut mir leid, tut mir leid, Hanne. Ich wollte wirklich nicht...«

»Schon gut«, unterbrach sie ihn mit einem kleinen Lächeln. »Technische Spuren.«

»Jede Menge«, murmelte Billy T., beschämt und noch immer überrascht von ihrem Wutanfall. »Überall Fingerabdrücke, nur nicht da, wo wir welche brauchen. Auf dem Messer nämlich. Da gibt's keinen einzigen. Ein ganz normales Messer. Bei IKEA gekauft. Also gerade da, wo wir unmöglich herausfinden können, wer was gekauft hat. Die verkaufen doch eine Million Messer. Und was die Fußspuren angeht...« Er erhob sich ein wenig. »...so sind sie aufgeweicht und kaum etwas wert. Du hast dir die Fläche da draußen ja selber angesehen. Aber die Technik arbeitet weiter. Wahrscheinlich stammen sämtliche Spuren von Bewohnern und Angestellten des Heims. Mit anderen Worten...«

Wieder unterbrach Hanne ihn: »Mit anderen Worten, wir haben es mit der spannendsten klassischsten Polizeiarbeit zu tun!«

Sie beugte sich vor und lächelte. Billy T. tat es ihr nach,

und mit nur zwanzig Zentimetern Zwischenraum zwischen ihren Gesichtern sagten sie im Chor: »Taktische Ermittlung!«

Sie lachten, und Hanne schob ihm einen kleinen Stapel mit Maschine beschriebener Blätter hin.

»Das ist eine Liste über alle Kinder und Angestellten des Heims. Maren Kalsvik hat sie aufgestellt.«

»Dann gehen wir mit einer Prise Skepsis ans Werk, denn sie gehört schließlich auch zu den Verdächtigen.«

»Die Liste ist vollständig«, sagte Hanne kurz. »Aber jetzt schau her!«

Die Liste enthielt einen kurzen Lebenslauf aller Angestellten. Der Jüngste war der erst zwanzig Jahre alte Christian. Die Älteste war eine gewisse Synnøve Danielsen, die seit der Eröffnung des Heims 1967 dort tätig war. Wie Christian hatte auch sie keine Ausbildung, anders als er jedoch eine Menge Erfahrung. Ansonsten arbeiteten drei Sozialarbeiter in dem Heim, zwei Leute aus der Diakonie, drei Pädagogen, eine Vorschullehrerin und ein Automechaniker. Der letzte auf der Liste, Terje Welby, war Lehrer für die Fächer Geschichte, Pädagogik und Literatur.

Das Kinderheim Frühlingssonne wurde von der Heilsarmee betrieben, aber die Gelder stammten größtenteils vom Staat. Es gab dort elfeinhalb Arbeitsplätze und vierzehn Angestellte.

»Jetzt nur noch dreizehn«, sagte Billy T. lakonisch. »Wer hat die Heimleitung übernommen?«

»Terje Welby, wenn ich das richtig verstanden habe, schließlich ist er offiziell der stellvertretende Heimleiter. Aber er hat sich bei der Feuerübung den Rücken verknackst und ist heute krank geschrieben worden. Ich nehme an, Maren leitet jetzt den Laden.«

»Hmm. Das kommt ja gelegen.«

»Was denn?«

»Daß er krank geschrieben ist.«

»Das müssen wir genauer überprüfen.«

»Das ist ja wohl kein Problem. Schwieriger ist es schon, bei dieser ganzen Bande Motive zu finden.«

»Motive gibt's immer. Das Problem ist nur, jemanden mit einem ausreichend starken Motiv zu finden. Außerdem kann es auch ein Außenstehender gewesen sein oder eins der Kinder. Klingt zwar nicht sehr wahrscheinlich, aber wir dürfen keine Möglichkeit ausschließen. Sind die Kinder schon verhört worden?«

»Nur ganz kurz. Mir kommt das absolut unwahrscheinlich vor. Die Nachtwache hatte doch gerade einen Rundgang gemacht, ehe sie die Leiche gefunden hat, und müßte sehen können, ob Kinder wirklich schlafen oder sich verstellen. Dieser Typ würde beschwören, daß alle tief geschlafen haben. Und nur ein kleiner Teufel würde doch so eine ›Tante‹ ermorden, um dann in den Schlaf des Gerechten zu sinken.« Er rieb sich das Gesicht. »Nein, die einzige Möglichkeit wäre dieser Verschwundene. Der ist angeblich ein harter Brocken. Ganz neu, erst seit drei Wochen da. Sehr eigen und schwierig.«

Hanne Wilhelmsen blätterte in ihren Unterlagen.

»Ein Zwölfjähriger! *Ein Zwölfjähriger!* Der hat doch wohl kaum Kraft genug, ein Messer durch Haut und Knochen mitten ins Herz einer kräftigen Frau zu stoßen.«

Sie drückte energisch in einem geschmacklosen Aschenbecher aus braunem Glas ihre Kippe aus.

»Der soll aber riesig groß sein, weißt du«, beharrte Billy T. »Abnorm riesig.«

»Auf jeden Fall ist es ein schlechter Ausgangspunkt, wenn wir uns auf einen Zwölfjährigen konzentrieren. Wir lassen das erst mal offen.«

Dann fügte sie hinzu: »Trotzdem müssen wir ihn natürlich unbedingt finden. Aus vielen Gründen. Er kann etwas gesehen haben. Aber bis auf weiteres müssen wir nach besten Kräften im Privatleben all dieser Leute herumstochern. Sieh dir alles an. Finanzen, Liebschaften, sexuelle Neigungen ...«

Eine leichte Röte breitete sich unterhalb ihrer dunkelblauen Augen aus, und sie steckte sich die letzte brauchbare Zigarette an, um davon abzulenken.

»Familienprobleme. Alles. Und wir müssen Leben und Tätigkeit des Opfers unter die Lupe nehmen. Also, mach dich an die Arbeit.«

»Dann schaue ich erst noch einmal im Heim vorbei und sehe nach, ob unser Mörder noch andere Einstiegs- und Fluchtmöglichkeiten gehabt haben kann«, sagte Billy T. und erhob sich.

Inzwischen war es halb drei geworden. Hanne Wilhelmsen dachte kurz nach und rechnete aus, daß sie um fünf zu Hause sein könnte.

»Ich komme mit«, erklärte sie und folgte ihm über den blauen Linoleumboden zu den Fahrstühlen.

»Du bist einfach nicht zur Hauptkommissarin geschaffen, Hanne«, sagte er mit lautem Lachen. »In deiner Birne sitzt viel zuviel Neugier.«

»Deine Fresse!« antwortete sie aufgesetzt knurrig.

Als die schweren Metalltüren, die den Eingang zum Osloer Polizeigebäude beschützten, sich brüsk hinter ihnen schlossen, packte sie für einen Moment seinen Arm. Er blieb stehen.

»Eins solltest du wissen. Und zwar: Du kannst dich darüber freuen, daß ich wütend auf dich werden kann.«

Dann ging sie weiter. Er kapierte kein Wort, aber er glaubte ihr nur zu gern.

Alle Kinder waren ins Heim zurückgekehrt, und zwei Knirpse von acht oder neun, die einander ähnelten wie ein Ei dem anderen, öffneten die Tür und starrten den riesigen Mann mit dem Schnurrbart entsetzt an.

»Hallo, Jungs, ich bin Billy T. Ich bin von der Polizei. Sind denn auch Erwachsene hier?«

Die beiden Jungen schienen sich ein wenig zu beruhigen und zogen sich tuschelnd zurück. Billy T. und Hanne Wilhelmsen folgten ihnen. Bei ihrem ersten Besuch waren sie von der Stille überrascht gewesen. Das schienen die Kinder jetzt unbedingt ausgleichen zu wollen.

Ein fast erwachsener Junge saß mitten im Zimmer und bastelte an einem Fahrrad herum. Neben ihm saß ein Hänfling und machte ein ganz glückliches Gesicht, wenn er ein Werkzeug halten durfte. Der große Junge sprach mit dem kleinen mit leiser freundlicher Stimme, die von dem Geschrei eines Vierzehnjährigen, der triumphierend einen BH schwenkte und von einem wütenden Mädchen gejagt wurde, übertönt zu werden drohte.

»Anita glaubt, sie hat Titten!«

»Her damit, Glenn! Komm schon!«

Die beiden Achtjährigen sprangen um ihn herum, dann stieg einer auf einen riesigen Arbeitstisch, fuchtelte mit den Armen und heulte: »Glenn, Glenn! Her damit!«

Glenn war so groß, daß die zwei Jahre ältere Anita das peinliche Kleidungsstück, das sie so verzweifelt zu erobern versuchte, nicht einmal dann hätte greifen können, wenn er stehengeblieben wäre. Sie stand jetzt auf Zehenspitzen, er wedelte weiter mit dem BH herum.

»Jeanette, hilf mir doch!« jammerte Anita.

»Hör auf mit dem Scheiß, Glenn.« Mehr Hilfe hatte ein molliges Mädchen, das völlig ungerührt am Tisch saß und zeichnete, nicht zu bieten. »Roy-Morgan! Nicht auf meine Zeichnung treten!«

Sie versetzte ihm eins mit der Faust, und der Junge heulte vor Schmerz auf und brach in Tränen aus.

»Hergott, Kinder! Glenn, laß das jetzt. Gib Anita ihren BH! Sofort! Und du!«

Der Achtjährige, der eben noch auf einem Bein auf dem Tisch herumgehüpft war und sich das Schienbein gerieben hatte, stand wieder auf dem Boden, noch ehe Maren Kalsvik ein weiteres Wort sagen konnte.

Nun entdeckte sie die beiden Fremden bei der Tür.

»Ach, Entschuldigung«, sagte sie verdutzt. »Ich wußte nicht, daß jemand hier ist.«

»Daß jemand hier ist?« Billy T. grinste so breit, daß seine Zähne durch den kräftigen Schnurrbart leuchteten. »Sie haben doch wirklich die Bude voll, gute Frau!«

Die beiden Jungen waren noch immer in die Arbeit am Fahrrad vertieft.

»Ich sag es dir nicht zum erstenmal, Raymond!« mahnte Maren mit einer resignierten Handbewegung. »Das mußt du im Keller machen. Das hier ist keine Werkstatt.«

»Da ist es so kalt!« protestierte er.

Sie gab auf, und der Junge blickte verdutzt zu ihr auf.

»Also ist das in Ordnung?« fragte er.

Sie zuckte mit den Schultern und wandte sich wieder ihrem Besuch zu. Die letzten anderthalb Tage hatten Spuren hinterlassen. Sie hatte die Haare mit einem Gummiband zusammengefaßt, statt sie zu flechten. Mehrere Strähnen hatten sich daraus befreit, und zusammen mit den hängenden Schultern und ihren weiten Kleidern ließ sie das fast schlampig wirken. Ihre Augen waren noch immer rot.

»Haben Sie die Listen nicht bekommen?«

»Doch«, antwortete Hanne Wilhelmsen. »Vielen Dank. Die sind uns eine große Hilfe.«

Ein kurzes Nicken in Richtung der Kinder teilte Maren Kalsvik mit, daß der Besuch anderswo mit ihr reden wollte.

»Wir können hierhin gehen«, sagte sie und öffnete die Tür zu einem hellen, freundlichen Raum mit vier Sitzsäcken, einem Sofa und zwei Sesseln vor einem 28-Zoll-Fernseher in der linken Ecke. Die beiden Frauen setzten sich in die Sessel, Billy T. ließ sich auf einen Sitzsack fallen. Er lag fast auf dem Boden, aber Maren Kalsvik achtete nicht weiter darauf.

»Ihr Kollege, der Nachtdienst hatte, ist der jetzt hier?«

Diese Frage hatte Hanne Wilhelmsen gestellt.

»Nein, der hat sich krank schreiben lassen.«

»Der auch? Ist hier eine Seuche ausgebrochen, oder was?« brummte Billy T. vom Boden her.

»Terje hat sich bei der Brandübung den Rücken verletzt. Bandscheibenvorfall oder so. Als wir fertig waren schien noch alles in Ordnung zu sein, aber in der Nacht haben sich die Schmerzen eingestellt, sagt er. Was Eirik angeht, der ist fast im Schockzustand. Es war bestimmt schrecklich, sie zu finden. Er war völlig verstört, als er angerufen hat. Zuerst dachte ich, jemand wollte sich einen Scherz erlauben. Ich wollte schon wieder auflegen, doch dann ging mir auf, wie ernst die Sache war. Er war total hysterisch.«

»Wissen Sie, wo er gesessen hat?«

»Gesessen?«

»Ja, hat er sich nicht fast die ganze Zeit in diesem Zimmer aufgehalten?«

»Ach so, ja.«

Sich mit der Hand durch die Haare zu fahren war offenbar eine ihrer schlechten Gewohnheiten.

»Nein, das weiß ich wirklich nicht. Aber die Erwachsenen setzen sich alle lieber in die Sessel.«

Sie schaute Billy T. an und zwinkerte.

»Vermutlich hat er in diesem Sessel gesessen. Der steht am dichtesten beim Fernseher. Und der ist immer ziemlich leise eingestellt.«

Billy T. kam mühsam auf die Beine. Er ging zur Tür und öffnete sie einen Spaltbreit.

»Und wenn Sie hier sitzen, ist die Tür dann offen?«

»Da gibt es keine feste Regel. Bei mir steht sie immer offen, ja. Falls ein Kind mich ruft. Oder herunter kommt. Kenneth neigt zum Schlafwandeln.«

»Aber von hier aus können Sie doch den Aufenthaltsraum nicht sehen!«

Maren Kalsvik drehte sich zu dem Polizisten um.

»Das brauchen wir auch nicht. Wichtig ist, daß wir die Kinder hören. Sie wissen, daß wir abends meistens hier sitzen. Manche von uns schlafen sogar hier, obwohl es im ersten Stock ein Bett gibt. Außerdem soll die Haustür immer abgeschlossen sein.«

»Und kommt es vor, daß das nicht der Fall ist?«

»Natürlich kann das vorkommen...«

Der kleine Hilfsmechaniker kam weinend herein, zögerte kurz, rannte an Billy T. vorbei und warf sich auf Marens Schoß.

»Glenn sagt, ich hätte Agnes umgebracht«, schluchzte er.

»Aber Kenneth«, flüsterte sie ihm ins Ohr. »Was für ein Unsinn. Das glaubt nun wirklich niemand. Du hast sie doch so lieb gehabt. Und du bist selber so lieb.«

»Aber er hat gesagt, ich hätte es getan. Und er sagt, daß die Polizei mich bald holen kommt.«

Er weinte ganz schrecklich, mußte immer wieder nach Atem ringen und klammerte sich fest an die Frau. Vorsichtig faßte sie seine beiden Arme und lockerte deren Griff um ihren Hals, um ihm in die Augen schauen zu können.«

»Lieber kleiner Kenneth. Der will dich bloß ärgern. Du

weißt doch, daß Glenn das gern tut. Das darfst du nicht ernst nehmen. Frag mal den Mann hier, ob er dich holen will. Er ist von der Polizei.«

Der Junge schien immer kleiner zu werden. Er sah babyhaft aus, mit großen, ein wenig hervorstehenden Augen und einem schmalen, fast kränklichen Gesicht, das in einem spitzen Kinn endete. Jetzt starrte er voller Angst Billy T. an und umklammerte Maren Kalsviks Hand.

Billy hockte sich vor den Jungen hin. Er lächelte.

»Kenneth. So heißt du doch?«

Der Junge nickte kaum sichtbar.

»Ich heiße Billy T. Manchmal werde ich auch Billy Kaffee genannt.«

Die verweinten Augen leuchteten kurz auf.

»Siehst du, du hast ja doch Humor.« Billy T. grinste und fuhr dem Kleinen vorsichtig durch die Haare. »Ich will dir eins sagen, Kenneth. Wir glauben nicht, daß ein Kind das getan haben kann. Und in einem Fall sind wir hundertprozentig vollständig ganz und gar sicher, nämlich, daß du gar nichts getan hast. Hier...« Er streckte die Faust aus und nahm die kleine Kinderhand, die jetzt Marens losgelassen hatte. »Ich gebe dir die Hand darauf: Du wirst nicht von der Polizei geholt. Weil wir wissen, daß du nichts ausgefressen hast. Das sehe ich dir an. Ein toller, ehrlicher Typ. Und ich hab sehr viel Übung im Sehen von solchen Sachen.«

Jetzt lächelte Kenneth, wenn auch nicht sehr überzeugend.

»Ganz sicher?«

»Ganz sicher. Großes Ehrenwort!«

»Kannst du das nicht Glenn sagen?« flüsterte der Junge.

»Aber sicher.«

Billy T. erhob sich und entdeckte Raymond, den Fahrradreparateur, der mit verschränkten Armen an den Türrahmen gelehnt dastand. Sie starrten einander kurz in die Augen, dann sagte Raymond mit ruhiger, fast monotoner Stimme: »'türlich war's nicht Kenneth. Und ich auch nicht. Aber ich wär nicht so sicher, daß das nicht doch jemand hier aus dem Haus war. Dieser Olav war eine trübe Nummer. Der ist fast so stark wie ein Erwachsener. Und ich hab noch nie einen so brutalen Jungen gesehn. Außerdem hat er mir gesagt, daß er Agnes umbringen wollte.«

Alles verstummte, die Kinder aus dem anderen Zimmer drängten sich hinter Raymond zusammen, um zu hören, was er zu erzählen hatte. Hanne Wilhelmsen hätte die Sache gern abgebrochen und sich unter vier Augen mit dem Jungen unterhalten, aber Billy T., der das ahnte, winkte ab.

»Und das gleich mehrmals. Beim Schlafengehen zum Beispiel. Ich hab nie was dazu gesagt, die Neuen sind immer wütend auf alles und alle.«

Jetzt lächelte er zum erstenmal. Abgesehen von seinen strähnigen Haaren und den vielen Narben war er eigentlich hübsch. Er hatte gleichmäßige weiße Zähne und dunkle Augen.

»Anfangs war ich auch so. Aber bei Olav war es irgendwie schlimmer. Er kam mir so todernst vor. Er hat sogar gesagt, wie er es machen wollte. Mit einem Messer, hat er gesagt. Das weiß ich noch genau, ich fand es komisch, daß er nicht ein Schrotgewehr oder ein Maschinengewehr nehmen wollte, davon quatsche ich manchmal. Aber Messer kann man sich natürlich leichter besorgen. In der Küche liegen die doch haufenweise rum. Wenn ich ein Bulle wär, würd ich den Olav mal unter die Lupe nehmen. Und abgehauen ist er schließlich auch!«

Das war offenbar alles, was Raymond zu sagen hatte. Er gähnte und wollte sich umdrehen und in den Aufenthaltsraum zurückgehen. Billy T. hielt ihn zurück.

»Aber das Messer, mit dem Agnes ermordet worden ist, war nicht von hier«, sagte er ruhig. »Ihr kauft eure Messer doch nicht bei IKEA.«

Scheinbar gleichgültig zuckte der Junge mit den Schultern und ging davon.

»Wenn du meinst«, murmelte er fast unhörbar. »Aber ich setze einen Hunderter auf Olav.«

Olav hatte den Konservenfraß wirklich satt. Außerdem war sein Daumen wund und geschwollen. In dieser Küche gab es keinen normalen Dosenöffner, jedenfalls keinen, wie seine Mutter ihn hatte. Der, den er nach langer Suche gefunden hatte, war viel kleiner, und ihm tat die Hand weh, wenn er ihn benutzte. Zumeist hatte er den Inhalt der Dosen kalt gegessen. Und auch das hatte er satt. Er mühte sich mit dem halboffenen Deckel einer Dose Rentierfrikadellen ab und schnitt sich.

»O verdammt!«

Er steckte den Daumen in den Mund und lutschte daran herum. Er jammerte, als der Daumen die Wunde auf der Zunge berührte. Ein paar Blutstropfen waren in die Dose gefallen und zeichneten ein hübsches rotes Muster in die hellbraune Soße.

»Scheißdeckel.«

Er goß den Inhalt der Dose in einen viel zu großen Topf und drehte versuchsweise an einem der Herdschalter herum. Die Zahlen und Symbole, die zeigten, welche Platte zu welchem Schalter gehörte, waren verwischt. Aber er tippte richtig. Einige Minuten später dampfte die Soße, und er rührte noch zweimal energisch um. Ehe das Essen richtig gar war, stellte er den Topf einfach auf die Tischplatte und aß.

Jetzt hatte er eine Nacht und einen Tag in diesem Haus verbracht. Er hatte die Küche nicht verlassen. Hier schlief er, und hier aß er. Ansonsten saß er auf dem Boden und überlegte. Einmal hatte er einen Blick ins Wohnzimmer geworfen, aber das große vorhanglose Panoramafenster mit Ausblick über die ganze Stadt hatte ihm angst gemacht. Er hatte kurz mit dem Gedanken gespielt, den Fernseher vorsichtig in die Küche zu bugsieren, aber dann hatte sich herausgestellt, daß das Antennenkabel nicht lang genug war.

Agnes war tot. Da war er sich ganz sicher, obwohl er vorher noch nie eine Tote gesehen hatte. Sie hatte einen so seltsamen Gesichtsausdruck gehabt, und ihre Augen waren offen gewesen. Er hatte sich immer vorgestellt, daß man vor dem Sterben die Augen zumacht.

Wenn er doch bloß seine Mutter anrufen könnte… In der Diele stand ein Telefon, in sicherer Entfernung von den Fenstern. Es funktionierte auch, er hatte das Freizeichen gehört. Aber bei seiner Mutter wimmelte es sicher nur so von Polizei. Im Fernsehen wurde ja immer gezeigt, wie die zu den Wohnungen von Leuten fuhren, die etwas verbrochen hatten. Da lungerten sie im Gebüsch herum, und PENG! schlugen sie zu, wenn man kam. Und bestimmt hörten sie auch das Telefon ab.

Er überlegte noch eine Weile und fragte sich, wo sie wohl das Tonbandgerät stehen hatten, neben dem immer jemand mit Kopfhörern saß, um ja nichts zu überhören. Bei der Nachbarin vielleicht. Die war eine blöde Kuh. Oder im Keller. Oder vielleicht hatten sie sogar einen von diesen großen Kastenwagen ohne Fenster und mit ganz vielen technischen Geräten.

Ehe er mit seinen Überlegungen zu einem Ende kam, schlief er ein. Obwohl es noch immer früher Nachmittag war. Und obwohl er einsamer war denn je und schreckliche Angst hatte.

Ich habe mich über das Jugendamt gewundert. Sie kannten mich, und irgendwo in ihren riesigen Aktenschränken mußte ich doch liegen. Wenn ein seltenes Mal die Türglocke ging – ein Vertreter vielleicht, oder eher noch eine Bande von Rotzbengeln, die unter Geschrei und Gebrüll verschwand, wenn ich mich endlich blicken ließ –, war ich vor Angst wie gelähmt. Ich wäre am liebsten mäuschenstill sitzen geblieben, so als wäre ich überhaupt nicht zu Hause. Aber ich wußte ja, daß sie ihre Methoden hatten und daß mir das Versteckspiel nicht helfen würde. Und nie stand jemand vom Jugendamt vor der Tür.

Als die Leute vom Kindergarten mich eines Nachmittags zu einem vertraulichen Gespräch baten, war ich mir allerdings sicher. Ich ging meine Fluchtmöglichkeiten durch. Das dauerte nicht lange, ich hatte nämlich keine. Meine Mutter begriff nichts, und ihr Gequengel ging mir auf die Nerven. Ich glaube, sie kann das Kind überhaupt nicht leiden, das kann ja sonst auch niemand. Außer ihr hatte ich seit der Geburt des Jungen kaum einen Menschen gesehen. Und die lag schon fünf Jahre zurück.

Aber auch zu dieser Besprechung tauchte das Jugendamt nicht auf. Ich traf nur die Kindergartenleiterin, und die hatte mich immer anständig behandelt. Jetzt war sie ernst und schien sich darüber zu ärgern, daß ich den Jungen bei mir hatte. Aber wo hätte ich ihn denn lassen sollen? Ich sagte nichts.

Er hatte an diesem Tag das Kühlschrankkabel durchgeschnitten. Und das hätte für ihn gefährlich werden können. Es hätte natürlich ein blöder Einfall sein können. Ein dummer Streich. Aber es fügte sich in ein destruktives Muster ein, meinte sie, und er sei zu anstrengend für sie. Er spiele nicht mit den anderen Kindern. Er hindere sie am Spielen. Er kenne keine Grenzen. Und sei entsetzlich aktiv.

Ich sagte noch immer nichts. Ich hatte nur einen weißen, schmerzenden Klumpen im Kopf, und das einzige, was mir klar bewußt war, war meine Angst, den Kindergartenplatz einzubüßen. Aber ich sagte nichts.

Sie verstand mich vielleicht, denn plötzlich wurde sie freundlicher. Sie hätten um Hilfe gebeten, erzählte sie. Fünfzehn Stunden Betreuung die Woche. BUP und PPT und andere Abkürzungen, von denen ich keine Ahnung hatte, würden eingeschaltet werden. Aber sie sagte kein Wort vom Jugendamt. Nach und nach begriff ich das Wichtigste: Mein Junge durfte weiter in den Kindergarten gehen. Mein Kopf wurde ein bißchen klarer, und ich konnte wieder atmen. Ich hatte Bauchweh.

Am nächsten Tag fand ich auf dem Sozialamt eine Broschüre. Es ging darin um MCD. Ich blätterte eher aus Langeweile darin herum, weil ich die anderen Wartenden nicht ansehen wollte. Aber dann fiel mein Blick auf etwas. Auf eine Checkliste. Dinge, die anzeigen, daß ein Kind einen Gehirnschaden hat, an dem niemand schuld ist.

Und alles traf auf Olav zu! Seine Unruhe, die gewaltige Aktivität, sein geringes Sprachvermögen, obwohl er doch auch nicht dümmer zu sein schien als andere Kinder… Ich hatte das Gefühl, über mein Kind zu lesen. Mit seinem Gehirn stimmte etwas nicht. Und niemand hätte daran etwas ändern können. Ich hatte nichts damit zu tun. Ich nahm drei Exemplare dieser Broschüre mit und verspürte eine Art Hoffnung.

»Es wäre wahrscheinlich kein großes Problem gewesen, an einer übermüdeten Nachtwache vorbeizuschleichen, vor allem, wenn sie mit dem Rücken zur Tür vor dem Fernseher saß. Und einfach hochzugehen und wieder runterzukommen. Wenn die Tür offen war.«

»Oder wenn der Mörder einen Schlüssel hatte. Aber das ändert nichts an der Tatsache, daß der Betreffende sich im Haus ausgekannt haben muß. Er muß gewußt haben, wo die Nachtwache sich normalerweise aufhält und wer im ersten Stock welches Zimmer hat.«

Billy T. war mit ihr nach Hause gegangen. Sie saßen auf einem niedrigen amerikanischen Sofa, und der Tisch aus Kiefernholz war mit ihren langen Beinen bedeckt. Das Zimmer war nicht groß, und es wurde auch durch die Bücherregale, die eine Wand vollständig verdeckten, nicht größer.

»Außerdem«, fuhr Hanne fort und trank einen Schluck Tee, der aber noch zu heiß war, »außerdem muß er gewußt haben, daß Agnes gerade an diesem Abend dort war. Sie war doch gar nicht im Dienst.«

»Nein, wir wissen ja nicht, ob der Mörder wirklich morden wollte. Vielleicht hatte er etwas anderes vor und hatte das Messer nur zur Sicherheit bei sich.«

»Was kann er denn in dem Büro gesucht haben? Das Fleißige Lieschen?«

»Immerhin waren die Schubladen abgeschlossen, darin kann schon irgend etwas gewesen sein. Auch wenn sie nicht aufgebrochen waren. Übrigens, was ist mit dem Schlüssel, erinnerst du dich an den?«

Hanne Wilhelmsen runzelte die Stirn und legte den Kopf ein wenig schräg.

»Ja«, rief sie. »Der Schlüssel, der Maren Kalsvik zufolge unter dem Blumentopf liegen sollte! Sie war ganz überrascht, als er verschwunden war. Weißt du, wo der steckt?«

»Den hat die Technik eingesackt. Sie haben ihn auf Fingerabdrücke untersucht. Ohne großen Erfolg.«

»War er abgewischt worden?«

»Muß nicht sein. Bei so einem kleinen Schlüssel reicht eine zufällige Berührung, und schon ist nichts mehr zu holen. Wir wissen also nicht, ob der Mörder die Schubladen untersucht hat. Es waren Unterlagen darin, einige psychologische Berichte und ein paar völlig belanglose Notizen von ihr. Einkaufslisten, Merkzettel, solcher Kram.«

»Aber wenn jemand etwas in den Schubladen gesucht

hat, dann muß dieser Jemand gewußt haben, wo der Schlüssel versteckt war.«

»Also suchen wir in erster Linie nach jemandem, der sich im Heim gut auskennt«, sagte Billy T. »Der damit rechnen mußte, daß Agnes dasein würde, und der sie entweder umbringen wollte oder fand, daß ihm nichts anderes übrigblieb, wenn er sich das Gewünschte aus ihrem Büro holen wollte.«

»That pretty much sums it up«, sagte Hanne nachdrücklich, und dann stand ihre Lebensgefährtin, eine blonde, fast schmächtige Frau in der Tür.

»Billy T.! Wie nett! Bleibst du zum Essen? Du bist ja vielleicht braun geworden!«

Cecilie Vibe beugte sich über den Mann auf dem Sofa und küßte ihn auf die Wange.

»Ich kann doch ein Essen bei den zwei schönsten Frauen in der Stadt nicht ablehnen, meine Güte«, antwortete er und grinste.

Er ging erst kurz vor Mitternacht nach Hause.

5

Agnes Vestaviks Mann war am 8. Mai 1945 geboren. Aber er sah weder glücklich noch besonders friedlich aus. Er hatte ein Gesicht, an das Billy T. sich nur mit Mühe erinnern würde: einen mittelgroßen Mund unter einer mittelkleinen Nase unter mittelblauen Augen. Sein leicht mißmutiger Gesichtsausdruck konnte natürlich von seiner Situation herrühren: vor nur zwei Tagen war seine Frau brutal ermordet worden, und nun wurde er von der Polizei verhört. Andererseits konnte diese Miene auch sein ständiger Ausdruck sein.

Er war etwa eins achtzig und steckte die Familienkost offenbar besser weg als seine Frau. Er war fast mager. Er war so angezogen, wie es sich für den Geschäftsführer in einem Laden für Herrenmoden gehört. Graue Hosen aus dünner Wolle, weißes Hemd und diskreter dunkelblauer Schlips unterm Jackett mit Pepitamuster. Tiefe Geheimratsecken, aber noch immer mit beeindruckend vollem Haar.

»Ich weiß, wie schmerzlich das für Sie ist«, Billy T. sagte den auswendig gelernten Spruch auf, »aber Sie verstehen sicher, daß wir uns ein Bild von der Lage machen müssen.«

Das alles hörte sich seltsam an; die gewählte Sprache bildete einen schrillen Kontrast zum Aussehen der kurzgeschorenen, fast beängstigenden Gestalt in Flanellhemd und Sporenstiefeln.

Der Mann ließ sich nichts anmerken. »Ich verstehe, ich verstehe«, murmelte er ungeduldig und fuhr sich dabei mit einer schmalen Hand mit einem noch schmaleren Trauring übers Gesicht. »Bringen wir es hinter uns.«.

»Wie geht es Ihren Kindern?«

»Amanda versteht es noch nicht. Die Jüngste. Für die beiden Älteren ist es sehr schwer.«

Jetzt standen ihm Tränen in den Augen. Vielleicht um seinetwillen.

Vielleicht, weil die trauernden Kinder erwähnt worden waren. Er riß die Augen auf, um die Tränen zurückzuhalten, und schüttelte energisch den Kopf.

»Ich begreife nicht…«

»Nein, ein solcher Schicksalsschlag ist auch unbegreiflich.«

Billy T. nahm seine Hände von der Tastatur des PC. Endlich hatte das Computerzeitalter immerhin Teile der Osloer Polizei eingeholt.

»Fangen wir mit den einfachsten Fragen an«, sagte er und bot dem Mann eine Tasse Kaffee an. Der lehnte dankend ab.

»Wann haben Sie sich kennengelernt?«

»Das weiß ich nicht mehr genau. Meine jüngere Schwester war mit Agnes befreundet. Aber unsere Beziehung begann erst, als sie erwachsen war. Diese Art von Beziehung, meine ich.«

Er sah ein wenig verwirrt aus, und Billy T. lächelte beruhigend.

»Alles klar. Und wann haben Sie geheiratet?«

»1972. Agnes war zweiundzwanzig und arbeitete schon in der Fürsorge. Sie hat immer mit Kindern gearbeitet. Ich war … ungefähr siebenundzwanzig. Aber wir waren ziemlich lange verlobt. Auf jeden Fall ein Jahr. Petter wurde dann 1976 geboren, Joachim 78. Amanda kam im Februar 91 dazu.«

»Ein echter Nachkömmling also.«

»Ja, aber sehr geplant.«

Jetzt lächelte der Mann zum erstenmal, wenn auch sehr schwach und ohne daß das Lächeln seine Augen erreicht hätte.

»Eheprobleme?«

Billy T. fühlte sich nicht wohl in seiner Haut, er tat seine Pflicht. Der Mann hatte sicher mit dieser Frage gerechnet, er seufzte tief und nahm gewissermaßen Anlauf, indem er sich aufrichtete.

»Nicht mehr als andere, nehme ich an. Wir hatten eben gute und weniger gute Zeiten. Man langweilt sich auf die Dauer ein bißchen, das geht wohl allen so. Aber wir hatten die Kinder, wir hatten das Haus, gemeinsame Freunde und das alles. In letzter Zeit war es wohl ... nicht so ganz gut. Sie hatte Probleme bei der Arbeit, glaube ich, aber Genaueres weiß ich nicht. Und ich habe wohl nicht immer genug Rücksicht auf sie genommen. Ich weiß nicht so recht...«

Jetzt konnten seine Augen die Tränen nicht mehr halten. Er versuchte krampfhaft, sich zusammenzureißen, und das verursachte ein lautes, fast schnarchendes Schluchzen. Billy T. ließ ihm die Zeit, die er brauchte, um ein Taschentuch hervorzuziehen. Es war elegant, maskulin und frisch gebügelt. Er schneuzte sich heftig und preßte das Taschentuch nacheinander energisch auf beide Augen.

»Wir hatten nicht sehr oft Streit«, sagte er schließlich. »Es war eher so, daß wir nicht miteinander geredet haben. Sie war so weit weg und schrecklich reizbar. An manchen Abenden fand ich das so auffällig, daß ich die Wechseljahre dafür verantwortlich gemacht habe. Und dabei war sie doch erst fünfundvierzig.«

Er blickte den Polizisten verständnissuchend an, und der schien ihn zu verstehen.

»Frauen können wirklich schwierig sein«, bestätigte Billy T. mitfühlend. »Mit oder ohne Wechseljahre. Wollte sie sich scheiden lassen?«

Etwas im Gesicht des Mannes verschloß sich. Er faltete sein Taschentuch ordentlich zusammen und steckte es in die Brusttasche. Dann räusperte er sich, setzte sich anders hin und blickte seinem Gegenüber direkt in die Augen.

»Wer hat das behauptet?«

Billy T. hob abwehrend die Hand.

»Niemand. Niemand hat das behauptet. Ich frage einfach nur.«

»Nein, wir wollten uns nicht scheiden lassen.«

»Aber war je davon die Rede? Hat sie es mal zur Sprache gebracht?«

»Nein.«

»Nein?«

»Ja. Nein.«

»Hat sie die Möglichkeit einer Scheidung nie erwähnt? Hat sie über zwanzig Jahre Ehe mit all den guten und schlechten Zeiten diese Möglichkeit kein einziges Mal erwähnt?«

»Nein, das hat sie nicht.«

»Na gut.«

Billy T. gab nach und öffnete eine Schreibtischschublade. Darin sah es ziemlich chaotisch aus, aber er hatte bald einen DIN A 4-Bogen gefunden, den er vor sich auf den Tisch legte und dann zu Vestavik hinüberschob.

Der war zwar schon blaß, aber Billy T. hätte schwören können, daß er noch eine Spur fahler wurde.

»Wo haben Sie das her?« fragte er schroff und schob den Bogen nach einem kurzen Blick wieder zurück.

»Aber Vestavik! Das sind öffentlich zugängliche Informationen. Einwohnermeldeamt, Handelskammer, es gibt doch so viele Arten von Registern.« Er breitete die langen

Arme aus. »Wir sind eine Behörde. Wir bekommen, was wir brauchen.«

Der Bogen besagte, daß Gregusson Herrenmoden, wo Agnes Vestaviks Mann Geschäftsführer war, ein ausgesprochen solides Familienunternehmen darstellte. Familienunternehmen bedeutete im Klartext, daß das Geschäft alleiniger Besitz von Agnes Vestavik, geborene Gregusson war. Sie hatte keine Geschwister, und nach dem Tod ihres Vaters im Jahre 1989 waren alle Anteile in ihren Besitz übergegangen. Obwohl der Vater als gläubiger und frommer Mann in seinem Testament keine Bedingungen festgelegt hatte, hatte Agnes auf den freundlichen Rat des Familienanwalts hin Gütertrennung durchgesetzt. Man wußte schließlich nie. Das Geschäft brachte einen sehr guten Jahresertrag, doch das Gehalt des Geschäftsführers war seit acht Jahren nicht erhöht worden. Und umwerfend hoch war es nicht.

»Genau. Das war niemals ein Geheimnis«, sagte Herr Vestavik mürrisch. »Meine Stellung wäre mir auch bei einer Scheidung sicher gewesen. Dafür gibt es hierzulande schließlich Gesetze.«

»Ihre Stellung, ja«, sagte Billy T. ruhig. »Aber das Haus hat ihr doch auch gehört. Das Elternhaus Ihrer Frau, nicht wahr?«

Es wurde ganz still im Zimmer. Vom Flur drangen leise Stimmen und Lachen herein, durch das Fenster konnten sie hören, wie ein frisch entlassener Festgenommener alles und alle und vor allem die uniformierte Polizei mit Verwünschungen überschüttete. Das leise Summen des PC schien lauter zu werden.

»Sie glauben also, ich hätte sie umgebracht«, sagte endlich der Witwer und richtete einen vor Wut zitternden Zeigefinger auf Billy T. »Wegen des Hauses soll ich die Frau umgebracht haben, mit der ich seit dreiundzwanzig

Jahren verheiratet war. Die Mutter meiner Kinder. Wegen des Hauses!«

Wütend beugte er sich vor und schlug mit der Faust auf die Tischplatte. Er schien nicht so recht zu wissen, ob er aufspringen oder sitzen bleiben sollte. Am Ende saß er ganz am Rande der Stuhlkante, wie auf dem Sprung.

»Ich glaube gar nichts, Vestavik. Ich behaupte auch nichts. Ich weise nur auf einige Umstände hin, die so interessant sind, daß wir sie nicht außer acht lassen können. Es geht hier nicht nur um das Haus. Das Geschäft wirft beträchtliche Einnahmen ab, und die hat Agnes im Laufe dieser Ehe angehäuft. Die Wahrheit ist wohl, daß Ihnen kein Hosenknopf gehört. Genauer gesagt: Ihnen *gehörte* kein Hosenknopf. Ich gehe davon aus, daß Sie Universalerbe sind? Soviel wir wissen, gibt es kein Testament. Stimmt das?«

Wieder fischte der Mann sein Taschentuch hervor, und diesmal behandelte er es viel weniger schonend. Seine Fingerknöchel traten weiß hervor, als er das Stoffstück umklammerte.

»Selbstverständlich gibt es kein Testament. Niemand hatte mit Agnes' Tod gerechnet. Und wir wollten uns auch nicht scheiden lassen.«

Plötzlich erkannte er die Logik dieser Aussage und fügte eifrig hinzu: »Genau! Sie hatte kein Testament gemacht. Das beweist doch, daß mit unserer Ehe alles in Ordnung war. Daß eine Scheidung nicht in Sicht war zumindest. Wenn sie Scheidungspläne gehegt hätte, dann hätte sie doch verhindert, daß mir alles zufällt. Und außerdem irren Sie sich.«

Er brach ab und schien kurz zu zögern, ehe er seine Trumpfkarte auf den Tisch knallte.

»Ich bin durchaus nicht Universalerbe. Alles geht zu gleichen Teilen an mich und die Kinder.«

»Aber Ihre Kinder werfen Sie nicht aus dem Haus,

oder?« fragte Billy T. spöttisch, stemmte die Handflächen auf den Tisch und beugte sich zu seinem Gegenüber vor.

Diese Bemerkung war nur zum Teil Ergebnis seines Ärgers darüber, daß er sich geirrt hatte.

Es wurde mehrmals hart an die Tür geklopft. Der Witwer fuhr zusammen und ließ sich in seinem Sessel zurücksinken. Hanne Wilhelmsen trat ein, reichte ihm die Hand und stellte sich vor.

»Das mit Ihrer Frau ist wirklich schrecklich«, sagte sie teilnahmsvoll. »Wir werden alles tun, um diese Sache zu klären.«

»Dann sollten Sie anderswo suchen als in der Familie«, sagte der Mann mürrisch, aber doch besänftigt durch das freundliche Auftreten der Hauptkommissarin.

»Ach, wissen Sie«, sagte Hanne bedauernd. »Polizeiarbeit kann ziemlich erbarmungslos sein. Und in einem Fall wie diesem müssen wir jeden Stein umdrehen. Das verstehen Sie doch sicher. Aber das ist alles nur Routine, und je schneller wir das hier hinter uns bringen, desto eher können Sie und Ihre Familie versuchen, nach diesem tragischen Ereignis Ihr Leben wieder aufzunehmen.«

Vestavik schien beruhigt zu sein. Hanne Wilhelmsen wechselte einige Worte mit Billy T. und verschwand.

Das Verhör dauerte noch zwei Stunden und verlief einigermaßen höflich. Billy T. erfuhr, daß der Mann sich im Kinderheim recht gut auskannte. Er war natürlich einige Male dort gewesen. Sein eigenes Heim lag nur einen Katzensprung entfernt, und Agnes hatte zwölf Jahre in dem Heim gearbeitet. Am Abend des Mordes hatte sie beim Essen gesagt, sie müsse noch einmal kurz ins Büro. Die großen Kinder waren nicht zu Hause gewesen, der Älteste studierte in einer anderen Stadt, der sechzehnjährige Joachim war auf Klassenreise. Agnes hatte Amanda ins Bett gebracht und war dann gegen halb zehn zum Heim gegangen. Sie hatte ihn gebeten, nicht auf sie zu warten, es könne spät werden. Er hatte ein wenig ferngesehen und war dann wie üblich gegen halb zwölf schlafen gegangen. Amanda schlief normalerweise durch, aber gerade in der Nacht hatte sie Alpträume gehabt und sich so gefürchtet, daß er sie ins elterliche Doppelbett geholt hatte. Sie waren beide gegen vier Uhr morgens davon geweckt worden, daß ein Pastor vor der Tür stand. Telefongespräche hatte er an dem Abend nicht geführt. Welche Fernsehsendung er gesehen hatte, wußte er nicht sofort, aber nachdem Billy T. ihm das Programm des fraglichen Abends gezeigt hatte, konnte er den Film auf TV 3 kurz und glaubhaft zusammenfassen.

»Sonst noch etwas?« fragte Billy T. schließlich.

»Wie meinen Sie das?«

»Gibt es sonst noch etwas, das für den Fall von Bedeutung sein kann?« fragte Billy T. ungeduldig.

»Ja. Eins vielleicht noch.«

Vestavik zog seine Brieftasche hervor und suchte nach einem Zettel, der sich dort offenbar nicht befand. Dann schob er die Brieftasche wieder in sein Jackett und seufzte. Er schien nicht recht zu wissen, ob er tatsächlich erzählen sollte, woran er dachte.

»Es ist Geld abgehoben worden«, sagte er zögernd.

»Geld?«

»Vom Konto. Ich habe es auf den Kontoauszügen gesehen. Ich weiß nicht, wo und von wem. Aber an ein und demselben Tag sind drei Schecks zu je zehntausend eingelöst worden.«

»Dreißigtausend Kronen also?«

»Ja.« Er zupfte sich am Ohrläppchen und starrte zu Boden. »Von Agnes' Konto. Verstehen Sie, wir hatten ein gemeinsames Konto, und dann hatte sie noch ihr eigenes.

Aber ich habe natürlich ihre Kontoauszüge durchgesehen, die sind gestern gekommen.«

Dem Witwer schien es peinlich zu sein, daß er sich an der Post seiner Frau zu schaffen gemacht hatte. Billy T. versicherte ihm, das sei nur richtig gewesen.

»Haben Sie irgendeine Vorstellung, wozu Ihre Frau das Geld gebraucht haben kann?«

Vestavik schüttelte den Kopf und seufzte tief.

»Aber danach hat sie das Konto offenbar sperren lassen. Das weiß ich allerdings noch nicht mit Sicherheit. Vielleicht war ihr das Scheckbuch gestohlen worden?«

»Ja, vielleicht«, sagte Billy T. nachdenklich. »Dürfte ich ordnungshalber um Ihre Zustimmung dafür bitten, daß wir die Bankkonten Ihrer Frau überprüfen?«

»Natürlich.«

Nachdem das Protokoll ausgefertigt und von Vestavik ordnungsgemäß unterschrieben worden war, führte Billy T. ihn aus dem grauen Betongebäude hinaus. Er drückte dem Witwer rasch die Hand, dann rannte er die drei Treppen hoch und platzte, wie immer ohne anzuklopfen, in Hanne Wilhelmsens Büro.

»Verdammt, Hanne«, sagte er ärgerlich. »Du kannst doch nicht mitten in einem Verhör reinplatzen. Wir hätten mitten in einem Geständnis gewesen sein können!«

»Aber das wart ihr nicht«, antwortete sie gelassen. »Ich habe an der Tür gehorcht. Tatsache ist, daß ihr gerade ziemlich aneinander geraten wart. Deshalb mußte ich eingreifen, verstehst du, und dein Temperament ein bißchen zügeln. Hat es geholfen?«

»Tja. Doch. Im Grunde schon.«

»Na siehst du. Kann er gestrichen werden?«

»Nein, noch nicht. Er hört sich ja ziemlich überzeugend an. Und so leicht bringt einer seine Alte nicht um, da hat er schon recht. Sie haben eine Tochter von knapp vier Jahren. Und zwei große Söhne. Ich kann es mir nicht vorstellen. Aber streichen können wir ihn deshalb noch nicht.«

»Es kommt gar nicht so selten vor, daß jemand seine Ehefrau umbringt«, sagte Hanne und starrte vor sich hin. »Ganz im Gegenteil. Bei vielen Morden liegt eine enge Beziehung zwischen Täter und Opfer vor.«

»Aber in diesem Fall müßte es sich um vorsätzlichen Mord handeln, Hanne. Und dazu müßte der Typ ganz schön kaltblütig sein. So kam er mir aber nicht vor, auch wenn ihre Beziehung offenbar ziemlich abgekühlt war. Und es sieht so aus, als wären der Frau zuerst ihr Scheckbuch und dann dreißigtausend Kronen geklaut worden, ohne daß sie ihrem Mann auch nur einen Mucks gesagt hat.«

»Was sagst du da?«

»Du hast richtig gehört. Er hat gestern den Brief mit den Kontoauszügen geöffnet, und an ein und demselben Tag waren drei Schecks zu insgesamt dreißigtausend eingelöst worden. Das war dann auch die letzte Auszahlung.«

Sie blickten einander lange an.

»Hat er das selbst gemacht und eingesehen, daß wir irgendwann darüber stolpern würden? Hat er es uns deshalb lieber gleich erzählt?«

»Glaube ich nicht. Er schien das selbst nicht zu kapieren. Und er wirkte ziemlich verlegen.«

Hanne erhob sich, drückte eine Zigarette aus und versuchte vergeblich, ein Gähnen zu unterdrücken.

»Werden sehen. Sieh dir mal an, was die anderen herausgefunden haben, ja? Und bitte Tone-Marit, sich um die Schecks zu kümmern. Und morgen früh erstattest du mir Bericht. Ich geh jetzt.«

Odd Vestavik fühlte sich gar nicht wohl in seiner Haut. Er lockerte seinen Schlips und öffnete den Sicherheitsgurt, in der Hoffnung, dann bequemer zu sitzen. Aber das half alles nichts.

Die Sache mit der Gütertrennung hatte ihn restlos aus dem Konzept gebracht. Er hätte alles erzählen müssen. Andererseits, er hätte sich doch sein eigenes Grab geschaufelt, wenn er erzählt hätte, daß Agnes erst vor drei Wochen ganz überraschend mit einem neuen Ehevertrag gekommen war. In diesem Vertrag wurde festgelegt, daß ihr ganzer Besitz im »Falle ihres Fortgehens« ihm zufallen sollte. Das stand da wirklich: »Im Falle ihres Fortgehens.« Er hatte sich darüber gewundert, daß Juristen das einfache Wort »Tod« nicht benutzen mochten. Und das war Agnes nun, tot.

Er hatte diesen Vertrag erst zwei Tage vor Agnes' Tod notariell beglaubigen lassen. Es hatte ihn überrascht, daß die Polizei noch nichts davon gewußt hatte. Vermutlich steckten die Papiere noch immer bei den zuständigen Behörden in irgendeiner Warteschleife. Wie lange das wohl dauern mochte?

Aber sie würden es herausfinden. Und dann würde es verdächtig wirken, daß er nichts davon erzählt hatte.

Odd drosselte das Tempo, was den Fahrer hinter ihm zu wütendem Hupen veranlaßte. Er überlegte sich, ob er umkehren sollte. Er hatte die Polizei angelogen.

Vielleicht würden sie es ja nie herausfinden. Jedenfalls war er jetzt viel zu müde, um eine Entscheidung zu fällen.

Er mußte die Sache überschlafen.

Aber er hätte doch zu gern gewußt, was aus den dreißigtausend Kronen geworden war.

Maren hatte die Leitung ganz und gar übernommen. Es hatte sich einfach so ergeben. Angestellte und Kinder betrachteten sie als die neue Chefin, ohne Formalitäten oder Widerspruch. Und auch Terje hatte, obwohl er schon wieder halbtags arbeiten durfte, nichts dagegen, daß sie seinen Job übernahm. Bei den Kindern war erstaunlich schnell der Alltag wieder eingekehrt. Sie spielten und zankten sich, lernten und spielten, nur Kenneth schien es noch angst zu machen, daß nur wenige Meter von seinem Schlafzimmer entfernt eine Frau brutal erstochen worden war. Jeden Abend suchte er sein Zimmer mehrere Male nach Mördern und Einbrechern ab, unter dem Bett, in den Schränken und sogar in einer Spielzeugkiste, in der höchstens ein kleines Kind Platz gehabt hätte. Oder vielleicht ein winzig kleiner, aber lebensgefährlicher Drache. Geduldig ließen die Angestellten ihn sein Ritual vollziehen, ehe sie sich für eine halbe Stunde neben ihn legen mußten, damit er endlich einschlafen konnte.

Olav war nun seit drei Tagen verschwunden. In ganz Ostnorwegen wurde nach ihm gesucht, und am nächsten Tag sollte die Suchmeldung auch an die Medien gegeben werden. Auch bei der Polizei machten sie sich große Sorgen.

»Und doch scheinen sie ihn nicht mit dem Mord in Verbindung zu bringen«, sagte Maren Kalsvik und trommelte mit einem Bleistift auf dem Couchtisch in der guten Stube herum. »Das wundert mich eigentlich. Für die Suche nach ihm sind ganz andere Beamte eingesetzt worden als für die Aufklärung des Mordes.«

Terje Welby seufzte resigniert.

»Denen ist wohl klar, daß ein Zwölfjähriger niemanden umbringt«, sagte er. »Jedenfalls nicht so. Mit einem riesigen Messer.«

»Wenn ein Kind überhaupt einen Mord begeht, dann ja

wohl nicht mit einer Schußwaffe«, wandte sie ein. Dann stand sie auf und ging zu der großen, zweiflügeligen Holztür mit dem Spiegel hinüber, die die sogenannte gute Stube vom Aufenthaltsraum trennte.

Sie drückte die Türhälften in der Mitte zusammen, bis ein leises Klicken ertönte, dann setzte sie sich wieder aufs Sofa, griff zum Bleistift und fing an, nachdenklich darauf herumzukauen. Nach zwei heftigen Bissen zerbrach er.

»Eins wüßte ich wirklich gern, Terje«, sagte sie leise und spuckte Holzsplitter aus. Sie legte den Bleistift auf den Tisch, spuckte noch einmal aus, blickte ihrem Kollegen ins Gesicht und fragte: »Wo stecken die Papiere aus der Schublade, die die ganze Angelegenheit beweisen könnten?«

Er lief augenblicklich knallrot an, und Schweißperlen traten auf seine Oberlippe.

»Die Papiere? Welche Papiere?«

Es hörte sich fast wie ein Fauchen an, und er warf einen ängstlichen Blick zu den verschlossenen Türen hinüber.

»Die Papiere, die beweisen, was du gemacht hast«, sagte Maren. »Die Papiere, die Agnes über den Fall angelegt hatte.«

»Aber sie wußte doch nichts!«

Die Verzweiflung malte weiße Flecken in sein rotes Gesicht. Er sah krank aus. Sein Oberkörper zuckte, und er jammerte. »Dieser verdammte Rücken«, stöhnte er und ließ sich vorsichtig im Sessel zurücksinken. »Du mußt mir glauben, sie hat nichts gewußt.«

»Du lügst.«

Sie trug diese Behauptung wie eine unumstößliche Wahrheit vor, unerschütterlich. Sie lächelte sogar dabei, eine erschöpfte und freudlose Grimasse, in der Verzweiflung und Resignation lagen.

»Ich weiß, daß du lügst. Agnes wußte von der Unterschlagung. Oder den Unterschlagungen, sollte ich vielleicht sagen. Ich kann dir alle Einzelheiten nennen, aber nötig ist das wohl nicht. Sie war zutiefst enttäuscht. Und ziemlich wütend.«

Er war dermaßen außer sich, daß sie daran zweifelte, daß sich das noch steigern ließe. Sie hatte sich geirrt. Er keuchte auf und schnappte nach Luft, und seine Stimme klang wie die eines Kindes, als er endlich herauspressen konnte: »Hat *sie dir* das gesagt?«

Es dauerte einige qualvolle Sekunden, bis sie antwortete. Sie starrte aus dem Fenster, vor dem nun wieder Schnee fiel, große weiße Flocken, die schmelzen würden, sobald sie den Boden berührten. Maren schüttelte leicht den Kopf und schaute Terje an.

»Nein, das hat sie nicht. Ich weiß es aber trotzdem. Und ich weiß, daß sie es beweisen konnte. Diese Beweise wären sicher nicht schwer zu finden, wenn man die Buchführung genau untersuchte. Die Papiere lagen in der Schublade. In der abgeschlossenen. Und sie lagen nicht mehr da, als die Polizei hier war. Sonst hätten sie dich längst eingebuchtet. Und das haben sie nicht. Du bist ja noch nicht einmal verhört worden.«

Der letzte Satz hörte sich an wie eine Frage. Terje schüttelte zur Bestätigung den Kopf. »Und warum nicht? Soll das eine Form von Psychoterror sein, oder was?«

Sein Gesicht verfärbte sich langsam. Es war jetzt nicht mehr weiß, sondern rosa. Seine Koteletten kräuselten sich vor Feuchtigkeit, und an seinem linken Ohr liefen drei Schweißtropfen herunter. »Aber ich habe doch fast alles wieder in Ordnung gebracht, Maren! Das habe ich bereits gesagt. Herrgott, es geht doch gar nicht um große Summen!«

»Um ganz ehrlich zu sein, Terje, ich glaube nicht, daß die

Höhe des Betrages für die Polizei eine solche Rolle spielen würde.«

Sie winkte resigniert ab und bedachte ihn mit einem nachsichtigen Blick.

»Aber ich habe fast alles wieder in Ordnung gebracht! Ich bin ganz sicher, daß Agnes nichts gewußt hat. Sie hatte nicht den geringsten Verdacht. Aber sie hat etwas anderes gewußt, Maren, etwas, das...«

Mehr sagte er nicht.

Maren Kalsvik ließ sich demonstrativ in ihren Sessel zurücksinken. Sie hörten einige Kinder im Aufenthaltsraum herumtoben, sie lachten und lärmten. Im ersten Stock dröhnte Raymonds Stereoanlage. Vor den Fenstern fiel der Schnee immer dichter, vielleicht würde er nun doch endlich liegen bleiben. Während der letzten zwei Tage hatte es kräftige Temperaturschwankungen gegeben.

Er kam ihr vor wie ein auf frischer Tat ertapptes Kind. Das wild etwas abstreitet, das doch auf der Hand liegt. Sie fing seinen Blick auf und fixierte ihn.

»Terje. Ich *weiß*, daß Agnes es gewußt hat. Und du weißt es auch. Ich *weiß*, daß sie Unterlagen darüber besaß. Das weißt du auch. Ich bin doch deine Freundin, zum Henker!« Das letzte sagte sie mit Nachdruck und schlug zur Bekräftigung auch noch auf den Tisch. »Diese Papiere waren vor Agnes' Tod da, aber sie waren verschwunden, als die Polizei kam. Da gibt es doch nur eine einzige Erklärung. Du hast sie irgendwann im Laufe des Abends oder der Nacht an dich genommen. Willst du das nicht lieber gleich zugeben?«

Er saß wie gelähmt da.

Maren stand auf und wandte sich von ihm ab. Dann fuhr sie plötzlich herum. »Ich kann dir helfen, Terje. Himmel, ich will dir doch helfen! Ich will nicht, daß du wegen etwas verhaftet wirst, das du nicht getan hast. Wir sind hier jeden

Tag zusammen, wir essen zusammen, reden miteinander, wohnen fast schon zusammen, Terje! Aber wenn ich das verantworten können soll…« Sie breitete die Arme aus, verdrehte die Augen und murmelte etwas, das er nicht hören konnte. »Ehrlich gesagt, ich verschweige der Polizei etwas. Und das bringe ich nicht über mich, wenn ich nicht weiß, was passiert ist. Und was nicht. Begreifst du das nicht? Du darfst nicht mehr lügen. Mich darfst du nicht belügen!«

Er schien Anlauf zu nehmen. Er holte dreimal rasch und tief Luft.

»Ich war hier«, flüsterte er. »So gegen Mitternacht. Ich wollte die Papiere holen. Aber ich wollte wirklich nur sehen, wieviel sie eigentlich wußte. Nur das wollte ich wissen, Maren! Als ich sie tot in ihrem Sessel sitzen sah, war das ein schrecklicher Schock.« Er schlug die Hände vors Gesicht und wiegte seinen Oberkörper hin und her. »Du mußt mir einfach glauben, Maren!«

»Aber so groß war der Schock nun auch wieder nicht, schließlich hast du die Papiere herausgesucht und mitgenommen«, sagte Maren ruhig.

Sie saß nun wieder und strich sich ununterbrochen mit der rechten Hand durch die Haare.

»Ja, was hätte ich denn sonst tun sollen? Wenn die Polizei sie gefunden hätte, dann wäre ich doch sofort der Hauptverdächtige gewesen!«

Glenn riß die Doppeltür auf. Terje fuhr zusammen und knallte mit dem Bein gegen den Tisch.

»Schei…benkleister«, preßte er mit zusammengebissenen Zähnen hervor und drehte sich zu dem Jungen um, der um Kinogeld bat. »Wie oft soll ich dir noch sagen, daß du anklopfen mußt, ehe du ein Zimmer betrittst? Hä? Wie oft soll ich dir das noch sagen?«

Wütend packte er den Vierzehnjährigen am Arm und

drückte zu. Glenn jammerte und versuchte, sich loszureißen.

»Laß mich los«, sagte er. »Spinnst du jetzt total, oder was?«

»Ich hab's wirklich satt, wie du dich überall breitmachst«, fauchte Terje, ließ den Jungen los und stieß ihn gegen die Wand. »Jetzt reiß dich endlich mal zusammen, zum Henker!«

»Das macht zehn Kronen Abzug vom Taschengeld«, murmelte der Junge und rieb sich den linken Unterarm. »Ich wollte doch bloß Kinogeld.«

Maren bedachte Terje mit einem strengen Blick. Dann zog sie Glenn aus dem Zimmer und steckte ihm einen Fünfziger zu.

»Ist der krank, oder was?«

»Er hat Rückenschmerzen«, sagte sie beruhigend. »Und er ist unglücklich. Wegen Agnes. Das sind wir doch alle. Welchen Film willst du sehen?«

»›Der Klient.‹«

»Ist der sehr brutal?«

»Nein. Ich glaube, das ist ein normaler Krimi.«

»Gut. Komm danach gleich nach Hause. Und viel Spaß.«

Der Junge murmelte den ganzen Flur entlang vor sich hin und rieb sich demonstrativ den schmerzenden Unterarm. Maren ging zurück ins Zimmer und machte die Türen wieder zu. Nach kurzem Zögern griff sie zu einem alten schwarzen Schlüssel, der neben der Tür an einem Nagel hing, steckte ihn in das altmodische Schloß und drehte ihn um. Das Metall knirschte, der Schlüssel war vermutlich vor vielen Jahren zuletzt benutzt worden. Dann ließ Maren sich wieder in den Sessel sinken. Die Ereignisse der letzten Tage hatten sie gezeichnet, aber ihre Augen schienen trotz allem zu leuchten. Vor Tatkraft, vor Entschiedenheit. Terje ahnte das mehr, als er es sehen konnte, und wurde optimistischer. »Du sagst der Polizei nichts.«

Er war jämmerlich. Nicht nur hatte er grob gelogen, hatte verschwiegen, daß er zu einem besonders kritischen Zeitpunkt im Heim gewesen war, hatte geleugnet, daß Agnes über seinen pflichtvergessenen Umgang mit den Geldern für das Heim informiert gewesen war. Und hatte obendrein die Papiere aus der Schublade der Heimleiterin entfernt. Jetzt schien er auch noch bereit, auf die Knie zu fallen und um Hilfe zu flehen.

»Warum hast du gelogen, Terje? Hattest du kein Vertrauen zu mir?«

Sein Blick ließ ihre Augen los und wanderte nach unten. Dann riß er sich zusammen und starrte auf einen Punkt, der zwanzig Zentimeter über ihrem Kopf lag. So blieb er sitzen, die Armlehnen umklammernd wie beim Zahnarzt. Er gab keine Antwort.

»Ich will sofort wissen, was passiert ist. Wollte Agnes an dem Morgen mit dir über die Unterschlagungen sprechen? Hatte sie die Kollegenberatungen deshalb angesetzt? Hat sie dir die Papiere gezeigt?«

»Nein«, flüsterte er schließlich. »Nein, sie hat mir die Papiere nicht gezeigt. Sie hat nur gesagt, daß sie bestimmte Unregelmäßigkeiten entdeckt hatte, und sie war enttäuscht. Sie hat mit Papieren gewinkt, und ich wußte, daß die mit mir zu tun hatten. Sie hat mich gebeten…«

Jetzt zog er die Füße auf den Sesselsitz und preßte die Augen gegen die Knie, wie ein Kind oder eher noch wie ein übergroßer Embryo. Als er weitersprach, war seine Stimme undeutlich und nur schwer zu verstehen.

»Ich sollte einen schriftlichen Bericht abliefern, ehe sie eine Entscheidung fällen wollte. Und den wollte sie am nächsten Tag haben. Also an dem Tag nachdem sie … nach ihrem Tod.«

Plötzlich stellte er die Füße wieder auf den Boden. Er weinte nicht, sondern schnitt Grimassen, wie Maren sie noch nie gesehen hatte. Immer wieder jagte ein blitzschnelles Zucken über seinen Mund, und seine Augen schienen fast in seinem Kopf zu verschwinden. Für einen Moment hatte sie wirklich Angst!

»Terje! Terje, reiß dich zusammen!«

Sie sprang auf und setzte sich auf den Tisch, der zwischen ihnen stand. Sie versuchte, seinen Arm zu nehmen, aber er wollte die Armlehne nicht loslassen. Deshalb legte sie ihm die rechte Hand auf den Oberschenkel. Er fühlte sich unnatürlich heiß an.

»Ich werde nichts sagen. Aber ich will wissen, was passiert ist. Das mußt du doch verstehen. Damit ich der Polizei nichts Falsches erzähle.«

Terjes Augen wurden klarer. Er atmete ruhiger, und seine Fingerknöchel waren nicht mehr ganz so kreideweiß.

»Ich wollte nur wissen, wieviel sie wußte. Vielleicht hatte sie ja nur einen Bruchteil herausgefunden. Und das meiste hatte ich doch schon wieder in Ordnung gebracht. Ich wollte … es war schon clever von ihr, daß sie zuerst meine Version hören wollte!«

»Bist du sicher, daß sie tot war, als du gekommen bist?«

»Sicher?«

Jetzt starrte er ihr ungläubig in die Augen.

»Es steckte ein riesiges Messer zwischen ihren Schulterblättern, und sie atmete nicht mehr. Das nenne ich tot.«

»Aber hast du dich davon überzeugt? Hast du ihr den Puls gefühlt, hast du an Wiederbelebungsmaßnahmen gedacht?«

»Ich habe sie nicht angerührt. Natürlich habe ich sie nicht angerührt. Ich stand unter Schock. Und als ich mich ein bißchen gefaßt hatte, war mein einziger Gedanke, die Papiere an mich zu nehmen und zu machen, daß ich wegkam.«

»War die Schublade offen?«

»Nein, sie war abgeschlossen. Aber der Schlüssel lag an seinem Versteck. Unter dem Blumentopf.«

»Das hast du auch gewußt?«

Sie wirkte überrascht.

»Ja, schon seit einigen Jahren. Ich bin einmal bei ihr hereingeplatzt. Blödes Geheimversteck. Da würde man doch zuallererst nachsehen. Hast du es gewußt?«

Sie gab keine Antwort, sondern stand auf und trat wieder ans Fenster. Die Dunkelheit hatte sich wie ein klebriger Teppich über den Garten gesenkt, nasse weiße Flocken bildeten ein unregelmäßiges Muster vor dem grauschwarzen Hintergrund. Maren streifte sich den Kittelärmel nach oben – mit einer Handbewegung, die bewies, daß sie in diesem Kittel wohnte – und stellte fest, daß jetzt Zeit für die Kinderstunde sei.

»Die Polizei würde dir nicht glauben«, sagte sie zu seinem Spiegelbild in der Fensterscheibe. »Und mir fällt es auch nicht leicht. So, wie du geschwindelt hast.«

»Gelogen«, korrigierte er tonlos. »Das verstehe ich. Ich kann nicht verlangen, daß du mir glaubst. Aber es ist so, Maren. Ich habe sie nicht umgebracht.«

Sie ließ ihm das letzte Wort, bedachte ihn jedoch mit einem Blick, den er nicht deuten konnte; dann verschwand sie, um Kenneth und den Zwillingen vor dem Fernseher Gesellschaft zu leisten.

»Die Osloer Polizei sucht den zwölf Jahre alten Olav Håkonsen, der am Dienstag abend von zu Hause verschwunden ist. Der Junge trägt vermutlich Jeans, einen dunkelblauen Anorak und Turnschuhe.«

»Himmel, ich dachte, solche Meldungen kämen nicht

mehr in den Fernsehnachrichten«, rief Cecilie Vibe, die lässig, wie sich das für einen Freitagabend gehörte, auf dem Sofa lag.

Ein undeutliches und ziemlich unbrauchbares Bild des Jungen wurde zu der Vermißtenmeldung gezeigt, die eine blasse Frau mit ovalem, unbeteiligtem Gesicht und bemerkenswert angenehmer Stimme vorlas.

»Es gibt Ausnahmen«, murmelte Hanne und brachte Cecilie mit einer Handbewegung zum Verstummen.

»Olav ist etwa einsachtundfünfzig groß und kräftig gebaut. Hinweise nehmen die Polizei in Oslo und sämtliche anderen Dienststellen entgegen.«

Dann berichtete die gutangezogene Sprecherin von einer Katze mit zwei Gesichtern, die angeblich in Kalifornien das Licht der Welt erblickt hatte.

»Was heißt kräftig«, sagte Hanne. »Wenn ich das richtig verstanden habe, dann ist der Junge ein wahrer Fettwanst.« Sie schaltete auf TV 2 um, wo eine dunkelhaarige Frau lächelte und über gar nichts plauderte. Sie schaltete zurück zu den Nachrichten und der Wettervorhersage.

»Massier mich doch ein bißchen«, bat sie und legte Cecilie ihre Füße auf den Schoß.

»Wo der Junge wohl steckt«, überlegte Cecilie und ließ geistesabwesend ihre Finger über Hannes Fußsohlen gleiten.

»Wir haben einfach keine Ahnung. Und das wird langsam ein bißchen unheimlich. Wir waren ziemlich sicher, daß er auf irgendeine Weise zu seiner Mutter zurückfinden würde, aber das ist ihm nicht gelungen. Oder er hat keine Möglichkeit dazu gehabt. Zieh mir doch auch die Socken aus.«

Cecilie streifte Hanne die weißen Baumwollsocken von den Füßen und ließ ihre Finger wieder wandern. »Meint ihr, ihm ist etwas passiert?«

»Was heißt schon passiert? Der Junge ist schließlich abgehauen, da ist es doch klar, daß er sich versteckt. Sonst hätten wir allerdings eine Scheißangst. Kindesentführung und so. Aber er versteckt sich bestimmt. Er ist zwölf und kann das sicher noch eine Weile durchhalten. Wir gehen davon aus, daß er aus eigenem Entschluß durchgebrannt ist. Ich kann mir kaum vorstellen, daß er einem Verbrechen zum Opfer gefallen ist. Wenn wir davon ausgehen, daß er die Heimleiterin nicht umgebracht hat – und davon gehen wir aus –, dann hat sein Verschwinden vermutlich mit dem Mord überhaupt nichts zu tun. Er hat während seiner ganzen Zeit im Heim damit gedroht, daß er durchbrennen würde. Aber natürlich machen wir uns Sorgen. Zum Beispiel kann er etwas gehört oder gesehen haben. Und das würde uns sehr interessieren. So oder so, ein durchgebrannter Zwölfjähriger, das ist auf keinen Fall gut. Oh, bitte nicht aufhören!«

Cecilie massierte weiter, wenn auch nicht mit großer Begeisterung.

»Wie sieht eigentlich so ein Kinderheim aus? Ich dachte, so was gäb's gar nicht mehr. Und warum haben sie gesagt, er sei von ›zu Hause‹ verschwunden?«

»Sie wollten ihn nicht allzusehr stigmatisieren, nehme ich an… Das Kinderheim sieht fast aus wie ein normales Haus, nur viel größer. Eigentlich gemütlich. Den Kindern scheint es da gutzugehen. Ich glaube nicht, daß es noch viele solche Heime gibt. Einrichtungen für Heranwachsende heißen sie amtlich. Die meisten Kinder werden heute in Pflegefamilien gegeben.«

Cecilie massierte nun mit größerer Hingabe und ließ federleichte Finger die Wade hoch und unters Hosenbein wandern. Vom Fernseher her verkündete eine respektlose Grieg-Interpretation, daß nun der wöchentliche Blick auf kuriose Ereignisse in Norwegen folgte. Hanne griff zur

Fernbedienung, um die Musik leiser zu stellen. Sie setzte sich auf, ohne die Beine zu bewegen, und schmiegte sich an ihre Liebste. Sie küßten sich, lange und verspielt.

»Warum können wir kein Kind haben?« fragte Cecilie an Hannes Mund.

»Wir können sofort versuchen, eins zu machen.« Hanne lächelte.

»Red keinen Unsinn.« Cecilie zog sich zurück und schob Hannes Füße auf den Boden. Hanne blies die Wangen auf und stieß dann die Luft demonstrativ wieder aus.

»Jetzt nicht, Cecilie. Nicht jetzt diese Diskussion.«

»Wann denn?«

Sie sahen einander an. Ein alter, fast vergessener Krieg loderte wieder auf.

»Nie. Damit sind wir durch. Die Sache ist entschieden.«

»Also ehrlich, Hanne, es ist viele Jahre her, daß wir uns entschieden haben. Und ich habe damals ganz klar gesagt: Diese Entscheidung gilt nur bis auf weiteres. Jetzt sind wir sechsunddreißig. Ich merke, daß die biologische Uhr immer lauter tickt.«

»Du? Biologische Uhr? Ha!«

Hanne streichelte Cecilies Gesicht, es war glatt, weich und wies nur um die Augen ein winzig kleines, feines Netz aus Lachfältchen auf. Cecilie war nicht nur hübsch, sie wirkte auch unglaublich jung. Wer die beiden noch nicht lange kannte, schätzte Hanne immer mehrere Jahre älter ein, obwohl sie im selben Jahr geboren waren. Ihre Hand glitt zu Cecilies Brüsten hinunter.

»Laß das«, sagte Cecilie genervt und befreite sich von der ungebetenen Hand. »Wenn wir ein Kind wollen, dann müssen wir uns bald entscheiden. Und das können wir heute abend so gut wie irgendwann sonst.«

»Nein, können wir nicht, stell dir das vor!«

Hanne schnappte sich die Bierflasche, die zwischen ihnen stand, und füllte ihr Glas. Dabei bewegte sie die Hand so heftig, daß es überschäumte und der Schaum auf den Tisch und dann auf den Teppich lief. Sie fluchte und lief mit wütenden Schritten in die Küche, um einen Lappen zu holen. Als sie zurückkam, hatte sich schon ein dunkler Bierfleck auf dem gelben Teppich gebildet, und sie brauchte mehrere Minuten zum Aufwischen. Cecilie versuchte gar nicht erst, ihr zu helfen. Statt dessen verfolgte sie mit übertriebenem Interesse einen Bericht über einen Mann, der mit dreiundneunzig Jahren in Latein promoviert hatte und außerdem als Holzschnitzer brillierte.

»Heute abend geht das überhaupt nicht so gut wie irgendwann sonst«, fauchte Hanne. »Ich hatte eine harte Woche, ich habe mich nach dir gesehnt, ich hatte mich auf einen gemütlichen Abend zu Hause gefreut, ich hatte mich auf dich gefreut, ich will nicht mit dir streiten, und außerdem ist es nicht schon viele Jahre her, daß wir uns gegen ein Kind entschieden haben.«

Sie schlug mit dem nassen Lappen auf den Tisch, daß die Biertropfen nur so umhersprühten.

»*Du* hast uns gegen ein Kind entschieden«, sagte Cecilie leise.

Hanne sah ein, daß die Schlacht verloren war. Sie mußten diese Sache klären, so wie sie in unregelmäßigen und immer größer werdenden Abständen die grundlegenden Voraussetzungen des schwierigen Lebens durchsprechen mußten, für das sie sich vor hundert Jahren entschieden hatten, als sie Abitur gemacht und sich kennengelernt und das Leben ernsthaft entdeckt hatten. Hanne haßte diese Diskussionen.

»Du haßt jede Diskussion über Probleme«, sagte die Gedankenleserin. »Wenn du auch nur eine Ahnung davon hättest, wie schwer das für mich ist. Ich muß wochenlang

Kräfte sammeln, wenn ich ein Thema zur Sprache bringen will, das eine von uns unglücklich macht.«

»Alles klar. Schieß los. Alles ist meine Schuld. Ich habe dein Leben ruiniert. Sind wir jetzt fertig?«

Hanne breitete die Arme aus und verschränkte sie vor der Brust. Sie starrte auf den Bildschirm, wo die blonde Moderatorin, nun in Trachtenstrickjacke, oben auf der Holmenkollenschanze stand und eine elfjährige Skispringerin vorstellte.

»Hanne«, setzte Cecilie an und verstummte dann für einen Moment. »Natürlich kommt ein Kind nicht in Frage, wenn du nicht willst. Wir müßten es schon beide wollen. Hundertprozentig. Ich kann ein Nein von dir akzeptieren. Aber ist es wirklich so unbegreiflich, daß ich mit dir darüber sprechen möchte?«

Cecilie hörte sich weder böse noch abweisend an. Trotzdem saß Hanne weiterhin unbeweglich da, und ihr Blick fixierte die kleine Sportlerin, die einen Sprung von sechzig Metern hinlegte.

Jetzt war Cecilie diejenige, die nach der Fernbedienung griff. Es wurde still, der Bildschirm schwarz, und nur ein kleiner weißer Punkt blieb übrig, der immer kleiner wurde und verschwand schließlich in der Finsternis.

»Ich wollte diese Sendung eigentlich sehen«, sagte Hanne und starrte die Stelle an, an der der weiße Punkt verschwunden war. »Ich kann zwei Dinge auf einmal tun.«

Und dann fuhr sie zusammen. Cecilie weinte. Cecilie weinte fast nie. Hanne war diejenige, die dicht am Wasser gebaut hatte. Cecilie brachte immer alles in Ordnung, sie war ruhig und logisch, sie war klug und mutig und konnte der Welt mit einer niemals versagenden Vernunft gegenübertreten. Hanne kniete vor Cecilie nieder und versuchte, ihr die Hände vom Gesicht wegzuziehen. Das gelang ihr nicht.

»Cecilie, es tut mir so leid. Ich wollte nicht so zickig sein. Natürlich können wir darüber reden.«

Die schmächtige Gestalt zog sich noch mehr in sich zusammen, und als Hanne versuchte, ihren Rücken zu streicheln, fing sie an zu zittern, wie vor Abscheu. Hanne ließ ihre Hand sinken und starrte sie an, als ob irgend etwas Ekelhaftes an ihr klebte.

»Aber Cecilie«, flüsterte sie erschrocken, »was ist denn los mit dir?«

Die Frau auf dem Sofa brach in Tränen aus, versuchte zu sprechen. Zunächst unverständlich, doch nach und nach beruhigte sie sich. Endlich nahm sie die Hände vom Gesicht und sah Hanne an. »Ich bin so entsetzlich erschöpft, Hanne. Ich bin so fertig, daß ... ich habe oft gedacht ...«

Ihr heftiges Schluchzen wirkte fast krank, sie schnappte nach Luft, und ihr Gesicht hatte sich bläulich verfärbt. Hanne wagte nicht, sich zu bewegen.

»Weil«, sagte Cecilie, als sie wieder zu Atem gekommen war, »weil wir anderen nichts Schlimmeres antun können, als sie zu verleugnen. *Du verleugnest mich jetzt schon seit fast siebzehn Jahren, bist du dir darüber eigentlich im klaren?*«

Hanne kämpfte verbissen gegen alle einsetzenden Rechtfertigungsmechanismen an. Sie biß die Zähne zusammen und fuhr sich durchs Gesicht. »Aber Cecilie, davon ist jetzt doch nicht die Rede«, sagte sie zögernd, voller Angst, dieses schreckliche Schluchzen könnte wieder einsetzen.

»Im Grunde doch«, sagte Cecilie. »Das hängt doch alles zusammen. Du machst zu, und so sicher wie das Amen in der Kirche blockst du ab, wenn ich irgendein grundlegendes Problem zur Sprache bringe. Peng, peng, peng macht es bei dir, und schon bist du wie eine uneinnehmbare Festung. Kapierst du nicht, wie gefährlich das ist?«

Hanne spürte ihre Angst aufsteigen wie immer, wenn

Cecilie ein seltenes Mal ihre Beziehung in Frage stellte. Ihre Zähne klapperten, und sie versuchte verzweifelt, ihre Reaktionen einigermaßen unter Kontrolle zu bringen.

»Wenn wir weiter zusammenleben wollen, mußt du dich am Riemen reißen, Hanne.«

Das war keine Drohung. Es war die Wahrheit. Das wußten sie beide. Und Hanne wußte es am besten.

»Ich werde mich zusammenreißen, Cecilie«, versprach sie. Das schwöre ich dir. Nicht erst ab morgen oder nächste Woche. Sondern von diesem Moment an. Wir können haufenweise Kinder kriegen. Wir können die ganze Polizeibelegschaft hierher einladen. Ich kann eine Annonce aufgeben... Wir können unsere Partnerschaft registrieren lassen!«

In wilder Begeisterung sprang sie auf. »Wir heiraten! Ich lade meine ganze Familie ein, und alle Kollegen und...«

Cecilie starrte sie an. Sie mußte lachen. Es war eine seltsame Mischung aus Lachen und Weinen, und dabei schüttelte sie resigniert den Kopf.

»Das will ich doch alles überhaupt nicht. Das ist Unsinn, Hanne. Das brauche ich nicht alles auf einmal. Ich brauche nur das Gefühl, daß wir uns vorwärts bewegen. Es war toll, daß du endlich Billy T. in unser Leben hereingelassen hast. Und war das denn wirklich so entsetzlich, was meinst du?« Ohne auf eine Antwort zu warten, griff sie nach einem Sofakissen, drückte es an sich und fuhr fort: »Billy T. reicht erst einmal. Aber nur fürs erste. Ich will endlich deine Familie kennenlernen. Auf jeden Fall deine Geschwister. Und was ein Kind betrifft ... jetzt setz dich doch bitte.«

Sie legte das Kissen wieder weg und klopfte vorsichtig auf den Platz neben sich.

Hanne stand vor lauter Angst noch immer da wie eine Salzsäule. Sie riß sich aus ihrer Erstarrung und setzte sich auf die Sofakante. Ihre Oberschenkel zuckten nervös und sie ballte die Fäuste so fest, daß ihre Fingernägel sich in die Handflächen bohrten.

»Sei doch nicht so verkrampft, Hanne.«

Cecilie hatte die Kontrolle über sich und die Situation zurückgewonnen. Sie zog die Freundin an sich und spürte deren heftiges Zittern. Lange saßen sie schweigend da, lange, bis beide wieder einigermaßen frei und ruhig atmen konnten.

»Findest du es seltsam, daß ich wissen möchte, warum du kein Kind willst?« flüsterte Cecilie Hanne ins Ohr.

»Nein. Aber es ist so schwer, darüber zu reden. Ich weiß, daß du dir ein Kind wünscht. Und ich habe das Gefühl, dir etwas zu stehlen, wenn ich mich weigere. Und ich habe das Gefühl, dir etwas zu stehlen, weil wir zusammen sind. Ich komme mir so klein vor. So ... gemein.«

Cecilie lächelte. Aber sie schwieg.

»Es ist nur so, daß ich...«, fing Hanne an und richtete sich auf. »Ich habe das Gefühl, daß es dem Kind gegenüber nicht richtig wäre.«

Cecilie protestierte.

»Dem Kind gegenüber nicht richtig? Aber überleg doch mal, was wir einem Kind zu bieten hätten! Auf jeden Fall mehr, als die allermeisten anderen Kinder in Norwegen haben. Gescheite Eltern, gesichertes Einkommen, zumindest einen Satz Großeltern...«

Für einen kurzen Moment lächelten sie beide.

»Doch«, sagte Hanne, »wir hätten sehr viel zu geben. Aber dann weiß ich, daß es verdammt ungerecht wäre, einem Kind das Leben schwerzumachen, wo ich nicht einmal selbst in den Spiegel zu schauen wage. Denk an all die Gemeinheiten, die dem Kind vielleicht an den Kopf geknallt werden. In der Schule. Auf der Straße. All die Fragen. Und ich finde wirklich, daß jedes Kind einen Vater haben müßte.«

»Aber den könnte es doch haben. Claus ist schon seit Jahren dazu bereit.«

»Also ehrlich, Cecilie! Soll unser Kind hier zwei Mütter und bei Claus und Petter zwei Väter haben? Das wäre wirklich witzig bei der Weihnachtsfeier in der Schule!«

Cecilie widersprach nicht länger. Nicht, weil sie Hanne zugestimmt hätte. Sie war vollkommen anderer Meinung. Claus und Petter waren sympathische, gebildete, liebe, kluge und ausgeglichene Männer. Hanne und sie liebten und stritten sich nun schon seit fast siebzehn Jahren. Und damit würden sie wohl bis an ihr Lebensende weitermachen. In ihrem Leben gab es jede Menge Platz für ein Kind. Sie hätte viel dazu sagen können. Aber sie sagte nichts. Sie wußte selbst nicht, warum.

»Ich meine wirklich, ein Kind sollte dadurch entstehen, daß eine Mutter und ein Vater sich lieben«, sagte Hanne leise und schmiegte sich enger an Cecilie. »Gut, das ist nicht immer so. Es gibt jede Menge Kinder, die unbeabsichtigt entstehen, durch Unachtsamkeit, außerhalb der Ehe, außerhalb der Liebe. Vielen geht es trotzdem gut. Sie sind alle gleich wertvoll.«

Sie richtete sich auf und trank einen Schluck Bier. Dann ließ sie sich wieder zurücksinken und drehte das Glas in ihrer Hand, während sie langsam den Kopf schüttelte. »Das alles weiß ich ja. Aber wenn die Entscheidung bei mir liegt, dann will ich es nicht so haben! Ich würde das Beste für mein Kind wollen, und *das kann ich ihm nicht geben*! Verstehst du das nicht?«

Das tat Cecilie nicht. Aber sie verstand, daß Hanne ein seltenes Mal ihre innersten Winkel zumindest einen Spaltbreit geöffnet hatte. Das allein war schon so ungewöhnlich, daß sie im Moment nicht mehr brauchte. Sie lächelte und streichelte Hannes Rücken.

»Nein, das verstehe ich nicht. Aber es ist schön, daß du es mir erzählst.«

Die Stille wurde nur vom leisen Geräusch des Glases durchbrochen, das sie in ihrer Hand drehte.

»Adoptieren wäre etwas ganz anderes«, sagte Hanne plötzlich und sprang abrupt auf. »Denk an all die Kinder, die Schlange stehen! Die niemand will. Ein gutsituiertes Lesbenpaar in Oslo wäre doch tausendmal besser als zum Beispiel eine Straße in Brasilien.«

»Adoptieren«, murmelte Cecilie müde. »Du weißt doch, daß das verboten ist.«

Sie starrten einander in die Augen.

»Ja«, sagte Hanne. »Das ist verboten. Und das ist nicht richtig. Daran wird sich auch bald was ändern.«

»Bis dahin sind wir zu alt.«

Keine wandte den Blick ab.

»Ich will nicht, daß wir unser eigenes Kind haben, Cecilie. Ich werde es niemals wollen.« Mehr war dazu nicht zu sagen.

Hanne fühlte sich wie gerädert. Und sie hatte pochende Kopfschmerzen. Zugleich erfüllte sie eine unerklärliche Erleichterung, doch die konnte das Schuldgefühl, das sie nie verließ, das sie immer quälte, nicht wirklich lindern. Manchmal war dieses Gefühl stark, manchmal nur ein leises, leises Ziehen.

Cecilie stand ebenfalls auf und blieb einige Sekunden lang vor Hanne stehen, dann ließ sie ihre Hand langsam über deren Gesicht gleiten.

»Laß uns essen, ja?«

Hanne schaltete den Fernseher ein, um zum Freitagabend zurückzukehren. Im NRK sprach Fernsehmoderator Petter Nome, als sei nichts geschehen.

Von der Tapete an der einen Wand war nichts mehr übrig, abgesehen von einigen Fetzen, die er nicht hatte abreißen können. Kleine und große Papierstücke rollten sich auf dem Boden, es sah fast so aus wie im Werkunterricht. Er wollte diese Wand erst fertig haben, ehe er mit der nächsten begann. Es machte ziemlichen Spaß, ein- oder zweimal hatte er Streifen von fast einem Meter Länge abreißen können.

Aber obwohl noch Konservendosen da waren, fand er die Vorstellung, in diesem Haus bleiben zu müssen, ziemlich scheußlich. Er wußte nicht mehr so recht, welcher Tag es war, aber eigentlich stand ja fest, daß die eigentlichen Hausbewohner nicht bis in alle Ewigkeit ausbleiben würden. Er mußte sich ein anderes Versteck suchen. Und er stank. Er hatte versucht, die Fäden aus seiner Zunge zu ziehen, aber das hatte so schrecklich geblutet, daß er nach dem ersten aufgehört hatte.

Das Telefon verlockte ihn noch immer. Sein Magen krampfte sich zusammen vor Heimweh. Vielleicht hatte die Polizei die Suche eingestellt. Dann gab er diese Hoffnung wieder auf.

Aber sie ließ sich nicht so einfach vertreiben. Zu Hause hatte er ein Bett. Ein schönes blaues Bett. Er konnte richtiges Essen bekommen. Schweinekoteletts. Er wollte zu seiner Mama. Er wollte endlich nach Hause.

Vorsichtig hob er den Telefonhörer, ließ ihn aber sofort wieder fallen, als er das Freizeichen hörte. Dann machte er sich über die andere Wand her. Das ging nicht so gut, denn sie war angestrichen, und deshalb haftete die Tapete besser. Er riß nur kleine Fetzen ab, die aussahen wie Locken. Nach der Hälfte gab er auf. Er stapfte wieder auf den Flur. Draußen war es dunkel, und das Licht aus der fensterlosen Toilette konnte die Diele nur spärlich beleuchten. Das Licht, das die ganze Zeit gebrannt hatte.

Jetzt zögerte er nicht mehr. Er wählte die vertraute Nummer und ließ es klingeln. Es klingelte lange. Er wollte schon auflegen und fragte sich, wo seine Mutter stecken mochte. Es war doch Abend. Da war sie immer zu Hause. Doch dann meldete sie sich.

»Hallo?«

Er schwieg.

»Hallo?«

»Mama?«

»Olav!«

»Mama.«

»Wo … wo bist du?«

»Ich weiß nicht. Ich will nach Hause.«

Und dann weinte er. Ihn schockierte das mehr als seine Mutter. Er schluchzte noch ein bißchen und kostete mit einer vagen Erinnerung an seine frühe Kindheit den Geschmack seiner Tränen aus. Vor lauter Heimweh ließ er sich zu Boden sinken, und er sagte noch einmal: »Ich will nach Hause, Mama.«

»Olav, hör mir gut zu. Du mußt herausfinden, wo du bist.«

»Ist die Polizei bei dir?«

»Nein. Bist du in Oslo?«

»Die werden mich in das verdammte Heim zurückschicken. Oder ins Gefängnis.«

»Kein Kind kommt ins Gefängnis, Olav. Du mußt mir sagen, wie es da aussieht, wo du bist.«

Er versuchte es. Er beschrieb die Küche. Und das Haus. Er beschrieb die tausend Lichter hinter der dunklen Fensterfläche im Wohnzimmer und die hellrosa Dunstglocke, die über der Stadt unter ihm hing.

Er ist in Oslo, Gott sei Dank, er ist in Oslo, dachte sie.

»Du mußt dich rausschleichen und ein Straßenschild suchen, Olav. Ich muß genauer wissen, wo du bist.«

Als sie durch das Telefon ein Kratzen hörte, fügte sie schnell eine Warnung hinzu: »Nicht auflegen! Leg den Hörer einfach neben das Telefon, bis du zurück bist. Geh gleich los. Sieh nach. Meistens stehen an Kreuzungen Straßenschilder. Such eine Kreuzung. Die allernächste.«

Das tat er. Er brauchte nur sechs oder sieben Minuten, dann konnte er ihr einen Straßennamen nennen.

»Jetzt bleibst du eine Weile im Haus. Eine halbe Stunde. Hast du deine Uhr bei dir?«

»Ja.«

»Nach genau einer halben Stunde gehst du zu der Kreuzung und wartest dort auf mich. Du darfst nicht ungeduldig sein. Ich komme, aber vielleicht brauche ich etwas Zeit, um den Weg zu finden.«

»Ich will nach Hause, Mama.«

Jetzt weinte er wieder.

»Ich hole dich, Olav. Ich komme dich sofort holen.«

Dann hörte sie am anderen Ende der Leitung ein Klikken.

Sie brauchte ein Auto. Die einzige Möglichkeit war ihre Mutter. Das Herz wurde ihr schwer, und einen Moment lang spielte sie mit dem Gedanken, ein Taxi zu nehmen. Aber das war zu riskant. Jetzt war der Junge ja schon im Fernsehen gesucht worden, es war zu gefährlich, er durfte nicht gefunden werden. Sie mußte den Wagen ihrer Mutter nehmen.

Es ging leichter, als sie befürchtet hatte. Sie erklärte ihren Wunsch mit einem Termin bei der Polizei, und die Mutter war zu betrunken, um sich zu überlegen, daß die Polizei wohl kaum am Freitag abend Termine machte. Eine Dreiviertelstunde nachdem der Junge angerufen hatte, hielt sie an einer Kreuzung in Grefsen. In der Gegend standen vor allem Einfamilienhäuser aus den fünfziger Jahren mit dem einen oder anderen Anbau aus den Siebzigern. Alle

Gärten hatten kleine Zäune. An der Kreuzung brannten die Laternen, aber der Junge war klug genug gewesen, sich unter den winterschwarzen Fliederbüschen zu verstecken, deren Zweige über einen Gartenzaun hingen. Er preßte sich an den Zaun und schaffte es tatsächlich, kleiner auszusehen. Trotzdem entdeckte sie ihn sofort.

Offenbar hatte Olav das Auto seiner Großmutter rasch erkannt, denn er stolperte aus seinem Versteck hervor, noch ehe der Wagen hielt. Er lief schwerfällig und unbeholfen um das Auto herum und öffnete die Tür zum Beifahrersitz. Er rang nach Atem, als er sich auf den Sitz fallen ließ, ohne die Schultasche vom Rücken zu nehmen. Er zog die Beine nach und knallte die Tür viel zu heftig zu.

Sie schwiegen beide. Er weinte nicht mehr. Eine Stunde später stand er unter der Dusche, dann aß er, und danach schlief er wie ein Stein. Sie hatten kaum ein Wort gewechselt.

Herrgott, was soll ich machen? Ich habe ihn zwar ungesehen in die Wohnung schmuggeln können, sicherheitshalber sind wir durch die Kellertür hinten im Haus gegangen, und im Treppenhaus ist uns niemand begegnet. Aber was jetzt?

Die Polizei ruft jeden Tag an. Das ist kein Problem. Sie haben gesagt, daß ich noch einmal verhört werden muß. Nächste Woche vermutlich. Das ist kein Problem, hierher werden sie nicht kommen. Aber ich kann ihn doch nicht für immer hier verstecken.

Jetzt hat er Angst. Er haßt das Heim. Und deshalb habe ich ihn unter Kontrolle, einstweilen auf jeden Fall.

Genau wie damals, als er den Kindergarten verwüstet hat. Als wir noch in Skedsmokorset gewohnt haben. Oder war das in Skårer? Nein, das muß in Skedsmo gewesen sein, er war doch erst sechs. Straßenarbeiter hatten eine Dampfwalze mit laufendem Motor stehenlassen, nur für einen Moment. Er hat es irgendwie geschafft, auf dieses Monstrum zu klettern, und dann setzte es sich in Bewegung. Ich habe es selbst gesehen, aus dem Fenster, er war gerade vom Kindergarten nach Hause gekommen und wollte noch draußen bleiben. Wie gelähmt blieb ich stehen und starrte die Dampfwalze an, die nur zehn oder zwölf Meter von dem blauen Häuschen entfernt war. Er konnte nicht ausweichen. Das haben sie mir nachher gesagt. Das Steuerrad ist viel zu schwer für ein Kind, sagten sie. Ich glaube, er wollte es so. Die Walze stand oben an einem kleinen Hang und hatte ein ziemliches Tempo erreicht, als sie gegen die Wand krachte. Ich hörte die riesige Maschine, wie sie einige Sekunden lang gegen das Häuschen drückte, bis es schließlich nachgab. In diesem Moment entdeckten die Straßenarbeiter, was da geschah, aber sie konnten nicht mehr verhindern, daß das Haus mit ohrenbetäubendem Lärm zusammenkrachte. Gott sei Dank war es schon spät. Der Kindergarten hatte schon seit Stunden geschlossen. Die Götter allein wissen, was passiert wäre, wenn sich im Haus Menschen aufgehalten hätten.

Die Bauarbeiter waren nett. Sie behaupteten, selbst an allem schuld zu sein. Sie hätten die Dampfwalze nicht aus den Augen lassen dürfen. Aber alle in der Straße wußten, daß es seine Schuld war. Wir mußten wieder umziehen.

Aus irgendeinem Grund hat dieses Erlebnis ihm angst gemacht. Er war viele Tage lang so fügsam, daß ich fast beunruhigt war. Jetzt ist es vielleicht genauso.

Aber was soll ich machen, wenn er keine Angst mehr hat?

6

Zehn Grad minus, und draußen wütete ein Schneesturm. Es war ein stressiger Montagmorgen, und Billy T. versuchte vergeblich, es sich in dem unbequemen Sessel in Hanne Wilhelmsens Büro gemütlicher zu machen. Der Rest der Abteilung war in einen von den Medien umschwärmten Doppelmord im besten Westend vertieft, während Billy T. und Hanne, nur unterstützt von Erik Henriksen und Tone-Marit Steen, den Messermord an einer armen Erzieherin aufklären sollten.

»Auf jeden Fall läßt die Presse uns so ziemlich ungeschoren«, sagte Billy T. »Irgendeinen Vorteil gibt es immer.«

Der Bericht der Technik lag auf dem Schreibtisch der Hauptkommissarin. Einen Tag früher als üblich, der Mord war vor sechs Tagen passiert. Aber der Bericht sagte ihnen nichts Neues. Entscheidend war der vollständige Bericht aller Untersuchungen, und der würde frühestens in vier Monaten vorliegen. Bestenfalls.

»Immerhin habe ich einiges in Erfahrung gebracht.« Billy T. reckte sich. »Wir haben nur bekannte Fingerabdrücke. An den Fenstern, im Büro der Heimleiterin, an den Türen. Lauter Abdrücke, die dort zu erwarten sind. Diese verdammte Feuerübung hat ganz schön viel zerstört. Die Fußspuren sind mies, aber sie werden mit den Schuhen von Kindern und Angestellten verglichen. Nur wird auch das uns wohl nicht weiterhelfen. An Fasern, Haaren und ähnlichem haben wir derzeit noch nichts. Die Technik ist ziemlich verzweifelt.«

»Was ist mit der Leiche«, fragte Hanne und versuchte, interessiert zu wirken.

»Die Obduktion hat ergeben, daß das Messer perfekt plaziert war. Zwischen zwei Rippen, der dritten und der vierten, glaube ich.« Er raschelte mit den Blättern. »Der Mörder muß entweder Schwein oder ausgezeichnete anatomische Kenntnisse gehabt haben. Das Messer ist durch die Halsschlagader und die linke Herzvorkammer bis in die rechte Hauptkammer gedrungen. Das erfordert keine übermäßige Kraft. Außerdem war die Frau leicht übergewichtig, hatte ein paar Nierensteine und eine harmlose kleine Zyste am Eierstock. Der linke Lungenflügel war punktiert. Und am rechten Zeigefinger hatte sie ein Pflaster auf einen Kratzer geklebt. Mit anderen Worten: Das Messer hat sie umgebracht.«

»Wen haben wir bisher verhört?«

Diese Frage galt Erik Henriksen, einem breitschultrigen, jungenhaften, rothaarigen Wachtmeister, der tüchtig war und außerdem unter einer inzwischen hoffnungslosen, aber dennoch tiefen Leidenschaft für Hanne Wilhelmsen litt. Sie arbeiteten seit zwei Jahren zusammen, und er war überglücklich gewesen, als sie seine Vorgesetzte geworden war.

»Dreizehn Leute«, sagte er und legte ihr die Protokolle hin. »Elf Angestellte, den Ehemann und den ältesten Sohn.«

»Warum nicht alle Angestellten? Wer fehlt noch?«

»Terje Welby haben wir noch nicht geschafft. Und Eirik Vassbunn, die Nachtwache. Der Typ, der die Leiche gefunden hat. Genauer gesagt, ich habe mit ihm gesprochen, aber das reicht nur für einen Eigenbericht. Er steht total unter Schock. Ich glaube nicht, daß es etwas bringt, wenn wir noch mehr Druck machen.«

Hanne Wilhelmsen verkniff es sich, ihre Meinung zu

dieser Einstellung zu äußern, und dachte nach. Sie legte die Handflächen gegeneinander und berührte mit den Fingern ihr Gesicht, wie zu einem stillen Gebet. Zwanzig Sekunden lang schwiegen alle. Billy T. gähnte laut und ausgiebig.

»Ist denn irgendwo ein Motiv zu entdecken, Leute?« fragte die Hauptkommissarin nach beendetem Gebet.

»Der Ehemann hat immerhin eine Art Motiv«, sagte Billy T. »Aber ich glaube trotzdem nicht, daß er es war. Bei den anderen habe ich einfach keine Ahnung. Niemand hat irgendeinen Vorteil durch ihren Tod. Jedenfalls können wir keinen entdecken. Die Angestellten konnten sie einigermaßen gut leiden, die Kinder sehr.«

»Mit Ausnahme von Olav, wenn ich das richtig verstanden habe«, murmelte Tone-Marit, verlegen, überhaupt das Wort ergriffen zu haben.

»Stimmt, aber der haßt offenbar alles und jeden. Abgesehen von Maren Kalsvik. Sie ist die einzige, auf die er gehört hat.«

Hanne Wilhelmsen steckte sich eine Zigarette an und ignorierte Tone-Marits diskretes Hüsteln und ihre stumme Mißbilligung.

»Fangen wir also andersherum an«, sagte sie, legte den Kopf in den Nacken und ließ einen perfekten Rauchring aufsteigen. »Welche Motive sind überhaupt denkbar, eine Frau, die einen kleinen Laden besitzt, ein kleines Kinderheim leitet und von der Heilsarmee eingestellt worden ist, umzubringen?«

Billy T. grinste.

»Damit wäre ich beim Examen durchgefallen. Meistens geht es doch um Sex, Geld oder ganz einfach um puren Haß. Sex können wir abhaken ...«

»Du hast ganz schöne Vorurteile, Billy T.«, widersprach Hanne.

»Wir können doch nicht wissen, ob sie irgendwo noch einen verschmähten Liebhaber hatte.«

»Oder eine Liebhaberin«, sagte Billy T. und grinste, unbeeindruckt von Hannes mörderischem Blick. »Von mir aus. Suchen wir also nach dem leidenschaftlichen und mordlustigen Exliebhaber dieser fünfundvierzigjährigen, leicht übergewichtigen Kindergartentante. Ansonsten können wir uns aufs Geld konzentrieren.«

»Wer ist in solchen Einrichtungen für die Geldmittel zuständig?« fragte Hanne plötzlich.

»In diesem Fall: Agnes. Aber dieser Terje Welby hatte auch Zugang zu allen Betriebskonten. Er ist auf dem Papier stellvertretender Heimleiter. Maren Kalsvik hat keinen Zugang zum Geld.«

»Geht es um höhere Beträge?«

Dieses Thema interessierte sie offensichtlich.

»Ja, meine Güte, ist doch klar. Überleg doch mal, was der Unterhalt eines solchen Hauses kostet. Mit dem ganzen Personal. Und mit acht Kindern. Mir fressen meine vier ja schon die Haare vom Kopf.«

Als ihm seine Unterhaltszahlungen einfielen, verstummte Billy T. und setzte eine düstere Miene auf.

Hanne legte die Füße auf den Tisch und machte einen Lungenzug.

»Auch daß ein anderes Verbrechen vertuscht werden soll, ist ein bekanntes Mordmotiv.«

»Aber auch dann geht es um Sex oder Geld«, sagte Billy T. und riß sich aus seinen Grübeleien über seine finanziellen Sorgen.

»Egal, mach dich trotzdem mal kundig. Und noch etwas: Was ist mit den Eltern dieser Kinder? Läßt sich da vielleicht etwas finden?«

»Die meisten sind völlig uninteressant. Aber wir sehen sie uns natürlich noch genauer an. Am spannendsten scheint mir die Mutter dieses verschwundenen Jungen zu sein.«

Tone-Marit blätterte in einem eleganten Ordner, der auf ihren Knien lag.

»Birgitte Håkonsen«, las sie vor. »Der Junge ist erst seit drei Wochen im Heim, und sie hat den meisten Angestellten schon eine Höllenangst eingejagt. Nicht, daß sie viel gesagt hätte. Sie steht einfach nur da, eine riesige stumme Gestalt mit seltsamem Blick.

»Du meine Güte«, murmelte Hanne Wilhelmsen.

»Was?«

»Vergiß es. Hat sie den Jungen freiwillig ins Heim gegeben?«

»Ganz und gar nicht. Sie hat sich mit Zähnen und Klauen gegen das Jugendamt gewehrt. Und das ist tatsächlich interessant: Alle anderen Kinder sind freiwillig da, nur Olav nicht.«

»Haben wir sie schon verhört?«

»Also wirklich, Hanne«, protestierte Billy T. »Glaubst du, daß die Mutter eines Jungen, drei Wochen nachdem ihr Sprößling ins Heim gekommen ist, dort angeschlichen kommt, um einen Mord zu begehen?«

»Bestimmt nicht. Trotzdem müssen wir mit ihr reden.«

»Das haben wir schon getan«, sagte Erik Henriksen. »Das heißt, die Jungs, die Olav suchen, haben mit ihr gesprochen. Mehrmals. Ein richtiges Verhör. Und sie melden sich jeden Tag bei ihr und fragen, ob sie etwas von Olav gehört hat.«

»Na gut. Dann besorg mir die Protokolle. Und der Junge ist noch immer wie vom Erdboden verschluckt?«

»Ja. Mittlerweile glauben sie, daß ihm etwas passiert sein könnte. Wie lange kann ein Zwölfjähriger sich versteckt halten?«

»Hanne, ist das wirklich dein Ernst?« fragte Billy T. gereizt. »Sollen wir unsere Zeit mit dieser Frau verschwenden?«

»Eins steht jedenfalls fest«, sagte Hanne Wilhelmsen. »Wenn es um Kinder geht, dann sind gewaltige Emotionen im Spiel.«

Billy T. zuckte mit den Schultern, die beiden anderen versuchten, weder ihn noch Hanne anzusehen. Alle wußten, daß die Besprechung hiermit beendet war. Ehe er ging, wies Billy T. noch darauf hin, daß das Telefonverzeichnis, das neben dem Telefon auf dem billigen Schreibtisch der Heimleiterin gelegen hatte, etwas Interessantes enthalten könnte. Es wurde gerade überprüft, und auffallend waren vor allem zwei gelbe Zettel, die erst kürzlich auf das Metallregister geklebt worden waren. Auf dem einen stand die Nummer der Sozialschule der Diakonie, die andere Nummer hatte er noch nicht überprüfen können. Aber sie konnte schließlich wichtig sein.

»Kaum«, sagte Hanne gleichgültig und vertiefte sich in ihre eigenen Gedanken, nachdem die Tür von ihrem hitzigen Untergebenen ins Schloß geknallt worden war. Und ihre Gedanken waren ziemlich wirr.

Schon zwei Stunden später war er wieder honigsüß. Wie immer platzte er in ihr Büro, ohne anzuklopfen, und wie immer fuhr sie vor Schreck heftig zusammen. Aber es brachte nichts, ihn deshalb zur Ordnung zu rufen. Er stemmte die Hände auf die Tischplatte, beugte sich vor und hielt ihr seinen Schädel vor die Nase. Der war so blank, daß Hanne Wilhelmsen sich fast darin hätte spiegeln können.

»Die gute alte Frisur«, erklärte er zufrieden. »Fühl mal!«

Sie strich ihm über den Kopf. Er war warm und sauber und fühlte sich richtig gut an.

»Wie Seide, was?«

Er richtete sich zufrieden auf und überzeugte sich mit beiden Händen davon, daß seine Kopfhaut nach wie vor babyweich war.

»Der feinste Schädel im ganzen Haus. In ganz Oslo! Aber ich muß ihn zweimal am Tag rasieren. Zweimal am Tag!«

Hanne lächelte und schüttelte den Kopf.

»Ab und zu wächst mir dein Ego wirklich über den Kopf«, sagte sie. »Bist du nur gekommen, um mir deinen Schädel zu zeigen? Außerdem hast du mir mit Haaren besser gefallen. Nicht so schrecklich macho, irgendwie.«

Seine blauen Augen blickten sie triumphierend an, so als habe er ihren Kommentar zu seinem Macho-Image als Kompliment aufgefaßt, nicht als Kritik. Sie wußte manchmal wirklich nicht, was sie von ihm halten sollte. Seine riesige Gestalt war erschreckend und anziehend zugleich. Die Proportionen waren so ausgeglichen, daß sie seine beängstigende Größe zu mildern schienen. Ohne seinen Schmuck – ein Petruskreuz im Ohr, eine lange Goldkette um den Hals, einen soliden Armreifen um das linke Handgelenk – und in SS-Uniform hätte er Goebbels' Propagandaideen aus den dreißiger Jahren entsprungen sein können: gerade, wohlgeformte Nase, der schmale und doch sinnliche Mund, die intensiven blauen Augen. Er war lieb. Aber vor allem war er unbegreiflich loyal, und er verfügte über einen Instinkt, der vermutlich nicht einmal von Hannes eigenem übertroffen wurde.

»Willst du hier herumprotzen oder mir etwas Wesentliches mitteilen?«

»Wesentliches«, sagte er laut. »Es ist ja wohl wesentlich, wie ein Mann aussieht.«

»Würde ich nicht annehmen, wenn ich mir dich so ansehe«, sagte sie und ließ die Hände umeinander kreisen zum Zeichen, daß er loslegen solle.

»Unser Knabe hat offenbar einige Tage in Grefsen verbracht«, sagte Billy T. und setzte sich auf ihre Schreibtischkante. »Olav, meine ich. Der Entlaufene.«

»Was? Habt ihr ihn gefunden?«

»Nein. Aber eine Familie, die in Österreich im Urlaub war, hat bei ihrer Rückkehr eine etwas unliebsame Überraschung erlebt. Jemand hatte von ihrem Tellerchen gegessen, gewissermaßen. Ihr halber Vorrat an Konservendosen war verschwunden, sämtliches Klopapier verbraucht, von anderthalb Küchenwänden war die Tapete abgerissen worden. Ansonsten war das Haus unberührt.«

Hanne drückte ihre Kippe so fest aus, daß die Asche hochwirbelte.

»In Grefsen? Das ist doch mehr als zehn Kilometer vom Kinderheim entfernt.«

»Zwölf. Um ganz genau zu sein, sechzehn Kilometer. Und den ganzen Weg ist er auf seinen fetten Beinen gewandert, falls es wirklich stimmt, daß er kein Geld hatte. Aber ein Taxifahrer hätte uns inzwischen sicher verständigt, dafür ist die Suchmeldung zu oft wiederholt worden. Das schlimmste ist, daß er in die falsche Richtung gelaufen ist, wenn er nach Hause wollte.«

Hanne fing den schwachen Duft von Rasierwasser auf, nur einen Hauch, der an ihrer Nase vorbeischwebte. Ob er das für seinen Kopf verwendete?

»Also«, endete Billy T. und erhob sich. »Auf jeden Fall hat er eine neue Etappe begonnen, und seine Mutter hat angeblich kein Wort von ihm gehört. Aber es klingt doch wirklich so, als sei er der Einbrecher gewesen; im Moment werden die Fingerabdrücke überprüft. Wir können seine Abdrücke ja mit Leichtigkeit im Kinderheim heraussortieren, ein bißchen Schwein haben wir eben doch.«

Er reckte sich und stemmte die Handflächen gegen die

Decke. Im nächsten Augenblick ließ er die Arme sinken, und Hanne sah zwei schwache Abdrücke auf der grauweißen Fläche.

Als er gegangen war, starrte sie diese Abdrücke mit einem Gefühl von Wohlbehagen an, das sie sich absolut nicht erklären konnte.

Terje Welby schwitzte. Stickig und wie ein Gefängnis kam ihm die kleine Zweizimmerwohnung vor, in die er ein Jahr zuvor eingezogen war, nach einer Scheidung, die ihn zwei Kinder, ein Reihenhaus und zweitausendfünfhundert Kronen pro Monat gekostet hatte. Er hatte auf das falsche Pferd gesetzt. Eine junge fesche Sommervertretung im Heim hatte sein Herz geradezu im Sturm erobert. Sie war erst neunzehn und sah finnisch aus. Auf jeden Fall so, wie er sich eine Finnin vorstellte. Sie hieß Eva, lachte dauernd und hatte das Gröbste und das Beste an ihm herausgefordert. Seine Verwunderung darüber, daß sie sich so leicht hatte verführen lassen, war allzu schnell einem übertriebenen Glauben an seine Unbesiegbarkeit gewichen. Sie hatte ihm nichts versprochen, aber er war davon ausgegangen, daß sie nun zusammenbleiben würden. Sechs hektische und phantastische Monate später, als er gerade zu Hause ausziehen wollte, wurde er von einem einundzwanzigjährigen Knaben mit Pickeln und breiten Schultern ausgestochen. Mit eingekniffenem Schwanz hatte er bei seiner Frau, die so alt war wie er, gut Wetter machen wollen. Aber die hatte nach diesen sechs Monaten die Katastrophe verwunden und war zu einem zufriedenen Glauben an ein Dasein ohne diesen Lustmolch gelangt, der sie so entsetzlich verletzt hatte. Er sah seine Söhne jedes zweite Wochenende, aber sie schienen darauf zusehends weniger Wert zu legen und beklagten sich darüber, daß sie im selben Zimmer schlafen mußten wie ihr Vater.

Die finanziellen Probleme hatten seine Depressionen noch verstärkt. Er machte seine Arbeit, trank jeden Samstag und Mittwoch in der Kneipe an der Ecke ein paar Bier und hatte feststellen müssen, daß seine Frau bei der Scheidung auch den gemeinsamen Freundeskreis übernommen hatte.

Seine Hände zitterten. Die Papiere, die vor ihm lagen, raschelten bei jeder Berührung. Er griff zum Feuerzeug und führte die vibrierende Flamme an die Ecke der ersten Seite, die er mit ausgestrecktem Arm über das Spülbecken hielt. Das Papier loderte rascher auf, als er erwartet hatte. Er verbrannte sich die Finger und stieß eine verbissene Verwünschung aus, ehe er die Hand unter das fließende kalte Wasser hielt. Bald bildeten die Papiere nur noch eine Masse aus Wasser und Asche.

Es half nichts, das Fenster zu öffnen. Es war kalt, aber er schwitzte noch immer.

Hanne Wilhelmsen wußte nicht so recht, wohin sie eigentlich unterwegs war. Auf einem gelben Klebezettel an ihrem Steuerrad stand eine Adresse. Birgitte Håkonsens Adresse. Die Adresse von Olavs Mutter. Aber Hanne Wilhelmsen fuhr in die entgegengesetzte Richtung. Zuerst.

Dann geriet sie in die Verkehrsfalle vor dem Postgirohaus. Nach drei Runden und sich steigerndem Hupkonzert von genervten Verkehrsteilnehmern entschied dann das Auto für sie.

Fündundzwanzig Minuten später hatte sie eine von Oslos ältesten Satellitenstädten erreicht: ein Denkmal verfehlter Wohnungsbaupolitik, das ihr Gänsehaut über den

Rücken laufen ließ. Graue niedrige Blocks, die willkürlich im Gelände verstreut worden zu sein schienen, verwitterte Wohnsilos mit traurigen kleinen Gardinen, die die Häuser aussehen ließen, als hätten sie die Augen geschlossen. Hier und da waren vor langer Zeit ein paar Klettergerüste aufgestellt worden, um deren Wartung sich aber niemand mehr gekümmert hatte. Alle für Tagger in den Flegeljahren erreichbaren Flächen waren zugesprüht, unleserliche fette Buchstaben eines kryptischen Codes, den nur Leute unter zwanzig verstehen konnten. Mülltonnen, die wenigen grünen, die die Gemeinde allergnädigst vor langer Zeit einmal spendiert hatte, standen schräg, und aus ihren aufgerissenen Rachen hingen triefende Tüten mit Hundekot. Ein grauer, trüber Nebel hing über dem Viertel.

In der Mitte lag das Einkaufszentrum. Ein großer Legoklotz, der vielleicht irgendwann einmal weiß gewesen war, jetzt aber mit seiner grauen Umgebung verschmolz. Er war nach dem Prinzip »so viel Bodenfläche wie möglich für so wenig Geld wie möglich« angelegt worden. Direkt in dem Klotz konnte man sich nach einem Streit mit dem Jugendamt beim Sozialamt Geld holen und dieses in einem verräucherten, verdreckten Café im Erdgeschoß wieder ausgeben. Und da saßen wohl alle Bewohner des Viertels, auf der Straße war niemand zu sehen.

Die Hauptkommissarin stellte den Wagen ab und nahm den gelben Zettel vom Lenkrad. Sie überzeugte sich zweimal davon, daß sie das Auto abgeschlossen hatte. Dann überquerte sie den Parkplatz und erreichte einen schmalen Fußweg. Der Fußweg war mit dem bekannten Piktogramm von Erwachsenem und Kind versehen, das allerdings unter den Graffitis kaum noch zu sehen war. Das Schild stand schief und hatte Eselsohren. Der Weg war asphaltiert und lag voller Kieselsteine.

14 b, erster Stock.

Hanne Wilhelmsens Kopf war ein schallendes Inferno. Sämtliche Alarmglocken läuteten; was sie hier tat, widersprach allen Regeln. Um den Lärm zu dämpfen, versuchte sie sich zu erinnern, ob sie je etwas Ähnliches gemacht hatte. Hatte sie jemals eine Zeugin zu einem Gespräch außerhalb des Polizeigebäudes aufgesucht?

Nein.

Und daß sie allein war, machte die Sache nicht besser.

Einen Moment lang spielte sie mit dem Gedanken, sich nicht auszuweisen. Einen Privatbesuch abzustatten, von Frau zu Frau. Idiotisch. Sie kam schließlich von der Polizei.

Die Haustür hatte durch ein kleines Dach aus Kunststoff mit einer kleinen Regenrinne geschützt werden sollen. Das hatte nicht viel gebracht. Die Tür war abgenutzt und unlackiert und mit den ewigen Initialen in Rot und Schwarz übersät. Die Klingeln waren auf der rechten Seite der Tür angebracht, aber niemand hatte sich die Mühe gemacht, Namensschildchen unter das Glas zu schieben. Einige Namen standen auf Demotape, andere waren auf Klebeband aus Krepp gekritzelt; nicht einmal die Ränder waren gerade geschnitten. Einige Klingeln wiesen überhaupt keinen Namen auf.

B. Håkonsen hatte sich immerhin Mühe gegeben. Ein Klebestreifen zog sich ordentlich über ein Stück Pappe hin, auf dem in klarer, ansehnlicher Handschrift der Name stand. Hanne Wilhelmsen wollte schon auf den Klingelknopf drücken, trat dann aber noch einmal einige Schritte zurück, unter dem kleinen Dach hervor, und starrte an der Fassade hoch.

Der Block bestand aus vier Etagen, und in jeder gab es offenbar zwei Wohnungen. Hanne versuchte zu raten, auf welcher Seite wohl die der Håkonsens lag. Es gelang ihr nicht, und sie beschloß zuerst wieder nach Hause zu fahren. Aber dann ging sie doch zu den Klingeln und drückte entschlossen auf den Knopf.

Da es in der Gegend so erstaunlich still war – zu hören waren lediglich das ferne Rauschen der Autobahn und ein monotones Hämmern von einer ein Stück entfernt gelegenen Baustelle –, hörte sie irgendwo im Haus ein Läuten. Sehr leise, aber dennoch ein deutliches Klingeln. Niemand reagierte. Sie war erleichtert.

Sie wollte schon aufgeben, als aus der rauschenden Gegensprechanlage eine Stimme ertönte.

»Hallo?«

»Hallo, hier ist ... ich heiße Hanne Wilhelmsen. Ich bin von der Polizei. Darf ich reinkommen?«

»Hallo?«

Hanne beugte sich zur grauen Metallplatte vor, die Lautsprecher und Mikrophon gleichzeitig war.

»Ich bin Hanne Wilhelmsen«, rief sie übertrieben deutlich. »Ich komme von der Polizei. Dürfte ich vielleicht...«

In der Wand klickte etwas. Hanne Wilhelmsen fuhr zusammen. Aber das Türschloß summte nicht. Leicht genervt schellte sie noch einmal.

Diesmal kam keine Antwort. Nach einer Minute drückte sie zehn Sekunden lang wütend auf die Klingel.

Die Sprechanlage blieb stumm. Aber ehe Hanne noch einmal klingeln konnte, ging der Türsummer. Vorsichtig griff sie nach der kalten Metallklinke und drückte gegen die Tür. Sie war offen.

Im Treppenhaus roch es nach Wohnblock; eine Mischung aus allen möglichen Mahlzeiten, Putzmitteln und Abfall. Auf dem Weg zur Treppe registrierte sie den Gestank von Babywindeln, der aus einer verknoteten Plastiktüte neben der Fußmatte drang.

Kein Empfangskomitee erwartete sie. Die Tür war abweisend geschlossen, aber dieselbe Handschrift wie unten neben der Klingel teilte mit, daß sie vor der richtigen Wohnung stand. Hanne seufzte und klingelte noch einmal. Augenblicklich wurde die Tür geöffnet.

Die Frau in der Türöffnung bot wirklich einen verblüffenden Anblick. Sie trug einen riesigen Trainingsanzug, der ihre seltsame Figur jedoch nicht verbergen konnte. Sie war um die Hüften fast so breit, wie sie groß war. An den Füßen trug sie kleine Pantoffeln aus Seehundsfell, die verrieten, daß ihre Füße in keinem Verhältnis zu ihrem Körper standen. Sie hatte schwarze, struppige Haare, ein kreisrundes Gesicht und einen dunkelroten Mund.

Aber das Bemerkenswerteste waren die Augen. Sie sahen klein aus, lagen aber so tief, daß man sie nur schwer deuten konnte. Die Wimpern waren lang und bogen sich fast einen Zentimeter lang um die fetten Lider. Sie schienen aus zwei kleinen Hohlräumen im Kopf herauszuwachsen.

Die Frau regte sich nicht, sagte nichts. Hanne Wilhelmsen machte einen kleinen Schritt nach vorn, in der Hoffnung, daß die Frau beiseite treten würde, aber das half nichts.

»Dürfte ich wohl kurz eintreten? Oder komme ich ungelegen?«

Statt zu antworten drehte die Frau ihr den Rücken zu und ging durch die Diele. Da sie die Tür offenließ, nahm Hanne das als Einladung und folgte ihr zögernd. Der längliche Flur war dunkel, die Wohnzimmertür in der Diele bildete ein grelles, fast weißes Rechteck, das Hanne blendete. Fast wäre sie über einen Flickenteppich gestolpert.

Das Wohnzimmer war aufgeräumt. Es war spärlich möbliert, aber die Fenster waren sauber, und es roch frischgeputzt. Am auffälligsten war das viele Licht. Über einem kleinen Eßtisch mit einem Blumenaufsatz aus Stoff und

Papier hing eine Art Handwerkerlampe, nur mit einem etwas hübscheren Schirm. Darin steckte eine Birne von mindestens 200 Watt. An der Längswand hingen nicht weniger als sechs Wandlampen, jede mit zwei Lichtquellen. Außerdem gab es in dem Zimmer vier Stehlampen und vor den Fenstern drei lange, unverkleidete Leuchtröhren. Und alle Lampen waren eingeschaltet.

Das Sofa war blau kariert und alt. Es wurde am einen Ende offenbar mehr benutzt als am anderen, die Polster waren dort tief eingedrückt, und sie sah, daß der Rahmen schon nachgab. Auf einem Couchtisch aus lackiertem Kiefernholz lag eine Illustrierte. Ansonsten war hier, abgesehen von einigen Broschüren in einem dunklen Regal, keinerlei Lesestoff zu finden. Hanne konnte nicht sehen, worüber die Broschüren Auskunft gaben.

Die Frau setzte sich und wies auf einen Sessel, der aus den sechziger Jahren stammen mußte und aus rotem genopptem Kunstleder mit aufgeleimten ovalen Teakplatten auf den Armlehnen bestand. Hanne Wilhelmsen setzte sich.

»Möchten Sie einen Kaffee?«

Frau Håkonsens Stimme klang tiefer als erwartet, und ein angenehmer, singender Tonfall wies auf irgendeinen abgeschliffenen Akzent hin. Da ein Ja die Frau gezwungen hätte, aufzustehen und eine Tasse zu holen, lehnte Hanne dankend ab. Als sie im ansonsten ausdruckslosen Gesicht ihrer Gastgeberin allerdings einen Hauch von Erschöpfung zu sehen glaubte, warf sie ihren Entschluß wieder um.

»Vielleicht wäre ein Täßchen doch nicht so schlecht.«

Trotz ihrer Formen bewegte Frau Håkonsen sich leicht und fast graziös. Sie ging wie eine Katze, die Seehundspantoffeln glitten auf dem Weg in die Küche lautlos über das Linoleum. Gleich darauf kam sie mit einem großen

Emailletablett zurück. Darauf standen zwei Kaffeetassen, eine Schale mit Keksen und eine Thermoskanne. Sie schenkte ein und schob die Kekse zu Hanne hinüber.

»Bitte, greifen Sie zu«, sagte sie und trank einen Schluck Kaffee.

»Sie möchten sicher wissen, was mich hergeführt hat«, sagte Hanne, weil ihr kein besserer Gesprächsbeginn einfiel.

Frau Håkonsen schwieg, sie starrte Hanne nur an.

»Ich wollte mit Ihnen über Ihren Sohn sprechen. Über Olav.«

Das Gesicht blieb weiterhin unbewegt.

»Wir wissen jetzt immerhin, daß ihm nichts Schlimmes passiert ist«, sagte Hanne mit optimistischer Stimme. »Er hat sich aller Wahrscheinlichkeit nach in einem Wohnhaus in Grefsen aufgehalten. Und da hatte er ein Dach über dem Kopf und genug zu essen.«

»Ja, das habe ich gehört«, sagte die Frau endlich. »Ich bin heute schon angerufen worden.«

»Haben Sie etwas von ihm gehört?«

»Nein.«

»Haben Sie irgendeine Vorstellung, wo er stecken kann? Hat er Verwandtschaft – Großeltern zum Beispiel?«

»Nein. Doch. Aber zu denen würde er nicht gehen.«

Das klang nicht gerade verheißungsvoll. Hanne trank einen Schluck Kaffee. Er schmeckte gut und war kochendheiß. Die Alarmglocken hatten sich ein wenig beruhigt, aber sie begriff immer noch nicht, warum sie hergekommen war. Sie stellte die Tasse ab. Etwas Kaffee war auf die Untertasse gekleckert, und Hanne hielt Ausschau nach einer Serviette. Ihre Gastgeberin verzog keine Miene.

»Das muß hart gewesen sein. Daß Sie mit Olav allein waren, meine ich. Sein Vater…«

»Er ist tot.«

Die Frau sagte das ohne Bitterkeit, ohne Trauer in ihrem immergleichen singenden Tonfall. Neutral und wohlklingend, wie eine Radiosprecherin.

»Ich habe selbst keine Kinder, ich kann also nicht ermessen, wie anstrengend das ist«, sagte Hanne und überlegte, ob sie hier wohl rauchen dürfe. Sie konnte nirgendwo einen Aschenbecher entdecken und fragte schließlich danach. Die Frau lächelte, zum erstenmal, allerdings ohne dabei ihre Zähne sehen zu lassen. Wieder stand sie auf und brachte dann einen tellergroßen Aschenbecher.

»Ich habe eigentlich schon vor vielen Jahren aufgehört«, sagte sie. »Aber vielleicht kann ich eine von Ihnen haben?«

Hanne beugte sich vor und gab Frau Håkonsen Feuer. Die berührte ihre Hand, und Hanne war überrascht, wie weich ihre Haut war. Weich und trocken und warm. Die Frau machte den ersten Zug wie eine alte Kettenraucherin.

»Nein, ich wußte auch nicht, wie anstrengend es ist«, sagte sie langsam, während ihr der Rauch aus Mund und Nase quoll. »Aber was Olav angeht, er hat MCD, es ist also nicht meine Schuld, daß er so eigen ist.«

»Ach«, sagte Hanne in der Hoffnung, mehr zu erfahren.

»Ich habe schon früh um Hilfe gebeten. Schon auf der Wochenstation war mir klar, daß er anders war als die anderen. Aber sie wollten mir nicht glauben. Und als sie dann endlich...« Jetzt kam Leben in ihr flaches, ausdrucksloses Gesicht. »Als ich sie endlich davon überzeugen konnte, daß etwas nicht stimmte, wollten sie ihn mir wegnehmen. Da hatte ich mich seit fast elf Jahren mit ihm abgemüht. Ich wollte ihn doch nicht in irgendein Heim geben. Ich wollte nur Hilfe. Es gibt Medikamente. Ritalin. Ich habe um Entlastung gebeten. Vielleicht auch um eine Familie, die er ab und zu besuchen könnte.«

Hanne war nicht sicher, aber die tiefen Löcher, in denen die Augen saßen, schienen sich mit Wasser zu füllen. Die Frau kniff ihre Augen energisch zusammen.

»Aber das interessiert Sie sicher nicht«, sagte sie leise.

»O doch. Ich versuche, mir ein Bild von Ihrem Jungen zu machen. Ich habe ihn noch nie gesehen. Nur auf einem Foto. Er sieht Ihnen ähnlich.«

»Ja, er hat wirklich in jeder Hinsicht Pech gehabt.«

Frau Håkonsen drückte ihre Kippe auf eine Weise aus, die zeigte, daß sie wirklich wieder auf den Geschmack gekommen war. Hanne bot ihr noch eine Zigarette an, und sie schien schon annehmen zu wollen, dann schüttelte sie aber doch den Kopf und hob abwehrend die Hand.

»Äußerlich sieht er mir ähnlich, aber innerlich ist er ganz anders. Er kommt auf die unglaublichsten Ideen. Das liegt irgendwie daran, wie er sieht. So, als ob er... Er sieht Gutes da, wo andere Böses sehen, und Böses, wo andere Gutes entdecken. Wenn jemand versucht, lieb zu ihm zu sein, hält er denjenigen für gemein. Wenn er versucht, höflich und umgänglich zu sein, fürchten sich die anderen Kinder. Und er sieht ziemlich erschreckend aus. Es kommt mir so vor, als wäre er ... genau das Gegenteil von allen anderen. Ein Zerrbild von Kind gewissermaßen.«

Die Frau zog die Beine an und strich sich mit einer unerwartet femininen Geste die Haare aus der Stirn.

»Wenn alle Kinder sich auf Weihnachten freuen, graust er sich, weil das Fest nur ein paar Tage dauert. Im Sommer, wenn alle Kinder baden wollen, sitzt er im Haus und ißt und sagt, er sei zu fett, um nach draußen zu gehen. Wo ein normales Kind weinen und traurig sein würde, lächelt er und will sich nicht trösten lassen. Kennen Sie die Geschichte von der Schneekönigin?«

Hanne schüttelte den Kopf.

»Von Andersen. Darin geht es um einen Spiegel, der alles verzerrt. Der Spiegel geht in Stücke, und alle, denen ein Splitter ins Auge fliegt, sehen alles nur noch schief und falsch. Und wer einen ins Herz bekommt, wird eiskalt.«

Sie beugte sich vor und schien mit dem Gedanken zu spielen, sich das mit ihrem Rauchverzicht noch einmal anders zu überlegen. Ehe Hanne das begriffen hatte, sagte Frau Håkonsen: »Olav hat ein gutes Herz. Er will wirklich nur lieb sein. Aber er hat einen Splitter vom Zauberspiegel im Auge.«

Hauptkommissarin Hanne Wilhelmsen wußte nicht, was sie tun sollte. Sie wurde rot vor Scham, aber sie versteckte sich hinter dem Dampf des heißen Kaffees. Unbewußt rieb sie sich das rechte Auge.

»Wir alle haben einen Splitter im Auge, der uns daran hindert, richtig zu sehen. Sie auch.«

Jetzt lächelte Frau Håkonsen wirklich. Ihre Zähne waren unregelmäßig, aber weiß und gepflegt.

»Sie haben mich für dumm gehalten, was? Für einen Sozialfall, der sein Kind ans Jugendamt verliert. Der keine Arbeit hat, keine Familie und kein einziges Buch im Regal.«

»Nein, um Himmels willen«, log Hanne.

»Doch, das haben Sie geglaubt«, beharrte die Frau. »Und in vielerlei Hinsicht bin ich das auch. Ich war eine Idiotin, daß ich seinen Vater geheiratet habe. Ich war schwach und dumm, daß ich nicht…«

Jetzt strömten Tränen aus den kleinen Brunnen in ihrem Gesicht. Sie wischte sich mit einem molligen, glatten Handrücken die Wangen. Dann riß sie sich zusammen und ging in ihre Ausgangsposition zurück. Ihre Füße glitten wieder auf den Boden, ihr Gesicht wurde wieder flach und tot.

»Was wollen Sie eigentlich von mir?«

»Um ganz ehrlich zu sein, ich weiß es nicht so recht.

Dieser Mord macht uns großes Kopfzerbrechen, und ich habe das Gefühl, daß wir etwas mehr über Olav wissen müßten.«

»Er hat es nicht getan.«

Jetzt war ihre Stimme nicht mehr wohlklingend. Sie war um eine halbe Oktave gestiegen und klang fast schrill.

Hanne hob abwehrend die Hände.

»Nein, nein, das glauben wir auch nicht. Aber er kann etwas gesehen haben. Oder gehört. Wir würden wirklich schrecklich gern mit ihm sprechen. Aber er wird ja sicher bald auftauchen.«

»Ich weiß, daß er es nicht war. Und er hat auch nichts gehört oder gesehen. Lassen Sie die Finger von meinem Jungen! Das Jugendamt reicht mir wirklich.«

Ihre Augen kamen zum Vorschein. Vielleicht war der Druck dahinter so groß, daß sie fast aus dem Kopf quollen. Oder vielleicht riß sie sie einfach nur so weit auf, wie das überhaupt möglich war. Sie waren seltsamerweise blau.

»Frau Håkonsen –«, setzte Hanne an.

»Ach, kommen Sie mir doch nicht so«, fiel die Frau ihr ins Wort. »Sie haben keine Ahnung von Olav. Sie wissen rein gar nichts darüber, wie er lebt und wie er die Welt auffaßt. Er ist weggelaufen, weil er das Heim gehaßt hat. Er wollte nach Hause. Nach Hause, verstehen Sie? Hierher! Für Sie ist das wohl kein besonders tolles Zuhause, nehme ich an, aber ich bin nun mal die einzige auf der ganzen Welt, die Olav wirklich liebt! *Die einzige auf der ganzen Welt!* Nehmt ihr darauf vielleicht Rücksicht? Nein, ihr schleppt den Jungen davon wie ein Paket und erwartet von mir, daß ich mit euch zusammenarbeite! ›Sie müssen verstehen, Frau Håkonsen, daß Olav bei dem Loyalitätskonflikt, in den der Umzug ihn stürzen wird, Hilfe braucht, und daß Sie mit uns zusammenarbeiten müssen.‹« Dieses Zitat fauchte sie und schnitt dabei eine Grimasse. »Verstehen? Zusammenarbeiten? Wenn sie mir das einzige wegnehmen, wofür ich lebe? Und was diese Agnes betrifft…«, sie sagte den Namen in einem verzerrten, häßlichen Tonfall, »ihr Tod tut mir nicht eine Sekunde lang leid. Die hat sich doch tatsächlich eingebildet, sie könnte für Gott und die Welt die Mutter spielen. *Olav hat eine Mutter! Mich!* Wissen Sie, was sie gemacht hat, ehe mein Junge weggelaufen ist? Sie wollte ihn bestrafen und hat ihm gesagt, ich dürfte ihn zwei Wochen lang nicht besuchen. *Zwei Wochen!* Das ist gar nicht erlaubt. Olav hat mich angerufen, und…«

Sie ließ sich auf dem Sofa zurücksinken und verstummte.

Hanne räusperte sich und hob ihre Kaffeetasse. Sie war naß von übergeschwapptem Kaffee, und Hanne hielt die Hand darunter, um nicht noch weiter zu kleckern. Trotzdem fiel ein großer Tropfen auf den cremefarbenen Teppichboden.

»Ich weiß nichts über das Jugendamt, Frau Håkonsen«, war das einzige, was sie herausbringen konnte.

Die Frau schien Anlauf zu nehmen, um mit ihrem Wutausbruch weiterzumachen. Doch dann überlegte sie sich die Sache anders. Vielleicht hatte sie keine Kraft mehr. Sie ließ sich ins Sofa zurücksinken, saß ganz still da.

»Ich wollte Ihnen nicht zu nahe treten«, sagte Hanne. »Das war wirklich nicht meine Absicht.«

Die Frau gab keine Antwort, und Hanne sah ein, daß sie jetzt besser gehen sollte. Sie erhob sich, bedankte sich für den Kaffee und entschuldigte sich noch einmal für die Störung. Als sie in der Diele stand, war sie fast sicher, durch eine geschlossene Tür, die wahrscheinlich ins Schlafzimmer führte, etwas gehört zu haben. Sie wollte schon fragen, ob noch jemand in der Wohnung sei, tat es dann aber doch nicht. Sie hatte bei dieser Frau, die keinerlei Sympathie für die Behörden hegte, ihre Befugnisse schon viel zu weit ausgedehnt. In einem Regal neben dem Garderobenschrank lag ein Stapel Bücher aus der Bibliothek. Die registrierte sie als letztes, ehe sich die Tür hinter ihr schloß.

Als sie die Betontreppe hinunterging und sah, daß niemand sich die Mühe gemacht hatte, die verschmutzten Windeln in den Müllschacht zu werfen, dachte sie daran, wie anmutig die Frau sich bewegt hatte. Birgitte Håkonsen war überhaupt ganz anders, als sie sich sie vorgestellt hatte.

Draußen war es noch immer grau, naß und menschenleer. Aber ihr Wagen war zum Glück unversehrt. Kein bißchen Graffiti war zu sehen.

Unglaublicherweise hat er es geschafft, ruhig zu bleiben. Das zeigt nur, wie sehr er sich fürchtet. Die Polizistin war mindestens eine halbe Stunde lang hier. Ich kann mich nicht erinnern, daß er je so lange ruhig gewesen ist.

Einmal, vor langer Zeit, er muß etwa acht gewesen sein, wir waren gerade neu nach Oslo gezogen, hat er genauso lange in seinem Zimmer gesessen. Dachte ich. Als ich über eine Stunde lang nichts gehört hatte, wollte ich ihm etwas zu essen bringen. Unsere Wohnung lag im Erdgeschoß, nie schien die Sonne herein. Im Zwielicht dachte ich schon, er sei eingeschlafen. Aber er war verschwunden. Ich hatte eine Höllenangst und wußte nicht, was ich machen sollte. Deshalb blieb ich einfach auf seinem Bett sitzen. Kurz vor Mitternacht wurde er von der Polizei gebracht. Der Junge grinste von einem Ohr zum anderen und stank nach Alkohol. Er torkelte in sein Zimmer, und der höfliche Polizist sagte, einige ältere Jungen hätten ihn zum Trinken verleitet. Und ich sollte einen Arzt holen, meinte er. Niemand wußte, wieviel Alkohol er in sich hineingeschüttet hatte.

Ich habe keinen Arzt geholt. Aber ich habe die ganze Nacht bei ihm gesessen. Er hat gekotzt wie ein Reiher und war zwei

Tage lang lammfromm. Ich durfte ihm bei allem möglichen helfen, und er war still. Mit acht Jahren schon besoffen. Aber er ist ja auch erblich belastet.

Sie behaupten, daß sie nicht glauben, daß er es war, der Agnes ermordet hat. Aber das behaupten sie nur. Diese Polizistin war zwar nicht unsympathisch, aber ich weiß doch, mit wem ich es zu tun habe. Sie reden und reden, und am Ende machen sie etwas ganz anderes.

Ich weiß, daß er es nicht war. Ich weiß, daß ich ihn verstecken muß. Aber wie lange halte ich das durch?

7

»Wie oft soll ich Ihnen noch sagen, daß dies ein routinemäßiges Verhör ist?«

Billy T. war sichtlich gereizt. Ihm gegenüber auf der anderen Seite des Schreibtischs saß ein großer, kräftiger Mann von dreiundfünfzig und benahm sich wie ein Rotzbengel.

»Das ist doch Ihre Telefonnummer, oder nicht?«

Er schwenkte eine Plastiktüte mit Druckverschluß, in der ein gelber Zettel steckte.

Der Mann gab noch immer keine Antwort.

»Herrgott, Mann, brauchen Sie eine offizielle Vorladung, oder was? Wäre das vielleicht in Ihrem Interesse? Ich weiß doch, daß das Ihre Nummer ist. Können Sie meine Frage also nicht einfach beantworten? Es kann doch unmöglich so gefährlich sein, uns etwas zu sagen, das wir ohnehin schon wissen?«

»Warum fragen Sie denn, wenn Sie es schon wissen?« murmelte der Mann mißmutig. »Ich brauche nichts weiter zu sagen als meinen Namen und meine Adresse. Ich begreife wirklich nicht, was ich hier überhaupt soll.«

Billy T. beschloß, daß es nun Zeit für eine Pause sei. Seine Geduld neigte sich rapide dem Ende entgegen, und aus bitter erkaufter Erfahrung wußte er, daß es sich lohnte, bis hundert zu zählen. Und zwar in einem anderen Zimmer. Er befahl dem Mann, sitzen zu bleiben, und vergewisserte sich, daß nichts herumlag, was der andere nicht sehen durfte. Dann schob er zwei Ordner in eine Schublade, schloß sie ab und verschwand.

»O verdammt, Hanne, dieser Liebhaber bringt mich noch um. Der will keine einzige Frage beantworten. Macht sich doch nur verdächtig damit!«

Er ließ sich auf Hannes Schreibtisch fallen, rieb sich den Schädel und zupfte sich an der Nase.

»Wissen wir denn, ob sie wirklich etwas miteinander hatten?«

»Erstens«, sagte Billy T. und zählte an den Fingern ab, »erstens hat er seinen Arbeitskollegen etwas von einer neuen Bekannten erzählt. Er verkauft Autos. Zweitens hat er denselben Kollegen gesagt, er hätte sich Geld zusammengevögelt. Drittens ist er gerade umgezogen. Er hat eine neue Telefonnummer, deshalb hatte sie sie sich aufgeschrieben. Viertens ist seine Nummer die letzte, die Agnes in ihrem Leben gewählt hat.«

»Woher weißt du das?«

»Ganz einfach, ich habe auf den Wiederholungsknopf an ihrem Apparat gedrückt. Die letzte Nummer. Die von diesem Trottel!«

Er schlug neben sich mit der Faust auf den Tisch.

»Fünftens, ihr Mann hat erzählt, wie zerstreut und gereizt sie in den letzten Monaten gewesen ist.«

»Das sind nicht gerade schlagende Beweise«, sagte Hanne.

»Nein, das weiß ich auch. Aber warum erzählt dieser Trottel mir nicht, was Sache war? Dann brauchte ich mir nichts mehr zusammenzureimen. Ich höre mir wirklich alles an, ich finde es schon schwer genug, mir Agnes Vestavik in den Armen eines fetten Autohändlers mit Halbglatze vorzustellen! Diese fromme Kleinbürgerin!«

»Schon wieder Vorurteile und vorgefaßte Meinungen, Billy T. Fromme Menschen haben dieselben Triebe wie du und ich. Du mußt einfach weiter versuchen, den Typen anzuzapfen.« Sie stupste mit beiden Händen gegen seinen Rücken. »Und jetzt raus hier, ich muß arbeiten. Und außerdem: Wenn die ein Verhältnis hatten, warum in aller Welt hätte er sie dann umbringen sollen? Dann hätte er doch den Ast abgesägt, auf dem er selbst saß.«

»Sicher«, murmelte Billy T. und stampfte zu dem mürrischen Autohändler zurück.

»Haben Sie sich die Sache überlegt? Wollen Sie jetzt ein bißchen kooperativer sein?«

»Sie haben gut reden«, rief der Mann wütend. »Da taucht die Polizei an meinem Arbeitsplatz auf, fragt und bohrt und bringt mich in eine reichlich peinliche Lage, zerrt mich mitten in der Arbeitszeit zum Verhör und wirft mir Mord und Totschlag und noch Schlimmeres vor!«

Billy T. lächelte nicht einmal.

»Habe ich Ihnen auch nur mit einem Wort einen Mord vorgeworfen?«

Der Mann starrte auf den Boden. Jetzt konnte Billy T. in dem breiten, maskulinen Gesicht einen Hauch von Unsicherheit ahnen.

»Hören Sie«, sagte er nun mit fast freundlicher Stimme. »Bisher sage ich nur eins, nämlich, daß Sie ein Verhältnis mit Agnes Vestavik hatten. Und das ist nun wirklich kein Verbrechen. Und wir belästigen Sie nicht, um Sie zu bestrafen. Sondern um uns ein möglichst vollständiges Bild von ihrem Leben zu machen. Was sie getan hat, wen sie gekannt hat, wie sie ihr Leben gelebt hat. Um ganz ehrlich zu sein, wir kommen nicht weiter. Wir können uns einfach nicht vorstellen, wer ein Motiv gehabt haben könnte, eine brave ordentliche Kinderheimleiterin mit bravem, ordentlichem Leben zu ermorden. Und wenn wir dann entdecken, daß dieses Leben doch nicht ganz so brav und ordentlich war, dann ist natürlich unser Interesse geweckt. Aber das heißt noch lange nicht, daß wir annehmen, Sie hätten Ihre Bekannte umgebracht.«

Getroffen. Das war eine viel bessere Taktik. Es im guten zu versuchen.

Der Mann beugte sich in seinem Sessel vor und schlug die Hände vors Gesicht. So saß er eine Weile schweigend da. Billy T. gab ihm Zeit.

Schließlich richtete der Mann sich wieder auf, fuhr sich über die unrasierte Wange und atmete schwer.

»Wir hatten ein Verhältnis. Eine Art Verhältnis. Ich meine, wir hatten keinen Sex. Aber sie war … wir waren… verliebt.«

Er schien dieses Wort noch nie benutzt zu haben, und es war irgendwie zu schön für diesen groben, breiten Mund. Das wußte er auch selbst. »Wir waren sehr miteinander beschäftigt«, korrigierte er sich. »Wir haben uns getroffen, um zu reden, um zusammen zu sein. Sind spazierengegangen. Sie war…«

Was sie war, kam nie heraus, denn nun kämpfte er mit den Tränen und trug schließlich den Sieg davon. Aber es dauerte zwei Minuten.

»Sie müssen doch begreifen, daß ich Agnes niemals umgebracht hätte! Himmel, sie war doch das Beste, was mir seit Jahr und Tag passiert war!«

»Wie haben Sie sich kennengelernt?«

»Was glauben Sie wohl? Sie wollte natürlich ein Auto kaufen. Sie kam zusammen mit ihrem Mann, einem blaßgesichtigen Trottel. Der kannte nicht einmal den Unterschied zwischen Hubraum und PS. Es war deutlich, daß Agnes die Kasse unter sich hatte, und sie hat die Sache dann weiter verfolgt. Wir kamen gut miteinander aus, und dann … dann ist es einfach so weitergegangen.«

»Und was ist mit Ihrem Gerede beim Job? Daß Sie sich Geld zusammengevögelt hätten?«

»Ach, das … nur Gerede unter Jungs.«

Er sah nicht einmal beschämt aus. Billy T. hätte gern erzählt, daß Jungs über sechzehn in dieser Hinsicht nicht lügen sollten, und Jungs über fünfzig erst recht nicht, aber er schwieg.

»Worüber haben Sie an dem Abend gesprochen, an dem Sie ermordet worden ist?«

»Gesprochen? An dem Abend habe ich sie doch gar nicht gesehen.«

»Keine Panik. Ich rede von Ihrem Telefongespräch. Sie hat vom Büro aus angerufen. Irgendwann an dem Abend.«

Der Mann wirkte ehrlich überrascht.

»Nein, hat sie nicht«, sagte er entschieden und schüttelte energisch den Kopf. »Ich war mit einem Wagen in Drøbak und erst nach Mitternacht wieder zurück. Hab mich vor der Rückfahrt mit einem alten Kumpel getroffen und ein paar Tassen Kaffee getrunken. Und das kann ich beweisen.«

Billy T. machte einen Schmollmund und starrte dem anderen schweigend in die Augen. Der Autohändler verlor und senkte den Blick.

»Na gut«, sagte Billy T. »Hat sie gewußt, daß Sie nicht zu Hause waren?«

»Das kann ich nicht mehr sagen, aber ich wußte immerhin, daß sie ins Heim wollte. Da hatte es Ärger gegeben. Irgendwer hatte sie hintergangen. Sie hat nicht viel erzählt, aber sie war sehr enttäuscht.«

»Irgendwer? Mann oder Frau?«

»Keine Ahnung. Sie hat ihre Schweigepflicht sehr ernst genommen. Selbst über die Kinder hat sie nur wenig erzählt, und dabei war sie doch den ganzen Tag mit denen beschäftigt.«

Billy T. holte dem Mann eine Tasse Kaffee und setzte sich an den Computer. Eine halbe Stunde lang war in dem kleinen Büro nichts anderes zu hören als Billy T.s riesige Finger, die die PC-Tastatur mißhandelten. Als er fertig zu sein glaubte, hatte er nur noch eine Frage.

»Sollte es weitergehen mit Ihnen? Hat sie von Scheidung gesprochen?«

Der Mann machte ein schwer zu deutendes Gesicht.

»Ich weiß ja nicht, ob es so weit gekommen wäre. Aber sie hat einmal gesagt, sie hätte sich längst entschieden und auch ihren Mann darüber informiert.«

»Das hat sie ganz deutlich gesagt?«

»Ja.«

»Wortwörtlich: Ich habe meinem Mann gesagt, daß ich mich scheiden lassen will, nicht: Mein Mann will keine Scheidung, oder: Eine Scheidung würde ihm arg zu schaffen machen?«

»Ja, wortwörtlich. Mehrere Male. Zumindest...« Er schaute zur Decke hoch und dachte nach. »Zumindest zweimal.«

»Na gut«, sagte Billy T. kurz und sicherte sich die Unterschrift seines Zeugen auf dem Ausdruck. Damit war das Verhör beendet.

»Bleiben Sie in der nächsten Zeit in Oslo«, sagte er noch.

»Ja, sicher. Wo sollte ich denn sonst hin?« fragte der Mann und verschwand.

Tone-Marit war nicht von gestern. Sie war seit vier Jahren und neun Monaten bei der Polizei, und schon in drei Monaten würde sie sich Oberwachtmeisterin nennen und sich an die nur selten benutzte Uniform einen zweiten Streifen heften können. Sie arbeitete zwar erst seit einem Jahr mit ihr zusammen, aber Hanne war bereits von der Sechsundzwanzigjährigen beeindruckt. Sie war eher gründlich als originell und eher pflichtbewußt als eigentlich klug, aber Gründlichkeit und Pflichtbewußtsein haben schon viele gute Fahndungsergebnisse erbracht.

Jetzt steckte sie fest. Mit Buchführung kannte sie sich nicht besonders gut aus. Vor ihr lagen drei dicke Ordner, aber sie begriff den Unterschied zwischen laufenden Mitteln und Anlagemitteln, zwischen Betriebsergebnis und Ausgleich noch immer nicht besser als vor zwei Stunden.

Etwas aber hatte sie immerhin registriert. Ungewöhnlich viele Buchungen stammten von Terje Welby. Seine Rolle als stellvertretender Heimleiter war offenbar fast gänzlich von Maren Kalsvik übernommen worden. Sie hatte zwar keine Kontovollmachten, aber das wäre eigentlich logisch gewesen, wenn Agnes Vestavik das Heim auch in finanzieller Hinsicht geleitet hätte.

»Frag die Jungs von der Finanzabteilung«, riet Billy T., nachdem er aufs Geratewohl in den Ordnern herumgeblättert hatte. »Ich werde derweil diesen Terje Welby ein bißchen schütteln.«

Er grinste breit vor lauter Vorfreude, und Tone-Marit packte dankbar ihre Ordner zusammen, um seinen Rat zu befolgen.

»Weißt du schon mehr über die fehlenden Dreißigtausend von Agnes' Konto?«

Tone-Marit legte die Hände auf die Ordner und nickte.

»Nur, daß sie in drei verschiedenen Bankfilialen in der Stadt abgehoben worden sind. Und daß das Konto zwei Tage danach gesperrt worden ist. An dem Tag, an dem Agnes ermordet wurde. Ich habe die Banken gebeten, die Schecks herauszusuchen, dann sehen wir weiter. Aber das kann dauern, alles, was sie nicht im Computer haben, braucht doch eine Ewigkeit.«

»Alles, was sie im Computer haben, auch«, murmelte Billy T.

Der Mord an Agnes Vestavik lag eine Woche zurück. Hanne kam es vor wie eine Ewigkeit. Der Abteilungsleiter, sonst ein rücksichtsvoller Mann mit großem Verständnis für die Probleme seiner Untergebenen, war ihr auch kein Trost. An diesem Tag hatte er sie abgewiesen. Der Doppelmord in Smestad band alle Kapazitäten; ein Reeder und seine leicht alkoholisierte, verlebte Gattin waren mit fast gänzlich weggesprengten Köpfen aufgefunden worden, es handelte sich um den groteskesten Raubmord in der Geschichte Norwegens. Die Zeitungen suhlten sich im Grenzbereich zwischen Sozialpornographie und Gesellschaftsklatsch, vermischt mit der üblichen Hetze gegen eine unfähige Polizei, und der Chef wurde gelinde gesagt ungeduldig. Agnes Vestaviks Tod hatte am ersten Tag ein wenig Aufsehen erregt, aber inzwischen war er Geschichte. Für alle, abgesehen von dem Kleeblatt, das noch immer verzweifelt nach Motiv und Möglichkeit suchte.

»Herrgott«, murmelte Hanne. »Die Zeiten ändern sich. Vor zehn Jahren hätte ein solcher Mord die ganze Abteilung auf den Kopf gestellt. Wir hätten zwanzig Leute gekriegt und auch sonst alles, was wir brauchen.«

Erik Henriksen wußte nicht, ob er diesen Ausbruch als Kritik auffassen sollte, vielleicht hielt sie ihn für ein Leichtgewicht. Deshalb hielt er wohlweislich den Mund.

»Aber«, jetzt lächelte sie plötzlich, so als hätte sie ihn gerade erst entdeckt, »was hast du eigentlich herausgefunden?«

»Dieser Liebhaber«, begann ihr Kollege, »hat arge Finanzprobleme.«

Finanzprobleme? Wer zum Teufel hat die nicht, überlegte Hanne Wilhelmsen und verzichtete auf die Zigarette, auf die sie gerade Lust hatte.

»Aber die wenigsten Leute begehen wegen ihrer Finanzprobleme einen Mord«, seufzte sie. »Jeder zweite würde sicher sagen, daß er solche Probleme hat, wenn wir eine Umfrage machten. Wir brauchen viel mehr. Etwas mehr... Leidenschaft! Haß, Verachtung, Angst, irgendwas in dieser Richtung. Der Typ war von der Frau doch hin und weg. Sie waren nicht verheiratet, deshalb hatte er kein finanzielles Interesse an ihr.«

»Aber seine Arbeitskollegen sagen, daß er in der letzten Zeit sehr still gewesen ist. In den letzten zwei Wochen oder so. Fast schon deprimiert, sagen sie.«

»Na und?« fragte Hanne herausfordernd und legte die Hände zusammen. »Was besagt das schon? Wenn Agnes Schluß gemacht hat, oder wie man das bei einem platonischen Verhältnis nennen soll, dann ist das noch lange kein Grund, sie mit einem Messer umzubringen. Und es wäre höchst seltsam, wenn niemand etwas von einem Streit mit einem ehemaligen Liebhaber mitbekommen hätte, der mit einem Mord endete!« Sie schüttelte verzweifelt den Kopf und setzte sich gerade. »Nein, jetzt bin ich ungerecht, Erik.« Sie lächelte. »Ich wollte meinen Frust nicht an dir auslassen. Aber das ist doch wirklich komisch, was? Niemand interessiert sich für den Fall. Der Chef redet kaum ein Wort mit mir. Die Zeitungen sind gleichgültig. Im Kinderheim geht alles seinen gewohnten Gang. Die Kinder lärmen und spielen, der Mann bleibt im Haus wohnen, die Welt dreht sich um ihre Achse, und eine Woche nach ihrem Tod interessiert Agnes Vestavik auch mich fast schon nicht mehr. In einem Monat wird sich kaum noch jemand an den Fall erinnern. Ist dir überhaupt klar...«

Sie verstummte und suchte aus einem Zeitungsstapel auf dem Boden eine Ausgabe des *Arbeiderbladet* heraus.

»Hier«, sagte sie und schlug einen Artikel auf. »Jetzt werden in Oslo mehr Morde begangen als in Kriminalromanen. Zum ersten Mal in der Geschichte. Himmel und Ozean!« Sie schlug sich die Hand vor die Stirn. »Die

Schriftsteller können mit uns nicht mehr Schritt halten! Hier ein Mord, dort ein Totschlag, wen interessiert das schon? Jetzt müssen es mindestens zwei Tote sein, wenn überhaupt jemand aufmerksam werden soll. Oder die Leiche muß geschändet worden und das Opfer muß reich sein. Oder eine Prostituierte. Oder ein Fußballspieler, irgendein Prominenter oder Politiker. Oder, noch besser: Der *Täter* ist reich oder prominent. Eine anonyme Frau, die nichts vorzuweisen hat als ein ruhiges Leben und einen Halbwegsliebhaber, nach der kräht doch heute kein Hahn mehr. Oder interessiert dich die Sache vielleicht?«

Als sie diese Frage stellte, beugte sie sich über den Tisch und blickte ihm in die Augen.

»Natürlich interessiert mich die Sache«, murmelte er und schluckte noch einmal. »Das ist schließlich mein Job.«

»Genau! Uns interessiert das, weil es unser Job ist. Aber dem Chef ist das egal, der packt uns nur zu gern alles auf. Den Zeitungen ist es egal, für die ist der Fall nicht spannend genug. Und uns interessiert er auch nur so wenig, daß wir jeden Nachmittag leichten Herzens nach Hause gehen und Frikadellen essen können, ohne auch nur an eine Vierjährige zu denken, die ihre Mutter auf eine Weise verloren hat, die wir eigentlich verhindern sollten. Verhindern! Das ist nämlich unsere wichtigste Aufgabe! Verbrechen zu verhindern! Wann hast du zuletzt ein Verbrechen verhindert, Erik?«

Er wollte ihr schon erzählen, daß er erst am vergangenen Samstag einen Freund daran gehindert hatte, sich besoffen hinters Steuer zu setzen, aber das verkniff er sich dann doch klugerweise.

Das Telefon schellte, und Erik Henriksen fuhr zusammen. Hanne Wilhelmsen ließ es viermal klingeln, um erst einigermaßen zur Ruhe zu kommen.

»Wilhelmsen«, sagte sie kurz.

»Hanne Wilhelmsen?«

»Ja. Mit wem spreche ich?«

»Hier ist Maren Kalsvik. Aus dem Heim Frühlingssonne.«

»Ach.«

»Ich rufe an, weil ich mir um Terje Welby Sorgen mache. Sie wissen schon, unser stellvertretender Heimleiter. Der mit dem Rücken.«

»Warum machen Sie sich Sorgen?«

Hanne Wilhelmsen legte einen Finger an die Lippen, um Erik zur Ruhe anzuhalten, zeigte auf die Tür und winkte ihm, sie zu schließen. Er mißverstand und wollte schon gehen, als Hanne die Hand auf die Sprechmuschel legte und flüsterte: »Nein, nein, Erik, komm rein, und mach die Tür zu. Aber sei still.«

Dann drückte sie vorsichtig auf den Lautsprecherknopf ihres Telefons.

»Er ist doch noch halbtags krank geschrieben und hat heute früher Feierabend gemacht. Aber er hätte herkommen müssen, um eines von den Kindern zu einem Motorradkurs zu bringen, für den er verantwortlich ist. Vor zwei Stunden schon. Ich habe mehrere Male bei ihm angerufen. Dann bin ich zu ihm gegangen, er wohnt gleich hier um die Ecke, aber die Tür war abgeschlossen. Allerdings nur das normale Schloß. Das Sicherheitsschloß war nicht verschlossen, also ist er wohl zu Hause.«

Hanne Wilhelmsen war nicht in der Stimmung, sich um einen seit zwei Stunden vermißten Erwachsenen Sorgen zu machen.

»Er kann es doch vergessen haben«, sagte sie müde. »Er kann etwas anderes zu tun haben. Vielleicht ist er ja sogar beim Arzt. Zwei Stunden Verschwinden einer Person, die älter ist als drei, das ist einfach nicht genug.«

Am anderen Ende der Leitung war es still. Dann hörte

Hanne Geräusche, die anzudeuten schienen, daß die Frau weinte. Ganz leise.

»Bestimmt ist alles in Ordnung«, versuchte Hanne zu trösten, diesmal war ihr Tonfall weniger brüsk. »Er wird schon wieder auftauchen.«

»Aber verstehen Sie doch«, sagte die Frau und weinte erst recht los. Erst nach einer Weile konnte sie weitersprechen. »Das ist doch noch längst nicht alles«, sagte sie schließlich. »Ich kann das am Telefon nicht erklären, aber es gibt wirklich Grund zur Besorgnis. Er ... ich kann jetzt nicht darüber reden. Aber können Sie nicht *bitte* bei ihm nachsehen, ob alles in Ordnung ist? Bitte!«

Erik Henriksen war näher an Schreibtisch und Telefon herangerutscht, hatte die Ärmel hochgekrempelt und die Ellbogen auf den Tisch gestemmt. Hanne konnte seine Uhr sehen, eine billige Imitation einer Rolex Oyster.

»Ich bin in einer halben Stunde bei Ihnen«, sagte sie und legte auf.

Erik blickte sie fragend an, und sie nickte. Er konnte mitkommen.

»My God!« Hanne blieb stehen und blickte den Wachtmeister verzweifelt an. »Gerade putze ich dich herunter, weil sich niemand mehr für andere interessiert, und dann will ich eine abweisen, die genau das tut. Sich interessiert.«

Sie hatten Glück und erwischten nach nur zehn Minuten Warten einen Dienstwagen. Und das war so etwas wie ein Rekord.

Die Wohnungstür war abgeschlossen, genau wie Maren Kalsvik gesagt hatte. Im Spalt zwischen Türblatt und Rahmen konnten sie sehen, daß das Sicherheitsschloß nicht benutzt worden war, auch das stimmte mit Maren Kalsviks

Aussage überein. Hanne Wilhelmsen steckte die Hand in die Tasche, fischte ein Papiertaschentuch heraus und versuchte, auf die Klinke zu drücken, ohne sie allzusehr zu berühren. Erik Henriksen sah ihr erstaunt zu.

»Nur so zur Vorsicht«, beruhigte sie ihn.

Sie hatte eine verschlossene Tür und einen seit drei Stunden vermißten Erwachsenen. Das reichte bei weitem nicht für eine amtliche Erlaubnis, die Tür aufzubrechen. Wäre ihr treuer Kollege, Polizeiadjutant Håkon Sand nicht so verdammt modern gewesen, ein ganzes Jahr Erziehungsurlaub zu nehmen, dann hätten sie es hintricksen können. Jetzt hatte Hanne keine Ahnung, welcher Adjutant Dienst hatte. Und sie brauchte einen Juristen, um die Wohnung betreten zu können.

Betreten mußte sie sie. Was Maren Kalsvik ihr mit tränenerstickter Stimme im Laufe einer halben Stunde wild durcheinander erzählt hatte, war dermaßen aufsehenerregend, daß es für einen Haftbefehl fast schon ausreichte. Aber der Versuch, einem Juristen per Telefon zu erklären, daß ein phantastisches Motiv aufgetaucht war und daß ein möglicher Täter sich am Schauplatz von Agnes Vestaviks traurigem Dahinscheiden aufgehalten hatte, erschien ziemlich hoffnungslos. Andererseits: Vielleicht stand hier ein Leben auf dem Spiel.

Sie bat Erik, vor der Tür stehen zu bleiben, aber nichts anzufassen. Sie selbst ging zum Auto und hatte nach einigem Hin und Her den zuständigen Juristen an der Strippe. Sie hatte Glück. Er war alt, reichlich erschöpft und mit allen Wassern gewaschen. Er begriff, gab grünes Licht und reichte sie an die Kripo weiter. Die versprach, daß in einer halben Stunde Verstärkung eintreffen werde.

Die Verstärkung tauchte nach einer Dreiviertelstunde auf. Aber das Warten hatte sich gelohnt. Zwei schweigsame Männer, die wußten, was sie taten, und die sich ohne

Wenn und Aber mit einem soliden Rammbock auf einer schweren quadratischen Eisenplatte mit Griffen für vier Paar Hände vor der Tür aufstellten. Hanne und Erik stellten sich hinter sie.

»Und eins, und zwei, und DREI«, sagte der eine Polizist, während sie den Rammbock hin und her schwangen und ihn bei »drei« gegen die Tür wuchteten.

Das Holz hatte keine Chance. Die Tür knackte, ließ hilflos den Rahmen, der sie festhalten wollte, los und kippte in die Wohnung. Vor der nur anderthalb Meter entfernten gegenüberliegenden Wand blieb sie hängen. Hanne Wilhelmsen schob sich daran vorbei und betrat die Wohnung.

Der Flur war leer. Auch das Wohnzimmer war leer. Sie blieb einen Moment lang stehen und musterte die typische Junggesellenwohnung, die Möbel waren bunt zusammengewürfelt, vor einem Fenster fehlten die Vorhänge, und es war nicht einmal der Versuch gemacht worden, irgendeine Art von Gemütlichkeit zu erzeugen. Keine Bilder an der Wand, keine Topfblume. Das Spülbecken war voller benutzter Gläser.

»Hanne, komm her!« rief jemand vom Flur her.

Drei Männerrücken versperrten die Tür zum Badezimmer. Sie stupste den hintersten Rücken an, und die drei wichen langsam zur Seite.

Sie stieß einen leisen Pfiff aus.

Terje Welby saß auf dem Toilettendeckel. Genauer gesagt: Dort saßen seine sterblichen Überreste. Er hatte seine Schuhe noch an und trug ansonsten gürtellose Jeans und ein T-Shirt. Der Kopf war ihm auf die Brust gekippt, seine Arme hingen schlaff nach unten. Er erinnerte an einen Mann, der nach übermäßigem Trinken zusammengebrochen ist. Nur die riesige Blutlache um seine Füße und seine durchschnittenen Pulsadern paßten nicht zu diesem Bild.

Hanne trat langsam in das Badezimmer, in dem für zwei

Personen kaum Platz war. Ohne die Leiche oder sonst etwas zu berühren, beugte sie sich über die Hände des Toten und stellte fest, daß er nur links die Hauptschlagader getroffen hatte. Aber dort hatte er zum Ausgleich gründliche Arbeit geleistet. Eine zehn Zentimeter lange Wunde klaffte in seinem Unterarm, und mitten in all dem Blut ahnte sie weiße Sehnen und Knochen.

Im Waschbecken lag eine leere Whiskyflasche. Auf dem Boden lag ein großes Tapetenmesser mit blutbesudelter Klinge.

Vorsichtig berührte sie mit zwei Fingern seinen Hals. Der war schon ziemlich kalt. Kein Lebenszeichen war zu spüren.

»He's dead all right«, sagte sie leise und verließ rückwärts das Badezimmer. »Sagt bei der Technik Bescheid.«

Dieser Befehl galt den Jungs von der Verstärkung.

»Der Technik? Bei einem eindeutigen Selbstmord?«

Der Einspruch war berechtigt. Die Technik wurde schon seit Jahren bei Selbstmordfällen nicht mehr automatisch eingesetzt.

»Sagt ihnen Bescheid«, beharrte Hanne und hockte sich neben die Badezimmertür, ohne diesen hergelaufenen Kollegen einer näheren Erklärung zu würdigen.

Er seinerseits zuckte mit den Schultern, warf seinem Begleiter einen vielsagenden Blick zu und trottete davon, um den Befehl auszuführen. Hauptkommissarin blieb eben Hauptkommissarin.

Zuerst wurden Fotos gemacht. Hanne Wilhelmsen, die sich zurückziehen mußte, um der Technik Bewegungsfreiheit zu gewähren, war beeindruckt davon, wie geschickt der Kollege sich in dem kleinen Zimmer bewegte, ohne auch nur ein einziges Mal Blut, Leiche oder Wände zu berühren. Er verließ zweimal den Raum, um einen neuen Film einzulegen, sagte aber nichts. Als das Badezimmer gebührend verewigt worden war, fingen zwei Mann an, die Lage des Toten im Verhältnis zu Decke, Waschbecken und den vier Wänden genau auszumessen. Ab und zu tauschten sie leise Kommentare aus, einer notierte die Meßergebnisse auf einem Spiralblock. Hanne sah, daß die beiden millimetergenau arbeiteten.

Danach wurden Fingerabdrücke gesichert. Ihr fiel auf, daß sie schon lange bei keiner Tatortuntersuchung mehr zugegen gewesen war; statt das schwarze oder weiße Pulver zu benutzen, an das sie gewöhnt war, verwendeten die Männer an einzelnen Stellen eine Art Spray, das eine undefinierbare Farbe hinterließ.

Zwei Stunden später war diese Arbeit abgeschlossen. Vorsichtig wurde die Leiche auf eine Bahre gebettet und zum Krankenhaus gefahren, wo sie für kurze Zeit in einem gelben Zimmer auf einer Metallbank liegen und in ihre Bestandteile zerlegt werden würde.

»Klarer Selbstmord, wenn du mich fragst«, sagte der eine Techniker und packte seinen Koffer. »Sollen wir die Wohnung versiegeln?«

»Ja, aber dann müssen wir die Tür wieder anbringen«, antwortete Hanne.

Bald darauf war die Tür einigermaßen wieder an Ort und Stelle, und zwei Ösenschrauben wurden an Rahmen und Türblatt befestigt. Zwischen diesen Schrauben verlief ein dünner Metalldraht, dessen Enden in einer Bleiversiegelung steckten.

»Vielen Dank, Jungs«, sagte Hanne mit erschöpfter Stimme und schickte Erik mit den Technikern los.

»Ich muß nach Hause. Sagt Bescheid, daß ich den Wagen bis morgen früh behalte.«

Sie war unendlich traurig.

Erik Henriksen hatte glücklicherweise daran gedacht, einen Pastor zu rufen. Er selbst fühlte sich nicht gerade berufen dazu, einer Exfrau und zwei kleinen Jungen mitzuteilen, daß der Vater tot sei. Er hatte noch nichts gehört, der Pastor hatte aber versprochen, sich sofort um die Sache zu kümmern. Das war vor anderthalb Stunden gewesen, er hoffte also, daß es inzwischen überstanden war. Dann war ihm eingefallen, daß Maren Kalsvik erfahren sollte, daß ihre Angst berechtigt gewesen war. So was macht man nicht gern am Telefon, und deshalb schaute er auf dem Heimweg beim Kinderheim vorbei.

Es war Abendbrotzeit, und aus der Küche hörte er entsprechende Geräusche; Gläser klirrten, Besteck kratzte über Teller, junge und erwachsene Stimmen redeten durcheinander. Wieder öffnete Maren Kalsvik ihm die Tür. Sie erstarrte, als sie ihn sah.

»Was ist passiert?« fragte sie ängstlich. »Ist etwas passiert?«

»Könnten wir irgendwo unter vier Augen miteinander sprechen?« fragte der Wachtmeister unbeholfen und sah sie dabei nicht an.

Sie zog ihn in eine Art Besprechungsraum, der offenbar neben der Küche lag und von dem aus eine Tür in den Aufenthaltsraum führte. Sie ließ sich auf einen Bürostuhl fallen und fuhr sich durch die Haare.

»Was ist passiert?« fragte sie noch einmal.

»Sie hatten recht«, sagte er, und dann korrigierte er sich: »Ich meine, es bestand wirklich Grund zur Besorgnis. Er hatte ...«

Dann schaute er sich um und ging zur Tür, um sich davon zu überzeugen, daß sie wirklich geschlossen war.

»Er ist tot«, sagte er leise, nachdem er sich ihr gegenüber an den großen Konferenztisch gesetzt hatte.

»Tot? Wieso denn tot?«

»Tot eben«, sagte der Wachtmeister leicht gereizt. »Er hat

sich umgebracht. Ich möchte lieber nicht ins Detail gehen.«

»Großer Gott«, flüsterte Maren und wurde aschfahl.

Dann schloß sie die Augen und schwankte auf ihrem Stuhl hin und her. Blitzschnell stand Erik Henriksen neben ihr und konnte sie gerade noch auffangen. Sie kniff die Augen zusammen und stöhnte leise.

»Es ist meine Schuld«, sagte sie und brach in heftiges Schluchzen aus. »Alles ist allein meine Schuld.«

Dann lehnte sie sich an einen verdutzten Wachtmeister, der an solche Situationen nicht gerade gewöhnt war. Aber nun nahm er sie erst einmal in den Arm.

»O verdammt«, flüsterte Christian begeistert und taumelte aus dem neben dem Gemeinschaftsbüro gelegenen Archivraum. Erik Henriksen hatte Maren Kalsvik aus dem Besprechungszimmer in den ersten Stock geführt.

»Das wird ja richtig unheimlich. *Richtig unheimlich*!«

Er zog seine Kleider zurecht und rieb sich den Hals, wo sich, wie er aus Erfahrung wußte, ziemlich bald ein kleiner Knutschfleck zeigen würde.

Cathrine, die klapperdürre Erzieherin von Mitte Dreißig, taumelte hinterher. Sie hatten im Archivraum Zuflucht gesucht und geglaubt, alle anderen säßen beim Abendessen, und sie waren so miteinander beschäftigt gewesen, daß sie die Türglocke nicht gehört hatten. Als Maren und der Polizist das Nachbarzimmer betraten, saßen sie in der Falle.

Sie hatten alles gehört.

»Selbstmord! Herrgott!«

Cathrine war erschüttert, aber sie konnte sich doch zu einem Spiegel neben dem Fenster beugen und ihre

Schminke erneuern. Sie schnitt eine Grimasse, riß die Augen weit auf und ließ ihren Zeigefinger einmal unter jedem Auge entlangwandern.

»Bedeutet das, daß er Agnes abgemurkst hat, oder was?«

»Sicher«, sagte Christian mit immer noch wachsender Begeisterung und grinste breit.

»Du«, sagte sie tadelnd und fuhr ihm mit der Hand über den Mund. »Wisch dir dieses Grinsen ab. Das ist doch eine entsetzliche Geschichte.«

Er faßte sie am Handgelenk und drückte sie auf einen Stuhl. Er selbst setzte sich neben sie auf die Tischkante.

»Das hätte ich wirklich nicht gedacht«, sagte er.

»Was hättest du denn sonst gedacht?«

Er rutschte auf dem Tisch ein Stück nach hinten und stellte die Füße auf die Sitzfläche des Stuhls. Dann stützte er die Ellbogen auf die Knie und formte aus den Händen eine Schüssel, in die er sein Gesicht schmiegte. Sein Lächeln war verschwunden, er schien nachzudenken.

»Auf wen hättest du denn getippt?« fragte er.

Cathrine zuckte mit den Schultern und zierte sich ein wenig.

»Was heißt schon getippt? Ich hatte eigentlich keine besondere Theorie.«

»Aber irgendwer muß es doch gewesen sein«, beharrte Christian.

»Was ist mit Olav?«

»Ha!«

»Spiel dich nicht so auf, klar hätte er es sein können. Der ist doch nicht umsonst durchgebrannt.«

»Du hast das dem Jungen doch wohl nicht zugetraut? Er ist zwölf!«

»Aber was hast du denn gedacht?« fragte sie noch einmal.

»Ich dachte Maren.«

»Maren?«

Sie zwinkerte mit den Augen, und einen verwirrten Moment lang glaubte sie, sich verhört zu haben. Maren, die liebe, tüchtige, effektive Maren, die sich immer zurücknahm, sollte Agnes umgebracht haben? Christian war reizend, aber klar bei Verstand konnte er nicht sein.

»Was um Himmels willen hat dich denn auf diese Idee gebracht?«

»Hör zu«, sagte er eifrig und nahm ihre beiden Hände. »Wer profitiert von Agnes' Tod? Erstens...« – Er ließ ihre Hände los und berührte mit dem Zeigefinger kurz ihre Nase. – »...war Agnes immer dagegen, wenn Maren irgendeine Veränderung vorgeschlagen hat. Immer. Weißt du noch, wie sie die Kinder abends eine halbe Stunde länger aufbleiben lassen wollte? Kommt nicht in Frage, hat Agnes gesagt. Und als wir mit allen Kindern nach Spanien hätten fahren können, und es hätte nicht mehr gekostet als dieses blöde Ferienhaus in Südnorwegen – auch da war Agnes dagegen.«

Ehe Cathrine gegen die Vorstellung protestieren konnte, Schlafenszeiten und Spanienreisen könnten ein Mordmotiv darstellen, tippte er noch einmal ihre Nase an.

»Zweitens. Nach Agnes' Tod ist Maren hier die Chefin geworden. Du hast doch gesehen, wie sie sofort die Führung an sich gerissen hat. Terje ist nur ein Trottel mit feinen Papieren, das wissen doch alle.«

»War«, korrigierte Cathrine, und plötzlich war ihr ziemlich schlecht.

Die anfängliche Begeisterung über die aufregenden Neuigkeiten wich einer Art Trauer, weil Terje nicht mehr lebte.

»Außerdem war er kein Trottel«, fügte sie leise hinzu.

»Drittens...« sie konnte ihre Nase vor dem dritten Tippversuch retten – »...war Terje ein Waschlappen und ein Schwächling, der sich bestimmt nie im Leben zu einem Mord hätte aufraffen können.« Er hob die Arme über den Kopf, gähnte laut und unhöflich und sagte: »Aber ich habe mich geirrt, Schatz. Es muß Terje gewesen sein. Warum hätte er sich sonst umbringen sollen? Noch dazu so kurz nach dem Mord. Das macht die Sache doch klar.«

Er sprang vom Tisch, trat hinter Cathrines Stuhl, faßte sie um ihre knochige Taille und drückte zu.

»Warum muß das so verdammt geheim bleiben?« flüsterte er an ihrem Hals.

Sie wand sich aus seiner Umklammerung und antwortete gereizt: »Du bist neunzehn, Christian. Neunzehn.«

Kopfschüttelnd und für einen Moment verärgert ließ er sie los. Dann schüttelte er seine Verstimmung ab und verließ das Zimmer, um in Erfahrung zu bringen, ob die Nachricht schon die Runde gemacht hatte.

Cathrine blieb mit einem ganz und gar undefinierbaren Gefühl sitzen. Erst jetzt fiel ihr auf, daß das Fenster leicht angelehnt war. Die Vorhänge bewegten sich leise, und ein Windstoß ließ die Luft kälter wirken, als sie eigentlich war, es roch nach nasser Erde und schmutzigem Schnee und verfaulten Pflanzen. Sie stand auf, um das Fenster zu schließen, aber der Vorhang geriet dazwischen. Als sie das sperrige Fenster aufstieß, um den Vorhang zu retten, hatte sie das Gefühl, irgend etwas Wichtiges übersehen zu haben. So als sei ein Gedanke so schnell vorübergehuscht, daß sie ihn nicht gesehen, nicht richtig registriert hatte. Lange versuchte sie, diesen Gedanken zurückzuholen. Sie schloß sogar die Augen, um sich besser konzentrieren zu können. Hatte sie etwas gesehen? Gehört? Aufgeschnappt vielleicht?

»Cathrine, kannst du mir beim Haarewaschen helfen?«

Jeanette stand in der Türöffnung und zupfte an ihren dünnen Strähnen, die einigermaßen fettig aussahen.

Und damit war der Gedanke endgültig verschwunden. Cathrine hoffte zutiefst, er würde noch einmal zurückkommen. Sie strich den geblümten Vorhang glatt und ging mit der molligen Elfjährigen ins Badezimmer.

»Warst du mal in einen Jungen verliebt?« fragte Hanne Wilhelmsen in die Dunkelheit hinein, als Mitternacht näher rückte und sie im Bett lagen.

Cecilie lachte ein überraschtes, perlendes Lachen.

»Was in aller Welt ist das für eine Frage?« meinte sie und drehte sich um, um Hanne ansehen zu können. »Ich war doch immer nur in dich verliebt.«

»Du! Red keinen Quatsch! Du hast nur nichts daraus gemacht. Es ist doch klar, daß du in siebzehn Jahren mal ein bißchen verliebt gewesen sein mußt. Wenn ich da zum Beispiel an deine Professorin denke! Da war ich total eifersüchtig.«

Im Zwielicht konnte Cecilie sehen, wie Hannes Profil sich gegen die blaugestreifte Tapete abzeichnete, und sie ließ ihren Zeigefinger über Hannes Stirn und Nase wandern, bis er ihren Mund erreichte und einen Kuß bekam.

»Heißt das, daß *du* schon mal verliebt gewesen bist?«

»Jetzt reden wir über dich«, erklärte Hanne. »Warst du schon mal in einen Jungen verliebt? In einen Mann?«

Cecilie setzte sich auf und wickelte sich in ihre Decke.

»Was soll das hier eigentlich?«

»Ach, einfach so. Nur eine Frage. Also, warst du?«

»Nein. Ich war in meinem ganzen Leben noch nicht in einen Jungen verliebt. Ich hab mir das höchstens mal eingebildet, als Teenie, aber da war ich wohl eher in die Vorstellung verliebt. Denn die Alternative hat mir eine Höllenangst eingejagt.«

Hanne hatte die Decke halb weggeschoben und die Hände unter dem Kopf verschränkt. Ihr ganzer Oberkörper, ihre halbe Hüfte und ein Bein waren nackt. Ihre Brüste starrten ins Zimmer hinein, und direkt über ihrem Nabel konnte Cecilie eine Ader sehen, die ruhig und gleichmäßig pochte.

»Aber spürst du denn nie ein ganz besonderes … eine Art Wohlbehagen, wenn du einen Mann triffst, den du magst? So ein gutes Gefühl, das dich dazu bringt, daß du immer mit ihm zusammensein und lustige Dinge machen willst, quatschen, spielen. Sachen, die so ähnlich sind wie das, wozu wir Lust haben, wenn wir verliebt sind?«

»Doch. Manchmal schon. Aber so kannst du Verliebtheit nicht beschreiben. Weißt du nicht mehr, wie das war, Hanne?« Sie legte vorsichtig ihre Hand auf die leise pulsierende Stelle auf dem Bauch ihrer Freundin.

»Dann hast du doch zu sehr viel mehr Lust!«

Hanne drehte sich um und betrachtete sie ernst. Die Scheinwerfer eines Autos zeichneten ein Muster an die Decke, und im huschenden Lichtschein sah Cecilie eine verzweifelte Miene, die sie nicht so recht zu deuten vermochte.

»Du darfst mich nie, nie verlassen!« Hanne schmiegte sich dicht an sie, lag fast schon auf ihr, und sagte es noch einmal: »Du darfst mich nie verlassen. Nie, nie, nie!«

»Nie in der ganzen Welt und dem Universum und der Ewigkeit«, flüsterte Cecilie in ihre Haare.

Es war ein altes Ritual. Aber sie hatten es schon seit Ewigkeiten nicht mehr vollzogen. Cecilie wußte, was dahinterstand.

Das Seltsame war, daß sie sich nicht im geringsten bedroht fühlte.

8

Obwohl es erst Billy T.s achter Arbeitstag in seinem neuen Dasein als Ermittler war, sah sein Büro bereits aus wie ein Schweinestall. Überall lag Papier herum; wichtige Dokumente, Kritzeleien, alte Zeitungen. Neben der Tür sammelten sich die leeren Colaflaschen, und jedesmal, wenn jemand die Tür öffnete, fielen mindestens drei davon um. Über der Tür hing ein winzig kleiner Basketballkorb, auf dem Boden lagen zwei orangefarbene Bälle aus Schaumgummi. Außerdem hatte er eine Pinnwand aufgehängt, genau gegenüber von seinem Schreibtisch. Daran hatte er Schnappschüsse seiner vier Söhne geheftet. Ansonsten fehlte es in diesem Zimmer an jeglichem Gegenstand, der auch nur einen Hauch von Gemütlichkeit hätte erzeugen können. Und die Fenster waren schmutzig. Aber daran war Billy T. nun wirklich nicht schuld.

»Ich kapiere nicht, was wir hier machen«, sagte er resigniert zu Hanne Wilhelmsen, die es wie durch ein Wunder schaffte, weder Flaschen umzustoßen noch irgend etwas anderes zu zertreten, ehe sie Platz nahm. »Ist der Fall jetzt aufgeklärt, oder was? Ziemlicher Schuß in den Ofen, würde ich sagen. Schlicht und einfach und öde. Geschiedener Mann in Geldnöten greift in die Kasse, wird erwischt, bringt seine Chefin um und schlitzt sich danach aus lauter Reue und Verzweiflung die Pulsadern auf.«

Genau das hätte auch Hanne sagen können. Schuß in den Ofen. Maren Kalsvik hatte an diesem Morgen alles erzählt. Schuldbewußt und unglücklich hatte sie von den Unterschlagungen ihres verstorbenen Kollegen erzählt. Sie selbst hatte das vor Weihnachten entdeckt und ihm unter der Bedingung Schweigen versprochen, daß er bis Ostern alles wieder in Ordnung brächte. Er sollte das Geld zurückerstatten. Agnes hatte es gewußt. Nein, Maren hatte mit der Heimleiterin nicht darüber gesprochen, sie hatte aus deren Verhalten schließen können, daß sie dahintergekommen war. Terje hatte zugegeben, daß er in Agnes' Büro gewesen war. Er habe nur bestimmte Papiere gesucht, hatte er behauptet. Aber er hatte sie schon längere Zeit so gründlich angelogen, daß sie keinen Grund mehr sah, ihm zu glauben. Und die Polizei sah auch keinen.

Trotzdem.

So einfach konnte es nicht sein.

»Mir fehlt ein Abschiedsbrief«, sagte Hanne nachdenklich und hob einen Schaumgummiball auf. Sie zielte auf den Korb über der Tür, warf den Ball in hohem Bogen und traf. Der Ball lag wie tot auf dem Boden. Sie streckte den Arm aus, hob ihn auf und machte noch einen Versuch. Noch zwei Punkte.

»Himmel, du bist ja richtig gut.«

»Hab schließlich in den USA gelebt.«

Billy T. hob den anderen Ball hoch und warf. Der Ball blieb für einen Moment auf dem Ring liegen, dann kippte er langsam auf die richtige Seite.

»Two points«, sagte Hanne und machte noch einen Versuch. »Bingo! Hennie Williamsen leads by four points.«

Billy T. grinste und stellte sich so weit wie möglich vom Korb entfernt auf. Einige Sekunden lang wippte er auf und ab, dann schwebte der orangefarbene Ball auf den Korb zu, knallte gegen die Wand und fiel auf den Boden, ohne den Ring auch nur berührt zu haben.

»I won«, sagte Hanne, schnappte sich beide Bälle und legte sie unter den Stuhlsitz, ehe Billy T. den Kampf fortsetzen konnte. »Mir fehlt wirklich ein Abschiedsbrief.«

»Warum denn? Meinst du wirklich...?«

»Nein, das meine ich nicht. Ich glaube nicht, daß es sich um einen Mord handelt. Aber wir müssen alle Möglichkeiten einbeziehen, oder?«

Sie tauschten einen Blick und prusteten los.

»Alles klar«, sagte Billy T. grinsend. »Aber es wäre verdammt angenehm, wenn wir uns damit zufriedengeben könnten, daß Terje Welby Agnes umgebracht hat. In einer guten Woche ein schwieriger Fall geklärt. Feine Feder für unseren Hut. Auf zu neuen Taten. Zu neuen, spannenden Taten.«

»Ich hab ja auch nicht gesagt, daß das nicht stimmt. Gut möglich, daß Welby es war. Wahrscheinlich war er es. Aber irgend etwas stimmt nicht. Nur so ein Gefühl im Bauch. Und wenn er Agnes Vestavik ermordet hat, dann will ich verdammt noch mal bessere Beweise, als daß er in die Kasse gelangt und sich anschließend umgebracht hat. Sein Nachruf fällt ziemlich trübe aus, wenn ihm auch noch ein Mord ins Grab geschoben wird, den er gar nicht begangen hat.«

Billy T. hatte gute Gründe, Hanne Wilhelmsens Gefühl im Bauch ernst zu nehmen. Vor allem, da er auch so ein Gefühl hatte.

»Aber wie machen wir jetzt weiter?« fragte er verzweifelt. »Genaugenommen stehen wir doch wieder am totalen Nullpunkt.«

»Nicht ganz. Wir haben immer noch allerlei Anhaltspunkte. Allerlei!«

Sie brauchten eine halbe Stunde für ihr Resümee. Zum einen konnten sie noch auf weitere Funde der Technik hoffen. Dann hatten sie den Ehemann. Sie hatten eine Art Liebhaber, der vielleicht abgewiesen worden war. Und sie hatten jemanden, der sich ausgiebig vom Bankkonto der Ermordeten bedient hatte; entweder hatte sie diesem Jemand das Geld gegeben, oder sie war bestohlen worden. Beides wäre gleichermaßen interessant. Dann standen noch ausführliche Verhöre mit einigen Heimangestellten aus. Tone-Marit und Erik hielten diese Angestellten zwar nicht für interessant, aber Billy T. wollte sie doch noch einmal genauer unter die Lupe nehmen. Vier hatten nicht einmal versucht, sich ein Alibi zu verschaffen. Cathrine, Christian, Synnøve Danielsen und Maren Kalsvik lebten allein und waren allein zu Hause gewesen. Und die Alibis der anderen waren noch nicht überprüft worden.

»Außerdem müssen wir uns Olavs Mutter noch genauer ansehen, Birgitte Håkonsen«, sagte Hanne schließlich und verspürte eine leise Unruhe, als sie diesen Namen nannte. »Es steht fest, daß sie Agnes gehaßt hat.«

»Woher weißt du das?«

Billy T. blätterte in den Kopien, die vor ihm lagen, und fand dort nichts über Olavs Mutter. Hanne winkte ab.

»Das erzähle ich dir später. Aber wir können sie keinesfalls ausschließen.«

»Klingt ziemlich an den Haaren herbeigezogen, finde ich«, murmelte Billy T., und machte sich aber auf einem Zettel, den er aus dem Chaos auf seinem Schreibtisch herausgefischt hatte, eine Notiz.

»Und dann noch etwas.« Hanne erhob sich und schnappte sich einen Schaumgummiball. Sie stellte sich an die Stelle, die vorher Billy T. eingenommen hatte, mit dem Rücken zum Fenster. Während sie die Entfernung zum Korb abschätzte, fragte sie: »Die Nummer von der Sozialschule der Diakonie. Die auf dem anderen gelben Zettel in Agnes' Büro stand. Hast du dich erkundigt, worum es da ging?«

Sie beschrieb mit dem rechten Arm von unten nach oben einen Bogen und ließ den Ball los, als ihr Arm fast ganz ausgestreckt war. Langsam schwebte der Ball durch die Luft, streifte kurz die Decke und fiel dann in den Korb.

»Können wir nicht mal ein richtiges Match machen?« fragte Billy T. hingerissen.

»Hast du die Nummer überprüft?«

»Nein, hab ich noch nicht geschafft.«

»Dann kannst du sie vergessen. Ich kümmere mich darum«, sagte Hanne und warf den Ball nach ihm. »Du kannst solange schon mal üben.«

Tone-Marit war sehr zufrieden mit sich, und dazu hatte sie auch allen Grund. In ihrem Eifer hatte sie das ganze Haus nach Hanne Wilhelmsen abgesucht, aber die war spurlos verschwunden. Sie wollte sich die Freude jedoch nicht verderben lassen, und deshalb ging sie zu Billy T. Obwohl sie in seiner Nähe immer ein bißchen nervös war.

»Was ist denn jetzt schon wieder los?« fragte Billy T. sauer und schaute aus dem Chaos auf seinem Schreibtisch auf.

»Ich weiß, wer die Schecks ausgestellt haben könnte«, sagte Tone-Marit und freute sich sehr, als der Mißmut ihres Kollegen Erwartung und Neugier weichen mußte.

»Ja verdammt«, sagte er laut und nachdrücklich. »War's der trauernde Ehemann? Laß mal sehen.«

Er schwenkte die Arme und schien der jungen Wachtmeisterin die Papiere aus der Hand reißen zu wollen. Doch die preßte sie an sich und setzte sich.

»Nein. Es war ein anderer Mann, und er heißt...«

Die Papiere fielen zu Boden, als sie sie dem Kollegen mit triumphierender Miene überreichen wollte. Ihr wurde heiß, aber sie hob sie sofort wieder auf.

»Eivind Hasle. So heißt er.«

»Eivind Hasle? Wissen wir irgendwas über ihn?«

»Nein, bisher nicht. Ich habe alle möglichen Register durchgesehen. Nicht vorbestraft, geboren 1953, wohnt in Furuset und arbeitet in einem Laden auf Grønland.«

»Auf Grønland!« Billy T. lachte laut. »Hol den Heini sofort her. Ruf ihn an und sag, es sei brandeilig. Schaff ihn her! Wann sind diese Schecks übrigens eingelöst worden?«

»Zwei Tage vor dem Mord.«

Jetzt lächelte auch Tone-Marit.

»Sieh an, sieh an. Dann wollen wir doch mal eine Runde mit Eivind Hasle plaudern, was, Tone-Marit-Baby?«

Sie brauchten nur eine halbe Stunde, um den etwas über vierzig Jahre alten Mann aus seinem Laden auf Grønland ins einige hundert Meter entfernt gelegene Polizeigebäude zu holen. Er hatte hilfsbereit, aber überrascht gewirkt, als Tone-Marit ihn anrief. Nun saß er in Billy T.s chaotischem Büro, und es war schwer zu sagen, ob er unsicher oder nur irritiert war.

»Worum geht es hier eigentlich?«

»Alles zu seiner Zeit, alles zu seiner Zeit«, sagte Billy T. und verlangte die Personalien.

»Als erstes wüßte ich gern«, sagte er dann in so neutralem Ton, wie er ihn überhaupt nur zustande brachte, »als erstes wüßte ich gern, in welcher Beziehung Sie zu Agnes Vestavik standen.«

Der Mann setzte sich anders hin, offensichtlich fühlte er sich unter dem scharfen Blick des Ermittlers alles andere als wohl.

»Agnes Vestavik? Ich kenne keine Agnes Vestavik.«

Aber dann schien ihm etwas einzufallen. Langsam liefen seine Ohren rot an. Am Ende waren seine Ohrläppchen, die ungewöhnlich groß und fleischig waren, fast so rot wie eine Ampel.

»Moment. Ist das nicht die Frau, die da oben im Kindergarten ermordet worden ist? Darüber habe ich in der Zeitung gelesen.«

»Kinderheim. Das ist ein Kinderheim. Und darüber hat nur sehr wenig in der Zeitung gestanden. Sind Sie ein eifriger Zeitungsleser?«

Der Mann gab keine Antwort.

»Sie sind ihr also nie begegnet?«

Jetzt schien der Mann sich regelrecht zu fürchten.

»Sagen Sie, was wollen Sie eigentlich von mir? Warum bin ich hier?«

Nun blieb Billy T. die Antwort schuldig. Er saß nur da, groß und breit, mit verschränkten Armen und stechendem Blick.

»Hören Sie«, sagte der Mann, und jetzt zitterte seine Stimme. »Ich weiß nichts über diese Frau, ich habe ihren Namen in der Zeitung gelesen, und ich habe ja wohl ein Recht zu erfahren, was Sie von mir wollen.«

»Ihren Führerschein.«

»Meinen Führerschein? Was wollen Sie damit?«

»Jetzt hören Sie endlich auf, mir dauernd mit Gegenfragen zu kommen.«

Billy T. sprang auf. Und das blieb auch diesmal nicht ohne Wirkung. Der Mann wand sich und zog eine elegante Brieftasche aus dunkelrotem Leder hervor. Er suchte und suchte.

»Nein, hier ist er nicht«, murmelte er schließlich. »Vielleicht liegt er noch im Wagen.«

»Jaja«, Billy T. grinste. »Sie haben also Ihren Führerschein verloren. Und das haben Sie gerade erst entdeckt, nehme ich an.«

»Den braucht man schließlich nicht jeden Tag. Ich weiß

nicht einmal mehr, wann ich ihn zuletzt gesehen habe. Sonst habe ich ihn immer in der Brieftasche.«

Als ob das irgendeinen Beweis darstellte, zog er noch einmal seine Brieftasche hervor, klappte sie auf fast obszöne Weise auseinander und zeigte auf ein Fach.

»Hier!«

Billy T. würdigte ihn keines Blickes.

Er setzte zu einem zweistündigen Verhör an, das so unangenehm wurde, daß Hasle schließlich mit Schmerzensgeld drohte.

»Ja, das ist eine gute Idee, Hasle. Verklagen Sie uns. Das ist ja schon richtig zum Volkssport geworden. Aber beeilen Sie sich, denn ehe Sie sich's versehen, wandern Sie bestimmt hinter schwedische Gardinen.«

Das war unprofessionell und blödsinnig. Billy T. hätte sich die Zunge abbeißen können. Aber in diesen zwei Stunden war er der Antwort auf die Frage, wer Agnes Vestavik umgebracht hatte, auch nicht einen Schritt näher gekommen.

Hasle wurde entlassen. In der ganzen westlichen Welt gab es keinen Juristen, der ihn auch nur für vierundzwanzig Stunden festgenommen hätte.

Dem Mann fehlte ein Führerschein. Er wußte nichts über Agnes und die Schecks. Er glaubte, die Unterschrift auf den Schecks zu erkennen, konnte aber auf zwei Unterschiede zwischen seiner und der seiner Ansicht nach gefälschten Signatur verweisen. Und darauf beharrte er. Also mußten sie ihn laufenlassen.

Als Billy T. das Haustelefon fast massakriert und Hanne Wilhelmsen dennoch nicht gefunden hatte, war der Tag restlos versaut für ihn.

Die Kapelle war mehr als nur halb voll, und die meisten Anwesenden saßen in andächtigem Schweigen da. Die meisten hatten sich sehr weit nach hinten gesetzt, so als wollten sie ein wenig auf Distanz zu den tragischen Umständen gehen, unter denen es zum Tod der Hauptperson gekommen war. In der ersten Reihe saßen Agnes Vestaviks Mann, ihre Kinder und vier weitere Personen. Hanne Wilhelmsen hielt sie für nahe Verwandte. Die beiden halbwüchsigen Söhne trugen neue Anzüge, die ihnen unbequem zu sein schienen. Die kleine Tochter fand das Stillsitzen schwierig und riß sich schließlich vom Schoß ihres Vaters los. Sie stand schon vor dem weißen, mit Blumen geschmückten Sarg, als ihr ältester Bruder sie packte; unter lautem Protest, der von den kahlen Wänden widerhallte, ließ sie sich von ihm auf die Bank zurückziehen.

Hinter der Bank der Angehörigen folgten fünf leere Reihen. Dahinter saßen vereinzelte Trauergäste mit gesenktem Kopf, und erst die hintersten Reihen waren fast voll besetzt. Ein Küster versuchte leise, einige zum Aufrücken zu überreden, wurde aber flüsternd und kopfschüttelnd abgewiesen.

Hanne Wilhelmsen blieb neben der Tür stehen, unter einer Art Empore, auf der sie die Orgel vermutete. Das längliche graue Gesicht des Küsters schien wie geschaffen für sein Amt. Er versuchte auch bei ihr sein Glück. Wortlos winkte sie ab.

Die Querwand hatte kein Altarbild, sondern eine riesige Montage, die so modern war, daß Hanne erst nach einer Weile deuten konnte, daß Jesu Auferstehung symbolisiert werden sollte. Ein kahles, schlichtes Kreuz stand vor dem riesigen Bild, ein mittelgroßer Tisch war mit einer weißen Decke und einer riesigen Kerze in einem Silberleuchter geschmückt. Hanne Wilhelmsen war seit Ewigkeiten nicht mehr in der Nähe eines Gotteshauses gewesen, und sie war sich über ihre Empfindungen nicht so recht im klaren. Das andächtige Schweigen, die mächtige Christusfigur, die sich ihrem himmlischen Vater entgegenstreckte, der Sarg mit den Blumen, die Kleine, die versuchte, sich aus der ganzen Situation loszureißen, und die eigentlich ein glückliches Kind war, die schwarz und grau gekleideten Menschen; das alles zeigte eine Art Ehrfurcht vor dem Tod.

Nun betrat die Pastorin weit vorn durch eine Seitentür die Kapelle. Hanne ging jedenfalls davon aus, daß es sich um eine Pastorin handelte, auch wenn sie einen weißen Talar und einen langen, breiten und farbenfrohen Schal trug, der ihr bis über die Knie reichte. Sie wußte wirklich nicht, wann sie zuletzt einen Geistlichen in voller Montur gesehen hatte. Es war sicher lange her, sie erinnerte sich jedenfalls vage an einen schwarz gekleideten alten Mann mit Halskrause.

Die meisten Angestellten des Kinderheims waren gekommen. Hanne erkannte einige, und sie sah, daß auch die älteren Kinder anwesend waren: Raymond, Glenn und Anita. Anita trug ein Kleid, immer wieder zupfte sie am Rocksaum und fühlte sich offenbar überhaupt nicht wohl in ihrer Haut. Glenn und Raymond tuschelten miteinander. Maren Kalsvik ermahnte sie, und sie setzten sich gerade hin.

Es gab keine normale Kanzel. Die Pastorin mit ihrem blonden, respektlosen Pferdeschwanz kehrte den Anwesenden den Rücken und richtete ihre Gebete an den im wahrsten Sinne des Wortes festgenagelten Christus. Hanne Wilhelmsen merkte, daß ihre Beine müde wurden, und deshalb schlich sie sich zur hintersten Bank und setzte sich gleich an den Mittelgang. Neben ihr saß eine ältere Dame in Heilsarmeeuniform, die ehrlich verzweifelt wirkte. Sie schluchzte und sang und brauchte gar kein Gesangbuch.

Auf der anderen Seite des Mittelganges saß der Liebhaber. Oder wie man ihn nun nennen sollte. Hanne staunte darüber, daß er gekommen war, und sie fragte sich einen Moment lang, ob sie ihn vielleicht verwechselte. Sie hatte ihn bei dem Verhör, das Billy T. geführt hatte, nur kurz gesehen. Aber er war es. Sie war sich fast sicher. Er hielt sichtlich Distanz zu den Umsitzenden. Hanne hatte ihn gerade erst entdeckt. Vielleicht hatte er sich eben erst hereingeschlichen. Es war schwer, einen genaueren Eindruck von ihm zu bekommen, ohne sich zu weit vor oder zur Seite zu beugen, und das hätte doch sehr unpassend gewirkt, zumal die Pastorin nun mit einer Predigt begonnen hatte, in der Agnes Vestavik als ein Zwischending zwischen Mutter Theresa und Florence Nightingale dargestellt wurde. Die Heilsarmistin nickte und schluchzte bei jedem Wort und stimmte der Pastorin offenbar darin zu, daß es Gottes Wille sei, das kleine rothaarige Mädchen, das gerade durch den Mittelgang lief, mutterlos aufwachsen zu lassen.

Endlich war die Pastorin fertig. Der eine Junge, sicher der ältere, erhob sich und trat mit gesenktem Blick neben den Sarg seiner Mutter. In der Hand hielt er eine Rose, die aus Wassermangel oder vielleicht auch aus Respekt vor der Toten bereits den Kopf hängen ließ. Er drehte sich am Mikrophonständer demonstrativ zur Trauergemeinde um und schaffte es auf wundersame Weise, sich durch seine Rede hindurchzustottern. Diese Rede war seltsam, ungereimt und voller Phrasen, die nicht in den Mund eines Neunzehnjährigen paßten. Aber es war der letzte Gruß eines Sohnes an seine Mutter, und deshalb war Hanne davon gerührt. Schließlich legte der Junge seine Rose auf den Sargdeckel, dann drehte er sich nach kurzem Schweigen wieder um und kehrte an seinen Platz zurück. Sein Vater umarmte ihn, ehe er sich wieder setzte.

Dann trat die ganze Familie neben die Tür. Der Vater

hatte Amanda auf dem Arm, und das Wissen, daß sie bald nach Hause gehen würden, schien die Kleine zu beruhigen. Einer nach dem anderen gingen die Trauergäste an ihnen vorbei. Warum sie wohl so verlegen waren? Lag es am Tod an sich, daß sie den Hinterbliebenen nicht in die Augen schauen mochten, oder lag es daran, daß es sich für eine Mutter mit kleinen Kindern einfach nicht gehört, ermordet zu werden? Hanne fühlte sich elend, und sie versuchte, zu der guten Stimmung zurückzufinden, in der sie gewesen war, bevor die Pastorin mit ihrem Unsinn angefangen hatte, bevor alle zu Nahkontakt mit dem gezwungen worden waren, dem sie auf den hinteren Bänken der Kapelle so elegant ausgewichen waren.

Fast alle hatten die Kapelle inzwischen verlassen, nur Maren Kalsvik und die anderen aus dem Kinderheim standen noch am Ausgang. Hanne ging zu ihnen hinüber und legte Maren Kalsvik eine Hand auf die Schulter. Sie fuhr dermaßen zusammen, daß Hannes Hand regelrecht weggeschleudert wurde. Maren fuhr herum, mit der Hand auf dem Herzen und aufgerissenem Mund.

»Herrgott, haben Sie mich erschreckt«, sagte sie ein wenig zu laut und wand sich dann vor Verlegenheit, weil sie im Haus des Herrn Sein Zweites Gebot verletzt hatte.

»Tut mir leid«, murmelte Hanne. »Können Sie draußen auf mich warten? Ich würde gern kurz mit Ihnen sprechen.«

Maren Kalsvik wirkte nicht sehr begeistert, aber sie nickte kurz, legte den Arm um Anita und ging zur trauernden Familie hinaus. Sie drückte den Witwer lange und herzlich an sich und küßte Amanda auf die Wange. Die beiden Jungen wichen zurück, und das respektierte sie und reichte ihnen nur die Hand.

Als Hanne auf die Treppe trat, sah sie, daß der Liebhaber gerade in einen silbergrauen Mercedes mit grünen Nummernschildern stieg. Er sah sich nicht weiter um, sondern ließ den leisen Motor an und huckelte über den holprigen Weg zum einige hundert Meter entfernten Tor.

Der arme Mann, dachte Hanne und blickte zum Himmel hinauf.

Es war klares kaltes Wetter. Die Sonne schien blaß und halbherzig auf den Boden und hatte nur wenig Wärme zu bieten. Von den umherstehenden Menschengruppen waren leise Gespräche zu hören. Hanne Wilhelmsen ging zum Witwer hinüber.

»Ach, Sie sind hier«, sagte der mit dünner, tonloser Stimme.

»Ja, wie Sie sehen.«

Sie lächelte vorsichtig. Die Jungen waren bereits zum Parkplatz gegangen, und Amanda durfte hinterherrennen. Er ließ seine Tochter nicht aus den Augen, bis sie ihre Brüder erreicht hatte. Dann wandte er sich der Hauptkommissarin zu.

»Gehen Sie immer zu den Beisetzungen von Mordopfern?«

Seine Stimme klang ein wenig anklagend und ziemlich kalt.

»Nein, aber das war ja auch kein normaler Mord.«

»Nicht? Und was ist daran anders?«

Sein Gesicht zeigte, daß er von ihrer Antwort nicht viel erwartete. Er zupfte diskret an seinem Ärmel, und sie konnte sehen, daß seine Uhr nicht billig gewesen war.

»Wir brauchen hier nicht darüber zu reden«, sagte Hanne und wollte zu Maren Kalsvik hinübergehen, die fünfzehn Meter von ihnen entfernt stand und sie ungeduldig ansah.

»Halt!«

Er streckte die Hand aus und erwischte gerade noch Hannes Arm. Als sie stehenblieb, ließ er sie sofort los.

»Ich wollte Sie anrufen, aber, Sie wissen schon … es gab so viel zu erledigen. Praktisches. Die Jungen. Amanda.«

Er richtete sich auf und holte tief Luft. Die Sonne schien ihm ins Gesicht. Der ganze Mann hatte etwas unendlich Trauriges mit seinem perfekten Anzug und den frischgeschnittenen Haaren, die mit Haarspray gebändigt worden waren, so als sei ein korrektes Äußeres das einzige, was ihm Halt geben könnte.

»Dieses Messer«, sagte er endlich. »Mit dem Agnes ermordet worden ist. War das ein normales Küchenmesser? So ein … Tranchiermesser, heißt das nicht so?«

»Ja«, antwortete Hanne leicht verwundert. »Oder wohl eher ein großes Fleischermesser. Warum?«

»Vielleicht war es eins von unseren.«

»Was?«

»Es kann unser Messer gewesen sein. An dem Abend, an dem Agnes … an dem sie gestorben ist, hatte sie vier Messer mit ins Kinderheim genommen.«

»Wie bitte?«

Hanne vergaß, daß sie auf einer Beerdigung war, und wurde laut.

»Bitte regen Sie sich nicht auf!«

Er hob die Hände und bewegte sie mehrere Male auf und ab, um Hanne zu beruhigen.

»Im Kinderheim gibt es eine sehr gute elektrische Schleifmaschine. Deshalb hat sie ihre eigenen … unsere Messer mitgenommen, ab und zu, um sie zu schleifen eben. An diesem Morgen hat sie vier oder vielleicht fünf eingepackt. Das weiß ich noch, weil sie sie vorher gespült und sich an einem geschnitten hat. Ich mußte ihr ein Pflaster holen.«

»Aber warum erzählen Sie mir das erst jetzt?«

»Ich hab nicht weiter darüber nachgedacht! Ich war so sicher, daß sie sie nachmittags wieder mit nach Hause gebracht hatte, sie ließ sie ja nicht im Heim herumliegen. Und…«

Er verstummte und bemerkte, daß die anderen Trauergäste ebenfalls schwiegen. Aller Aufmerksamkeit richtete sich auf ihn und Hanne. Er zog sie näher an die Kapelle heran.

»Um ganz ehrlich zu sein, seit Agnes' Tod hat meine Schwiegermutter den Haushalt übernommen. Sie ist sofort gekommen. Erst gestern abend, als sie sich beklagt hat, weil wir kaum Küchenmesser hätten, ist mir das alles wieder eingefallen. Ich glaube, es waren vier Messer. Oder vielleicht fünf, wie gesagt.«

»Von IKEA?«

»Ach, da habe ich wirklich keine Ahnung. Ich weiß nicht, wo meine Frau Messer kauft … gekauft hat.«

»Aber ich nehme an, Sie würden das Messer wiedererkennen?«

Er war zu erschöpft, um ihren spöttischen Tonfall zu registrieren.

»Das nehme ich an.«

»Dann gehe ich davon aus, daß Sie morgen um neun Uhr zu uns kommen. Um Punkt neun. Sie haben mein tiefstes Mitgefühl.«

Sie drehte sich auf dem Absatz um. Es gab nur einen Grund, warum sie den Mann nicht sofort mitgenommen hatte. Nicht daß er gerade seine Frau bestattet hatte, sondern daß drei Kinder ihre Mutter begraben hatten.

Maren Kalsviks Lippen waren blau, sie klapperte mit den Zähnen. Sie hatte die Kinder zum Auto geschickt, einem großen blauen Kastenwagen.

»Was wollen Sie?« fragte sie mit klappernden Zähnen.

»Das hat Zeit bis morgen«, sagte Hanne. »Aber wir müssen morgen mit Ihnen sprechen. Um zwölf, geht das?«

»So wenig wie zu jedem anderen Zeitpunkt auch«, sagte Maren und zuckte mit den Schultern. »In Ihrem Büro?«

Hanne Wilhelmsen nickte und zog sich die Kapuze ihres Dufflecoats über den Kopf. Dann lief sie zu ihrem Dienstwagen und fluchte wie ein Bierkutscher.

Billy T. war nirgends zu finden. Irgendwer glaubte, ihn vor einer halben Stunde gesehen zu haben, war sich jedoch nicht sicher. Andere konnten erzählen, daß er sie gesucht hatte. Die Vorzimmerdame breitete resigniert die Hände aus, verdrehte die Augen und beklagte, daß niemand die Weisheit der Anordnung, daß jeder sich abzumelden habe, einsehen mochte.

»Und wir werden dafür angepöbelt«, sagte sie bedauernd und von Hauptkommissarin Wilhelmsen ein wenig Mitleid erwartend.

Aber die Hauptkommissarin war in ihre eigenen Gedanken versunken. Zuerst schaute sie in Billy T.s Büro vorbei, um die Telefonnummer zu suchen, die an Agnes Vestaviks Telefonregister geklebt hatte. Die Suche in diesem Chaos war aussichtslos. Nach vier oder fünf Minuten gab sie auf und tröstete sich damit, daß er ja schließlich deutlich gesagt hatte, es handle sich um die Nummer der Sozialschule der Diakonie.

Sie ging in ihr eigenes Büro und schnappte sich das Telefonbuch, ehe sie sich setzte. »Diakonisches Heim, norwegisches«, war alles, was sie fand. Aber dort standen zum Ausgleich jede Menge Nummern. Es gab eine Schwesternhelferinnenschule, ein Krankenhaus, ein sogenanntes Internationales Zentrum und eine Stiftung mit eigener Telefonnummer. Und dann war noch das »Diakonische Hochschulzentrum« aufgeführt. Sie wählte die Nummer, ohne zu wissen, wonach sie fragen sollte.

Erst nach einer Ewigkeit meldete sich jemand. Eine

tonlose, fast mechanische Stimme sagte: »Hochschulzentrum, ja bitte.« Hanne fragte sich einen Moment, ob sie vielleicht an einen Anrufbeantworter geraten sei. Sie verlangte das Vorzimmer des Rektors, weil ihr nichts Besseres einfiel. Dort meldete sich eine Sekretärin mit Sonne und Lachen in der Stimme, also etwas ganz anderes als in der Telefonzentrale.

Hanne stellte sich vor und versuchte, ihr Anliegen anzubringen, ohne zuviel zu verraten. Die Sekretärin war schnell von Begriff, wie ihre Stimme es verheißen hatte, und konnte sofort bestätigten, ja, daß Agnes Vestavik, die arme, arme Frau, in der letzten Woche mehrmals angerufen hatte. Vielleicht auch in der vorletzten. Auf jeden Fall wußte sie, daß Agnes angerufen hatte, sie alle waren zutiefst schockiert gewesen, als sie von dem Mord erfahren hatten. Wie es denn der Familie gehe?

Hanne konnte sie in dieser Hinsicht beruhigen und fragte, was Agnes gewollt habe. Da konnte ihr die Sekretärin leider nicht helfen, aber einmal hatte es sich wohl um die Prüfungsstelle gehandelt. Und weil sie keine eigene hatten, hatte sie sich den Rektor geben lassen. Das sei beim ersten Anruf gewesen, meinte die Sekretärin. Aber worüber sie gesprochen hatten, nein, da konnte sie leider nicht weiterhelfen. Vielleicht hatte auch der Rektor Agnes weitergereicht. Das wußte sie wirklich nicht.

Hanne hätte gern den Rektor gesprochen, aber der weilte in Dänemark auf einem Seminar. Er würde am Freitag zurück sein.

Hanne Wilhelmsen versuchte, ihren Ärger darüber nicht zu zeigen, die Sekretärin war schließlich sehr hilfsbereit gewesen. Sie lehnte das Angebot, den Aufenthaltsort des Rektors in Dänemark ausfindig zu machen, ab und beendete das Gespräch. Ehe sie auflegte, bat sie die Sekretärin jedoch, so schnell wie möglich herauszufinden, ob Agnes

Vestavik jemals an der Sozialschule der Diakonie gearbeitet habe. Die Sekretärin versprach das, lachte, zwitscherte einen Abschiedsgruß und notierte sich Hanne Wilhelmsens Namen und Telefonnummer.

Hanne hing noch immer die Stimme der fröhlichen Sekretärin im Ohr, als sie den Hörer auflegte. Die Stimmung besserte sich, wenn man mit solchen Menschen sprach. Wenn auch nur für einige Sekunden.

Sie mußte Billy T. finden.

Olav war wieder von Unruhe erfüllt. Er verhielt sich zwar ruhig, wenn er aß und schlief, und das tat er oft, aber zwischen den Mahlzeiten hatte er immer größere Probleme. Sie hatte ihm einige Comics gekauft, aber auch die konnten ihn nicht länger als wenige Minuten fesseln. Die erste lähmende Angst hatte sich offenbar verloren, und er hörte nicht mehr auf sie.

»Wenn du rausgehst, finden sie dich. Du bist doch als vermißt gemeldet worden. Im Fernsehen, im Radio und in den Zeitungen.«

Er lächelte sein seltsames Lächeln.

»Genau wie im Film. Gibt es eine Belohnung?«

»Nein, Olav. Es gibt keine Belohnung. Du hast schließlich kein Verbrechen begangen. Du sollst nur ins Kinderheim zurück.«

Sein Gesicht verdüsterte sich.

»Verdammt noch mal«, sagte er voller Überzeugung. »Ich will lieber sterben als in dieses Loch zurückgehen.«

Sie konnte ihr Lächeln nicht unterdrücken. Es war ein müdes, erschöpftes Lächeln. Er sah es und war außer sich.

»Du grinst, du, du blöde Kuh. Aber ich sag dir eins, jawohl: *Ich geh da nicht wieder hin! Kapiert?*«

Verzweifelt gestikulierte sie und zeigte auf die Wand zur Nachbarwohnung, um ihn zum Schweigen zu bringen. Er ließ sich davon überhaupt nicht beeindrucken. Aber dann wußte er nicht mehr, was er noch sagen sollte. Er ging in die Küche und öffnete alle Schubladen. Er zog sie ganz heraus, kippte ihren Inhalt auf den Boden und heulte bei jeder Schublade von neuem auf.

Sie wußte, daß das vorübergehen würde. Sie konnte nur ganz still dasitzen, die Augen schließen und abwarten. Tränen strömten ihr über die Wangen. Das war zu erwarten gewesen. *Es geht vorbei. Bald wird es vorbei sein. Stillsitzen. Nichts sagen. Nichts tun. Und ihn auf keinen Fall anfassen. Bald, bald wird es vorbei sein.*

Er brauchte seine Zeit, um alle Schubladen zu leeren. Sie konnte ihn nicht sehen, hörte aber, daß er die Küchengeräte mit Fußtritten traktierte. Es machte einen Höllenlärm, das mußten die Nachbarn mitkriegen. Sie zerbrach sich gerade den Kopf über eine mögliche Erklärung, als die Türglocke ging.

Sofort hielt der Junge inne. Plötzlich stand er in der Türöffnung, und nun sah er wieder verängstigt aus. Er starrte sie an, nicht um Hilfe bittend, sondern mit dem Befehl, erst dann zu öffnen, wenn er sich versteckt hatte. Wortlos verschwand er in ihrem Schlafzimmer. Sie schlich hinterher, schloß die Tür hinter ihm und wischte sich auf dem Weg zur Wohnungstür die Augen.

Vor ihr stand die Frau aus der Wohnung unter ihrer, eine ältere Dame, die so ziemlich alles wußte, was im Block vor sich ging. Und das war kein Wunder, denn sie saß fast immer am Küchenfenster und behielt alle im Auge, die kamen und gingen; sie beschwerte sich überall über Krach, über Musik, darüber, daß die Leute die Wäscheordnung nicht einhielten oder nicht termingerecht die Treppe putzten.

»Das war ja vielleicht ein Krach«, sagte sie mißtrauisch. »Ist Ihr Sohn wieder zu Hause?«

Sie reckte ihren dünnen Hals, um in die Wohnung zu spähen. Birgitte Håkonsen machte sich so groß und breit, wie sie nur konnte.

»Nein, ist er nicht. Mir ist etwas auf den Boden gefallen. Tut mir leid.«

»Eine halbe Stunde lang ist Ihnen etwas auf den Boden gefallen?« fragte die Alte spöttisch. »Ja, das glaube ich Ihnen gern. Haben Sie Besuch?«

Sie reckte den Hals noch mehr, und weil sie größer war als Olavs Mutter, konnte sie das weiße Rechteck hinten im dunklen Flur sehen. Aber daraus konnte sie nichts ableiten.

»Nein, ich habe keinen Besuch. Ich bin allein. Und das mit dem Lärm tut mir leid. Es soll nicht wieder vorkommen.«

Sie wollte der Nachbarin schon die Tür vor der Nase zuschlagen, da hörte sie, wie diese drohend etwas von Polizei murmelte. Einen Moment lang zögerte sie, und so blieb die Tür einen Spaltbreit offen. Dann entschied sie sich und knallte sie zu. Sie legte sogar die Sicherheitskette vor.

Olav saß im Lotussitz auf ihrem Bett. Für seine Fülle war er bemerkenswert gelenkig. Mehr denn je ähnelte er einem Buddha. Sie blieb stehen und sah ihn an. Beide schwiegen. Dann stöhnte er, es war fast ein leises Heulen; er streckte die Arme aus, schaute zur Decke und fragte in die Luft hinein: »Was soll ich machen?«

Sie gab keine Antwort, denn er hatte nicht sie gefragt. Sie drehte sich um und stapfte in die Küche, um aufzuräumen. So leise wie überhaupt nur möglich.

Niemand wollte auf mich hören, wenn ich diese MCD zur Sprache brachte. Ich versuchte es zuerst im Kindergarten, aber die lächelten nur und sagten, das würde sich schon alles auswachsen. Wieder spielte ich mit dem Gedanken ans Jugendamt, aber ein drittes Mal würde ich denen sicher nicht entkommen.

Dann kam er in die Schule. Das konnte ja nicht gutgehen. Schon am allerersten Tag, vor allen Eltern, stand er mitten in der ersten Stunde auf und verließ das Klassenzimmer. Die Lehrerin machte ein seltsames Gesicht und sah mich an, so als erwartete sie, daß ich etwas unternahm. Ich wußte, daß die Hölle los sein würde, wenn jemand versuchte, ihn aufzuhalten. Also sagte ich, er müsse aufs Klo und erfand eine Harnleiterentzündung. Dann schlich ich mich hinaus, um ihn zu suchen. Er war nirgends zu finden. Später stellte sich dann heraus, daß er sich in eine andere Klasse geschlichen hatte. Er erklärte, er wollte lieber in diese Klasse gehen.

Er war natürlich nicht dumm. Im Gegenteil, gerade Rechnen fiel ihm leicht. Und später Englisch. Er war unglaublich gut in Englisch, allerdings nur mündlich. Sie sagten, er säße eben zuviel vor dem Fernseher. Das war typisch, wenn er etwas gut machte, etwas beherrschte, dann wurde das auch negativ ausgelegt, dann sollte auch das mein Fehler sein.

Noch vor dem Ende des ersten Schuljahres war er der Sündenbock der ganzen Schule. Die anderen Kinder gingen ihm aus dem Weg, die größeren hänselten ihn und stifteten ihn zu den unglaublichsten Streichen an. Am Nationalfeiertag holte er die Flagge am Fahnenmast der Schule herunter, während alle sich die Rede einer süßen Kleinen aus der fünften Klasse anhörten, die von Krieg und Freiheit und Verfassung erzählte, bis sie plötzlich verstummte und auf die riesige Flagge zeigte, die jetzt auf Halbmast hing. Sie war in lange Streifen zerschnitten, die munter im Wind wehten. Neben dem Fahnenmast stand Olav, jubelte, schwenkte seine Schere und schaute immer wieder triumphierend zu einigen Jungen aus der Siebten hinüber, die vor Lachen auf dem Boden lagen. Ich konnte einfach nicht mehr. Ich ging. Er hatte mit den großen Jungen gewettet, erzählte er mir dann. Als ich versuchte, ihm zu erklären, daß ich ihm doch Geld geben könnte, blickte er mich überrascht an und lächelte dieses seltsame Lächeln, das ich nie deuten kann.

Anfangs wurde er zu Geburtstagsfesten eingeladen. Auf jeden Fall im ersten Jahr. Er war immer munter und zufrieden, wenn er nach Hause kam, aber ich habe nie erfahren, wie diese Feste abliefen. Dann war damit Schluß, und ich litt wirklich sehr, wenn ich zusehen mußte, wie die anderen Kinder aus der Nachbarschaft im Sonntagsstaat und mit Geschenken unter dem Arm zu neuen Festen loszogen. Die ersten Male saß er am Fenster, aber wenn ich dann vorschlug, daß wir zusammen etwas Nettes unternehmen könnten, schob er mich weg und setzte sich vor den Fernseher.

Das war im Grunde das einzige, das nicht zu den üblichen MCD-Symptomen paßte. Er konnte stundenlang vor dem Bildschirm sitzen. Und er sah sich alles an. Es war unglaublich, was er alles mitbekam. Als kleiner Junge hatte er keinerlei Interesse für die Kinderprogramme aufgebracht, wenn ich ihn vor den Fernseher gesetzt hatte. Als er in die zweite Klasse kam, sah er sich bereits alles an. Er schien Trickfilme für die ganz Kleinen, Nachrichten und Actionfilme gleichermaßen zu genießen. Ich wußte ja, daß diese Filme nicht gut für ihn waren, aber er schien sich nie zu fürchten. Mit einer Ausnahme. Ich wollte ins Bett, aber er sah einen Film und wollte auf keinen Fall schon schlafen. Ich versuchte, ihn mit einer Belohnung zu ködern, am nächsten Tag mußte er ja schließlich in die Schule, aber er ließ nicht mit sich reden. Der Film hieß »Alien«, und soviel ich sehen konnte, spielte eine Frau die Hauptrolle. Also dachte ich, so schlimm könne er ja wohl nicht sein. Ich ging ins Bett.

Mitten in der Nacht weckte er mich. Er weinte nicht, aber er hatte ganz klar Angst. Er wollte zu mir ins Bett, und das hatte er zuletzt als kleines Kind gemacht. Ich ließ ihn unter meine

Decke und nahm ihn in den Arm. Er schob meine Arme weg, wollte sich aber an mich schmiegen. Er schlief fast die ganze Nacht durch.

Am nächsten Tag hatte er alles vergessen. Ich fragte, was denn so unheimlich gewesen sei, aber er lächelte nur.

In der Schule wurde er fünfzehn Stunden die Woche betreut. In der ersten und auch noch zu Beginn der zweiten Klasse war er in den meisten Fächern gut mitgekommen, aber er war so unruhig, daß er sehr viel überhörte. Der Betreuer sollte ihn vor allem zum Stillsitzen bringen, aber sie hatten auch ein paar Stunden zur freien Verfügung.

Olav mochte den Betreuer. Auch ich kam gut mit dem jungen Mann aus. Anfangs hatte ich ein bißchen Angst vor ihm, aber er lachte viel, und ich hatte zumindest den Eindruck, daß auch er meinen Jungen mochte. Manchmal kam er mit Olav nach Hause, und dann war Olav fast nicht wiederzuerkennen. Auf mich hörte er zwar auch nicht mehr als sonst, aber dem Betreuer gehorchte er ohne Widerworte.

Der junge Betreuer rief mich eines Abends spät an. Olav war schon im Bett. Er hatte Fieber und war müde. Ich glaube, er war gerade in die fünfte Klasse gekommen. Der Betreuer fragte, ob ich es schwer fände, meinem Sohn Grenzen zu setzen. Er hatte den Eindruck, daß ich mit Olav »nicht richtig umging«, wie er sagte. Wenn ich wollte, könnte er mich besuchen und mit mir darüber sprechen, wenn er keine Stunden mit Olav hatte und ich ohnehin allein zu Hause war. Er hatte Kontakt zum Jugendamt aufgenommen, wie er zugab, und er versuchte, sich ganz locker zu geben, als er von der Möglichkeit sprach, als eine Art Heimbetreuer bei uns einzusteigen.

Jugendamt. Heimbetreuer. Diese Wörter bohrten sich wie Messer in mein Herz. Der Betreuer, der in meiner Wohnung gewesen war, der hier gegessen hatte, mit meinem Jungen herumgetollt hatte und den ich so sympathisch gefunden hatte. Er hatte mit dem Jugendamt gesprochen.

Ich legte wortlos auf.

Zwei Tage später standen die Leute vom Jugendamt vor der Tür.

Vor Billy T. stand im beschlagenen Glas ein großes Bier mit einer prachtvoll gewölbten Schaumkrone. Hanne hatte sich mit einem alkoholfreien Bier begnügt. Es sah abgestanden und schal aus, die dünne weiße Schicht oben konnte absolut nicht als Schaumkrone bezeichnet werden.

»Das nenne ich wirklich Vorenthalten von wichtigen Auskünften«, sagte Hanne leise, um am Nachbartisch nicht gehört zu werden.

Sie saßen auf einer Art Zwischenboden im hinteren Teil der Kneipe. Ein Wirt mit Schickimickiambitionen hätte zweifellos von Mezzanin gesprochen. Aber hier lief dieser Teil des Lokals unter der Bezeichnung Hängeboden.

»Und diese Auskunft ist gelinde gesagt ziemlich entscheidend«, sagte Billy T. zustimmend und nahm einen Schluck aus seinem Glas. »War ein Patzer von mir, ihn beim Verhör nicht danach zu fragen.«

Hanne kommentierte dieses Versäumnis nicht weiter, sondern sagte: »Das bedeutet aller Wahrscheinlichkeit nach, daß der Mörder nicht vorhatte, Agnes umzubringen. Die Sache mit dem Messer hat mir wirklich Kopfzerbrechen bereitet. Blödsinnige Mordwaffe. Unsicher. Atypisch.«

»Na ja, hierzulande geschieht schon der eine oder andere Mord mit dem Messer«, wandte Billy T. ein.

»Ja, aber doch nicht vorsätzlich! Wenn du vorhast, einen Menschen aufzusuchen, um ihn umzubringen, dann nimmst du dazu doch kein Messer mit. Messer gehören in die ... Innenstadt, Samstag nacht, Prügeleien unter Besoffenen, Kneipenfeste, feuchte Ferienausflüge, bei denen

Streit ausbricht. Außerdem gehören dazu: viele Stichwunden. Und häufig auch ein verletzter Täter.«

»Du meinst also, der Betreffende hatte etwas ganz anderes vor, und dann hat die Situation sich zugespitzt, und er hat gewissermaßen aus einem Impuls heraus zum Messer gegriffen? Weil er nichts Besseres zur Hand hatte sozusagen?«

»Genau. Genau das meine ich.«

Das Essen wurde gebracht. Hanne hatte einen Geflügelsalat bestellt, die Arche Noah war das einzige Lokal in der Stadt, wo das Hähnchenfleisch im Geflügelsalat warm serviert wurde. Billy T. machte sich über ein doppeltes Kebab her.

Einige Minuten lang aßen sie schweigend, dann grinste Hanne und legte Messer und Gabel beiseite. Sie schaute ihren Kollegen schräg von unten her an und fragte: »Wie läuft es denn mit deiner Bekannten von den Kanarischen Inseln?«

Er gab keine Antwort, sondern aß mit unvermindertem Enthusiasmus weiter.

»Deine Bräune verblaßt langsam ein bißchen. Trifft das auch für die Liebe zu?«

Er piekste sie mit der Gabel zwischen die Rippen und sagte mit vollem Mund: »Jetzt sei nicht so gemein und vulgär. Ich will nicht darüber reden.«

»Laß den Blödsinn, Billy T. Spuck's aus.«

Er aß auf, sie wartete geduldig, und endlich wischte er sich mit dem Unterarm den Schnurrbart ab, leerte sein Glas, winkte nach einem neuen und legte seine beiden Fäuste auf die Tischplatte.

»Das war doch nichts.«

»Sicher war das was! Noch vor einer Woche hast du doch geradezu auf Wolken geschwebt.«

»Das war damals, und heute ist heute.«

Sie dachte nach und wurde ernst.

»Was ist denn los, Billy T.?«

Er wirkte gereizt und steckte unnötig viel Energie in den Versuch, Kontakt zum Kellner aufzunehmen, der seine früheren Signale übersehen hatte.

»Wieso denn?«

»Was ist mit dir und den Frauen?«

Billy T. hatte vier Kinder. Und jedes Kind hatte seine eigene Mutter. Er hatte es mit keiner so lange ausgehalten, daß eine gemeinsame Wohnung jemals auch nur zur Sprache gekommen wäre. Aber seine Söhne liebte er.

»Mit mir und den Frauen? Dynamit, das kann ich dir sagen!«

Endlich wurde sein Bier gebracht. Billy T. malte Herzchen auf das beschlagene Glas.

»Ich kann Nervkram nicht ertragen«, fügte er hinzu.

»Nervkram?«

»Genau.«

»Was denn für Nervkram?«

»Frauennervkram. Die Kannst-du-nicht-ein-bißchen-Rücksicht-auf-mich-nehmen-Tour. Ich mache, wozu ich Lust habe. Wenn eine Frau mitmachen will, dann ist das spitze. Aber nach einer Weile wollen sie alle nicht mehr. Dann fängt der Nervkram an. Und das kann ich einfach nicht vertragen.«

»Sicher eine frühkindliche Verletzung.« Hanne lächelte.

»Sicher.«

»Aber du – warum…«

Sie verstummte und lächelte verlegen. Er sollte nie erfahren, was sie eigentlich hatte fragen wollen, denn nun kam ihm plötzlich eine Idee. Sein Blick ging ins Leere. Vielleicht um sich nicht weitere Erörterungen seines waidwunden Privatlebens anhören zu müssen, griff er noch einmal die letzten Auskünfte des Witwers auf.

»Was kann wohl aus den anderen Messern geworden sein?«

»Aus welchen…«

Sie verstummte, als ihr der Sinn dieser Frage aufging.

»Da haben angeblich noch drei oder vier andere frischgeschliffene Messer herumgelegen. Da hast du recht. Ob der Mörder die mitgenommen haben kann?«

»Das ist natürlich möglich. Aber warum in aller Welt hätte er das tun sollen?«

Hanne starrte ihre Bierflasche an, aber das half ihr auch nicht weiter. Dann drehte sie sich um, weil der Anfang einer lauten Streitigkeit zu hören war. Zwei ziemlich mitgenommene Männer aus dem Park wollten herein. Der dunkelhaarige Kellner versuchte, ihnen das mit einem Höchstmaß an Takt und Höflichkeit auszureden, und wurde zum Dank mit blöden rassistischen Sprüchen überhäuft. Daran war er gewohnt. Er konnte die Kunden nach draußen bugsieren.

»Ich glaube, ich weiß«, sagte Hanne plötzlich. »Wenn ich recht habe, dann können wir den Bereich, in dem wir suchen, wirklich eingrenzen.«

Sie klang eher nachdenklich als triumphierend. Sie schaute sich um und winkte noch einmal dem Kellner.

»Sagen Sie, meinen Sie, ich könnte mir kurz vier oder fünf Küchenmesser leihen? Nur für ein paar Minuten?«

Der Kellner machte ein überraschtes Gesicht, dann zuckte er mit den Schultern und brachte vier große, abgewetzte Messer.

Hanne stand auf und legte die Messer rechts von Billy T. auf den Tisch.

»Nehmen wir an, sie hätten hier gelegen. Im Prinzip ist das egal. Jetzt setz dich so hin, als müßtest du dich auf etwas auf dem Tisch konzentrieren.«

Billy T. vertiefte sich in die Essensreste. Hanne trat hinter ihn, griff nach dem größten Messer, schwang es in weitem Boden nach hinten und simulierte dann eine Stummfilmbewegung gegen den Rücken ihres Kollegen.

»AU!«

Er fuhr herum und versuchte, die getroffene Stelle mit der linken Hand zu erreichen. Davon tat ihm die Schulter weh. Im Lokal war es sehr viel stiller geworden, und neugierige Gäste an den anderen Tischen starrten die beiden entsetzt an.

»Hast du das gesehen?« fragte Hanne eifrig und legte das Messer wieder weg. »Hast du gemerkt, was passiert ist? Als ich nach dem Messer gegriffen habe?«

»Aber sicher«, sagte Billy T. »Verdammt, sicher habe ich das gemerkt. Hanne, du bist ein Genie!«

»Das weiß ich selbst«, sagte die Hauptkommissarin zufrieden. Aus purer Begeisterung bezahlte sie die ganze Rechnung, obwohl Billy T. mehr getrunken hatte.

»Aber hör mal, Hanne«, sagte Billy T., als sie die Kneipe verlassen hatten, und blieb stehen. »Wenn dein Trick von eben etwas für sich hat, dann können wir doch sowohl den Liebhaber als auch diesen Hasle mit dem Führerschein vergessen.«

»Billy T.«, sagte Hanne Wilhelmsen, »auch wenn wir jetzt eine verdammt gute Theorie haben, dürfen wir uns keiner Möglichkeit verschließen. Wir verfolgen alle Spuren weiter. Das ist doch selbstverständlich.«

»Ja, sicher, Sherlock.« Billy T. grinste.

Und dann mußte er ihr einfach einen Kuß auf den Mund geben.

»Igitt«, sagte Hanne und wischte sich demonstrativ die Lippen ab.

Aber sie lächelte breit.

In einer ziemlich tristen Wohnung in einem noch tristeren Stadtteil saß ein äußerst verängstigter Autohändler und trank Bier. Die Flaschen standen vor ihm auf dem Tisch wie stumme Zinnsoldaten. Er ordnete sie zu einem Muster, das er alle fünf Minuten änderte. Jetzt bildeten sie einen Kreis aus zwölf Flaschen. Daß er sie in andere Formationen bringen konnte, ohne eine umzuwerfen, machte ihm klar, daß ihm die nötige Bettschwere noch um einiges fehlte.

Mitten in diesem Kreis aus Flaschen lag ein Scheckbuch. Agnes Vestaviks Scheckbuch. Darin fehlten nur vier Schecks. Einer war schon eingelöst gewesen, als er das Buch gestohlen hatte; es war unbegreiflich einfach gewesen, es aus ihrer Tasche zu nehmen, als sie einmal auf der Toilette war. Er hatte überhaupt nicht darüber nachgedacht, seine Hände hatten ganz selbständig gehandelt. Das Scheckbuch steckte in ihrer Tasche, das wußte er, weil sie kurz zuvor das Essen bezahlt hatte. Ohne zu zögern, hatte er das Lederetui aus ihrer Tasche genommen und in seiner geräumigen Manteltasche verstaut. Als er bereute und es zurücklegen wollte, kam sie gerade lächelnd von der Toilette und fragte, ob sie gehen sollten.

Mit den drei anderen Schecks hatte er drei gleich hohe Summen abgehoben, in drei verschiedenen Banken, in drei verschiedenen Stadtteilen. Erst in Lillestrøm. Das war einfach gewesen, obwohl ihm der blöde falsche Schnurrbart fast abgefallen wäre, weil er schwitzte wie ein Schwein. Er hatte sich mit einem Führerschein ausgewiesen, den ein Kunde nach einer Probefahrt in einem Auto vergessen hatte. Alter und Gesichtsform stimmten so ungefähr, und die Kassiererin hatte nur kurz aufgeblickt, dann hatte sie die zehn Tausender hingeblättert und den nächsten Kunden herangewinkt. Er hatte fast nicht gewagt, das Geld an sich zu nehmen, aber die Frau hatte ihn irritiert angesehen und ihm die Geldscheine mit einer hastigen Handbewegung hingeschoben. Er hatte versucht, sein Zittern zu unterdrücken, hatte sich für die Hilfe bedankt und die Bank so langsam wie möglich verlassen. Seinen Wagen hatte er zwei Blocks weiter in Richtung Bahnhof abgestellt, auf einem großen Parkplatz, wo er in der Menge nicht weiter auffiel.

Doch, schon, er war Autohändler. Verkaufte sogar den einen oder anderen Gebrauchtwagen. Er hatte hier eine Runde getrickst und dort eine Runde geschwindelt, und manchmal war er sich fast schon wie ein Verbrecher vorgekommen. Aber er hatte noch nie eine direkt kriminelle Handlung begangen. Dabei war das verdammt einfach. Und ganz entsetzlich. Mit zehn knisternden Tausendern in der Brieftasche war er nach Sandvika gefahren, um den nächsten Scheck einzulösen. Das mußte er machen, ehe sie merkte, daß sie ihr Scheckbuch verloren hatte, und das Konto sperren ließ.

In der zweiten Bank ging wieder alles ziemlich gut. Er trocknete sich die Oberlippe sorgfältig ab und befestigte den Schnurrbart etwas besser. Diesmal parkte er in dem großen Einkaufszentrum, dann ging er zu Fuß die fünf Minuten zu einer Bank mitten im Ortskern. Die Kassiererin sah ihn ein wenig streng an, aber das lag vielleicht daran, daß er sich noch nicht ausgewiesen hatte. In seiner Verwirrung hätte er ihr fast seinen eigenen Führerschein vorgelegt, merkte das aber gerade noch rechtzeitig und konnte ihn wieder in die Tasche stecken. In seiner Verzweiflung, weil er nicht wußte, ob sie womöglich gemerkt hatte, daß er zwei Führerscheine besaß, trödelte er mit dem anderen dermaßen herum, daß es auch schon wieder verdächtig wirken mußte. Aber er bekam das Geld. Und beschloß, es dabei bewenden zu lassen.

Zwanzigtausend Kronen. Wieviel Geld hatte Agnes

eigentlich? Ob die Banken überprüft hatten, daß die Schecks gedeckt waren, ehe sie ihm die Geldscheine ausgehändigt hatten? Er versuchte, sich zu erinnern, aber er wußte es einfach nicht. Als nächstes steuerte er das Zentrum von Asker an. In der einen Minute wollte er bei seinem Entschluß bleiben und keine weiteren Schecks mehr einlösen, in der nächsten wollte er mehr. Nur einen noch. Sein Wagen hielt den Kurs und ließ sich vom inneren Chaos seines Fahrers nicht beeinflussen.

Als er die Bank betrat, fiel ihm ein, daß alle Bankfilialen per Video überwacht werden. Das hatte er vorher schon gewußt, und deshalb war es ja so praktisch, daß der Mann auf dem Führerscheinfoto einen Schnurrbart hatte. Außer dem Schnurrbart trug er noch eine Schirmmütze, die er in einem alten Karton auf dem Dachboden gefunden hatte.

Aber in der dritten Bank fürchtete er sich plötzlich, vor allem vielleicht, weil er der einzige Kunde war.

»Was kann ich für Sie tun?« fragte ein lächelnder junger Mann und winkte ihn zu sich.

Jetzt war es zu spät zur Umkehr. Er legte den dritten Scheck vor.

»Der Computer ist leider zusammengebrochen, ich muß anrufen«, sagte der junge Mann und lächelte noch herzlicher, dann musterte er den Scheck.

»Ich kann doch später noch mal wiederkommen«, stotterte er und streckte die Hand nach dem Scheck aus.

»Ach was«, protestierte der Kassierer dienstbeflissen. »Das dauert doch nur eine Minute.«

Und so war es. Eine Minute später hatte er mit weiteren zehn Tausendern und außerdem einem stechenden Schmerz in der Brust die Bank verlassen können.

Und nun trank er. Die dreizehnte Bierflasche war leer, und er ließ die Flaschen in einem neuen Muster aufmarschieren, einem Winkel oder einem Gänseflug in warme

Länder. Oder einer riesengroßen Pfeilspitze. Die allererste Flasche zeigte direkt auf ihn.

»Peng«, sagte er leise. »Du bist tot.«

Er öffnete die vierzehnte. Warum konnte er nicht endlich eine Flasche umwerfen?

Agnes hatte es entdeckt. Genauer gesagt, sie hatte gefragt, ob er zufällig ihr Scheckbuch gesehen hätte. Sie hatte einfach so gefragt, ohne irgendeinen Unterton. Was nur zeigte, daß sie ihn verdächtigte. Natürlich hatte er alles abgestritten. Natürlich hatte sie alles durchschaut. Sie sagte, sie habe die Bank gebeten, Nachforschungen über eventuell ausgestellte Schecks anzustellen. Am nächsten Tag würde sie die Auskunft erhalten.

O verdammt. Er war so sicher gewesen, daß niemand davon wußte. Er hatte ihr nie geschrieben, ganz einfach weil er nie etwas anderes schrieb als seinen Namen unter einen Kaufvertrag.

Wie lange es wohl noch dauerte, bis die Polizei die Schecks aufgespürt hatte?

Er sprang auf und warf dabei zwei Flaschen um. Eine fiel auf den Boden, zerbrach aber nicht.

Jetzt konnte er versuchen, ein wenig zu schlafen. Er schwankte ins Schlafzimmer und fiel angezogen aufs Bett. Erst nach langer Zeit nickte er schließlich ein.

Das Scheckbuch lag noch immer zwischen zwölf stehenden und einer umgekippten Flasche auf dem Tisch.

9

Es war der erste wirklich schöne Tag seit langer Zeit. Die Temperatur war zwar immer noch nicht weit über den Nullpunkt geklettert, aber nun hing das vorsichtige Versprechen in der Luft, daß der Frühling nicht mehr so schrecklich weit weg war. Die großen Rasenflächen vor dem Tøyenbad waren schneefrei, und hier und da versuchte ein Grasbüschel, sich aufzurichten. Der Huflattich dagegen war noch immer gescheit genug, den Kopf einzuziehen. Der Himmel war strahlend blau, und obwohl die Sonne gerade eben mal über den Horizont lugte, bereute Hanne Wilhelmsen, keine Sonnenbrille aufgesetzt zu haben.

Auf der kleinen Anhöhe zwischen einer großen kräftigen Statue aus hellem Stein und der Finnmarksgate, im Schutz von einigen Büschen und so hoch über der Fahrbahn, daß die Autofahrer nicht so recht darauf achteten, was dort oben vor sich ging, standen einige Kollegen vom Verkehr und richteten eine Radarfalle ein. Wie gemein, dachte Hanne und lächelte. Die Straße hatte in jede Richtung zwei Fahrspuren, getrennt durch einen starken Zaun, es war fast eine kleine Autobahn. Jeder einigermaßen routinierte Fahrer ging automatisch davon aus, daß die Höchstgeschwindigkeit bei mindestens sechzig lag. Deshalb fuhren alle siebzig. Nur war ihnen nicht aufgefallen, daß es keine Schilder und Tempobegrenzungen gab, deshalb galten die üblichen fünfzig, wie in jedem dicht bebauten Gebiet. Die Finnmarksgate bildete eine der sichersten Einkommensquellen des Staates.

Sie nahm sich die Zeit zuzusehen, wie die ersten beiden Sünder aus dem Verkehr gezogen wurden. Dann schüttelte sie den Kopf und ging weiter. Um zwanzig nach sieben überquerte sie den Åkebergsvei, eine halbe Minute später stand sie im Polizeigebäude im Fahrstuhl. Dort traf sie ihren Abteilungsleiter. Er war groß, kompakt und muskulös, vor allem jedoch extrem maskulin. Seine Kleider saßen so unmodern eng, daß er ein wenig wie ein Bauerntrottel wirkte, aber die Intensität des breiten Gesichts unter der Halbglatze hatte doch etwas Anziehendes, das von seinem ungewöhnlich beherrschten und angenehmen Wesen noch verstärkt wurde. Normalerweise. Jetzt würdigte er sie keines Blickes.

»Morgenstund hat Gold im Mund«, murmelte er seinem Spiegelbild zu.

»Ja. Viel zu tun«, erwiderte Hauptkommissarin Hanne Wilhelmsen und strich sich im selben Spiegel die Haare glatt.

»Komm zu mir ins Büro«, befahl der Chef und schaute auf die Uhr.

Der Fahrstuhl machte pling, die Türen öffneten sich, und beide betraten die Galerie, die das riesige Foyer umkränzte.

»Jetzt gleich?«

»Ja. Und bring mir einen Kaffee mit.«

Sie hatte das unangenehme Gefühl, daß ihr etwas Unbehagliches bevorstand, als sie in ihr Büro lief, um die Tasse mit ihrem Sternbild zu holen. Es hatte noch niemand die Kaffeemaschine im Vorzimmer angeworfen, und sie ließ sich Zeit, als sie Wasser einfüllte und die acht gestrichenen Löffel abmaß. Die Vorzimmerdame erschien, als die Maschine bereits gurgelte.

»Taaaaausend Dank, Hanne«, keuchte sie so dankbar, daß Hanne einen Hauch von Ironie witterte. In diesem

Vorzimmer wurden so viele Tassen Kaffee gekocht, daß Hanne sich ab und zu fragte, ob sie deshalb mit der Arbeit immer im Rückstand waren.

Sie schenkte ihre Tasse und einen Pappbecher für den Chef mit Kaffee voll, dann klopfte sie an die Tür, die ebenfalls vom Vorzimmer abging. Sie hörte nichts und klopfte noch einmal. Als wieder keine Reaktion erfolgte – sie wußte ja, daß er dort drinnen war –, gestattete sie es sich, die Tür vorsichtig zu öffnen. Mit einer Tasse in jeder Hand war das nicht leicht, und es führte dazu, daß ihr der Pappbecher auf den Boden fiel. Der Kaffee spritzte an ihre Beine und verbrühte sie noch durch den dicken Jeansstoff hindurch.

Der Abteilungsleiter lachte laut.

»Da siehst du. Unhöflichkeit lohnt sich nicht«, sagte er und legte den Hörer auf die Gabel. »Astrid. ASTRID!«

Die Vorzimmerdame schaute herein.

»Mach das bitte weg.«

»Aber ich kann doch –«, begann Hanne, wurde jedoch unterbrochen.

»Setz dich.«

Sie warf der Sekretärin einen bedauernden Blick zu, während Astrid mit verkniffenem Mund und mit ruckartigen, wütenden Bewegungen eine halbe Rolle Küchenpapier aufbrauchte, ehe sie Hanne und den Chef allein lassen konnte. Beide hatten die ganze Zeit geschwiegen. Hanne fühlte sich durchaus nicht wohl in ihrer Haut.

»Wie gefällt dir das Dasein als Hauptkommissarin, Hanne?« fragte er und blickte ihr in die Augen.

Sie zuckte leicht mit den Schultern und wußte nicht, worauf er hinauswollte.

»Ganz gut. Ab und zu sehr gut, ab und zu weniger. Ist das denn nicht immer so?«

Sie versuchte ein Lächeln, er jedoch verzog keine Miene.

Er nahm einen Schluck aus der Kaffeetasse, die Astrid vor ihn hingestellt hatte, so hart, daß der Kaffee übergeschwappt war. Ein hellbrauner Kreis zeichnete sich auf der Schreibunterlage ab. Ein dicker Zeigefinger malte daraus ein Mickymausgesicht.

»Du warst eine hervorragende Ermittlerin, Hanne. Das wissen wir, du und ich und die meisten anderen hier im Haus.«

Zwischen ihnen hing ein riesengroßes zitterndes ABER in der Luft.

»Aber«, sagte er endlich. »Du darfst nicht vergessen, daß eine Hauptkommissarin andere Aufgaben hat. Du sollst leiten. Du sollst koordinieren. Und du mußt dich auf deine Leute verlassen. Darum geht es doch gerade. Jetzt ist Billy T. Chefermittler in dieser Kinderheimgeschichte, also ermittelt er. Es ist gut und lobenswert, daß du interessiert bist und dich auf dem laufenden halten läßt, aber du solltest deine Leute nicht vor den Kopf stoßen.«

»Er fühlt sich doch überhaupt nicht vor den Kopf gestoßen«, protestierte Hanne und wußte, daß sie recht hatte.

»Natürlich nicht«, sagte der Chef ziemlich müde und resigniert für diese frühe Uhrzeit. »Ihr seid befreundet. Er arbeitet gern mit dir zusammen. Himmel, der Mann hätte sich ohne dich doch nie im Leben versetzen lassen. Aber du hast noch andere Ermittler unter dir. Tüchtige Leute, auch wenn sie jung und unerfahren sind.«

»Hat sich jemand beschwert?«

Hanne wußte, daß sie sich möglicherweise wie eine beleidigte Leberwurst anhörte, hoffte aber, daß das nicht der Fall war.

»Nein, das nicht. Aber ich spüre doch, daß irgend etwas nicht stimmt. Und ich sehe, daß du dich zu sehr einmischst. Oft ist es unmöglich, dich zu erreichen. Du bist viel zu oft außer Haus.« Er gähnte ausgiebig und kratzte sich mit einem Kugelschreiber am Ohr. »Ich habe mich dafür eingesetzt, daß du diese Stelle bekommst. Nicht viele in deinem Alter sind schon so weit. Und der einzige Grund, warum das nicht größeren Unwillen hervorgerufen hat, ist der, daß alle wissen, wie tüchtig du bist. Sorg bitte dafür, daß dieser Unwille nicht unnötig aufflammt, ja? Ich glaube noch immer, nein, ich weiß, daß du als Hauptkommissarin ebenso gute Arbeit leisten kannst wie als Ermittlerin. Aber du mußt dem Job eine Chance geben. Benimm dich nicht wie eine Hauptkommissarin light oder wie eine Fahnderin de luxe. Okay?«

Aus dem Vorzimmer hörten sie laute Stimmen und Gelächter. Das große Haus füllte sich langsam. Mit Menschen, die Hanne Wilhelmsens Job sofort übernommen hätten. Einen Job, den sie im Moment am liebsten aus dem Fenster geworfen hätte. Sie war zutiefst niedergeschlagen, weniger, weil sie nur ungern getadelt wurde, sondern vielmehr, weil er recht hatte und sie das wußte. Sie hätte sich niemals bewerben dürfen. Dieser Trottel Håkon Sand hatte sie dazu überredet. Plötzlich und zu ihrer Überraschung hatte sie große Sehnsucht nach ihm. Billy T. war schon in Ordnung. Er war ihr ebenbürtig. Sie verstanden einander oft ohne ein einziges Wort. Håkon Sand, der Polizeiadjutant, mit dem sie so lange zusammengearbeitet hatte, unter anderem in zwei dramatischen und aufsehenerregenden Mordfällen, war eine Trantüte. Er stolperte durchs Dasein, in der Regel einen oder fünf Schritte hinter allen anderen. Aber er war klug. Er hörte zu. Sie ließ ihn immer wieder im Stich, aber er war stets freundlich, immer entgegekommend. Erst vor einer Woche hatte er angerufen und sie zum Essen eingeladen, er wollte ihr seinen inzwischen knapp drei Monate alten Sohn zeigen. Der Junge hieß sogar nach ihr, fast wenigstens. Er hieß Hans Wilhelm. Håkon hatte sie zur Patentante haben wollen, und sie hatte sich geschmeichelt gefühlt, dann aber abgelehnt, in einer Kirche wollte sie nicht lügen. Aber sie war vor zwei Wochen bei der Taufe gewesen, hatte allerdings früher gehen müssen. Håkon war enttäuscht gewesen, hatte aber gelächelt und sie gebeten, bald anzurufen. Das hatte sie vergessen. Bis er dann in der letzten Woche unverändert fröhlich angerufen hatte. An den Tagen, die er vorgeschlagen hatte, konnte sie sich jedoch nicht freimachen.

Er fehlte ihr. Sie würde ihn noch heute anrufen.

Aber zuerst mußte sie ihrem wenig zufriedenen Chef gut zureden. Sie hatte keine Ahnung, wo sie anfangen sollte.

»Ich werde mich bessern«, sagte sie. »Wenn dieser Fall gelöst ist, werde ich mich bessern.«

»Und wie lange dauert das noch, Hanne?«

Sie erhob sich, sah aber in seinen Augen ein irritiertes Funkeln und setzte sich wieder.

»Bestenfalls anderthalb Tage. Schlimmstenfalls eine Woche.«

»Was?«

Jetzt hatte sie ihn beeindruckt, und sie spürte, wie ihre Laune sich besserte.

»Wenn an einem kleinen Haken, den ich ausgeworfen habe, etwas anbeißt, dann müßte bis zum Wochenende das Ärgste geschafft sein.«

Jetzt gönnte der Chef ihr ein echtes Lächeln.

»Jaja«, sagte er. »Dann hast du immerhin bewiesen, was wir ohnehin schon wußten. Mit *Ermittlungsarbeiten* kennst du dich aus.«

Er teilte ihr durch eine Handbewegung mit, daß sie gehen konnte, und Hanne sprach ein stilles Gebet, ehe sie vorsichtig die Tür hinter sich schloß.

Wenn ich jetzt bloß den Schnabel nicht zu weit aufgerissen habe…

Eine Stunde später traf Agnes Vestaviks hinterbliebener Ehemann im Grønlandsleiret 44 ein, um Punkt Null-neun-null-null. Er war ebenso korrekt gekleidet wie bei seinem ersten Besuch, aber die vergangenen acht Tage hatten ihn zwei Kilo gekostet. Diesmal fand Billy T. den Mann schon sympathischer, was er sich mit einer gewissen Verärgerung eingestand.

Aber die Gestalt vor ihm hätte auch dem härtestgesottenen Zyniker einen Hauch von Sympathie eingeflößt. Die Hände des Mannes zitterten, seine Augen wiesen durchgehend einen rötlichen Schimmer auf, von der weichen Haut der Lider bis tief in den weißen Augapfel hinein. Seine Haut war fahl und feucht, und Billy T. bildete sich ein, daß die Poren in Vestaviks Gesicht bei ihrer ersten Begegnung noch nicht so deutlich zu sehen gewesen waren.

»Wie geht's denn, Vestavik?« fragte er so freundlich, daß sein Gegenüber ihn verdutzt anstarrte. »Ist es sehr schwer?«

»Ja. Und am schlimmsten sind die Nächte. Tagsüber ist so viel zu erledigen. Die Jungen sind noch zu Hause, der Älteste hat sich zwei Wochen freigeben lassen, um sich um Amanda zu kümmern. Meine Schwiegermutter hat zwar alles im Griff, aber leicht ist es ja trotzdem nicht... Sie wissen schon, Schwiegermütter...«

Billy T. hatte sich in seinem ganzen Leben noch nicht mit einer Schwiegermutter befassen müssen, aber trotzdem nickte er zustimmend. Wenn es Schwierigkeiten gab, waren sie vermutlich auch nicht besser als ihre Töchter.

»Und jetzt wünschten Sie, sie wäre schon wieder weg, was?«

Der Mann nickte, dankbar für so viel unerwartetes Verständnis.

»Na gut«, sagte Billy T. »Es dauert heute nicht lange.«

Er bückte sich nach links, öffnete eine Schublade und

fischte eine große durchsichtige Platiktüte heraus. In der Tüte steckte ein Küchenmesser mit Holzgriff. Er legte es vor Odd Vestavik auf den Tisch, und der wich unwillkürlich ein Stück zurück.

»Wir haben es saubergemacht. Daran klebt kein Blut mehr«, beruhigte Billy T. ihn.

Der andere streckte eine schmale Hand nach der Tüte aus, hielt aber mitten in der Bewegung inne und blickte Billy T. fragend an.

»Ist schon in Ordnung«, der Polizist nickte, »sehen Sie es sich nur an.«

Der Mann betrachtete das Messer lange. Irritierend lange. Billy T. schauderte es. Hier saß dieser arme Wicht und sollte ein Messer begutachten, das tief im Rücken seiner Frau gesteckt hatte. Und das vielleicht früher zahllose Butterbrote für die Familie geschnitten hatte, zu Hause, in einer gemütlichen Küche, bei einer kleinen, netten Kernfamilie.

»Ist das Ihres?«

»Das kann ich nicht beschwören«, sagte der Mann leise, ohne das Messer aus den Augen zu lassen. »Aber wir hatten ein ganz ähnliches. Ganz genau so eins, wenn ich mich richtig erinnere.«

»Versuchen Sie, sich an besondere Kennzeichen zu erinnern«, bat Billy T. »Am Griff zum Beispiel. Der ist aus Holz, also kann er irgendwelche Eigenheiten haben. Da sind zum Beispiel zwei Kerben.«

Um behilflich zu sein, beugte er sich vor und zeigte auf den unteren Teil des Griffes.

»Da zum Beispiel. Das sieht aus, als ob jemand daran herumgeschnitzt hätte.«

Der Mann starrte die Kerbe eine Weile an. Dann schüttelte er langsam den Kopf. »Nein, daran kann ich mich nicht erinnern.« Jetzt sah er fast verlegen aus. »Aber ich habe die Küchenschubladen nicht so besonders oft aufgemacht. Wir waren ein bißchen ... altmodisch, in der Beziehung.«

»Ich koche auch nicht gern«, tröstete Billy T. ihn. »Ich tue es nur, wenn es unbedingt nötig ist. Aber auf jeden Fall hatten Sie so ein Messer?«

»Ja. Es wäre leichter, wenn ich die anderen Messer auch sehen könnte. Dann wäre ich vielleicht ganz sicher.«

Er blickte den Polizisten fragend an. Billy T. nutzte die Gelegenheit, um seinen Blick festzuhalten.

»Die anderen Messer sind verschwunden«, sagte er langsam.

Der Mann hob nur mit ganz leicht überraschtem Gesichtsausdruck eine Augenbraue.

»Wir haben den Verdacht, daß der Mörder sie mitgenommen hat.«

»Sie mitgenommen hat?« Jetzt war die Überraschung schon deutlicher. »Was in aller Welt kann er damit gewollt haben?«

»Das muß ein Geheimnis zwischen dem Mörder und der Polizei bleiben. Bis auf weiteres, jedenfalls.«

Billy T. steckte die Plastiktüte mit dem Messer wieder in die Schublade und erhob sich.

»Es tut mir wirklich leid, daß wir Sie herbemühen mußten«, sagte er und reichte dem Mann die Hand. »Ich hoffe, wir haben Sie damit zum letztenmal belästigt.«

»Ach, das war doch nicht der Rede wert«, sagte Vestavik und erhob sich ebenfalls.

Er sah steif und entsetzlich viel älter aus als fünfzig. Mit resignierter Miene nahm er Billy T.s ausgestreckte Hand.

»Werden Sie denn irgend etwas herausfinden?« fragte er pessimistisch.

»Ja, darauf können Sie sich immerhin verlassen. Weitgehend verlassen.«

Als Billy T. Vestaviks Rücken im Treppenhaus verschwinden sah, erlebte er einen der großartigen Augenblicke, in denen er es wunderbar fand, bei der Polizei zu sein. Ganz wunderbar. Bei ihrer nächsten Begegnung würde er dem Mann erzählen, wer seine Frau umgebracht hatte. Da war er sich hundertprozentig sicher.

»Auf jeden Fall neunundneunzig«, korrigierte er sich murmelnd.

Hanne Wilhelmsen hatte die milde Zurechtweisung vom Morgen noch nicht ganz verdaut, versuchte aber, Tone-Marit und Erik nicht darunter leiden zu lassen. Alle drei beugten sich über das Geländer und schauten hinunter ins Foyer. Ein Fernsehteam mit gewaltiger Ausrüstung drängte sich durch die schweren Metalltüren. Ein Mann stritt sich mit einem der Aufsichtsleute, und Hanne nahm an, daß es die übliche Auseinandersetzung darüber war, ob die Presse die Behindertenparkplätze besetzen durfte oder sich weiter entfernt einen freien Parkplatz suchen mußte. Der Polizist trug natürlich den Sieg davon, und der Fernsehmann verschwand kopfschüttelnd, um seinen Wagen wegzufahren.

»Die Jungs von der Aufsicht glauben, daß ihnen die ganze Gegend gehört«, murmelte Hanne.

Tone-Marit schien die Kollegen in Schutz nehmen zu wollen, hielt dann aber den Mund.

»Leute«, sagte Hanne jetzt mit aufgesetzter Munterkeit. »Wir haben alle Hände voll zu tun. Erik, du krallst dir noch einmal sämtliche Angestellten. Sie müssen verhört werden. Am wichtigsten ist dieser Eirik Soundso, der die Leiche gefunden hat. Den knöpf dir bitte sofort vor. Er ist noch immer krank geschrieben, das kannst du also sicher heute erledigen.«

»Willst du selbst mit ihm sprechen?«

Sie hätte beinahe ja gesagt, überlegte es sich dann aber anders und lächelte den rothaarigen Wachtmeister an.

»Nein, das machst du. Aber ich werde dir ein paar Punkte notieren, in die wir unbedingt Klarheit bringen müssen. Ich verlasse mich darauf, daß du das alles erledigst.«

Tone-Marit sollte die anderen vorladen, alle Verhöre mußten vor dem Wochenende unter Dach und Fach sein. Sie hatten also noch anderthalb Arbeitstage. Die beiden Jüngeren tauschten vielsagende Blicke, doch ehe sie protestieren konnten, fügte Hanne hinzu: »Das schafft ihr schon. Wenn es zuviel wird, dann holt euch zwei Leute aus den Kursen, aber ihr schafft das, da bin ich mir sicher.«

Billy T. kam über die Galerie gestapft.

»Hallo! Hanne!«

Sie drehte sich zu ihm um.

»Maren Kalsvik wollte dich sprechen. Sie sagt, ihr hättet für zwölf Uhr eine Verabredung. Stimmt das?«

»Ja.«

»Im Kinderheim geht es im Moment ziemlich chaotisch zu. Sie möchte lieber morgen kommen. Geht das?«

Nein, das ging nicht. Aber natürlich war es kein Wunder, daß die neue Chefin von ihrer Arbeit in Anspruch genommen war, schließlich starben um sie herum die Leute wie Fliegen.

»Na gut, aber dann mußt du mit ihr sprechen. Ich habe morgen früh etwas anderes zu erledigen.«

Er dachte kurz nach, dann nickte er zustimmend.

»Ich ruf sie an und mache eine neue Verabredung«, bot er dienstbeflissen an.

Dann gingen beide wieder an ihre Arbeit.

Eirik Vassbunn war nicht leicht zu erreichen. Er lag zu Hause und schlief. Er ließ das Telefon zwölfmal klingeln, dann murmelte er mit schwacher Stimme »hallo«. Da er unter Beruhigungsmitteln stand, hatte der Wachtmeister durchgesetzt, daß ihm ein Taxi zum Grønlandsleiret 44 spendiert wurde.

Jetzt fragte Erik Henriksen sich, ob sein Gegenüber ein Verhör überhaupt durchstehen würde. Er hatte seit Tagen kein Rasiermesser mehr aus der Nähe gesehen, und sein Gesicht war schmutzig und müde. Er roch nicht gut, und Erik Henriksen hatte in dem kleinen Raum sofort das Bedürfnis, ein Fenster zu öffnen.

»Ich sehe entsetzlich aus«, bestätigte der Mann mit leisem Nuscheln. »Und ich stinke. Aber Sie haben ja gesagt, es sei dringend.«

Er streckte die Hand nach einem Pappbecher voll Wasser aus, den der Wachtmeister vor ihn hingestellt hatte.

»Diese Medikamente trocknen den Hals so richtig aus«, murmelte er und leerte den Becher auf einen Zug.

Der Wachtmeister goß nach.

»Geht es Ihnen gut? Ich meine, können Sie mit mir sprechen?«

Der Mann hob den Arm zu einer Kraulbewegung. Dann senkte er den Kopf.

»Na los. Dann haben wir es doch wenigstens hinter uns.«

Eirik Vassbunn arbeitete seit einem guten Jahr im Heim Frühlingssonne. Er hatte vier Jahre im Erste-Linie-Dienst verbracht, aber was das bedeutete, konnte der Wachtmeister nicht einmal ahnen. Immerhin gab er es mit zitternden Fingern in den PC ein, ohne sein Unwissen zu verraten. Vassbunn war Sozialwissenschaftler, ledig und hatte aus einer früheren Beziehung eine siebenjährige Tochter. Er war nicht vorbestraft, glaubte aber, sich an ein weit zurückliegendes Bußgeld wegen Geschwindigkeitsüberschreitung erinnern zu können. Er war 1966 geboren und hatte sein Leben lang in Oslo gewohnt. Von früher her kannte er keinen der anderen Frühlingssonne-Angestellten. Abgesehen von Maren Kalsvik, die hatte er immerhin vom Sehen gekannt, da sie dieselbe Schule besucht hatten. Er hatte vor ihr Examen gemacht, sie hatten unterschiedliche Kurse besucht und deshalb nicht viel miteinander zu tun gehabt.

Dann gingen sie vorsichtig den Abend durch, an dem Agnes Vestavik ermordet worden war.

»Hatten Sie allein Dienst?«

»Ja, es gibt immer nur eine Nachtwache. Die schläft. Wir müssen natürlich im Haus sein, aber wir haben ein eigenes Schlafzimmer für das Personal.«

»Wann sind die Kinder schlafen gegangen?«

»Die jüngsten, das heißt, die Zwillinge und Kenneth, sollen um halb neun im Bett liegen. Jeanette und Glenn so gegen zehn, Anita und Raymond sollen im Prinzip vor elf schlafen, wenn sie am nächsten Tag in die Schule müssen, aber vor allem Raymond hat da ziemlich große Freiheit.«

»Und wie war es am fraglichen Abend?«

Der Mann dachte nach und trank noch einen Becher Wasser.

»Ich glaube, sie waren alle ziemlich früh im Bett. Sie waren müde, wir hatten doch die Feuerübung gemacht, und danach waren sie über alle Berge, weil sie schulfrei hatten. Raymond fühlte sich außerdem nicht ganz wohl, glaube ich. Sicher waren alle bis halb elf eingeschlafen. Bis zehn.«

»Wann sind sie in ihre Zimmer gegangen?«

»Na, die Kleinen werden ins Bett gebracht. Bei den Großen habe ich nicht nachgesehen.«

Er unterbrach sich, und ein fast verquälter Zug huschte über sein Gesicht.

»Agnes kam dann gegen zehn, glaube ich, und da hatte ich längst allen gute Nacht gesagt. Ob Raymond schon schlief, weiß ich allerdings nicht.«

»Er behauptet jedenfalls, nicht gehört zu haben, daß Agnes gekommen ist«, teilte der Wachtmeister mit. »Das ist also möglich. Daß er schon schlief, meine ich. Und haben Sie auch geschlafen?«

»Nein, ich saß vor dem Fernseher. Und ich habe in den Zeitungen geblättert und Patiencen gelegt, wenn ich mich richtig erinnere.«

»Wo haben Sie gesessen?«

Der Mann wirkte ein wenig verwirrt und runzelte die Stirn.

»Im Fernsehzimmer natürlich.«

»Und wo genau?«

»In einem Sessel. Einem Sessel.«

Erik Henriksen legte seinem Fast-Namensvetter ein Blatt Papier und einen Kugelschreiber hin.

»Zeichnen Sie das mal auf!«

Vassbunn hantierte mit dem Kugelschreiber herum und konnte schließlich eine wackelige Skizze des Fernsehzimmers mit halbwegs präzise eingezeichneten Türen und Fenstern liefern. Dann strichelte er Sessel, Sofa, Tisch und den Fernseher und verteilte auf dem Boden willkürlich einige Kreise.

»Die Sitzsäcke«, erklärte er. »Und da habe ich gesessen.«

Er kreuzte einen Sessel an, der mit der Rückenlehne zur Tür stand.

»Aha«, sagte der Wachtmeister und betrachtete die Skizze genauer. »Stand die Tür zum Wohnzimmer offen?«

»Zum Aufenthaltsraum«, korrigierte der andere und stolperte dabei über alle Konsonanten. »Wir nennen das Aufenthaltsraum. Ja. Die war offen.«

»Sind Sie sich ganz sicher?«

»Sie stand jedenfalls offen, als Agnes gekommen ist, und danach habe ich das Zimmer erst zu meiner Runde verlassen. Also war sie ganz bestimmt offen.«

Der Wachtmeister bedeutete ihm, es werde eine Pause geben, weil er sich einige Notizen machen müsse. Er brauchte eine halbe Stunde, um eine Dreiviertelseite in die Tastatur zu hauen. Als er fertig war, war der verhörte Zeuge eingeschlafen.

Das hatte Wachtmeister Henriksen noch nie erlebt. Er stutzte, und er fand es fast unhöflich, den Mann zu wecken. Andererseits mußten sie doch weiterkommen. Er blieb eine Weile unentschlossen sitzen und starrte Eirik Vassbunn an. Der schlief wirklich, mit auf die Brust gekipptem Kopf und halboffenem Mund. Der Wachtmeister hätte gern gewußt, welche Medikamente er genommen hatte.

Schließlich lehnte er sich über den Tisch und berührte den anderen am Arm.

»Vassbunn! Sie müssen aufwachen!«

Der Mann fuhr hoch und wischte sich ein wenig Speichel von der unrasierten Wange.

»Entschuldigung. Das kommt von diesen Medikamenten! Und nachts kann ich einfach nicht schlafen.«

»Ist schon gut«, beruhigte ihn der Wachtmeister, und dann fiel ihm etwas ein. »Was nehmen Sie denn eigentlich?«

»Nur Valium.«

»Warum?«

»Weil ich einen Schock erlitten habe, natürlich.« Jetzt wirkte er zum erstenmal gereizt und abweisend. »Sie haben ja keine Ahnung, wie das ausgesehen hat. Agnes mit einem riesigen Messer im Rücken, offene, starrende Augen, und … es war entsetzlich.«

Erik Henriksen hätte dem Mann natürlich erzählen

können, daß er die Frau gesehen hatte, in ihrem Sessel und als sie in einen Sack mit der Aufschrift »Krankenhaus« gesteckt wurde, aber er verkniff sich diese Auskunft. Er suchte einen Aschenbecher und zeigte auf die Packung Tabak, die aus der Brusttasche seines Gegenübers hervorschaute.

»Sie dürfen gern eine rauchen.«

Vassbunns Hände zitterten, deshalb brauchte er einige Zeit, um sich eine Zigarette zu drehen, aber er schien dankbar zu sein.

»Nehmen Sie diese Medikamente nur jetzt, in Verbindung mit diesem Erlebnis?«

Volltreffer. Der Mann ließ Papier und Tabak fallen und zitterte noch mehr.

»Wie meinen Sie das?«

»Nun regen Sie sich doch nicht auf. Wir sagen doch niemandem etwas. Aber ich möchte wissen, ob Sie auch am fraglichen Abend Valium genommen hatten. Machen Sie das immer?«

Jetzt hatte Vassbunn sich so weit gefaßt, daß er wohl doch eine Zigarette zustande bringen würde. Er ließ sich mit der Antwort Zeit, dann zog er kräftig daran, hustete kurz und sagte: »Ich habe schon ein paar Nervenprobleme, wissen Sie. Bin ein wenig zittrig. Aber ich komme gut zurecht. Ich nehme eigentlich nur sehr wenig Medikamente.«

Das hörte sich nicht gerade überzeugend an. Erik Henriksen wartete auf die Antwort auf seine eigentliche Frage.

»Doch. Ich hatte an dem Abend wohl ein oder zwei Tabletten genommen. Hatte mich mit meiner Exfreundin gestritten. Mit der Mutter meiner Tochter. Die sollte in den Winterferien eigentlich zu mir kommen, aber dann ...«

»Eine oder zwei?« unterbrach der Wachtmeister ihn. »Hatten Sie eine oder zwei Tabletten genommen?«

»Zwei«, murmelte der Mann.

»Sie könnten also im Sessel eingeschlafen sein?«

»Ich war doch nicht müde, zum Henker! Ich mußte sogar Patiencen legen, um überhaupt schlafen zu können.«

»Aber kann das nicht daran liegen, daß Sie schon geschlafen hatten? Daß Sie ein wenig eingenickt waren? Ohne sich wirklich daran erinnern zu können?«

Der Mann gab keine Antwort. Dazu bestand auch kein Grund. Beide schwiegen, und der Wachtmeister schlug in der folgenden Viertelstunde erneut brutal auf die Tastatur ein. Diesmal konnte der Zeuge sich wach halten.

»Übrigens«, sagte Erik Henriksen so unvermittelt, daß Vassbunn zusammenzuckte. »Was haben Sie gemacht, nachdem Sie Agnes gefunden hatten?«

Der Zeuge hatte einen fast glasigen Blick, so als schaute er in sich hinein.

»Ich bin ganz einfach hysterisch geworden«, sagte er leise. »Komplett hysterisch.«

»Aber was haben Sie gemacht?«

»Können Sie Zigaretten drehen?«

Der Wachtmeister lächelte schief und zuckte mit den Schultern.

»Ein wenig bessere als die da auf jeden Fall«, sagte er und zeigte auf die mißratene Trompete, die im Aschenbecher ausgedrückt worden war.

»Würden Sie bitte eine für mich drehen?«

Vassbunn schob dem Polizisten den Tabak zu, und der hatte nach beeindruckend kurzer Zeit eine absolut akzeptable Zigarette fertig.

»Ich wußte einfach nicht, was ich tun sollte. Ich war ja schon völlig fertig, weil Olav verschwunden war, und dann saß Agnes da tot wie eine … tot eben. Und ich hatte das

Gefühl, an allem schuld zu sein, ich war vor Angst außer mir. Dann habe ich Maren angerufen.«

»Maren?«

Erik Henriksen blätterte überrascht in seinen Unterlagen und fand schnell, was er gesucht hatte. Er winkte ab, als der Zeuge weiterreden wollte, und las erst in Ruhe. Dann klappte er den Ordner zu und ließ den Mann fortfahren.

»Ja. Sie wohnt doch gleich in der Nähe und ist so viel mehr … so viel ruhiger und beherrschter als ich. Sie wollte mir auch gleich helfen. Sie kam schon nach wenigen Minuten. Sie war sauer, weil ich die Polizei noch nicht angerufen hatte. Und deshalb hat sie das gemacht.«

»Gut. Und dann?«

»Dann ist nicht mehr viel passiert. Ich habe mich unten hingesetzt, ich konnte einfach nicht im selben Zimmer sein wie Agnes. Maren hat sich um die Kinder und die Polizei und alles gekümmert. Ich bin nach Hause gefahren. – Darf ich jetzt bald gehen?« fügte er nach einer kleinen Pause noch hinzu. »Ich bin ziemlich kaputt.«

»Das kann ich gut verstehen. Aber wir müssen noch kurz über das sprechen, was früher an diesem Tag passiert ist. Schaffen Sie das noch? Möchten Sie einen Kaffee?«

Der Mann schüttelte den Kopf.

»Mehr Wasser vielleicht? Ich kann auch Cola holen, wenn Ihnen das lieber ist.«

»Wasser, bitte.«

Auch diesmal trank er alles auf einmal aus. Dann wartete er mit resignierter Miene und geschlossenen Augen auf die nächste Frage.

»Wann waren Sie im Heim?«

»Um neun. Nach dem Abendessen. Die Jüngsten waren schon im Bett.«

»Waren Sie an dem Tag schon mal im Heim gewesen?«

»Ja.«

Vassbunn öffnete die Augen. Es schien ihn zu überraschen, daß das mit der Sache etwas zu tun haben könnte.

»Wir hatten eine Besprechung. Die meisten waren da, glaube ich. Und dann wollte Agnes plötzlich noch mit jedem von uns unter vier Augen sprechen. So eine Art Mitarbeiterberatung oder so. Ich wußte nicht, was das sollte, und ich wurde auch nicht klüger, als ich dann an die Reihe kam. Terje war der erste, und bei ihm dauerte es wirklich eine Ewigkeit. Dann wäre eigentlich Maren drangewesen, aber sie mußte gehen, sie hatte einen Zahnarzttermin. Als nächste kam Cathrine, glaube ich, und dann ich. Es hat nicht lange gedauert…«

»Worüber haben Sie gesprochen?«

»Über alles und nichts. Wie ich die Lage so sähe, wie ich mit Olav zurechtkäme. Ob ich mich mit meiner Tochter gut verstünde. Meine Exfreundin und ich hatten doch Streit wegen…«

»Wissen Sie noch genau, wie lange dieses Gespräch gedauert hat?«

»Nein, nicht genau, eine halbe Stunde vielleicht. Eher weniger. Auf jeden Fall ging es viel schneller als bei Terje und Cathrine.«

Die Finger des Wachtmeisters hämmerten wieder auf der Tastatur herum. Inzwischen hatte der Zeuge verstanden, daß das eine Pause bedeutete.

»Haben Sie gesehen, ob irgendwo im Büro Messer lagen?« fragte er nach einem lauten Punkt, bei dem die Taste zwischen Komma und Bindestrich hängenblieb.

»Messer? Nein, natürlich lagen da keine Messer.«

»Wird das Büro manchmal abgeschlossen?«

Der Wachtmeister mühte sich mit der klemmenden Taste ab und versuchte, sie mit einem Kugelschreiber zu befreien.

»Wir setzen auf Vertrauen. Niemand darf ohne Agnes' Erlaubnis das Büro betreten. An einem Nagel über der Tür hängt zwar ein Schlüssel, aber ich habe nie erlebt, daß der benutzt worden wäre.«

Der Bildschirm vor Henriksens Augen füllte sich mit Punktreihen, die sich in einem entsetzlichen Tempo vermehrten. Ihm brach der Schweiß aus.

»Schalten Sie doch den Rechner mal aus«, schlug Vassbunn vor, und Henriksen hielt das für eine gute Idee. Endlich konnte er die Taste lospulen und den PC wieder einschalten. Den letzten Teil des Verhörs hatte er nicht gespeichert, deshalb schlug er sich ärgerlich vor den Kopf. Er brauchte einige Zeit, um diesen Patzer wiedergutzumachen.

»Aber dann ist es doch kein Problem, ins Büro zu gehen, wenn man das will«, sagte er endlich. »Unbemerkt, meine ich.«

»In einem Haus mit acht Kindern und vierzehn Angestellten? Nein, ich kann Ihnen sagen, das ist es wohl. Sie wissen nie, ob nicht in der nächsten Sekunde irgendwer auftaucht. Nur nachts ist es anders – falls Sie gerade Nachtdienst haben. Dann können Sie sich ziemlich sicher fühlen, obwohl natürlich immer wieder irgendein Kind aufwacht.«

»Haben alle mal Nachtdienst?«

»Nein, nur drei von uns. Und ab und zu Christian. Der ist eigentlich noch zu jung und verantwortungslos, wenn Sie mich fragen, aber manchmal ist ja jemand krank oder so.«

»Hat Terje Welby manchmal Nachtwachen gehalten?«

»Nein, jedenfalls nicht zu meiner Zeit.«

»Wie war er eigentlich?«

»Wer? Terje?«

»Ja.«

»Ach, was soll ich sagen? Er hatte ja die besten Empfehlungen. War Studienrat und überhaupt. Konnte vor allem mit den Jüngsten gut umgehen. Aber mit den Teenies ist er zu leicht aneinandergeraten.«

»Und Maren?«

»Maren ist die Tüchtigste von uns allen. Sie lebt für das Kinderheim. Sie hat einen unvorstellbaren Kontakt zu den Kindern. Agnes war ungeheuer begeistert von ihr. Das sind wir alle. Sie ist in gewisser Hinsicht ein bißchen altmodisch. Bei ihr wirkt die Arbeit wie eine Art … Berufung.«

Er ließ sich dieses fremde Wort auf der Zunge zergehen.

»Kennen Sie sie auch privat?«

»Nein, eigentlich nicht. Ich kannte sie früher ja vom Sehen, aber wir haben nie etwas zusammen unternommen. Wissen Sie übrigens schon mehr über …« Er zog eine Grimasse und rieb sich den Nacken. »Ich habe grauenhafte Kopfschmerzen. Aber gibt es etwas Neues über Olav?«

»Tja … wir wissen, daß er sich bis zum Wochenende in einem Wohnhaus in Grefsen versteckt hat. Der Junge ist offenbar ein Steher und kann für sich selbst sorgen. Aber natürlich haben wir Angst, ihm könnte etwas passiert sein. Wir suchen.«

»Er ist nicht ganz gescheit. Ich meine, ich habe im Laufe der Jahre allerlei gestörte Kinder kennengelernt, aber keins hätte es mit diesem Jungen aufnehmen können.«

»Nun gut. Das ist nicht unsere Aufgabe. Und unser Gespräch ist jetzt wohl auch beendet, Vassbunn.«

Der letzte Teil des Verhörs wurde ohne Punkt und Komma geschrieben. Es sah seltsam aus, mußte aber reichen. Eirik Vassbunn sah dermaßen erschöpft aus, daß der Wachtmeister schon mit dem Gedanken spielte, ihn persönlich nach Hause zu fahren. Aber dazu fehlte ihm die Zeit.

»Nehmen Sie sich ein Taxi, und schicken Sie uns die

Rechnung«, sagte er noch, als Vassbunn unsicher auf die Tür zuwankte. »Schicken Sie sie an mich. Gute Besserung!«

Erik Henriksen war sicher, daß Hanne Wilhelmsen mit dem Verhör sehr zufrieden sein würde. Trotz der fehlenden Interpunktion.

Es war verdammt öde, die ganze Zeit auf der Bude zu hocken. Vor allem natürlich vormittags, wenn es nichts im Fernsehen gab. Er war seit fast einer Woche nicht mehr draußen gewesen. Im Grunde fehlte ihm die Schule ein bißchen. Da hatte er immerhin etwas zu tun. Zu Hause passierte nichts. Seine Mutter war noch stiller als sonst. Sie war immer so verdammt still.

Vor der Besprechung mit dem Ausschuß, wo beschlossen worden war, daß er nicht mehr zu Hause wohnen dürfte, hatte er mit einer Frau gesprochen, die behauptet hatte, in dieser Angelegenheit so eine Art Richterin zu sein. Sie hätte auch die Wahrheit sagen können. Er wußte, daß sie die Ausschußvorsitzende war, seine Mutter hatte ihm schließlich alles genau erklärt. Er war sogar mit ihr beim Anwalt gewesen und hatte viele Papiere gelesen, die alle mit ihm zu tun hatten.

Die Besprechung hatte ziemlich lange gedauert. Sie hatte nicht im Büro der Ausschußvorsitzenden stattgefunden, sondern in einem großen Saal mit Tischen, bei denen nur auf einer Seite Stühle standen. Die Frau hatte gesagt, daß die Besprechung dort abgehalten werden sollte. Ihm war es ein wenig wie ein Gerichtssaal vorgekommen, und sie hatte nicht sonderlich überrascht gewirkt, als er das gesagt hatte. Sie sah nicht besonders norwegisch aus, sondern eher wie eine Indianerin, mit dunkler Haut und tiefschwarzen Haaren, aber sie hatte ganz normal gesprochen und einen norwegischen Namen gehabt.

Sie hatte ihn gefragt, wo er am liebsten wohnen würde, wenn er sich das selbst aussuchen könnte. Zu Hause, hatte er natürlich geantwortet. Doch dann hatte sie wissen wollen, warum. Und es war nicht gerade leicht zu erklären, warum man zu Hause wohnen will, deshalb hatte er nur gesagt, das sei eben so üblich und er wolle nicht umziehen. Die Frau hatte ihm ziemlich zugesetzt. Und sie hatte immer wieder dieselben Fragen gestellt. Was dieses Gespräch für einen Sinn haben sollte, hatte er nicht kapiert, am Ende wurde ja doch entschieden, daß er umziehen mußte. Schließlich hatte sie ihn noch gefragt, ob er seine Mutter liebhätte.

Was war denn das nun wieder für eine Frage? Alle hätten ja wohl ihre Mutter lieb, hatte er geantwortet. Er auch, klar doch.

Es war ihm gar nicht schwergefallen, das zu sagen. Es war doch die Wahrheit. Und er wußte, daß auch seine Mutter ihn liebte. Wir gehören zusammen, das sagte sie immer. Aber ihm kam das nicht immer so vor, wenn sie zusammen waren. Sie fürchtete sich vor allem möglichen, vor den Nachbarn, vor der Großmutter, vor seinen Lehrern. Und vor dem verdammten Jugendamt. Sie nervte ihn mit dem Jugendamt, soweit er zurückdenken konnte, vor allem, wenn jemand sich über ihn beklagt hatte.

Er wollte raus. Er mußte raus.

»Ich mach mal einen Spaziergang«, sagte er plötzlich und sprang vom Sofa auf.

Seine Mutter ließ langsam ihre Zeitung sinken.

»Das kannst du nicht, Olav. Das weißt du. Dann mußt du ins Kinderheim zurück.«

»Aber ich kann es hier nicht mehr aushalten«, jammerte er, ohne sich wieder zu setzen.

»Das verstehe ich ja. Aber wir müssen uns zuerst eine Lösung ausdenken.«

Er stemmte die Hände in die Seiten und spreizte die Beine. Das sah komisch aus, aber sie lachte nicht.

»Uns eine Lösung ausdenken? Wann denn? Wann willst du dir diese Lösung ausdenken, von der du schon die ganze Woche redest?«

Sie antwortete nicht, sondern umklammerte nur die Zeitung, die in ihren Händen zu einer Rolle geworden war.

»Du denkst dir keine Lösung aus, Mama. Du denkst dir nie eine Lösung aus.«

Er war nicht einmal wütend. Sein ovales, seltsames Gesicht sah fast traurig aus, und er streckte die Hand nach ihr aus, ließ sie dann aber sinken.

»Ich werde mir schon etwas einfallen lassen«, flüsterte sie. »Irgend etwas. Ich brauche nur noch ein bißchen Zeit.«

»Also echt, Mama.«

Mehr sagte er nicht, er drehte sich um und ging in die Diele hinaus. Seine Mutter sprang auf und lief hinter ihm her.

»Olav, mein Junge, du darfst nicht rausgehen!«

Sie hängte sich an seinen Arm. Olav Håkonsen war zwar erst zwölf Jahre alt, aber er wußte, daß seine Mutter Angst hatte. Außerdem wußte er, daß sie recht hatte, es wäre leichtsinnig, das Haus zu verlassen. Und er war sich sicher, daß sie entsetzliche Angst haben würde, solange er unterwegs war. Fast hätte er seine Absicht aufgegeben.

Aber er konnte nicht in der Wohnung bleiben. Sie war in diesem Moment ganz einfach zu klein. Er schüttelte seine Mutter ab und schnappte sich aus einer Schale, die auf der Kommode in der Diele stand, hundert Kronen. Er achtete nicht mehr auf das Weinen seiner Mutter und schloß die Tür hinter sich.

Als er die kühle Februarluft im Gesicht spürte, vergaß er seine Mutter und spürte fast so etwas wie Glück. Sicherheitshalber hatte er eine große Mütze aufgesetzt. Und es war schließlich schon dunkel, deshalb konnte ihn zumindest aus der Entfernung niemand erkennen. Außer dem gemopsten Hunderter hatte er noch fünfzig Kronen in der Tasche, sein unberührtes Taschengeld für zwei Wochen. Seine Mutter gab ihm weiter Taschengeld, obwohl er offiziell im Kinderheim wohnte. Er hatte sie früher an diesem Tag darum gebeten und es auch bekommen, obwohl sie dabei ein seltsames Gesicht gemacht hatte.

Am liebsten wäre er ins Einkaufszentrum gegangen. Er hatte Geld, um sich etwas Leckeres zu kaufen oder vielleicht an den Automaten zu spielen. Er konnte auch beides tun. Aber natürlich konnte er nicht hingehen. Da konnte er zu leicht erkannt werden. Was er tun konnte, war, mit dem Bus in ein anderes Einkaufszentrum fahren, in einen ganz anderen Stadtteil. Er war einige Male in Storo gewesen. Seine Mutter kannte dort von früher her eine Friseuse, die ihnen beiden ziemlich billig die Haare schnitt. Ihr verdankte er auch die Punkfrisur, die jetzt langsam verschwand, die eine Hälfte seines Kopfes war nicht mehr ganz kahl. Er hatte seine Frisur fetzig gefunden, seine Mutter dagegen hatte ein müdes, trauriges Gesicht gemacht, als sie ihn damit gesehen hatte.

Er wollte nach Storo. Auch wenn er nicht mehr wußte, ob er dort Spielautomaten gesehen hatte.

Auf den Bus brauchte er nur wenige Minuten zu warten. Er reichte dem Fahrer wortlos den Fünfziger und steckte das Wechselgeld in die Tasche, dann setzte er sich in dem fast leeren Bus nach ganz hinten. Es war später Nachmittag, fast schon Abend, aber es war Donnerstag, und deshalb würde im Einkaufszentrum noch einiges los sein. So war es im Grunde am besten, fand er.

Die Fahrt dauerte nicht sehr lange. Er fing an, mit seinem Taschenmesser den Bussitz zu zerschneiden, aber dann setzte sich ein Mann neben ihn, und er mußte damit aufhören.

Olav verknackste sich den Fuß, als er aus dem Bus sprang, und er jammerte ein wenig. Der Schmerz erinnerte ihn an seine Mutter, und damit war seine gute Laune verschwunden.

Es gab auch keine richtigen Spielautomaten, sondern nur eine bescheuerte Lotteriemaschine, an der er garantiert nie etwas gewinnen würde, und eine Art Einarmigen Banditen, der auch nicht weiter witzig war. Aber es gab zwei Cafés, und er hatte Hunger. Das eine war eine Art feinerer Imbiß, wo warmes Essen und Bier serviert wurden. Das andere war eher eine Konditorei. Dorthin ging er. Es gab mehrere freie Tische, und er kaufte sich eine große Cola und zwei Stück Kuchen.

Das Einkaufszentrum von Storo kam ihm viel altmodischer vor als das bei ihm zu Hause, und es war auch um einiges kleiner. Aber gemütlich war es trotzdem. Am Nachbartisch saß ein unglaublich alter Mann und führte Selbstgespräche. Olav mußte über die vielen komischen Dinge lachen, die der Alte sagte. Er verschüttete die ganze Zeit seinen Kaffee, und die Kellnerin war ziemlich sauer, als sie zum drittenmal einen Lappen bringen mußte. Als der Mann merkte, daß Olav seinen Monolog verfolgte, zog er seinen Stuhl zu Olavs Tisch hinüber und brabbelte weiter über den Krieg und das Meer und seine Frau, die schon lange tot war. Olav fand das alles wunderbar und bestellte für sich noch eine Cola und für den Alten noch einen Kaffee; der Alte lächelte und bedankte sich wirklich überschwenglich.

Er war so lustig, daß Olav nicht rechtzeitig reagierte. Zwei uniformierte Polizisten kamen auf das Café zu.

Der Junge blieb ganz still sitzen. Nicht, weil das das einzig Vernünftige war, sondern aus purer Panik. Die Möglichkeit, der Polizei zu begegnen, war ihm so unendlich fern vorgekommen.

Die Kellnerin winkte den Polizisten zu.

»Jetzt sitzt er schon seit vier Stunden hier und trinkt nur Kaffee. Er kleckert und stört die anderen Gäste«, beklagte sie sich und zeigte auf den alten Mann.

Der hielt zum erstenmal, seit Olav hier war, den Mund und versuchte, sich hinter seiner Kaffeetasse zu verstecken. Er rückte näher an Olav heran, so als habe der Junge ihm irgendeinen Schutz zu bieten. Als der Junge langsam aufstand, den Polizisten den Rücken kehrte und verschwinden wollte, packte der Alte ihn am Arm und flüsterte verzweifelt: »Nicht weggehen, Junge. Nicht von mir weggehen!«

Dafür, daß er so klein und mager war, hatte er starke Hände, auch wenn sie zitterten. Olav spürte die Finger durch den Ärmel und mußte den Arm wild schütteln, um sich davon zu befreien. Das dauerte einige Sekunden, und in der Zwischenzeit hatten die Polizisten ihren Tisch erreicht.

»Seid ihr zusammen hier?« fragte der eine.

Olav starrte auf den Boden und zog sich die Mütze noch weiter über die Ohren.

»Nein, ich kenne ihn überhaupt nicht«, sagte er und ging auf den Ausgang zu.

Er hatte den Blumenladen bei den automatischen Türen beinahe erreicht, als er den einen Polizisten rufen hörte. Da hier die ganze Zeit Leute ein und aus gingen, spürte er bereits den kalten Luftzug der Freiheit dort draußen.

»He, du! Warte mal!«

Er blieb stehen, sah sich aber nicht um. Die Mütze juckte an seiner Stirn, doch er wagte nicht, sie höher zu schieben. Er hatte etwas im Schuh, etwas, das riesengroß geworden war und ihm die Fußsohle zerschnitt, so daß sein Bein fast gelähmt war. Irgend etwas hatte seine Lunge gepackt, und er konnte kaum atmen. Er sah die vielen Menschen, die kamen und gingen, Männer mit Frau und kleinen Rotzgören in Kinderwagen, alle mit Mündern, die lächelten und sich bewegten. Und doch konnte er nur das heftige Hämmern seines eigenen Herzens hören. Ihm war schlecht. Entsetzlich schlecht.

Und dann rannte er los. Er hatte es perfekt berechnet, die Türen standen weit offen, wollten sich gerade schließen. Alle Menschen, die das Einkaufszentrum betreten oder verlassen wollten, blieben stehen und starrten dem Jungen hinterher, der wie eine riesige Kanonenkugel auf dem Parkplatz verschwand. Sie standen den beiden Polizisten im Weg, die nun die Verfolgung aufgenommen hatten, und die Türen konnten einander noch berühren, ehe sie viel zu langsam wieder auseinanderglitten und die beiden fluchenden Polizisten endlich freiließen. Als sie vor dem Einkaufszentrum standen, konnten sie den Jungen nirgends mehr sehen. Sie liefen in unterschiedliche Richtungen. Der eine verlor seine Mütze und mußte noch mit ansehen, wie sie von einem Auto überfahren wurde, dann lief er weiter.

Der andere hatte mehr Glück. Als er das Parkhaus erreichte, sah er jemanden die außen angebrachte Treppe hochjagen. Mütze und Steppjacke, die er über dem Geländer gerade noch erkennen konnte, stimmten. Er überlegte kurz, ob er seinen Kollegen verständigen sollte, ehe er die Verfolgung fortsetzte, erkannte aber rasch, daß das Parkhaus so viele Ausgänge hatte, daß ihm einfach die Zeit fehlte. Er stürmte hinter dem Jungen her die Treppen hoch.

Sein Kollege, der auf eine einige hundert Meter entfernt

gelegene Tankstelle zuhielt, begriff trotzdem, was vor sich ging und steuerte die Autorampen vor dem Parkhaus an, um dem Jungen dort den Weg abzuschneiden. Nur wenige Sekunden nach seinem Kollegen erreichte er die oberste Parkhausebene. Der Junge war nirgends zu sehen. Der ältere Kollege machte mit der Hand eine Zickzackbewegung, wie das Bild eines jagenden Hais. Dann suchten sie das gesamte Geschoß ab. Sie sahen bei allen Autos nach. Sie suchten vor, hinter und zwischen den Wagen. Sie untersuchten sogar jedes einzelne Auto, obwohl sie beide nicht glaubten, daß ein zwölfjähriger Fettwanst unter einen normalen Personenwagen paßte. Schließlich mußten sie der für zwei durchtrainierte Polizisten im besten Alter doch sehr peinlichen Tatsache in die Augen sehen, daß Olav Håkonsen, der vermißte Junge, abermals spurlos verschwunden war.

Ohne große Begeisterung oder Hoffnung setzten sie die Suche im Einkaufszentrum und in dessen Umgebung noch eine halbe Stunde fort. Dann saßen sie betreten in ihrem Streifenwagen und erstatteten Bericht: Der Junge war gesehen und verfolgt worden, hatte jedoch entkommen können. Da seine bisher letzten Spuren aus Grefsen stammten, konnte die Polizei zu dem falschen Schluß kommen, er habe sich die ganze Zeit in dieser Gegend aufgehalten. Das befreite sie von dem Verdacht, er habe sich bei seiner Mutter versteckt, einem Verdacht, der sich noch verstärkt hatte, als mehrere Nachbarn, natürlich anonym, ihre Überzeugung vorgetragen hatten, daß Olav Håkonsen in seiner eigenen Wohnung in Deckung gegangen sei.

Aber immerhin, der Junge war am Leben. Das war doch auch ein Trost.

Zwei Tage nach dem Anruf des Betreuers war das Jugendamt zur Stelle. Olav war gerade elf geworden. Ich hatte sie nicht erwartet. Ich war davon ausgegangen, daß sie mich zu sich bestellen würden. Ich hatte schon im Branchenfernsprechbuch nach einem Anwalt gesucht. Darauf hatte ich Anspruch, die Kosten würden übernommen werden, das wußte ich. Aber im Telefonbuch stand so wenig darüber, was die einzelnen Anwälte machten, und viele schienen sich ganz unterschiedlich spezialisiert zu haben.

Da standen sie also vor der Tür. Zwei, eine Frau und ein Mann. Ich war keinem von ihnen je begegnet, aber ich hatte auch schon jahrelang nichts mehr mit dem Jugendamt zu tun gehabt. Sie waren recht freundlich, nehme ich an, ich kann mich nicht mehr so genau erinnern. Sie wollten eine Untersuchung in die Wege leiten, teilten sie mir mit. Auf der Grundlage von etwas, das sie »Besorgnismomente« nannten.

Besorgnismomente! Ich machte mir seit über elf Jahren Sorgen um den Jungen, und jetzt erst kamen sie. Sie fragten, ob sie hereinkommen dürften, und sie sahen sich so um wie die Frau vom Sozialamt, damals, als Olav noch ein Baby gewesen war. Verstohlen irgendwie und doch ganz offensichtlich.

Es war ein Donnerstag, und ich hatte gerade in der ganzen Wohnung geputzt. In der Hinsicht konnten sie mir also keine Vorwürfe machen. Ich bot Kaffee und Kekse an, aber sie rührten nichts an. Ob sie wohl glaubten, ich wollte sie vergiften?

Dann erzählten sie mir all das, was ich ohnehin schon wußte. Daß Olav sich abweichend und aggressiv verhielt, daß er von den älteren Kindern immer wieder zu irgendwelchen dummen Streichen verleitet wurde. Daß er in der Schule nicht gut genug war und andere vom Lernen abhielt. Daß er zu dick war. Wie wir uns eigentlich ernährten? Ich war wütend, das weiß ich noch genau. Ich zog die Frau in die Küche und riß den Kühlschrank auf. Milch, Käse, Fischfrikadellen vom Vortag. Margarine und Zwiebeln und eine Tüte Äpfel.

Sie machte sich Notizen, und ich konnte sehen, daß sie »Voll-

milch« schrieb. Da gab ich auf. Mein Junge trank nun einmal weder fettarme noch Buttermilch. Hielten sie es denn für besser, ihm überhaupt keine Milch zu geben?

Sie blieben lange, und ich kann mich wie gesagt an vieles nicht mehr erinnern. Zum Glück war Olav nicht zu Hause – allerdings schauten sie immer wieder vielsagend auf die Uhr, als es dunkel wurde und er sich noch immer nicht blicken ließ. Sie wollten sich bei verschiedenen Instanzen erkundigen, sagten sie, daß könne einige Monate dauern. Dann wollten sie wissen, ob ich gegen eine fachliche Begutachtung etwas einzuwenden hätte. Ein Psychologe oder Psychiater würde mit uns beiden sprechen, danach würde das Jugendamt dann »besser beurteilen können, was wir brauchten«.

Etwas einzuwenden? Ich hatte über fünf Jahre lang versucht, den Kopf des Jungen untersuchen zu lassen, ohne irgendwo Hilfe zu finden. Natürlich hatte ich nichts dagegen einzuwenden. Ich wußte schließlich, daß irgend etwas nicht stimmte. Und das hätte längst ermittelt sein müssen. »Besser spät als nie«, sagte ich und registrierte, daß die beiden einen Blick wechselten. Aber warum ein Psychologe mit mir reden sollte, konnte ich nicht begreifen. Das zuzulassen, hätte doch ein Eingeständnis bedeutet, daß ich an allem schuld sei. Also weigerte ich mich.

Als die Sachverständige ihre Arbeit endlich aufnahm, erklärte ich mich doch damit einverstanden, daß sie Olav und mich zweimal in unserer Wohnung besuchte. »Kommunikationsbeobachtung« nannte sie das nachher in ihrem Bericht. Ich fand mich darin überhaupt nicht wieder. Alles wurde verzerrt und verdreht. Ich versuchte, meinem Anwalt klarzumachen, daß es nicht meine Schuld war, wenn Olav abends spät ins Bett ging. Ich konnte natürlich versuchen, ihn zu zwingen, aber dann hätte es nur Krach gegeben, und es war doch sicher besser, wenn wir uns gut verstanden und Ruhe herrschte, statt daß der Junge schlaflos im Bett lag. »Ernsthafte Grenzziehungsprobleme«, schrieb die Psychologin.

Wie ich vorausgesehen hatte, stellten sie fest, daß er an MCD leidet. Die Untersuchung ergab zwar »einen niedrigen Grad von MCD«, aber mein Anwalt versicherte mir, daß sie sich immer so ausdrückten.

Ich hatte es die ganze Zeit gewußt. Und niemand hatte auf mich hören wollen. Jetzt aber, da wissenschaftlich bewiesen war, daß meinem Jungen etwas fehlte, behauptete das Jugendamt, unter diesen Umständen könne ich mich nun wirklich nicht um ihn kümmern. So schwierig, wie er sei. Und sie waren trotz allem nicht davon überzeugt, daß er krank ist, denn die Symptome von MCD sind die gleichen wie die von normaler Vernachlässigung.

Sie wollten mir absolut Therapie und Betreuung in der Wohnung andienen. Ich sagte, daß ich wirklich alles tun wollte, um Olav zu helfen, daß ich selbst aber keine Hilfe brauchte. Ich war ja nicht krank. Mit mir stimmt schließlich alles.

Am Ende landete der Fall vor dem Bezirksausschuß. Sie wollten mir meinen Jungen wegnehmen.

Ich hatte nächtelang nicht mehr geschlafen. Als ich zu der Besprechung ging, merkte ich, daß ich nicht gut roch, obwohl ich doch morgens noch geduscht hatte. Meine Kleider kamen mir zu klein vor, und ich bereute, die blaue Kunstfaserbluse und nichts aus Baumwolle angezogen zu haben. Aber mein Anwalt hatte mir geraten, mich sorgfältig zu kleiden. Während der ersten Stunde konnte ich nur daran denken, daß mein Geruch immer schlimmer wurde und daß die Schweißringe unter meinen Armen immer deutlicher zu sehen waren. Mir war schwindlig. Eine große mollige Frau mit Pferdeschwanz und Brille und einer komischen Mischung von Akzenten ließ sich immer wieder darüber aus, was alles im Laufe der Jahre schiefgegangen sei. Sie war die Anwältin des Jugendamtes. Im Ausschuß saßen fünf Menschen, vier Frauen und ein Mann. Drei machten sich eifrig Notizen, der Mann ganz links jedoch schien immer wieder einzunicken. Die eine Frau, sie war sicher schon über sechzig, sah mich die ganze Zeit an, mit einem Blick, von dem mir nur noch schwindliger und unwohler wurde. Am Ende mußte ich um eine Pause bitten.

Mein Anwalt brauchte viel weniger Zeit als die Anwältin des Jugendamtes. Das war sicher ein schlechtes Zeichen, aber ich wagte nicht, ihn danach zu fragen. Außerdem ließ das Jugendamt eine ganze Armee von Zeugen aufmarschieren. Ich hatte keine. Der Anwalt hatte gesagt, das sei nicht nötig. Mir waren auch keine eingefallen, als er mich danach gefragt hatte.

Nach zwei Tagen fiel die Entscheidung. Die Ausschußvorsitzende, die die ganze Zeit freundlich gewesen war, fragte mich, ob ich das Gefühl hätte, daß wir zu einem wichtigen Ergebnis gekommen seien, und ob ich noch etwas hinzufügen wolle. In mir steckte ein riesiger Klumpen von Wörtern, die nicht gesagt worden waren. Ich wollte sie so gern dazu bringen, daß sie verstanden. Ich wollte mit ihnen in der Zeit zurückgehen und ihnen alles zeigen, was gut war, ihnen zeigen, wie sehr Olav und ich uns liebten. Ich wollte ihnen klarmachen, daß ich alles für meinen Jungen getan hatte, daß ich nie Alkohol getrunken oder andere Rauschmittel genommen hatte, daß ich ihn nie geschlagen hatte, daß ich immer, immer Angst gehabt habe, ihn zu verlieren.

Aber ich schüttelte nur den Kopf und starrte auf den Boden.

Zwölf Tage danach erfuhr ich, daß sie mir meinen Sohn weggenommen hatten.

Olav Håkonsen lag hinter dem Parkhaus beim Einkaufszentrum von Storo in einem Abfallcontainer und fragte sich, wie lange er hier wohl schon lag. Sein Kopf tat entsetzlich weh, und der Container stank wie die Pest. Er versuchte sich aufzurichten, sank aber zwischen den vielen Mülltüten wieder zurück. Es war jetzt ganz dunkel. Als er auf die Uhr schauen wollte, sah er, daß seine Swatch verschwunden war. Er konnte sich nicht erinnern, ob er sie vorhin noch getragen hatte. Beim nächsten Versuch, sich aufzurichten, wurde ihm schlecht, und er erbrach Kuchen und Cola. Das half ein bißchen.

Der Container war nur halb voll, aber der Müll war ungleichmäßig verteilt, und er lag so hoch oben, daß er die eiskalte Metallkante gerade noch erreichte. Auch seine Handschuhe waren verschwunden. Endlich konnte er sich hochziehen, geriet auf der schaukelnden Unterlage jedoch aus dem Gleichgewicht. Er versuchte, sich zu erinnern, was geschehen war.

Er war gesprungen. Sechs oder sieben Meter über sich sah er die Kante der obersten Parkebene. Es war die einzige Rettung gewesen, das wußte er noch. Mehr wußte er nicht.

Er vergrub sich immer tiefer zwischen den schwarzen stinkenden Müllsäcken und versank in einer gesegneten, traumlosen Finsternis.

Erik Henriksen hatte einen langen Arbeitstag hinter sich, und noch immer konnte von Feierabend keine Rede sein. Fünf Verhöre standen noch aus, und er nahm nicht an, daß sie die auf den nächsten Tag verlegen könnten. Jedenfalls nicht, wenn er und Tone-Marit sie allein durchziehen sollten.

Die Götter mochten wissen, womit Hanne und Billy T. eigentlich ihre Zeit verbrachten. Nicht, daß er sie der Drückebergerei bezichtigen wollte. Aber es wäre doch nett gewesen zu wissen, was sie so trieben. Im Büro ließen sie sich nicht gerade oft sehen, und Billy T., der doch eigentlich für die Verhöre zuständig war, war meistens nicht zu finden. Ab und zu hatte Erik Henriksen das Gefühl, gar nicht so richtig dazuzugehören. So, als hätten die anderen kein richtiges Vertrauen zu ihm. Und das war nicht gerade die große Inspiration. Ab und zu empfand er sogar eine leise bohrende Irritation, fast schon Wut, die sich gegen Hanne Wilhelmsen richtete. Das war eine ganz neue Regung, und er wußte nicht so recht, wie er damit umgehen sollte.

Er ließ den Kopf hin und her kippen und spürte, wie seine Nackenmuskulatur sich verspannte. Er war müde, schlecht aufgelegt und hatte alles satt. Und jetzt wollte er nach Hause.

Tone-Marit stand in der Tür. Sie sagte nichts, sie lächelte nur.

Sie war ganz normal. Ziemlich nett. Ihr Gesicht war kreisrund, obwohl sie doch schlank war. Ihre Augen waren schräg und schmal, wenn sie lächelte, verschwanden sie ganz. Ihre Haarfarbe änderte sich ab und zu; in dem Jahr, seit er sie kennengelernt hatte, war sie von Blond über Kupferrot zum jetzigen Dunkelbraun gewandert. Er wußte nicht, ob ihre Locken echt oder ebenfalls gekauft waren.

Sie redete zumeist nicht viel. Er wußte auch kaum etwas über sie. Aber nun stand sie hier, und es war später Nachmittag. Billy T. war über alle Berge. Hanne Wilhelmsen war ein aussichtsloser Fall. Tone-Marit stand in der Tür und lächelte.

»Wollen wir ins Kino gehen?« fragte er, ohne nachzudenken, und sie sah nicht einmal überrascht aus.

»Gern«, sagte sie. »In welchen Film denn?«

»Mir egal«, sagte er und fühlte sich schon weniger erschöpft.

Sie spazierten in die Innenstadt. Es war zu spät für die Vorstellung um sieben, und bis zu der um neun hatten sie noch jede Menge Zeit.

Tone-Marit hatte einen schönen Gang. Einen entschlossenen aufrechten Gang mit einem leisen femininen

Hüftschwung, der bei ihr nicht albern wirkte. Sie hielt den Kopf hocherhoben und war fast so groß wie er mit seinen eins zweiundachtzig. Sie trug eine kurze lederne Fliegerjacke über hautengen Jeans, unter denen ziemlich spitze Schnürstiefel hervorlugten. Auch jetzt sagte sie nicht viel, aber das machte nichts.

Nach einer halben Stunde hatten sie das Klingenberg-Kino erreicht. Inzwischen hatte er erfahren, wo sie wohnte und daß sie dort allein wohnte. Außerdem spielte sie Fußball in der Oberliga, ging fünfmal pro Woche zum Training und hatte schon sechs Länderspiele hinter sich. Er war ausgesprochen beeindruckt und überrascht, daß er von all dem nichts gewußt hatte.

Als sie die gläsernen Schaukästen im Kinofoyer umrundeten, erblickte er Hanne Wilhelmsen. Ihn überkam das alte Gefühl, daß sein Herz ein wenig schneller schlug, aber zum erstenmal mischte sich auch etwas Negatives, fast Deprimierendes darunter, die Wut, die er nicht ganz abschütteln konnte. Er ging langsamer, fuhr sich über sein sommersprossiges Gesicht und spielte mit dem Gedanken, lieber zum Saga-Kino zu wechseln. Aber sie hatten sich doch schon einen Film ausgesucht.

Hanne Wilhelmsen zupfte an ihrer Eintrittskarte herum und unterhielt sich mit drei anderen Frauen. Zwei hatten kurze Haare und sahen einander ziemlich ähnlich, die eine trug einen alten Anorak, die andere eine graubraune, formlose Jacke und Schaftstiefel. Beide hatten altmodische Intellektuellenbrillen. Die Dritte war ganz anders. Sie hatte halblange blonde Haare und war fast so groß wie Hanne. Unter einem offenen langen Mantel aus irgendeinem dünnen Stoff, der teuer aussah, trug sie ein tiefrotes durchgeknöpftes Kleid. Die beiden obersten Knöpfe waren offen, den Kragen hatte sie hochgeklappt. Jetzt legte sie den Kopf in den Nacken und lachte über eine Bemerkung der einen Kurzgeschorenen. Hanne, die halb zu Erik und Tone-Marit gewandt dastand, stupste ihre Schulter an und lächelte auf eine Weise, wie er es bei ihr noch nie erlebt hatte. Ihr Gesicht war so offen, sie wirkte jünger, fröhlicher, irgendwie nicht so *kontrolliert*.

Plötzlich sah sie ihn.

Erik war hier. Und Tone-Marit. Das war ihr natürlich schon oft passiert. Auch Kollegen gehen eben aus. So groß ist Oslo nun auch wieder nicht. Sie hatte ihre Strategien. Ein leichtes Nicken, ein kurzes Winken, dann eilte sie davon, als habe sie ein wichtiges Ziel. Etwas, das eilig war und ein ausführliches Gespräch verhinderte. Das wirkte immer, auch wenn Cecilie dann sauer oder zumindest traurig war.

Aber hier, vor einem Kino, dessen nächste Vorstellung erst in zwanzig Minuten beginnen würde, zusammen mit allen anderen Wartenden, die mit ihren Eintrittskarten winkten, konnte sie das nicht machen. Und die Leute waren ihre eigenen Untergebenen. Menschen, mit denen sie eng zusammenarbeitete. Jeden Tag. Sie mußte mit ihnen sprechen.

Um den anderen zuvorzukommen, ließ sie ihre Freundinnen stehen und ging auf die Kollegen zu. Sie merkte zu spät, daß Cecilie ihr folgte. Karen und Miriam begriffen sofort und verschwanden im Kino-Inneren. Daß die beiden auf Teufel komm raus so lesbenhaft aussehen wollten, war unbegreiflich. Und ab und zu auch unangenehm.

Sie hatte keine Ahnung, was sie sagen sollte. Also sagte sie die Wahrheit.

»Das ist Cecilie.«

Drei Sekunden lang stand die Welt still, dann fügte Hanne hinzu: »Wir haben eine gemeinsame Wohnung. Wir wohnen zusammen.«

»Ach«, sagte Erik Henriksen und reichte Cecilie die Hand. »Erik. Wir arbeiten zusammen.«

Seine linke Hand beschrieb einen Bogen, der ihn, Hanne und Tone-Marit einschloß.

»Und du, bist du auch eine Kollegin?« fragte er zögernd und blickte Cecilie ins Gesicht.

»Nein, ganz und gar nicht.« Sie lachte. »Ich arbeite im Ullevål Krankenhaus. Und du bist also Erik. Von dir habe ich schon einiges gehört.«

Hanne sah, daß Erik mit seinem ewigen Erröten kämpfte, und dankte den höheren Mächten, weil so ihr eigenes weniger auffallen würde. Sie wagte nicht, Tone-Marit anzusehen.

»Habt ihr noch viel erledigen können?« fragte sie leichthin und machte einen unmerklichen Schritt zur Seite, um nicht zu dicht neben ihrer Freundin zu stehen.

»Fünf Verhöre stehen noch aus«, sagte Tone-Marit. »Die schaffen wir sicher morgen. Übrigens ist heute nachmittag der Junge gesehen worden.«

Hanne riß sich zusammen. »Gesehen? Von unseren Leuten?«

»Ja, im Einkaufszentrum von Storo. Aber er ist entwischt«, erzählte Erik. »Schon ein harter Brocken. Jetzt ist er vierzehn Tage unterwegs. Da oben wird jetzt alles abgesucht. Die Villa, in der er einige Tage verbracht hat, ist ja nicht so weit von Storo entfernt. Die Jungs glauben, daß er vielleicht einen neuen Schlupfwinkel gefunden hat, deshalb kämmen sie verlassene Höfe und so was durch. Und Abbruchhäuser.«

»Na«, sagte Hanne locker und versuchte, diese unerwünschte Begegnung hinter sich zu bringen. »Laß uns reingehen. Ich will die Werbung sehen.«

»Sie ist ein hoffnungsloser Fall«, Cecilie lächelte wie zur Entschuldigung. »Sie liebt Werbung.«

»Den Spruch hättest du dir wirklich sparen können«, fauchte Hanne, als sie außer Hörweite waren.

»Ich finde, du hast das gut gemacht, Hanne«, sagte Cecilie ruhig, nahm Hanne die Eintrittskarten ab und reichte sie dem Türsteher.

»Ich hatte ja keine Ahung, daß Hanne eine Mitbewohnerin hat«, murmelte Erik, als er und Tone-Marit ihre Plätze gefunden hatten. »Ziemlich tolle Frau übrigens.«

Tone-Marit machte sich an einem Trinkhalm zu schaffen, der einfach nicht in den Saftkarton hineinwollte.

»Ich glaube nicht gerade, daß sie nur zusammen wohnen«, sagte sie ruhig und bohrte endlich den widerspenstigen Trinkhalm durch das Loch.

Aber inzwischen hatte Erik sich schon in seine Tüte Schokobonbons vertieft und freute sich auf den Film.

10

Am Freitag morgen um zehn rief Maren Kalsvik wieder bei Billy T. an. Kenneth war krank. Er weinte und wollte sie nicht fortlassen. Normalerweise würde sie nicht darauf eingehen, erklärte sie, aber in letzter Zeit sei doch so viel passiert. Der Junge sei verzweifelt, habe Angst und neununddreißig Grad Fieber. Sie wisse, daß sie sehr viel verlange, aber da die anderen Heimangestellten ohnehin schon auf der Wache auf die Verhöre warteten, wolle sie doch darum bitten, daß er zu ihr komme. Ins Kinderheim.

Billy T. konnte Kenneth gut leiden. Und er kannte sich mit kranken Kindern aus.

Um zwanzig vor elf stellte er seinen Wagen vor dem Kinderheim Frühlingssonne ab. Er hatte Hanne nicht erreicht, und das beunruhigte ihn ein wenig. Er hätte sie fast zu Hause angerufen, nur um in Erfahrung zu bringen, ob sie dort war, hatte diesen Plan dann aber doch wieder aufgegeben.

Als er das Tor öffnete und zu dem großen Haus gehen wollte, kam eine magere Frau aus der Tür. Sie sah ihn, blieb stehen und wartete, bis er sie erreicht hatte.

»Sie sind von der Polizei«, sagte sie skeptisch und blickte ihn forschend an.

Er bestätigte ihre Vermutung, und sie starrte ihn weiterhin konzentriert an, so als ob sie versuchte, sich an etwas zu erinnern. Dann schüttelte sie rasch den Kopf. Wortlos hielt sie ihm die Tür auf und lief danach über den Kiesweg zum Tor.

Raymond kam die Treppe heruntergepoltert und wäre

fast mit Billy T. zusammengestoßen, als der Polizist einen Blick in den Aufenthaltsraum werfen wollte.

»Ach, bist du nicht in der Schule?« fragte Billy T.

»Hatte meine Turnklamotten vergessen. Maren ist im Besprechungszimmer«, rief der Siebzehnjährige und knallte mit der Tür, als wollte er die Toten aufwecken.

Kenneth aber, der im ersten Stock schlief, wurde davon zum Glück nicht wach.

»Endlich. Er hat letzte Nacht fast kein Auge zugetan«, sagte Maren Kalsvik erschöpft und bot ihm einen Stuhl an.

»Sie offenbar auch nicht.«

Sie lächelte kurz, kniff die Augen zusammen und zuckte mit den Schultern.

»Das geht schon. Aber ich mache mir Sorgen. Die Kinder leiden unter der Situation, wissen Sie. Gerade unsere, die vor Unruhe geschützt werden sollten. Deshalb sind sie doch hier. Ha! Ein Mord und ein Selbstmord. In anderthalb Wochen!«

Sie schlug die Hände vors Gesicht und blieb einige Sekunden in dieser Haltung sitzen, dann sprang sie auf und schlug mit aufgesetzt fröhlicher Stimme vor, nun aber mit dem Verhör zu beginnen.

»Da wir das bei Ihnen machen«, sagte Billy T. und stellte ein Tonbandgerät mitten auf den Tisch, »benutze ich das hier. Okay?«

Sie gab keine Antwort, was er für Zustimmung hielt. Nach einigem Hin und Her funktionierte das Tonbandgerät schließlich, obwohl es mindestens fünfzehn Jahre alt war und tickte wie ein altes Uhrwerk. Es gehörte der Osloer Polizei, und aus irgendeinem Grund wurde das durch sechs verschiedene Aufkleber kundgetan. Neben das Tonbandgerät legte er sein Funktelefon. Es war sein privates und erst zwei Monate alt. Seine Söhne hatten es ihm zu Weihnachten geschenkt, und das mußte bedeuten, daß ihre Mütter sich auf irgendeine Weise abgesprochen hatten.

»Muß ich einschalten«, sagte er entschuldigend. »Ist zwar saublöd, aber wir stecken ja mitten in einer Ermittlung. Die anderen müssen mich erreichen können.«

Sie schwieg noch immer. Vermutlich konnte er auch dieses Schweigen als Zustimmung auslegen.

»Gehen wir zum Abend des Mordes zurück«, sagte er.

»Das mache ich jeden Abend«, sagte sie leise. »Wenn ich mich endlich hinsetzen und ein wenig entspannen kann. Dann ist es wieder da. Alles. Dieser entsetzliche Anblick.«

Eigentlich bewunderte er sie. So jung und so große Verantwortung. Liebe genug für eine ganze Kinderschar. »Wohnen Sie jetzt hier?« fragte er.

»Ja. Vorübergehend. Bis wieder Ruhe eingekehrt ist.«

Das Tonbandgerät hörte plötzlich auf zu ticken, und er machte sich wieder an den Knöpfen zu schaffen, die einfach nicht unten bleiben wollten. Nach einigem Drükken hier und da schien das Gerät endlich wieder zu funktionieren.

»Wissen Sie noch genau, wann Eirik Vassbunn Sie angerufen hat?«

»Das muß kurz vor eins gewesen sein. Nachts, meine ich.« Sie lächelte schwach.

»Wie kam er Ihnen vor?«

»Total hysterisch.«

»Hysterisch? Wie meinen Sie das?«

»Er weinte und stotterte und konnte überhaupt nichts erklären. War völlig aufgelöst.«

Ihr Gesicht hatte einen harten Zug angenommen. Sie zog das Gummi aus ihren Haaren, faßte die Haare neu zusammen und streifte das Gummi wieder darüber.

»Er sagt, Sie seien schon hier gewesen, noch ehe er die Polizei angerufen hat.«

Billy T. erhob sich und ging zum Fenster. Er verschränkte die Hände auf dem Rücken und fragte, ohne sie anzusehen: »Warum haben Sie das beim ersten Verhör nicht gesagt?«

Dann fuhr er herum und starrte sie an.

Aber in ihrem Gesicht las er nur aufrichtige Überraschung.

»Aber das habe ich doch ganz deutlich gesagt«, sagte sie. »Da bin ich mir hundertprozentig sicher.«

Billy T. ging zum Tisch und griff nach dem Protokoll des ersten Verhörs. Es war fünf Seiten lang und unterschrieben von Kalsvik und Tone-Marit Steen.

»Hier«, sagte er und las vor. »Die Zeugin sagt aus, Eirik Vassbunn habe sie gegen 01.00 Uhr angerufen. Es kann zehn Minuten vor oder nach gewesen sein. Sie glaubt nicht, daß sie mehr als eine Viertelstunde gebraucht hat, um den Tatort zu erreichen. Vassbunn war sehr aufgeregt, und die Polizei mußte ihn zum Notarzt bringen. Schluß aus. Kein Wort davon, daß die Polizei bei Ihrem Eintreffen noch nicht hier war.«

»Aber ich habe es ganz bestimmt gesagt«, beharrte sie. »Warum hätte ich es nicht sagen sollen?«

Billy T. rieb sich den Schädel. Er mußte sich rasieren. Es piekste und juckte auch ein bißchen. Er wußte, daß sie wahrscheinlich die Wahrheit sagte. Das Protokoll teilte zwar nicht mit, daß sie vor der Polizei hier gewesen war, es behauptete aber auch nicht das Gegenteil. Tone-Marit war gut, aber offenbar konnten ihr immer noch Fehler unterlaufen.

Das Telefon piepste. Beide fuhren zusammen.

»Billy T.«, kläffte er in die Sprechmuschel, er war wütend über die Störung. Er wurde noch wütender, als Tone-Marit sich meldete.

»Tut mir leid, Billy«, sagte sie. »Aber ich…«

»Billy T., Billy *T.* habe ich gesagt. Schon hundertmal!«

Er wandte sich ab, und Maren Kalsvik hob die Augenbrauen und zeigte auf die Tür. Er nickte leicht verlegen, aber sie schien sich über diese Pause zu freuen. Vorsichtig schloß sie die Tür hinter sich, und er war allein.

»Was ist los?«

»Wir wissen jetzt, wer der Scheckbetrüger ist.«

Er sagte nichts. Eine Wasserleitung rauschte, und er nahm an, daß Maren Kalsvik in der Küche nebenan Kaffee machte. Vielleicht stimmte ja auch mit seinen Ohren etwas nicht.

»Hallo? Hallo!«

»Ja, hier bin ich«, sagte er. »Und wer ist es?«

»Der Liebhaber. Die Videos zeigen das klar und deutlich, obwohl er sich einen Schnurrbart angeklebt hatte.«

Hannes Kneipentheorie zerkrümelte. Aber das war nicht weiter schlimm.

»Und noch etwas«, sagte Tone-Marit und war durch das Rauschen der Wasserleitung fast nicht mehr zu hören. »Hallo? Bist du noch da?«

»Ja«, rief er. »Hallo?«

»Der Liebhaber ist verschwunden. Er war seit zwei Tagen nicht mehr im Geschäft, hat aber auch keine Krankmeldung oder so geschickt. Und den Kumpel, mit dem er am Mordabend in Drøbak zusammengewesen sein will, können wir nicht finden.«

Das Rauschen wurde immer schlimmer. Jetzt wußte er wirklich nicht mehr, ob es aus der Wasserleitung, dem Telefon oder seinem eigenen Kopf kam.

»Hallo?«

»Ja, ich bin hier!« rief er gereizt. »Stellt fest, wo der Typ sich herumtreibt. Macht nichts anderes. Kapiert? Nichts! Stellt einfach nur fest, wo er ist. Ich bin in zwanzig Minuten bei euch.«

Er klappte das Telefon zusammen, streifte seine Jacke über und konnte sich kaum von Maren Kalsvik verabschieden, die mit einer Kaffeekanne in der einen und zwei Tassen in der anderen Hand auftauchte und ihm verdutzt nachschaute.

Das Tonbandgerät hatte Billy T. natürlich vergessen.

Hanne wußte schon gar nicht mehr, wann sie zuletzt so gut geschlafen hatte. Trotzdem war sie todmüde. Erst nach einigen Sekunden fiel ihr ein, welcher Tag es war. Sie weigerte sich, sich diesem Tag zu stellen. Sicherheitshalber überprüfte sie, ob sie nicht vielleicht Halsschmerzen hätte. Oder Magenschmerzen. Wenn sie sich das genau überlegte, dann war da doch irgendwo hinten im Kreuz ein leises Ziehen. Aber das kündigte nur die Menstruation an. Sie quälte sich unter der Decke hervor. Und fluchte los, als sie sah, daß es nach halb elf war.

Cecilie war schon gegangen. In der Küche war der Frühstückstisch gedeckt, mit Messer und Gabel, Serviette und dem schönsten Service. Auf dem Teller lag ein liebevoller Zettel, der einen guten Tag wünschte. Das machte die Sache immerhin ein bißchen besser.

Die Sozialschule der Diakonie lag logischerweise am Ende des Diakonvei, der beim Verteilerkreis von Volvat anfing und auf einem großen Parkplatz endete. Die Schule stand einzeln, auf einer kleinen Anhöhe, war jedoch ein architektonisches Flickwerk. Die Eingangspartie war in den Winkel zwischen einem zweistöckigen Anbau und einem großen gelben Klotz unbestimmbaren Alters gequetscht.

»Genauso unfreundlich wie das Polizeigebäude«, murmelte Hanne Wilhelmsen, als die dreißig Meter vom Parkplatz dorthin hinter ihr lagen und sie durch doppelte Glastüren die Schule betrat.

Ein schwarzes Brett auf der rechten Seite lud zum Volksmusikabend am Samstag ein, und Hanne schauderte es. Drei Studentinnen oder vielleicht auch Dozentinnen kamen eine kleine Betontreppe herunter. Gerade wollte Hanne die drei nach dem Weg zum Büro des Rektors fragen, da fiel ihr Blick auf einen Gebäudeplan, der besagte, daß sie die Treppe hoch, dann nach links und durch das Atrium gehen sollte. Zwei weitere schwarze Bretter luden sie unterwegs zur Morgenandacht ein und boten Fürbitten an.

Wäre vielleicht gar nicht so blöd, dachte sie. Aber wenn ich das richtig verstanden habe, dann gelten diese Fürbitten nicht für solche wie mich.

Im Sekretariat stellte sich heraus, daß Hanne mit einer Frau namens Ellen Marie Sørensen sprechen mußte. Diese Frau wußte offenbar genau, was sie wollte. Ihr Gesicht war spitz und energisch. Ihre Kleider waren nicht sonderlich teuer, nicht sonderlich geschmackvoll, aber korrekt. Sie paßten zur Gesamterscheinung. Ein grauer Faltenrock und eine Rüschenbluse unter einem etwas dunkleren grauen Jackett ließen sie älter aussehen, als sie vermutlich war. Ihre Haare hatten einen einfachen, aber sehr weiblichen Schnitt, leichte Strähnen zeugten noch von lange zurückliegenden Einfärbungen. Ellen Marie Sørensen war der Typ Frau, bei dem Hanne Wilhelmsen sich immer wie ein Trampel vorkam. Sie bereute, nichts Offizielleres als eine Samthose und einen Trachtenpullover angezogen zu haben. Diese Frau gab ihr das Gefühl, ihre komplette Uniform zu brauchen.

Frau Sørensen konnte bestätigen, noch vor kurzem mit Agnes Vestavik gesprochen zu haben. Das genaue Datum wußte sie nicht mehr, aber es konnte keinesfalls länger als drei Wochen her sein. Sie wußte es noch so genau, weil sie sich über Agnes Vestaviks Anliegen gewundert hatte. Anfangs hatte sie überhaupt keine Auskunft erteilen wollen.

»Man weiß ja nie«, sagte sie und spitzte vielsagend den Mund. »Hier kann doch jeder anrufen und sich als sonstwer ausgeben.«

Aber da der Direktor sie gebeten hatte, Agnes Vestavik, seiner alten Freundin, die gewünschte Auskunft zu geben, hatte sie sie zurückgerufen. Und ihre Fragen beantwortet.

»Und worum ging es dabei?« fragte Hanne und faltete die Hände.

Vielleicht lag es an diesem Ort. Gott war doch an einer christlichen Ausbildungsstätte sicher mehr anwesend als anderswo. Vielleicht lag es aber auch einfach daran, daß sie sich an jeden Strohhalm klammerte, um die Antwort auf die Frage zu erlangen, warum Agnes Vestavik eine Woche vor ihrer Ermordung in der Sozialschule der Diakonie angerufen hatte.

Lieber Gott, dachte sie und schaute ihre Fingerknöchel an, die vor Erwartung weiß geworden waren. Bitte, mach, daß die Antwort so ausfällt, wie ich glaube.

Er erhörte dieses Gebet. Sie bedankte sich nicht einmal. Sie hatte es viel zu eilig.

Es war hellichter Tag. Er kam sich fast vor wie tot. So mußte es jedenfalls sein, wenn man fast tot war. Arme und Beine waren wie betäubt. Sein Kopf war ein Feuerball. Ansonsten war er eiskalt. Veilleicht konnte er sich deshalb kaum bewegen. Um ihn herum brummten die Autos, oft konnte er auch Stimmen hören. Er mußte weg von hier.

Ihm wurde noch kälter, als er sich von den Müllsäcken befreit hatte, mit denen er zugedeckt gewesen war. Aber er konnte sich etwas besser bewegen. Zwei Möwen saßen auf der Containerkante und schauten auf ihn herab. Sie legten die Köpfe schräg und stießen lange, klagende Schreie aus. Vielleicht wohnten sie hier. Vielleicht hatte er ihr Haus besetzt. Er verjagte sie, aber sie wichen nur bis zum Parkhaus zurück. Außerdem starrten sie ihn weiter an und hörten auch nicht auf zu schreien.

Endlich konnte er aus dem Container klettern. Er mußte sich auf dem Bauch über die Kante ziehen und sich mehr oder weniger herauswälzen. Er schlug ziemlich hart auf den Boden auf, aber das war jetzt auch egal. Langsam wischte er sich den ärgsten Schmutz ab, als ein Mann sich plötzlich aus dem Erdgeschoß des Parkhauses herausbeugte und seine Hilfe anbot. Er schüttelte den Kopf und schleppte sich davon.

Er wußte nicht, wie viele Stunden er im Container gelegen hatte. Die meiste Zeit hatte er geschlafen. Oder zumindest gedöst. In seinen wenigen wachen Momenten hatte er einen Entschluß gefaßt.

Er brauchte Hilfe. Er kam nicht allein zurecht. Aber es gab nicht viele, die ihm bisher wirklich geholfen hatten. Der Betreuer vielleicht, ein wenig zumindest, aber dann hatte er sich mit dem Jugendamt verschworen. Hatte ihn hintergangen.

Und seine Mutter natürlich.

Der Gedanke an seine Mutter versetzte ihm einen Stich, und er spürte nur um so deutlicher, wie schlecht es ihm ging. Seine Haut prickelte, und seine Kopfschmerzen waren noch schlimmer geworden.

Aber zumindest hatte er keinen Hunger.

Am schönsten wäre es ja gewesen, wenn seine Mutter ihm hätte helfen können. Und am richtigsten. Sie hatte ja recht, wenn sie immer sagte: Wir gehören zusammen.

Aber sie kriegte doch nichts geregelt. Und das hier war

auf jeden Fall zuviel für sie. Er wußte nicht so recht, was zuviel für sie war, wenn er genauer darüber nachdachte, aber es mußte etwas geschehen. Und von seiner Mutter war nichts zu erwarten.

Da blieb nur noch eine. Maren. Sie hatte ihm wirklich geholfen. Sie hatte es ganz deutlich gesagt: Wenn er je Probleme hatte, dann sollte er zu ihr kommen.

Benebelt und erschöpft überlegte er sich, wie er zu Maren finden sollte.

Um ein Haar wären sie vor dem Personaleingang zusammengestoßen. Beide hatten ihre Autos ausgesprochen verboten und als klare Behinderung für die Dienstwagen hingestellt, die zu den Zapfsäulen der Osloer Polizei wollten.

»Wo zum Teufel hast du dich denn rumgetrieben?« fragte Billy T., aber Hanne Wilhelmsen sah ihm an, daß er eher gut gelaunt als wütend war.

»Ich weiß jetzt, wen wir suchen«, sagte Hanne.

»Ich auch«, sagte Billy T.

Sie blieben stehen.

»Warum habe ich das Gefühl, daß es sich nicht um dieselbe Person handelt?« fragte Hanne leise.

»Weil es vermutlich so ist«, sagte Billy T. ebenso leise.

Dann schwiegen sie, bis sie in Hannes Büro saßen.

»Du zuerst«, sagte Hanne und nahm einen Schluck aus einer alten Colaflasche.

Sie schnitt eine Grimasse und stellte die Flasche weg.

»Der Liebhaber«, sagte Billy T. vorsichtig und griff nach der Cola.

»Ich warne dich. Die ist uralt.« Sie zeigte auf die halbleere Flasche. »Wieso glaubst du, daß es der Liebhaber war?«

Als er es ihr erklärt hatte, verstummte sie. Dann steckte

sie sich eine Zigarette an. Sie brauchte sieben Minuten, um über diese neue Information nachzudenken. Billy T. ließ sie in Ruhe.

»Hol ihn so schnell wie möglich her«, sagte sie dann. »Sofort.«

»Yessss!« sagte er triumphierend und schlug mit der Faust auf den Tisch.

»Aber laß dir erst einen blauen Zettel ausschreiben. Wegen Betrugs. Und Scheckfälschung. Und Diebstahls.«

»Nicht wegen Mordes?«

Sie schüttelte fast unmerklich den Kopf.

»Aber verdammt, Hanne, weshalb nicht wegen Mordes?«

»Weil er es nicht war.«

Sie erhob sich und griff zu einem Gesetzbuch. Stehend blätterte sie bis zum Strafgesetz vor. Sie wußte nicht mehr genau, ob es sich beim Diebstahl eines Scheckbuches um groben oder einfachen Diebstahl handelte.

»Wer zum Teufel soll es denn sonst gewesen sein?« Jetzt brüllte er fast und breitete dabei die Arme aus. »Wen halten Ihre Hoheit Hanne Wilhelmsen also für den Sünder? Oder ist das ein Geheimnis, das Majestät für sich behalten wollen?«

»Maren Kalsvik«, sagte Hanne ruhig. »Es war Maren Kalsvik.«

Ehe sie ihre Behauptung begründen konnte, wurde an die Tür geklopft. Billy T. riß sie auf.

»Was ist denn jetzt schon wieder?« blaffte er Tone-Marit an.

»Weitere Neuigkeiten. Das hier.«

Sie schlüpfte unter Billy T.s Arm hindurch und ging zur Hauptkommissarin.

»Schau mal, Hanne«, sagte sie und reichte ihr ein Blatt Papier.

Es war die Kopie eines Ehevertrags. Unterzeichnet von Agnes und Odd Vestavik.

»Odd Vestavik hat nicht die ganze Wahrheit erzählt«, sagte Tone-Marit. »Dieser Vertrag ist zwei Tage vor dem Mord beim Notar hinterlegt worden. Er war allerdings noch nicht aktenkundig.«

»Und was bedeutet das?« fragte Billy T. ungeduldig und versuchte, das Papier an sich zu reißen. Hanne aber war noch nicht mit Lesen fertig und wollte es deshalb nicht hergeben.

»Das bedeutet, daß die Gütertrennung aufgehoben wird. Was in der Praxis heißt, daß er alles erbt und damit machen kann, was er will. Jetzt gehört alles ihm.«

»Himmel und Ozean«, sagte Hanne und schaute Tone-Marit an. »Wie habt ihr das bloß alles herausfinden können? Scheckfälschung, Papiere, Eheverträge und weiß Gott, was sonst noch alles ... jetzt versuchen wir seit zwei Wochen verzweifelt, Motive und Möglichkeiten zu finden, und dann fällt uns das alles an einem einzigen Tag in den Schoß.«

»Wir teilen uns unsere Zeit eben ein«, sagte Tone-Marit und schaute Hanne in die Augen. »Denn wir haben leider eine Hauptkommissarin, die sich nicht die Mühe macht, ihre Hilfstruppen richtig anzuleiten. Also tun wir unser Bestes, Erik und ich.«

Es war durchaus kein feindseliger Blick. Er war nicht einmal herausfordernd. Aber er war stark, und er wich nicht einen Fingerbreit zurück.

Billy T. war wie erstarrt. Er wagte nicht, etwas anderes zu bewegen als seine Augen, und er hatte den Eindruck, daß der Sekundenzeiger der Wanduhr aus purem Entsetzen stehengeblieben war.

»Touché«, sagte Hanne mit leisem Lächeln. »Und voll überholt, muß ich wohl zugeben.«

Billy T. atmete hörbar aus und grinste breit.

»Die Jugend von heute, Hanne. Hat keinen Respekt mehr.«

»Du hältst jedenfalls die Klappe.«

Ihr Zeigefinger bohrte sich in seine Brust.

»Von jetzt an wird geleitet. Schaff Erik her. Und zwar sofort!«

Der Haftbefehl gegen den Liebhaber war bald ausgestellt. Der Jurist, der auf ihren Fall angesetzt war, war zwar ziemlich träge und unerfahren und hatte an dem Mord an Agnes Vestavik bisher kaum Interesse gezeigt, aber er zuckte mit den Schultern und versorgte zwei angehende Wachtmeister mit den nötigen Papieren; dann instruierte Hanne Wilhelmsen die beiden mit leiser Stimme und schickte sie los. Sie wußten inzwischen, daß der Liebhaber nicht verschwunden war, sondern zu Hause saß und soff.

Hanne ging zurück in ihr Büro, wo Billy T. vier Cola neueren Datums herbeigeschafft hatte. Sie setzte sich auf ihren Platz und trank eine halbe Flasche. Danach ließ sie ihren Blick von Tone-Marit zu Erik und dann wieder zurück zu der jungen Kollegin wandern.

»Du hattest schon recht. Das war wirklich keine Höchstleistung von mir. Tut mir leid.«

Billy T. und Erik waren verlegen und winkten ab. Tone-Marit sah sie nur an.

»Es tut mir wirklich leid.«

Tone-Marit starrte sie noch immer an, aber in ihren schmalen Augen lag ein leises Lächeln auf der Lauer. Hanne lächelte auch und sagte: »Jetzt müssen wir aus diesem Wirrwarr von Mördern wieder herausfinden. Und von Mörderinnen.«

Sie hatte die grünen Umschläge in ihrem Ordner zu vier Stapeln sortiert. Die lagen in Reih und Glied vor ihr, und nun legte sie auf den einen eine schmale, flache Hand. Ihr Trauring funkelte zu den dreien auf der anderen Seite des Schreibtischs hinüber, und aus einem alten Reflex heraus wollte sie die Hand zurückziehen. Aber etwas hinderte sie daran.

»Das hier ist Maren Kalsvik«, sagte sie und klopfte auf den einen Stapel, dann kam der nächste an die Reihe. »Und das ist der Liebhaber, der seine Bekannte vor ihrem Tod noch ausgeplündert hat. Hier...« Die Hand klatschte auf den dritten Stapel. »Hier haben wir den Ehemann, der die Polizei anlügt, wenn es um das Erbe der toten Gattin geht.«

Der vierte grüne Umschlag wurde an die Tischkante geschoben.

»Das ist der Rest. Olav Håkonsen, seine Mutter, Terje Welby und...«

»Warum hast du eigentlich Terje Welby abgeschrieben?« fiel Tone-Marit ihr ins Wort. »Er ist doch trotz allem noch aktuell, oder was?«

»Das wäre zu einfach, Tone-Marit. Das wäre viel zu einfach und simpel. Und mir gefällt nicht, daß er keinen Abschiedsbrief hinterlassen hat. Die Leute von der Technik sind inzwischen ganz sicher, daß es Selbstmord war. Falls sie es überhaupt je bezweifelt haben. Terje Welby hat sich mit seinem eigenen Tapetenmesser umgebracht. Aus Reue und Depression, vermutlich. Weil er ein Schurke und Bandit war, der seinen Arbeitgeber bestohlen hat. Aber wir haben sonst keinen Grund zu der Annahme, er könnte Agnes umgebracht haben. Alle Erfahrung lehrt, daß er dann einen Brief hinterlassen hätte. Einen Brief, in dem er entweder seine Unschuld beteuert und um Verzeihung für seine sonstigen Vergehen bittet, oder einen, in dem er alles zugibt. Hier handelt es sich um einen in tiefster Verzweiflung begangenen Selbstmord. Eine Flucht und eine Buße. Und beides bliebe unvollendet, wenn er sich nicht mitgeteilt hätte. Wenn er nicht gesagt hätte, was er getan hat und was nicht.«

»Aber er hat nun mal keinen Brief geschrieben«, sagte Billy T. und rülpste laut und ausgiebig.

»Doch, ich glaube, er hat«, widersprach Hanne leise. »Ich bin ziemlich sicher, daß er einen solchen Brief geschrieben hat. Aber den hat jemand verschwinden lassen.«

Erik kippte sich Kaffee aufs Hemd. Tone-Marit kippte das Kinn nach unten. Billy T. stieß einen Pfiff aus.

»Maren Kalsvik«, sagte er, fast wie zu sich selbst.

»Aber es kann doch jeder gewesen sein«, protestierte Erik. »Warum gerade sie?«

»Weil wir glauben sollen, der Mörder sei tot. Weil für sie der Himmel einstürzen würde, wenn sie ihren Job aufgeben müßte. Einen Job, für den sie leibt und lebt, einen Job, den sie sich durch Urkundenfälschung und Lügen beschafft hat.«

Jetzt stieß Tone-Marit einen Pfiff aus. Einen leisen, gedehnten Pfiff.

»Maren Kalsvik hat die Sozialschule der Diakonie besucht«, erzählte Hanne und verschränkte die Hände hinter dem Kopf. »Das schon. Aber sie ist beim letzten Examen durchgefallen. Im Frühjahr 1990. Das ist nicht weiter schlimm, man versucht es im Herbst eben noch einmal. Das Problem ist nur, daß sie wieder durchgefallen ist. Und die blödeste Entscheidung ihres Lebens getroffen hat. Statt das letzte Schuljahr zu wiederholen und damit zwei neue Chancen zu bekommen, hat sie sich zum Nachexamen gemeldet. Und ist wieder durchgerasselt.«

»Spinnt die?« murmelte Billy T. »Die macht so einen intelligenten Eindruck.«

»Theorie und Praxis sind eben sehr weit voneinander entfernt. Daß sie immer wieder durchgefallen ist, kann tausend Ursachen haben. Entscheidend ist jetzt, daß man nach dem Nachholexamen keine weiteren Möglichkeiten mehr hat. Im ganzen Leben nicht mehr. Auf der Sozialschule der Diakonie hat niemals eine Maren Kalsvik Examen gemacht. Nicht 1990, nicht 1991. Und auch in keinem anderen Jahr. Sie muß aber bei ihrer Bewerbung Unterlagen gezeigt haben. Und die waren demnach gefälscht.«

»O verdammt«, sagte Billy T.

»Genau das hat sie sicher auch gedacht. Als sie durchgefallen ist, meine ich.«

»Aber wissen wir, daß Agnes Maren gesagt hat, daß sie durchschaut war?« fragte Tone-Marit.

»Nein, das wissen wir nicht.« Hanne schüttelte den Kopf. »Aber wenn sie es ihr gesagt hat, dann wußte Maren, daß sie vor Ruinen stand. Und das ist tausendmal schlimmer, als wegen des Diebstahls von dreißigtausend Kronen in den Knast zu wandern. Es ist schlimmer, als obdachlos und pleite zu sein. Und außerdem ist das noch nicht alles…«

Eine halbe Stunde später war die Cola getrunken, und die Temperatur im Büro der Hauptkommissarin rückte bedrohlich auf dreißig Grad zu. Erik war aufgeregt und verschwitzt, Billy T. zuckersüß, und Tone-Marit dachte bei sich ein weiteres Mal, daß Hanne Wilhelmsen die beste Ermittlerin war, die sie je erlebt hatte.

Es konnte keine Zweifel mehr geben. Der Liebhaber war ein Gauner und würde seine verdiente Strafe erhalten. Der Ehemann war ein armer Trottel, der sich nicht getraut hatte, eine Wahrheit einzugestehen, die für ihn nicht einmal irgendeine Gefahr bedeutet hatte.

Maren Kalsvik war eine Mörderin.

Aber wie sie die Sache auch drehten und wendeten, sie konnten es einfach nicht beweisen.

Cathrine Ruge stand am Gemüsetresen und fragte sich, ob sie noch Möhren hatte oder ob sie noch eine Packung kaufen sollte. Sie sahen jetzt, mitten im Winter, nicht gerade verlockend aus. Vielleicht wären gelbe Rüben doch vorzuziehen. Sie hielt gerade eine graugelbe, ovale Rübe in der Hand, als eine Bande von lärmenden Jugendlichen in roten Steppjacken, auf die sie hinten weiße Filzkatzen aufgenäht hatten, ins Geschäft stürmte.

Himmel, die Abiturfeiern fangen auch jedes Jahr früher an, dachte sie. Zu ihrer Zeit hatten sie noch bis Mitte Mai gebüffelt und höchstens mal samstags einen Bierabend eingelegt. Sie selbst hatte damals nur eine Studentenmütze gehabt, und die hatte sie auch nur einmal aufgesetzt, am Nationalfeiertag nämlich.

Die Jugendlichen nahmen alle Limonadenflaschen aus einem Kühlschrank und versorgten sich mit unglaublichen Mengen an Schokolade. Sie füllten große Tüten mit Süßigkeiten aus den verschiedenen Gläsern, und ein Junge mit strähnigen Haaren, der mehr Krach machte als alle anderen zusammen, wollte bei den beiden Mädchen aus der Clique dermaßen Eindruck schinden, daß er vor Überschwang den Süßigkeitenständer umwarf. Schokolade, Drops und Gummibärchen fielen zu Boden, und plötzlich senkte sich Totenstille über den Laden. Dann brüllten die Jugendlichen vor Lachen. Die junge Kassiererin machte ein verzweifeltes Gesicht, sie war vermutlich jünger als die Abiturienten und sicher noch nie so nahe an eine Studentenmütze herangekommen wie in diesem Moment, sie traute sich nicht einmal, die anderen zurechtzuweisen. Sie schloß die Kasse ab und holte Kehrblech und Handfeger. Ehe sie zurückkam, rafften die Jugendlichen alles, was sie an Cola und Schokolade tragen konnten, zusammen und stürzten davon.

Cathrine spielte einen Moment mit dem Gedanken, sie aufzuhalten, aber das laute, wüste Auftreten der Clique hatte sie fast ebenso erschreckt wie die junge Kassiererin. Die Bande quoll wie ein vielköpfiger Troll aus dem Laden, und vier erwachsene Menschen standen betreten da und mochten einander nicht ins Gesicht schauen, weil sie keinen Finger gerührt hatten, um das Ungeheuer aufzuhalten.

Aber Cathrine konnte der Kassiererin immerhin beim Aufräumen helfen. Zögernd hockte sie sich hin und klaubte Süßigkeiten auf. Zwischen die Bonbons waren Abfälle und winterlicher Schmutz geraten, sie konnten sie nur noch wegwerfen. Die Kassiererin hielt ihr dankbar einen großen Müllsack hin und flüsterte: »Die kommen oft her. Sie machen immer einen Höllenlärm, aber gestohlen haben sie bisher noch nie.«

»Herrgott, sie versucht auch noch, sie zu entschuldigen«, murmelte Cathrine und erhob sich. »Sie sollten diese Leute wirklich anzeigen.«

»Darum kümmert sich der Chef. Er wird bald hier sein.«

Die Kassiererin schien sich vor dem Chef noch mehr zu fürchten als vor den Jugendlichen, die den Laden verwüstet hatten. Cathrine erbot sich, zu warten und dem Chef zu erzählen, was sie beobachtet hatte.

»Nein, nein, um Himmels willen«, wehrte die Kassiererin ab. »Das würde alles nur noch schlimmer machen.«

Sie brauchten zehn Minuten zum Aufräumen. Der Müllsack war zu einem Viertel mit unbrauchbaren Süßigkeiten gefüllt.

»Wenn Sie in der Schule Bescheid sagen, dann kriegen

diese Kinder ganz schönen Ärger«, sagte Cathrine in einem erfolglosen Versuch, die Kassiererin, die jetzt wieder hinter ihrer Kasse saß, aufzumuntern. »Die Katze bedeutet, daß sie auf die Kathedralschule gehen. Ich kann doch…«

»Nein, nein«, sagte die Kassiererin. »Vergessen Sie's einfach.«

Cathrine schüttelte den Kopf, bezahlte ihre Einkäufe und ging. Sie hatte die Rübe gekauft, obwohl die sich weich und wäßrig anfühlte. Sie war fast sicher, daß sie noch Möhren im Kühlschrank hatte.

Und dann fiel es ihr plötzlich ein. Was ihr so wichtig vorgekommen war, als Christian die Möglichkeit erwähnt hatte, Maren könne Agnes umgebracht haben. Große kalte Regentropfen schlugen ihr ins Gesicht, als sie stehenblieb und sich fragte, ob sie die Polizei informieren müßte. Sie stellte ihre Plastiktüte auf den Boden und fuhr sich durch ihr kaltes, nasses Gesicht.

Es hatte sicher nichts zu bedeuten. Denn bestimmt hatte doch Terje Agnes ermordet, auch wenn es verwirrend war, daß die Polizei das gesamte Personal noch einmal verhört hatte. Blöd, daß ihr das nicht schon gestern eingefallen war, als sie ihre zweite Aussage gemacht hatte. Dann hätte sie es ganz einfach erzählen können, und die Polizei hätte selbst entscheiden müssen, ob es wichtig war. Wenn sie jetzt dort anrief, um es zu erzählen, dann würde sie Maren damit in den Rücken fallen. Es würde doch bedeuten, daß sie einen Verdacht hegte. Und das war nun wirklich nicht der Fall. Kein bißchen. Vielleicht hatte sie es ja deshalb vergessen.

Sie hob ihre Tüte wieder auf und ging weiter. Die Rübe schlug ihr bei jedem zweiten Schritt gegen das Schienbein.

Sie mußte sich das alles noch einmal überlegen.

Er fror nicht mehr. Das war seltsam, seine Haut fühlte sich nämlich wie sonst an, wenn er fror, wie betäubt, fremd, Gänsehaut eben. Noch seltsamer war, daß er keinen Hunger hatte. Er hatte den ganzen Tag noch nichts gegessen, und die Kuchenstücke vom Vortag hatte er längst erbrochen. Statt des normalen Hungergefühls spürte er nur eine leise Übelkeit, längst nicht so stark wie in der vergangenen Nacht.

Sein Kopf quälte ihn am meisten. Er dröhnte und hämmerte, und hinter seiner einen Schläfe schien jemand mit einem Schraubenzieher am Werk zu sein. Ab und zu faßte er sich ans Ohr, denn es tat so weh, als säße dort nur noch ein großes Loch.

Außerdem hatte er Durst. Er hatte einen ganz entsetzlichen Durst. Jedesmal wenn er an einem Kiosk oder einer Tankstelle vorbeikam, spielte er mit dem Gedanken, sich eine Flasche Limo zu kaufen. Aber sicher war inzwischen die halbe Welt hinter ihm her. Überall standen Streifenwagen, er hatte noch nie so viele Streifenwagen gesehen wie an diesem Tag. Das hielt ihn ziemlich auf, und es strengte ihn nur noch mehr an, daß er sich immer wieder verstecken mußte. Sie hatten ihre Sirenen nicht eingeschaltet, deshalb mußte er die ganze Zeit auf der Hut sein. Einmal blieb ein Wagen ganz plötzlich stehen, höchstens hundert Meter von ihm entfernt. Ein Mann stieg aus, hielt sich die Hand an die Stirn und schaute in Olavs Richtung. Und Olav mußte wieder losrennen. Zum Glück fand er eine offene Kellertür, die in eine Autowerkstatt oder etwas ähnliches führte. Ehe er von einem übelgelaunten grauhaarigen Mann, der ihn mitten im Schmieröl entdeckt hatte, hinausgeworfen wurde, war der Streifenwagen zum Glück wieder verschwunden.

Aber es dauerte entsetzlich lange. Er mußte das Heim doch bis zum Abend erreicht haben. Vielleicht könnte er das letzte Stück ja mit dem Bus fahren. Vielleicht. Das würde sich finden. Er hatte sich noch nicht entschieden.

»Überall wird nach ihm gesucht. Zweimal ist er gesehen worden. Hier.«

Erik Henriksen zeigte mit einem auffällig abgenagten Zeigefingernagel auf einen Punkt auf dem ziemlich großen Stadtplan von Oslo, der auf Hanne Wilhelmsens Schreibtisch lag.

»Und hier.«

Die Hauptkommissarin machte sich an einer leeren Zigarettenschachtel zu schaffen und faltete aus dem Silberpapier einen Storch. Danach beugte sie sich über die Karte und zeichnete mit dem kleinen Finger vage Kreise, dann hatte sie gefunden, was sie gesucht hatte. Sie versuchte, den Storch an dieser Stelle auf dem Stadtplan zu befestigen.

»Das Kinderheim«, sagte sie.

Der Storch kippte um.

Mit einem zerbrochenen Bleistift als Zeigestock zeichnete sie den Weg von Storo zum Heim ein. Die Punkte, die Erik ihr gezeigt hatte, lagen ungefähr auf einer geraden Linie zwischen beiden Orten, allerdings näher bei Storo als beim Kinderheim.

»Was zum Teufel hat er denn da zu suchen?« fragte Erik Henriksen und versuchte, den Storch wieder zum Stehen zu bringen. »Er ist doch abgehauen!«

»Der muß unten ganz flach sein«, instruierte Hanne. »Mach ihm größere Füße.«

»Was will er wohl im Heim?« fragte Erik noch einmal, und nun stand der Papiervogel endlich.

Hanne gab keine Antwort. Sie hatte keine Ahnung, was

Olav Håkonsen im Heim wollte. Aber daß er dorthin wollte, gefiel ihr nicht. Eine bohrende Unruhe quälte sie irgendwo zwischen Bauchnabel und Zwerchfell, und sie wurde immer stärker. Dieses Gefühl hatte sie immer, wenn sie irgend etwas, das offenbar von Bedeutung war, nicht verstand. Etwas Unvorhersehbares, wofür sie keine passende Theorie entwickeln konnte. Es gefiel ihr überhaupt nicht.

»Ich hoffe nur, daß sie ihn vorher schon erwischen.«

»Das tun sie sicher«, sagte Erik beruhigend. »Da sind fünf Wagen unterwegs. So schwierig kann es nun auch wieder nicht sein, einen Zwölfjährigen aufzugreifen.«

Zwei Uhr nachmittags war schon vorbei, und langsam wurde es enger. Vor allem, wenn sie ihr optimistisches Versprechen einhalten und den Fall vor dem Wochenende noch lösen wollten. Hanne Wilhelmsen graute es jetzt schon – sie würde Cecilie anrufen und ihr sagen müssen, daß sie vermutlich erst spät nach Hause kommen würde. Sie erwarteten Gäste, und sie hatte geschworen, rechtzeitig dazusein.

»Oh shit!« sagte sie plötzlich, als ihr ihr Versprechen einfiel, im Gemüseladen auf Vaterland frischen Spargel und Auberginen zu besorgen.

Der Abteilungsleiter hob fragend die Augenbrauen.

»Nichts«, sagte Hanne rasch, »das ist nicht wichtig.«

Sie drehte sich zum Polizeirat um, der in seinem Sessel hing und mit seinem Ohr beschäftigt war. Zuerst versuchte er, den Finger hineinzustecken, offenbar um irgend etwas herauszuholen. Als ihm das nicht gelang, nahm er sich eine Büroklammer, bog sie zu einem kleinen Stift auseinander und schob ihn sich in sein Ohr.

Hanne wußte, daß sie ihn warnen sollte, ließ es aber bleiben.

»Du bist sicher, daß das für einen Haftbefehl nicht ausreicht?« fragte sie zum drittenmal.

»Ja«, antwortete der Polizeirat und zog den Stift wieder heraus.

Ein gelbbrauner Klumpen war darauf aufgespießt, und den betrachtete er nun voller Begeisterung. Hanne wandte sich ab.

Ihr Kollege schob die Büroklammer in seine Brusttasche und setzte sich gerade.

»Du hast doch nur einen Haufen feine Theorien. Nichts Greifbares. Sie hat ein Motiv, aber daran fehlt es uns bei diesem Fall nun wirklich nicht. An Menschen mit Motiven, meine ich. Außerdem weißt du nicht, ob Agnes Maren wirklich mit ihrem gefälschten Zeugnis konfrontiert hat. Wenn du dafür eine Bestätigung auftun kannst, werde ich mir die Sache noch einmal überlegen. Dann nähern wir uns immerhin einem Grund für einen Haftbefehl. Ich brauche mehr, Hanne. Sehr viel mehr.«

»Aber wir wissen doch, daß sie ihr Zeugnis gefälscht haben muß. Können wir das nicht verwenden?«

Der Polizeirat lächelte nachsichtig und zog seinen Ohrenstecher wieder hervor. Jetzt bohrte er sich damit im anderen Ohr herum.

»Dafür werden wir sie schon zur Verantwortung ziehen«, sagte er und legte den Kopf schräg. »Aber das geschieht still und ruhig und ohne Festnahme. Ganz undramatisch. AU!«

Er zog die mißhandelte Büroklammer aus dem Ohr und starrte sie unzufrieden an. Dann fuhr er mit Daumen und Zeigefinger daran entlang, wischte sich das Ohrenschmalz am Hosenbein ab und stand auf.

»Ich empfehle euch, sie zu einem weiteren Verhör zu

bitten. Nehmt sie in die Mangel, und drückt Däumchen, daß sie alles zugibt. Sie muß doch inzwischen ziemlich mürbe sein.«

Dann lächelte er und verschwand.

»Dreckskerl«, sagte Hanne halb laut, als sie die Tür hinter ihm schloß, und hoffte, daß er es gehört hatte.

Der Abteilungschef lächelte durchaus nicht, aber auch er verließ sie nun.

»Aber er hat recht«, sagte Billy T. trocken, als sich die Tür zum zweitenmal schloß.

»Ich finde es schrecklich, wenn solche Leute recht haben.«

»Du findest es schrecklich, wenn andere als du recht haben, das kann ich dir sagen.«

»Puh!«

Sie verpaßte ihm eine Kopfnuß.

»Aber was machen wir jetzt?«

»Wir könnten sie herbestellen und das damit begründen, daß unser Verhör heute morgen nicht zu Ende geführt werden konnte«, schlug er ohne erkennbare Begeisterung vor.

»Und dann bittet sie wieder darum, daß das Verhör im Heim stattfindet, und wir bestehen darauf, daß sie herkommt«, sagte Hanne in aufgesetzt monotonem Tonfall. »Und sie kapiert nicht, warum das nicht bis Montag Zeit hat, und wir werden noch strenger und zitieren sie auf der Stelle her, und damit riskieren wir, daß sie uns durchschaut. Und dann hat sie alle Zeit der Welt, um alle Beweise zu vernichten, die es gibt in diesem...« Sie explodierte. »...*verdammten Fall!*«

Der Stadtplan, der ziemlich neu und mehr als nützlich war, wurde innerhalb weniger Sekunden in einen Ball aus zusammengeknülltem Papier verwandelt. Den warf Hanne an die Wand, dann hob sie ihn leicht beschämt wieder auf und untersuchte vorsichtig, ob der Stadtplan noch zu retten war.

Dann hörten sie plötzlich Rufen, Johlen und lauten Jubel vom Flur her. Sie tauschten einen Blick und versuchten beide, überhaupt nicht neugierig zu sein. Sie brauchten nicht lange zu warten, denn gleich darauf wurde die Tür aufgerissen, und Oberwachtmeisterin Synnøve Lunde sprang ins Zimmer.

»Wir haben den Kerl! Den Doppelmörder von Smestad! Wir haben ihn erwischt, als er auf die Fähre nach Kopenhagen wollte.«

Dann sprang sie wieder hinaus.

Hanne Wilhelmsen und Billy T. wechselten düstere Blicke.

»Komm, wir holen uns Maren Kalsvik«, entschied Hanne.

Im Kinderheim Frühlingssonne war die Lage alles andere als befriedigend. Die Dienstpläne konnten wegen der Todesfälle und Krankschreibungen nicht eingehalten werden, und Maren Kalsvik hatte mit der Organisation alle Hände voll zu tun. Die Kinder nutzten die Situation natürlich aus. Sie lärmten mehr, stritten sich mehr und dehnten alle Grenzen aus, die sich nur ausdehnen ließen. Raymond machte so ziemlich, was er wollte, aber das war weniger besorgniserregend als die Tatsache, daß Glenn am Vormittag beim Ladendiebstahl erwischt worden war. Anita redete mit niemandem und wirkte stocksauer. Maren hatte den Verdacht, daß ihr Freund Schluß gemacht hatte. Die Zwillinge hatten es sich in den Kopf gesetzt, Jeanette zum Wahnsinn zu treiben, und am Vorabend hätten sie das fast geschafft, indem sie ihr ins Bett pißten. Jeanette hatte es erst gemerkt, als sie schon in der Lache lag. Kenneth hatte schlimmere Angst denn je und war davon überzeugt, daß im Keller ein Seeräuber hauste.

»Ich will, daß jetzt Ruhe herrscht!«

Sie heulte.

Ein Wutausbruch kam bei Maren Kalsvik so selten vor, daß alle ihr gehorchten. Und zwar sofort. Nach einigen Minuten fingen sie aufs neue an.

Es war drei Uhr, und erst vor einer Stunde waren die ersten Kinder aus der Schule gekommen. Ihre Kopfschmerzen hatten zwei Minuten nach Kenneths Eintreffen eingesetzt. Und seither waren sie immer schlimmer geworden.

Sie floh ins Fernsehzimmer und schloß die Tür. Sollte Christian doch sehen, wie er mit den Kindern fertig wurde. Er kam ziemlich gut mit ihnen zurecht, auch wenn er ihnen manchmal zu große Freiheiten ließ.

Luft. Sie brauchte Luft. Sie ging ans Fenster und riß es auf. Es tat gut, sie holte tief Luft. Ihre Nasenflügel bewegten sich im Takt ihres Atems, aus und ein, aus und ein. Sie schloß die Augen.

Und wünschte im Grunde, sie nie wieder öffnen zu müssen.

»Da! Da ist er wieder!«

Der junge Polizist klebte am Seitenfenster und versuchte, in die richtige Richtung zu zeigen, es wurde aber eher ein unbestimmtes Klopfen gegen die Fensterscheibe.

»Da ist er, da, im Garten!«

»Ruf den nächsten Streifenwagen und sag ihnen, sie sollen ihm auf der anderen Seite der Wohnsiedlung den Weg versperren. Und sag ihnen, sie sollen diese verdammte Sirene ausschalten.«

Einige Sekunden nachdem der Polizeianwärter diesen

Befehl ausgeführt hatte, hörten sie, wie in der Ferne die Sirene verstummte.

»Wenn wir den Knaben jetzt nicht fangen, dann laß ich mich pensionieren«, sagte der andere verbissen und fuhr einen vollständig unnötigen, verbotenen und höchst effektiven Schlenker, um den Wagen zu wenden.

Er hatte es geschafft. Wäre er nicht so müde gewesen, er wäre stolz auf sich gewesen. Maren würde auf jeden Fall stolz auf ihn sein. Zweimal hatte er es gewagt, nach dem Weg zu fragen. An einigen Stellen hatte er Gebäude erkannt. Jetzt war er da. Aber hier in der Gegend wimmelte es nur so von Polizei. Es waren immer mehr geworden, und am Ende war er durch Gärten und Sträucher gekrochen, um von der Straße her nicht gesehen zu werden.

Er hatte es geschafft. Aber wie sollte er ungesehen mit Maren sprechen?

Zögernd zog er sich unter die kahlen, überhängenden Zweige eines Baums zurück. Es war noch immer so hell, daß er auch von weitem gesehen werden konnte, und deshalb preßte er sich so dicht wie möglich an den Stamm. Ihn trennten nur noch eine Straße, ein Tor und ein Gartenweg von der Haustür des Heims Frühlingssonne.

Und etwa fünfzig Meter.

Endlich öffnete Maren Kalsvik die Augen wieder. Langsam, zögernd. Sie hielt sich die Hände vors Gesicht. Ihre Haut war kalt, aber sie fror nicht. Sie lehnte sich an die Fensterbank. Die Kante bohrte sich in ihre Hüfte, aber dieser Schmerz war in gewisser Hinsicht angenehm, er machte ihr klar, daß sie noch existierte. Ihr Kopf war leer und gleichzeitig vollgestopft mit Chaos. Ihr wurde schwindlig, und voller Erstaunen registrierte sie, daß sie sehr lange den Atem angehalten hatte. Keuchend schnappte sie nach Luft.

Es wurde langsam dunkel. Die Schatten waren nicht mehr so scharf, hier und dort verschmolzen sie fast mit dem schwarzen Boden. Irgendwer hatte das Tor offenstehen lassen. Das sollte doch immer geschlossen sein.

Unter den Bäumen auf der anderen Straßenseite bewegte sich etwas. Die Umrisse einer Gestalt begannen sich gerade abzuzeichnen, da versperrte ihr ein Lieferwagen mit dem Emblem einer Tischlerei für einen Moment die Sicht. Als der Wagen vorbeigefahren war, kniff sie die Augen zusammen, um festzustellen, ob sie richtig gesehen hatte.

Obwohl die Gestalt – denn es handelte sich einwandfrei um einen Menschen – sich noch dichter an den Baum preßte, dessen Zweige über den Bürgersteig hingen, war sie deutlich zu sehen. Sie war nicht besonders groß, wirkte aber breit und kräftig.

»Himmel, das ist ja Olav«, sagte sie laut.

Sie rannte zur Tür und wäre vor der Treppe fast über herumliegende Legosteine gefallen. Aber sie konnte das Gleichgewicht bewahren, und ohne Schuhe anzuziehen, stürmte sie die Treppe hinunter und hinaus auf den Kiesweg.

»Olav!« rief sie und streckte die Arme aus. »Olav!«

Als sie sah, daß er aus dem Schatten trat, fiel ihr auch das Auto auf. Sie sah nicht sofort, daß es sich um einen Streifenwagen handelte, sie sah nur, daß es viel zu schnell fuhr.

Der Junge hatte den Bürgersteig überquert und den ersten Fuß auf die Fahrbahn gesetzt. Sie hatte erst den halben Gartenweg hinter sich.

»Halt!« schrie sie und blieb selbst stehen in der Hoffnung, den Jungen damit zu beeinflussen.

Aber er ging weiter.

Jetzt sah sie sein Gesicht, nur fünfzehn Meter entfernt. Er lächelte, ein ganz anderes Lächeln, als sie bisher bei ihm gesehen hatte. Er sah glücklich aus.

Als er zwei Meter der Fahrbahn überquert hatte, schwankte er und hob eine Hand, vermutlich zum Gruß.

Der Mann fuhr viel zu schnell. Viel zu schnell für die Geschwindigkeitsbegrenzung von dreißig Stundenkilometern und viel zu schnell, um noch bremsen zu können, als plötzlich ein Zwölfjähriger über die Straße lief.

Die Bremsen kreischten auf. Maren Kalsvik schrie. Eine ältere Dame, die vier Häuser weiter wohnte und gerade im letzten Rest des Tageslichts ihren Pudel ausführte, brüllte wie besessen.

Die Vorderfront des Wagens traf den Jungen auf Kniehöhe und brach ihm fast augenblicklich beide Beine. Er wurde auf die Motorhaube geschleudert, und sein schwerer Körper zerschlug die Windschutzscheibe, ehe der Kopf aufs Dach aufprallte. Der Fahrer des Streifenwagens verlor Lenkrad und Straße aus dem Griff, der Wagen schlingerte seitwärts zehn Meter über den Asphalt und durchschlug dann einen meterhohen Drahtzaun, um schließlich vor einem Baumstumpf zum Halten zu kommen. Beide Türen waren eingebeult, und benommen rüttelten die beiden Polizisten an ihren Türgriffen.

Olav lag auf der Straße.

Maren Kalsvik erreichte den Jungen in dem Moment, als er die Augen öffnete. »Ganz still liegen bleiben, Olav, du mußt jetzt ganz still liegen bleiben.«

Wieder lächelte er, dieses fremde, echte Lächeln. Sie setzte sich neben ihn und hätte ihn am liebsten in die

Arme genommen. Aber er konnte sich doch das Genick gebrochen haben. Deshalb hielt sie ihr Gesicht ganz nahe an seins und streichelte behutsam mit den Fingerspitzen seine Wange.

»Das wird schon wieder gut, Olav. Bleib nur ganz still liegen, dann wird alles wieder gut.«

Er sabberte, und sie wischte ihm vorsichtig mit dem Jackenärmel den Speichel von der Wange.

»Ich habe dich gesehen, Maren«, flüsterte er, es war kaum zu verstehen. »Du bist gerannt. Durch den Garten. Hast du gehört…«

Er schnitt eine leichte Grimasse, und sie versuchte, ihn zum Schweigen zu bringen.

»Hast du nicht gehört, daß ich…«, stöhnte er trotzdem. »Du…«

Maren Kalsvik fror ganz entsetzlich. Die Kälte brach einfach über sie herein und hatte nichts mit der Tatsache zu tun, daß sie an einem Februarnachmittag auf Socken und ohne Mantel auf einer schmutzigen Osloer Straße hockte. Die Kälte kam von innen, aus einem Raum, den sie abgeschlossen und versiegelt und dessen Schlüssel sie weggeworfen hatte. Jetzt stand die Tür weit offen. Sie klapperte mit den Zähnen und versuchte noch einmal, den Jungen zum Schweigen zu bringen.

»Ganz still liegen, Olav. Du mußt ganz still liegen.« Verzweifelt richtete sie sich auf und rief: »Einen Krankenwagen, hat denn niemand einen Krankenwagen geholt?«

Die alte Dame saß auf dem Bürgersteig und weinte so heftig, daß der Pudel winselnd und kläffend um sie herumlief. Die Polizisten hatten sich noch immer nicht aus dem Autowrack befreien können. Nun bog ein anderes Auto um die Ecke und bremste, sowie der Fahrer die Lage erfaßt hatte.

»Holt einen Krankenwagen!« schrie Maren noch einmal, und diesmal war Christian gemeint, der wie eine Salzsäule auf der Treppe stand und die Türklinke umklammert hielt, während fünf Kinder von innen daran rüttelten.

»Du hast geweint«, flüsterte Olav so leise, daß sie das Ohr an seinen Mund halten mußte. »Du … ich habe dich laufen sehen, Maren.«

Dann lächelte er noch einmal und flüsterte ihr undeutlich etwas ins Ohr.

Als Hanne Wilhelmsen und Billy T. die fünfzehn Meter von ihrem Auto, das jetzt die Straße versperrte, hinter sich gebracht hatten, seufzte Olav Håkonsen leicht, fast unhörbar, und starb.

Hanne Wilhelmsen hatte Maren Kalsvik anderthalb Stunden lang verhört und nichts anderes erreicht, als Cecilie ernstlich in Rage zu bringen. Es hatte seine Zeit gedauert, im Kinderheim wieder Ordnung zu schaffen. Hanne starrte die jetzt fast schwarze Fensterfläche an und dachte resigniert, daß ihre Gäste jetzt wohl mit der Vorspeise fertig waren. Falls Cecilie etwas anderes hatte servieren können als den Spargel, der ja leider niemals bei ihr eingetroffen war.

Wenn nur Billy T. bald käme! Der hatte an diesem Wochenende seine Kinder bei sich, hatte aber versprochen, zu kommen, sobald die Jungs im Bett lagen. Seine Schwester würde babysitten. Hanne fuhr sich durch die Haare und massierte sich die Kopfhaut.

Sie kam einfach nicht weiter.

Maren Kalsvik hatte auf einen Anwalt verzichtet. Hanne Wilhelmsen hatte darauf hingewiesen, daß ihr Urkundenfälschung vorgeworfen, daß sie des Mordes an Agnes Vestavik vorerst aber nur verdächtigt wurde.

»Also kann sie noch nicht alle möglichen Rechte geltend machen«, hatte Billy T. ganz richtig festgestellt.

Aber auf einen Anwalt hatte sie trotzdem Anspruch. Und lehnte ab. Die Sache mit dem Zeugnis gab sie mit gleichgültiger Stimme zu, ohne eine Miene zu verziehen. Überhaupt saß sie während des gesamten Verhörs da wie eine Holzpuppe und antwortete so einsilbig wie möglich. Als Hanne, eher in einem Anfall von menschlichem Interesse und nicht, weil das für die Ermittlungen unbedingt nötig war, gefragt hatte, warum, war Maren Kalsviks Gesicht womöglich noch ausdrucksloser geworden. Diese Frage wollte sie nicht beantworten.

Zwei Dinge jedoch behauptete sie immer wieder, jedesmal wenn Hanne glaubte, sie in eine Ecke gedrängt zu haben. Agnes habe ihr nie gesagt, daß sie sie durchschaut hatte, und sie habe nichts mit dem Mord an der Heimleiterin zu tun.

»Ich hatte doch keine Ahnung, daß sie es wußte«, sagte sie. »Ich hatte einfach keinen Grund, Agnes umzubringen.«

Hanne Wilhelmsen steckte sich eine Zigarette an und legte die Beine auf den Tisch. Dann starrte sie eine Weile ins Leere und schloß schließlich die Augen. Doch nun sah sie Olavs schweren, toten Leib vor sich, und rasch riß sie sie wieder auf. Forschend blickte sie die andere Frau an.

»Irgendwie haben Sie den Jungen geliebt«, sagte sie leise.

Maren Kalsvik zuckte mit den Schultern, ließ sich aber nicht zu einem anderen Gesichtsausdruck verleiten.

»Das habe ich Ihnen angesehen. Sie haben ihn geliebt, nicht wahr?«

Sie hatte nicht geweint. Sie hatte den Jungen umklammert, aber als sie endlich begriffen hatte, daß er tot war, hatte sie ihn losgelassen, war aufgestanden und hatte ihr

Gesicht zu der erstarrten Maske gemacht, die sie seither nicht wieder abgelegt hatte. Und diese Maske ging Hanne inzwischen auf die Nerven.

»Also«, sagte sie, als Maren Kalsvik zwei Minuten lang Zeit für eine Antwort gehabt hatte, ohne diese Gelegenheit zu nutzen. »So kommen wir nicht weiter. Und es wird spät. Also werde ich Ihnen erzählen, was ich glaube. Danach können Sie sich in eine Zelle setzen und sich über Nacht alles noch einmal überlegen. Und sich fragen, ob es nicht besser wäre, das zu bestätigen, was wir ohnehin schon wissen.«

Das mit der Zelle war ein Trick. Aber er wirkte. Im einen Mundwinkel der Frau tauchte ein winziges, fast unsichtbares Zittern auf und blieb dort. Ziemlich lange sogar.

Hanne erhob sich und ging um den Schreibtisch herum. Sie setzte sich darauf und schlug die Beine übereinander. Maren Kalsvik saß einen Meter von ihr entfernt und starrte einen Punkt auf ihrem Bauch an.

»Sie hatten an dem Tag einen Zahnarzttermin. Agnes hat sich so lange mit Terje unterhalten, daß ihr Gespräch mit Ihnen ausfallen mußte. Sie mußten ja zum Zahnarzt. Ich kann mir vorstellen, daß das Agnes überhaupt nicht recht war. Sie war an diesem Tag sicher schlecht gelaunt. Was ja nur begreiflich ist. Ein Betrug nach dem anderen von Seiten des Personals.«

Maren starrte immer noch einen Punkt auf Hannes Pullover an, aber Hanne sah, daß das Zittern in ihrem Mundwinkel sich nicht gelegt hatte.

»Vielleicht wollte Agnes kein großes Geschrei machen. Vielleicht hatten Sie auch noch weitere Pläne für den Tag. Das weiß ich nicht. Aber ich glaube doch, daß sie Sie gebeten hat, noch einmal ins Heim zu kommen. Am späten Abend. Vorher wollte sie ihr eigenes Kind ins Bett bringen. Und im Kinderheim Ruhe einkehren lassen. Was weiß ich. Vielleicht ahnten Sie ja schon, daß Ihnen Unannehmlichkeiten bevorstanden. Vermutlich sogar, denn Agnes hat auf dieser Unterredung sicher bestanden. Auf jeden Fall...«

Sie stand auf und setzte sich wieder hinter den Schreibtisch. Dann zog sie aus einer Schublade ein Blatt Papier und faltete daraus ein Flugzeug.

»Auf jeden Fall sind Sie zurückgekommen. So gegen elf vielleicht. Sie waren ganz leise, denn Sie wissen genau, daß einige von den Kindern um diese Zeit gerade einschlafen. Vielleicht haben Sie auch bei Eirik Vassbunn hereingeschaut, um guten Abend zu sagen, aber er schlief, und Sie haben ihn nicht geweckt. Sicher aus purer Rücksichtnahme.«

Sie faltete und faltete.

»Aber es kann natürlich auch andere Gründe gehabt haben. Jedenfalls hat er Ihr Kommen nicht bemerkt.«

Das Flugzeug war fast fertig. Sie nahm sich noch ein Blatt und riß sorgfältig einen Streifen für das Heck ab.

»Dann haben Sie erfahren, worum es ging. Oder welche Beweise Agnes hatte. Oder es wurde Ihnen gekündigt. Irgend etwas hat Sie jedenfalls erschüttert.«

Hanne ließ ihren Blick vom Flugzeug zu der anderen Frau wandern. Deren Gesicht war noch immer ausdruckslos. Fast wie in Stein gehauen. Aber das störte Hanne nicht mehr. Jetzt war es ein gutes Zeichen. Ein verdammt gutes Zeichen.

»Sie waren bestimmt ziemlich leise. In den anderen Zimmern schliefen doch die Kinder. Wenn auch nicht im Nachbarzimmer. Aber um ganz ehrlich zu sein...«

Hanne Wilhelmsen unterbrach sich und schickte das Flugzeug in elegantem Bogen zur Decke. Es blieb einen Moment lang stehen, als es den höchsten Punkt des Bogens erreicht hatte, dann drehte es sich rasch und setzte zur Landung auf der Fensterbank an. Maren Kalsvik ließ sich nicht stören und würdigte den Flieger keines Blickes.

»Ich habe versucht, mir ein Bild von der Situation zu machen«, sagte Hanne freundlich. »Versucht, mir vorzustellen, was es für ein Gefühl ist, entlarvt zu werden. Wenn mein Chef zum Beispiel herausfindet, daß ich gar nicht auf der Polizeischule war. Wenn alle das erfahren. Wenn ich gefeuert werde und arbeitslos bin.«

Sie ließ ein wenig Kaffee in den überfüllten Aschenbecher tropfen und kippte dessen feuchten Inhalt in den Papierkorb. Dann griff sie in eine Schublade, zog vier Papiertaschentücher heraus und trocknete damit den Aschenbecher ab, ehe sie sich eine neue Zigarette ansteckte.

»Ich würde ganz einfach zusammenbrechen. Ich meine, nach so vielen Jahren, in denen ich wirklich gute Arbeit geleistet habe, soll eine Bagatelle wie ein Stück Papier mein ganzes Leben auf den Kopf stellen?«

Sie legte den Kopf schräg und schnalzte mit der Zunge.

»Das soll kein Witz sein, Maren«, sagte sie leise. »Ich meine das wirklich. Ich würde zusammenbrechen. Und obwohl meine Arbeit mir sehr viel bedeutet, glaube ich, daß Ihre Ihnen noch wichtiger ist. Das sehe ich daran, wie Sie die Kinder behandeln.«

Eine Kette von Rauchringen zog sich zur Decke hoch. Eine Weile herrschte tiefes Schweigen. Nur auf dem Flur waren noch Schritte zu hören. Das Haus leerte sich so kurz vor dem Wochenende.

»Sagen Sie es mir, wenn ich mich irre«, sagte Hanne plötzlich aufmunternd und fing endlich den Blick der anderen auf, die auf ihrem Stuhl herumrutschte, den Kopf schüttelte und etwas murmelte, das Hanne nicht verstehen konnte. Dann fiel sie wieder zurück in ihre Rolle einer Sphinx.

»Vielleicht haben Sie um Gnade gebeten. Das hätte ich gemacht«, fuhr Hanne unangefochten fort. »Aber Agnes… wissen Sie überhaupt, wofür Agnes steht? Für eine reine, jungfräuliche Person. Die heilige Agnes war tugendhaft, aber starrköpfig. Und das hat ihr den Tod gebracht. War unsere Agnes ebenso starrköpfig?«

Maren antwortete natürlich nicht, aber ihr Gesicht war jetzt fast durchsichtig bleich.

»Das war sie vermutlich«, fuhr Hanne fort, als keine verbale Bestätigung kam. »Und jetzt hätte ich gern ein paar Einzelheiten. Sehen Sie mich an!«

Sie schlug mit beiden Fäusten auf den Tisch, und Maren Kalsvik fuhr zusammen. Einen Moment lang hingen ihre Blicke aneinander, dann verloren sie sich wieder. Hanne schüttelte den Kopf.

»Auf dem Tisch lagen Messer. Agnes' frischgeschliffene Messer. Auf dem Schreibtisch oder vielleicht auch im Regal. Wo genau, ist nicht so wichtig. Sie sind jedenfalls durch das Zimmer gegangen und standen hinter Agnes, als Sie plötzlich ausgerastet sind. Das geht extrem schnell. Ehe man sich's versieht, ist es passiert. Sie griffen nach einem Messer und stießen es ihr in den Rücken. Sie waren wütend, Sie waren verzweifelt, Sie waren einfach außer sich. Ein Verteidiger kann daraus viel machen, Maren. Sehr viel. Vielleicht wird das Gericht sogar zu der Überzeugung gelangen, daß Sie im Augenblick der Tat nicht bei klarem Bewußtsein waren. Ein Anwalt wird Ihnen helfen können.«

Sie rollte mit ihrem Sessel zum Fenster, um es zu öffnen. Die Luft im Zimmer war grau vom Zigarettenrauch. Jetzt wurde es kalt.

»Soll ich einen Anwalt verständigen?«

»Nein.«

Maren Kalsvik saß schon so lange unbeweglich da, daß

ihre Stimmbänder wie gelähmt waren, ihre Antwort klang eher wie ein Räuspern. Hanne verfluchte Billy T., der sich noch immer nicht gemeldet hatte.

»Sind Sie sicher?«

»Ja.«

»Na gut. Dann mache ich weiter. Sie konnten vermutlich nicht fassen, was Sie da getan hatten. Morde, wissen Sie, werden fast immer im Affekt begangen. Sie hatten das alles nicht geplant. Und auch das wäre ein gefundenes Fressen für einen Verteidiger.«

Hanne schlug das Osloer Branchenfernsprechbuch auf und suchte die Seite mit den Anwälten. Dann legte sie das aufgeschlagene Buch vor Maren Kalsvik auf den Tisch.

»Ich würde Ihnen wirklich empfehlen, einen anzurufen.«

Die Frau gab keine Antwort, sie schüttelte nur leicht den Kopf.

»Jetzt sage ich es nicht noch mal«, sagte Hanne gereizt und zog das Buch wieder zurück. Mit einem Knall klappte sie es zu.

»Es ist schon möglich, daß Sie überlegt haben, ob Sie uns sofort verständigen sollten. Aber das haben Sie bald verworfen. Sie wußten, wo der Schreibtischschlüssel lag. Den holten Sie, um in den Schubladen nach kompromittierenden Unterlagen zu suchen. Ich habe keine Ahnung, ob Sie etwas über sich gefunden haben. Aber vermutlich war da etwas über Terje. Das ließen Sie liegen. In der Hoffnung, daß wir es finden würden.«

Hanne lachte, ein schroffes, kurzes Lachen.

»Es war kein Wunder, daß Sie wußten, daß Terje nach Ihnen dort gewesen war. Ich hätte mir mehr Gedanken über Ihr Erstaunen machen sollen, als der Schlüssel am Tag nach dem Mord nicht in seinem Versteck lag. Sie hatten ihn schließlich zurückgelegt. Als Terje nicht verhaftet wurde, wußten Sie, daß wir nichts gefunden hatten.«

Sie tippte sich mit dem linken Zeigefinger an die Stirn.

Maren Kalsvik saß noch immer wie ein Zombie da, reglos und den Blick auf etwas gerichtet, von dem Hanne Wilhelmsen keine Ahnung hatte. Vermutlich war es nicht von dieser Welt. Ihre Augen waren von blassem Stahlgrau, fast unmenschlich, eher wie die eines Hundes oder eines Wolfes. Hanne konnte sich nicht erinnern, ob sie früher von einem tieferen Blau gewesen waren. Andererseits kam ihr jetzt das ganze Büro grau vor. Schritte und Stimmen vom Flur, die ihren Monolog in immer größeren Abständen unterbrochen hatten, waren inzwischen ganz verstummt. Große Teile der Abteilung feierten jetzt bei ein paar Bier die Aufklärung des Doppelmordes. Zu Hause kochte Cecilie wohl gerade Kaffee und hatte alle Entschuldigungen für Hannes Fernbleiben aufgebraucht. Wo Billy T. steckte, war ein Rätsel. Erik und Tone-Marit hatte sie gegen sieben nach Hause geschickt, nachdem der Liebhaber weinend seine Scheckbetrügereien eingestanden hatte. Der endlich gefundene Kumpel jedoch hatte den Kaffeeklatsch am Abend des Mordes bestätigt, und das Cafépersonal hatte ihm zögernd, aber doch mit ausreichender Sicherheit zugestimmt. Sie hatten den Liebhaber laufenlassen. Er litt jetzt sicher ganz schrecklich.

Hanne Wilhelmsen fühlte sich auch nicht gerade obenauf.

Aber Maren Kalsvik ging es noch viel, viel schlechter. Sie saß ganz still da, sie sagte nichts, sie sah nichts, sie reagierte nicht auf das, was gesagt wurde. Nur auf diese Weise konnte sie an Leben und Wirklichkeit festhalten.

Irgend etwas in ihr zerbrach in Stücke. Sie hatte das Gefühl, daß ihre Innereien wild durcheinandergeschleudert worden waren. In ihrem Unterleib pochte und hämmerte es, als sei ihr Herz dort unten gelandet. Sie konnte nur mit dem allerobersten Teil ihrer Lunge atmen, er schien in ihren Hals gepreßt worden zu sein, wo für den Rest nicht genug Platz war. In ihrem Kopf gab es nicht einen einzigen Gedanken. Dafür jagten ihr die Gefühle durch den Bauch und wollten wieder nach oben. Beine und Arme waren gefühllos, sie hingen nur da, tot und taub, zu nichts anderem zu gebrauchen, als dazu, alles, was im Rumpf weh tat und preßte, festzuhalten.

Das einzige, was ihr noch klar bewußt war, war, daß sie überleben mußte. Und sie konnte nur überleben, wenn sie ganz still saß und hoffte, daß das alles vorüberging. Niemand auf der ganzen Welt konnte ihr helfen. Nur sie selbst. Indem sie den Mund hielt. Sie durfte nicht zusammenbrechen. Durfte nicht glauben, Gott habe sich von ihr abgewandt. Sie klammerte sich an einen roten Punkt irgendwo in ihrem Bauch, hielt sich fest, wollte nicht loslassen.

Zwei Tage nach dem Selbstmord hatte die Post ihr den Abschiedsbrief gebracht. Hastig hatte sie ihn aufgerissen und dabei mit Kaffee bekleckert. Es war ein Brief an sie gewesen. *»Ich habe Agnes nicht umgebracht«*, hatte dort gestanden. Er flehte sie an, ihm zu glauben. Doch da stand noch mehr: *»Sei vorsichtig, Maren. Agnes hat gewußt, daß du dein Zeugnis gefälscht hattest. Ich wußte es auch. Sei vorsichtig. Ich habe so viel falsch gemacht. Aber das hast du auch.«*

Sie hatte den Brief verbrannt. Er ging die Polizei nichts an. Er gehörte ihr.

»Herr Gott«, knurrte es irgendwo in ihrem Magen. »Vergib mir. Hilf mir!«

Hauptkommissarin Hanne Wilhelmsen hatte die Verdächtige lange ihren Gedanken überlassen. Sie wußte eigentlich nicht, worauf sie wartete. Sie war dabei, in Gleichgültigkeit zu versinken aufgrund der unerträglichen Tatsache, daß sie hier einer Mörderin gegenübersaß und keine Ahnung hatte, wie sie ihre Aufgabe erfüllen sollte:

dafür zu sorgen, daß diese Frau ihre wohlverdiente Strafe bekam. Zu beweisen, daß sie den Mord begangen hatte.

Sie verdrängte dieses Gefühl, wußte aber, daß es sich wieder einstellen würde, wenn nicht bald etwas passierte.

»Sie brauchten keine Angst vor Fingerabdrücken zu haben. Abgesehen von dem Messer natürlich, aber da waren sie ja leicht abzuwischen. Mit einem Handgriff. Alle anderen Fingerabdrücke gehörten doch dahin. Sie waren hundertmal in dem Büro gewesen. Und das hat uns erklärt, warum Sie die anderen Messer mitgenommen hatten.«

Maren Kalsvik bewegte sich nun zum erstenmal während des Verhörs. Steif und starr beugte sie sich zu ihrer Kaffeetasse, deren Inhalt dick und kalt und extrem stark war. Sie zwinkerte zweimal heftig, kniff die Augen zusammen, als sei ihr ein Staubkorn hineingeraten. Eine winzige Träne hing links an einer Wimper, dann löste sie sich und rollte ihr langsam über die Wange. Sie war so klein, daß sie verbraucht war, noch ehe sie den Mund erreicht hatte. Dann sank Maren in ihre pappfigurenhafte Haltung zurück.

»Und jetzt«, sagte Hanne und erhob sich, »werde ich Ihnen zeigen, was ich glaube. Ich werde Ihnen zeigen, warum wir schon sehr früh erkannt haben, daß der Mörder im Heim ein und aus gehen mußte und sich nicht vor Fingerabdrücken zu fürchten brauchte.«

Sie ging zur Tür und öffnete sie. Draußen war es menschenleer und ziemlich dunkel.

»Jetzt bin ich Sie, ja?« Sie zeigte abwechselnd auf sich und auf die andere. »Ich habe gerade einen Menschen umgebracht. Ich bin außer mir, ich bin verzweifelt, und das Allerwichtigste: Ich will nicht erwischt werden. Also muß ich machen, daß ich wegkomme. Aber dann fällt mir vielleicht wieder ein, was passiert ist, nachdem ich Agnes erstochen hatte.«

Maren Kalsvik sah Hanne nicht an. Sie saß weiterhin

still da und kehrte der Tür ihr Profil zu. Hanne seufzte, ging zu ihr und faßte ihr unter das Kinn. Das Gesicht war eiskalt, der Kopf schlaff, und die Hauptkommissarin konnte den Kontakt problemlos erzwingen.

»Wenn man ein Messer unter anderen Messern hervorzieht, dann muß man sehr geschickt sein, wenn man die anderen nicht berühren will. Das ist so gut wie unmöglich, wenn man nicht die Zeit hat, es vorsichtig herauszubugsieren. Schauen Sie!«

Sie zog vier längliche Gegenstände aus einer Schublade: Einen Brieföffner, ein schmales ledernes Federmäppchen, einen Filzstift und ein Funktelefon. Das alles legte sie auf die Tischplatte.

»Wenn ich etwas davon hochheben will, ohne genau zu wissen, was, dann passiert folgendes.«

Sie packte den Brieföffner, und nun war klar, was sie meinte. Sie hatte auch die anderen drei Gegenstände berührt. Wie sie das Billy in einer Kneipe in Grünerløkka vorgeführt hatte.

»Sie konnten sich keine Zeit lassen. Sie haben doch im Affekt gehandelt. Aus der Wut und Verzweiflung dieses Augenblicks heraus. Und Ihre Fingerabdrücke durften um keinen Preis auf den restlichen Messern gefunden werden. Sie hätten sie abwischen können. Aber das hätte seine Zeit gedauert.«

Sie ließ das Kinn der anderen los und ging zum Fenster.

»Natürlich hätte jeder sich gefürchtet, wenn seine Fingerabdrücke auf dem Messer gewesen wären. Aber, wissen Sie...«

Ihre Handflächen berührten das kalte Glas, und sie legte eine Pause ein, ehe sie sich umdrehte und hinzufügte: »Wenn ein Außenstehender den Mord begangen hätte, dann hätte er auch Angst haben müssen, daß seine Fingerabdrücke noch woanders sein könnten. Für diesen Fremden haben wir zwei Theorien: Entweder war er gekommen, um ein Verbrechen zu begehen. Dann hätte er Handschuhe getragen. Und keinen Grund gehabt, die Messer mitzunehmen. Oder er hatte den Mord nicht geplant. Und hat im Affekt gehandelt. Und dann wären die Messer das geringste Problem gewesen. Er hätte noch viele andere Stellen abwischen müssen. Die Türklinke. Die Tischplatte, vielleicht. Die Sessellehne. Was weiß ich. Man faßt immer irgend etwas an, wenn man ein Zimmer betritt. Daran ist es mir klargeworden.«

Maren Kalsvik bewegte sich noch immer nicht. Sie schien nicht einmal zu atmen.

»In dem ganzen großen Büro war keine einzige Fläche abgewischt worden. Überall Fingerabdrücke und Staub und allerlei kleiner Schmutz. Niemand hatte sich die Zeit zum Saubermachen genommen. *Wer immer Agnes umgebracht und die Messer mitgenommen hat, hatte wirklich nur Interesse an diesen Messern.* Diese Person gehörte ins Heim. Die Fingerabdrücke gehörten in Agnes' Büro. Nur eben nicht auf die Messer, die außer ihr eigentlich niemand berührt haben durfte.«

Wieder ging die Hauptkommissarin zur Tür, um weiter ihre Rolle als Mordverdächtige zu spielen.

»Vielleicht höre ich jemanden kommen. Vielleicht habe ich nur entsetzliche Angst. Auf jeden Fall muß ich das Haus schleunigst verlassen. Da ist es die einfachste Lösung, wenn ich die Messer mitnehme. Das haben Sie getan. Und dann sind Sie über die Feuerleiter nach unten geklettert. Zum Glück…«

Hanne lachte laut.

»Wirklich geistesgegenwärtig von Ihnen, die Leiter nach Ihrer Rückkehr wieder hochzuhieven. Ehe die Polizei eintraf. Das hat uns ziemliches Kopfzerbrechen bereitet. Aber egal.«

Langsam ging sie zu ihrem Schreibtischsessel zurück und strich der Verdächtigen leicht über den Rücken, als sie an ihr vorbeikam.

»So«, sagte sie mit Nachdruck und einem zufriedenen Lächeln, als sie wieder saß. »So ist das gewesen. Ungefähr so jedenfalls. Nicht wahr?«

Maren Kalsviks Augen hatten nun wieder einen blauen Farbton angenommen. Sie hob die Hand und starrte sie an, als fände sie es überraschend, daß die Hand sich noch heben ließ. Dann fuhr sie sich durch die Haare und starrte Hanne Wilhelmsen in die Augen.

»Und wie wollen Sie das alles beweisen?«

Hanne Wilhelmsen fragte sich, wo zum Teufel Billy T. blieb.

Billy T.s kleine Söhne schliefen fest nach allerlei Gequengel und drei Kapiteln aus »Mio, mein Mio«. Seine Schwester lächelte und scheuchte ihn aus der Wohnung, ehe sie es sich mit Pizza, Bier und Fernbedienung bequem machte.

Statt gleich zum Grønlandsleiret 44 zu fahren, schaute er beim Kinderheim Frühlingssonne vorbei. Die Vorzimmerdame hatte ihm eine Nachricht von Cathrine Ruge zugesteckt, ehe er losgefahren war, um seine Kinder abzuholen. Cathrine sei den ganzen Tag im Kinderheim anzutreffen, stand auf dem Zettel. Und da es kein großer Umweg war, konnte er sie auch persönlich aufsuchen.

Im Aufenthaltsraum war es still und friedlich. Raymond, Anita und Glenn waren ausgegangen, Jeanette wollte bei einer Klassenkameradin übernachten. Die Zwillinge saßen vor dem Fernseher, während Kenneth und Cathrine auf dem großen Arbeitstisch ein Puzzle legten. Kenneth war aufgekratzt und unruhig, und Cathrine konnte ihn nur mit Mühe zum Stillsitzen bewegen.

Billy T. beteiligte sich einige Minuten lang an dem Puzzle und mußte dann eine Dreiviertelstunde warten, bis Kenneth endlich eingeschlafen war. Cathrine stöhnte, als sie wieder nach unten kam.

»Im Moment geht es dem Jungen wirklich schlecht«, sagte sie. Zum Glück hat Christian sie alle im Haus halten können, bis Olavs ... ja, bis Olav weggebracht worden war.«

Sie war unbegreiflich dünn. Ihr Kopf sah aus wie ein mit Haut überzogener Totenschädel. Die Augen wirkten in dem schmalen Gesichtchen riesig groß, und Billy T. konnte auch eine Art Schönheit darin erkennen, nur wies die Frau nun einmal kein einziges Gramm Fett auf.

»Ich weiß wirklich nicht, ob das überhaupt wichtig ist«, sagte sie, wie um sich zu entschuldigen, und zog zwei Blatt Papier aus einem Ordner, den sie aus dem ersten Stock mitgebracht hatte. »Aber an dem Tag, an dem Agnes ermordet wurde...«

Billy T. drehte die beiden Blätter um.

»Ich war doch oben bei ihr. Gleich nach Terje. Maren hat übrigens auch mit ihr gesprochen, aber nur ein paar Minuten. Wir haben uns über Fragen unterhalten, die mit der Arbeit zu tun hatten. Das hat vielleicht eine halbe Stunde gedauert. Ein bißchen über Kenneth, ein bißchen über Olav. Ja, wir haben ernsthaft Probleme mit Kenneth. Er war schon in drei Pflegefamilien, der Arme. Seine Mutter...«

»Schon gut, schon gut«, sagte Billy T. und hob die Hände. »Kommen Sie zur Sache.«

»Ich wollte wirklich nicht herumschnüffeln. Aber auf Agnes' Schreibtisch lag ein Zeugnis. Von der Sozialschule der Diakonie. Ich habe es sofort erkannt, schließlich habe ich selbst da Examen gemacht. Aber nach einer Weile steckte Agnes das Zeugnis in die Schublade. So als habe sie es gerade erst bemerkt und als sollte ich es nicht sehen. Aber ich habe noch gesehen, daß es Marens Zeugnis war. Es war einfach ein bißchen seltsam, daß es da lag und daß Agnes so hektisch wirkte. In so einem Zeugnis stehen doch keine Geheimnisse. Es gibt auch keine Noten, es steht nur da, daß wir das Examen bestanden haben. Aber ich habe nicht weiter darüber nachgedacht. Ich hatte es sogar total vergessen. Bloß war dann … ach, da war noch etwas, das mir erst heute wieder eingefallen ist.«

Cathrine stand auf und trat hinter Billy T. Sie beugte sich über ihn und zeigte auf die Zeugnisse.

»Sehen Sie den Unterschied?«

Den sah er durchaus. Oben auf dem einen Blatt stand in Fettdruck »Sozialschule der Diakonie«. Darunter stand »Zeugnis über das Examen als Sozialarbeiterin«. Das andere Zeugnis dagegen wies oben ein Symbol auf, einen Kreis, dessen obere Hälfte ein dicker Balken war, während die untere von den Worten »Sozialschule der Diakonie« gebildet wurde. In der Mitte des Kreises befand sich ein Kreuz, das an das Eiserne Kreuz der Nazis erinnerte.

»Dieses Nazikreuz ist wirklich scheußlich«, kam Cathrine ihm zuvor. »Und wie Sie sehen, steht da ›Ausbildung als Sozialarbeiterin‹, nicht ›Examen‹. Das erste Zeugnis stammt aus dem Jahr 1990 und gehört einer Freundin. Das andere ist von 1991, das ist meins.«

Ein knochiger Zeigefinger lenkte seine Aufmerksamkeit auf die Daten unten auf der Seite.

»Und das wirklich Seltsame ist«, sagte Cathrine, als sie wieder auf ihrem alten Platz saß, »daß Marens Zeugnis oben dieses Eiserne Kreuz hatte! Aber sie hat immer gesagt, sie hätte 1990 Examen gemacht. Ich habe heute früh sicherheitshalber Erik gefragt. Er war ein Jahr über ihr, und er war 1989 fertig. Ich habe ja wirklich keine Ahnung, aber...« Jetzt starrte sie ihre auf der Tischplatte gefalteten Hände an. »Ich will ja niemanden in Schwierigkeiten bringen, aber seltsam ist das doch, finden Sie nicht?«

Billy T. schwieg, nickte aber kurz. Ohne die beiden Zeugnisse aus den Augen zu lassen, fragte er: »Haben Sie Maren nach der Besprechung aus Agnes' Büro kommen sehen? Oder später?«

Der Totenkopf dachte nach.

»Doch, ich bin ihr kurz auf der Treppe begegnet. Sie sollte mich zu Agnes holen.«

»Was machte sie für einen Eindruck?«

»Ach, Eindruck ... sie war ein bißchen sauer, ich weiß noch, daß ich gedacht habe, sie hätte sich wieder mal mit Agnes gestritten. Sie haben sich gut verstanden, so war das nicht, aber sie waren oft unterschiedlicher Meinung. Wenn es um die Kinder ging, meine ich. Agnes war strenger, irgendwie altmodischer. Im letzten Jahr wollte Maren mit den Kindern nach Spanien, aber...«

»Cathrine!«

Eine verzweifelte und dünne Jungenstimme ertönte oben auf der Treppe. Billy T. erfuhr nicht mehr, was aus Maren Kalsviks Reiseplänen geworden war, denn Cathrine Ruge sprang auf und lief die Treppe hoch. Sie kam erst nach zwanzig Minuten zurück.

Agnes hatte Maren also mit ihrem Betrug konfrontiert. Es konnte kein Zufall sein, daß das Zeugnis auf dem Tisch gelegen hatte. Wenn dieses Skelett das gleich beim ersten Verhör gesagt hätte... Am Tag nach dem Mord, zum Henker! Am Tag danach! Wer weiß, vielleicht wäre Terje Welbys Leben zu retten gewesen. Und möglicherweise auch das von Olav. Billy T. rang mit seiner Wut. Und dann war das Skelett wieder da.

»Es geht ihm wirklich schlecht. Kenneth, meine ich.

Jetzt hat er sich eingeredet, daß im Keller ein Seeräuber wohnt. Und daß dieser Räuber jeden Abend nach oben kommt, um alle Kinder aufzufressen. Himmel…«

Ihre Stimme klang schrill, und Billy T. fiel ihr nur deshalb nicht ins Wort, weil er so wütend war, daß er lieber den Mund hielt.

Cathrine sagte: »Heute hat er vier riesige Messer angeschleppt. Anita war mit ihm zum Spielplatz gegangen, um ihn aus der ärgsten Unruhe hier herauszuhalten. Er hatte die Messer zwischen den Steinen gefunden und glaubte, der Seeräuber hätte sie dorthin gelegt, um irgendwann mit ihnen die Kinder zu zerschneiden. Du meine Güte. Es geht ihm wirklich nicht gut.«

Billy T. schüttelte blitzschnell den Kopf, und seine Wut verflog.

»Messer? Er hat Messer gefunden?«

»Ja, vier scheußliche große Messer. Ich habe sie weggeworfen.«

»Wohin?«

»Wohin?«

»Wohin haben Sie die Messer geworfen?«

»In den Müll natürlich.«

Billy T. sprang so plötzlich auf, daß sein Stuhl umkippte.

»In welchen Müll? Hier im Haus, oder irgendwo draußen?«

Cathrine Ruge blickte ihn verständnislos an.

»Ich habe sie gut eingewickelt, damit die Mülleute sich nicht daran schneiden, und dann habe ich sie in den Mülleimer gesteckt.«

Billy T. stürzte in die Küche und riß die Tür unter dem Spülbecken auf. Oben, zwischen Kartoffelschalen und zwei alten Wurstzipfeln, lag ein längliches, in Zeitungspapier gewickeltes Päckchen. Er hob es vorsichtig hoch und hielt es Cathrine hin, die mit in die Seiten gestemmten

Händen und saurer Miene in der Tür stand.

»Das hier?« fragte er, und sie nickte kurz.

Achtzehn Minuten später traf er im Polizeigebäude ein, wo eine erschöpfte und gereizte Kollegin sich nach ihrem Wochenende sehnte.

Es war zehn Uhr, bald würde sie aufhören müssen. Und sie würde Billy T. zusammenstauchen. Es war übel, den Freitagabend so zu vergeuden. Das war noch schlimmer als die Tatsache, daß Cecilie den ganzen nächsten Tag noch schmollen würde. Das Allerschlimmste war, daß sie Maren Kalsvik laufenlassen mußte.

»Es ist schon komisch, wissen Sie«, sagte sie leise zu der stummen Frau und seufzte fast unhörbar. »Es ist schon seltsam, wie sich im Menschenleben immer wieder Turbulenzen entwickeln. Das ist bei fast allen so.«

Sie hob die Arme und gähnte, dann zog sie eine Schere aus der Schreibtischschublade und schnitt aus einem vollgeschriebenen Schreibblock Pappfiguren aus.

»So bin ich eben«, sagte sie mehr zu sich selbst. »Muß meine Finger immer irgendwie beschäftigen. Deshalb schaffe ich es auch nicht, mit dem Rauchen aufzuhören.«

Sie blickte beschämt zu ihrem zweiten Zigarettenpäckchen an diesem Tag hinüber.

»Nehmen Sie einen ganz normalen Menschen. Eine Durchschnittsperson.«

Sie hatte eine Frau mit langen Röcken ausgeschnitten. Mit schräggelegtem Kopf und zufriedener Miene malte sie ihr nun ein Gesicht. Dann wurde das Kleid mit rosa Textmarker gefärbt. Als die Figur fertig war, lehnte sie sie an ihre Kaffeetasse. Da stand sie nun, schräg, steif und starr, mit breitem, blauem Lächeln.

»Agnes Vestavik, zum Beispiel«, sagte Hanne leichthin und zeigte auf die Pappfrau. »Wir stochern im Leben eines scheinbar langweiligen, normalen und braven Menschen herum. Und dann stellt es sich heraus, daß die Wirklichkeit ganz anders aussieht. Es gibt immer noch mehr. Nichts ist so, wie es auf den ersten Blick aussieht. Wir haben alle unsere Schattenseiten. Wenn ich ermordet würde, zum Beispiel...«

Sie unterbrach sich. Es war spät. Sie war todmüde. Die Frau vor ihr war eine Fremde. Sie sagte: »Wenn mich irgendwer ermordete, dann würden die Ermittler eine gewaltige Überraschung erleben.«

Sie lachte leise.

»Die Welt ist ein einziger großer Betrug. Ein Zerrbild. Sehen Sie sich doch bloß selbst an.«

Die Pappfrau kippte um, aber Maren Kalsvik achtete nicht darauf.

»Ich mag Sie, Maren. Ich halte Sie für einen guten Menschen. Sie leisten wichtige Arbeit. Arbeit, die etwas bedeutet. Und dann passieren Dinge, über die Sie keine Kontrolle haben, und plötzlich sitzen Sie hier. Sie haben einen Menschen getötet. Die Wege des Herrn sind unergründlich.«

Hanne Wilhelmsen hatte keine Ahnung, ob Maren Kalsvik ihr überhaupt noch zuhörte. Kurz darauf wurde an die Tür geklopft.

Es war Billy T.

Sie wollte ihn mit einem mörderischen Blick bedenken, doch das war vergessen, als sie sein Gesicht sah. Er brachte irgend etwas mit. Und dieses Etwas war keine Kleinigkeit.

»Kann ich dich draußen kurz sprechen, Hanne?« fragte er leise und freundlich.

»Aber klar, Billy T.«, sagte Hanne Wilhelmsen. »Aber klar.«

Sie blieben so lange draußen. Rote und weiße Punkte tanzten vor ihren geschlossenen Augen, und in ihren Ohren war ein leises Rauschen. Ansonsten herrschte Totenstille. Als sie vorsichtig ihren Hintern anhob, merkte sie, daß ihre Beine eingeschlafen waren. Sie spürte einen brennenden, stechenden Schmerz in sämtlichen Muskeln, steif richtete sie sich auf.

Die Geschichte mit dem gefälschten Zeugnis hatte sie während der vergangenen vier Jahre fast vergessen. Es war eine Katastrophe gewesen. Sie hatte schon in der Schule bei Prüfungen arge Probleme gehabt. Das Abitur war die Hölle gewesen. Gute Noten während des Schuljahrs, schlechte Examensresultate. Und es war immer nur noch schlimmer geworden.

Die Hausarbeit, für die sie eine Woche Zeit gehabt hatte, war ihr gut gelungen. Aber dann kamen die Prüfungen. Und irgend etwas passierte mit ihr, wenn sie auch nur einen Fuß in ein Examenszimmer setzte. Die weit auseinander stehenden Tische, die alten schwerhörigen Tanten, die sie am Schummeln hindern sollten, die Pausenbrote, Thermosflaschen, Federmäppchen, das hektische Geflüster, ehe die Aufgaben ausgeteilt wurden, die Nervosität, die sich bei vielen mit Erwartung zu einer Art kindischer Aufregung mischte. Nur bei ihr nicht. Maren Kalsvik war vor Angst wie gelähmt. Der letzte Zug für sie war abgefahren, als sie das Examen nachzuholen versuchte. Sie konnte ein weiteres Schuljahr einfach nicht finanzieren. Aber sie hätte es anhängen sollen. Als sie an einem Sommertag im Jahre 1991 erfuhr, daß sie keine Möglichkeit mehr hatte, je als Sozialarbeiterin zu arbeiten, empfand sie zunächst nur eine große graue Leere. Ungefähr so wie jetzt. Hundertvierzigtausend Kronen Studiendarlehen, aber kein Examen. Alle Wege waren versperrt. Es gab keine Chance mehr.

Und dann war alles so einfach gewesen. Ein gestohlenes Zeugnis, eine Flasche Tippex und ein Kopierer. Sie hatte sich nicht getraut, ein Original herzustellen, aber es war erschreckend einfach, eine Kopie anzufertigen und mit einem Stempel »beglaubigte Kopie« und einer unleserlichen Unterschrift zu versehen.

Es war ein Verbrechen. Aber es war ihre einzige Möglichkeit gewesen.

Später hatte sie das alles vergessen. Ein seltenes Mal – manchmal nachts oder kurz bevor sie ihre Tage bekam oder wenn beides zusammenkam – machte ihr das Bewußtsein, mit einer Lüge zu leben und zu arbeiten, zu schaffen. Aber dann konnte sie nur die Zähne zusammenbeißen, weiterarbeiten, ihre Tüchtigkeit unter Beweis stellen und Gott und sich selbst zeigen, daß sie das Zeugnis verdient hatte. Und dann vergaß sie es wieder. Oft für ganze Monate.

Bis zu diesem fatalen Tag.

Plötzlich kamen die beiden wieder herein; sie hörte sie, drehte sich aber nicht um. Der riesige Mann forderte sie auf, sich zu setzen. Auf der Fensterscheibe hatte sich eine unklare Fläche mit beschlagenem Rand abgezeichnet, dort hatte sie ihre Stirn gegen das kalte Glas gepreßt. Gehorsam kehrte sie zu ihrem Stuhl zurück und nahm wieder ihre starre, unbewegliche Haltung ein.

Der Mann, von dem sie nur den Vornamen kannte, setzte sich in den Sessel der Hauptkommissarin. Die Polizistin ging zum Fenster und berührte die beschlagene Stelle. Beide waren beängstigend schweigsam.

Dann fiel ihr Blick auf das Päckchen. Ein längliches, in Zeitungspapier gewickeltes Päckchen, ziemlich schmutzig und mit einem schwachen Geruch von … Müll? Der Polizist ließ es ungeöffnet auf dem Tisch liegen. Er starrte sie an. Und sie konnte einfach nicht wegschauen. Er fing sie ein, sie hatte noch nie dermaßen intensive Augen gesehen, erschreckend, faszinierend und ganz anders als bei ihrer letzten Begegnung. So ungefähr hatte sie sich als Kind, als sie noch glaubte, daß Er sie überall sehen könne, die Augen Gottes vorgestellt.

»Du hast gelogen, Maren Kalsvik«, sagte er mit einer leisen, tiefen Stimme, die sie noch mehr an Gott erinnerte. »Agnes hatte dich mit deinem Betrug konfrontiert. Das können wir beweisen.«

Ganz still sein, einfach den Mund halten, dröhnte es in ihrem Kopf, während sie verzweifelt merkte, wie ihr Gesicht heiß wurde.

Sie umklammerte krampfhaft die Armlehnen, und ihre Kiefer knackten. Aber sie schwieg.

»Wir wissen, daß das Zeugnis am Tag von Agnes' Ermordung auf ihrem Schreibtisch lag. Seither hat es niemand mehr gesehen. Punkt für uns. Minuspunkt für dich.«

Plötzlich veränderte er sich. Er lächelte, und seine Augen waren freundlich. Normal.

»Ich will dich nicht mit Einzelheiten belästigen. Dafür haben wir später noch Zeit genug. Ich möchte dich nur darauf aufmerksam machen, daß wir wissen, daß du lügst. Deshalb haben wir so oft Erfolg. Weil die Leute lügen. Und wenn sie eine Lüge vorbringen, dann wissen wir, daß auch noch andere Lügen möglich sind. So ist das Leben. Und nun haben wir eine kleine Überraschung für dich.«

Seine großen Hände machten sich vorsichtig an dem Zeitungspapier zu schaffen.

»Hatte keine Zeit, sie in eine Tüte zu stecken. Deshalb kannst du nur ganz kurz einen Blick darauf werfen. Nur so fürs erste.«

Das Ohrensausen steigerte sich. Sie schüttelte ein wenig den Kopf, aber das half nichts. Auch nicht gegen das Rotwerden. Sie zwang sich, wenigstens normal zu atmen.

Doch ihre Lunge wollte nicht mehr. Sie weitete sich gewaltig und fiel dann in sich zusammen. Sie rang nach Atem, und in ihrer Brust wütete ein brennender Schmerz.

»Vier Messer. Auf einem Spielplatz gefunden. Von einem Kind.«

Er schmunzelte. Die Hauptkommissarin drehte sich vom Fenster weg, und Maren sah sie an. Hanne Wilhelmsen schien das alles überhaupt nicht witzig zu finden.

»Du bist intelligent genug, um zu wissen, daß wir die Messer noch nicht auf Fingerabdrücke untersuchen konnten. Aber sie haben tief zwischen den Steinen gesteckt, also mußt du sie ausgiebig angefaßt haben. Vielleicht hattest du Handschuhe an. Vielleicht gibt es keinen einzigen Fingerabdruck. Aber wir sind jetzt sehr viel weiter als noch vor zwei Stunden. Vor allem, weil du gelogen hast. Jetzt sind wir so weit, daß wir das Wochenende angehen können.«

»So weit, daß wir Anklage erheben können, Maren. Sie wissen doch, was das bedeutet?«

Hanne Wilhelmsen hatte nichts vom triumphierenden Tonfall ihres Kollegen. Sie schien nur traurig zu sein. Maren Kalsvik wußte natürlich, was das bedeutete.

»Am Montag wirst du dem Untersuchungsrichter vorgeführt. Und bis dahin bleibst du hier.«

Vorsichtig wickelte er die Messer wieder ein.

»Und die U-Haft wird uns erlaubt, Maren. Mach dir das Wochenende nicht mit leeren Hoffnungen kaputt.«

Es war vorbei.

Das Ohrensausen legte sich. Der eiserne Reifen um die Lunge gab langsam nach. Wärme strömte durch ihren Körper, angenehm und fast berauschend. Ihr Körper fühlte sich leicht und zugleich bleischwer an. Ihre Schultern senkten sich, und plötzlich merkte sie, wie weh ihr Kiefer tat. Langsam öffnete sie den Mund und gähnte, mehrere Male. Es knackte.

Es war vorüber.

Sie war schuldig. Sie hatte sich ein sinnloses Leben erschwindelt. Olav war tot. Ein Junge von nur zwölf Jahren. Zwölf elenden, miserablen Jahren. Er war zu ihr gekommen und gestorben. Es war ihre Schuld gewesen.

Es spielte kaum noch eine Rolle, was diese Menschen sagten. Es spielte keine Rolle mehr, was aus ihr wurde. Von hier aus gab es nur einen Weg. Sie mußte bezahlen. Sie konnte mit ihrem eigenen Leben bezahlen.

»Ich möchte jetzt schlafen«, sagte sie leise. »Können wir nicht morgen weitersprechen?«

Hanne und Billy T. starrten einander an, dann schaute die Hauptkommissarin auf die Uhr.

»Sicher können wir das«, sagte sie. »Und Sie müssen mit einem Anwalt reden. Darauf bestehe ich jetzt.«

Maren Kalsvik lächelte, blaß und müde.

»Darum kümmern wir uns morgen früh«, sagte Hanne Wilhelmsen noch. »Jetzt können Sie schlafen.«

Es dauerte eine Weile, bis der diensttuende Adjutant die Formalitäten erledigt hatte. Und Hanne wollte sich noch davon überzeugen, daß ein Arzt sich um Maren Kalsvik kümmerte. Aus bitterer Erfahrung wußte sie, daß auf das Personal vom Arrest nicht immer Verlaß war, schon gar nicht an einem Freitagabend.

Übrigens war inzwischen schon Samstag.

»Kannst du mich nach Hause fahren, Billy T.?« fragte Hanne, als Maren im Hinterhaus untergebracht worden war. »Kannst du nicht mit mir nach Hause kommen, zu Cecilie?«

Das konnte er eigentlich nicht, aber nach einem raschen Anruf bei seiner Schwester legte er den Arm um Hanne und führte sie hinaus zu seinem Wagen, der auf dem Behindertenparkplatz stand, ohne daß jemand von der Wache zu mucksen gewagt hätte. Sie schwankte leicht und ließ sich müde auf den Sitz fallen. Erst als Billy T. den Wagen zwanzig Meter von Hannes Haus entfernt in die winzigste Parklücke aller Zeiten geschummelt hatte, sagte sie etwas. Hanne machte keinerlei Anstalten auszusteigen.

»Zwei Dinge wüßte ich gern«, sagte sie erschöpft.

»Was denn?«

»Erstens: Glaubst du, sie wird alles zugeben?«

»Aber sicher. Wir kriegen mindestens vier Wochen U-Haft. Und es war der Frau doch anzusehen. Die Erleichterung. Sie hatte doch sogar wieder ein bißchen Farbe im Gesicht. Noch zwei Verhöre, und dann kommt alles heraus. Maren Kalsvik ist nicht schlecht. Ganz im Gegenteil. Und sie glaubt an Gott. Ihre Seele brennt doch nach einem Geständnis. Und wir müssen versuchen, ihr dieses Geständnis so einfach wie möglich zu machen. Sie wird gestehen. Ganz bestimmt.«

»Und können wir mit einem Urteil rechnen, wenn sie nicht gesteht?«

»Wohl kaum. Das weißt du genau. Aber sie wird gestehen. Und das ist der beste Beweis der Welt. Ein Geständnis.«

Seine Finger trommelten auf dem Lenkrad herum. Dann sah er Hanne an.

»Und was möchtest du sonst noch wissen?«

»Ich möchte so verdammt gern wissen –«, sagte Hanne leise und hüstelte.

Dann klang ihre Stimme schon energischer. »Ich möchte wissen, wofür das T. in Billy T. steht.«

Er legte den Kopf in den Nacken und lachte auf.

»Das wissen nur meine Mutter und ich, verdammt noch mal.«

»Bitte, Billy T. Ich sag es auch nicht weiter. Niemandem.«

»Kommt nicht in Frage.«

»Bitte!«

Er zögerte noch immer, dann legte er den Mund an ihr Ohr. Sie lehnte sich an ihn. Sein Schnurrbart kitzelte sie im Ohr.

Dann lächelte sie. Wenn der Tag nicht so schrecklich lang gewesen wäre, hätte sie gelacht. Wenn nicht vor ihren Augen ein Kind ums Leben gekommen wäre, wenn sie nicht gewußt hätte, daß irgendwo eine Mutter saß, die ihr Kind verloren hatte und die sie eigentlich besuchen müßte, dann hätte sie schallend gelacht. Wenn nicht eine junge, tüchtige Kinderbetreuerin aufgrund von vielen unglücklichen Umständen in einer scheußlichen U-Haft-Zelle säße und dort auch bleiben würde, dann hätte sie vor Lachen gebrüllt. Aber so lächelte sie nur.

Das T. stand für Torvald.

Für den beliebtesten norwegischen Spitznamen für die Polizei.

Er hieß Billy Torvald!

Sie haben einen Pastor geschickt. Ich hatte noch nie mit einem Pastor zu tun gehabt. Aber ich wußte sofort, daß er einer war, obwohl er diesen komischen Kragen gar nicht trug. Er trug ein Jeanshemd. Mit offenem Hals, und dort lugte ein dunkler Haarwald hervor. Ich habe die ganze Zeit diese Haare angestarrt.

Er war noch nicht sehr alt, vielleicht um die Dreißig. Es war deutlich, daß er solche Besuche noch nicht oft gemacht hatte. Er stotterte und stammelte und blickte sich hilflos um. Am Ende mußte ich sagen, daß ich wußte, weshalb er gekommen war. Schließlich konnte es nur einen Grund geben, warum ein Pastor zu mir geschickt wurde: Olav ist tot.

Er wollte nicht gehen. Ich mußte ihn fast vor die Tür setzen. Er blickte mich an, als ob ich ihn enttäuscht oder sogar schockiert hätte, weil ich nicht weinte. Er fragte, ob ich jemanden hätte, mit dem ich reden könnte, oder ob er jemanden holen sollte. Ich antwortete ihm gar nicht mehr, er hörte mir ja doch nicht zu. Mir hat noch nie jemand zugehört. Ich war froh, als ich endlich die Tür hinter ihm zumachen konnte.

Auf irgendeine Weise habe ich es immer schon gewußt. Vielleicht habe ich vom ersten Tag auf der Wochenstation an damit gerechnet, als er sich so riesig und unnormal auf meinen Bauch wälzte. Er hat auf irgendeine Weise nie einen Sinn gehabt. Vielleicht habe ich deshalb in den ersten Monaten nichts für ihn empfunden. Ich wußte, daß ich ihn nicht würde behalten können.

Schon als ich gestern nachmittag seinen Rücken sah, wußte ich es. Ich beugte mich aus dem Fenster und hoffte, er würde mich sehen und zurückkommen. Ich konnte ihn nicht rufen. Das hätten die Nachbarn doch gehört. Als seine breite Gestalt hinter der Nr. 16 verschwand, habe ich es gespürt. Er war verschwunden.

Ich fing an, seine Sachen aufzuräumen. Das Spielzeug, größtenteils zerbrochen. Seine Kleider, so groß, so wenig kleidsam, nie konnte ich etwas Schönes finden, das ihm paßte. Seine Hefte, Schreibhefte mit großer, schiefer Handschrift, Rechenhefte. Jetzt liegt alles im Keller.

In seiner Schultasche steckte Flecki. Ein kleiner Hund mit langen Ohren, den hatte er zu seinem ersten Geburtstag von meiner Mutter bekommen. Das einzige Geburtstagsgeschenk, das er je von ihr bekommen hat. Er liebte den Hund und schämte sich, weil er ihn liebte. Aber er hatte ihn nicht im Kinderheim gelassen.

In der Schultasche steckten auch vier Messer. Ich weiß nicht, wie sie da hineingeraten sind, sicher hatte er sie aus dem Kinderheim. Er hat immer einen seltsamen Hang zu Messern gehabt. Es waren nicht die ersten Messer, die ich in seiner Schultasche gefunden habe. Ob er sich damit verteidigen wollte? Auf jeden Fall mußte ich sie zurückgeben. Sie gehörten mir ja nicht.

Gestern abend bin ich hingefahren. Ich weiß nicht mehr so recht, warum. Natürlich wollte ich die Messer zurückgeben. Vielleicht war es auch nur ein Vorwand, um das Heim noch einmal zu sehen. Dieses entsetzliche Heim. Jetzt, vierundzwanzig Stunden später, wo soviel passiert ist, geht mir auf, daß ich auf irgendeine Weise begriffen haben muß, daß er dorthin wollte. Daß er sich von dem Heim angezogen fühlte.

Als ich auf das Haus zuging, widersetzte sich irgend etwas in mir. Ich blieb bei einem Spielplatz stehen, von dort sah ich die Umrisse des Gebäudes vor dem dunklen Himmel.

Die Heimleiterin war mit einem Messer ermordet worden. Mit einem Küchenmesser. Ich hatte vier Küchenmesser in der Tasche. Und die stammten aus Olavs Schultasche. Aus der Schultasche meines Jungen. Ich konnte sie nicht zurückgeben.

Ich mußte sie loswerden. Die Polizei entdeckt doch alles.

Es war ganz dunkel auf dem Spielplatz, und eine alte, kniehohe Steinmauer trennte ihn vom Nachbargrundstück. Ich konnte die Messer zwischen die Steine schieben. Tief hinein. Zuerst habe ich sie noch gründlich abgewischt. Wahrscheinlich werden sie nie gefunden. Aber ich mußte ihn beschützen. So wie ich immer versucht habe, ihn zu beschützen.

Er ist mir so oft weggenommen worden. Stück für Stück. Im Kindergarten, in der Schule, vom Jugendamt. Ich habe ihn nie behalten können.

Aber ich habe es wirklich versucht, bei Gott. Ich habe ihn mehr geliebt als mein Leben.

Und jetzt, wo ich hier sitze, auf seinem Bett, und den Geruch seines Schlafanzuges wahrnehme, süß und ziemlich stark, und weiß, daß er für immer fort ist und daß es Nacht und dunkel und sehr still ist, bleibt mir nichts mehr. Nichts.

Nicht einmal ich selbst.

11

Maren Kalsvik stand im Zeugenstand in Oslos neuem Gerichtsgebäude und fror ein wenig. Der Richter unterschrieb gerade irgendein Dokument, das ihm ein Anwalt, zivil gekleidet, ungeduldig hingelegt hatte. Hanne Wilhelmsen sah müde aus und versuchte vergeblich, mit ihrer schmalen Hand ein Gähnen zu verbergen. Sie war förmlicher gekleidet, als Maren Kalsvik es je an ihr gesehen hatte, schwarzer Rock, schwarze Bluse, grauschwarzes Jackett und ein Seidenschal in gedämpften Erdfarben.

Die Hauptkommissarin hatte sie mit Respekt behandelt. Sie hatte ihr Mitgefühl gezeigt. Sie war nicht ungeduldig geworden, obwohl sie während des gesamten Wochenendes immer wieder ihre Theorien vorgetragen hatte, ohne daß Maren auch nur eine Miene verzogen hätte, um zu bestätigen oder abzustreiten, was vor etwas mehr als vierzehn Tagen an jenem fatalen Abend in Agnes Vestaviks Büro passiert war. Sie hatte sich geweigert, mit einem Anwalt zu sprechen.

Ja, sie war dort gewesen. Eirik hatte geschlafen, was ihren keimenden Verdacht, daß er irgend etwas nahm, was er nicht hätte nehmen dürfen – jedenfalls nicht, solange er auf acht schlafende Kinder aufpassen mußte –, noch verstärkt hatte.

Ihre Begegnung mit Agnes Vestavik dagegen war kürzer ausgefallen, als Hanne Wilhelmsen annahm. Sie hatte zehn Minuten gedauert. Eigentlich hatte sie um Gnade flehen wollen. Ihr ganzer Stolz war verschwunden, als ihr aufging, daß sie ihre Arbeit und damit ihre gesamte Existenz verlieren würde.

Agnes hatte ihr von Terje erzählt. Und daß sie wußte, daß Maren es wußte. Ihre leise Stimme hatte fremd und verzerrt geklungen, voller Zorn, den sie aus Rücksicht auf acht schlafende Kinder beherrschen mußte. Sie könne das mit dem Zeugnis verstehen, hatte Agnes gesagt. Sie könne es verstehen. Für einen Moment hatte sie so etwas wie Mitleid gezeigt, und ihre Stimme hatte fast normal geklungen. Aber nicht lange. Sie konnte den eigentlichen Betrug nicht verzeihen. Daß Maren sie hintergangen hatte, um eine Unterschlagung zu vertuschen. Agnes hatte wütend ihre Papiere geschwenkt, mit der einen Hand das gefälschte Zeugnis, mit der anderen die Übersicht über Terjes Vergehen.

Maren Kalsvik hatte um Gnade flehen wollen. Doch dann hatte sie Agnes in die Augen geschaut und begriffen, daß das keinen Sinn hätte.

Agnes hatte ihr eine Woche gegeben, um ihr Kündigungsschreiben einzureichen. Und sie hatte nichts mehr tun können. Sie hatte sich umgedreht und leise das Büro verlassen.

Auf der Treppe war sie einen Moment stehengeblieben, weil ihr die Tränen kamen. Sie versuchte, ihr Schluchzen zu unterdrücken, und als sie glaubte, aus einem der Kinderzimmer ein Geräusch zu hören, schlich sie die Treppe hinunter. Eirik schlief noch immer. Draußen war sie dann losgerannt. Sie mußte weg. Sie lief um das Haus herum, stürmte durch den Garten, stolperte über den Zaun und schaffte es irgendwie bis nach Hause.

Als Eirik zwei Stunden später anrief, kämpfte sie mit einer Erleichterung, die sie zusammen mit den Schuldgefühlen überkommen hatte. Nur wenige Minuten später stand sie allein in Agnes' Büro, und da lag es. Das Zeugnis. Auf dem Schreibtisch, zusammen mit anderen Papieren. Eirik hatte es nicht gesehen. Sie faltete es zusammen und steckte es in die Tasche. Ohne weiter nachzudenken.

Sie hatte gedacht, es sei Terje gewesen. Bis sie seinen Abschiedsbrief erhalten hatte. Dann hatte sie das Schlimmste befürchtet. Und es hatte sich bestätigt. Olav hatte sie laufen sehen. Er hatte sie weinen sehen. Er hatte ihr vor seinem Tod die ganze Wahrheit erzählt.

Es war alles ihre Schuld.

»Wollen Sie jetzt eine Aussage machen?«

Der weitsichtige Richter starrte sie an, über seine Brille hinweg, die so weit unten auf seiner Nase hing, daß sie jeden Moment herunterfallen konnte.

»Nein«, sagte sie laut und deutlich.

Der Richter seufzte, tuschelte dem Gerichtsschreiber etwas zu, hustete heftig und fragte dann: »Und bekennen Sie sich im Sinne der Anklage als schuldig oder als nicht schuldig?«

Wieder starrte Maren Kalsvik zu Hanne Wilhelmsen hinüber. Die Hauptkommissarin beugte sich über den Tisch, machte sich an ihrem Seidenschal zu schaffen und starrte angespannt zurück. Als Maren Kalsvik ihr Gewicht vom linken auf den rechten Fuß verlagerte, blickte sie nicht den Richter an. Sie lächelte schwach und schaute der Hauptkommissarin in die Augen.

»Ich bin schuldig«, flüsterte sie.

Dann richtete sie sich auf und ließ Hanne Wilhelmsens Blick los. Sie räusperte sich, dann wiederholte sie, diesmal lauter: »Ich bin schuldig.«

SERIE PIPER

Anne Holt / Berit Reiss-Andersen

Im Zeichen des Löwen

Für unsere Freunde
Dr. Glück, den Schafzüchter, und
Arnold, den Ritter der Schwafelrunde

»Es hilft nichts, Zoologie studiert zu haben, wenn man im Rachen des Löwen steckt.«

Gunnar Reiss-Andersen

Freitag, 4. April 1997

18.47, Büro der Ministerpräsidentin

Die Frau, die im Vorzimmer der Ministerpräsidentin saß, starrte abwechselnd ihr Telefon und die Doppeltür an und wurde dabei von steigender Unruhe erfüllt. Sie trug ein blaues Kostüm, einen netten kleinen klassisch geschnittenen Blazer mit passendem Rock, und ein etwas zu buntes Halstuch. Obwohl ein langer Arbeitstag hinter ihr lag, hatte sich keine Haarsträhne aus ihrer eleganten, wenn auch ein wenig unmodernen Frisur gelöst. Die Frisur ließ die Frau älter wirken, als sie tatsächlich war. Vielleicht wollte sie es so, vielleicht sollte sie ihr eine Würde verleihen, die ihr die vierzig Jahre nicht liefern konnten.

Sie hatte genug zu tun, aber anders als sonst schaffte sie nichts. Sie saß einfach nur da. Den einzigen Hinweis auf ihre steigende Befürchtung, daß hier etwas nicht stimmen konnte, boten ihre langen, gepflegten Finger mit den tiefroten Nägeln und zwei Goldringen an jeder Hand. Immer wieder fuhren sie an ihre Schläfe, um unsichtbare Haare glattzustreichen, und schlugen danach mit einem dumpfen Geräusch auf der Schreibtischunterlage auf, wie eine mit Schalldämpfer abgefeuerte Serie von Schüssen. Plötzlich sprang die Frau auf und ging ans Fenster.

Draußen dämmerte es. Fünfzehn Stockwerke tiefer sah sie fröstelnde Menschen durch die Akersgate eilen, manche liefen irritiert im Kreis umher und warteten auf einen Bus, der vielleicht niemals eintreffen würde. Hinter den Fenstern des Büros der Kulturministerin brannte noch immer Licht. Trotz der Entfernung konnte die Frau im blauen Kostüm sehen, wie die Sekretärin das Vorzimmer verließ, um ihrer Chefin einen Stapel Papiere zu bringen. Die junge Ministerin lachte die ältere Frau an und warf ihre blonden Haare nach hinten. Sie war zu jung für eine Kulturministerin. Und sie war nicht groß genug. Ein langes Abendkleid machte sich einfach nicht gut an einer Frau von knapp eins sechzig. Zu allem Überfluß steckte die junge Dame sich auch noch eine Zigarette an und stellte den Aschenbecher auf den Papierstapel.

Sie sollte in diesem Büro nicht rauchen, dachte die Frau in Blau. Da hängen schließlich wahre Kulturschätze. Das kann doch nicht gut sein für die Bilder.

Dankbar klammerte sie sich an dieses Gefühl der Irritation. Für einen Moment ließ sich dadurch die Unruhe verdrängen, die inzwischen in eine unbekannte, besorgte Angst umzukippen drohte.

Vor zwei Stunden hatte Ministerpräsidentin Birgitte Volter sehr energisch und fast unfreundlich erklärt, sie wolle nicht gestört werden, auf gar keinen Fall. Genau das hatte sie gesagt: »Egal, wie.«

Gro Harlem Brundtland hätte niemals »egal, wie« gesagt. Sie hätte gesagt: »Ganz gleichgültig, worum es geht«, vielleicht hätte sie sich auch einfach mit der Anweisung begnügt, nicht gestört werden zu wollen. Selbst wenn sämtliche sechzehn Etagen des Regierungsgebäudes in Flammen gestanden hätten, Gro Harlem Brundtland wäre in Ruhe gelassen worden, wenn sie darum gebeten hätte. Doch Gro war am fünfundzwanzigsten Oktober des Vorjahres zurückgetreten, und nun waren neue Zeiten angebrochen, neue Gewohnheiten und eine neue Sprache angesagt, und Wenche Andersen behielt ihre Gefühle für sich. Sie machte wie immer ihre Arbeit, effektiv und diskret.

Vor einer guten Stunde hatte Benjamin Grinde, Richter am Obersten Gericht, das Büro der Ministerpräsidentin verlassen. Er hatte einen anthrazitgrauen italienischen Anzug getragen, in der Doppeltür genickt und sie dann hinter sich geschlossen. Mit einem leisen Lächeln hatte er sich ein Kompliment über ihr neues Kostüm erlaubt, dann hatte er sich seine burgunderrote Lederaktentasche unter den Arm geklemmt und war die Treppe zum Fahrstuhl im vierzehnten Stock hinuntergegangen. Wenche Andersen war ganz mechanisch aufgestanden, um Birgitte Volter eine Tasse Kaffee zu bringen, hatte sich jedoch in letzter Sekunde auf die Anweisung ihrer Chefin besonnen, sie nicht zu stören. Doch allmählich wurde es wirklich spät.

Die Staatssekretäre und politischen Berater waren schon gegangen, wie auch das übrige Büropersonal. Wenche Andersen saß an einem Freitagabend allein im fünfzehnten Stock eines Hochhauses im Regierungsviertel und wußte nicht, was sie machen sollte. Im Büro der Ministerpräsidentin herrschte tödliche Stille. Aber das war vielleicht kein Wunder. Es waren schließlich Doppeltüren.

19.02, Odins gate 3

Irgend etwas stimmte nicht mit dem Inhalt des schlichten tulpenförmigen Glases, das er hochhielt, um zu sehen, wie das Licht sich in der roten Flüssigkeit brach. Er horchte auf den Wein, versuchte, sich zu entspannen und ihn so zu genießen, wie ein schwerer Bordeaux es nun einmal verdiente. Angeblich sollte der Jahrgang 1983 eine offene und weiche Note haben. Bei diesem hier aber war die Kopfnote zu herb, und der Mann verzog voller Abscheu den Mund, als er erkannte, daß der Wein auch im Abzug in keinem Verhältnis zu dem Preis stand, den die Flasche gekostet hatte. Brüsk stellte er das Glas hin und griff zur Fernbedienung seines Fernsehers. Die Nachrichten hatten bereits angefangen. Die Sendung interessierte ihn nicht, und die Bilder flimmerten an ihm vorbei, während der Mann nichts registrierte, außer daß der Nachrichtensprecher einen unglaublich geschmacklosen Anzug trug. Ein Mann von Welt durfte einfach keine gelben Jacketts tragen.

Er hatte es tun müssen. Es hatte keine Alternative gegeben. Jetzt, da alles vorüber war, empfand er überhaupt nichts. Er hatte ein Gefühl der Befreiung erwartet, die Möglichkeit, nach all diesen Jahren aufzuatmen.

Er hätte sich so gern erleichtert gefühlt. Statt dessen überkam ihn eine ungewohnte Einsamkeit. Die Möbel kamen ihm plötzlich fremd vor. Das alte, schwere Eichenbüfett, auf dem er schon als Kind herumgeklettert war, und das jetzt in seiner ganzen Pracht sein Wohnzimmer beherrschte, mit Traubenreliefs und der exklusiven Sammlung japanischer Netsuke-Miniaturen hinter den geschliffenen Glastüren, schien ihm jetzt nur noch düster und bedrohlich.

Auf dem Tisch zwischen ihm und dem Fernseher lag ein Gegenstand. Warum er ihn mitgenommen hatte, war ihm völlig unklar. Er schüttelte sich und ließ den Nachrichtensprecher mit einem Tastendruck verschwinden. Es war der Abend vor seinem fünfzigsten Geburtstag. Er kam sich viel älter vor, als er sich steif vom Chesterfieldsofa erhob, um in die Küche zu gehen. Die Pastete würde er am besten schon an diesem Abend machen.

Erst nach vierundzwanzig Stunden im Kühlschrank entfaltete sie ihren vollen Geschmack.

Für einen kurzen Moment spielte er mit dem Gedanken, eine weitere Flasche von dem teuren Bordeaux zu öffnen. Er entschied sich jedoch dagegen und begnügte sich mit einem Cognac, den er sich großzügig in ein neues Glas einschenkte.

Doch auch die Küche bot ihm keine Ablenkung.

19.35, Büro der Ministerpräsidentin

Die Frisur saß nun nicht mehr so perfekt. Eine starre, blondierte Locke fiel ihr in die Augen, und sie spürte die Schweißperlen auf der Oberlippe. Nervös griff sie zu ihrer Handtasche, öffnete sie und zog ein frischgebügeltes Taschentuch heraus, das sie sich zuerst an den Mund und dann an die Stirn hielt.

Jetzt würde sie hineingehen. Vielleicht war etwas passiert. Birgitte Volter hatte das Telefon ausgestöpselt, sie mußte also anklopfen. Vielleicht war die Ministerpräsidentin krank. In den letzten Tagen hatte sie gestreßt gewirkt. Obwohl Wenche Andersen an dem lässigen und ungewohnten Stil der Ministerpräsidentin allerlei auszusetzen hatte, mußte sie zugeben, daß sie normalerweise sehr freundlich war. In der vergangenen Woche jedoch war sie fast abweisend gewesen, übellaunig und leicht reizbar. Ob sie krank war? Jetzt würde sie zu ihr gehen. Jetzt.

Statt die Ministerpräsidentin zu stören, ging sie auf die Toilette. Vor dem Spiegel ließ sie sich viel Zeit. Sie wusch sich ausgiebig die Hände und holte dann eine kleine Tube Handcreme aus dem Schränkchen unter dem Waschbecken. Gründlich massierte sie ihre Finger und spürte, wie die Creme in die Haut einzog. Unbewußt schaute sie auf die Uhr und atmete schwer. Es waren erst viereinhalb Minuten vergangen. Die kleinen Goldzeiger schienen fast stillzustehen. Ängstlich und resigniert ging sie zurück zu ihrem Schreibtisch; sogar das Geräusch der Toilettentür, die hinter ihr ins Schloß fiel, hatte ihr angst gemacht.

Jetzt mußte sie hineingehen. Wenche Andersen erhob sich halbwegs, zögerte und setzte sich wieder. Die Anweisung war eindeutig gewesen. Birgitte Volter wollte nicht gestört werden. »Egal, wie.« Doch sie hatte auch nicht gesagt, daß Wenche Andersen Feierabend machen dürfe, und es wäre unerhört gewesen, ohne Erlaubnis das Büro zu verlassen. Jetzt würde sie hineingehen. Sie mußte hineingehen.

Sie legte eine Hand auf die Klinke und horchte an der Tür. Alles still. Vorsichtig tippte sie mit dem Mittelfinger gegen das Holz. Noch immer war alles still. Sie öffnete die äußere Tür und tippte gegen die nächste. Keine Reaktion. Wenche Andersen schwitzte jetzt nicht nur an der Oberlippe. Vorsichtig und zögernd, mit der Option, sie schnell wieder zu schließen, wenn die Ministerpräsidentin in irgendeine wichtige Arbeit vertieft wäre, öffnete sie die Tür einen Spaltbreit. Doch sie konnte nur das Ende der Sitzgruppe mit dem runden Tisch sehen.

Plötzlich wurde Wenche Andersen von einer Entschlossenheit erfaßt, die ihr seit mehreren Stunden ganz fremd gewesen war. Sie riß die Tür sperrangelweit auf. »Entschuldigung«, sagte sie laut. »Ich möchte nicht stören, aber …«

Mehr brauchte sie nicht zu sagen.

Ministerpräsidentin Birgitte Volter saß in ihrem Schreibtischsessel, ihr Oberkörper war über den Schreibtisch gebeugt. Sie erinnerte an eine Studentin, die in einem luxuriösen Lesesaal für ihr Examen büffelte; eine, die nur kurz eingenickt war, die eine kleine Ruhepause brauchte. Wenche Andersen stand einige Meter von ihr entfernt in der Türöffnung, konnte es aber trotzdem sehen: Das Blut, das auf den Überlegungen zum Schengener Abkommen eine große, stillstehende Lache gebildet hatte, war ausgesprochen gut sichtbar. So sichtbar, daß Wenche Andersen nicht einmal nachsah, ob sie ihrer Chefin noch helfen könnte, ihr ein Glas Wasser holen oder ihr ein Taschentuch geben, um die Schweinerei wegzuwischen.

Sie schloß vorsichtig, aber äußerst entschlossen die Türen zum Büro der Ministerpräsidentin, umrundete ihren eigenen Schreibtisch, griff zum Telefon und wählte die Direktdurchwahl zur Osloer Polizei. Schon nach dem ersten Klingelzeichen meldete sich am anderen Ende eine Männerstimme.

»Sie müssen sofort kommen«, sagte Wenche Andersen, und ihre Stimme zitterte nur ganz leicht. »Die Ministerpräsidentin ist tot. Erschossen. Birgitte Volter ist ermordet worden. Sie müssen herkommen.«

Dann legte sie auf, griff zu einem anderen Telefon und hatte die Wachzentrale am Apparat.

»Hier ist das Büro der Ministerpräsidentin«, sagte sie, jetzt ruhiger. »Riegelt das Haus ab. Niemand darf rein, niemand raus. Nur die Polizei. Und vergeßt die Garage nicht.«

Ohne eine Antwort abzuwarten, legte sie auf und wählte dann eine andere vierstellige Nummer.

»Vierzehnter Stock«, sagte der Mann, der im Stockwerk unter ihr in seinem Kasten aus kugelsicherem Glas saß, der Schleuse zum Allerheiligsten, dem Büro der Regierungschefin des Königreiches Norwegen.

»Hier ist das Büro der Ministerpräsidentin«, sagte sie

noch einmal. »Die Ministerpräsidentin ist tot. Veranlaßt die Durchführung des Krisenplans.«

So tat Wenche Andersen ihre Pflicht, wie sie immer ihre Arbeit tat: systematisch und tadellos. Die einzigen Hinweise darauf, daß es kein normaler Freitagabend für sie war, lieferten zwei lila Flecken auf ihren Wangen, die immer größer wurden und bald ihr ganzes Gesicht bedeckten.

19.50, Redaktion der Abendzeitung

Als Liten Lettviks Eltern ihr blondes Püppchen damals Lise Annette tauften, obwohl es doch eine ein Jahr ältere Schwester gab, die diesen Namen unweigerlich zu »Liten«, also der Kleinen, zusammenziehen würde, ahnten sie wohl kaum, daß Lise Annette vierundfünfzig Jahre später zweiundneunzig Kilo wiegen, pro Tag zwanzig Zigarillos rauchen und jeden Tag Whisky trinken würde, haarscharf an der Grenze dessen, was eine erschöpfte Leber ertragen kann. Ihr gesamtes Erscheinungsbild mit den grauen, struppigen Haaren und einem Gesicht, das von fast dreißig Jahren in der Osloer Zeitungsstraße Akersgate zeugte, sowie die Tatsache, daß sie noch immer das in den siebziger Jahren erkämpfte Recht für sich geltend machte, keinen BH zu tragen, hätten zu Spötteleien eingeladen. Aber niemand riß über Liten Lettvik Witze. Jedenfalls nicht in ihrer Anwesenheit.

»Was zum Henker will ein Richter vom Obersten Gericht an einem späten Freitagnachmittag bei der Ministerpräsidentin?« murmelte sie vor sich hin.

»Was hast du gesagt?«

Der Knabe vor ihr war ihr Hündchen. Er war klapperdürr, eins sechsundneunzig und hatte immer noch Pickel. Liten Lettvik verachtete Leute wie Knut Fagerborg, Rotzbengel mit einer auf sechs Monate befristeten Vertretungsstelle bei der Abendzeitung. Aber Knut war nützlich. Wie alle anderen bewunderte er sie grenzenlos. Er glaubte, sie werde für eine Verlängerung seiner Stelle sorgen. Da irrte er sich. Aber bis dahin galt: Er war nützlich.

»Komisch«, murmelte sie jetzt, eigentlich mehr an sich selbst gerichtet als an Knut Fagerborg. »Ich habe heute nachmittag versucht, Grinde beim Obersten Gericht anzurufen. Es ist gar nicht so leicht, herauszufinden, was seine Kommission eigentlich so treibt. Die Tussi im Vorzimmer hat gezwitschert, er sei bei der Ministerpräsidentin. Aber was zum Teufel wollte er von ihr?«

Sie hob die Arme und streckte sich. Knut registrierte den Geruch von POISON. Vor nicht allzulanger Zeit hatte er sich beim Notarzt mit Antihistaminen behandeln lassen müssen, weil er die Nacht mit einer Frau verbracht hatte, die in dieser Hinsicht denselben Geschmack hatte wie Liten Lettvik.

»Was willst du?« fragte sie plötzlich, als habe sie ihn gerade erst entdeckt.

»Also, irgendwas ist los. Erst läuft der Polizeifunk Amok, und jetzt herrscht Totenstille. Sowas hab ich noch nie erlebt.«

Nun hatte der nicht einmal zwanzig Jahre alte Knut Fagerborg ohnehin noch nicht viel erlebt, aber Liten mußte ihm beipflichten. Das war wirklich seltsam.

»Leute!« Ein Mann um die vierzig in grauer Tweedjacke betrat mit schlurfenden Schritten die Redaktion. »Irgendwas ist im Hochhaus los. Jede Menge Menschen und Autos, und jetzt wird die Straße abgesperrt. Erwartet die Ministerpräsidentin irgendein hohes Tier aus dem Ausland?«

»Abends? An einem Freitagabend?«

Liten Lettvik tat das linke Knie weh.

Zwei Stunden bevor die Bohrinsel Kielland gekentert war, hatte ihr das linke Knie weh getan. Am Tag vor dem Mord an Olof Palme hatte es wie besessen geschmerzt. Ganz zu schweigen davon, wie sie am ersten Abend des Golfkriegs zum Notarzt gehumpelt war und sich darüber gewundert hatte, daß die Schmerzen so spät eingesetzt hatten. Später in der Nacht hatte sie dann erfahren, daß König Olav gestorben war.

»Geh mal rüber und sieh nach.«

Knut machte sich auf den Weg.

»Kennt ihr eigentlich Leute, die 1965 ein Kind bekommen haben?«

Liten Lettvik rieb sich das Knie, was nicht ganz einfach war; sie keuchte und quetschte ihren Bauch gegen die Tischkante.

»Ich bin Jahrgang 1965«, rief eine elegante Frau in fliederfarbenem Kostüm, die zwei Ordner aus dem Archiv brachte.

»Das hilft uns nicht weiter«, sagte Liten Lettvik. »Du lebst ja noch.«

20.15, Büro der Ministerpräsidentin

Billy T. hatte ein Gefühl, das er als Sehnsucht interpretierte. Es hatte ihn irgendwo im Zwerchfell gepackt, und er mußte mehrere Male tief Luft holen, um einen klaren Kopf zu bekommen.

Das Büro der norwegischen Ministerpräsidentin wäre recht geschmackvoll gewesen, wenn sie nicht mit dem Kopf auf den Papieren tot dagelegen hätte; das war eine im wahrsten Sinne des Wortes blutige Beleidigung des Innenarchitekten, der sich nach sorgfältigen Erwägungen für einen großen Schreibtisch mit geschwungener

Kante entschieden hatte. Die schwungvollen, welligen Formen wiederholten sich bei einem Bücherregal, das zwar recht dekorativ war, aus Mangel an geraden Linien jedoch restlos unbrauchbar schien. Es enthielt deshalb auch nicht viele Bücher. Das Zimmer war rechteckig, auf der einen Seite befand sich eine Sitzgruppe, auf der anderen stand der Schreibtisch mit den beiden Besuchersesseln. Nichts in diesem Raum hätte als luxuriös bezeichnet werden können. Anderswo im Land hatte Billy T. bereits wesentlich exklusivere Büros gesehen. Dies war ein ganz und gar sozialdemokratischer Raum, ein nüchternes Ministerpräsidentinnenbüro, über das norwegische Gäste anerkennend nicken würden, während Staatsoberhäupter aus manchen anderen Ländern es vielleicht als zu schlicht auffassen würden. An den beiden Enden des Zimmers befand sich jeweils eine Tür; durch die eine war Billy T. eben hereingekommen, die andere führte in einen Aufenthaltsraum mit Dusche und Toilette.

Der Arzt war blaß und hatte Blutflecken an seiner grauen Jacke. Er kämpfte mit seinen Latexhandschuhen, die sich nicht abstreifen lassen wollten, und Billy T. hörte aus seiner angespannten Stimme einen Hauch von Feierlichkeit heraus.

»Ich nehme an, daß die Ministerpräsidentin vor zwei bis drei Stunden gestorben ist. Aber das ist nur eine vorläufige Annahme. Äußerst vorläufig. Ich gehe davon aus, daß die Temperatur in diesem Zimmer konstant gewesen ist, jedenfalls bis zu unserem Eintreffen.«

Endlich gaben die Handschuhe nach, mit einem saugenden Geräusch verabschiedeten sie sich von den Fingern und wurden in die Tasche der Tweedjacke gestopft. Der Arzt richtete sich auf.

»Kopfschuß.«

»Seh ich doch selber«, murmelte Billy T.

Der Abteilungsleiter bedachte ihn mit einem warnenden Blick.

Billy T. hatte verstanden. Er wandte sich den drei Männern von der Technik zu, die bereits ihrer Pflicht nachkamen: Sie fotografierten, maßen aus, pinselten Fingerabdruckpuder aus und bewegten sich in diesem Büro mit einer Eleganz, die alle überrascht hätte, die das noch nie gesehen hatten. Sie gaben vor, diese Arbeit gewohnt zu sein, alles als reine Routine zu betrachten. Aber im Zimmer herrschte eine beinahe sakrale Stimmung, nichts war zu bemerken vom üblichen Galgenhumor, und die gedrückte Stimmung wurde dadurch verstärkt, daß die Temperatur zu steigen begann. Eine tote Ministerpräsidentin lud einfach nicht zu lockeren Sprüchen ein.

Wie immer, wenn er vor einer Leiche stand, dachte Billy T., daß nichts so nackt war wie der Tod. Diese Frau zu sehen, die bis vor drei Stunden das Land regiert hatte, diese Frau, die ihm nie begegnet war, und die er doch Tag für Tag im Fernsehen und in den Zeitungen gesehen und im Radio gehört hatte; Birgitte Volter zu sehen, diesen Inbegriff einer öffentlichen Person, die jetzt tot über ihrem eigenen Schreibtisch hing – das war schlimmer, peinlicher, als habe er sie ohne Kleider überrascht.

»Irgendwelche Waffen?« erkundigte er sich bei einem jungen Polizisten, der sich für einen Moment Richtung Tür zurückgezogen hatte, er trank Wasser aus einem Plastikbecher, den er dann einer uniformierten Kollegin reichte, die im Vorzimmer stand. Der junge Mann schüttelte den Kopf.

»Nein.«

»Nein?«

»Noch nicht. Keine Waffen.«

Er wischte sich mit dem Jackenärmel den Mund ab.

»Die finden wir schon noch«, sagte er dann. »Wir haben noch längst nicht überall gesucht. Das Gebäude ist ja der reinste Irrgarten. Aber hier drinnen ist die Waffe wahrscheinlich nicht.

Billy T. fluchte leise.

»In dieser Bude gibt es doch mindestens vierhundert Büros. Dürfte ich vielleicht anregen, daß wir Verstärkung bekommen?«

Letzteres sagte er mit einem angestrengten Lächeln und fuhr sich über seinen glattrasierten Schädel.

»Sicher«, sagte der Abteilungsleiter. »Die Waffe müssen wir finden, das ist klar.«

»Ist doch wohl selbstverständlich«, sagte Billy T. gerade so leise, daß niemand von den anderen es hören konnte.

Er wollte weg hier. Er wurde hier nicht gebraucht. Er wußte, daß die Tage, Wochen, ja vielleicht auch Monate, die vor ihnen lagen, die reine Hölle sein würden. Es würde für lange Zeit Ausnahmezustand herrschen. Keine freien Tage, an längeren Urlaub war gar nicht zu denken. Keine Zeit für die Jungen. Für vier Kinder, die doch zumindest am Wochenende Anspruch auf ihn hatten. Aber im Moment wurde er nicht gebraucht, nicht hier, nicht in diesem rechteckigen Büro mit dem wunderbaren Blick auf das abendlich beleuchtete Oslo und mit einer Frau, die tot über dem Schreibtisch lag.

Wieder packte ihn das Gefühl von Einsamkeit und von Sehnsucht nach ihr, seiner einzigen Vertrauten. Sie hätte jetzt dasein müssen, zusammen waren sie unbesiegbar, allein hatte er das Gefühl, daß seine zwei Meter zwei und das Petruskreuz im Ohr nichts nützten. Zum letzten Mal wich sein Blick der Blutlache unter dem Frauenkopf aus.

Er wandte sich um und faßte sich an die Brust.

Hanne Wilhelmsen war in den USA und würde erst zu Weihnachten zurückkehren.

»O verdammt, Billy T.«, flüsterte der Polizist, der vorhin Wasser getrunken hatte. »Mir ist wirklich speiübel. Das ist mir noch nie passiert. Nicht am Tatort, meine ich. Nicht seit meiner Anfangszeit.«

Billy T. sagte nichts dazu, er blickte den Mann nur kurz an und bedachte ihn mit einer blitzschnellen Grimasse, die sich mit einigem Wohlwollen als Lächeln deuten ließ.

Ihm selbst war auch ziemlich schlecht.

20.30, Redaktion der Abendzeitung

»Da scheint echt was los zu sein«, keuchte Knut Fagerborg. »Jede Menge Leute, jede Menge Autos, überall Sperren, und dabei ist es so still! Verdammt, sind die alle totenernst!«

Er ließ sich in einen viel zu niedrigen Bürosessel fallen und streckte ausgiebig die Beine aus, was ihm das Aussehen einer Spinne verlieh.

Liten Lettviks linkes Knie schmerzte unglaublich. Sie erhob sich und stellte behutsam den Fuß auf den Boden, während sie vorsichtig die Belastung des Knies erhöhte.

»Das will ich selber sehen«, sagte sie und zog eine Schachtel Zigarillos aus der Tasche.

Vorsichtig und langsam, während Knut Fagerborg von einem Fuß auf den anderen trat und viel lieber vor ihr her zum Hochhaus gerannt wäre, zündete sie sich ein Zigarillo an.

»Ich glaube, du hast recht«, sagte sie lächelnd. »Da ist wohl wirklich eine große Sache im Gang.«

20.34, Schloß Skaugum in Asker
Die schwarze Regierungslimousine hielt vor dem Eingang zum Landsitz des Königs in Asker, eine halbe Stunde Fahrzeit von der Stadt entfernt. Ein hochgewachsener, schlanker Mann in dunklem Anzug öffnete die rechte Rücktür, noch ehe der Wagen richtig gehalten hatte, und stieg aus. Er zog seinen Mantel fest um sich und steuerte mit großen Schritten auf die Eingangstür zu.

Ein Uniformierter öffnete und führte ihn in einen Raum, der Ähnlichkeit mit einer Bibliothek hatte. Mit leiser Stimme wurde er gebeten zu warten. Der Mann, der ihn empfangen hatte, hatte erstaunt die Augenbrauen hochgezogen, als der Besucher die ausgestreckte Hand abgewehrt hatte, die seinen Mantel an den dafür vorgesehenen Platz hängen wollte. Jetzt saß der schlaksige Außenminister in einem unbequemen Barocksessel und kam sich fehl am Platze vor. Er zog seinen Mantel noch fester zusammen, obwohl ihm wirklich nicht kalt war.

Der König stand in der Tür. Er trug Alltagskleidung, eine graue Hose, ein Hemd, das am Hals offen war. Sein Gesicht sah noch besorgter aus als sonst, seine Augen, deren obere Hälfte von schweren Lidern bedeckt war, flackerten unruhig. Der Außenminister sprang auf und streckte ihm die Hand hin.

»Ich habe leider sehr schlechte Neuigkeiten, Eure Majestät«, sagte er leise und hustete hinter vorgehaltener Faust.

Die Königin war ihrem Gemahl gefolgt. Sie stand einige Meter von der Tür entfernt und hielt ein Glas mit Eiswürfeln in der Hand. Es klirrte freundlich, als sie das Zimmer betrat, wie eine Einladung zu einem gemütlichen Abend. Sie trug eine damenhafte Jeans und einen bunten, mit schwarzen und roten Kühen bestickten Pullover. Ihre professionelle Miene konnte eine gewisse Neugier über diesen Besuch nicht verhehlen.

Der Außenminister fühlte sich nicht wohl in seiner Haut. Das Königspaar schien einen seiner seltenen ruhigen Abende zu Hause zu genießen.

Er nickte der Königin zu, dann blickte er wieder dem König in die Augen und sagte: »Ministerpräsidentin Volter ist tot, Eure Majestät. Sie wurde heute abend erschossen aufgefunden.«

Die beiden Majestäten tauschten einen Blick, der König rieb sich nachdenklich die Nasenwurzel. Schweigen.

»Ich glaube, Sie sollten sich setzen«, sagte der König schließlich und zeigte auf den Sessel, den der hochgewachsene dunkle Mann eben erst verlassen hatte. »Nehmen Sie Platz und erzählen Sie weiter. Und geben Sie mir doch Ihren Mantel.«

Der Außenminister schaute mit einer Miene an sich hinunter, die den Eindruck erweckte, er wüßte nicht einmal, daß er diesen Mantel trug. Mit zitternden Fingern knöpfte er ihn auf, brachte es aber nicht über sich, ihn dem König zu reichen, sondern hängte ihn über die Sessellehne und setzte sich wieder.

Die Königin berührte mit der Hand seine Schulter, als sie an ihm vorüberging, um sich einige Meter von ihm entfernt in einem Sessel niederzulassen: die tröstende Geste einer Frau, die hinter den dicken, dunklen Brillengläsern des Außenministers Tränen erahnt hatte.

»Möchten Sie etwas trinken?« fragte sie leise, doch der Mann schüttelte nur kurz den Kopf und räusperte sich dann ausgiebig. »Nein, ich glaube nicht. Ich habe eine sehr lange Nacht vor mir.«

20.50, Ole Brumms vei 212

»Mein herzliches Beileid«, sagte der Bischof von Oslo und versuchte, den Blick seines Gegenübers einzufangen.

Das gelang ihm nicht. Roy Hansen war zweiunddreißig Jahre mit Birgitte Volter verheiratet gewesen. Bei ihrer Hochzeit waren sie beide blutjung gewesen, und gewissen turbulenten Phasen zum Trotz hatten sie in einer Zeit zusammengehalten, als alle Welt ihnen zu beweisen versuchte, daß eine lebenslange Ehe in einem hektischen, urbanen Milieu ein Ding der Unmöglichkeit sei. Birgitte war nicht nur ein wichtiger Teil seines Lebens gewesen, in vieler Hinsicht war sie sein Leben. Das hatte sich aus der Tatsache ergeben, daß sie sich beide für Birgittes Karriere engagiert hatten. Jetzt saß er auf dem Sofa und starrte einen Punkt an, den es gar nicht gab.

Die Parteisekretärin der Sozialdemokraten stand neben der Verandatür und schien sich in Anwesenheit des Bischofs nicht wohl in ihrer Haut zu fühlen.

»Bitte, gehen Sie«, flüsterte der Mann auf dem Sofa.

Das Gesicht des Bischofs zeigte Ungläubigkeit, jedoch nur für einen kurzen Moment; dann riß er sich zusammen und gewann seine Bischofswürde zurück.

»Es ist ein sehr schwerer Moment für Sie«, sagte er. »Selbstverständlich respektiere ich Ihren Wunsch, allein gelassen zu werden. Gibt es vielleicht jemand anderen, den Sie sehen möchten? Vielleicht jemanden aus Ihrer Familie?«

Roy Hansen starrte noch immer auf einen Punkt, den die anderen nicht sehen konnten. Er schluchzte nicht, sondern atmete leicht und gleichmäßig, doch aus seinen blaßblauen Augen floß ein stiller Tränenstrom, ein kleiner Bach, den er schon längst nicht mehr wegzuwischen versuchte.

»Sie kann bleiben«, sagte er, ohne die Parteisekretärin anzusehen.

»Dann empfehle ich mich«, sagte der Bischof, stand aber noch immer nicht auf. »Ich werde für Sie und Ihre Familie beten. Und bitte, rufen Sie an, wenn ich oder jemand anders irgend etwas für Sie tun kann.«

Er stand noch immer nicht auf. Die Parteisekretärin wartete neben der Tür und hätte sie gern geöffnet, um den Abmarsch des Bischofs zu beschleunigen, aber irgend etwas an dieser ganzen Situation ließ sie wie angewurzelt stehenbleiben. Die Minuten vergingen, und nur das Ticken einer Tischuhr in ihrem Eichengehäuse war zu hören. Plötzlich schlug sie neunmal, schwere, angestrengte, zögernde Schläge, so, als sei es ihr lieber, wenn dieser Abend nicht weiterginge.

»Ja ja«, sagte der Bischof mit einem tiefen Seufzer. »Ich empfehle mich also.«

Als er endlich gegangen war und die Parteisekretärin die Tür hinter ihm abgeschlossen hatte, kehrte sie ins Wohnzimmer zurück. Roy Hansen sah sie zum ersten Mal an, mit einem verzweifelten Blick, der in einer Grimasse verschwand, als er endlich in Tränen ausbrach. Die Parteisekretärin setzte sich neben ihn, und er ließ zu, daß sie seinen Kopf auf ihren Schoß legte, während er um Atem rang.

»Jemand muß mit Per sprechen«, schluchzte er. »Ich bringe es nicht über mich, mit Per zu sprechen.«

21.03, Odins gate 3

Die Leber war von prima Qualität. Er hielt sie sich unter die Nase und berührte das helle Fleischstück ganz leicht mit der Zunge. Der Schlachter in Torshov war der einzige, zu dem er wirklich Vertrauen hatte, wenn es um

Kalbsleber ging, und obwohl die Schlachterei nicht gerade verkehrsgünstig lag, lohnte sich der Umweg.

Die Trüffeln hatte er drei Tage zuvor in Frankreich gekauft. Normalerweise begnügte er sich mit Konserven, aber wenn sich die Gelegenheit bot – was relativ oft der Fall war –, konnte sich doch nichts mit der frischen Variante messen.

Ding-dong.

Er mußte etwas mit der Türklingel machen. Ihr Geräusch war so unharmonisch und atonal, daß er jedesmal zusammenfuhr, wenn sie erklang.

Rasch schaute er auf seine Armbanduhr. Er erwartete keinen Besuch. Es war Freitag, und sein Fest war für Samstag angesetzt.

Auf dem Weg zur Wohnungstür blieb er plötzlich stehen und zögerte einen kurzen Moment. Dann ging er mit resoluten Schritten zum Couchtisch und packte den darauf liegenden Gegenstand. Ohne weiter darüber nachzudenken, öffnete er eine der mit Trauben verzierten Büfettüren und schob den Gegenstand hinter die Leinenwäsche. Dann wischte er sich die Hände an seiner Flanellhose ab und öffnete die Wohnungstür.

»Benjamin Grinde?«

Vor der Tür stand eine Polizistin zusammen mit einem Kollegen. Bei ihrer Frage blickte sie ihm nicht in die Augen, sondern starrte einen Punkt zehn Zentimeter oberhalb seines Kopfes an. Neben ihr stand ein etwas jüngerer Mann mit Brille und einem dichten, gepflegten Bart.

»Ja«, antwortete Benjamin Grinde und trat beiseite, wobei er die Tür weit öffnete, als einladende Geste für die Polizistin und ihren Kollegen.

Die beiden tauschten einen raschen Blick. Dann folgten sie dem Richter vom Obersten Gericht in sein Wohnzimmer.

»Ich nehme an, Sie werden mir gleich erzählen, worum es geht«, sagte er und zeigte aufs Sofa.

Er selbst setzte sich in einen tiefen Ohrensessel. Die Uniformierten blieben stehen, der Polizist trat hinter das Ledersofa. Verlegen machte er sich dort an einer Naht zu schaffen und senkte den Blick.

»Wir möchten Sie bitten, uns auf die Wache zu begleiten«, sagte die Frau, nachdem sie sich geräuspert hatte. Offenbar fühlte sie sich zunehmend unwohl. »Wir, also die Juristen bei uns, hätten Sie gern zu einem … einem Gespräch eingeladen, könnte man sagen.«

»Zu einem Gespräch?«

»Zu einem Verhör.«

Der Bärtige schaute auf und fügte hinzu:

»Wir wollen Sie verhören.«

»Mich verhören? Weshalb denn?«

»Das werden Sie dort erfahren. Auf der Wache.«

Benjamin Grinde, Richter beim Obersten Gericht, sah zuerst die Frau an, dann den Mann. Dann lachte er. Ein leises, freundliches Lachen, er schien sich in diesem Moment köstlich zu amüsieren.

»Sie wissen vermutlich, daß ich die Vorschriften kenne«, sagte er schmunzelnd. »Im Grunde brauche ich Sie überhaupt nicht zu begleiten. Natürlich stehe ich gern zu Diensten, aber dann will ich auch wissen, worum es geht.«

Er erhob sich, und wie um seine eigene Sicherheit zu betonen, verließ er seine Gäste und verschwand in der Küche. Gleich darauf war er wieder da, mit dem Cognacglas in der Hand. Er trank ihnen mit einer eleganten Handbewegung zu und schien seine Geburtstagsfeier damit bereits eröffnet zu haben.

»Sie trinken sicher nicht, wenn Sie im Dienst sind«, sagte er lächelnd und machte es sich dann wieder in seinem Sessel bequem, nachdem er eine Zeitung vom Fußboden aufgehoben hatte.

Die Polizistin nieste.

»Gesundheit«, murmelte Benjamin Grinde und machte sich an der Wirtschaftszeitung zu schaffen, deren rosa Papier auf seltsame Weise mit den Möbeln harmonierte.

»Ich glaube, Sie sollten uns begleiten«, sagte die Frau, jetzt in energischerem Tonfall. »Wir haben einen Haftbefehl, für alle Fälle …«

»Einen Haftbefehl? Aber weswegen denn, wenn ich fragen darf?«

Die Zeitung lag wieder auf dem Boden, und Grinde saß, ein wenig vorgebeugt, in seinem Sessel.

»Ehrlich gesagt«, meinte die Frau und ging zum Sofa, um Platz zu nehmen. »Wäre es nicht besser, wenn Sie uns einfach begleiteten? Sie haben es ja selber gesagt: Sie kennen das System, und es gibt nur Ärger und Probleme, wenn wir Sie festnehmen. Denken Sie nur an die Zeitungen. Es ist doch viel besser, wenn Sie einfach mitkommen.«

»Zeigen Sie den Haftbefehl.«

Grindes Stimme war kalt, hart und unerschütterlich.

Der jüngere Mann machte sich am Reißverschluß seiner Innentasche zu schaffen und zog dann einen blauen Zettel hervor. Zögernd blieb er stehen und schaute seine ältere Kollegin ratsuchend an. Sie nickte kurz, und Benjamin Grinde nahm das Stück Papier in Empfang. Er faltete es auseinander und strich es glatt.

Zu allem Überfluß hatten sie seine gesamten Titel aufgeführt: »Dr. jur., Dr. med. Benjamin Grinde, Richter beim Obersten Gericht. Anklage: Übertretung von Paragraph 233 des Strafgesetzbuches, vergleiche Paragraph 232 …«

Als er die den Paragraphen folgende Tatbeschreibung las, wurde er nicht nur blaß. Seine leicht sonnengebräunte Haut färbte sich grau, und wie durch Zauberhand war sein Gesicht jetzt schweißnaß.

»Ist sie tot?« flüsterte er ins Leere. »Ist Birgitte tot?«

Seine Gäste wechselten wieder einen raschen Blick und wußten, daß sie beide dasselbe dachten: Entweder hatte dieser Mann keine Ahnung davon, was passiert war, oder er hätte seiner ohnehin schon äußerst imponierenden Meritenliste noch den Titel »königlicher Schauspieler« hinzufügen können.

»Ja. Sie ist tot.«

Für einen Moment befürchtete die Frau, Benjamin Grinde könne in Ohnmacht fallen. Seine Gesichtsfarbe war erschreckend, und wenn er nicht in so unverschämt guter körperlicher Verfassung gewesen wäre, hätte sie Angst um sein Herz gehabt.

»Wie denn?«

Benjamin Grinde war aufgestanden. Seine Schultern hingen herab. Das Cognacglas hatte er brutal vor sich auf den Tisch gepflanzt; die goldene Flüssigkeit schwappte und glitzerte im Licht des Kronleuchters über dem Eßtisch.

»Das dürfen wir Ihnen nicht sagen. Wie Sie sicher wissen …«, sagte die Frau, und in ihrer Stimme lag jetzt etwas Weiches, was ihren Kollegen ärgerte und ihn dazu veranlaßte, ihr brüsk ins Wort zu fallen:

»Also, kommen Sie mit?«

Wortlos faltete Benjamin Grinde den blauen Zettel zusammen, vorsichtig und pedantisch, ehe er ihn, ohne zu zögern, in seine eigene Tasche steckte.

»Natürlich komme ich mit«, murmelte er. »Eine Festnahme ist wirklich nicht nötig.«

Vor dem alten, ehrwürdigen Haus in Frogner standen fünf Streifenwagen. Als er sich auf den Rücksitz des einen setzte, sah er zwei Polizisten in seinem eigenen Treppenhaus verschwinden.

Die sollen sicher vor meiner Wohnung Wache halten, dachte er. Vielleicht warten sie auf einen Durchsuchungsbefehl. Dann legte er den Sicherheitsgurt an.

Dabei merkte er, daß seine Hände zitterten, und das sogar ziemlich heftig.

21.30, Kirkevei 129

Das Telefon hatte keine Ruhe gegeben. Am Ende hatte sie den Stecker herausgezogen. Es war Freitagabend, und sie wollte frei haben. Richtig frei. Das war doch wohl das mindeste. Jeden Tag rannte sie zwischen Büro und Parlament hin und her, da wollte sie sich nicht auch noch ihren sauer verdienten Freitagabend verderben lassen. Die Kinder waren beide ausgegangen, und halbwüchsig, wie sie waren, sah sie sie ohnehin nur selten. Im Moment war ihr das nur recht. Sie war erschöpft und fühlte sich ein wenig krank, und sie hatte den Europieper bewußt ganz hinten im Kleiderschrank verstaut, obwohl sie eigentlich jederzeit erreichbar sein mußte. Vor einer halben Stunde hatte sie gehört, daß im Schlafzimmer ein Fax eingegangen war, doch sie hatte keine Lust gehabt, es zu lesen. Sie mixte sich einen Campari mit ein wenig Tonic und vielen Eiswürfeln, legte die Füße auf den Tisch und hoffte, daß sie im Gewirr der vielen Fernsehsender, mit denen sie sich noch immer nicht so ganz auskannte, einen Krimi finden würde.

Der Norwegische Rundfunk erschien ihr am verheißungsvollsten.

Gerade begann eine Nachrichtensendung. Um halb zehn? Sicher die Spätnachrichten. Aber so früh schon? Sie stand auf, um sich eine Zeitung zu holen.

Da fiel ihr der Text am rechten Bildrand auf: »Sondersendung«. Eine Sondersendung? Sie blieb mit dem CamparigIas in der Hand stehen. Der Mann mit den schütteren hellen Haaren und müden Augen schien mit den Tränen zu kämpfen. Er räusperte sich, ehe er sagte:

»Ministerpräsidentin Birgitte Volter ist tot. Im Alter von nur knapp einundfünfzig Jahren wurde sie im Laufe des Nachmittags oder des frühen Abends in ihrem Büro im Regierungshochhaus erschossen.«

Das CamparigIas landete auf dem Boden. Sie hörte am Geräusch, daß es nicht zerbrochen war, aber der flauschige helle Teppich würde wohl für immer verdorben sein. Langsam ließ sie sich wieder aufs Sofa sinken.

»Tot«, flüsterte sie. »Birgitte? Tot … erschossen?«

»Wir schalten ins Regierungsgebäude.«

Ein junger, aufgeregter Mann, der in seiner viel zu weiten Windjacke klein wirkte, starrte aus weit aufgerissenen Augen in die Kamera.

»Ja, ich stehe hier vor dem Hochhaus, und soeben wurde bestätigt, daß Birgitte Volter wirklich …«

Er konnte offenbar nicht die passenden Worte finden, er hatte nicht einmal Zeit gehabt, sich einen dunklen Anzug anzuziehen, was dem Sprecher im Studio doch immerhin gelungen war, und er stotterte und hüstelte.

»… verschieden ist. Wir wissen nun, daß sie durch einen Kopfschuß getötet wurde, und alles weist darauf hin, daß sie sofort tot war.«

Dann fiel ihm nichts mehr ein. Er schluckte und schluckte, und der Kameramann schien nicht zu wissen, ob er ihn weiterhin in Großaufnahme zeigen sollte. Das Bild wanderte zwischen dem Reporter – der ein wenig zu hell angestrahlt wurde – und der leisen Geschäftigkeit im Hintergrund hin und her, wo die Polizei sich alle Mühe gab, Gaffer und Journalisten hinter die rot-weißen Absperrungsbänder zu drängen.

Birgitte war tot. Die Nachrichtenstimmen schienen sehr weit weg, und sie merkte, daß ihr schwindlig war. Sie steckte den Kopf zwischen die Knie und streckte die Hand nach einem Eiswürfel aus, der auf dem Teppich lag. Der Eiswürfel war mit Fusseln besetzt, aber sie hielt ihn sich an die Stirn, das sorgte für einen etwas klareren Kopf.

Der Sprecher im Studio setzte zu einem heldenhaften Rettungseinsatz für seinen jüngeren und unerfahrenen Kollegen vor dem Regierungsgebäude an.

»Wissen Sie, ob schon jemand verhaftet worden ist?«

»Nein, dafür gibt es keine Anzeichen.«

»Wissen wir etwas darüber, um was für eine Waffe es sich handelt?«

»Nein, wir wissen nur, daß Birgitte Volter tot ist und daß sie erschossen wurde.«

»Was passiert jetzt gerade im Hochhaus?«

Und so ging es ewig weiter, zumindest kam es der Gesundheitsministerin Ruth-Dorthe Nordgarden so vor. Nach einer Weile wurde ins Parlament geschaltet, wo eine ernste Versammlung von Fraktionsvorsitzenden vor laufender Kamera atemlos in den Sitzungssaal eilte.

Das Telefon!

Sie stöpselte den Stecker wieder ein, und schon nach wenigen Sekunden klingelte es.

Als sie auflegte, war ihr einziger Gedanke:

Bin ich jetzt meinen Job los?

Danach ging sie zum Kleiderschrank im Schlafzimmer, fischte den Europieper heraus und suchte nach passender Kleidung. Am besten Schwarz. Andererseits war sie der kalten Jahreszeit entsprechend blaß, und da war Schwarz nicht gerade vorteilhaft.

Der Schock hatte sich gelegt, und sie empfand stattdessen eine steigende Irritation.

Es war wirklich ein ungeheuer unpassender Zeitpunkt zum Sterben. Ihr paßte es jedenfalls überhaupt nicht.

Das braune Velourskleid war da ja wohl gut genug.

Samstag, 5. April 1997

0.50, vor der Odins gate 3

Der Redakteur würde zwar stocksauer darauf reagieren, daß sie gegangen war, aber das spielte keine Rolle. Sie wollte nicht verraten, was sie sich bei der ganzen Sache dachte. Das war ihre Angelegenheit. Ihr Fall. Falls es denn ein Fall war.

»Something in the way he moves, tells me na-na-na-na-na-na«, summte sie leise und zufrieden vor sich hin.

In Benjamin Grindes Wohnung brannte jedenfalls kein Licht. Natürlich konnte das auch bedeuten, daß er schlief. Andererseits schlief jetzt im Königreich Norwegen vermutlich kaum jemand, es war Freitagnacht, und der Mord an Ministerpräsidentin Birgitte Volter hatte wie eine Atombombe eingeschlagen. Im Fernsehen liefen stündliche Sondersendungen, obwohl es im Grunde nur wenig zu berichten gab. Die Sendungen bestanden vor allem aus nichtssagenden Kommentaren und Nachrufen, denen anzumerken war, daß Birgitte Volter ihr Amt erst vor sechs Monaten angetreten hatte, weshalb das Material nicht abrufbereit in den Redaktionen lag.

Sie schaute sich nach allen Seiten um und überquerte die Straße. Die Wagen standen am Bürgersteig so dicht hintereinander, daß sie sich nicht zwischen einem Volvo und einem BMW hindurchquetschen konnte und schließlich kehrtmachen mußte, um anderswo eine etwas größere Lücke zu suchen.

Irgend etwas stimmte nicht mit dem Schloß der Haustür in der Odins gate 3. Oder mit der Tür, die sich nicht richtig schließen ließ; das Türblatt schien sich verzogen zu haben. Hervorragend. Dann würde sie nirgendwo klingeln müssen. Vorsichtig öffnete sie die schwere, massive Holztür und betrat das Haus.

Im überraschend großen Hausflur roch es nach Mörtel und Putzmitteln, ein Fahrrad war vor der Kellertür am Treppengeländer angeschlossen. Das Treppenhaus war gut in Schuß und elegant, mit gelben Wänden und einer grünen Zierleiste, und die ursprünglichen Bleiglasfenster über den Treppenabsätzen waren noch erhalten.

Auf halber Höhe der zweiten Treppe blieb sie stehen.

Stimmen. Leise Stimmen, die einen Dialog führten. Leises Lachen.

Erstaunlich schnell zog sie sich zur Wand zurück und segnete das Schicksal, das ihr gerade an diesem Abend lautlose Ecco-Schuhe beschert hatte. Sie ging weiter nach oben, drückte sich dabei jedoch so dicht wie möglich an der Wand entlang.

Auf der Treppe saßen zwei Männer. Zwei uniformierte Polizisten. Sie saßen genau vor Benjamin Grindes Wohnung.

Sie hatte recht gehabt.

So vorsichtig, wie sie gekommen war, schlich sie wieder nach unten. Vor der defekten Haustür zog sie ein Mobiltelefon aus ihrem Mantel. Sie wählte eine der wertvolleren Nummern aus ihrer Liste. Die Nummer von Hauptkommissar Konrad Storskog, einem durch und durch unsympathischen Streber von fünfunddreißig Jahren. Sie wußte als einzige, daß er mit zweiundzwanzig Jahren den Wagen seiner Eltern zu Schrott gefahren hatte, mit einem Alkoholpegel, der nie gemessen worden war, jedoch zweifellos knapp unter drei Promille gelegen hatte. Sie hatte in dem Auto hinter seinem gesessen, es war dunkel gewesen und die Straße menschenleer, und sie hatte die Eltern informiert, die auf bemerkenswerte Weise die Situation und die Karriere des jungen Polizisten gerettet hatten. Liten Lettvik hatte das alles zur späteren Verwendung archiviert und niemals bereut, damals vor dreizehn Jahren ihre Pflichten als Staatsbürgerin vernachlässigt zu haben.

»Storskog«, meldete sich am anderen Ende eine harte Stimme; auch Storskog benutzte ein Mobiltelefon.

»Hallo, Konrad, altes Haus«, grinste Liten Lettvik. »Viel zu tun heute nacht?«

Schweigen.

»Hallo? Hörst du mich?«

Es rauschte nicht, und sie wußte, daß er am anderen Ende war.

»Konrad, Konrad«, sagte sie nachsichtig. »Spiel jetzt nicht den Spröden.«

»Was willst du?«

»Nur die Antwort auf eine winzigkleine Frage.«

»Und die wäre? Ich hab verdammt viel zu tun.«

»Ist Richter Benjamin Grinde zur Zeit bei euch?«

Abermals Schweigen.

»Ich habe keine Ahnung«, sagte er nach einer langen Pause.

»Unsinn. Natürlich hast du eine Ahnung. Sag einfach ja oder nein, Konrad. Ja oder nein.«

»Warum sollte er hier sein?«

»Wenn er nicht bei euch ist, handelt es sich um ein grobes Dienstvergehen.«

Sie lächelte und fügte hinzu:

»Denn er muß der letzte gewesen sein, der Birgitte Volter lebend gesehen hat. Er war am späten Nachmittag in ihrem Büro. Natürlich müßt ihr mit dem Mann sprechen. Kannst du nicht einfach ja oder nein sagen, Konrad, dann kannst du dich wieder an deine wichtige Arbeit machen.«

Wieder wurde es ganz still.

»Dieses Gespräch hat niemals stattgefunden«, sagte er dann hart und entschieden.

Und legte auf.

Liten Lettvik hatte die Bestätigung, die sie gebraucht hatte.

»Something in the way he moves«, summte sie zufrieden, als sie zum Frognervei ging, um dort ein Taxi anzuhalten.

Denn jetzt eilte die Sache.

0.57, Hauptwache Oslo

Selbst Billy T., der dafür eigentlich kein Auge hatte, mußte zugeben, daß Benjamin Grinde ein ungewöhnlich gutaussehender Mann war. Er war athletisch gebaut, nicht besonders groß, hatte breite Schultern und schmale Hüften. Seine Kleidung war ausgesprochen geschmackvoll, sogar die Socken, die zu sehen waren, wenn er die Beine übereinanderschlug, paßten zu seinem Schlips, den er nur ganz wenig gelockert hatte. Den dunklen Haarkranz um seinen Kopf hatte er kurzgeschoren, was seine fast kahle Schädelspitze beinahe erwünscht erscheinen ließ; sie zeugte von Potenz und großen Mengen Testosteron. Seine Augen waren dunkelbraun, der Mund wohlgeformt. Die Zähne waren überraschend weiß, immerhin war der Mann schon fünfzig.

»Sie haben morgen Geburtstag«, sagte Billy T., der in den Unterlagen blätterte.

Ein junger Polizeianwärter hatte Grindes Personalien aufgenommen, während Billy T. etwas Privates erledigen mußte. Etwas sehr Privates. Er hatte Hanne Wilhelmsen ein zweiseitiges handgeschriebenes Fax geschickt. Danach hatte er geduscht. Beides hatte geholfen.

»Ja«, sagte Benjamin Grinde und schaute auf seine Armbanduhr. »Oder eigentlich heute. Genaugenommen.«

Er lächelte müde.

»Fünfzig Jahre oder nicht«, sagte Billy T. »Lassen Sie uns das hier so schnell wie möglich über die Bühne bringen, damit Ihr Fest nicht ruiniert wird.«

Benjamin Grinde machte zum ersten Mal ein erstauntes Gesicht, bisher hatte sein Gesicht fast leer gewirkt, müde und nahezu apathisch.

»Über die Bühne bringen? Ich möchte Sie darauf aufmerksam machen, daß mir vor wenigen Stunden ein Haftbefehl vorgelegt worden ist. Und jetzt wollen Sie die Sache schnell erledigen?«

Billy T. wandte sich von der Schreibmaschine ab und musterte den Richter. Er preßte die Handflächen auf den Tisch und legte den Kopf schräg.

»Hören Sie«, seufzte er, »ich bin nicht blöd. Und auch Sie sind definitiv nicht blöd. Sie und ich wissen beide, daß Birgitte Volters Mörder nicht deren Sekretärin freundlich anlächeln und brav in seine Küche nach Hause gehen würde, um dort …«

Er blätterte in den Unterlagen.

»… Pastete herzustellen. Waren Sie nicht gerade damit beschäftigt?«

»Doch.«

Jetzt sah der Mann ehrlich überrascht aus. Die Polizei war doch gar nicht in der Küche gewesen?

»Sie wären ein so perfekter und leicht zu überführender Mörder, daß Sie es unmöglich gewesen sein können.«

Billy T. lachte kurz auf und rieb sich so heftig das Ohrläppchen, daß das Petruskreuz tanzte.

»Ich lese Kriminalromane, müssen Sie wissen. Und der Mörder ist nie derjenige, der auf den ersten Blick so wirkt. Und Mörder gehen danach nicht nach Hause. Um ganz ehrlich zu sein, Grinde: Dieser Haftbefehl war ein verdammter Blödsinn. Es war nur richtig, daß Sie den an sich genommen haben. Werfen Sie ihn weg. Verbrennen Sie ihn. Typische Panikhandlung unserer verdammten Juristen ...«

Er wandte sich wieder seiner Schreibmaschine zu und ließ die Finger vier Sätze hämmern, dann legte er ein neues Blatt ein. Wieder wandte er sich Benjamin Grinde zu und schien zu zögern, ehe er seine sehr langen Beine mit Stiefeln in Größe 47 auf die Tischkante legte.

»Warum waren Sie dort?«

»Im Büro? Bei Birgitte?«

»Birgitte? Haben Sie sie gekannt? Persönlich, meine ich?«

Die Füße knallten auf den Boden, und Billy T. beugte sich über den Schreibtisch.

»Birgitte Volter und ich kennen uns schon seit unserer Kindheit«, erwiderte Benjamin Grinde und starrte den Polizisten an. »Sie ist ein Jahr älter als ich, und das bedeutet ja viel, wenn man noch jung ist. Aber in Nesodden lief man sich eben dauernd über den Weg. Damals waren wir befreundet.«

»Damals. Und heute, sind Sie noch immer befreundet?«

Benjamin Grinde setzte sich anders hin und legte das linke Bein über das rechte.

»Nein, das kann ich wirklich nicht behaupten. Im Laufe der Jahre hatten wir nur ganz sporadischen Kontakt. Das hat sich so ergeben, könnte man sagen, weil unsere Eltern weiterhin Nachbarn waren, auch als wir beide schon längst von zu Hause ausgezogen waren. Nein. Ich würde nicht sagen, daß wir befreundet sind. Befreundet waren, meine ich.«

»Aber Sie duzen sich?«

Grinde lächelte kurz.

»Wenn man sich schon als Kinder gekannt hat, wirkt es doch etwas krampfhaft, auf das Sie umzusteigen. Auch wenn man zwischendurch den Kontakt verloren hat. Oder geht es Ihnen da anders?«

»Ich glaube nicht.«

»Gut. Sie wollen wissen, warum ich bei ihr war. Das steht sicher in ihrem Terminkalender. Vielleicht kann auch ihre Sekretärin das bestätigen. Ich wollte über die Notwendigkeit sprechen, die Kommission, der ich vorstehe, mit zusätzlichen Mitteln auszustatten. Eine von der Regierung eingesetzte Kommission.«

»Die Grinde-Kommission, natürlich«, sagte Billy T. und legte abermals die Füße auf den Tisch.

Benjamin Grinde starrte die Stiefelspitzen des Riesen auf der anderen Schreibtischseite an und fragte sich, ob hier ein Polizist seine Macht vorführen wollte, da er endlich einen der höchsten Richter des Landes in seiner Hand hatte.

Billy T. lächelte. Seine Augen waren so intensiv eisblau wie die eines Husky, und der Richter schlug seine nieder und betrachtete seine Knie.

»Halten Sie meine Füße bitte nicht für den Ausdruck mangelnden Respekts«, sagte Billy T. und schwenkte seine stahlbeschlagenen Stiefelspitzen. »Es ist einfach unbequem, wenn man lange Beine hat. Schauen Sie! Unter dem Tisch ist einfach nicht genug Platz.«

Er führte das ausführlich vor und legte die Füße dann wieder auf den Tisch.

»Sie wollten also über … zusätzliche Mittel sprechen?«

Grinde nickte.

»Warum haben Sie sich denn nicht an die Gesundheitsministerin gewandt? Wäre das nicht näherliegend gewesen?«

Der Richter hob den Blick.

»Im Grunde schon. Aber ich wußte, daß Birgitte unserer Arbeit ganz besonderes Interesse entgegenbrachte. Außerdem … außerdem wollte ich die Gelegenheit wahrnehmen, sie zu treffen. Wir hatten seit vielen Jahren nicht mehr miteinander gesprochen. Ich wollte ihr gratulieren. Zum neuen Job, meine ich.«

»Warum wollten Sie mit Frau Volter darüber sprechen, daß Sie für Ihr Komitee mehr Geld brauchen?«

»Kommission.«

»Ist doch egal. Warum?«

»Die Arbeit wird viel mehr Zeit in Anspruch nehmen, als wir anfangs angenommen hatten. Wir müssen ausführliche Gespräche mit fünfhundert Elternpaaren führen, die im Jahre 1965 ihr Baby verloren haben. Das ist eine ziemliche Arbeit. Und wir müssen … auch im Ausland müssen einige Untersuchungen angestellt werden.«

Er schaute sich um, und sein Blick ruhte auf dem Fenster, das plötzlich vom pulsierenden Blaulicht eines Streifenwagens getroffen wurde. Dann erlosch das Licht wieder.

»Wie lange waren Sie bei ihr?«

Der Richter überlegte und starrte seine Armbanduhr an, als könne diese die Antwort wissen.

»Schwer zu sagen. Ich nehme an, eine halbe Stunde. Ich war um Viertel vor fünf bei ihr. Nein, es war wohl ziemlich genau eine Dreiviertelstunde. Bis halb sechs. Dann bin ich gegangen. Das weiß ich, weil ich überlegt habe, ob ich eine bestimmte Straßenbahn erwischen könnte oder ob ich mir lieber ein Taxi nehmen sollte. Eine Dreiviertelstunde.«

»Na gut.«

Billy T. sprang auf.

»Kaffee? Tee? Cola? Zigarette?«

»Eine Tasse Kaffee, bitte. Nein, ich rauche nicht.«

Billy T. ging zur Tür und öffnete sie. Leise sprach er mit einer Person, die offenbar direkt vor der Tür gestanden hatte. Dann schloß er die Tür und setzte sich wieder, diesmal auf die Fensterbank. Der Richter verspürte eine beginnende Gereiztheit.

Es mochte noch angehen, daß dieser Mann sich den Kopf glattrasiert hatte und Jeans trug, deren beste Zeiten schon längst vorüber waren. Auch die beschlagenen Stiefel hätte er zur Not hinnehmen können, es war sicher schwer, für diese riesigen Füße das passende Schuhwerk zu finden. Das Petruskreuz jedoch war die pure Provokation, vor allem heutzutage, wo Rechtsextremisten und Satanisten fast täglich neue Verbrechen begingen. Und es mußte diesem Mann doch wohl möglich sein, während eines Verhörs ruhig sitzen zu bleiben.

»Tut mir leid, wenn Sie finden, daß ich wie ein Nazischwein aussehe«, sagte Billy T.

Konnte der Mann Gedanken lesen?

»Ich wurde jahrelang bei Straßenunruhen eingesetzt«, fügte der Polizist hinzu. »Und ich hab mir noch nicht abgewöhnen können, wie ein Schläger auszusehen. In der Regel ist das auch ziemlich effektiv. Die Kriminellen behandeln einen wie einen Kumpel, wissen Sie. Sonst hat es nichts zu bedeuten.«

Es klopfte, und eine junge Frau in einem abgenutzten roten Samtkleid und Schnürschuhen brachte zwei Tassen Kaffee, ohne auf ein »Herein« zu warten.

»Engel!« Billy T. grinste. »Vielen Dank.«

Der Kaffee war glühendheiß und stark wie Schießpulver, es war unmöglich, ihn zu trinken, ohne zu schlürfen. Der gewachste Pappbecher wurde zu heiß, weichte auf und ließ sich nur mit Mühe halten.

»Ist bei Ihrem Gespräch etwas Besonderes vorgefallen?« fragte Billy T.

Der Richter schien zu zögern, er bekleckerte seine Hose mit Kaffee und wischte sich dann mit harten, wütenden Bewegungen den Oberschenkel ab.

»Nein«, sagte er dann, ohne sein Gegenüber anzusehen. »Das würde ich nicht behaupten.«

»Ihre Sekretärin meint, Frau Volter habe in den letzten Tagen verstört gewirkt. Ist Ihnen das auch aufgefallen?«

»Ich kenne Birgitte Volter ja eigentlich gar nicht mehr. Mir ist sie sehr korrekt vorgekommen. Nein, ich kann nicht behaupten, daß mir irgend etwas aufgefallen wäre.«

Benjamin Grinde lebte von der und für die Suche nach Wahrheit und Gerechtigkeit. Er sagte sonst immer die Wahrheit. Das Lügen war er überhaupt nicht gewohnt. Sein Unbehagen machte ihm zu schaffen, und ihm wurde schlecht. Vorsichtig stellte er die Tasse auf die Schreibtischkante. Dann schaute er dem Polizisten in die Augen.

»Nichts an ihrem Verhalten hat bei mir einen Verdacht erregt, es könnte etwas nicht stimmen«, sagte er mit fester Stimme.

Das Schlimmste an allem war, daß der Polizist ihn zu durchschauen schien, bis hin zu der Lüge, die sich in seinem Brustkorb ausgerollt hatte wie eine Giftschlange.

»Mir ist nichts Unnormales aufgefallen«, fügte er hinzu und schaute wieder aus dem Fenster.

Jetzt war das Blaulicht wieder da, immer wieder traf es auf die dunkle, matte Fensterscheibe.

2.23 norwegische Zeit, Berkeley, Kalifornien
Lieber Billy T.!

Es ist nicht zu fassen. Ich stand gerade am Herd, als Dein Fax kam. Es ist einfach nicht zu fassen! Ich habe sofort Cecilie angerufen, und so schnell ist sie noch nie aus der Uni zurückgekommen. Auch hier wird ausgiebig über den Mord berichtet, und wir hängen vor der Mattscheibe. Aber eigentlich erfahren wir nichts, immer wieder wird dasselbe erzählt. Ich habe schlimmeres Heimweh denn je!

Seht zu, daß Ihr Euch nicht durch Theorien alles verbaut. Wir müssen von den Schweden lernen, die sich ja anscheinend auf einer »offenkundigen« Spur nach der anderen restlos verirren. Wie sehen Eure ersten Theorien aus? Terrorismus? Rechtsextremisten? Und vergeßt auf keinen Fall die nächstliegenden Lösungen: Verrückte, Verwandtschaft, verschmähte Liebhaber (damit kennst Du Dich doch aus …). Wie organisiert Ihr die Arbeit? Ich habe tausend Fragen, die Du im Moment sicher nicht beantworten kannst. Aber BITTE: Melde Dich, ich schreibe Dir auch bald mehr.

Das hier ist nur meine erste Reaktion, ich hoffe, Du kannst das Fax noch lesen, ehe Du schlafen gehst. Obwohl Du in der nächsten Zeit wohl kaum viel zum Schlafen kommen wirst. Ich schick Dir das Fax nach Hause, die Jungs ärgern sich sonst vielleicht, daß eine Hauptkommissarin im Exil sich in Dinge einmischt, die sie strenggenommen nichts angehen.

Cecilie läßt Dich ganz herzlich grüßen. Typischerweise macht sie sich vor allem Sorgen um Dich. Ich denke eher an die Heimat, an meine Heimat Norwegen. Das ist doch der pure Wahnwitz. Melde Dich!

Deine Hanne

2.49, Redaktion der Abendzeitung

»Kommt nicht in Frage, Liten. Das geht einfach nicht.«

Der Redakteur beugte sich über den Tisch und sah sich einen Entwurf für die Titelseite an. Seit der ersten Sondernummer, die schon um Mitternacht auf der Straße verkauft worden war, hatte sie sich radikal geändert. Vor ihm lag eine Titelseite, die von einem großen Bild von Benjamin Grinde dominiert wurde, begleitet von der dramatischen Schlagzeile: »Richter vom Obersten Gericht festgenommen«, darunter, kleiner: »Der Mann, der Volter als letzter lebend sah.«

»Wir haben nicht genug Beweise«, sagte der Mann, kniff sich in die Nase und rückte seine Brille zurecht. »Er wird Schadenersatz verlangen. In Millionenhöhe.«

Liten Lettvik fiel es nicht weiter schwer, totale Verzweiflung zu zeigen. Sie stand breitbeinig da, fuchtelte mit den Armen, schüttelte den Kopf und verdrehte wild die Augen.

»Also wirklich!!!«

Sie brüllte dermaßen, daß für einen kurzen Moment in der ganzen Redaktion das Stimmengewirr verstummte. Als die anderen feststellten, wer so gebrüllt hatte, machten sie sich wieder an ihre Arbeit. Liten Lettvik neigte zu dramatischen Szenen, auch dann, wenn sie eigentlich unangebracht waren.

»Ich habe zwei Quellen«, fauchte sie durch zusammengebissene Zähne. »Zwei Quellen!«

»Beruhige dich«, sagte der Redakteur und hob und senkte die Hände in einer Bewegung, die vermutlich beschwichtigend wirken sollte, die Liten Lettvik aber reichlich herablassend fand. In seinem Büro ließen sie sich in die Sessel fallen.

»Welche Quellen sind das?« fragte er und sah sie an.

»Sag ich nicht.«

»Gut. Dann gibt's auch keinen Artikel.«

Er griff zum Telefon und schaute zur Tür hinüber, um ihr zu bedeuten, daß sie gehen sollte. Liten Lettvik schien kurz zu zögern, doch dann verließ sie den Raum und verzog sich in ihre Höhle. Ihr Arbeitszimmer war ein grandioses Chaos, überall lagen Bücher, Zeitungen, amtliche Dokumente, Butterbrotpapier und alte Apfelbutzen herum. Sie wühlte auf ihrem überfüllten Schreibtisch und fand mit bewundernswerter Sicherheit zwischen einem Pizzakarton mit zwei schlappen Pepperonistücken und einer alten Zeitung den Ordner, den sie gesucht hatte.

Sie fischte ein Zigarillo aus der Schachtel. Ihre Mappe über Benjamin Grinde war ziemlich umfangreich. Sie hatte wochenlang daran gearbeitet. Sie enthielt alles, was über seine Kommission in der Presse gestanden hatte, angefangen mit dem allerersten Interview mit Frode Fredriksen, dem Anwalt, der den Anstoß zur Einrichtung der Kommission gegeben hatte, die die merkwürdige Häufung von Todesfällen bei Babys im Jahre 1965 untersuchen sollte.

Das Interview hatte ihm eine Menge Aufträge eingebracht. Erstaunlich kurze Zeit nach dem Interview hatte er im Namen von hundertneunzehn Elternpaaren beim Parlament einen Antrag auf Schmerzensgeld eingereicht. Alle waren davon überzeugt, daß sich der Tod gerade ihres kleinen Lieblings hätte vermeiden lassen. Allen Fällen war gemeinsam, daß nichts auf einen ärztlichen Kunstfehler hindeutete. Auf den meisten Totenscheinen stand »plötzlicher Kindstod«. Die Aufregung wollte kein Ende nehmen. Die parlamentarische Opposition hatte am zehnten November 1996 die Regierung zur Einrichtung einer Untersuchungskommission gezwungen. Es hatte sich nicht umgehen lassen, denn auf Knopfdruck hatte das Statistische Zentralbüro bestätigen können, daß im Jahr 1965 weitaus mehr Kinder gestorben waren als vorher oder nachher. Benjamin Grinde war der perfekte Kommissionsleiter, er galt als Spitzenjurist und konnte neben seinen anderen beträchtlichen Meriten auch noch ein medizinisches Staatsexamen in die Waagschale werfen.

Liten Lettvik war müde.

Genaugenommen wußte sie wirklich nicht, warum sie wenige Stunden nach dem Mord an der Ministerpräsidentin alte Zeitungsausschnitte über eine Untersuchung las, von der niemand mehr sprach und deren Ergebnis niemand vorhersagen konnte. Vielleicht lag es daran, daß sie sich zu sehr damit beschäftigt hatte. Während der letzten Wochen hatte sie keinen einzigen Artikel geschrieben, und nur ihrer Position als unangefochtene Doyenne der Redaktion war zu verdanken, daß das keine negativen Folgen für sie hatte. Die Sache mit den toten Kindern interessierte sie. Vielleicht machte dieses Interesse sie blind. Dafür war jetzt keine Zeit. Sie mußte sich auf den Mord konzentrieren.

Jetzt interessierte sie sich für Benjamin Grinde. Seit Wochen hatte sie versucht, herauszufinden, was die Grinde-Kommission eigentlich trieb, aber sie war immer nur mit allgemeinen Informationen abgespeist worden. Und da war ausgerechnet der Kommissionsleiter vermutlich der letzte, der die Ministerpräsidentin lebend gesehen hatte.

»Jetzt mach dich verdammt noch mal an die Arbeit, Liten.«

Das war der Redakteur. Wie immer ließ er einen angeekelten Blick durch das Büro wandern, dann wandte er sich ab und sagte:

»Jetzt leg gefälligst los. Du hast ja wohl schon mehr als genug zusammen.

7.00, Konferenzsaal im Regierungshochhaus

Alle empfanden dasselbe starke Unbehagen, als sie durch den Eingangsbereich zum Büro der Ministerpräsidentin gingen. Zwar war keine Polizei mehr anwesend – zumindest war keine zu sehen –, doch sie wußten, daß hinter der Wand, von der sie alle verzweifelt ihre Blicke abwandten, Birgitte Volter vor kurzem erschossen worden war.

Die Regierungsmitglieder waren ungewöhnlich schweigsam, nur die schnarrende, singende Stimme der Wirtschaftsministerin war zu hören.

»Es ist so entsetzlich. Mir fehlen die Worte.«

Als letzter traf der Außenminister ein. Die anderen hatten schon Platz genommen. Er war ungewöhnlich blaß, und die Kulturministerin hätte schwören können, daß seine Haare über Nacht grauer geworden waren. Vergeblich versuchte sie, ihm ein aufmunterndes Lächeln zuzuwerfen, er sah niemanden an. Für einen Moment blieb er vor dem Platz der Ministerpräsidentin an der Stirnseite des ovalen Tisches stehen, überlegte es sich dann aber anders. Er zog den großen Ledersessel hervor, ließ ihn leer stehen und setzte sich auf den Platz links daneben. Auf den des Außenministers.

»Schön, daß alle kommen konnten«, sagte er und betrachtete die anderen aus zusammengekniffenen Augen.

Der Landwirtschaftsminister trug als einziger Alltagskleidung, Jeans und Flanellhemd. Er war zum Angeln in den Bergen gewesen, als das Regierungsfahrzeug ihn abgeholt hatte, er hatte einfach keine Zeit mehr gehabt, sich den Umständen entsprechend umzuziehen.

»Es ist ein entsetzlicher Tag für uns alle.« Der Außenminister räusperte sich. »Was den Fall an sich betrifft … den Fall für die Polizei, so weiß ich nur sehr wenig. Es wurde keine Waffe gefunden. Kein Verdächtiger wurde festgenommen. Natürlich arbeitet die Polizei auf Hochtouren. Unterstützt vom Polizeilichen Überwachungsdienst. Ich brauche ja wohl kaum zu sagen, warum der mit im Spiel ist.«

Er tastete nach dem Mineralwasserglas, das vor ihm auf dem Tisch stand, und leerte es in einem Zug. Niemand brach das Schweigen, obwohl in der Luft des schallisolierten Raumes genug Fragen zu hängen schienen.

»Was mir vor allem am Herzen liegt, ist, euch über die weiteren Ereignisse auf dem laufenden zu halten. Ich werde um neun Uhr vom König empfangen, im Laufe des Tages wird dann ein außergewöhnlicher Staatsrat einberufen. Den genauen Zeitpunkt erfahrt ihr noch.«

Der Außenminister hielt noch immer sein leeres Glas in der Hand, er starrte es an, als hoffe er, daß es sich ganz von allein wieder füllen werde. Dann stellte er es widerwillig ab und wandte sich der Ministerialrätin zu, die dem leeren Sessel der Ministerpräsidentin gegenüber saß.

»Könnten Sie bitte einen kurzen Bericht geben?«

Die Ministerialrätin im Büro der Ministerpräsidentin war eine ältere Frau, die energisch und ausdauernd gegen die Tatsache ankämpfte, daß sie in zwei Monaten siebzig werden würde. Sie hatte sich in der vergangenen

Nacht mehrfach bei dem entsetzlich egoistischen Gedanken ertappt: Was hier passiert war, konnte möglicherweise dazu führen, daß ihr Ruhestand um ein Jahr verschoben würde.

»Otto B. Halvorsen«, begann sie und setzte eine Lesebrille vor ihr schmales, eckiges Gesicht. »Verstorben am 23. Mai 1923. Er und Peder Ludvig Kolstad sind als einzige durch den Tod von ihrem Amt als Ministerpräsident abberufen worden. Aber damit haben wir immerhin etwas, woran wir uns halten können. Ich sehe keinen Grund, in diesem Fall anders vorzugehen.«

In diesem Fall ... Finanzminister Tryggve Storstein war ziemlich gereizt, fast schon wütend. Das hier war kein »Fall«. Sie standen vor der entsetzlichen Tatsache, daß Birgitte Volter tot war.

Tryggve Storstein war eigentlich ein gutaussehender Mann. Er hatte regelmäßige Gesichtszüge, die jedem Karikaturisten die Arbeit schwermachten, kurze dunkle Haare, die keinerlei Rückschluß auf seine bald fünfzig Jahre zuließen, und Augen, die dem Gesicht einen besorgten Ausdruck verliehen und ihn selbst dann, wenn er lächelte, traurig aussehen ließen. Seine Nase war gerade und nordeuropäisch, sein Mund konnte beim Sprechen geradezu sinnlich wirken. Aber Tryggve Storstein gab sich alle Mühe, um sein vorteilhaftes Äußeres nicht allzu auffällig werden zu lassen. Vielleicht lag das an seiner Kindheit auf einem Einödhof in Troms, vielleicht auch daran, daß er gewissermaßen in die Partei hineingeboren worden war. Auf jeden Fall hatte seine Kleidung eine gewisse Tendenz zur Geschmacklosigkeit, die boshafte Konservative allen ehemaligen Mitgliedern der sozialdemokratischen Jugendorganisation nachsagten. Im Grunde hätte die Kleidung an seinem durchtrainierten Körper gut sitzen müssen, aber sie stand ihm niemals so recht. Die dunklen Anzüge waren zu dunkel, die anderen wiederum zu schrill. Jetzt trug er eine Art Tweedjacke aus synthetischem Material, eine schwarze Hose und braune Schuhe. Er war sehr aufgeregt und drückte immer wieder auf den Knopf seines Kugelschreibers. Klick-klack, klick-klack.

»Otto B. Halvorsen verstarb nach kurzer Krankheit«, fuhr die Ministerialrätin fort und blickte Storstein über ihre Brillengläser hinweg gereizt an. »Deshalb konnten wenigstens einige Vorbereitungen getroffen werden. Diese Vorbereitungen waren vermutlich eine große Hilfe, als Peder Kolstad im März 1932 plötzlich an einer Thrombose starb. Danach hielt man sich an das Beispiel Halvorsen. Nun gut. Jedenfalls wird der Außenminister zum vorläufigen Ministerpräsidenten, bis die Regierung zurücktritt. Das kann in dem Moment geschehen, in dem die neue Regierung feststeht. Bis es soweit ist, arbeitet die bisherige Regierung provisorisch weiter.«

Sie spitzte für einen Moment den Mund und sah dabei aus wie eine bebrillte Maus.

»Ich habe eine Übersicht zusammengestellt, aus der hervorgeht, was man als ›laufende Angelegenheiten‹ betrachten könnte. Vor allem geht es dabei um Entscheidungen, die die nächste Regierung nicht auf ein bestimmtes Verhalten festlegen. Die Ernennung von Richtern zum Beispiel ist im Moment nicht möglich. Aber das steht alles in den Unterlagen. Und falls es Fragen gibt, stehen wir rund um die Uhr zur Verfügung.«

Die Ministerialrätin klopfte auf ihre Papiere und bedachte den Außenminister mit einem strengen Lächeln.

»Danke«, murmelte der und hustete.

Er spürte, daß sich eine Erkältung ankündigte.

»Ich habe mit der Parlamentspräsidentin gesprochen.

Heute um zwölf findet eine außerordentliche Parlamentssitzung statt. Ich nehme an, daß die neue Regierung im Laufe der nächsten Woche ernannt wird. Aber wir warten bis nach der Beisetzung.«

Stille trat ein. Tiefe Stille. Der Landwirtschaftsminister faßte unwillkürlich in seine Brusttasche, ließ die Schnupftabakdose aber stecken. Der Wirtschaftsminister fuhr sich durch seine lockigen Haare, die ausnahmsweise einmal nicht perfekt lagen. Tryggve Storstein brach das Schweigen. »Morgen tritt der Parteivorstand zu einer Sondersitzung zusammen«, sagte er leise. »Bis auf weiteres übernehme ich den Parteivorsitz. Ich werde euch dann umgehend über alles informieren, was in den nächsten Tagen in der Partei geschehen wird.«

Gesundheitsministerin Ruth-Dorthe Nordgarden schob sich die blonden Haare hinters Ohr und schaute zum Finanzminister hinüber. Wie Tryggve Storstein war auch sie stellvertretende Parteivorsitzende.

»Eins müssen wir uns klar vor Augen halten«, fügte Tryggve Storstein hinzu und machte sich an seinen Papieren zu schaffen. »In Anbetracht der derzeitigen parlamentarischen Situation und der Regierungsgeilheit, die die Parteien der Mitte im letzten halben Jahr an den Tag gelegt haben ... können wir uns nicht einmal darauf verlassen, daß dieses Land in einer Woche noch eine sozialdemokratische Regierung haben wird. Jetzt haben sie die Chance, wenn sie sie ergreifen wollen. Die Zentrumskoalition.«

Daran hatten die anderen noch gar nicht gedacht. Sie tauschten bestürzte Blicke aus.

»Kommt gar nicht in die Tüte«, murmelte die Familienministerin, die trotz ihres jungen Alters ein altgedientes Regierungsmitglied war. »Ich fall tot um, wenn die das jetzt ausnutzen. Die warten bis zum Herbst.«

Dann schlug sie plötzlich die Hand vor den Mund.

Es war wirklich nicht der richtige Tag, um vom Totumfallen zu sprechen.

8.00, Hauptwache Oslo

»Hier gibt's wirklich verdammt viele Köche«, murmelte Billy T. »Das kann ja nicht gutgehen.«

Die Frau neben ihm nickte kurz. Im Konferenzraum im dritten Stock der Hauptwache drängten sich mindestens fünfzig Menschen. Die Männer des Polizeilichen Überwachungsdienstes waren leicht zu erkennen, sie saßen nebeneinander und sahen aus, als hüteten sie ein über die Maßen großes Geheimnis. Außerdem waren die meisten von ihnen ausgeruht, im Gegensatz zu den Polizeibeamten, von denen viele seit fast vierundzwanzig Stunden im Einsatz waren. Ein leichter Schweißgeruch lag über dem Saal.

»Der Polizeiliche Überwachungsdienst«, murrte Billy T. »Das muß doch zum Chaos führen. Die Jungs werden die schlimmsten Schreckensbilder heraufbeschwören. Terror, Grauen und Drohungen aus dem Mittleren Osten. Während wir es in Wirklichkeit wahrscheinlich nur mit einem Verrückten zu tun haben. O verdammt, Tone-Marit, das darf keine norwegische Entsprechung zum Fall Palme werden. Wenn wir die Sache nicht in zwei Wochen knacken können, ist der Zug abgefahren. Darauf kannst du Gift nehmen.«

»Du bist jetzt müde, Billy T.«, sagte Tone-Marit. »Natürlich muß der Überwachungsdienst dabeisein. Die können schließlich einschätzen, ob wir eventuelle Androhungen von Anschlägen ernst nehmen müssen.«

»Ja, ich bin todmüde. Aber besonders viel Ahnung

von Anschlägen können die nicht haben. Die Frau ist schließlich tot. Also …«

Er grinste und versuchte vergeblich, seine Beine zwischen den Stuhlreihen zu verstauen, schließlich mußte er seinen Vordermann bitten, ein wenig beiseite zu rücken.

Der Überwachungschef und der Polizeipräsident hatten sich ganz vorn im Saal an einen Tisch gesetzt, sie schauten die anderen an wie zwei Lehrer eine Klasse, von der sie nicht allzuviel halten. Der Polizeipräsident, der erst drei Monate zuvor auf diesen Posten befördert worden war, hatte Schmutzspuren im Gesicht und kratzte sich immer wieder die blauschwarzen Bartstoppeln. Seine Uniformjacke wies am Kragen einen fettigen Rand auf, und sein Schlips hing schief. Der Überwachungschef war nicht uniformiert, er war tadellos angezogen mit seinem beigen Sommeranzug, dem kreideweißen Hemd und dem einfarbig hellbraunen Schlips. Er starrte an die Decke.

»In der Operationszentrale ist ein Stab gebildet worden«, erklärte der Polizeipräsident ohne weitere Vorstellung oder Einleitung. »Zumindest während der nächsten Tage wird er dort bleiben. Es wird sich zeigen, wie es dann weitergeht.«

Es wird sich zeigen. Alle wußten, was eine solche Aussage bedeutete.

»Wir stehen wirklich mit leeren Händen da, verdammt noch mal«, flüsterte Billy T.

»Bisher haben wir nur sehr wenig Hinweise«, sagte der Polizeipräsident laut und erhob sich.

Er ging zu einem Overheadprojektor und legte eine Folie auf die Glasplatte.

»Bis jetzt haben wir achtundzwanzig Personen verhört. Und zwar die Personen, die, zeitlich und räumlich gesehen, mit dem Tatort in Verbindung gebracht werden können. Das Personal im Büro der Ministerpräsidentin, und zwar Politiker, Beamte und Büroangestellte. Sodann die Wächter im vierzehnten Stock und im Erdgeschoß. Und zwei von den … Gästen. Personen, die die Ministerpräsidentin gestern besucht haben.«

Der Polizeipräsident zeigte auf einen roten Kasten auf seiner Folie, der mit Namen gefüllt war. Die Hand des Polizeipräsidenten zitterte. Der Kugelschreiber, der sich an der Wand hinter ihm als gigantischer Zeigestock abzeichnete, stieß gegen die Folie und ließ sie verrutschen. Er versuchte, sie wieder gerade zu rücken, aber sie schien festzuhängen, und der Polizeipräsident gab auf.

»Vorläufig haben wir keine feste Theorie. Ich wiederhole: Wir haben keine feste Theorie. Es ist von allergrößter Bedeutung, daß wir ein breites Netz auswerfen. Bei dieser Arbeit wird der Überwachungsdienst eine zentrale Rolle spielen. Die Durchführung des Mordes …«

Er schaltete den Projektor aus und riß die widerspenstige Folie mit beiden Händen heraus. Dann legte er eine andere auf die Glasplatte und schaltete das Gerät wieder ein.

»… weist auf einen hohen Grad an Professionalität hin.«

Die Folie zeigte eine Skizze des vierzehnten und fünfzehnten Stocks im Hochhaus.

»Das ist das Büro der Ministerpräsidentin. Wie wir sehen, hat es zwei Zugänge, einmal durch das Vorzimmer, hier …«

Er tippte mit dem Kugelschreiber auf die Türöffnung.

»Und durch ein Besprechungszimmer, durch den Aufenthaltsraum und dann hier hinein.«

Der Kugelschreiber malte ein Viereck auf die Folie.

»Beiden Zugängen ist gemeinsam, daß man an dieser Tür hier vorbei muß …«

Wieder tippte der Kugelschreiber gegen das Glas.

»Und diese befindet sich in Sichtweite vom Schreibtisch der Sekretärin.«

Der Polizeipräsident seufzte so tief, daß selbst Billy T. und Tone-Marit Steen, die ganz hinten saßen, es hören konnten. Dann herrschte Stille.

»Außerdem«, sagte der Polizeipräsident plötzlich, seine Stimme versagte mitten im Satz, und er hustete energisch, »außerdem muß man, um in die drei für den Regierungschef vorgesehenen Stockwerke zu kommen, diesen Punkt hier passieren.«

Jetzt zeigte er mit seinem dicken Zeigefinger, der den gesamten Eingang zum vierzehnten Stock bedeckte.

»Nämlich eine Sicherheitsschleuse, die rund um die Uhr bewacht wird. Es gibt zwar auch einen Notausgang …«

Der Finger setzte sich in Bewegung.

»Aber es gibt keinerlei Anzeichen dafür, daß er benutzt worden wäre. Die Türen sind versiegelt, und das Siegel wurde nicht gebrochen. Das gesamte Hochhaus wird seit einiger Zeit renoviert. Aus diesem Anlaß ist es von außen eingerüstet worden. Wir haben natürlich überprüft, ob jemand auf diese Weise eingestiegen sein könnte, aber auch dafür gibt es keinerlei Anzeichen. Die Fenster sind unversehrt, die Fensterbänke unberührt. Natürlich untersuchen wir auch alle Entlüftungswege, aber bisher scheint das eine falsche Fährte zu sein.«

Der Überwachungschef hatte die Arme vor der Brust verschränkt und musterte einen Gegenstand, der vor ihm auf dem Pult lag.

»Auch die Waffe ist noch nicht gefunden worden. Es

scheint sich um eine relativ kleinkalibrige Waffe gehandelt zu haben, vermutlich um einen Revolver. Wir werden mehr erfahren, wenn der vorläufige Obduktionsbericht vorliegt. Der Zeitpunkt des Todes kann offenbar auf den Zeitraum zwischen achtzehn und achtzehn Uhr fünfundvierzig angesetzt werden. Und das bedeutet …«

Er betrachtete die Anwesenden mit zusammengekniffenen Augen.

»Es sollte eigentlich überflüssig sein, das ausdrücklich zu sagen. Ich sage es trotzdem: Wenn irgend etwas an die Presse oder andere durchsickert, dann wird das schwerwiegende Folgen haben. In diesem Fall akzeptiere ich nicht die kleinste undichte Stelle, das möchte ich klarstellen. Verstanden?«

Gemurmelte Zustimmung verbreitete sich im Saal.

»Der Überwachungschef wird die Lage jetzt kurz zusammenfassen.«

Der Mann im beigen Anzug stand auf und umrundete den Tisch, hinter dem er gesessen hatte. Mit elegantem Schwung setzte er sich auf die Tischplatte und verschränkte die Arme vor der Brust.

»Wir lassen alle Möglichkeiten offen, wie eben schon gesagt. Wir wissen, daß rechtsextreme Gruppen in letzter Zeit eine gewisse Aktivität entfaltet haben, und wir wissen auch, daß einzelne Gruppierungen mit sogenannten Todeslisten arbeiten. Das ist an sich ja nichts Neues. Solche Listen gibt es schon lange, und Ministerpräsidentin Volter stand schon lange, bevor sie dieses Amt angetreten hatte, auf der Liste.«

Er stand wieder auf und lief vor dem Tisch hin und her, während er weiterredete. Er hatte eine tiefe, angenehme Stimme, er sprach flüssig und ohne Unterbrechungen.

»Wir können auch nicht ausschließen, daß der Mord

mit den neuesten Entwicklungen im Mittleren Osten in Verbindung steht. Das Oslo-Abkommen kann möglicherweise ganz und gar im Sande verlaufen, und alle wissen, daß Norwegen hinter den Kulissen alles unternimmt, um den Friedensprozeß doch noch zu retten.«

»Und da können die Jungs vom Überwachungsdienst wieder mit ihren alten Mossad-Kumpels zusammenarbeiten«, murmelte Billy T. fast unhörbar.

Tone-Marit achtete nicht auf ihn, sondern reckte den Hals, um den Mann vorne im Saal besser hören zu können.

»Außerdem haben wir noch andere mögliche Theorien, die wir genauer unter die Lupe nehmen müssen. Aber darauf brauchen wir hier nicht einzugehen.«

Der Überwachungschef verstummte und nickte dem Polizeipräsidenten kurz zu, um die Besprechung für beendet zu erklären. Der Präsident zupfte an seinem verschmutzten Kragen und sah aus, als sehnte er sich nach Hause.

»Glaubst du noch immer an das Gerede von einem verrückten Einzelgänger?« fragte Tone-Marit, als sie kurz darauf den Konferenzsaal verließen. »Das müßte dann aber ein Genie sein.«

Billy T. gab keine Antwort, er starrte sie einige Sekunden lang an, dann schüttelte er ganz sachte den Kopf.

»Jetzt muß ich wirklich ins Bett«, murmelte er.

9.07, Hauptwache Oslo

Es war unmöglich, das Alter der Frau zu schätzen, die in ihrem schwarzen Kostüm und ihrem roten Halstuch dasaß und an einem Glas Mineralwasser nippte. Tone-Marit Steen war beeindruckt; die Frau sah ausgeruht und gepflegt aus, obwohl sie noch um vier Uhr morgens beim Verhör gesessen hatte. Ihre Augen waren zwar ein wenig gerötet, aber sie war perfekt geschminkt, und ihre leichten Bewegungen ließen einen angenehmen leichten Parfümduft durch das Zimmer schweben. Tone-Marit preßte die Arme an den Körper und hoffte, keinen zu unangenehmen Geruch zu verbreiten.

»Es tut mir leid, Sie schon wieder stören zu müssen«, sagte sie mit einer Stimme, die wirklich ehrlich klang. »Aber Sie verstehen sicher, daß Sie für uns eine besonders wichtige Zeugin sind.«

Wenche Andersen, Sekretärin im Büro der Ministerpräsidentin, nickte kurz.

»Das spielt doch keine Rolle. Ich kann sowieso nicht schlafen. Das ist doch selbstverständlich. Fragen Sie nur.«

»Damit wir unsere Arbeit der letzten Nacht nicht noch einmal machen müssen, schlage ich eine kurze Zusammenfassung Ihrer Aussage vor. Bitte unterbrechen Sie mich, wenn etwas nicht stimmt.«

Wenche Andersen nickte und faltete die Hände auf ihrem Schoß.

»Birgitte Volter wollte ungestört sein, stimmt das?«

Die Frau nickte.

»Und Sie wissen nicht, warum. Sie hatte eine Besprechung mit Richter Grinde, der Termin stand seit einer Woche fest. Sie haben Frau Volter als letzte lebend gesehen. Aber Sie sagen …«

Tone-Marit blätterte in ihren Unterlagen und fand schließlich das Gesuchte.

»Sie sagen, sie sei Ihnen in letzter Zeit unruhig vorgekommen. Gestreßt, haben Sie gesagt. Könnten Sie das genauer beschreiben?«

Die Frau in Schwarz sah sie an und schien nach Worten zu suchen.

»Schwer zu sagen. Ich kannte sie ja noch nicht so gut. Sie war etwas … abweisend? Reizbar? Von beidem etwas. Ein wenig schroff irgendwie. Stärker als früher. Mehr kann ich Ihnen ganz einfach nicht sagen.«

Tone-Marit hielt Wenche Andersen eine Halbliterflasche Mineralwasser hin.

»Ja, bitte«, antwortete die und hob ihr Glas.

Die Polizeibeamtin starrte sie eine Weile an, so lange, daß das Schweigen peinlich wurde.

»Wie war sie eigentlich?« fragte sie plötzlich. »Was war sie für ein Mensch?«

»Birgitte Volter? Wie sie war? Sie war sehr pflichtbewußt. Sehr fleißig. In dieser Hinsicht war sie fast wie Gro Harlem Brundtland.«

Jetzt lächelte sie strahlend und zeigte dabei schöne, gepflegte Zähne.

»Sie hat von früh bis spät gearbeitet. War sehr umgänglich, hat immer klare Anweisungen erteilt. Sehr klare Anweisungen. Wenn etwas nicht richtig lief … Bei dem strengen Zeitplan einer Ministerpräsidentin passiert immer etwas Unvorhergesehenes, aber sie hat alles gelassen hingenommen. Und sie war ziemlich …«

Wieder suchte sie nach dem passenden Wort; ihr Blick wanderte durch das Zimmer, als suche sie die geeigneten Ausdrücke, die sich irgendwo versteckt hatten und nicht zum Vorschein kommen wollten.

»Warm«, rief sie endlich. »Ich würde sie wirklich als warm bezeichnen. Sie hat sogar an meinen Geburtstag gedacht, hat mir Rosen mitgebracht. Und fast immer hatte sie Zeit zu einem kurzen Gespräch über das Wetter oder so.«

»Aber wenn Sie etwas Negatives sagen sollten«, fiel die Polizeibeamtin ihr ins Wort. »Was würden Sie dann sagen?«

Die Frau spielte an ihrem Jackensaum herum und schlug die Augen nieder.

»Na ja, also, sie konnte ein wenig … ein wenig zu jovial sein. Ich durfte sie nicht Frau Ministerpräsidentin nennen, sie wollte unbedingt Birgitte genannt werden. Das war ungewohnt. Und nicht ganz korrekt, wenn Sie mich fragen. Außerdem war sie bisweilen ein ziemlicher Wirrkopf, in konkreten Dingen, meine ich. Sie vergaß immer ihre Schlüsselkarte und so. Hinter dieser ganzen Jovialität versteckte sich eine gewisse … wie soll ich sagen? Eine Art Reserviertheit? Nein, jetzt rede ich wohl ziemlich wirr.«

Sie sprach leise, flüsterte fast, und schüttelte resigniert den Kopf.

»Und weiter?«

»Eigentlich nichts weiter. Nichts von Bedeutung.«

Jemand klopfte an die Tür.

»Später«, rief Tone-Marit, und leichte Schritte entfernten sich über den Flur, als sie sagte: »Lassen Sie mich entscheiden, was von Bedeutung ist.«

Die Frau schaute ihr in die Augen und strich sich blitzschnell die Haare glatt, was überhaupt nicht nötig gewesen wäre.

»Nein, ehrlich gesagt kann ich nicht mehr dazu sagen. Höchstens eins noch, das ist mir heute nacht eingefallen. Oder, genauer gesagt, heute morgen. Vor einer Stunde. Aber mit dieser Sache hat es eigentlich nichts zu tun.«

Tone-Marit beugte sich vor, griff zu einem Kugelschreiber und ließ ihn zwischen Zeige- und Mittelfinger ihrer rechten Hand hin und her wippen.

»Letzte Nacht sollte ich das Büro der Ministerpräsidentin durchsuchen«, erzählte Wenche Andersen. »Ihre Kollegen wollten wissen, ob etwas fehlte. Das war, nachdem Birgitte … weggebracht worden war. Ich hatte sie ja gesehen. Als ich sie fand und später noch mal, als sie, über ihren Schreibtisch gebeugt, dasaß. Ich habe sie zweimal gesehen. Und …«

Ausdruckslos starrte sie auf den Kugelschreiber, der in nervenaufreibendem Stakkato auf die Tischplatte trommelte. Tone-Marit hörte sofort damit auf.

»Tut mir leid«, sagte sie und ließ sich in den Sessel zurücksinken. »Sprechen Sie weiter.«

»Ich habe sie also zweimal gesehen. Und ich will ja nicht prahlen … nein, wirklich nicht, aber ich gelte als … als ziemlich gute Beobachterin.«

Die lila Flecken auf ihren Wangen waren inzwischen von einem tiefen Rot umkränzt.

»Mir ist aufgefallen, daß die Ministerpräsidentin ihr Tuch nicht trug.«

»Ihr Tuch?«

»Ja, ein großes Wolltuch mit Fransen, schwarz mit rotem Muster. Sie trug es immer um die Schultern, so …«

Wenche Andersen band ihr eigenes Halstuch auf, faltete es zu einem Dreieck zusammen und legte es sich um die Schultern.

»Nicht genauso, es war ja ein Wolltuch und viel größer als meins, aber Sie wissen sicher, was ich meine. Ich bin mir nicht sicher, aber ich glaube, sie hatte es mit einer versteckten Sicherheitsnadel festgesteckt, es rutschte schließlich nie herunter. Sie liebte dieses Tuch und trug es sehr oft.«

»Und was war mit diesem Tuch?«

»Es war nicht da.«

»Nicht da?«

»Nein, sie trug es nicht, und es war auch nicht im Zimmer, als ich es untersucht habe. Es war ganz einfach verschwunden.«

Die Polizeibeamtin beugte sich wieder vor, ihre

Augen leuchteten, und ihr Gegenüber wich unbewußt ein wenig zurück.

»Sind Sie sicher, daß sie es an diesem Tag getragen hat? Ganz sicher?«

»Ich bin hundertprozentig sicher. Mir war aufgefallen, daß es ein wenig schief saß, als ob sie es angebracht hätte, ohne in den Spiegel zu sehen. Hundertprozentig. Hat das etwas zu bedeuten?«

»Vielleicht«, sagte Tone-Marit mit leiser Stimme. »Vielleicht nicht. Könnten Sie das Tuch genauer beschreiben?«

»Tja, wie gesagt, es war schwarz mit rotem Muster und ziemlich groß, ungefähr so …«

Wenche Andersen hielt ihre Hände etwa einen Meter auseinander.

»Und es war ganz sicher aus Wolle. Aus reiner Wolle. Und es ist ganz einfach verschwunden.«

Tone-Marit drehte sich zu ihrem Computer am Fenster um. Wortlos schrieb sie zehn Minuten lang.

Wenche Andersen trank ein wenig mehr Wasser und schaute diskret auf ihre Armbanduhr. Sie spürte, wie sie die Müdigkeit überkam, das monotone Geräusch, das die Finger der Polizistin auf der Tastatur verursachten, wirkte einschläfernd.

»Aber einen Schuß haben Sie nicht gehört?«

Wenche Andersen fuhr zusammen, sie mußte für einen Moment eingenickt sein.

»Nein. Wirklich nicht.«

»Dann machen wir Schluß für heute. Nehmen Sie sich auf unsere Rechnung ein Taxi. Danke, daß Sie sich die Mühe gemacht haben, noch einmal zu kommen. Ich kann leider nicht versprechen, daß es das letzte Mal war.«

Nachdem sie einander die Hände gereicht hatten, blieb Wenche Andersen zögernd in der Tür stehen.

»Glauben Sie, Sie werden ihn finden? Den Mörder, meine ich?«

Ihre Augen, die bisher nur ein wenig gerötet gewesen waren, standen jetzt voller Tränen.

»Ich weiß es wirklich nicht. Unmöglich zu sagen. Aber wir werden unser Aller-allerbestes tun – falls das ein Trost sein kann«, fügte Tone-Marit hinzu.

Doch die Sekretärin der Ministerpräsidentin war schon gegangen und hatte vorsichtig die Tür hinter sich geschlossen.

12.00, Plenarsaal des Parlaments

Der halbmondförmige Plenarsaal des norwegischen Parlaments war noch nie so voll gewesen. Sämtliche hundertfünfundsechzig Stühle waren besetzt, schon seit über einer Viertelstunde. Anders als sonst tuschelte niemand mit seinem Nachbarn. Die Regierungsmitglieder saßen auf den Sesseln im unteren Kreis, nur der Sitz der Ministerpräsidentin war leer, abgesehen von einem Strauß aus zwölf roten Rosen, der auf der Stuhlkante lag und so aussah, als könne er jederzeit auf den Boden fallen. Niemand fühlte sich ermächtigt, ihn gerade zu rücken. Auch die Diplomatenloge war vollbesetzt; alle waren dunkel gekleidet, mit Ausnahme des südafrikanischen Botschafters, der eine farbenfrohe Tracht trug. Aus der Presseloge war neben vereinzeltem Räuspern und Husten ein einziges Geräusch zu hören, das leise Brummen der Kameramotoren. Die Galerie über der Rotunde war ebenfalls überfüllt, zwei Wächter hatten alle Hände voll damit zu tun, Nachzügler draußenzuhalten.

Die Parlamentspräsidentin kam von links herein. Sie schritt über den Boden, hocherhobenen Hauptes und mit rotgeweinten Augen. Sie war eine von Birgitte Volters wenigen wirklichen Freundinnen gewesen. Dreimal schlug sie mit einem Hämmerchen auf den Tisch. Dann räusperte sie sich und blieb lange schweigend stehen, so daß die Spannung im Saal sich noch steigerte. Endlich schluckte sie so laut und so dicht vor dem Mikrophon, daß es überall im Saal zu hören war.

»Das Parlament ist vollzählig«, sagte sie schließlich und verlas dann die Liste von Stellvertretern, die ausnahmsweise sehr kurz war.

Und das war nur gut so, denn diese Formalitäten wirkten an einem solchen Tag wirklich unangebracht.

»Ministerpräsidentin Birgitte Volter hat uns verlassen«, sagte sie endlich. »Und das auf die denkbar brutalste Weise.«

Finanzminister Tryggve Storstein bekam nichts von der Trauerrede mit. Er war in seine eigenen Gedanken versunken. Alles um ihn herum verfloß zu einem Nebel: die goldenen Verzierungen unter der Decke, der tiefrote Teppichboden, die Stimme der Parlamentspräsidentin. Um seinen Sessel herum schien sich eine Glasglocke gebildet zu haben; er fühlte sich vollständig allein. Er würde zum Parteivorsitzenden gewählt werden. Ruth-Dorthe Nordgarden hatte keine Chance. Dazu war sie viel zu umstritten. Würde er auch Ministerpräsident werden? Er wußte nicht einmal so recht, ob er das wollte. Natürlich hatte er schon mit dem Gedanken gespielt. Damals, vor der großen Auseinandersetzung 1992, als Gro Harlem Brundtland den Parteivorsitz niedergelegt und damit das Hauen und Stechen eröffnet hatte, aus dem Birgitte Volter als Siegerin hervorgegangen war.

Rasch schüttelte er den Kopf. Solche Fragen durfte man nicht stellen. Man tat, was die Situation erforderte. Und die Partei. Er verzog angesichts dieses alten Klischees den Mund und schloß die Augen. Für einen kurzen, befreienden Moment dachte er an die Möglichkeit, daß die Opposition die Macht übernehmen könne; aber sofort verdrängte er diesen blasphemischen Gedanken wieder. Sie mußten versuchen, die Macht zu behalten. Alles andere würde zu Chaos führen.

»Ich möchte abschließend noch den Vorschlag machen, daß Ministerpräsidentin Birgitte Volter auf Staatskosten beigesetzt wird«, sagte die Präsidentin.

Tryggve Storstein fuhr auf.

»Einstimmig angenommen«, die Frau am Rednerpult klopfte mit dem Hämmerchen und fuhr sich in einer raschen Bewegung über die Wange. »Der Außenminister hat um das Wort gebeten.«

Der schlaksige Mann wirkte jetzt noch magerer und verhärmter als am Morgen. Als er hinter dem Rednerpult stand, schien er zunächst ganz verwirrt, dann riß er sich zusammen und wandte sich nach rechts.

»Frau Präsidentin«, sagte er mit kurzem Nicken und schaute auf einen kleinen Zettel, der vor ihm auf dem Pult lag. »Ich habe mir erlaubt, um das Wort zu bitten, weil ich sagen möchte, daß selbstverständlich die gesamte Regierung ihre Ämter zur Verfügung stellen wird.

Das war alles. Er zögerte kurz und rückte seine Brille zurecht, als wolle er noch weiterreden. Dann verließ er das Rednerpult und kehrte zu seinem Platz zurück, ohne den Zettel einzustecken.

»Dann bitte ich um eine Gedenkminute«, sagte die Parlamentspräsidentin.

Die spannungsgeladene Pause dauerte zweieinhalb Minuten. Ab und zu war ein Schluchzen zu hören, aber sogar die Pressefotografen respektierten den feierlichen Moment.

»Die Versammlung ist aufgehoben.«

Die Parlamentspräsidentin benutzte wieder das Hämmerchen.

Finanzminister Tryggve Storstein erhob sich. Anderthalb Tage ohne Schlaf hatten die Wirkung eines Rausches; er schien neben sich zu stehen und starrte seine Hände an, als gehörten sie einem Fremden.

»Für wann ist der Staatsrat einberufen, Tryggve?«

Das war die Kulturministerin, in dunkelgrauem Kostüm und mit einem Make-up, das den Rückschluß erlaubte, daß sie schon lange nicht mehr in einen Spiegel geschaut hatte.

»Zwei Uhr«, antwortete er kurz.

Dann verließen alle den Saal, ruhig und mit gesenkten Blicken, wie ein Leichenzug, der für eine Beisetzung übt. Die Pressefotografen registrierten, daß nur eine einzige zu versuchen schien, ein Lächeln zu verbergen, Gesundheitsministerin Ruth-Dorthe Nordgarden.

Doch es konnte sich natürlich auch um eine Grimasse handeln.

15.32, Straße vor der Kneipe Gamle Christiania

Liten Lettvik verließ die verräucherte Kneipe und überquerte die Straße, um kurz vor der Konditorei stehenzubleiben.

Es war kalt draußen. Wegen des Nieselregens drückte sie sich an die Wand und kehrte der Straße den Rücken zu, als sie Storskogs Nummer wählte.

»Storskog«, kläffte die Stimme wie immer.

»Konrad, Konrad, mein Busenfreund«, sagte Liten Lettvik, worauf dieser wie üblich mit ohrenbetäubendem Schweigen reagierte. »Nur eine kleine Frage. Dieselbe wie gestern. Du warst ja nicht sehr kooperativ.«

Die Pause war nicht so lang, wie sie erwartet hatte.

»Das ist das letzte Mal, daß du etwas von mir kriegst, Lettvik. Hörst du?«

Die Stimme verstummte und schien auf ein Versprechen zu warten, das jedoch ausblieb.

»Alles klar?«

»Kommt drauf an. Was hast du für mich?«

Noch eine lange Pause.

»Benjamin Grande.«

»Grinde.«

»Egal. Grinde. Gestern wurde wirklich ein Haftbefehl gegen ihn erlassen.«

»Haftbefehl?«

Liten Lettvik wäre fast das Telefon aus der Hand gefallen, und es piepste munter, als sie in ihrer Verwirrung auf alle möglichen Tasten drückte.

»Hallo? Bist du noch dran?«

»Ja.«

»Ein Haftbefehl, sagst du? Ihr habt einen Haftbefehl gegen einen so hohen Richter erlassen?«

»Reg dich ab. Der Haftbefehl ist schon längst wieder aufgehoben worden. Das Ganze war ein ziemlicher Patzer, die Juristen hatten es mal wieder viel zu eilig.«

»Aber es hat ihn also gegeben? Schriftlich? Einen schriftlichen Haftbefehl?«

»Ja. Der Kriminaloberrat, der ihn ausgestellt hat, ist heute gewaltig zusammengestaucht worden. Vom Präsidenten höchstpersönlich.«

»Kannst du mir eine Kopie besorgen, Konrad?«

»Nein.«

»Wenn du mir eine Kopie besorgst, dann werde ich dich nie mehr anrufen.«

»Das geht nicht. Du hast jetzt genug gekriegt.«

»Eine wunderbare Abmachung, Konrad. Nie mehr ein Anruf von mir, wenn du diesen Haftbefehl heraushusten kannst. Ehrenwort.«

Hauptkommissar Konrad Storskog schwieg. Er legte einfach auf. Liten Lettvik starrte kurz ihr Mobiltelefon an, dann klappte sie es zusammen und steckte es in die Tasche.

Sie lächelte breit, ging über die Straße und verschwand in Richtung Redaktion.

»Gott sei Dank, daß Konrad Juristen haßt«, murmelte Liten und schmunzelte.

Sie war ziemlich sicher, daß Konrad Storskog jede Gelegenheit ergreifen würde, um sich für immer von ihr zu befreien. Fast hätte sie vor Freude gepfiffen.

19.04 norwegische Zeit, Berkeley, Kalifornien
Lieber Billy T.!

Danke für das Fax, es beeindruckt mich wirklich, daß Du Dir Zeit zum Schreiben nimmst. Ich hoffe, dieses Fax hier weckt Dich nicht (macht Dein Faxgerät sehr viel Krach?), denn Dein Schlaf ist wirklich wohlverdient. Du mußt Dir einen Computer zulegen, dann können wir uns e-mails schicken. Das ist billiger und besser.

Noch immer erregt der Mord an Birgitte Volter auch hier eine gewisse Aufmerksamkeit. Ich bin stundenlang in den norwegischen Nachrichtenwebsites herumgesurft. Aber die scheinen auch nicht viel zu wissen. Abgesehen von der AZ, die ein Horrorbild nach dem anderen entwirft. Ja, ja, sie müssen ja ihre vielen Extrablätter irgendwie vollkriegen.

Was Du über die Wächter geschrieben hast, gibt mir wirklich zu denken. Wenn Ihr mit Sicherheit nur vier Personen mit dem Tatort in Verbindung bringen könnt – die Sekretärin, den Richter (ist das eigentlich der mit der Kommission?) und die beiden

Wächter –, dann würde ich nach einer einfachen Methode suchen, sich Zugang zu den Räumen der Ministerpräsidentin zu verschaffen. Es scheint ja unmöglich zu sein, für diese vier Personen ein Motiv zu finden. Also kann es jemand anders gewesen sein, und dieser Jemand muß irgendwie ins Zimmer gelangt sein. Wie typisch für unseren Chef, daß er Lüftungsventile und Fenster im fünfzehnten Stock untersuchen läßt! Ich sehe ja ein, daß auch das sein muß, Billy T., aber wir wissen beide, daß die Antwort fast immer in der leichtesten Lösung liegt. Haben die Wächter vielleicht gerade eine Pause gemacht? Es war Freitagabend und offenbar wenig los im Büro. Raucht der Wächter? Hatte er sich den Magen verdorben? Ich gehe davon aus, daß die Wächter absolut zuverlässig sind, aber gab es vielleicht irgendwelche Unregelmäßigkeiten? Vertretungen? Und noch etwas: Ich würde fürs erste nach Motiven suchen. Ich nehme an, daß die Jungs im obersten Stock im Moment Amok laufen und eine nette Theorie nach der anderen aushecken, über Terrorismus und so weiter, aber wie wäre es mit guter, altmodischer Ermittlungsarbeit? Hatte Birgitte Volter Feinde? Ziemlich sicher. Die Frau hat doch eine Superkarriere gemacht. Und nicht zuletzt: Wollte sie irgend etwas an die Öffentlichkeit bringen? Wollte die Regierung einen Entschluß fassen, vor dem gewichtige Interessengruppen eine Heidenangst hatten? Ich meine zwar nicht, daß jemand einen Mord begehen würde, um ein Gaskraftwerk an der Westküste zu verhindern, aber trotzdem …

Such zuerst das Motiv, dann ergibt sich die Lösung des Problems, wie sich der Mörder Zutritt zum Büro verschafft hat, von selbst. Niemand mordet ohne Motiv. Jedenfalls nicht vorsätzlich, und das hier war ganz bestimmt vorsätzlicher Mord.

Laß die Jungs vom Überwachungsdienst nicht auf Deiner Nase herumtanzen, aber sei ruhig ein bißchen umgänglich. Du hast da oben ohnehin schon Feinde genug.

Ansonsten muß ich sagen, daß selbst diese Tragödie ihr Gutes hat. Cecilie und ich hatten uns schon seit drei Tagen gestritten, als wir von dem Mord hörten. Sie wollte noch länger hierbleiben. Ich sagte, nie im Leben. Ich liebe zwar the good old USA, aber ein Jahr ohne Arbeit muß reichen. Jetzt verstehen wir uns wieder prächtig.

Andererseits, aus Deinem von uns so ersehnten Besuch wird jetzt wohl nichts, oder?

Ich drücke Däumchen für eine baldige Aufklärung und warte voller Spannung auf Dein nächstes Fax. Grüß Håkon ganz herzlich, wenn Du ihn siehst, sag ihm, ein Brief ist unterwegs.

Gruß und Kuß,
Hanne

21.13, Odins gate 3

»An diesem Abend konnte ich dich doch nicht mit deiner Mutter allein sitzenlassen«, flüsterte sie und legte ihm lässig und schwesterlich den Arm um die Schultern. »Das wäre einfach nicht gut für dich gewesen.«

Benjamin Grinde lächelte mit den Lippen, nicht mit den Augen, und band sich hinter dem Rücken die Schürzenbänder zu.

»Tut mir leid, daß ich dich heute nacht angerufen habe, Nina. Ich hoffe, ich habe Geirr und die Kinder nicht geweckt.«

»Spinnst du?« versicherte Nina Rambøl. »Natürlich mußtest du anrufen. Du warst doch bestimmt total außer dir.«

Sie knabberte an einer rohen Möhre herum und lehnte sich an den Spülstein.

»Rückenschmerzen.«

»Was?«

»Du hast Rückenschmerzen.« Sie lächelte breit, jetzt saß sie auf der Anrichte und baumelte mit den Beinen.

Ihre flachen Schuhe schlugen immer wieder gegen die Tür des Topfschrankes, und sie achtete nicht auf seine mißbilligend gerunzelte Stirn.

»Das hab ich den Gästen gesagt. Daß dein Ischias dich so quält, daß du das Fest absagen mußt. Ich soll von allen grüßen und gute Besserung wünschen.«

»Vielen Dank«, murmelte er und starrte unglücklich auf das große Stück Roastbeef, das er zehn Minuten vor Ladenschluß noch im Feinkostladen Smør-Pettersen ergattert hatte. »Ich wollte Lachs in Blätterteig servieren.«

»Ach, egal«, sagte Nina und zielte auf den Mülleimer, der heute abend mitten in der Küche stand.

Der Möhrenrest traf nicht, und für einen kurzen Moment schien sie zu überlegen, ob sie von der Anrichte springen sollte. Dann überlegte sie es sich anders und griff lieber nach einem Glas Rotwein, das neben ihr stand.

»Du schlürfst vielleicht laut«, murmelte er.

Sie starrte ihn über das Rotweinglas hinweg an und legte den Kopf schräg.

»Benjamin. Jetzt bist du wirklich nicht mehr du selber.«

Benjamin Grinde hatte keine Frau. Ein Mann, der eine bewundernde Berührung seines Jacketts als Aufforderung ansieht, sich über die Vortrefflichkeit von Alpakawolle zu verbreiten, findet keine Frau. Er findet Freundinnen. Nina Rambøl war die beste von ihnen. Sie war fünf Jahre jünger als er, und sie hatten sich kennengelernt, als er seine klinische Ausbildung machte und sie als medizinische Sekretärin arbeitete. Es war ein Menschenalter her, und ihr Ehemann hatte inzwischen die seltsame Tatsache akzeptiert, daß seine Frau damals einen männlichen Trauzeugen gewollt hatte.

»Soll ich Jon und Olav nach Hause schicken?« fragte

sie mit kindlicher, tröstender Stimme, während sie seinen Rücken streichelte. »Wäre dir das lieber? Hätte ich sie nicht kommen lassen sollen? Sie wollten unbedingt …«

»Nein, nein. Ist schon in Ordnung.«

»Na, ihr beiden! Jetzt müßt ihr aber endlich zu uns anderen kommen!«

Dieser schrille Ausruf stammte von einer Frau, die in die Tür getreten war. Sie hielt ein Glas Sherry in der Hand und schwankte leicht. Ihr Gesicht war braun und runzlig wie eine Rosine, und die schlaffe Haut ihrer Arme schlug gegen ihr ärmelloses, großgeblümtes Oberteil, als sie das Glas zum Prosten erhob. Die orangefarbenen Leggings waren schon seit einigen Jahren aus der Mode und waren auch damals eigentlich nicht für Damen von zweiundsiebzig Jahren gedacht gewesen.

»Da fliege ich nun wie ein Vögelchen aus Spanien herbei, um meinen Goldbuben zu feiern, und dann bläst du Trübsal. Ben, jetzt komm zu uns. Komm zu Mutter. Das Kleid steht dir gut, Nina. Prachtvoll. Aber du hast ja immer schon Sinn für Farben gehabt.«

Sie stöckelte auf sieben Zentimeter hohen Absätzen durch die Küche und packte Benjamin am Arm. Er wich aus und sah sie nicht an.

»Gleich, Mutter. Ich komme gleich. Ich muß hier nur schnell noch was in Ordnung bringen. Sag den anderen, sie sollen sich schon mal setzen.«

Er drehte sich mit einer Salatschüssel in der Hand zu ihr um, überlegte sich die Sache dann aber anders und reichte Nina die Schüssel.

»Es ist einfach unvorstellbar entsetzlich«, sagte Benjamins Mutter, als die Kerzen brannten und das Essen herumgereicht wurde. »Die hübsche kleine Birgitte. Ja, ihr wißt natürlich, daß Ben und Birgitte Volter als Kinder unzertrennlich waren. Sie war ein süßes, wohlerzogenes Mädchen. Sie ging bei uns ein und aus. Das macht alles für Ben noch sehr viel schlimmer. Ben ist so sensibel, wißt ihr? Das hat er von seinem Vater. Kann ich dich zur Beerdigung begleiten, Ben? Sie ist doch jahrelang in meinem Haus ein- und ausgegangen. Wann und wo ist eigentlich die Trauerfeier? Im Dom, oder? Sie findet doch im Osloer Dom statt, nicht wahr?«

Sie hatte die Schüssel mit dem Kartoffelsalat gepackt und hob und senkte sie im Takt ihres Wortschwalls.

Benjamin Grindes Mutter sprach nicht, sie zwitscherte. Ihre Stimme war hauchdünn, ihre Stimmlage unnatürlich hoch. Und sie bestand darauf, Lerche genannt zu werden.

»Wir waren nicht unzertrennlich, Mutter. Und sie ist bei uns nicht ein- und ausgegangen. Sie war höchstens dreimal bei mir. Ich habe ihr ab und zu bei den Hausarbeiten geholfen.«

»Jetzt redest du Unsinn, Ben. Meinst du vielleicht, ich wüßte nicht, wer in meinem eigenen Haus ein- und ausgegangen ist? Was? Birgitte war eine … eine Hausfreundin, so würde ich das fast nennen. Und du warst begeistert von ihr. Fast sogar ein wenig verliebt, so war das nämlich, Ben.«

Sie zwinkerte Jon zu, der nicht mehr auf den Kartoffelsalat wartete und statt dessen im Fleisch herumstocherte.

»Aus den beiden könnte ein Paar werden, wie oft habe ich das zu meinem Mann gesagt. Nur schade, daß dieser… wie hieß er doch noch gleich, Ben? Birgittes Mann? Wie hieß er doch noch?«

»Roy Hansen«, murmelte Benjamin und versuchte, den Kartoffelsalat an sich zu reißen. Seine Mutter entfernte ihn aus seiner Reichweite und sagte:

»Roy, genau, ja. Roy. Schrecklicher Name. Wer nennt seine Kinder bloß so? Na, er war auch keine besonders gute Partie, wenn ihr mich fragt, und ich will ja nicht indiskret sein, wirklich nicht, ich habe auch keine Vorurteile, aber …«

Vertraulich beugte sie sich über den Tisch, fast hätte ihr Kinn den Kartoffelsalat berührt, während sie ihre Blicke verschwörerisch umherwandern ließ.

»Sie mußten heiraten!«

Entzückt ließ sie sich dann zurücksinken und gab Nina den Salat.

»Mutter!«

»Herrje! Da habe ich zuviel gesagt!«

Sie schlug die Hand vor den Mund und riß die Augen auf.

»Ben kann Klatsch nicht leiden. Entschuldige, Ben. Aber an einem solchen Tag wirst du deiner alten Mutter ein paar unbedachte Worte doch sicher verzeihen. Herzlichen Glückwunsch, mein Goldschatz. Herzlichen Glückwunsch!«

Sie hob ihr Glas so heftig, daß Rotwein auf die Tischdecke spritzte.

»Prost!« Die anderen lächelten und blickten das Geburtstagskind mitleidig an.

Das Telefon klingelte.

Als Benjamin Grinde aufstand, wurde ihm ganz plötzlich schwindlig. Er mußte sich auf die Stuhllehne stützen, und er preßte sich Daumen und Zeigefinger auf die Nasenwurzel und kniff die Augen zusammen.

»Was ist los, Benjamin?« fragte Nina besorgt und nahm seine Hand. »Ist dir nicht gut?«

»Alles in Ordnung«, sagte er leise und zog seine Hand zurück, um zum Telefon im Flur zu gehen.

Der Schwindel wollte sich nicht legen.

»Hier Grinde«, sagte er leise und schloß die Wohnzimmertür.

»Hallo! Hier spricht Liten Lettvik von der AZ. Tut mir leid, Sie so spät an einem Samstagabend noch zu stören, aber es herrscht schließlich Ausnahmezu ...«

»Ich bin am Montag in meinem Büro zu erreichen.«

Der Hörer näherte sich der Gabel.

»Moment!«

Resigniert hob er ihn wieder an sein Ohr.

»Worum geht es denn?«

»Es geht um den Fall Volter.«

»Was?«

»Um den Fall Volter.«

Für einen Moment stand die Welt still, dann wirbelte sie los, immer schneller und schneller. Die Serie der fünf kleinen Lithographien an der gegenüberliegenden Wand tanzte auf und ab, er mußte auf den Fußboden blicken.

»Darüber will ich nicht sprechen«, sagte er und würgte.

»Aber hören Sie, Grinde ...«

»Ich habe Gäste«, unterbrach er sie wütend. »Ich werde heute fünfzig. Dieser Anruf ist einfach eine Unverschämtheit. Das wär's.«

»Aber Grinde ...«

Er knallte den Hörer so heftig auf die Gabel, daß dieser einen Riß bekam.

Aus dem Wohnzimmer hörte er das Kreischen seiner Mutter.

»Und er schäkert mit mir! Stellt euch das vor! Ein fescher, richtig vornehmer Señor. Natürlich ist das nichts Ernstes, das könnt ihr euch ja denken, aber wo ich doch acht Monate des Jahres da unten verbringe, ist ein wenig Aufmerksamkeit doch sehr willkommen.«

Lerche Grinde lachte entzückt. Nina Rambøl verstand besser denn je, warum Benjamin Grinde sich in seiner Kindheit in Schulbüchern vergraben hatte.

Die Mutter hob gerade ihr Glas, als er ins Zimmer kam.

»Noch einmal auf dein Wohl, mein Junge. Wer war das? Noch mehr Gratulanten?«

Ihr Arm mit den vielen Goldbändern fegte über den Tisch, und sie schaute zu den vielen Blumensträußen hinüber, die an diesem Tag gekommen waren.

»Ben, stimmt irgend etwas nicht?«

Jon und Nina, die ihnen den Rücken gekehrt hatten, fuhren herum.

Benjamin Grinde schwankte; sein Gesicht war gräulich-bleich, und seine Augen lagen so tief in ihren Höhlen, daß sie im schwachen Licht aussahen wie Kohlenstücke.

»Mutter! Ich heiße nicht Ben. Ich habe niemals Ben geheißen. Ich heiße Benjamin!« Dann schloß er die Augen und fiel in Ohnmacht.

Sonntag, 6. April 1997

7.30, tief im Waldgebiet Nordmarka bei Oslo

Das Wasser griff nach ihm; es klammerte sich klebrig an seinen Körper und wollte nicht loslassen. Es zwang ihn dazu, mit den Lungenspitzen zu atmen, ein kurzes Keuchen, bei dem seine Haut sich zusammenzog. Das Herz hämmerte hektisch in seinem breiten Brustkorb. Er spürte deutlich, wie das Blut durch seinen Körper strömte, er spürte die pulsierenden, rhythmischen Stöße seines Herzens, die durch die immer feineren Adern in Beinen, Armen und Zehen geleitet wurden, ehe das Blut sich seinen Rückweg bahnte, um neue Kraft, neues Leben zu gewinnen. Er tauchte wieder unter und konzentrierte sich auf seine Schwimmzüge, zähe, lange Züge; er war ein Albatros im Wasser, ein Tigerhai, er bewegte seine Füße blitzschnell und fast wie ein Fisch seine Flossen, und auf diese Weise schoß er hoch über die spiegelblanke graue Wasseroberfläche hinaus.

Er hatte sich niemals lebendiger gefühlt. In einer langen, geschmeidigen Bewegung erreichte er das Land. Breitbeinig stand er auf einem kleinen grauen Felsrücken, glattgeschliffen vor Jahrmillionen in diesem schönen Land, in dem er zu Hause war. Liebevoll ließ er seine Augen über seinen nackten Körper wandern, von den großen, maskulinen Füßen mit den blaßblonden Härchen bis zu den Schultern, die von harter Arbeit und noch härterem Training zeugten. Als er sein halb erigiertes Glied sah, lachte er. Er liebte kaltes Wasser, er badete immer ohne Badehose, was ein Hohn für alle anderen Männer in seinem Bekanntenkreis war. Jetzt aber war er allein.

Ohne sich abzutrocknen – er hatte nicht einmal ein Handtuch bei sich – drehte er sich zum Weiher um. Das Wasser hatte sich hinter ihm wieder geschlossen, und nur hier und da waren kleine Fische unterwegs und brachen den Wasserspiegel in winzigen, perfekt komponierten Ringen.

Der Morgendunst hing zwischen den Bäumen, die noch immer ebenso nackt waren wie er. Verlegen betrachteten sie ihr Spiegelbild im Wasser. An einigen Stellen klammerten sich schmutzige Schneeflecken hartnäckig an Heide und Grasbüschel. Die Luft konnte unmöglich mehr als vier oder fünf Grad kalt sein, sie war feucht und frisch und trug den unverkennbaren Geruch des nahenden Frühlings in sich. Er lächelte und holte durch die Nase tief Luft.

Nie zuvor war er glücklicher gewesen.

Er hatte wirklich nicht an den Mann geglaubt, obwohl er ihm von mehreren Gruppenmitgliedern empfohlen worden war. Er, der Führer, hatte abgelehnt. Der Typ hatte etwas Weiches an sich. Er selber hatte nie mit ihm gesprochen, sondern ihn nur aus der Ferne beobachtet, einen ganzen Tag lang hatte er den nichtsahnenden Wächter aus dem Regierungsgebäude bespitzelt. Das machte sich normalerweise bezahlt. Einen Tag lang einen Menschen zu beobachten konnte ihm mehr verraten als Hunderte von Empfehlungen.

Er wußte selbst nicht so recht, warum er sich letztendlich für diesen Mann entschieden hatte. Die Art, wie der Junge sich bewegte und kleidete, hatte irgend etwas unerträglich Feminines. Vielleicht lag es auch an seinem Blick. Er hatte braune Augen, die dem Blick auszuweichen schienen. Unentschieden. Vage.

»Kommt nicht in Frage«, hatte er entschieden. »Der Mann ist ein Risiko.«

Sicherheitsvorkehrungen. Doppelte Überprüfungen. Dreifache Garantien. Nie war das alles wichtiger gewesen als heute, wo die Landesverräter im Parlament den Polizeilichen Überwachungsdienst gezwungen hatten, ihre Aufmerksamkeit von der wirklichen Gefahr – der roten – abzuwenden und auf Gruppen wie die seine zu richten.

Endlich hatte er etwas aufbauen können, das sich als schlagkräftige Organisation bezeichnen ließ. Sie waren zwar nicht viele, und nur auf zehn von ihnen konnte er sich hundertprozentig verlassen. Aber es kam schließlich nicht auf die Quantität an, sondern auf die Qualität. Bei der Rekrutierung mußten sie ungeheuer vorsichtig vorgehen. Ein potentielles Mitglied wurde viele Monate lang unter die Lupe genommen, ehe die Gruppe die ersten Annäherungsversuche machte.

Der Wächter unterstützte die rechtspopulistische FRP. Nicht etwa als Mitglied, aber ganz offenbar als Sympathisant. Das war normalerweise keine gute Ausgangsbasis. Zwar vertrat die FRP oft dieselbe wahre Vaterlandsliebe wie er selber, aber die meisten ihrer Leute waren strohdumm oder litten an etwas, das er als demokratischen Überschwang bezeichnete. Dieser Ausdruck gefiel ihm, er hatte ihn sich selbst ausgedacht. Der FRP fehlte das rechte Verständnis für die zwingende Notwendigkeit, zu anderen Mitteln zu greifen, als die judenhörige Machtelite des Landes das zuließ.

Also hatte er abgelehnt. Die beiden, die den Mann empfohlen hatten, waren sauer gewesen, aber offenbar hatten sie seine Entscheidung akzeptiert. Was blieb ihnen auch anderes übrig?

»Er muß sich zuerst beweisen«, hatte er vor etwa einem Jahr erklärt.

Kurz darauf hatten die beiden ihm erzählt, der Wächter sei mit einem Burschen aus Loki befreundet.

Loki war ein Verein romantischer Trottel, eine Bande versoffener Pfadfinder, die sich vollaufen ließen und dann Autos von Pakistanern zerstörten. Bubenstreiche. Ohne ideologische Verankerung, sie hatten einfach keine Ahnung, hatten kaum je etwas anderes gelesen als Wildwestheftchen. Aber der Wächter hatte einen interessanten Job.

Sie hatten noch nie die Möglichkeit gehabt, jemanden mit so direktem Kontakt zur Regierung anzuwerben. Und ein engerer Kontakt, als der Wächter ihn hatte, war schließlich kaum möglich.

Also hatte er den Mann weiterhin überwacht. Auf eigene Faust und nicht sehr oft. Er wußte alles über den Wächter. Er wußte, welche Zeitungen er las, welche Zeitschriften er abonniert hatte und welche Waffen er besaß. Denn als Mitglied in einem Pistolenklub verfügte er über Schußwaffen. Er, der Führer, hatte zu Hause im Keller eine Mappe mit Informationen über den Wächter, er wußte sogar, daß er mit der fünfzehnjährigen Tochter seines Hausmeisters vögelte und Rasierwasser von Boss benutzte.

Ganz langsam hatte er sich dem Mann genähert. Wie zufällig hatte er in einem Café, wo der Wächter allein an einem Vierertisch gesessen hatte, gefragt, ob noch ein Platz frei sei. Danach hatte er eine Waffenzeitschrift aus den USA aus der Tasche gezogen. Der Wächter hatte angebissen, und seither hatten sie sich fünf- oder sechsmal getroffen.

Der Mann war noch kein Mitglied. Er wußte nicht einmal von der Gruppe, zumindest nichts Konkretes. Aber irgendwie mußte er begriffen haben, daß es eine Möglichkeit gab. Er selbst, der Führer, hatte soviel erzählt, wie es ihm möglich war, ohne daß ihm etwas nachzuweisen wäre, ohne daß Klatsch aufkommen würde. Und der Wächter hatte begriffen, daß es eine Möglichkeit gab, auch für ihn.

Das Wichtigste war jetzt, auf Distanz zu bleiben. Auf totaler Distanz. Niemand durfte den Wächter mit der Gruppe in Verbindung bringen. Das war lebenswichtig.

»Endlich passiert etwas«, rief Brage Håkonsen zwei Krähen zu, die erschrocken von einem umgestürzten Baum aufflogen.

Dann steuerte der kräftige junge Mann mit langen Schritten die Holzhütte am Waldrand an.

»Endlich passiert etwas!«

In der Hütte bewahrte er viele Papiere auf, alle sorgfältig in Ordner und Plastikmappen einsortiert. Er setzte sich, noch immer nackt, seine Haut war von der Kälte rotgesprenkelt.

»Es passiert etwas«, murmelte er noch einmal und starrte auf eine Liste mit sechzehn Namen.

8.14, Holmenveien 12

Karen Borg starrte Billy T. fasziniert an und versuchte, so diskret wie möglich ein weiteres Brot aus der Tiefkühltruhe zu fischen und in die Mikrowelle zu schmuggeln.

»Hast du noch mehr?«

Der Mann hatte acht Scheiben Brot gegessen und war noch immer hungrig.

»Einen Moment noch«, sagte Karen und schaltete das Auftauprogramm ein. »Fünf Minuten.«

Polizeiinspektor Håkon Sand betrat die große, helle Küche und ließ sich auf einen Holzstuhl fallen. Seine Füße unter der schwarzen Hose waren nackt. Er hatte nasse Haare, und kleine dunkle Flecken auf dem frischgebügelten hellblauen Hemd verrieten, daß er sich nicht richtig abgetrocknet hatte. Er fuhr dem Zweijährigen im Kinderstuhl durch die weißblonden Haare, zog aber plötzlich die Hand zurück und starrte sie mit einer Grimasse des Abscheus an.

»Karen! Der Junge hat ja Marmelade in den Haaren!«

Hans Wilhelm lachte laut und schwenkte sein Marmeladenbrot, dann beugte er sich vor und klatschte es dem Vater auf das Hemd. Billy T. grinste und sprang auf. Der Junge blickte ihn hingerissen an und streckte die Arme aus.

»Ich glaube, wir sollten mal kurz ins Badezimmer gehen. Kommst du mit Billy T. ins Bad, Hans Wilhelm?«

»Bad. Bad«, heulte der Kleine, »mit Billit ins Bad!«

»Und Papa kann sich inzwischen ein anderes Hemd anziehen.«

»Habe ich denn noch saubere Uniformhemden?« fragte Håkon mürrisch, während er an seiner Hemdbrust zog und verärgert den roten Fleck betrachtete.

»Aber sicher.« Karen lächelte. »Hör mal, Håkon! Kannst du nicht mal deine Hemden selber bügeln?«

Billy T. hob den Jungen hoch in die Luft, der Kleine lachte und fuchtelte unter der Decke mit den Armen.

»Is it a bird? Is it a plane? No, it's *Superman!*«

In einem Riesenbogen sauste Superman zur Tür hinaus, hin und her zwischen Boden und Decke, und lachte dabei so sehr, daß das Lachen in Schluckauf überging.

Als sie zurückkamen, hatte der Kleine nasse Haare und trug einen neuen Trainingsanzug.

»Ich glaube, wir essen jetzt Salami«, sagte Billy T. Er

schnappte sich eine Schnitte des inzwischen aufgetauten Brotes und schmierte für Hans Wilhelm ein solides Butterbrot, vorsichtshalber schnitt er die Scheibe dann durch und machte einen Doppeldecker daraus.

»Nicht herumsausen«, kommandierte er dann, und der Junge verputzte das Brot in bewundernswertem Tempo und ohne auch nur einmal zu kleckern.

»Du kannst von Billy T. noch ganz schön viel lernen«, erklärte Karen Borg und versuchte, ihren riesigen Bauch zwischen Stuhl und Tisch hindurchzubugsieren.

»Wann kommt er eigentlich?« fragte Billy T. und zeigte mit seinem Brot auf Karen.

»Es wird ein Mädchen, Billy T. In zwei Wochen ist der Stichtag.«

»Das gibt's nicht. Es wird ein Junge. Das kann ich sehen.«

»Laß uns in den Keller gehen«, schaltete Håkon Sand sich ein. »Ist es dir recht, wenn wir für eine Weile dein Büro benutzen?«

Karen Borg nickte und rettete ein Milchglas, das bedrohlich vor dem Jungen hin und her gewackelt war.

»Also los.«

Die beiden Männer polterten die schmale Kellertreppe hinunter und betraten einen bemerkenswert gemütlichen Kellerraum. Obwohl nur ein kleines Fenster das bleiche Morgenlicht hineinließ, war es trotzdem hell. Billy T. setzte sich auf eine kleine Pritsche an der einen Längswand, Håkon nahm auf dem Schreibtischsessel Platz und legte die Füße auf den Tisch.

»Verdammt feine Bude hast du dir da zugelegt, Håkon«, sagte Billy T. und kratzte sich am Ohr. »Tolles Haus, tolle Frau, tolles Kind. Das Leben ist herrlich, was?«

Håkon Sand gab keine Antwort. Das Haus gehörte nicht ihm, sondern Karen. Sie hatte Geld, auch wenn ihr

Einkommen als selbständige Anwältin sich nicht mit dem Vermögen messen konnte, das sie früher als jüngste und einzige Partnerin in einer der größten Wirtschaftskanzleien des Landes verdient hatte. Sie war es auch, die im Stadtteil Vinderen wohnen wollte. Und die sich weigerte zu heiraten. Sie war einmal verheiratet gewesen, und das müsse reichen, meinte sie. Daß Baby Nummer zwei im Anmarsch war, würde ihren Entschluß hoffentlich ins Wanken bringen. Håkon seufzte tief und fuhr sich mit den Fingern durch die Haare.

»Im Moment gäb ich was drum, zwanzig Stunden schlafen zu können.«

»Ich auch. Oder noch länger.«

»Was denkst du so?«

Billy T. gab die Pritsche auf, legte sich auf den Boden, verschränkte die Hände unter seinem Kopf und ließ die Füße auf der Pritsche ruhen.

»Ich versuche, ihr Profil zu konstruieren«, sagte er, an die Decke gewandt. »Das ist nicht gerade leicht. Ich habe inzwischen mit vier Ministern, vier Freunden, dem Büropersonal, ihren politischen Mitarbeitern und dem Teufel und seiner ganzen Sippschaft gesprochen. Das ist schon komisch, weißt du ...«

Karen Borg stand mit einem Tablett mit Kaffee und Plätzchen in der Tür. Billy T. schaute sich zu ihr um und breitete die Arme aus.

»Du, Karen, wenn du deinen Kerl überkriegen solltest, dann ziehe ich hier ein. Ganz bestimmt.«

»Ich werde ihn aber nie im Leben überkriegen«, sagte sie und stellte das Tablett auf den Computertisch. »Jedenfalls nicht, wenn du solche Drohungen ausstößt.«

»Was diese Frau an dir findet, verstehe ich nicht«, murmelte Billy T. mit vollem Mund. »Mich könnte sie sofort haben.«

»Was wolltest du noch sagen?« fragte Håkon und gähnte. »Irgendwas findest du komisch.«

»Ja. Es ist komisch, wie schwer es ist, sich eine Meinung über einen Menschen zu bilden, den man niemals kennengelernt hat. Alle sagen … alle sagen etwas anderes. Die einen bezeichnen sie als intelligent, fleißig, pragmatisch. Hatte angeblich keine Feinde. Andere erwähnen, daß sie manchmal eigen und starrköpfig war und daß sie durchaus Leichen im Keller hatte, was das Austricksen von Konkurrenten anging. Wieder andere meinen, daß sie vor ungefähr zehn Jahren, als sie den Kurs für ihre Karriere einschlug, kein Mittel scheute, um sich ins rechte Licht zu setzen. Angeblich wäre sie auch mit dem Richtigen ins Bett gestiegen, wenn das nötig gewesen wäre. Andere weisen auf die bemerkenswerte Tatsache hin, daß sie ihrem Mann immer treu gewesen ist.«

»Wer sind diese anderen?«

»Gerade die, die sie vermutlich am besten gekannt haben, behaupten, das sei niemals vorgekommen. Es kommt mir so vor, als ob …«

Er richtete sich auf und schlürfte seinen Kaffee.

»… als ob die Leute desto besser über sie sprächen, je näher sie ihr gestanden haben.«

»Das ist doch ganz natürlich«, sagte Håkon. »Diejenigen, die uns am nächsten stehen, mögen uns auch am liebsten.«

»Aber kennen sie uns auch am besten?«

Sie schwiegen. Aus dem Stockwerk über ihnen hörten sie den Kleinen heulen wie ein angestochenes Schwein.

»Kleine Kinder sind anstrengend, was, Håkon?«

Der Polizeiinspektor verdrehte die Augen.

»Ich hatte ja keine Ahnung, daß es soviel Arbeit macht. Soviel … soviel Mühe.«

»Was du nicht sagst.« Billy T. grinste. »Du hättest es so

machen sollen wie ich. Vier Kinder zeugen mit vier verschiedenen Müttern, die sich im Alltag um sie kümmern und sie mir dann ab und zu überlassen – für ein nettes Wochenende oder so. Darüber geht wirklich nichts.«

Håkon sah ihn an, und in seinem Blick lag etwas, das Billy T. wie Nachsicht vorkam. Er legte sich wieder auf den Boden und betrachtete abermals ausgiebig die Decke.

»Ja, ja«, sagte Håkon leise. »Deshalb strahlst du jeden Freitag wie ein Honigkuchenpferd und bist am Montag dann stocksauer. Weil du so froh darüber bist, daß du die Gören wieder bei der Mutter abgeben mußtest.«

»Vergiß es«, sagte Billy T. verärgert. »Vergiß es.«

Håkon Sand stand auf und schenkte ihnen Kaffee nach.

»Und was sagst du dazu?«

»Ach …«

Billy T. zögerte mit der Antwort.

»Eigentlich würde ich eher denen glauben, die sie am besten gekannt haben. Das Problem ist nur, daß …«

Wieder richtete er sich auf und streckte die Hände Richtung Decke.

»Die Frau war so schrecklich anständig, Håkon. Es ist verdammt schwer, in ihrem Leben irgendwas zu finden, das darauf hinweisen könnte, daß jemand ihr den Tod gewünscht hätte. Und zwar so dringend, daß sie sie umgebracht haben.«

»Na ja, wir haben ja noch einiges an Arbeit vor uns. Gelinde gesagt.«

Wieder seufzte er.

»Aber hör mal, Håkon!«

Billy T. ragte über ihm auf und stützte sich so plötzlich mit beiden Händen auf die Tischplatte, daß Håkon zusammenfuhr.

»Eigentlich gibt es nur zwei Möglichkeiten. Entweder wurde sie umgebracht, weil sie Birgitte Volter war. Weil ihr jemand ans Leder wollte. Ihr als Person, meine ich. Und dafür spricht bisher nichts, wirklich nichts. Oder sie ist umgebracht worden, weil sie die Ministerpräsidentin war. Ihre Rolle sollte umgebracht werden, gewissermaßen. Es war ein Anschlag auf Norwegen. Auf die Politik der Regierung. Und ich muß ja zugeben ...«

Es fiel ihm schwer, und er schluckte.

»... ich muß ja zugeben, daß das wahrscheinlicher wirkt. Im Moment jedenfalls. Was bedeutet, daß die Jungs aus dem achten Stock einen Galaauftritt haben werden. Und das paßt mir überhaupt nicht.«

Das Kind heulte jetzt nicht mehr, statt dessen hörten sie ein rhythmisches Pochen, offenbar wurde mit einem Spielzeug auf den Boden geschlagen.

»Erzähl mir, was du über sie weißt, Billy T.«

»Sie hat am Freitag Geburtstag, wird also ausgerechnet an ihrem einundfünfzigsten Geburtstag begraben. Sie hat mit nur achtzehn Jahren ihren gleichaltrigen Jugendfreund Roy Hansen geheiratet. Die Ehe hat die ganzen Jahre gehalten. Ein Kind, Per Volter, zweiundzwanzig. Besucht in Fredriksvern bei Stavern die Unteroffiziersschule. Ein fescher junger Mann, scheint seinen Eltern nur den einen Kummer bereitet zu haben, daß er Mitglied bei den Jungen Konservativen ist. Ziemlich guter Schüler, stellvertretender Vorsitzender des Pistolenklubs, der Knabe scheint das Organisationstalent seiner Mutter geerbt zu haben.«

»In einem Pistolenklub? Dann hat er also Zugang zu Waffen?«

»Das schon, zu einer Menge Waffen sogar. Aber an diesem Wochenende war er hoch oben in der Hardangervidda auf einem langen Marsch, es war verdammt schwer, ihn zu erreichen, um ihm den Tod seiner Mutter mitzuteilen. Und nichts deutet darauf hin, daß er sich mit seiner Mama nicht verstanden hätte. Ganz im Gegenteil. Scheint ein lieber Junge zu sein. Abgesehen von dieser Macke mit den Jungen Konservativen.«

»Weiter«, murmelte Håkon.

»Birgitte Volter wurde in Schweden geboren, am 11. April 1946. Ihr Vater war Schwede, die Mutter während des Krieges aus Norwegen geflohen. 1950 sind sie nach Nesodden gezogen. Sie hat Abitur gemacht und die Handelsschule besucht, und sie hat in der Gewerkschaftsbewegung rasch Fuß gefaßt. Sie hat in der staatlichen Spirituosenhandlung in Hasle als Sekretärin oder so gearbeitet. Außerdem war sie im Gemeinderat von Nesodden und bekam immer wichtigere Posten bei der Angestelltengewerkschaft. Und so weiter und so fort. The rest is history, wie man sagt.«

»Hatte sie Freunde?«

»Das ist schon komisch«, sagte Billy T. und kratzte sich wieder im Ohr. »Ich glaube, ich kriege eine Ohrenentzündung. Das hat mir gerade noch gefehlt.«

Er starrte seinen Zeigefinger an, an dem jedoch nichts anderes zu sehen war als ein Tintenfleck vom Vortag.

»Du weißt, all das, was in der Zeitung zu lesen ist. Seilschaften, weißt du? Daß der eine den anderen kennt und mit wieder anderen dick befreundet ist. Ich glaube, die Zeitungen operieren mit einem anderen Begriff von Freundschaft als du und ich. Eigentlich sind sie nicht befreundet, sondern eher Parteigenossen oder so. Freunde scheinen solche Leute nur wenige zu haben, und die haben sie in einer ganz anderen Umgebung kennengelernt, an ihrem früheren Arbeitsplatz oder vor Jahren in der Schule. Die einzige in der Politszene, die offenbar wirklich mit Birgitte befreundet war, ist die Parlamentspräsidentin.«

»Und was ist mit Feinden?«

»Ja, da haben wir's wieder. Kommt darauf an, was du unter Feinden verstehst. Was ist ein Feind? Wenn das einer ist, der schlecht über dich spricht, dann haben wir alle haufenweise Feinde. Aber trifft diese Bezeichnung wirklich zu? Sicher, Håkon, wenn du in einer machtgeilen Partei wie der sozialdemokratischen so weit oben gelandet bist, dann haben viele Grund, sich ab und zu auf den Fuß getreten zu fühlen. Aber Feinde? Die dich deshalb umbringen würden? Nein. Ich kann jedenfalls keine sehen. Zumindest noch nicht.«

Håkon Sand ging ans Fenster und öffnete es einen Spaltbreit.

»Eigentlich haben wir dasselbe Problem, wenn wir die Sache aus der anderen Richtung angehen«, sagte er, als er sich wieder setzte.

»Aus der anderen Richtung?«

»Ja, wenn wir uns ihre ... Rolle als Ministerpräsidentin ansehen. Es wirkt irgendwie alles so ... zahm hier in Norwegen. Man kann sich einfach nicht vorstellen, daß ein politischer Gegner Birgitte Volter ermordet, weil sie beispielsweise das Schengener Abkommen unbedingt verhindern will. Und die Verrückten-Theorie klappt auch nicht. Dann hätte der Mörder anderswo zugeschlagen. Herrgott, norwegische Regierungsmitglieder sind doch kaum gesichert, wenn sie nicht in ihren Büros sitzen. Ein Irrer hätte das *draußen* erledigt. In einem Laden. Bei einem Handballspiel. Oder so.«

»Vor einem Kino«, sagte Billy T. leise.

»Genau. Der Mord an Olof Palme war eine viel größere Herausforderung für die Polizei, weil wirklich jeder der Täter hätte sein können. Was Birgitte Volter angeht, so haben wir einen ganz anderen Ausgangspunkt.«

Die beiden starrten einander an und hoben plötzlich wie auf ein unsichtbares Signal hin ihre Kaffeetassen.

»Niemand kann diesen Mord begangen haben«, sagte Håkon Sand.

»Dann müssen wir feststellen, wer dieser Niemand ist«, folgerte Billy T. »Gehen wir?«

Was nicht so leicht war, der Zweijährige klammerte sich an Billy T.s linkes Bein und wollte es um nichts in der Welt wieder loslassen.

»Mit Billit baden! Mit Billit baden!«

Er brülle noch immer aus voller Kehle, als die beiden Polizisten vor dem weißen, gemütlichen Haus im Holmenvei 12 in ihr Auto stiegen, verstummte dann aber plötzlich, als der Auspuff laut knallte, während der Volvo über die Auffahrt ruckelte.

»Tschüs Billit und Papa.« Er winkte und steckte dann den Daumen in den Mund.

11.25, Hauptwache Oslo

Das Summen im Polizeigebäude am Grønlandsleir 44 war leise und konstant, ein Bienenstock in systematischer, zielstrebiger Arbeit. Das Haus schien ein Eigenleben zu haben. Der schmutziggraue lange Block mit den sieben offiziellen Stockwerken und dem flügellahmen, im zweistöckigen Oberbau versteckten Überwachungsdienst war es gewohnt, sechzehnhundert Menschen zu beherbergen, von denen sich jeder um seine eigenen Aufgaben kümmerte, im Kampf gegen eine Kriminalität, die vor ihnen herlief und ihnen eine lange Nase drehte. Eine zaghafte Aprilsonne stand am Himmel über dem Ekebergås. Das Osloer Polizeigebäude dagegen schien zu neuen Kräften erwacht zu sein. Es schien zu wachsen, in die Länge und in die Höhe; energisch funkelten die Fenster, die sonst wie matte, halbgeschlossene Augen in eine Welt schauten, über die die Polizei lieber nichts wissen wollte. Markisen waren hochgezogen, Fenster auf Kipp gestellt, und die Menschen im Haus strebten alle in dieselbe Richtung.

»Das muß man dem Polizeipräsidenten lassen«, sagte Billy T. »Er hat die Kiste ziemlich effektiv organisiert.«

Insgesamt einhundertzweiundvierzig Polizisten waren mit den Ermittlungen im Mordfall Birgitte Volter befaßt; dazu kam eine unbekannte Anzahl von Leuten vom Polizeilichen Überwachungsdienst. Sechzehn Untergruppen in wechselnder Größe waren am Werk, die kleinste, die aus nur drei Personen bestand, sollte die Zusammenarbeit mit dem Überwachungsdienst koordinieren; die größte Gruppe, die die Turnhalle im sechsten Stock übernommen hatte, bestand aus insgesamt zweiunddreißig Mitgliedern. Sie waren vor allem für die Koordination der taktischen Ermittlungen zuständig. Der polizeieigene Nachrichtendienst wertete Quellen aus, sortierte Informationen und versuchte, ein Bild von den jüngsten Strömungen in Oslos Unterwelt zu zeichnen. Billy T. war zusammen mit vier Kolleginnen und Kollegen beauftragt worden, sich einen Überblick über Birgitte Volters Leben und Taten zu verschaffen, eine Aufgabe, die er viel spannender fand als die ermüdenden Verhöre, an denen er am Tag nach dem Mord beteiligt gewesen war. Tone-Marit Steen gehörte nicht zu seiner Gruppe.

»Warum um Himmels willen soll ich den denn noch mal verhören? Das hast du doch schon ziemlich gründlich erledigt, oder nicht?«

Billy T. war genervt.

»Ich möchte aber, daß du noch mal mit ihm redest«, sagte Tone-Marit leise und reichte Billy T. eine dünne grüne Mappe.

»Hör mal«, sagte Billy T. und schob ihr die Mappe wieder zu. »Ihr seid für sowas zuständig. Dieser Wächter kann unmöglich etwas Wichtiges über Birgitte Volters Privatleben zu erzählen haben.«

»Nein. Aber ehrlich gesagt, Billy, kannst du das nicht als Kompliment auffassen? Ich glaube, der Mann lügt, und du bist einer von unseren besten Leuten. Bitte.«

»Wie oft soll ich dir noch sagen …«

Er knallte die Faust auf den Tisch.

»Wie oft hab ich dir schon gesagt, daß ich Billy T. heiße! Nicht einfach nur Billy. Aber das lernst du wohl nie!«

Tone-Marit nickte heftig und mit demonstrativem Bedauern.

»T. Billy T. Und wofür steht das T denn eigentlich?«

»Das kann dir doch scheißegal sein«, murmelte er und machte das Fenster ein wenig weiter auf.

Tone-Marit Steens Gesicht war kugelrund und so niedlich, daß sie wie eine Zwanzigjährige aussah, doch es trennten sie nur noch zwei Jahre von ihrem dreißigsten Geburtstag. Sie war groß und schlank und hatte schmale, ein wenig schräg stehende Augen, die sie beim Lächeln zusammenkniff. Für fünfundzwanzig Fußballänderspiele als linke Verteidigerin war sie mit einer goldenen Uhr ausgezeichnet worden. Diese Rolle hatte sie auch im Dienst übernommen, sie war eine solide, energische Verteidigerin von allem, was richtig und gerecht war. Sie war stark, sie hatte einen klaren Kopf und fürchtete sich vor niemandem.

»Weißt du, das lasse ich mir einfach nicht gefallen.«

Ihre Augen funkelten, der eine Mundwinkel bebte.

»Du behandelst mich meistens wie Dreck und verkneifst dir keine Frechheit. Aber in dem Ton redest du nicht mit mir, ist das klar?«

Billy T. sah aus, als wäre er aus allen Wolken gefallen.

»Reg dich ab, mein Mädel, reg dich ab!«

»Ich bin nicht dein Mädel! Und jetzt reicht es endgültig. Du bist ganz einfach ein Machoschwein, Billy T. Du protzt mit deinem Erfolg bei den Frauen herum und glaubst, du kämst gut an, aber in Wirklichkeit …«

Jetzt stampfte sie mit dem Fuß auf, und Billy T. lächelte. Was sie noch wütender machte.

»Eigentlich kannst du Frauen überhaupt nicht leiden, Billy T. Du hast Angst vor ihnen. Ich bin nicht die einzige, der aufgefallen ist, daß du Kolleginnen ganz anders behandelst als Kollegen. Du hast Schiß vor uns, so ist das nämlich.«

»Jetzt reicht es *mir* aber. Hier im Haus gibt's doch so viele Mädels, die …«

»Aber klar doch. Ein einziges. Im ganzen Haus gibt es nur eine Frau, die du wirklich respektierst, Billy T. Ihre Königliche Hoheit Hanne Wilhelmsen. Und weißt du auch, warum? Na?«

Sie schien kurz zu zögern, nicht zu wissen, ob sie das wirklich wagen sollte, dann feuchtete sie sich blitzschnell mit einer hellroten Zungenspitze die Lippen an und holte tief Luft.

»Weil du sie nie im Leben ins Bett kriegen wirst. Weil sie nicht aktuell ist. Die einzige Frau, die du respektierst, ist eine Lesbe, Billy T. Das sollte dir doch eigentlich zu denken geben.«

»Jetzt reicht's aber!«

Er sprang auf, schleuderte den Papierkorb mit einem Tritt gegen die Wand, und es wurde ganz still. Sogar im Nebenzimmer, wo die Kollegen seit Minuten die lautstarke Auseinandersetzung gehört hatten, herrschte Totenstille. Billy T. dämpfte seine Stimme aber trotzdem nicht.

»Komm mir hier bloß nicht und mach Hanne Wilhelmsen schlecht. Du … du reichst ihr doch nicht mal bis zu den Knöcheln! Nicht mal bis zu den Knöcheln! Und das wirst du auch niemals tun.«

»Ich mache Hanne Wilhelmsen nicht schlecht«, erwiderte Tone-Marit ruhig. »Absolut nicht. Ich mache dich schlecht. Wenn ich an Hanne etwas auszusetzen hätte, würde ich zu ihr gehen. Aber jetzt reden wir über dich.«

»Zu Hanne gehen? Schwimmen wohl eher, was?«

Tone-Marit versuchte, ein Lächeln zu unterdrücken, aber ihre Augen verrieten sie.

»Mein Gott, was bist du kindisch.«

»Mein Gott, mein Gott«, äffte er sie mit dünner, verzerrter Stimme nach.

Tone-Marit prustete los. Noch immer versuchte sie, das Lachen zu unterdrücken, aber es drängte heraus, sprudelte empor, und schließlich brach sie in ein langes, perlendes Lachen aus, während die Tränen aus den schmalen Strichen unter ihren Augenbrauen quollen. Sie ließ sich in einen Sessel fallen und preßte sich die Hand auf den Bauch, sie schaukelte hin und her und schluchzte am Ende so innig auf, während sie sich auf die Oberschenkel schlug, daß auch Billy T. sich nicht mehr halten konnte. Er lachte in sich hinein und fluchte ein wenig.

»Dann red ich eben mit dem Kerl«, murmelte er schließlich und nahm die dünne grüne Mappe an sich. »Wo steckt er denn?«

»Ich gehe ihn holen«, sagte Tone-Marit und wischte sich die Augen, sie hatte sich noch immer nicht ganz beruhigt.

»Dann mach, daß du fortkommst, zum Teufel«, sagte Billy T. Aber dabei lächelte er.

»Du solltest mal mit einem Psychologen sprechen«, murmelte Tone-Marit unhörbar, als sie die Tür hinter sich zumachte.

11.30, Ole Brumms vei 212

»Ich kann sie einfach nicht finden«, sagte Roy Hansen zu der jungen Polizeianwärterin, die Zöpfe und große blaue Augen hatte. »Tut mir leid.«

»Haben Sie wirklich überall gesucht?« fragte die Gretchengestalt zu allem Überfluß und machte sich an ihrer Uniformmütze zu schaffen.

»Natürlich. Überall. In Koffern, Schränken und Hosentaschen. Und Schubladen.«

Die Suche war schrecklich für ihn gewesen. Er hatte ihren Geruch in den Kleidern gefunden, der ganze Schrank duftete nach Birgitte, und die dünne, brüchige Kruste, die sich über die blutende Wunde vom Freitagabend gelegt hatte, war wieder aufgebrochen. Ihre Handtaschen voller vertrauter Gegenstände. Der Schlüsselring, den er in dem Sommer für sie geknüpft hatte, als sie zwanzig waren; ein Kreuzknoten, der niemals aufgegangen war, und der sich, wie sie oft lachend gesagt hatte, als ebenso solide erwiesen hatte wie ihre Liebe zueinander. Ein tiefroter, fast aufgebrauchter Lippenstift. Für einen Moment hatte er sie vor sich gesehen, die schnelle, geübte Bewegung des Stiftes über ihre Lippen. Eine vergilbte Theaterkarte, von einem Abend, an den er sein Leben lang denken würde; wegen der Theaterkarte hatte er seine Suche unterbrochen, er hatte allein im Schlafzimmer gestanden, an der Karte gerochen und sich in die Zeit zurückgewünscht, als sie noch nicht an ihrem großen Projekt gearbeitet hatten, an Birgittes politischer Karriere.

»Die Schlüsselkarte ist ganz einfach nicht hier. Tut mir leid.«

Auf dem Sofa saß ein junger Mann, den die Polizeianwärterin für den Sohn des Hauses hielt. Er trug Uniform und war beängstigend blaß. Sie versuchte, ihn anzulächeln, aber er starrte an ihr vorbei.

»Dann geben wir es auf. Vielleicht hat sie sie ja einfach verloren. Es tut mir wirklich leid, daß wir Sie stören mußten.«

Als sie die Haustür hinter sich ins Schloß gezogen hatte, blieb sie auf der Treppe stehen und dachte nach. Am Freitag hatte Volter ihre Schlüsselkarte vergessen. Das stand fest. Trotzdem hatten sie ihr Büro durchsucht. Die Karte war nicht da. Sie war angeblich so groß wie eine Kreditkarte und mit einem Foto und einem Magnetstreifen versehen. Eine ganz normale Schlüsselkarte, die sich auch nicht im Haus des Witwers befand. Seltsam.

Aber gut. Die Ministerpräsidentin konnte sie ja verloren haben. Ganz einfach. Sie konnte sie an eine Stelle im Reihenhaus gelegt haben, auf die ihr Mann nicht gekommen war. Er hatte immerhin soeben seine Frau verloren und dachte bestimmt nicht sonderlich klar.

Die Polizeianwärterin setzte sich ins Auto und steckte den Zündschlüssel ins Schloß. Sie erstarrte kurz, beschloß dann aber, den Motor anzulassen.

Es machte ihr zu schaffen, daß sie die Karte nicht finden konnten.

12.07, Hauptwache Oslo

Billy T. war schlecht gelaunt. Der Mann auf der anderen Seite des Schreibtisches war ihm da auch kein Trost.

»Also noch mal«, sagte Billy T. schroff und versuchte, den flackernden Blick einzufangen. »Die Alarmanlage wurde also ausgelöst. Vom Besprechungszimmer neben dem Aufenthaltsraum der Ministerpräsidentin aus ...«

»Um sieben nach halb sechs. Wenn Sie mir nicht glauben, dann schauen Sie doch im Wachbuch nach.«

»Wieso in aller Welt kommen Sie auf die Idee, ich würde Ihnen nicht glauben?« fragte Billy T.

»Warum haben Sie mich denn dann schon wieder hergeholt?« maulte der Mann. Er war siebenundzwanzig Jahre und einige Monate alt, was Billy T. den Papieren entnahm, die vor ihm auf dem Tisch lagen. Der Wächter war nicht gerade häßlich, aber doch alles andere als gutaussehend. Seine ganze Erscheinung hatte etwas undefinierbar Unangenehmes. Er hatte ein schmales Gesicht mit einem spitzen Kinn und hätte sich unbedingt die Haare waschen müssen. Seine Augen hätten schön sein können, wenn er sie richtig geöffnet hätte; die Wimpern waren lang und dunkel. Billy T. hätte niemals sein Alter schätzen können, deshalb hatte er in seinen Unterlagen nachgeschaut. Der Mann hätte zwanzig sein, aber auch auf die Vierzig zugehen können.

»Das müssen Sie doch kapieren, daß Ihre Aussage ziemlich wichtig ist, Mensch!«

Billy T. schnappte sich eine Skizze des fünfzehnten Stocks, eine Kopie des Plans, den der Polizeipräsident ihnen am Vortag gezeigt hatte, und zeigte auf das Besprechungszimmer, das wirklich nur durch einen schmalen Aufenthaltsraum vom Büro der Ministerpräsidentin getrennt war.

»Hier waren Sie. Zu einem äußerst kritischen Zeitpunkt. Erzählen Sie, was passiert ist.«

Der Wächter prustete wie ein Pferd, Speicheltropfen nieselten auf den Tisch, und Billy T. zog eine Grimasse.

»Wie oft muß ich das denn noch erzählen?« fragte der Wächter ärgerlich.

»Genau so oft, wie ich das sage.«

»Kann ich was zu trinken haben? Ein Glas Wasser?«

»Nein.«

»Habe ich nicht einmal Anspruch auf ein Glas Wasser?«

»Sie haben auf rein gar nichts Anspruch. Wenn Sie wollen, können Sie aufstehen und dieses Haus verlassen. Sie sind Zeuge, und wir sind darauf angewiesen, daß Sie Ihre Aussage freiwillig machen. *Und das sollten Sie verdammt noch mal tun, und zwar ein bißchen plötzlich!*«

Er knallte die Faust auf den Tisch und biß dabei heftig die Zähne zusammen. Seine Hände taten noch von seinem Ausbruch vor einer halben Stunde weh, und der Schmerz jagte an der Unterseite seiner Arme entlang.

Aber es hatte geholfen. Der Wächter riß sich zusammen, setzte sich gerade hin und fuhr sich mit der Hand über die Schulter.

»Ich war unten. Im Wachzimmer. Dann wurde im Besprechungsraum der Alarm ausgelöst. Ein sogenannter stummer Alarm, man hört ihn im Raum selber nicht, sondern nur unten bei uns. Aber so einen Alarm gibt es dauernd, ungefähr alle zwei Tage, und deshalb achten wir normalerweise nicht darauf.«

Er sprach zur Tischkante gewandt.

»Aber wir müssen natürlich nachsehen. Immer. Deshalb bin ich raufgegangen … das heißt, eigentlich sollen wir immer zu zweit nachsehen, aber wir hatten durch die Renovierungsarbeiten einen ziemlich hektischen

Tag, und mein Kollege war eingeschlafen. Also bin ich mit dem Fahrstuhl in den vierzehnten Stock gefahren, mein Kollege, der gerade schlief, hatte nämlich die Schlüssel für den Fahrstuhl nach ganz oben. Ich hab oben den Aufsichtsbeamten begrüßt und bin die Treppe zum fünfzehnten hochgegangen.«

»Moment mal! Kann man mit dem Fahrstuhl bis zum fünfzehnten Stock hochfahren? Ohne am Mann im Glaskasten vorbeizukommen?«

»Ja, sogar bis zum sechzehnten. Aber man braucht einen Schlüssel. Sonst geht's nur bis in den vierzehnten.«

Billy T. hätte gern gewußt, warum diese Möglichkeit am Vortag bei der Lagebesprechung mit dem Polizeipräsidenten nicht erwähnt worden war. Er ging aber nicht weiter darauf ein, denn ein so einfacher Zugang zum Büro der Ministerpräsidentin mußte doch von den zuständigen Stellen registriert worden sein. Rasch kritzelte er »Fahrstuhl« auf einen gelben Zettel und klebte diesen an den Lampenschirm.

»Weiter«, bat er.

»Ja, dann bin ich also ins Besprechungszimmer gegangen, aber da war kein Mensch. Mal wieder ein Schaltfehler. Sie kriegen das System einfach nicht in den Griff.«

»War die Tür zum Aufenthaltsraum offen?«

Der Wächter starrte ihn plötzlich an, zum allerersten Mal. Er zögerte, und Billy T. hätte schwören können, daß ein winziger Krampf die Wange des Mannes verzog.

»Nein. Die war zu. Ich habe sie aufgemacht und in den Raum geschaut, das muß ich tun, da kann sich ja jemand verstecken, aber auch der war leer. Die Tür zum Büro der Ministerpräsidentin war geschlossen. Die habe ich nicht angerührt.«

»Und dann?«

»Dann? Ja, dann bin ich wieder nach unten gegangen.«

»Warum haben Sie nicht mit der Vorzimmerdame gesprochen?«

»Mit der Vorzimmerdame? Warum sollte ich mit der sprechen?«

Jetzt machte der Wächter ein ehrlich verdutztes Gesicht.

»Das mach ich doch nie … ach, übrigens, die war ja gar nicht da.«

»Doch, war sie. Sie war den ganzen Nachmittag und Abend dort.«

»Nein, war sie nicht!«

Der Wächter schüttelte energisch den Kopf.

»Vielleicht war sie gerade auf dem Klo, was weiß ich, aber sie war nicht da. Da bin ich ganz sicher.«

Er beugte sich über die Skizze.

»Sehen Sie? Von da aus hätte ich sie gesehen.«

Billy T. kaute an seiner Wange herum.

»Mmm … na gut.«

Er nahm den gelben Zettel von der Lampe, schrieb »Klo?« darauf und klebte ihn wieder an.

»Gut, dann sind Sie also nach unten gegangen. Ins … wie haben Sie das noch genannt?«

»Wachzimmer.«

»Ja.«

Billy T. schnappte sich eine Thermoskanne und goß dampfenden Kaffee in eine Tasse, auf der ein gezeichneter Puccini prangte.

»Ich sehe, Sie interessieren sich für Waffen«, sagte Billy T. und blies lautstark in sein glühendheißes Getränk.

»Sieht man das etwa?« fragte der Wächter sauer und schaute auf die Uhr.

»Sehr komisch. Die Papiere, wissen Sie. Da steht das.

Ich weiß fast alles über Sie. Sogar den Bericht über Ihre Sicherheitsüberprüfung habe ich hier vorliegen.«

Er schwenkte provozierend ein Blatt Papier und schob es dann unter die anderen Unterlagen.

»Das dürfen Sie nicht«, sagte der Wächter wütend. »Das ist gegen die Vorschriften.«

Billy T. grinste breit und starrte den Wächter an. Dem Mann gelang es nicht mehr, den Blick abzuwenden.

»Jetzt erzähl ich Ihnen was, ja? Im Moment nehmen wir es hier in diesem Haus mit den Regeln nicht so genau. Wenn Sie sich beschweren wollen, dann versuchen Sie es doch einfach. Wir werden ja sehen, ob wir dafür unsere Zeit vergeuden können. Ich glaube es eigentlich nicht. Was für Waffen besitzen Sie?«

»Vier Stück. Alle sind registriert. Alle sind gesetzlich zugelassen. Sie liegen alle bei mir zu Hause, wenn Sie also mitkommen wollen, dann …«

Er verstummte.

»Was ist dann?«

»Ich kann sie auch herbringen, wenn Sie wollen.«

»Wissen Sie, ich glaube, das will ich«, sagte Billy T. »Aber ich möchte betonen, daß Sie das ganz freiwillig angeboten haben. Ich verlange es nicht von Ihnen.«

Der Mann murmelte etwas, das Billy T. nicht hören konnte.

»Noch etwas«, sagte der Hauptkommissar dann plötzlich. »Kennen Sie Per Volter?«

»Den Sohn der Ministerpräsidentin?«

»Ja. Woher wissen Sie das übrigens?«

»Ich lese schließlich die Zeitung. Dutzende von Zeitungen während der letzten Tage. Nein, ich kenne ihn nicht.«

Er schien jetzt immer unruhiger zu werden, er legte

den linken Fuß an den rechten und wippte damit, blitzschnell und nervtötend.

»Oder …«, fügt er plötzlich hinzu, »… ich glaube, ich weiß doch, wer er ist. Guter Schütze. So eine Art Schützenkönig.«

»Heißt das, daß Sie ihn persönlich kennen?«

Der Wächter dachte auffällig lange nach.

»Nein«, sagte er und blickte dann zum zweiten Mal in Billy T.s eisblaue Augen. »Ich bin ihm nie begegnet. In meinem ganzen Leben nicht.«

14.10, Motzfeldts gate 14

Die Lautsprecher am Computer piepten eine schnelle elektronische Melodie, um dann in langgedehntes Heulen überzugehen. Liten Lettvik kam ins Zimmer, in ein großes Badetuch gewickelt und mit einem Zigarillo im Mundwinkel. Der Computer brauchte eine Weile, um die Meldung aufzunehmen, und als unten in der rechten Bildschirmecke der kleine Briefumschlag zu sehen war, klickte sie sofort ihre Mailbox an.

Die Mitteilung hatte keinen Absender. Liten Lettvik richtete den Cursor auf die oberste Zeile und klickte zweimal.

Der Haftbefehl.

Konrad Storskog hatte sein Versprechen gehalten.

Sie wußte nicht so recht, ob sie auch ihres halten würde.

16.30, Hauptwache Oslo

»Ich habe diese ganzen Pressekonferenzen restlos satt«, murmelte Polizeiinspektor Håkon Sand.

Der Pressesprecher der Wache kam von einem gutbezahlten Posten bei Dagbladet und hatte alle überrascht, als er die undankbare Aufgabe übernommen hatte, die Gesellschaft über alles zu informieren, was der Polizei mißlang.

»Pressebriefings, Håkon. Nicht Pressekonferenzen«, sagte er und öffnete die Tür zum Vorzimmer des Polizeipräsidenten.

»Aber viermal pro Tag? Ist das denn wirklich nötig?«

»Die beste Methode, um Spekulationen zu verhindern. Das hast du übrigens gut gemacht. Die Uniform steht dir. Und jetzt sind es vier Stunden bis zum nächsten Mal. Also freu dich.«

»Und bis dahin werden wir noch immer nichts Neues haben«, sagte Håkon Sand und zog an seinem Kragen, diesem ewigen Kragen aus Kunstfasern, der seinen Hals rot und wund machte.

Im Zimmer befanden sich sechs Männer. Einer machte sich an einem Diaprojektor zu schaffen, ein anderer versuchte, herauszufinden, wie die Rollos funktionierten. Das gelang ihm nicht, weshalb schließlich die Vorzimmerdame geholt werden mußte. Sie hatte den Raum innerhalb von dreißig Sekunden verdunkelt und schaltete das Licht ein, ehe sie ins Vorzimmer zurückkehrte.

»Wir haben jetzt einen vorläufigen Obduktionsbericht«, sagte der Polizeipräsident, dessen blauschwarze Bartstoppeln sich inzwischen zum Vollbart entwickelten. »Und der ist noch dazu ziemlich genau. Wir hatten recht, was den Zeitpunkt des Mordes angeht. Zwischen halb sechs und sieben. Genauer können wir das noch nicht einkreisen, im Zimmer gab es so große Temperaturunterschiede, daß das schwierig wird.«

Als er Håkon Sand ein Zeichen gab, stand dieser auf und schaltete den Diaprojektor ein.

An der Wand erschien ein Bild. Eine Großaufnahme von Ministerpräsidentin Birgitte Volter. In ihren blonden Haaren war deutlich ein Loch zu sehen, ein ziemlich kleines, ziemlich rundes Loch mit schwarzen Rändern und einem Streifen geronnenem Blut. Der Polizeipräsident nickte dem Polizeirat zu, der vor den Projektor trat und einen zusammenlegbaren Zeigestock auseinanderklappte.

»Wie man sieht, ist das Einschlußloch klein. Die Kugel hat hier gelegen …«

Er klickte mit der Fernbedienung, und ein neues Bild erschien. Unter den Haaren war eine deutliche kleine Beule zu sehen, von der Größe eines entzündeten Pickels etwa.

»Der Schuß ging durch die Schläfe, durch das Gehirn und bis zu den Schädelknochen auf der anderen Seite, und dann hat die Kugel sich quer gelegt, hier, dicht unter der Haut. Birgitte Volter war sofort tot.«

Er klickte noch einmal.

»Das hier ist die Kugel.«

Die Kugel sah trotz der Vergrößerung unscheinbar aus; ein schwarzweißes Maßband daneben verriet, daß es sich um ein kleinkalibriges Geschoß handelte.

»Und das Seltsame ist …«, sagte der Polizeirat und verstummte dann plötzlich. »Nein, wir wollen die Aussagen der Ballistik abwarten.«

Nach einem weiteren Klicken folgte eine Zeichnung: Eine Frau saß in einem Schreibtischsessel und hatte die Hände auf die Tischplatte gelegt. Hinter der Frau stand ein gesichtsloser Mann mit einer Waffe in der Hand, einem auf die Schläfe der Frau gerichteten Revolver.

»Ungefähr so muß es gewesen sein. Es steht fest, daß die Waffe die Schläfe berührt hat, als der Schuß abgegeben wurde. Das sehen wir an den Schmauchspuren um die Einschußwunde. Was bedeutet, daß der Mörder dicht hinter ihr gestanden haben muß. Vor ihr war ja kein Platz.«

Der Zeigestock tippte den Schreibtisch auf der Zeichnung an.

»Wir wollen natürlich nicht spekulieren, aber es sieht in gewisser Weise aus wie …«

»Erpressung«, sagte Håkon Sand.

Die anderen Männer blickten ihn an. Der Überwachungschef, jetzt in anthrazitgrauem Anzug und rotem Schlips, schloß die Augen und atmete lautstark durch die Nase.

»Ja. Und außerdem …«

Auf dem nächsten Bild klaffte vor ihnen in hundertfacher Vergrößerung die Wunde im Kopf der Ministerpräsidentin.

»… sehen wir hier Faserreste. Von Wollfasern, wie wir inzwischen wissen. Wir nehmen an, sie stammen von ihrem Tuch, das wir bis jetzt ja noch nicht gefunden haben. Rote und schwarze Wollfasern. Was bedeutet, daß …«

»Wurde sie *durch* ihr eigenes Tuch hindurch erschossen?« fragte Håkon Sand. »Hatte sie das denn auf dem Kopf?«

Der Polizeirat schien sich über diese Unterbrechung zu ärgern.

»Ich schlage vor, wir verschieben die Diskussion auf später«, sagte er sauer und beschrieb mit dem Zeigestock einen Ring in der Luft. »Nein, sie trug das Tuch nicht um den Kopf, sondern um die Schultern. Aber sie kann es sich über den Kopf geschlagen haben, etwa wie …«

»Eine Kapuze«, murmelte Håkon Sand.

»Richtig«, schaltete der Überwachungschef sich ein,

rückte seinen Schlipsknoten gerade und beugte sich vor. »Der Mann kann ihr das Tuch über den Kopf gelegt haben, um ihr noch mehr angst zu machen.«

»Und dann kommen wir zu dem Punkt, der mir am merkwürdigsten vorkommt.«

Der Polizeirat hatte offenbar beschlossen, nicht mehr auf die dauernden Unterbrechungen einzugehen.

»Das Kaliber.«

Wieder erschien an der Wand das Bild der Kugel.

»Es ist zu klein.«

Der Polizeipräsident war jetzt aufgestanden, er lehnte am Fenster, schaute ins Zimmer und rieb sich das Kreuz.

»Was meinst du mit zu klein?«

»7,62 Millimeter. Das übliche Kaliber für Handfeuerwaffen ist neun Millimeter. Oder .38, wie es in den USA heißt. Bei einer so kleinkalibrigen Munition wie dieser ist noch nicht mal sicher …«

Er kratzte sich an der Stirn und zögerte ein bißchen zu lange.

»Es ist noch nicht mal sicher, ob das Opfer wirklich stirbt. Warum sollte eine Person, die die Ministerpräsidentin umbringen will, und der es gelingt, sich Zutritt zum vermutlich bestbewachten Büro Norwegens zu verschaffen, eine Waffe nehmen, die im Grunde ungeeignet ist? Und damit nicht genug …«

Er fuhr mit der roten Spitze des Zeigestocks an den Konturen der Kugel entlang.

»Es ist ein sehr seltenes Kaliber. Hierzulande auf jeden Fall. Man kann es im Laden nicht kaufen, sondern nur bestellen.«

»Aber wenn …«, begann der Polizeipräsident und trat vor die Wand, die als Leinwand diente, »… wenn der Mann irgendeine Art von Druck auf sie ausgeübt hat … ich meine, wenn er sie erpressen und nicht umbringen wollte … was wollte er dann? Und warum hat er sie umgebracht, wenn er das eigentlich gar nicht vorhatte?«

Es war still im Zimmer, und es roch muffig. Der Polizeirat drückte auf eine der Telefontasten.

»Kaffee«, sagte er und drückte noch einmal.

Zwei Minuten später saßen die sechs Männer um den Besprechungstisch des Polizeipräsidenten und schlürften Kaffee. Schließlich stellte der Überwachungschef seinen weißen Becher ab und räusperte sich.

»Der König von Jordanien wurde für den kommenden Mittwoch zu Besuch erwartet. Inkognito.«

Die anderen wechselten Blicke, der Polizeipräsident starrte den Chef der Nachrichtensektion der Kriminalpolizei an, einen kräftigen, rothaarigen Mann, der entgegen seiner üblichen Gewohnheit während dieser Besprechung noch kein Wort gesagt hatte.

»Ein Versuch, die letzten Reste des Oslo-Abkommens zu retten«, sagte Überwachungschef Ole Henrik Hermansen nach einer kurzen Pause, während der er sich aus irgendeinem Grund suchend umgesehen hatte. »Darf man hier rauchen?«

»Eigentlich nicht«, antwortete der Polizeipräsident und kratzte sich am Kopf. »Aber heute machen wir eine Ausnahme.«

Er holte einen gläsernen Aschenbecher aus der Schreibtischschublade und stellte ihn seinem Kollegen hin. Hermansen hatte sich schon eine Zigarette angezündet.

»Da die Ministerpräsidentin nicht mehr lebt, ist der Besuch natürlich abgesagt worden. Das könnte eine Spur sein. Allerdings gäbe es andere und weitaus weniger dramatische Methoden, um den König von Jordanien von Norwegen fernzuhalten. Wenn etwas über den Besuch durchgesickert wäre, hätte eine telefonische Drohung sicher auch ausgereicht.«

Die Rauchringe bildeten über seinem Kopf eine Kette von Heiligenscheinen.

»Dann haben wir natürlich die Rechtsextremen. Wie ihr wißt, sind die zur Zeit besonders aktiv. Die Zeitungen übertreiben natürlich, aber wir wissen mit Sicherheit von zwei oder drei Gruppen, die fanatisch genug sind, um einen Mord zu planen. Bisher haben wir sie nicht für so radikal gehalten. Aber das scheint sich geändert zu haben.«

»Aber …«

Håkon Sand fuchtelte wie ein übereifriger Examenskandidat mit dem Zeigefinger.

»Wenn die dahinterstecken, warum haben sie nicht … warum haben sie sich nicht zu dem Mord bekannt? Die ganze Sache hat doch keinen Sinn, wenn die Welt nicht erfährt, daß sie das waren.«

»Schon richtig«, sagte Ole Henrik Hermansen, ohne Håkon Sand anzusehen.

»Wir haben auf eine Meldung gewartet. Aber sie ist ausgeblieben. Falls eine oder mehrere von diesen Gruppen hinter dem Mord stehen, dann haben wir ein gewaltiges Problem. Am Freitag.«

»Die Beisetzung«, murmelte der Polizeipräsident müde.

»Genau. Die Ministerpräsidentin stand ganz oben auf den sogenannten Todeslisten. Und alle anderen, die dort aufgeführt sind, und ich meine wirklich alle, kommen zur Beisetzung.«

»Und das wird die reinste Hölle«, sagte der Leiter der Terrorpolizei, ein untersetzter, schwarzhaariger Mann.

»Da sagst du was Wahres«, kommentierte der Überwachungschef und drückte mit energischer Handbewegung seine Zigarette aus. »Vielleicht haben sie deshalb noch keine Erklärung abgegeben. Sie warten. Das ist natürlich möglich. Voll und ganz möglich.«

21.39, Stolmakergata 15

Non potendo carrezzarmi,
le manine componesti in croce.
E tu sei morto senza sapere
quanto t'amava questa tua mamma.

Billy T. stand in einem kleinen Schlafzimmer, das wegen der Etagenbetten, die nur einen halben Meter voneinander entfernt waren, noch kleiner wirkte. Er legte beim Bettenabziehen eine Pause ein und schlug die Hände vors Gesicht, während er sich auf das obere Bett stützte. Die Musik dröhnte durch die ganze Wohnung, er hatte in jedem Zimmer Lautsprecher aufgebaut. Auch im Kinderzimmer, obwohl seine eifrigen Versuche, vier junge Männer zwischen sechs und acht Jahren zu Opernliebhabern zu erziehen, bisher gescheitert waren.

Schwester Angelica beklagte im Mittelteil von Puccinis »Il trittico« ihren toten Sohn, und Billy T. hielt sich das Bettzeug ans Gesicht und schloß die Augen. Hinter den Augenlidern brannte alles. Seit dem vergangenen Freitag hatte er fünf Stunden geschlafen; es war ein unruhiger Schlaf gewesen, in dem er sich von einer Seite auf die andere gewälzt hatte und beim Erwachen noch erschöpfter gewesen war als vorher. Bald würde er vor dem Schlafmittel, das wie ein Rettungsanker im Schrank lag, kapitulieren müssen, er hatte es seit einem Jahr nicht mehr angerührt.

Er rieb sich mit dem Bettzeug das Gesicht. Seine

Augen brannten. Eigentlich hätten die Jungen das Wochenende bei ihm verbringen sollen. Geduldig, altklug und verständnisvoll hatten die vier Halbbrüder sich damit abgefunden, am Samstag vormittag zu ihren jeweiligen Müttern kutschiert zu werden, nachdem am Freitag abend Billy T.s Schwester kurzfristig hatte einspringen müssen.

»Papa soll den Mörder finden«, hatte Alexander, der Älteste, den anderen erklärt.

»Papa wird ihn finden. Nicht wahr, Papa?«

Jetzt war Papa müde. Und traurig. Er stapfte ins Wohnzimmer und ließ sich in den einzigen bequemen Sessel fallen, einen gigantischen englischen Ohrensessel mit abgenutztem Lederbezug. Er legte die Beine auf den ramponierten Couchtisch vom Flohmarkt und stellte mit der Fernbedienung die riesige Stereoanlage noch lauter.

M'ha chiamata mio figlio
dentro un raggio di stelle
m'e aparso il suo sorriso
m'ha detto: Mamma, vieni in Paradiso!
Addio! Addio!
Addio, chiesetta! In te quant'ho pregato.

Das Libretto lag vor ihm, obwohl er fast den ganzen Text auswendig wußte. Das Heftchen verschwand beinahe in seinen Pranken, während er hilflos dasaß und ins Leere starrte.

Fast hätte er die Türklingel nicht gehört. Gereizt versuchte er herauszufinden, wieviel Uhr es war, schließlich fiel sein Blick auf die Herduhr, während er die Musik leiser stellte.

»Komm ja schon«, sagte er, als es noch einmal klingelte. Er machte sich am Sicherheitsschloß zu schaffen, und es wurde noch einmal geklingelt.

»Komm ja schon, Mensch«, fauchte er und riß die Tür auf.

Als erstes sah er einen riesigen Seesack, der oben nicht richtig verschnürt war, ein großer Wollpullover versuchte zu entkommen. Dann sah er ein Paar Stiefel aus Schlangenleder mit echten Silberbeschlägen.

Die Frau vor ihm lächelte. Sie hatte halblange braune Haare und leuchtendblaue Augen mit einem schwarzen Ring um die Iris. Die Lederjacke war hell und noch ganz neu, mit kurzen Fransen am Brustteil und indianischen Stickereien auf den Taschen. Die Frau war sonnengebräunt, ein mattgoldener Farbton ohne die geringste Röte zeigte, daß sie sich lange in sonnigen Gefilden aufgehalten hatte. Von den Augen zog sich jeweils ein weißer Streifen über die Schläfen. Sie lachte.

»Jetzt siehst du fast schon mondsüchtig aus. Kann ich bei dir wohnen?«

»Hanne«, flüsterte er. »Das ist einfach nicht wahr! Hanne!«

»It's me all right«, sagte sie, als er über den Seesack stieg, sie um die Taille packte, sie hochhob und mit ihr in die Wohnung zurücksprang.

Dort ließ er sie in den Ohrensessel fallen, breitete die Arme aus und brüllte:

»Hanne! Warum in aller Welt bist du hier? Wann bist du gekommen? Bleibst du lange?«

»Hol meinen Sack rein, ja?«

Billy T. holte den Seesack und stellte die Oper aus.

»Kann ich dir irgendwas anbieten? Was zu trinken?«

Er kam sich vor wie ein Kind, und er merkte, daß er vor Freude rot anlief, das war restlos ungewohnt, aber nicht unangenehm. Hanne Wilhelmsen war wieder zu

Hause. Und sie würde bei ihm wohnen. Im Kühlschrank lagen eine vom Freitag übriggebliebene halbe Pizza Marke Eigenbau und fünf Dosen Bier. Er schnappte sich zwei davon, schaltete den Backofen ein und warf der Frau im Sessel die eine Dose zu.

»Erzähl«, sagte er, setzte sich vor ihr auf den Boden, verschränkte seine Arme auf ihren Knien und starrte ihr in die Augen. »Wann bist du gekommen?«

»Eben. Jede Menge Verspätungen, ich bin hundemüde. Wie spät ist es eigentlich?«

Ohne auf Antwort zu warten, fuhr sie ihm plötzlich über die Schulter.

»Es ist schön, dich zu sehen, Billy T. Wie geht's dir?«

»Ganz gut«, sagte er ungeduldig. »Wirst du wieder arbeiten? Jetzt sofort?«

»Nein, ich bin bis Weihnachten beurlaubt, und ich muß auch wieder nach Kalifornien zurück. Demnächst. Aber ich konnte einfach nicht dortbleiben. Cecilie hat das eingesehen. Sie versteht, daß ich da drüben durchdrehen würde, während ihr hier ...«

Sie beschrieb mit der Bierdose einen Bogen in der Luft, und das Bier schwappte über.

»Ich konnte dich mit diesem Fall doch nicht allein lassen. Ich könnte dir helfen, als eine Art ... freie Mitarbeiterin? Damit du nicht mehr allein bist.«

»Allein?«

Er bohrte den Kopf in ihren Schoß, packte ihre Beine und schüttelte sich.

»Wir sind doch fast zweihundert Leute!«

»Aber die sind alle nicht wie ich«, sagte Hanne Wilhelmsen und lachte.

Ihr Lachen trillerte leise, kroch ihm in die Ohren und ins Gehirn und wanderte dann angenehm das Rückgrat hinunter.

Hauptkommissarin Hanne Wilhelmsen war wieder da. In Norwegen. In Oslo. Sie wollte ihm helfen.

»Ich bin so froh darüber, daß du hier bist«, flüsterte er. »Ich habe …«

Er verstummte und kratzte sich am Rücken.

»Du hast mich vermißt, was? Ebenso. Wo kann ich schlafen? Wir haben doch unsere Wohnung vermietet, ich hoffe also, ich kann hier einziehen.«

»Das ist noch die Frage«, sagte Billy T. »Traust du dich, das Doppelbett mit mir zu teilen, oder willst du eins von den Kinderbetten?«

»Letzteres ist wohl sicherer«, sagte sie und gähnte nachdrücklich.

»Aber erst köpfen wir eine Flasche Wein, ja?«

Hanne Wilhelmsen starrte ihr kaum berührtes Bier an.

»Eigentlich würde ich nichts lieber tun, als jetzt mit dir eine Flasche Wein zu teilen. Rein gar nichts.«

»Und Pizza«, grinste Billy T. »Selbstgemachte.«

Der Wecker auf dem Nachttisch leuchtete schwach grünlich und verriet ihr, daß der Tag vier Stunden und fünf Minuten alt war. Billy T. hatte die Decke weggestrampelt und lag diagonal in seinem eigens für ihn konstruierten Bett. Er trug Boxershorts und ein Fußballhemd, ein Geschenk von Cecilie, San Francisco 49ers in Größe XXXL, und er schnarchte leicht mit offenem Mund. Hanne blieb stehen und sah ihn an, für einen Moment hätte sie es sich fast noch anders überlegt. Dann stieg sie leise ins Bett und schmiegte sich an seinen riesigen Körper.

»Ich hab so böse Träume«, flüsterte sie. »Und das Bett nebenan ist so schrecklich hart.«

Er schmatzte leicht und rückte weiter Richtung Bettkante. Dann legte er den linken Arm um sie und murmelte:

»Ich wußte ja, daß ich dich irgendwann ins Bett kriegen würde.«

Hanne schmunzelte im Dunkeln. Und dann schliefen sie beide ein.

Montag, 7. April 1997

9.15, Oberstes Gericht

Benjamin Grinde starrte den Gerichtspräsidenten an und schüttelte kurz den Kopf.

»Ich weiß wirklich nicht, was ich dazu sagen soll. Wie ich dir gestern schon am Telefon erzählt habe, hat die Polizei zugegeben, daß das ganze ein kapitaler Irrtum war. Aber ich habe keine Ahnung, woher die Presse Wind von der Sache bekommen hat.«

Der Gerichtspräsident hielt sich die Zeitung vors Gesicht. Seine Brillengläser waren sehr stark und ließen seine Augen verschwindend klein aussehen; jetzt kniff er sie zu allem Überfluß auch noch zusammen.

Richter vom Obersten Gericht festgenommen

Benjamin Grinde – der Mann,
der Volter als letzter lebend sah

Von Liten Lettvik und Trond Kjevik (Foto)

Wenn die Polizei nun schon seit fast drei Tagen hartnäckig behauptet, im Fall Volter noch keine Festnahmen vorgenommen zu haben, so entspricht das nicht den Tatsachen. Was die Polizei und Benjamin Grinde, Richter beim Obersten Gericht, verzweifelt zu verbergen versuchen, ist, daß Grinde am späten Freitag abend in seiner Wohnung verhaftet wurde.

Bereits eine halbe Stunde nachdem Ministerpräsidentin Birgitte Volter in ihrem Büro tot aufgefunden worden war, wurde gegen Richter Grinde ein Haftbefehl erlassen (siehe Kasten). Der bekannte Jurist, der übrigens die sogenannte Grinde-Kommission leitet, hat die Ministerpräsidentin allem Anschein nach als letzter lebend gesehen. Nach unseren Informationen behauptet Grinde, der der AZ gegenüber keinen Kommentar abgeben wollte, daß sein Besuch in Birgitte Volters Büro am späten Freitag nachmittag pure Routine gewesen sei. Die Polizei will diese Aussage jedoch nicht bestätigen. Die Osloer Hauptwache umgibt den Haftbefehl mit einer Mauer des Schweigens. Polizeipräsident Hans Christian Mykland erklärt, der Haftbefehl sei längst aufgehoben worden, er sei lediglich durch eine »Fahrlässigkeit« ausgestellt worden. Die Reaktionen in politischen Kreisen reichen von Gelassenheit bis Entsetzen.

»Ungünstig«, murmelte der Gerichtspräsident. »Wirklich ungünstig.«

Benjamin Grinde starrte auf die Tischplatte und fixierte dann eine abgegriffene rote Gesetzessammlung. Der Löwe im Landeswappen grinste ihn arrogant und herablassend an, und Grinde kniff die Augen zusammen.

»Du hast recht«, sagte er leise. »Aber was soll ich tun? Bis auf weiteres meine Tätigkeit als Richter einstellen?«

Der Gerichtspräsident legte die Zeitung hin, stand auf und ging um den massiven Eichentisch des Richterzimmers herum ans Fenster. Er starrte die Fassade des Nachbarhauses an, in die die erste Zeile der Nationalhymne eingehauen war.

»Schönes Bild«, murmelte er und legte die Handflächen an die Glasscheibe.

»Wie meinst du?«

»Das war ein wirklich schönes Bild von dir. In der Zeitung.«

Er drehte sich um und setzte sich wieder hin. Er schien für eine Weile abwesend zu sein, doch Benjamin

Grinde kannte ihn als einen Mann, der nachdachte, ehe er etwas sagte, und unterbrach deshalb das Schweigen nicht.

»Das wäre nicht richtig«, sagte der Gerichtspräsident schließlich. »Der Haftbefehl war ja offenbar unbegründet, und wenn du vom Amt zurücktreten würdest, hieße das, daß wir uns von Spekulationen beeinflussen ließen. Aber wir sollten uns sicherheitshalber mit den Anwälten beraten.«

Er erhob sich und hielt den vier anderen Richtern die Tür auf, die in ihren schwarzen, am Hals mit purpurrotem Samt besetzten Roben schon draußen warteten. Er zog den ältesten beiseite und unterhielt sich so leise mit ihm, daß die anderen kein Wort verstanden. Als der Gerichtspräsident den Raum verlassen wollte, trat der Justizsekretär ein.

Der älteste Richter erhob sich und nickte den anderen kurz zu, die ebenfalls aufstanden.

Das feierliche Gefühl, das Grinde sonst immer überkam, wenn er sich hinsetzte, nachdem er den Anwälten kurz und formell zugenickt hatte, war verschwunden. Der Sessel mit der hohen Rückenlehne kam ihm unbequem vor, seine Robe war zu warm.

»Das Gericht ist vollzählig. Wir behandeln heute die Berufungssache Nummer …«

Benjamin Grinde fühlte sich wirklich nicht wohl. Er streckte die Hand nach einem Glas Wasser aus, doch er zitterte so sehr, daß er es stehenließ.

»Gibt es irgendwelche Einwände gegen die Zusammensetzung des Gerichtes?«

Der Gerichtsratsvorsitzende ließ seinen Blick von einem Anwalt zum anderen wandern, die Anwälte standen hinter der Schranke, die sich direkt gegenüber dem hufeisenförmigen Richtertisch befand. Der Adamsapfel des Anwalts, der hier seinen ersten Berufungsfall vertrat, hüpfte wie ein Jojo auf und ab und hinderte ihn daran, überhaupt irgend etwas zu sagen. Er schüttelte fieberhaft den Kopf. Eine Anwältin von fast sechzig jahren sagte mit fester, klarer Stimme:

»Nein.«

»Ich bin mir über die Tatsache im klaren, daß wir uns heute in einer etwas besonderen Situation befinden«, sagte der Gerichtsratsvorsitzende und blätterte dabei aufs Geratewohl in seinen Unterlagen, juristischen Erörterungen unterschiedlicher Qualität, soweit er es beurteilen konnte. »Ich nehme an, Ihnen ist bekannt, daß ein größerer Zeitungsartikel erschienen ist, in dem Richter Grinde«, er nickte kurz nach links, »erwähnt wird. Angeblich wurde er im Zusammenhang mit dem tragischen Mordfall, von dem wir alle wissen, festgenommen. Nun gut. Wir haben unsererseits Informationen eingeholt und verfügen über die Bestätigung des Generalstaatsanwaltes, daß es sich um einen Irrtum gehandelt hat. Ich sehe deshalb keinen Grund, warum eine spekulative Schlagzeile ... in der Boulevardpresse ...«

Bei diesen Worten machte er ein Gesicht, als habe er in eine Zitrone gebissen.

»... zum Rücktritt eines Richters beim Obersten Gericht führen sollte. Aber wie gesagt, es ist eine besondere Situation, und ich möchte Sie fragen, ob Richter Grinde das nötige Vertrauen genießt. Ich frage deshalb noch einmal und, wie gesagt, nur der Ordnung halber: Gibt es irgendwelche Einwände gegen die Zusammensetzung dieses Gerichts?«

»Nein.«

Jetzt antworteten die Anwälte wie aus einem Mund, und der jüngste von ihnen lehnte sich an den schweren Schrank aus Teakholz. Er schluckte und richtete sich wieder zu seiner ganzen Größe auf, als der Gerichtsratsvorsitzende ihm das Wort erteilte.

Benjamin Grinde registrierte nicht, daß Liten Lettvik sich leise von der hintersten Zuhörerbank erhob und den Saal verließ.

12.00, Hauptwache Oslo

Auch der weiche Südküstenakzent konnte die Wut des Polizeipräsidenten Hans Christian Mykland nicht verbergen. Als er mit der Faust auf den Tisch schlug, richteten sich hundertfünfzig Beamte in ihren Stühlen auf.

»Ich bin zutiefst verstimmt über diese Angelegenheit. Zutiefst verstimmt. Ich hatte geglaubt, mich bei der Besprechung am Samstag klar genug ausgedrückt zu haben. Nichts sollte an die Presse durchsickern!«

Wieder schlug er auf den Tisch.

»Dieser Haftbefehl war ein Fehler. Das wissen wir alle. Und jetzt riskieren wir eine saftige Klage auf Entschädigung wegen Fahrlässigkeit im Dienst. Ist euch eigentlich klar, was es bedeutet, die dritte Macht im Staat zu beleidigen?«

Niemand fühlte sich zu einer Antwort berufen; die meisten vertieften sich in den Anblick ihrer eigenen Knie.

»Wir werden dieser Sache nachgehen. Und ich werde persönlich dafür sorgen, daß derjenige, der den Haftbefehl weitergereicht hat, ziemlichen Ärger bekommt. Mit mir!«

Der Polizeipräsident hatte es endlich geschafft, sich zu rasieren, und er strahlte eine gewisse Entschlossenheit aus. Er schien während des Wochenendes gewachsen zu sein.

»Also. Ziehen wir fürs erste einen Strich unter die

Angelegenheit. Ich werde bei der nächsten Pressekonferenz …«

Er schaute zum Pressesprecher hinüber und korrigierte sich.

»… beim nächsten Pressebriefing, meine ich, klarstellen, daß Benjamin Grinde uns als Zeuge behilflich gewesen ist. Dann werden wir sehen, wie groß das Feuer eigentlich ist und ob wir es noch löschen können. Und jetzt hat der Polizeirat das Wort.«

Der Polizeirat fuhr zusammen, er schien bei der Maßregelung des Polizeipräsidenten nicht zugehört zu haben, er fühlte sich davon wohl nicht betroffen.

»Wir halten eine kurze Zusammenfassung für angebracht«, sagte er und legte eine Folie auf den Overheadprojektor.

»Wer nichts zu sagen hat, sagt's mit dem Overhead«, murmelte Billy T., der wieder ganz hinten neben Tone-Marit saß.

Sie achtete nicht auf ihn.

»Wie ihr wißt, wird an sämtlichen Fronten eifrig gearbeitet. Vor allem müssen wir das Wie und das Warum herausfinden. Was letzteres angeht, so erscheint es uns angebracht, die möglichen Motive in drei Hauptkategorien einzuteilen.«

Er drehte sich um und zeigte auf die Leinwand, ohne sich zu erheben.

»Erstens, das persönliche Motiv. Zweitens, das internationale Motiv. Drittens, das Extremistenmotiv. In beliebiger Reihenfolge.«

»Es ist immer extremistisch, eine Ministerpräsidentin umzubringen, egal, aus welchem Grund«, sagte Tone-Marit leise, und Billy T. blickte sie überrascht an.

»Jetzt sei ein braves Mädchen, und halt die Klappe«, sagte er mit einem Grinsen.

»Und wir haben beschlossen, uns zurückzuhalten, was die Verhöre der engsten Familienmitglieder angeht, zumindest bis zur Beisetzung, die am Freitag stattfindet. Und schon haben wir ein weiteres Problem.«

Er machte dem Leiter der Terrorpolizei oder der Bereitschaftstruppe, wie es auf der Folie etwas beschönigend hieß, ein Handzeichen. Der untersetzte Mann erhob sich steif.

»Die Beisetzung wird unter höchsten Sicherheitsvorkehrungen stattfinden. Wir verschaffen uns gerade einen Überblick über Risikogruppen, das heißt, internationale Terroristen, ausländische Agenten, nationale Extremisten von rechts und links …«

Er lächelte den Überwachungschef an, doch der lächelte nicht zurück. Offenbar leicht vergrätzt, fuhr er fort:

»Und natürlich psychisch verwirrte Personen. Aus Erfahrung wissen wir, daß Verrückte sich von solchen Ereignissen angezogen fühlen. Außerdem behalten wir natürlich auch unsere Bekannten aus der normalen Kriminellenszene im Auge und beobachten andere, bei denen wir eine Verbindung zu diesem Fall für möglich halten. Es wird morgen zu diesem Thema noch eine gesonderte Besprechung geben.«

Er setzte sich und starrte den Überwachungschef beifallheischend an, doch der verweigerte sich noch immer.

Der Polizeirat meldete sich nun wieder zu Wort.

»Im Moment werden alle Verhöre mit den Angestellten aus dem Regierungsgebäude in den Computer eingegeben. Wir versuchen, festzustellen, wer sich möglicherweise unberechtigten Zutritt zum Büro der Ministerpräsidentin verschafft hat. Deshalb ist es sehr wichtig, alle Verhöre auf Diskette abzuliefern …«

»Wenn wir bessere Geräte hätten, ließe sich das alles

mit einem Tastendruck erledigen«, seufzte Billy T. und stand auf.

»Gehst du schon?« flüsterte Tone-Marit.

»Ich hab Besseres zu tun«, sagte Billy T.

Irgend etwas machte ihm zu schaffen, er wußte nur nicht, was. Vielleicht eine Information, die er irgendwo auf der Festplatte in seinem Kopf verlegt hatte.

»Overflow«, murmelte er vor sich hin, als er sich aus dem Raum schlich. »Ich glaube, mit noch mehr Infos kann ich nicht mehr fertig werden.«

14.47, Redaktion der Abendzeitung

Liten Lettviks Knie tat nicht mehr weh. Außerdem lag ein alkoholfreies Wochenende hinter ihr, und ihr Körper schien auf diese unerwartete schonende Behandlung mit einem Haß auf Zigarillos zu reagieren; sie hatte schon seit fünf Stunden nicht mehr geraucht. Liten Lettvik fühlte sich ungeheuer wohl.

Die Polizei hatte nichts dementiert. Auf der Pressekonferenz vor einer knappen Stunde hatten sie sich zwar ziemlich gewunden, aber die Sache mit dem Haftbefehl war nicht dementiert worden. Liten Lettvik bedachte Konrad Storskog mit einem warmen Gedanken und spielte für einen Moment mit dem Gedanken, ihn in Zukunft wirklich in Ruhe zu lassen.

Natürlich hatte nur die AZ diese Meldung gebracht. Aus einer gewissen Dankbarkeit heraus hatte der Chefredakteur ihr gestattet, sich weiterhin mit dem Zusammenhang zwischen dem Mord an Birgitte Volter und Benjamin Grindes Besuch zu befassen. Obwohl er nicht sehr begeistert gewirkt hatte.

»Aus dieser Zitrone können wir nicht mehr Saft herauspressen«, hatte er vorsichtig widersprochen und sich dabei nachdenklich auf die Unterlippe gebissen. »Das war ein schöner Artikel heute, Liten, aber es ist doch ganz offensichtlich, daß die Polizei den Typen nicht mehr verdächtigt. Der hat doch heute morgen schon wieder im Obersten Gericht gesessen.«

»Hör zu, Leif«, hatte Liten Lettvik argumentiert. »Für die Jungs vom Politikressort ist das doch die reinste Goldgrube. Jede Menge Stoff zum Weiterarbeiten.«

»Davon haben sie wirklich schon genug. Es ist noch immer völlig unklar, was wir am Freitag für eine Regierung bekommen. So gut hat sich unser Politikressort seit der Furre-Geschichte nicht mehr amüsiert.«

»Eben. Und worum ging es damals in der Furre-Geschichte vor allem?«

Der Redakteur antwortete nicht, doch seine Aufmerksamkeit war ihr sicher; daß er an seiner abgenutzten Schreibunterlage herumzupfte, war das sicherste Zeichen dafür, daß das Interesse von Chefredakteur Leif Skarre erwacht war.

»Die Kritik hat sich vor allem dagegen gerichtet, daß Berge Furre vom Polizeilichen Überwachungsdienst beobachtet worden war. Und zwar als Mitglied der Kommission, die den Überwachungsdienst überwachen sollte. Als Kommissionsmitglied wäre er eigentlich immun gewesen und damit ihrer Überwachung entzogen. Sofort heulten die Verteidiger des Polizeilichen Überwachungsdienstes los, daß niemand im Staat immun sei. Und jetzt wollten sie ausgerechnet einen Richter beim Obersten Gericht festnehmen. Also ein richtig hohes Tier. Und das ohne juristische Grundlage. Das ist doch eine Menge Stoff. Mehr als genug.«

Der Redakteur schwieg eine Weile, dann nickte er mürrisch in Richtung Tür. Damit hatte er seine Zustimmung erteilt.

Doch viel mehr hatte Liten Lettvik über Benjamin Grinde nicht finden können. Das ging ihr auf, als sie die Mappe über ihn durchblätterte. Kaum jemand schien ihn zu kennen. Nicht einmal die nette und endlos naive Aushilfe im Vorzimmer des Obersten Gerichts, bei der Liten am Freitagnachmittag so erfolgreich gewesen war, hatte ihr helfen können.

»Nein, Richter Grinde führt so gut wie nie Privatgespräche«, hatte sie am anderen Ende der Telefonleitung gezwitschert.

Benjamin Grinde hatte jede Menge Bekannte. Aber offenbar keine Freunde, zumindest nicht in juristischen Kreisen. Die Beschreibungen, die elf unnütze Telefonate ihr eingebracht hatten, waren todlangweilig und absolut unbrauchbar. Benjamin Grinde schien tüchtig, korrekt und fleißig zu sein.

»Hier Vorzimmer von Anwalt Fredriksen.«

Liten Lettvik hatte sich endlich ein Zigarillo angesteckt und blies den Rauch durch die Nase aus, als sie ihren Namen nannte und darum bat, zu Frode Fredriksen durchgestellt zu werden. Gleich darauf hatte sie ihn in der Leitung, Anwalt Fredriksen war keiner, der sich sein verfassungsmäßiges Recht auf freie Meinungsäußerung nehmen ließ.

»Ein juristischer Skandal«, erklärte er bombastisch. Liten Lettvik konnte geradezu hören, wie er sich die Schuppen von den Schultern bürstete, das tat er immer, wenn er eine Aussage betonen wollte. »Ich sag Ihnen eins, Frau Lettvik, wenn die Kommission diesem Fall nicht auf den Grund gehen kann, werde ich persönlich dafür sorgen, daß die Zuständigen zur Verantwortung gezogen werden. Das ist meine Pflicht und Schuldigkeit als Fürsprecher der Schwachen!«

Liten Lettvik unterbrach seine Tirade, noch ehe er

bei den »unantastbaren Menschenrechten« angelangt war.

»Aber was ist denn eigentlich so skandalös? Worum geht es genau?«

»Die Behörden verbergen etwas.«

»Ja, das ist mir schon klar. Aber was?«

»Das weiß ich natürlich nicht, aber eins kann ich Ihnen sagen: Eine solche Mauer des Schweigens, wie die unterschiedlichen Instanzen sie um diesen Fall gebaut haben, ist mir noch nie begegnet. Während meiner ganzen Laufbahn nicht. Und die war, in aller Bescheidenheit gesagt, sehr lang. Wie Sie wissen.«

»Was denn für ein Schweigen?«

Liten Lettvik steckte sich mit dem Stummel des alten Zigarillos ein neues an.

»Es sind Krankenberichte verschwunden«, erklärte Anwalt Frode Fredriksen.

»Erst werden mir die Krankenberichte nicht ausgehändigt. Und wenn ich sie dann endlich bekomme sind sie unvollständig. Die Krankenhäuser hierzulande sind der Überwachungsdienst des Gesundheitswesens, das kann ich Ihnen sagen, Frau Lettvik. Nichts als Geheimniskrämerei und Arroganz der Mächtigen. Aber wir lassen uns nicht entmutigen.«

»Sie haben um Aufschub bei der Behandlung der Schmerzensgeldforderungen gebeten.«

»Natürlich. Ich hoffe, die Grinde-Kommission wird neues Licht in den Fall bringen. Und dadurch können sich die fraglichen Summen erhöhen.«

»Aber hören Sie, Anwalt Fredriksen, Sie müssen doch irgendeine Vorstellung davon haben, was da vorgefallen ist, ich meine … Die Kommission soll doch feststellen, was damals passiert ist und ob die zuständigen Stellen die Betroffenen ausreichend informiert haben. Aber ehrlich gesagt, ist das alles doch dreißig Jahre her, kann der Fall denn wirklich noch dermaßen brisant sein? Und warum regen Sie sich so auf, Sie haben Ihren Willen doch durchsetzen können? Die Kommission wurde schließlich eingesetzt, das war doch Ihr Ziel?«

Am anderen Ende der Leitung herrschte tiefes Schweigen. Liten Lettvik machte einen Lungenzug und hielt den Atem an, während das Nikotin sich in ihrem Blutkreislauf verteilte, ein wunderbares Gefühl.

»Im Jahre 1965 sind achthundert Kinder zuviel gestorben, Frau Lettvik«, hörte sie dann endlich, leise und dramatisch, während im Hintergrund mit Papier geraschelt wurde. »Mindestens achthundert Kinder! 1964 starben hier in Norwegen 1078 Kinder unter einem Jahr. 1966 lag die Zahl bei 976. In den Jahren davor und danach liegen die Zahlen konstant bei etwa tausend und sind bis heute nach und nach auf ungefähr dreihundert gesunken. 1965 dagegen starben 1914 Kleinkinder. Und das kann kein Zufall sein. Doch die Behörden wollen nicht feststellen, woran es liegt. Ein Skandal. Ich wiederhole: Ein wirklicher Skandal!«

Liten Lettvik hatte alles über diesen Fall gelesen. Noch immer hatte Fredriksen ihre Frage nicht beantwortet, und für einen Moment wußte sie nicht, ob sie dieses Gespräch überhaupt noch fortsetzen wollte. Dann wechselte sie plötzlich das Thema.

»Und was ist mit Benjamin Grinde?«

Anwalt Fredriksen lachte laut und polternd.

»Da spinnt ihr doch total. Oder die Polizei. Was sie ja meines Wissens auch zugegeben hat, obwohl ihr die Sache so aufbauscht. Benjamin Grinde ist ein durch und durch integrer Mann. Ein wenig langweilig, ein wenig pompös, aber das bringt sein Amt doch mit sich. Benjamin Grinde ist ein ungewöhnlich begabter Jurist und ein tadelloser Staatsbürger. Ich war sehr zufrieden, als er zum Leiter der Untersuchungskommission ernannt wurde. Ich habe mir damals auch erlaubt, ihm das mitzuteilen. In aller Bescheidenheit.«

Liten Lettvik bedankte sich ohne große Begeisterung für dieses Gespräch. Dann wählte sie noch eine Nummer.

»Edvard Larsen«, meldete sich eine sympathische Stimme.

»Hallo, hier ist Liten Lettvik. Wie geht's?«

»Ganz gut«, sagte der Pressesprecher des Gesundheitsministeriums ein wenig zaghaft. Liten Lettvik rief zu den unmöglichsten Zeiten an und schien einfach nicht begreifen zu wollen, warum er sie nicht direkt zu Ruth-Dorthe Nordgarden durchstellen konnte. »Womit kann ich dir heute behilflich sein?«

»Hör zu. Ich muß unbedingt mit der Ministerin sprechen.«

»Und worum geht es?«

»Das kann ich dir leider nicht verraten. Aber es ist sehr wichtig.«

Edvard Larsen schwamm normalerweise in einem Ozean aus Geduld, eine unschätzbar wertvolle Eigenschaft für den Pressesprecher eines Ministeriums. Aber jetzt war er kurz vor dem Stranden.

»Du weißt ganz genau, daß ich erfahren muß, worum es geht.«

Er versuchte, seine Irritation durch ein kurzes Lachen zu mildern. Liten Lettvik stöhnte.

»Na gut. Es ist ganz harmlos, aber wichtig. Ich möchte ihr eine Frage über die Arbeit der Grinde-Kommission stellen.«

»Sag mir die Frage, dann sorge ich dafür, daß sie so schnell wie nur irgend möglich beantwortet wird.«

»Nett gemeint, aber nein danke«, sagte Liten Lettvik und knallte den Hörer auf die Gabel.

Aber besonders verärgert war sie nicht. Kein Regierungsmitglied war so leicht zum Sprechen zu bringen wie Ruth-Dorthe Nordgarden. Man mußte ihr vorher nur ausreichend Honig um den Bart streichen. Ein Tauschhandel war nötig. Zerstreut blätterte Liten Lettvik in ihrem Filofax, bis ihre Finger ganz von allein Ruth-Dorthe Nordgardens geheime Privatnummer gefunden hatten.

Es war nur so verdammt ärgerlich, daß sie bis zum Abend warten mußte.

20.50, Stolmakergate 15

»Du könntest doch versuchen, es ein wenig gemütlicher einzurichten. Und sei es nur den Kindern zuliebe.«

Hanne Wilhelmsen hatte sich eine Lederschürze umgebunden, die voller Wein- und Essensflecken war. Resigniert gestikulierte sie mit einem Holzlöffel voller Tomatensoße.

»Vielleicht könntest du versuchen, meine Küche nicht ganz einzusauen«, erwiderte Billy T. grinsend. »Das macht es nun wirklich nicht gemütlicher hier, weißt du.«

Er strich mit dem Handrücken über die Kühlschranktür und leckte die rote Soße ab.

»Mmm, lecker. Jetzt müßten die Jungs hier sein. Spaghetti mit Hackfleisch und Tomaten ist ihr Lieblingsessen.«

»Tagliatelle Bolognese«, korrigierte Hanne. »Das sind doch keine Spaghetti!«

Sie hielt ihm die Tüte hin.

»Platte Spaghetti«, sagte er. »Aber was willst du damit?«

Er schnappte sich eine Stange Sellerie, biß hinein und zeigte auf eine Muskatnuß.

»Nicht anfassen!«

Wieder schwenkte sie den Kochlöffel, und diesmal brachte ihm das lauter rote Punkte auf seinem kreideweißen T-Shirt ein.

»Sieh dir doch mal das Wohnzimmer an«, sagte sie und legte den Deckel auf den Kochtopf. »Die Vorhänge stammen doch sicher noch aus den siebziger Jahren.«

Vermutlich hatte sie recht. Die Vorhänge hingen traurig schlief und betanden aus grobem, orangem Stoff mit braunen Streifen. In den Falten konnte man den Staub sehen, der sich im Laufe der Jahre dort angesammelt hatte.

»Du könntest sie doch wenigstens mal waschen. Und sieh dir das an!«

Sie starrte auf die Stereoanlage im Bücherregal, die im Licht einer Stehlampe mit drei Birnen und Bastschirmen funkelte und leuchtete.

»Wieviel hat die gekostet?«

»Zweiundachtzigtausend«, murmelte Billy T. und versuchte, mit einem Löffel in den Kochtopf zu langen.

»Nicht anfassen, habe ich gesagt. Zweiundachtzigtausend? Wenn du auch nur die Hälfte von dem Geld bei IKEA angelegt hättest, könntest du es hier richtig schön haben. Du hast ja nicht mal ein richtiges Sofa.«

»Die Jungs sitzen gern auf dem Boden.«

»Du bist und bleibst ein komischer Vogel«, lächelte sie. »Ich werde mal sehen, was ich tun kann, solange ich hier wohne.«

Billy T. deckte den Tisch und rückte den Fernseher so zurecht, daß sie beim Essen die Nachrichten sehen konnten. Dann öffnete er zwei Bier und drehte die Lautstärke herunter.

»Wann hören sie endlich auf mit den vielen Sondersendungen?« murmelte Hanne Wilhelmsen und band sich die Schürze ab. »Ich habe heute schon zwei gesehen, und sie sagen die ganze Zeit dasselbe. Wenigstens fast.«

»Und unser heutiger Studiogast ist Polizeipräsident Hans Christian Mykland. Herzlich willkommen«, sagte die Moderatorin.

»Danke.«

»Ich will gleich zur Sache kommen, Herr Mykland, ich weiß ja, daß Sie viel wichtigere Dinge zu tun haben, als hier ins Studio zu kommen. Könnten Sie uns einfach sagen, ob die Polizei jetzt, fast genau drei Tage nach dem Mord, einer Lösung im Fall Volter näher gekommen ist?«

»Der arme Mann«, murmelte Hanne, als sie die Antwort des Polizeipräsidenten hörten.

»Der hat zwar nichts zu erzählen, aber es soll sich nach ganz viel anhören. Tappt ihr wirklich dermaßen im dunkeln, Billy T.?«

»Fast.«

Er schlürfte seine Tagliatelle, bis sich um seinen Mund eine große rote Rose bildete.

»Clown«, murmelte Hanne.

»Wir haben schon noch mehr«, sagte Billy T. und wischte sich mit dem Unterarm den Mund ab. »Unter anderem ein ziemlich seltenes Kaliber.«

»Ach? Wie selten denn?«

»7.62 Millimeter. Wir werden wohl recht bald erfahren, was es für eine Waffe war. Aber das kann er natürlich nicht verraten.«

Er nickte zum Fernseher hinüber.

»Ich kapiere überhaupt nicht, was er da im Studio treibt, er darf doch sowieso nichts sagen. Er ist stinkwütend darüber, daß dieser Patzer mit dem Haftbefehl durchgesickert ist, und wir haben allesamt einen zusätzlichen Maulkorb in doppelter Stärke verpaßt bekommen.«

»Wird sicher auch nicht viel helfen«, sagte Hanne und trank einen Schluck Bier. »Das Präsidium ist doch so leck wie ein Sieb. Das war immer schon so.«

Der Polizeipräsident sah ungeheuer erleichtert aus, als er endlich gehen durfte. Die rothaarige Moderatorin führte die Zuschauer in ein weiteres Studio. Dort saßen die Fraktionschefs der im Parlament vertretenen Parteien an einem bumerangförmigen Tisch, und ein weiterer Moderator starrte ein wenig zu lange in die Kamera, ehe er schließlich einen Filmbeitrag ankündigte, der ebenfalls auf sich warten ließ.

»Warum klappt das hier bloß nie?« sagte Hanne und lächelte. »In den USA passiert sowas nicht. Da kriegen die das immer hin.«

Zu ziemlich nichtssagenden Bildern aus dem Parlament kommentierte ein Sprecher die schwierige Patience, die nun aufgehen mußte. Endlich wandte der Moderator im Studio sich an einen tadellos gekleideten und extrem ernsten Mann in hellem Sakko.

»Ich dachte, diese Frau Sowieso wäre die Vorsitzende der Christlichen Volkspartei«, sagte Billy T. »Und nicht dieser Heini da.«

»Sie ist die Vorsitzende, aber er ist parlamentarischer … pst!«

»Es wäre absolut falsch von uns, aus dieser äußerst tragischen Situation, die sich durch den Mord an Ministerpräsidentin Volter ergeben hat, politische Konsequenzen ziehen zu wollen.«

»Bedeutet das, daß Sie die Möglichkeit, an die Regierung zu kommen, nicht ausnutzen wollen?«

Der Moderator hatte eine seltsame Locke im Nacken, die im Takt seiner Worte auf und ab wippte.

»Unser Land ist von einem ganz besonders tragischen Ereignis getroffen worden, und wir Parteien der Mitte gehen davon aus, daß im Moment nicht der richtige Zeitpunkt für einen Wechsel ist. In diesem schweren Moment müssen wir alle zusammenhalten, und im Herbst wird dann das Volk entscheiden, wer das Land lenken soll.«

Der Mann von der Christlichen Volkspartei war noch nicht fertig, aber der Moderator drehte sich nach links und wandte sich an einen Mann mit gepflegtem graumelierten Bart und resignierter Miene.

»Und wie sehen Sie von den Konservativen das?«

Der Mann schüttelte leicht den Kopf und starrte dabei den Moderator an.

»Es ist eine schwierige Zeit und nicht der richtige Moment für politisches Taktieren oder für Schuldzuweisungen. Ich möchte aber dennoch betonen, wie unrealistisch die Möglichkeit einer Regierungskoalition der Mittelparteien ist. Seit Monaten preisen sie sich nun schon für die Wahlen im Herbst an, aber jetzt, wo sich eine Gelegenheit bietet, kneifen sie. Das zeigt, daß wir Konservativen die ganze Zeit recht hatten. Eine Alternative zur Sozialdemokratie ist nur mit den Konservativen möglich.«

Hanne lachte laut.

»Die wollen allesamt nicht an die Macht. Davor haben sie eine Sterbensangst.«

»Politik«, schnaubte Billy T. und nahm sich zum zweiten Mal nach.

»Es wäre einfach falsch, diese außergewöhnliche Situation auszunutzen«, echote der Vertreter der Zentralpartei, und der Konservative schüttelte wieder und diesmal sehr energisch den Kopf.

»Aber wo ist der Unterschied?« fragte er. »Was wird

im Herbst denn anders sein? Die Sozialdemokratie ist heute in der Minderheit und wird das im Herbst auch noch sein. Das war doch in der gesamten Nachkriegszeit so. Glauben denn die Zentralpartei, die Linken und die Christliche Volkspartei, daß sie im Herbst bei den Wahlen zusammen die Mehrheit haben werden?«

»Das wird sich zeigen«, rief der Mann von der Christlichen Volkspartei, aber der Moderator winkte energisch ab.

Auch der Konservative ließ sich nicht zum Verstummen bringen: »Dann ist es aber an der Zeit, daß wir Ihre Ansichten zu sehr zentralen Punkten erfahren. Die Wähler haben einen Anspruch darauf. Wie stellen Sie sich zum Ausbau der Energiegewinnung durch Gas? Was ist mit der finanziellen Unterstützung für Eltern, die ihre Kinder zu Hause betreuen? Und wie halten Sie es mit dem Krankengeld? Werden wir darüber überhaupt irgend etwas erfahren, ehe das Volk zu den Wahlurnen strömt?«

Dann redeten sie alle durcheinander.

»Wenn die Katze aus dem Haus ist, tanzen die Mäuse auf dem Tisch«, sagte Hanne.

»Aber die wollen doch überhaupt nicht tanzen«, sagte Billy T. »Die kleben an der Wand und haben totale Angst davor, daß sie zum Tanz aufgefordert werden könnten. Mir wird ganz schlecht.«

Das schien ihn aber nicht weiter zu stören, denn er nahm sich zum dritten Mal nach und kratzte den Topf aus.

»Kann ich nicht ein bißchen Musik auflegen?« bat er.

»Nein, ehrlich gesagt finde ich das hier wichtiger.«

Endlich hatten die Männer ihren Streit beigelegt, oder zumindest durften sie ihn nicht fortsetzen. Nun wurde zu der Moderatorin im anderen Studio zurückgeschaltet, neben der jetzt Tryggve Storstein saß.

»Der sieht aber kaputt aus«, sagte Hanne leise und stellte ihr Bierglas ab, ohne den Inhalt angerührt zu haben.

Tryggve Storstein war so mitgenommen, daß nicht einmal die Kosmetikerinnen des Norwegischen Rundfunks viel hatten ausrichten können. Die dunklen Schatten unter den Augen wurden durch das grelle Licht noch betont, und sein Mund hatte einen traurigen, beinahe mürrischen Zug, den er während des gesamten Interviews beibehielt.

»Herr Storstein, trotz der tragischen Umstände sollten wir Ihnen wohl zum neuen Amt als Parteivorsitzendem gratulieren.«

Er murmelte etwas, das einem Dank ähnelte.

»Sie haben sich mit mir zusammen die Diskussion der Kollegen angehört. Werden Sie also am Freitag eine neue Regierung bilden?«

Tryggve Storstein räusperte sich kurz und nickte.

»Ja.«

Die Moderatorin war verwirrt durch diese kurze Antwort und fuchtelte heftig mit den Armen herum, ehe ihr eine neue Frage einfiel. Storstein blieb weiterhin knapp und wortkarg, zwischendurch wirkte er geradezu abweisend, und die Moderatorin mußte sich große Mühe geben, um die für das Interview angesetzte Zeit irgendwie zu füllen.

Hanne Wilhelmsen fing an, den Tisch abzuräumen. »Kaffee?«

»Ja, gerne.«

»Dann kannst du welchen kochen.«

Jetzt war im Fernsehen wieder der Mann mit der Nackenlocke zu sehen. Bei ihm saßen drei Zeitungsredakteure, die allesamt mit gewaltigem Pathos die derzeitige Lage kommentierten.

»Wieso soll in einer solchen Zeit eine neue Regierung gebildet werden, wenn gleichzeitig polizeiliche Ermittlungen stattfinden, deren Ergebnis sein könnte, daß sich in dem Personenkreis, aus dem sich die künftige Regierung zusammensetzen wird, auch Mordverdächtige befinden?« fragte der Moderator.

»Ich wünschte, die lernten endlich mal, nicht immer in Bandwurmsätzen zu reden«, sagte Hanne. Billy T. pfiff lautstark vor sich hin und machte sich an der Kaffeemaschine zu schaffen.

Der Redakteur von Dagbladet beugte sich eifrig vor und berührte mit dem Bart fast die Tischplatte.

»Es ist jetzt unerläßlich, daß die Polizei sich aus dem politischen Prozeß heraushält. Natürlich darf die Arbeit der Polizei nicht behindert werden, aber andererseits dürfen wir auch nicht in eine Situation geraten, in der die regierungsbildende Partei dadurch kastriert wird, daß die meisten Ministerkandidaten Birgitte Volter gekannt haben.«

»Typisch«, seufzte Hanne Wilhelmsen. »Niemand glaubt, daß es jemand aus ihrem Umkreis war, obwohl alle Statistiken zeigen, daß Mörder fast immer aus der engsten Umgebung ihrer Opfer kommen. Und alle, die in Norwegen über Macht verfügen, haben Birgitte Volter doch gekannt. Und es ist wohl zu gefährlich, den Statistiken zu glauben.«

Sie stand auf und schaltete den Fernseher aus.

»Musik?« fragte Billy T. optimistisch.

»Nein. Ich will Ruhe. Okay?«

Da es kein richtiges Sofa gab, legten sie sich einander gegenüber ins Doppelbett im Schlafzimmer. Hanne lehnte den Kopf an die Wand, hatte im Rücken einen abgenutzten, mageren Sitzsack und nippte am Kaffee, den Billy T. ihr reichte.

»Bah!«

Sie schnitt eine Grimasse.

»Was ist denn das? Asphalt?«

»Zu stark?«

Ohne ihre Antwort abzuwarten, holte er Milch aus dem Kühlschrank und gab einen guten Schluck in ihre Tasse.

»So. Und jetzt können wir uns noch eine Weile wachhalten.«

Er versuchte, im Bett eine bequeme Lage zu finden, aber es gab keine weiteren Kissen, und schließlich setzte er sich hin.

»Irgendwas ist los mit Ruth-Dorthe Nordgarden«, sagte er und kratzte sich am Ohr. »Verdammt, irgendwas hab ich da. Es tut manchmal verdammt weh.«

»Was meinst du mit irgendwas?«

»Naja, eine Entzündung oder so.«

»Trottel. Ich meinte Ruth-Dorthe Nordgarden.«

Billy T. betrachtete mit zusammengekniffenen Augen seine Zeigefingerkuppe, aber dort war rein gar nichts zu sehen.

»Komische Frau«, sagte er. »Jede Menge nervöse Handbewegungen und seltsame Grimassen. Aber gleichzeitig wirkt sie … kalt. Wie ein Fisch. Irgend etwas hat sie, wo ich gern weitermachen würde, aber ich weiß nicht, was es ist, und es gibt absolut keinen Grund zu der Annahme, daß sie am Mordabend in der Nähe des Büros der Ministerpräsidentin war.«

»War sie mit ihr befreundet?«

»Nein, das behauptet sie jedenfalls. Sie hat mir gesagt,

sie hätten keinen privaten Kontakt gehabt. Verdammt komische Frau. Sie hat etwas … Unheimliches an sich. Ich werde total nervös, wenn ich nur im selben Zimmer bin wie sie.«

Hanne Wilhelmsen sagte nichts dazu. Sie wärmte sich die Hände an der dampfenden Tasse und starrte eine Kinderzeichnung an, die an der Pinnwand befestigt war. Ein ziemlich avanciertes Batmobil mit Flügeln und Kanonen.

»Und was mich …«

»Pst!« fiel Hanne ihm lautstark ins Wort, und Billy T. verschüttete seinen Kaffee. Er murmelte einen Fluch, den Hanne jedoch ignorierte. Sie musterte die Wand hinter ihm, und Billy T. drehte sich, um herauszufinden, was sie denn so sehr faszinierte.

»Alexander«, sagte er unsicher. »Das hat Alexander gezeichnet.«

Plötzlich blickte sie ihm ins Gesicht. Ihre Augen wirkten noch größer als sonst, der schwarze Ring um die Iris war noch dunkler.

»Hat sie gesagt, daß sie keinen privaten Kontakt hatten?«

»Ja. Wieso?«

Hanne stand aus dem Bett auf und stellte die Kaffeetasse auf den Boden. Dann trat sie vor Alexanders Kunstwerk und starrte es an.

»Was ist denn mit dem Bild?« fragte Billy T.

»Gar nichts«, sagte Hanne. »Es ist schön. Aber das meine ich ja auch gar nicht.«

Sie drehte sich zu ihm um, stemmte die Hand in die Seite und legte den Kopf schräg.

»Birgitte Volters Sohn Per ist ein ziemlich guter Schütze. Ich bin ihm einige Male auf dem Schießplatz Løvenskiold begegnet. Als er jünger war, hat sein Vater ihn oft begleitet. Ich kann nicht behaupten, ihn zu kennen, aber wir haben natürlich immer mal ein bißchen gequatscht. Und …«

Billy T. starrte sie an, während sein Finger noch immer in seinem Ohr herumbohrte.

»Wenn du eine Entzündung kriegst, solltest du die Finger davon lassen«, sagte Hanne und zog seine Hand weg. »Aber dann, vor einem Jahr oder so, nein, das war im November, kurz bevor wir in die USA geflogen sind, unmittelbar vor dem Regierungswechsel, da habe ich Roy Hansen und Ruth-Dorthe Nordgarden im Café 33 in Grünerløkka gesehen.«

»Im Café 33? In dem Loch?«

»Ja, das hat mich auch gewundert. Ich wollte einer Frau, die da arbeitet, etwas vorbeibringen, und da saßen die beiden beim Bier, ganz hinten im Lokal. Nein, das muß nach dem Regierungswechsel gewesen sein, vorher hatte ich doch so gut wie keine Ahnung von der Frau. Sie ist ja ganz … hübsch; Blond und so, fällt jedenfalls auf. Zuerst wollte ich Roy guten Tag sagen, aber irgend etwas hat mich davon abgehalten, und ich bin gegangen, ohne daß er mich gesehen hätte.«

»Aber Hanne, wieso weißt du das noch so gut?«

»Weil ich an demselben Tag einen Artikel in der Zeitung gelesen hatte, ich glaube, in Dagbladet, über die Seilschaften, von denen die Presse im Moment dauernd berichtet. Ich glaube, ich hatte diese Zeitung sogar dabei, als ich im Café 33 war.«

»Verdammt«, murmelte Billy T. und rieb sich das Ohrläppchen. »Ich glaube, ich muß zum Arzt.«

»Aber ist es nicht seltsam, Billy T. …«, sagte Hanne nachdenklich. »Ist es nicht ziemlich komisch, daß Ruth-Dorthe Nordgarden behauptet, privat keinen Kontakt zu Birgitte Volter gehabt zu haben, wenn sie noch vor einem halben Jahr mit deren Mann in einer Kneipe in Grünerløkka Bier getrunken hat?«

Billy T. starrte sie an und fuhr sich immer wieder mit der Hand über den Schädel.

»Doch«, sagte er schließlich. »Da hast du recht. Das ist komisch.«

Dienstag, 8. April 1997

9.00, Hauptwache Oslo
»Und du hast wirklich aufgehört zu rauchen, Hanne!«

»Du hast einen scharfen Blick, hast es schon nach zehn Minuten gemerkt. Billy T. ist es noch immer nicht aufgefallen. Und du bis zum Inspektor befördert worden. Toll.«

Håkon Sand nahm ihre Hand und drückte sie ganz fest, während er übers ganze Gesicht strahlte.

»Du mußt uns so bald wie möglich besuchen. Hans Wilhelm ist schon so groß!«

Håkon hatte seinen kleinen Sohn nach Hanne Wilhelmsen benannt, und sie dankte den Gottheiten, an die sie nicht glaubte, dafür, daß sie nicht vergessen hatte, ein Geschenk für ihn zu besorgen. Genaugenommen war es Cecilie gewesen, die noch daran gedacht hatte, in aller Eile auf dem Flugplatz ein Fußballhemd für Billy T. und einen zitronengelben Riesenalligator für Hans Wilhelm zu kaufen.

»Willst du bei uns wohnen?«

Diese großartige Idee schien ihm ganz plötzlich gekommen zu sein, sein ganzes Gesicht öffnete sich zu einer herzlichen Einladung.

»Vielleicht wäre Karen nicht so glücklich über einen Logiergast«, winkte Hanne ab. »Ist es bei ihr nicht bald soweit?«

»Nächstes Wochenende«, murmelte Håkon und bedrängte sie nicht. »Aber du mußt uns besuchen kommen. Bald.«

Es wurde kurz an die Tür geklopft, dann erschien ein uniformierter Polizist. Er blieb verdutzt stehen und starrte Hanne an.

»Schon wieder da? Willkommen! Seit wann denn? Fängst du gleich wieder an zu arbeiten?«

Er legte dem Polizeiinspektor einen Ordner hin.

»Nein. Nur Ferien.« Hanne lächelte kurz. »Für zwei Wochen.«

»Ich glaub ja nicht, daß du jetzt von der Wache wegbleiben kannst.«

Sie hörten ihn noch lachen, als er schon längst die Tür hinter sich geschlossen hatte.

»Was ist das?« fragte Hanne und zeigte auf den Ordner.

Håkon Sand blätterte darin, und Hanne Wilhelmsen mußte sich zusammenreißen, um ihm nicht über die Schulter zu schauen. Sie ließ ihm zwei Minuten. Dann hielt sie es nicht mehr aus.

»Was ist das denn? Was Wichtiges?«

»Die Waffe. Wir glauben zu wissen, aus was für einer Art Waffe die Kugel stammt.«

»Laß mal sehen«, sagte Hanne eifrig und versuchte, die Papiere an sich zu reißen.

»Na hör mal«, protestierte Håkon und bedeckte den Ordner mit den Händen.

»Schweigepflicht, weißt du. Du bist schließlich beurlaubt. Vergiß das nicht.«

Für einen Moment schien sie zu glauben, er meine es ernst, und starrte ihn ungläubig an.

»Einmal Polizei, immer Polizei. Also wirklich!«

Er lachte und reichte ihr den Ordner.

»Ein Nagant«, murmelte Hanne Wilhelmsen und

blätterte weiter. »Vermutlich ein russischer M 1895. Komisch. Verdammt komisch.«

»Wieso das?«

Sie schloß den Ordner, behielt ihn aber auf dem Schoß.

»Eine ungewöhnliche Waffe. Ein Revolver mit einem ganz ausgeklügelten Patent. Im Augenblick der Schußabgabe stülpt sich die Trommelbohrung über das Laufende, und die sich ausdehnende Hülse dichtet den Spalt zwischen Kammer und Lauf ab. So entsteht eine angeblich gasdichte Verbindung. Und das Witzigste daran ist, daß das Patent eigentlich von einem Norweger stammt.«

»Aha?«

»Hans Larsen in Drammen. Er erfand ein eigenes System für gasdichte Revolvergewehre, das er nach Lüttich in Belgien schickte, wo er die Waffen produzieren lassen wollte. Dort haben sie sich aber nicht für das Gewehr interessiert, sondern das Patent geklaut. Dann wurde es gegen Ende des 19. Jahrhunderts in Rußland zu einem Revolver weiterentwickelt.«

»Du verblüffst mich immer wieder.«

Håkon Sand lächelte, wußte aber, daß einige Kollegen vor Jahren versucht hatten, sie als Waffenexpertin zum Fernsehquiz »Alles oder nichts« anzumelden. Hanne hatte sich geweigert, als das Fernsehen sein Interesse bekundet hatte, und es war nichts aus der Sache geworden.

»Und was bringt diese … gasdichte Verbindung?«

»Größere Präzision«, erklärte Hanne. »Das Problem bei einem Revolver ist meistens, daß zwischen Waffenkammer und Lauf ein Druckverlust entsteht, und das verringert die Präzision. Normalerweise spielt das keine große Rolle, Revolver werden ja nicht auf große Entfernungen benutzt.«

Sie verstummte und las weiter.

»Hier steht, daß nur fünf Waffen dieser Art registriert sind. Aber ihr habt ein großes Problem, Håkon. Ein Riesenproblem.«

Sie klappte den Ordner zu. Für einen Moment schien sie ihn heimlich in eine Tasche stecken zu wollen, die neben ihrem Sessel stand. Aber dann legte sie ihn vor Håkon auf den Tisch.

»Soviel ich weiß, haben wir in diesem Fall mehr als nur ein Riesenproblem«, sagte Håkon und gähnte. »Die Probleme stehen Schlange, könnte man sagen. Aber welches meinst du denn jetzt?«

»Diese Waffe wurde über einen langen Zeitraum hinweg in Massen produziert. Deshalb gibt es sie in sehr vielen Ländern, vor allem im ehemaligen Ostblock. In den fünfziger Jahren haben sie sie billig an ihre Verbündeten in Europa und Afrika verkauft, zum Beispiel an ...«

Sie zögerte und fuhr sich kurz über die Augen.

»An den Mittleren Osten. Und es gibt etliche in Norwegen. Auf jeden Fall mehr als fünf. In der Regel sind sie auf kuriose Weise hergekommen. Das Exemplar, das ich gesehen habe, gehörte einem Exilrussen, und der hatte es von seinem Vater. Der Vater hatte im Zweiten Weltkrieg in der Roten Armee gekämpft.«

»Eine nicht registrierte Waffe«, sagte Håkon leise und resigniert und blies seine Wangen auf.

»Das hat uns gerade noch gefehlt.«

Hanne Wilhelmsen lachte herzlich und fuhr sich mit den Fingern durch die Haare.

»Aber du hast doch wohl nichts anderes erwartet, Håkon? Hast du gedacht, die norwegische Ministerpräsidentin sei mit einer Waffe ermordet worden, die in unserem löchrigen, restlos unbrauchbaren Waffenregister aufgeführt ist? Hast du das wirklich geglaubt?«

9.45, Gesundheitsministerium
Eigentlich wußte niemand so recht, wieso Ruth-Dorthe Nordgaden Gesundheitsministerin geworden war, dachte Edvard Larsen, als sie mit einer seltsamen Grimasse – immer dieses Zucken im Gesicht, wie ein Tick, eine plötzliche Gesichtsbewegung ohne erklärbare Ursache – die Besprechung beendete. Kaum jemand außerhalb der Regierungskreise hatte sie gekannt, als sie zur Gesundheitsministerin ernannt wurde, obwohl sie schon seit vier Jahren stellvertretende Parteivorsitzende gewesen war. Die Frau hatte Geschichte studiert und vor langer Zeit als Lehrerin gearbeitet. Sie war geschieden, hatte halbwüchsige Zwillingstöchter und war eine ganze Weile einfach nur Hausfrau gewesen. Danach war sie hier und dort aufgetaucht, bei der Gewerkschaft, bei anderen sozialdemokratischen Organisationen, jedoch niemals für längere Zeit. Ihre Position war immer stärker geworden, während sie sich zugleich auf bemerkenswerte Weise im Hintergrund gehalten hatte. Und in Gesundheitsfragen hatte sie sich niemals besonders profiliert. Doch dann war sie Gesundheitsministerin geworden.

Edvard Larsen konnte seine neue Chefin nicht leiden, was ihm arg zu schaffen machte.

»Damit wäre diese Besprechung beendet.«

Der Staatssekretär, der politische Berater und der Ministerialrat erhoben sich gleichzeitig mit Edvard Larsen.

»Gudmund! Du bleibst hier!« sagte die Ministerin.

Der politische Berater, ein kräftiger junger Mann, wandte sich um und blickte den anderen, die das Zimmer verließen, neidisch hinterher.

Ruth-Dorthe Nordgarden verließ den Besprechungstisch und setzte sich in ihren geräumigen Schreibtischsessel. Dort blieb sie sitzen und starrte Gudmund Herland an. Sie hatte Ähnlichkeit mit einer ramponierten Barbie-Puppe, ihr Gesicht war leer, die Augen weit aufgerissen, und sie verzog die Oberlippe auf eine Weise, die den nervösen jungen Mann veranlaßte, aus dem Fenster zu schauen.

»Diese Grinde-Sache«, sagte sie vage.

Der politische Berater wußte nicht, ob er sich setzen durfte, und seine Chefin war ihm auch keine Hilfe; deshalb blieb er stehen. Er kam sich vor wie ein Idiot.

»Warum weiß ich nichts davon, daß er mehr Geld wollte?«

»Ich habe doch versucht, es zur Sprache zu bringen …«, setzte Gudmund Herland an.

»Versucht! Es ist ein Skandal, daß ich über so wichtige Angelegenheiten nicht informiert werde.«

Sie spielte mit einem Kugelschreiber herum, der unter ihrem harten, hektischen Zugriff zu zerbrechen drohte.

»Hör mal, ich habe dir doch gesagt, daß er einen Termin wollte, um darüber zu sprechen, aber du …«

»Du hast nicht gesagt, worum es ging.«

»Aber …«

»Damit ist dieses Gespräch beendet.«

Sie sagte das in einem energischen Tonfall und gestikulierte herum, ohne ihn anzusehen.

»Du mußt dich zusammenreißen. Du mußt dich wirklich zusammenreißen. Du kannst gehen.«

Gudmund Herland ging nicht. Er stand mitten im Raum und spürte, wie eine gewaltige Wut in ihm aufstieg, er kniff den Mund zusammen und schloß die Augen. Diese blöde Kuh, dieses verdammte Drecksstück. Er hatte sie nicht nur darüber informiert, daß Benjamin Grinde sie sprechen wollte, er hatte ihr sogar so inständig wie möglich geraten, ihn zu empfangen. Durch diesen Gesundheitsskandal würde sie sich profilieren, ihre Tatkraft unter Beweis stellen können. Wenn diese Regierung etwas brauchte, dann genau das, Beweise für ihre Tatkraft. Aber sie hatte ihm gar nicht richtig zugehört und gleich abgewunken. Sie habe keine Zeit. Später vielleicht. Wie immer: später vielleicht. Diese Frau wußte nicht, was so ein Posten bedeutete. Sie glaubte, die üblichen Bürozeiten einhalten zu können, und war stocksauer, wenn sich ihr Abendessen mit ihren überaus wohlgeratenen Töchtern verspätete.

Er biß die Zähne so fest zusammen, daß es knackte und er seine Chefin fast nicht gehört hätte.

»Willst du den ganzen Tag hier herumstehen?«

Er öffnete die Augen. Jetzt sah sie aus wie ein Mitglied der Adams Family, ihre Wangen waren zu einer diabolischen Fratze verzogen. Sie war es nicht wert, an dieser Klippe sollte seine politische Karriere nicht scheitern. Wortlos drehte er sich auf dem Absatz um und ging. Eine winzige Freude gönnte er sich aber trotzdem; er knallte die Tür unnötig laut hinter sich zu.

Ruth-Dorthe Nordgarden griff zum Telefon und bat den Ministerialrat zu sich. Während sie wartete, ließ sie sich in den Sessel zurücksinken und legte die Füße auf den Papierkorb. Dabei musterte sie die Vorhänge. Sie gefielen ihr nicht, und sie ärgerte sich darüber, daß noch immer keine neuen aufgehängt worden waren, obwohl sie das schon mehrmals beantragt hatte.

Worüber hatte Benjamin Grinde mit ihr sprechen wollen? Was er statt dessen Birgitte Volter erzählt hatte? Ging es nur um Geld oder um mehr? Um etwas anderes?

Sie tunkte ein Stück Zucker in ihren Kaffee und ließ den süßen braunen Klumpen auf der Zunge zergehen. Gereizt und nicht ohne eine gewisse Besorgnis dachte sie an das Gespräch, das sie am Vorabend mit Liten Lettvik geführt hatte. Sie hatte nicht begriffen, worum es der Journalistin gegangen war. Das Gespräch hatte bei Ruth-Dorthe Nordgarden eine bohrende Unruhe ausgelöst, und durch den süßen Zucker hindurch mußte sie sauer aufstoßen.

Der Ministerialrat stand in der Tür.

»Du wolltest mich sprechen?«

»Ja«, nuschelte Ruth-Dorthe und setzte sich gerade hin, der Zucker knirschte zwischen ihren Zähnen, und sie mußte einige Male schlucken. »Ich will alle Unterlagen über die Kindersache. Und zwar unverzüglich.«

Der Ministerialrat nickte kurz und wußte, was eine solche Mitteilung bedeutete: Die Papiere hätten eigentlich schon gestern vorliegen müssen.

12.39, Hauptwache Oslo

Der Chef des Polizeilichen Überwachungsdienstes, Ole Henrik Hermansen, lachte, ungewohnt und laut. Er war in jeder Hinsicht ein zugeknöpfter Mann, sein tadelloses Äußeres und sein mimikarmes Gesicht machten ihn zu einem Klischee eines Geheimagenten. Sein Gesicht war neutral und ohne besondere Kennzeichen, von den grauen, zurückgestrichenen Haaren bis zu den wasserblauen Augen und dem geraden, schmallippigen Mund; dieser Mann hätte mit jeder Menschenmenge in der westlichen Welt verschmelzen können.

»Wo hast du das denn her?«

Der Beamte vor ihm schaute an sich hinunter und lächelte verlegen.

»Ich benutze es nur hier oben. Nur im Dienst. Niemals draußen.«

Sein T-Shirt war grau, und in schwarzen Buchstaben

zog sich quer über seine Brust die Aufschrift »Ich habe deine Akte«.

»Na, das will ich auch hoffen. So ein Hemd könnte uns ziemlichen Ärger machen.«

»Hier kommt noch mehr Ärger, Chef«, sagte der Beamte und legte einen Ordner auf den Tisch. Dabei blickte er fragend zu einem Stuhl hinüber.

»Setz dich. Was ist das denn?«

»Ein Bericht von den schwedischen Kollegen. Ziemlich beunruhigend.«

Er massierte sich mit der linken Hand die rechte Schulter und schnitt eine Grimasse. Der Überwachungschef rührte den Ordner nicht an, sondern ließ seinen Mitarbeiter nicht aus den Augen.

»Gestern abend ist ein Flugzeug abgestürzt, eine kleine sechssitzige Cessna, und zwar in Norrland, Bezirk Västerbotten, zwischen Umeå und Skellefteå«, begann der Mann im T-Shirt. Er änderte seinen Griff und knetete sich mit der rechten Hand die linke Schulter.

»Wir hatten am Freitagabend alle Nachbarländer sofort informiert, und die Sicherheitsmaßnahmen um Göran Persson und Paul Nyrup Rasmussen wurden natürlich verschärft. Deshalb haben wir leider nicht erfahren …«

Er zögerte und starrte auf den Ordner, den er seinem Chef hingelegt hatte. Aber Ole Henrik Hermansen machte noch immer keine Miene, den Ordner auch nur berühren zu wollen. Nur eine fast unsichtbare Bewegung der Augenbrauen verriet, daß er ungeduldig auf den Rest wartete.

»In diesem Flugzeug hätte der schwedische Ministerpräsident Göran Persson sitzen sollen. Er sollte in Skellefteå eine große Bootsausstellung eröffnen, und weil er außerdem zum Parteitag mußte, wollte er das Flugzeug nehmen. Zum Glück mußte er absagen. Im letzten Moment. Der Pilot ist allein geflogen. Soviel ich weiß, hat er dort gewohnt. In Skellefteå. Der Pilot. Jetzt ist er tot.«

Endlich öffnete Hermansen den Ordner und blätterte schnell darin herum.

»Und was sagen unsere schwedischen Freunde? Sabotage?«

»Sie wissen es nicht. Erstmal sind sie glücklich darüber, daß die Geschichte nicht an die Öffentlichkeit gedrungen ist. Aber sie denken sich ja ihr Teil. Genau wie wir.«

Ole Henrik Hermansen erhob sich und ging zur Skandinavienkarte an der Wand, auf der an vielen Stellen rote Stecknadelköpfe in kleinen Gruppen angebracht waren. Die Karte war ziemlich abgenutzt. Er ließ seinen Finger an der schwedischen Ostküste entlangwandern.

»Weiter oben«, sagte der Beamte. »Da.«

Er stand neben seinem Chef und tippte mit einem stumpfen Zeigefinger auf die Karte.

»Wie viele wußten von diesem Flug?« fragte Hermansen.

»Sozusagen niemand. Nicht einmal der Pilot.«

»Nicht einmal der Pilot«, wiederholte der Überwachungschef leise. »Machen sich die schwedischen Kollegen große Sorgen?«

»Ja, ziemlich große.«

Der Beamte zuckte mit den Schultern und wackelte mit dem Kopf.

»Und außerdem kommt Göran Persson zur Beisetzung nach Norwegen.«

Ole Henrik Hermansen atmete schwer.

»Ja, da kommen sie ja alle.«

Der Beamte ging zur Tür und hatte das Zimmer schon fast verlassen, als Hermansen plötzlich rief:

»Du!«

Der Beamte schaute sich um.

»Ja?«

»Zieh das T-Shirt aus. Eigentlich ist es ... doch nicht so komisch. Bitte, zieh es aus. Und pack es weg.«

15.30, Büro der Ministerpräsidentin

»Hier habe ich gesessen. Ich habe ... einfach nur hier gesessen.«

Wenche Andersen schlug die Hände vors Gesicht und begann zu weinen, leise und verzweifelt. Ihre Schultern unter der rostroten Jacke bebten, und Tone-Marit Steen hockte sich neben sie und legte ihr eine Hand auf den Rücken. Die Sekretärin der Ministerpräsidentin war nun doch von den Ereignissen der letzten Tage gezeichnet, sie sah kleiner und viel älter aus.

»Kann ich Ihnen etwas bringen? Ein Glas Wasser vielleicht?«

»Ich habe einfach nur hier gesessen. Ich habe nichts gemacht.«

Sie ließ die Hände sinken. Unter ihrem linken Auge zeichnete sich ein schwarzer Strich ab, ihre Wimperntusche verlief.

»Wenn ich nur etwas getan hätte«, schluchzte sie. »Dann hätte ich sie vielleicht retten können.«

Szenen nachzustellen war nie leicht. Billy T. seufzte und schaute verstohlen zu Richter Grinde hinüber, der ebenfalls geschrumpft zu sein schien. Sein Anzug schlotterte, und sein Gesicht war nicht mehr sonnengebräunt. Auf den Wangen des Mannes war ein schwaches Muster aus geplatzten Äderchen zu sehen, der

Mund war zu einem schmalen, unschönen Strich zusammengekniffen.

»Sie hätten sie doch nicht retten können«, tröstete Tone-Marit. »Sie war sofort tot. Das wissen wir inzwischen. Sie hätten nichts für sie tun können.«

»Aber wer kann es denn gewesen sein? Und wie sind sie hereingekommen? Sie müssen doch irgendwie an mir vorbeigekommen sein. Warum habe ich einfach nur hier herumgesessen?«

Wenche Andersen beugte sich über den Tisch, und Billy T. schaute an die Decke und suchte nach einer Geduld, die er schon längst verloren hatte. Der akustische Versuch hatte ungewöhnlich lange gedauert; ein Beamter hatte mehrere Schreckschüsse abgegeben. Doch so schwach sie auch durch die Doppeltür zu hören gewesen waren, war Wenche Andersen doch jedesmal in die Höhe gefahren. Von den Toiletten aus konnte man jedoch nichts hören. Das Problem war, daß Wenche Andersen nicht genau wußte, um welche Uhrzeit sie ihren Platz verlassen hatte.

»Vielleicht sollten wir einfach anfangen«, schlug Billy T. vor. »Ist doch besser, wir bringen's hinter uns.«

Die Sekretärin schniefte laut und konnte einfach nicht aufhören zu weinen. Aber sie setzte sich immerhin gerade hin und nahm das Papiertaschentuch, das Tone-Marit Steen ihr hinhielt.

»Vielleicht«, flüsterte Wenche Andersen. »Vielleicht sollten wir einfach anfangen.«

Benjamin Grinde sah Billy T. an, dieser nickte, und Grinde ging auf den Flur.

»Warten Sie«, rief Billy T. »Kommen Sie erst, wenn ich es sage.«

Dann beugte er sich über Wenche Andersens Schreibtisch und fragte leise:

»Es war also sechzehn Uhr fünfundvierzig, ungefähr jedenfalls. Folgende Personen waren noch im Haus…«

Er blätterte in seinen Papieren.

»Øyvind Olve, Kari Slotten, Sylvi Berit Grønningen und Arne Kavli«, vervollständigte Wenche Andersen mit einem kurzen Aufschluchzen nach jedem Namen. »Aber die waren nicht die ganze Zeit hier. Sie sind im Lauf der nächsten halben Stunde gegangen. Allesamt.«

»Gut«, sagte Billy T., drehte sich zur Tür um und rief:

»Kommen Sie!«

Benjamin Grinde kam durch die Tür und versuchte, seinem verzerrten Gesicht ein Lächeln zu entlocken. Er nickte Wenche Andersen zu.

»Ich bin mit der Ministerpräsidentin verabredet«, sagte er.

»Halt«, sagte Billy T. und kratzte sich im Ohr. »Wir brauchen hier nicht Theater zu spielen. Sagen Sie mir einfach, was Sie gemacht haben.«

»Na gut«, murmelte Benjamin Grinde. »Also, ich bin hereingekommen und habe gesagt, was ich eben gesagt habe. Ich wurde gebeten, einen Moment zu warten, und dann…«

Er konzentrierte sich, und Wenche Andersen sprang abermals ein.

»Ich bin aufgestanden und zu Frau Volter gegangen, und sie hat ihn hereingewunken, und ich sagte ›bitte sehr‹, und dann ging er an mir vorbei, so.«

Vorsichtig ging Benjamin Grinde auf Wenche Andersen zu. Sie konnten sich nicht einigen, auf welcher Seite er an ihr vorbeigehen sollte, und blieben deshalb stehen wie zwei Kampfhähne, die nicht wissen, wer der stärkere ist.

»Halt«, sagte Billy T. noch einmal mit tiefem Seufzen

und einem vielsagenden Blick zum Polizeirat, der bisher noch gar nichts gesagt hatte.

Er sprach übertrieben langsam und deutlich, als habe er es mit fünfjährigen Kindern zu tun, die in die Kunst des Mensch-ärgere-dich-nicht-Spiels eingeführt werden sollten.

»Nicht Theater spielen. Und ganz locker bleiben. Es ist nicht weiter wichtig, wo Sie hier gestanden haben oder wohin Sie gegangen sind. Also ...«

Er legte Benjamin Grinde seine Pranke auf die Schulter und führte ihn energisch durch die Tür zum Büro der Ministerpräsidentin.

»Sie kommen also herein und ...«

Brav ließ Benjamin Grinde sich an der Sitzgruppe vorbei und mitten ins Zimmer führen. Billy T. ließ ihn los und nickte. Das brachte nichts. Der Richter blieb hilflos stehen und wurde noch ein wenig bleicher.

»Sie haben sie doch sicher begrüßt«, regte Billy T. an und wußte, daß er viel suggestiver war, als die Regeln es zuließen. »Haben Sie sie umarmt? Oder ihr die Hand gegeben?«

Benjamin Grinde gab keine Antwort, sondern starrte den Schreibtisch an, der jetzt aufgeräumt und gesäubert war und keine Spur der Tragödie aufwies, die sich am vergangenen Freitag dort abgespielt hatte.

»Haben Sie ihr die Hand gegeben, Grinde?«

Der Mann fuhr zusammen. Plötzlich schien er sich zu erinnern, wo er war und was von ihm erwartet wurde.

»Wir haben uns die Hand gegeben und uns kurz umarmt. Das wollte sie so. Die Umarmung, meine ich. Ich fand das ein wenig unnatürlich. Ich hatte Frau Volter doch seit vielen Jahren nicht mehr gesehen.«

Seine Stimme war angespannt und leise.

»Und dann?«

Billy T. machte eine rotierende Handbewegung, in der Hoffnung, Grinde damit weiterzubringen.

»Dann habe ich mich gesetzt. Hierhin.«

Er ließ sich in einen Sessel fallen und legte die weinrote Aktentasche vor sich auf den Schreibtisch.

»Haben Sie die dort hingelegt?«

»Was? Ach so, meine Tasche. Nein.«

Er schnappte sich die Tasche und lehnte sie an ein Sesselbein.

»So habe ich hier gesessen.«

»Eine Dreiviertelstunde lang«, sagte Billy. »Und gesprochen haben Sie über …«

»Das spielt hier keine Rolle, Billy T.«, schaltete sich der Polizeirat ein und räusperte sich. »Das ist kein Verhör. Richter Grinde hat seine Aussage schon gemacht.«

Ein serviles Lächeln in Richtung Benjamin Grinde, aber der Richter war mit seinen Gedanken weit weg.

»Na gut«, sagte Billy T., ohne seinen Ärger verbergen zu können. »Und dann? Nach der Unterredung?«

»Ich bin aufgestanden und gegangen. Mehr ist nicht passiert.«

Nun schaute er zu Billy T. hoch. Seine Augen waren dunkler als zuvor, das Braun der Iris verschwamm mit dem Schwarz der Pupillen. Das Weiße in seinen Augen war blutunterlaufen, der Mund schmaler denn je.

»Mehr gibt es nicht zu erzählen. Tut mir leid.«

Für einen Moment schien Billy T. nicht zu wissen, was er tun sollte. Er ging zum Fenster. Jetzt, wo es draußen hell war, kam ihm Oslo grauer und chaotischer vor als beim letzten Mal, als die vielen Lichter die Stadt schön gemacht hatten. Plötzlich drehte er sich wieder um.

»Was hat sie gesagt, als Sie gegangen sind?«

Benjamin Grinde, der noch immer im Sessel saß, starrte vor sich hin und sagte dann:

»Sie hat ›schönes Wochenende‹ gesagt.«

»Schönes Wochenende? Nicht mehr und nicht weniger?«

»Nein. Sie hat mir ein schönes Wochenende gewünscht, und dann bin ich gegangen.«

Er stand auf, klemmte sich die Tasche unter den Arm und ging zur Tür.

»Richter Grinde kann doch sicher gehen?«

Das war der Polizeirat, und es war eher ein Befehl als eine Frage.

»Von mir aus«, murmelte Billy T.

Aber recht war ihm das gar nicht. Benjamin Grinde sprach nicht die Wahrheit. Der Mann war der erbärmlichste Lügner, der Billy T. jemals über den Weg gelaufen war. Seine Lügen fuhren mit Blaulicht und Martinshorn, sie waren offenkundig und dennoch unbegreiflich.

»Holt den Wachmann«, bat er einen uniformierten Polizisten und ging hinter Benjamin Grinde her.

Auf der Treppe legte er dem Richter wieder die Hand auf die Schulter. Grinde fuhr zusammen und erstarrte, drehte sich jedoch nicht um. Billy T. ging an ihm vorbei und blieb zwei Stufen unter ihm stehen; als er sich umdrehte, befanden beider Augen sich auf gleicher Höhe.

»Ich glaube, Sie lügen, Grinde«, sagte er leise.

Als der Richter die Augen niederschlug, überraschte Billy T. ihn damit, daß er ihm die Hand unters Kinn legte, nicht hart, nicht einmal unfreundlich, sondern ungefähr so, wie er es bei seinen Söhnen machte, wenn sie seinem Blick auswichen. Es war eine ungeheure Respektlosigkeit, aber aus irgendeinem Grund ließ Benjamin Grinde sich diese Demütigung gefallen. Billy T. wußte, warum. Er hob den Kopf des Richters an und hielt ihn fest, als er sagte:

»Ich glaube, Sie haben mir nicht die Wahrheit erzählt.

Und wissen Sie was? Ich begreife nicht, warum. Ich bin ziemlich sicher, daß Sie Birgitte Volter nicht umgebracht haben. Aber Sie verschweigen etwas. Vermutlich etwas aus ihrem Gespräch. Etwas, das Licht in diese Mordsache bringen könnte.«

Grinde hatte sich wieder gefaßt. Mit einer heftigen Bewegung befreite er sein Kinn aus Billy T.s Hand und trat einen Schritt zurück. Dann blickte er auf den Polizeibeamten hinab.

»Ich habe gesagt, was ich in diesem Fall zu sagen habe.«

»Sie geben also zu, daß Sie auch einiges nicht gesagt haben?«

Billy T. ließ seinen Blick nicht los.

»Ich habe gesagt, was ich zu sagen habe. Jetzt würde ich gerne gehen.«

Er ging an dem hochgewachsenen Polizisten vorbei und bog unten an der Treppe ab, ohne sich auch nur einmal umzuschauen.

»Scheiße«, flüsterte Billy T. vor sich hin. »Verdammte Scheiße.«

Der Wachmann war niemand, dem Billy T., um ein wenig Kooperationsbereitschaft zu erwecken, unters Kinn gefaßt hätte. Ihn hätte er lieber übers Knie gelegt und windelweich geprügelt. Der Wächter war mürrisch und wirkte schrecklich nervös.

»Haben Sie die Klinke angefaßt oder nicht?«

Billy T. und der Wächter standen in dem kleinen Aufenthaltsraum zwischen dem Büro der Ministerpräsidentin und dem Besprechungszimmer.

»Das habe ich doch schon tausendmal gesagt«, erwiderte der Wachmann wütend. »Ich habe die Tür nicht angefaßt …«

»Aber wie erklären Sie sich dann, daß wir Ihre Fingerabdrücke dahinten«, Billy T. schwenkte seinen Zeigefinger vor einem kleinen Kreis am Türrahmen, »und dort gefunden haben? Auf der Klinke?«

»Ich bin doch früher schon hundertmal hier gewesen«, antwortete der Wächter und verdrehte die Augen. »Haben Sie einen Zeitmesser für Fingerabdrücke oder was?«

Billy T. schloß die Augen und fing an zu zählen. Bei zehn riß er sie wieder auf.

»Was ist eigentlich los mit Ihnen? Kapieren Sie nicht, wie ernst die Sache ist?«

Er schlug mit der Faust gegen die Wand.

»Kapieren Sie das nicht?«

»Ich kapiere, daß Sie glauben, ich hätte die Volter umgebracht, aber das hab ich nicht, verdammt noch mal!«

Die Stimme schlug ins Falsett um, und die Unterlippe zitterte. Billy T. blieb stehen und starrte den Mann lange schweigend an. Dann tat er es doch. Legte ihm die Hand unters Kinn und zwang ihn zum Blickkontakt. Der Wächter versuchte, sich wegzudrehen, aber Billy T. hatte zu fest zugepackt.

»Sie wissen nicht, was gut für Sie ist«, sagte Billy T. leise. »Sie kapieren nicht, daß wir uns gegenseitig helfen könnten. Wenn Sie mir erzählen, was an dem Abend passiert ist, wird es uns beiden danach bessergehen. Und noch eins: Wenn Sie Volter umgebracht haben, werde ich das herausfinden. Ich kann Ihnen auf Ehre und Gewissen versprechen, daß ich es herausfinden werde. Aber ich glaube nicht, daß Sie das waren. Sie müssen mir helfen. Kapiert?«

Er hatte das Gesicht des Mannes jetzt so hart gepackt, daß sich um Billy T.s Finger weiße Flecken abzeichneten. Hinter ihm brummte der Polizeirat warnend.

Aber Billy T. achtete nicht auf ihn. Er starrte in die braunen Augen des Wächters, die von ungewöhnlich langen Wimpern umkränzt waren. Billy T. sträubten sich die Nackenhaare, als er das Funkeln im Blick des Wächters erkannte: Die schiere Angst.

Eine abgrundtiefe Angst.

»Verdammt, vor mir haben Sie doch keine Angst«, flüsterte Billy T. so leise, daß nur der Wächter es hören konnte. »Wenn Sie etwas Grips hätten, dann würden Sie mir sagen, wovor Sie solchen Schiß haben. Denn den haben Sie. Warten Sie nur. Das finde ich auch noch raus.«

Dann ließ er das Gesicht des Wächters mit einer heftigen, schmerzhaften Bewegung los.

»Sie können gehen«, sagte er mürrisch.

»Diese Frau lügt wenigstens nicht«, murmelte Billy T.

Wenche Andersen hatte mit tränenerstickter Stimme bis ins kleinste geschildert, was passiert war zwischen dem Moment, als sie die Ministerpräsidentin zum letzten Mal lebend gesehen, und dem, als sie sie tot in ihrem Büro vorgefunden hatte. Dreimal sei sie zur Toilette gegangen, erzählte sie, und errötend hatte sie hinzugefügt, es habe sich zweimal um klein und einmal um groß gehandelt. Tone-Marit lächelte freundlich und wies sie darauf hin, daß sie nicht alle Details gleichermaßen brauchten.

»Und dann habe ich die Polizei angerufen.«

Wenche Andersen war fertig und atmete auf.

»Sehr gut«, lobte Tone-Marit Steen; sie wirkte jetzt mehr denn je wie eine Vorschullehrerin, und Billy T. schloß die Augen und fuhr sich mit der Hand übers Gesicht.

Wenche Andersen bedankte sich für das Kompliment mit einem leisen Lächeln. Dann lief sie plötzlich knallrot an. Tone-Marit konnte förmlich sehen, wie die Aufregung die Frau überkam, ihre Halsschlagader schwoll an und pochte und pochte.

»Ich habe etwas vergessen«, sagte Wenche Andersen. »Ich habe schon wieder etwas vergessen.«

Dann rannte sie ins Büro der Ministerpräsidentin, ohne wie sonst um Erlaubnis zu fragen.

»Die Dose«, flüsterte sie und drehte sich zu Billy T. um, der ihr gefolgt war. »Die Pillendose. Haben Sie die mitgenommen?«

»Die Pillendose?«

Billy T. blickte den uniformierten Polizisten fragend an, und der zog die Liste von Gegenständen hervor, die zur näheren Untersuchung ins Labor gebracht worden waren.

»Davon steht hier nichts«, sagte der Wachtmeister und schüttelte den Kopf.

»Was für eine Pillendose?« fragte Billy T. und legte den Kopf schräg, während er seine flache Hand ans Ohr preßte, es tat bestialisch weh.

»So ein hübsches kleines Ding aus emailliertem Silber«, erklärte Wenche Andersen.

Sie zeichnete ein winziges Viereck in die Luft.

»Vergoldet und emailliert. Wenn es nicht sogar aus Gold war. Es sah sehr alt aus und stand immer hier auf dem Tisch.«

Sie zeigte auf die entsprechende Stelle.

»Ich …«

Jetzt sah sie ganz verzweifelt aus, doch in ihre Verzweiflung mischte sich auch etwas wie Scham. Sie zögerte.

»Ich muß es wohl zugeben«, sagte sie dann endlich und starrte auf den Boden. »Einmal habe ich versucht, die Dose …«

Wieder schlug sie die Hände vors Gesicht, und ihre Stimme klang verzerrt, wie durch einen Schalltrichter.

»Ich habe versucht, sie aufzumachen. Aber sie klemmte, und dann stand plötzlich die Ministerpräsidentin im Zimmer und ...«

Die Tränen strömten ihr übers Gesicht, und sie rang keuchend nach Atem.

»Es war entsetzlich peinlich«, flüsterte sie. »Ich durfte das doch nicht, und sie ... sie hat mir die Dose einfach weggenommen und den Vorfall nie wieder erwähnt.«

Billy T. lächelte die Frau im rostroten Kostüm freundlich an.

»Sie haben heute ganz große Arbeit geleistet«, tröstete er. »Und die Neugier kann uns alle verleiten. Sie können jetzt gehen.«

Doch als alle anderen gegangen waren, stand er noch immer im Büro der Ministerpräsidentin.

»Eine Pillendose«, murmelte er. »Ob da wohl Pillen drin waren?«

17.10, Ole Brumms vei 212

»Ich werde ungeheuer diskret sein«, sagte Hanne Wilhelmsen.

Billy T. war noch nicht so recht überzeugt, daß es richtig gewesen war, Hanne Wilhelmsen mit zu Roy Hansen zu nehmen.

»Sag bitte nichts«, murmelte er, als sie auf das gelbe Reihenhaus zugingen. »Und den Kollegen sagst du auf gar keinen Fall was.«

Als sie die Tür erreichten, glaubte Hanne, aus dem Augenwinkel heraus etwas zu sehen. Sie drehte sich zu einer halbhohen Hecke um, die den schmalen Vorgarten umgab. Aber dort war nichts zu sehen. Hanne schüttelte den Kopf und folgte Billy T., der bereits geklingelt hatte.

Nichts passierte.

Billy T. klingelte noch einmal, aber auch diesmal wurde nicht aufgemacht. Hanne ging das Treppchen wieder hinunter und schaute zum ersten Stock hoch.

»Es ist jemand zu Hause«, sagte sie leise. »Der Vorhang hat sich bewegt.«

Billy T. zögerte kurz, dann preßte er den Zeigefinger noch einmal auf den Klingelknopf.

»Ja?«

Der Mann, der vor ihnen stand, nachdem er wütend die Tür aufgerissen hatte, hatte Zahnpasta in den Mundwinkeln und einen Dreitagebart. Seine Augen waren klein und verschlafen, als sei er eben erst aufgestanden. Er hatte Eierflecken auf dem Hemd, Flecken von altem, dunkelgelben Eidotter. Hanne haßte Eier und mußte sich kurz abwenden. Sie holte tief Luft und lächelte einem Apfelbäumchen zu, das gleich neben der Treppe stand.

»Roy Hansen?« fragte Billy T., hob mit der linken Hand seinen Dienstausweis hoch und streckte die rechte zu einem Gruß aus. »Tut mir leid, daß wir Sie stören müssen. Dürfen wir eintreten?«

Der Mann machte einen Schritt auf sie zu und schaute sich rasch nach allen Seiten um.

»Von mir aus«, murmelte er. »Heute hat es schon viermal an der Tür geklingelt. Die Presse.«

Roy Hansen führte sie durch eine kleine Diele in ein halbdunkles Wohnzimmer, wo in der Sonne, die durch die vorgezogenen Vorhänge fiel, der Staub tanzte. Er ließ sich mit leisem Stöhnen aufs Sofa fallen und forderte seine Gäste auf, Platz zu nehmen.

Die Luft war schwer und klamm; es roch süßlich nach Blumen und verrottenden Zitrusfrüchten. Hanne starrte auf eine riesige Obstschüssel, in der die Apfelsinen graugrüne Schimmelflecken aufwiesen. Neben der Schüssel lagen auf einem Büfett aus Kiefernholz Stapel von ungeöffneter Post. In einer Zimmerecke standen vierzig bis fünfzig Blumensträuße, die ebenfalls niemand angerührt hatte. Die Bilder an den Wänden, populäre, aber geschmackvolle Graphiken, wirkten matt und farblos; sie schienen den Versuch aufgegeben zu haben, ein wenig Freude ins Leben der Bewohner dieses Hauses zu bringen, das fast schon kein Zuhause mehr war.

»Kann ich Ihnen bei den Blumen behilflich sein?« fragte Hanne Wilhelmsen, ohne sich zu setzen. »Die sollten jedenfalls nicht so herumstehen.«

Roy Hansen gab keine Antwort.

»Auf jeden Fall sollten wir die Karten herausnehmen«, schlug Hanne vor. »Damit Sie sich bedanken können. Später. Wenn Sie die Kraft dazu haben.«

Roy Hansen schüttelte resigniert den Kopf und deutete vage in Richtung der Blumen.

»Spielt keine Rolle. Morgen kommt die Müllabfuhr.«

Hanne setzte sich.

Dieses Zimmer war früher sicher einmal gemütlich gewesen. Im Tageslicht hätten die Möbel bunt und fröhlich ausgesehen, die Grünpflanzen hätten sich vor dem Aussichtsfenster gut gemacht. Die Wände, die jetzt grauweiß wirkten, waren eigentlich zartgelb, und wenn Licht und Luft ins Zimmer gekommen wären, hätten sie gut zu dem hellen Kiefernboden gepaßt. Vor nur vier Tagen hatte dieses Zimmer den Mittelpunkt eines gemütlichen norwegischen Heims ausgemacht. Hanne schauderte bei dem Gedanken daran, was der Tod anrichten konnte: nicht nur der Witwer vor ihr, sondern auch das Haus schienen von einem Gefühl der Leere überwältigt worden zu sein.

»Es tut mir wirklich sehr leid«, sagte Billy T., und ausnahmsweise saß er ganz still da und streckte brav die Beine aus. »Wir wollten Sie ja bis zur Beisetzung in Ruhe lassen. Aber es gibt da etwas, worüber ich sofort mit Ihnen sprechen muß. Übrigens, ehe ich dazu komme …«

Ein junger Mann von Anfang Zwanzig kam die Treppe zum ersten Stock herunter. Er trug einen Trainingsanzug und schwarze Turnschuhe. Er war mittelgroß, blond, und das Gesicht wirkte in seiner auffälligen Normalität fast anonym.

»Ich lauf eben eine Runde«, sagte er leise und ging zur Tür, ohne die Gäste auch nur eines Blickes zu würdigen.

»Per! Warte!«

Roy Hansen streckte die Arme aus, wie um seinen Sohn zurückzuhalten.

»Du weißt, daß sie mit dir sprechen wollen«, sagte er und blickte hilflos zu Billy T. hinüber. »Sie halten uns an, wenn wir das Haus verlassen.«

Billy T. sprang verärgert auf.

»Blödes Journalistenpack«, murmelte er und lief zur Verandatür. »Können Sie nicht hier rausgehen? Und dann über die Hecke in den Nachbargarten springen?«

Er öffnete die Tür und starrte hinaus.

»Da«, sagte er und streckte die Hand aus. »Oder über den Zaun.«

Per Volter zögerte kurz, dann durchquerte er mit mürrischem Gesicht und gesenktem Blick das Wohnzimmer und ging durch die Verandatür nach draußen. Billy T. folgte ihm.

»Billy T.«, sagte er und streckte noch einmal die Hand aus. »Ich bin von der Polizei.«

»Weiß ich doch«, sagte der junge Mann, ohne die Hand zu nehmen.

»Kondoliere«, sagte Billy T., das Fremdwort machte ihm Probleme, aber ihm fiel kein besseres ein. »Schrecklich traurig.«

Der Junge sagte nichts, sondern trat auf der Stelle, als wolle er jetzt los, sei aber zu gut erzogen, um sich noch unhöflicher zu verhalten als ohnehin schon.

»Nur noch eins«, sagte Billy T. »Wo ich Sie gerade erwischt habe. Stimmt es, daß Sie Mitglied in einem Pistolenklub sind?«

»Schützenverein«, korrigierte Per Volter. »Ich bin stellvertretender Vorsitzender des Schützenvereins von Groruddalen.«

Zum ersten Mal huschte etwas wie ein Lächeln über das Gesicht des jungen Mannes.

»Kennen Sie alle anderen Mitglieder?«

»Fast alle. Jedenfalls alle, die einigermaßen aktiv sind.«

»Und Sie nehmen an Wettbewerben teil?«

»Ja. Das heißt, im Moment vor allem bei militärischen Meisterschaften. Ich gehe auf die Unteroffiziersschule.«

Billy T. nickte. Dann zog er ein Bild aus der Tasche. Ein Polaroidfoto, das ohne Genehmigung gemacht worden war, so schnell, daß der Wächter aus dem Regierungsgebäude nicht mehr hatte protestieren können.

»Kennen Sie diesen Mann?«

Er reichte Per Volter das Bild, der sein Getrabe unterbrach und sich das Foto einige Sekunden lang ansah.

»Nein«, sagte er dann zögernd. »Ich glaube nicht.«

»Aber Sie sind nicht sicher?«

Per starrte das Bild noch eine Weile an. Dann schüttelte er heftig den Kopf, gab das Bild zurück und schaute Billy T. in die Augen.

»Doch, ganz sicher. Ich habe diesen Mann noch nie gesehen.«

Er nickte kurz und sprintete durch den Garten zu

einem anderthalb Meter hohen Zaun, den er mit einem eleganten seitlichen Sprung hinter sich ließ, und verschwand dann im Gebüsch.

Billy T. schaute ihm hinterher, runzelte die Stirn und kehrte zu Hanne Wilhelmsen und Roy Hansen zurück.

»Haben Sie die Schlüsselkarte gefunden?« fragte er und setzte sich.

»Nein. Tut mir leid. Hier kann sie nicht sein.«

Billy T. und Hanne tauschten einen blitzschnellen Blick. Jetzt konnte Billy T. nicht mehr stillsitzen. Er beugte sich vor, und der niedrige Sessel zwang ihn beinahe in die Hocke, was sehr unangenehm war.

»Wissen Sie, ob Ihre Frau eine Pillendose aus Silber oder Gold hatte?«

»Emailliert«, fügte Hanne hinzu. »Eine kleine Dose, ungefähr so groß.«

Sie zeigte die Größe mit Daumen und Zeigefinger.

Roy Hansen blickte sie verständnislos an.

»So ein winziges Kästchen«, erklärte Hanne. »Vermutlich ziemlich alt. Vielleicht ein Erbstück?«

Roy Hansen legte den Kopf schräg und kratzte sich an der Wange. Dann sprang er plötzlich auf und zog ein Fotoalbum aus dem Regal. Er setzte sich wieder und blätterte eine Weile darin herum.

»Hier«, sagte er plötzlich. »Meinen Sie vielleicht das hier?«

Er beugte sich über den Tisch, legte das Album zwischen sich und Hanne Wilhelmsen und zeigte auf ein großes Schwarzweißfoto. Es war offenbar von einem professionellen Fotografen mit einem großformatigen Film aufgenommen worden; auch kleine Details waren deutlich zu sehen. Eine sehr junge und sehr glückliche Birgitte Volter stand in Brautkleid und Schleier neben einem breit lächelnden Roy Hansen, der ziemlich lange Haare hatte und eine schwarze Hornbrille trug.

Das Brautpaar stand neben einem reichen Gabentisch mit zwei Bügeleisen, einer großen Glasschüssel, zwei Tischdecken, einem Milchkännchen und einer Zuckerdose, vermutlich aus Bleikristall, und noch allerlei anderen Gegenständen, die nicht so leicht zu identifizieren waren. Und richtig, ganz vorne lag eine kleine Dose.

»Man kann sie kaum erkennen«, bedauerte Roy Hansen. »Und um ganz ehrlich zu sein, hatte ich sie vergessen. Ich habe sie seit vielen Jahren nicht mehr gesehen. Ich weiß nicht einmal mehr, von wem sie sie damals bekommen hat.«

»Können Sie sich an die Farbe erinnern?«

Roy Hansen schüttelte den Kopf.

»Und Sie wissen wirklich nicht, von wem sie stammt? Ganz sicher nicht?«

Der Mann schüttelte weiter den Kopf. Er starrte vor sich hin und schien in einer vergessenen, eingestaubten Nische seines Gehirns nach den Erinnerungen an die Hochzeit zu suchen. Er schaute das Bild an, diese glückliche Szene, und an seinem linken Auge hing plötzlich eine Träne.

»Na gut«, sagte Billy T. »Dann wollen wir Sie nicht weiter stören.«

Plötzlich ging die Türklingel. Roy Hansen fuhr zusammen, die Träne löste sich und lief zu seinem Mundwinkel, und er wischte sie mit dem Handrücken weg.

»Soll ich aufmachen?« fragte Hanne.

Roy Hansen erhob sich langsam und schwerfällig und fuhr sich mehrere Male mit den Händen übers Gesicht.

»Nein, danke«, flüsterte er. »Ich erwarte meine Mutter.«

Staub, Halbdunkel und schwere Luft schienen etwas an der Akustik zu verändern. Das müde Ticken einer alten Tischuhr klang, als sei die Uhr in Watte eingewickelt, das ganze Zimmer wirkte wie in Watte gepackt. Die Stimmen, die vom Flur her zu hören waren, zerschnitten die weiche Lautlosigkeit wie Messer.

»Wer sind Sie?« hörten sie Roy Hansen fragen, sehr laut, wie ein Hilfeschrei.

Hanne Wilhelmsen und Billy T. sprangen auf und rannten auf den Flur. Über Roy Hansens gebeugten Rücken hinweg konnte Billy T. einen hochgewachsenen Mann von Anfang Vierzig sehen, mit einer ungekämmten Mähne und einem gigantischen Blumenstrauß, den er zwischen sich und Birgitte Volters Ehemann hielt. Roy Hansen wich aus purer Verwirrung zurück. Der Mann mit den Blumen nutzte diese Gelegenheit und stand schon fast im Haus. Billy T. drängte sich an Roy Hansen vorbei und berührte den Brustkorb des Mannes mit der flachen Hand.

»Wer sind Sie?« fragte er.

»Wer ich bin? Ich komme von Hören & Sehen, wir wollten nur unser Beileid aussprechen und uns ein bißchen mit Herrn Hansen unterhalten.«

Billy T. fuhr herum und sah Roy Hansen an. Der Mann hatte auf ihn einen elenden Eindruck gemacht. Er hatte geweint. Billy T. fand es schrecklich, ihn belästigen zu müssen, aber die Sache mit der Pillendose war zu wichtig. Jetzt war Roy Hansen aschfahl, und seine Stirn war von Schweiß bedeckt.

»Wieso zum Teufel platzen Sie einfach hier rein?« brüllte Billy T. den Journalisten an.

Hanne Wilhelmsen zog Roy Hansen ins Wohnzimmer und schloß die Tür.

»Machen Sie, daß Sie wegkommen«, fauchte Billy T. »Hauen Sie ab, und zwar sofort.«

»Schreien Sie doch nicht so herum. Wir wollten nur nett sein.«

»Nett«, sagte Billy T. und versetzte dem anderen einen Stoß vor die Brust, worauf dieser ins Schwanken geriet und seinen Blumenstrauß fallen ließ. »Weg hier, habe ich gesagt.«

»Immer mit der Ruhe. Ich geh ja schon.«

Der Mann wich zurück und bückte sich, um den Strauß aufzuheben.

»Könnten Sie die hier wohl in Wasser stellen?«

Billy T. schlug nicht zu. In seiner Wut hatte er schon allerlei Dinge zerstört, Papierkörbe und Lampenschirme, Fensterscheiben und Autospiegel. Aber er hatte, seit er sich als Junge mit seiner Schwester gerauft hatte, nie mehr Hand an einen Menschen gelegt. Auch diesen Mann schlug er nicht. Aber sein saftiger Schwinger verfehlte ihn nur um Haaresbreite. Er hielt ihm die Fäuste vors Gesicht und fauchte:

»Wenn ich Sie noch einmal hier in der Gegend sehe ... wenn ich Sie und Ihr Schmierblatt auch nur rieche, dann ...«

Er schloß die Augen und zählte bis drei.

»Hauen Sie ab. Und zwar sofort.«

Billy T. knallte die Tür zu und versuchte keuchend, die Kontrolle über sich selbst zurückzugewinnen.

»Hier können Sie nicht bleiben«, sagte er zu Roy Hansen, als er sich endlich klar genug im Kopf fühlte, um wieder ins Wohnzimmer zu gehen. »Passiert sowas die ganze Zeit?«

»Nein, nicht die ganze Zeit. Heute war es am

schlimmsten. Es kommt mir so vor … als erwarteten sie, daß meine Trauerzeit jetzt vorüber ist. Nach gerade mal drei Tagen.«

Er senkte den Kopf und brach in Tränen aus.

Hanne Wilhelmsen wollte gehen. Sie wollte weg von hier, weg von diesem stickigen, beengenden Zimmer und den beiden trauernden Menschen, die nicht miteinander sprechen konnten. Roy Hansen brauchte Hilfe. Aber weder Hanne noch Billy T. konnten ihm diese Hilfe bieten.

»Soll ich jemanden anrufen?« fragte sie leise.

»Nein. Meine Mutter kommt ja bald.«

Hanne und Billy T. tauschten einen Blick und beschlossen, Roy Hansen allein zu lassen. Aber sie blieben noch eine Dreiviertelstunde vor dem Haus im Ole Brumms vei 212 im Auto sitzen, bis eine alte Frau mit Hilfe eines Taxifahrers die Haustür erreicht hatte. Ohne von irgenwelchen Presseleuten angesprochen zu werden.

Vermutlich wirkte das Blaulicht auf dem Dach des Streifenwagens doch zu abschreckend.

18.30, Restaurant Bombay Plaza

Sie saßen ganz hinten in dem indischen Restaurant und aßen Papadams, während sie auf das Tandoori-Hähnchen warteten. Die dünne, krossen Scheiben waren stark gewürzt, was ein wenig Farbe in Øyvind Olves Gesicht brachte. Er hatte seit Freitag kaum geschlafen und merkte, daß ihm schon drei Schluck Bier zu Kopf stiegen.

»Schön, dich zu sehen«, sagte er und trank Hanne Wilhelmsen zu. »Wann kommt Cecilie?«

Hanne Wilhelmsen wußte nicht so recht, ob sie sich

darüber ärgern sollte, daß alle, die sie und ihre Mitbewohnerin kannten, wissen wollten, wann Cecilie nach Hause komme, ehe sie sich für irgendein anderes Thema interessierten. Sie beschloß, sich nicht zu ärgern.

»Erst zu Weihnachten. Ich fahre auch wieder in die USA zurück. Demnächst. Das hier ist nur eine Art Urlaub.«

Der Mann vor ihr ging auf die Vierzig zu und sah aus wie ein Teddy. Er war zwar nicht besonders groß oder dick, aber die Ohren standen munter von seinem kugelrunden Kopf mit der schwarzen Stoppelfrisur ab, und die Augen hinter den kleinen runden Brillengläsern schienen noch nie etwas vom Leid dieser Welt gesehen zu haben. Was nicht stimmte, denn er war ein ungeheuer fähiger Politiker. Bis zum letzten Freitag war er Staatssekretär im Büro der Ministerpräsidentin gewesen. Und er war ein guter Freund von Cecilie. Er stammte aus Kvinnherad, von einem Bauernhof, in dessen Nachbarschaft Cecilies Eltern ihr Ferienhaus hatten. Hanne Wilhelmsens Lebensgefährtin hatte Øyvind und dessen Schwester Agnes, die Sommerbekanntschaften aus ihrer Kindheit, in ihr Erwachsenenleben mitgenommen. Hanne Wilhelmsen dagegen hatte keinerlei Kontakt zu ihrer Kindheit. Der Tag, an dem sie und Cecilie zusammengezogen waren, markierte in ihrem Leben eine klare Grenze. Und dieser Tag lag sehr, sehr lange zurück. Als Ersatz für ihre eigenen Freunde durfte sie Cecilies teilen.

»Was wirst du jetzt machen?«

Er antwortete nicht sofort, sondern starrte sein Bierglas an und drehte es immer wieder um die eigene Achse. Dann fuhr er sich über den Kopf und lächelte.

»Weiß der Geier. Wieder in die Parteizentrale gehen, nehme ich an. Aber erstmal ... erstmal mache ich Urlaub.«

»Das hast du dir sicher verdient. Wie war das letzte halbe Jahr eigentlich?«

Ehe er anworten konnte, strahlte sie ihn an.

»Fahr doch einfach zu Cecilie! Kalifornien ist wunderbar zu dieser Jahreszeit. Wir haben viel Platz, und der Strand ist nur fünf Minuten entfernt.«

»Ich werd's mir überlegen. Vielleicht kommt es ungelegen. Für Cecilie, meine ich.«

»Natürlich kommt es nicht ungelegen. Sie würde sich sehr freuen. Alle versprechen, uns zu besuchen, aber niemand kommt.«

Er lächelte, ließ das Thema aber fallen.

»Es war das turbulenteste halbe Jahr in meinem ganzen bisherigen Leben. Alles, was schieflaufen konnte, ist ja auch schiefgelaufen. Aber …«

Wieder fuhr er sich durch die Haare, diese Verlegenheitsgeste war typisch für ihn.

»Es war aber auch spannend. Es hat uns zusammengeschweißt. Ob du's glaubst oder nicht, aber die vielen Anpfiffe haben Birgitte nichts anhaben können. Sie hat uns zusammengehalten. Uns gegen die anderen gewissermaßen. Die Verantwortungsvollen gegen die Leichtfertigen.«

Ein hochgewachsener dunkler Mann brachte das Essen. Das feuerrote Hähnchen dampfte und duftete vor ihnen, und Hanne Wilhelmsen merkte, daß sie seit dem Frühstück nichts mehr gegessen hatte. Sie nahm sich ein Stück Fladenbrot und sprach mit vollem Mund.

»Wie war Birgitte Volter? Als Mensch, meine ich? Du hast doch viele Jahre mit ihr zusammengearbeitet, oder?«

»Mmm.«

Øyvind Olve war ein bedächtiger Mann aus Westnorwegen. Er hatte sich durch seine proletarische Herkunft, durch ehrliche Arbeit und durch seine Fähigkeit, im richtigen Moment die Klappe zu halten, in der Partei nach oben gearbeitet. Jetzt wußte er nicht so recht, was er sagen sollte. Hanne Wilhelmsen war zwar eine gute Freundin, aber sie war auch bei der Polizei. Er war bereits zweimal verhört worden, von einem riesigen Kerl, der in anderer Kleidung wie auf einem Propagandaplakat der Nazis ausgesehen hätte.

Øyvind Olve merkte, daß ihm vom Alkohol schwindlig war.

»Sie war einer der interessantesten Menschen, die ich je kennengelernt habe«, sagte er schließlich. »Sie war fürsorglich und tüchtig, sie hatte Pläne und Visionen. Und das Bemerkenswerteste an ihr war vielleicht ihr extremes Verantwortungsgefühl. Sie ließ die Arbeit niemals herumliegen. Immer übernahm sie Verantwortung. Und außerdem ... sie war wirklich sehr lieb.«

»Lieb?«

Hanne lachte.

»Gibt es liebe Leute in der Politik? Was verstehst du unter lieb?«

Øyvind Olve schien kurz zu überlegen, dann bat er den Kellner um ein weiteres Bier.

»Birgitte war ehrlich davon überzeugt, daß es die Aufgabe der Politik sei, für so viele Menschen wie möglich eine bessere Gesellschaft zu schaffen. Nicht nur in ihren Reden, nicht nur auf dem Papier. Es ging ihr wirklich um die Menschen. Sie wollte zum Beispiel jeden Brief lesen, in dem ihr die Leute ihre Probleme vorlegen wollten. Und das waren ziemlich viele, das kann ich dir sagen. Wir konnten ja nicht sehr viel für solche Leute tun. Aber sie hat alle Briefe gelesen, und manches davon hat ihr arg zu schaffen gemacht. Manchmal hat sie auch eingegriffen. Was die Bürokraten ungeheuer geärgert hat.«

»War sie bei ihnen unbeliebt? Bei den Bürokraten, meine ich?«

Øyvind Olve starrte sie lange an. Dann aß er weiter.

»Weißt du, das ist schwer zu sagen. Ich habe nie loyalere Leute gesehen als die Beamten im Büro der Ministerpräsidentin. Es läßt sich ganz einfach nicht sagen, ob sie sie mochten oder nicht. Und vielleicht ist das auch gar nicht so interessant.«

Er rieb sich die Augen wie ein müdes kleines Kind.

»Was war mit ihrem Privatleben?« fragte Hanne.

Diese Frage überraschte ihn, er ließ die Hände sinken und starrte sie fast erschrocken an.

»Mit ihrem Privatleben? Ich kann nicht behaupten, sie privat gekannt zu haben.«

»Aber du hast doch viele Jahre eng mit ihr zusammengearbeitet.«

»Gearbeitet, ja. Das ist nicht dasselbe. Das müßtest du doch wissen.«

Er lächelte und registrierte, daß Hanne leicht errötete. Sie arbeitete seit dreizehn Jahren auf der Osloer Hauptwache, und nur zwei Kollegen hatten je einen Fuß in die Wohnung gesetzt, die sie mit Cecilie teilte.

»Aber ihr wart doch zusammen auf Parteifesten und so«, beharrte Hanne. »Und du bist mit ihr um die halbe Welt gereist.«

»Was willst du eigentlich genau wissen?«

Hanne Wilhelmsen legte Messer und Gabel weg und wischte sich mit einer großen Stoffserviette den Mund.

»Fangen wir woanders an«, sagte sie leise. »Hat Birgitte Volter sich für Ruth-Dorthe Nordgarden als Gesundheitsministerin entschieden?«

Jetzt lief Øyvind Olve rot an. Er machte sich an einem Stück Fladenbrot zu schaffen und tunkte es in die Soße; rote Tropfen fielen ihm aufs Hemd.

»Das würde ich dir nicht erzählen, wenn sie noch lebte«, murmelte er und gab sich alle Mühe, den Fleck zu entfernen, doch das Reiben mit der trockenen Serviette ließ ihn nur noch anwachsen.

»Eine Regierungsbildung ist ein ungeheuer kompliziertes Puzzlespiel«, fing Øyvind Olve an. »Natürlich kann die Ministerpräsidentin nicht alles allein entscheiden. Allerlei Rücksichten müssen genommen werden.«

Er versuchte, einen Rülpser zu unterdrücken.

»Die Gewerkschaften wollen ein Wort mitreden. Wichtige Parteimitglieder. Der Parteisekretär. Und so weiter und so weiter.«

Er mußte aufstoßen und faßte sich ans Schlüsselbein.

»Sodbrennen«, entschuldigte er sich.

»Aber was ist mit Ruth-Dorthe Nordgarden?« fragte Hanne noch einmal. Sie hatte ihren Teller beiseite geschoben und stemmte die Ellbogen auf den Tisch. »Wer hat sie denn nun ausgesucht?«

Øyvind Olve zog ein Tütchen aus der Tasche und versuchte, dessen Inhalt so diskret wie möglich zu verzehren. Das war nicht leicht.

»Du solltest nicht indisch essen gehen, wenn du Magenprobleme hast«, sagte Hanne. »Was war mit Nordgarden?«

»Birgitte wollte sie jedenfalls nicht haben. Ruth-Dorthe Nordgarden wurde ihr aufgezwungen.«

»Von wem?«

Er blickte sie lange an, dann schüttelte er den Kopf.

»Wirklich, Hanne. Du bist doch nicht mal in der Partei.«

»Aber ich wähle euch«, grinste sie. »Jedesmal.«

Sie wußte jedoch, daß sie nicht mit mehr Informationen rechnen konnte. Nicht zu diesem Thema, das sie vielleicht am allermeisten interessierte.

»Hatte Ruth-Dorthe Nordgarden ein Verhältnis mit Roy Hansen?« fragte sie plötzlich.

»Du solltest über solche Gerüchte erhaben sein, Hanne«, sagte er leise.

»Du hörst es also nicht zum ersten Mal?«

Øyvind Olve verdrehte die Augen.

»Wenn ich dir alles erzählen würde, wer in der norwegischen Politik angeblich mit wem ins Bett geht, dann könnten wir für den Rest der Woche hier sitzen bleiben«, sagte er mit einem leichten Lächeln.

»Wo Rauch ist, ist auch Feuer«, erwiderte Hanne.

»Ich sag dir eins, Hanne«, sagte Øyvind und beugte sich vor. Seine Stimme klang jetzt sehr angespannt. »Ich habe Zimmer gesehen, die von Rauch geradezu überquollen, wo aber nicht die allerkleinste Flamme zu finden war. Das habe ich schon längst begriffen. Und du solltest es auch wissen. Wie viele Männer sind dir schon als Liebhaber angedichtet worden, bis endlich jemand die Wahrheit ahnte? Und wie viele Frauen hat dir die Gerüchteküche schon zugeschrieben?«

Es war wirklich nicht mehr gemütlich. Die Tandoorireste rochen unangenehm, das Bier war schal geworden. Es war zu warm im Restaurant, und sie zupfte an ihrem Rollkragen und schaute auf die Uhr.

»Eins noch«, sagte sie. »Haben sie einander gekannt? Birgitte Volter und Ruth-Dorthe Nordgarden?«

»Nein«, sagte Øyvind Olve. »Nicht privat. Sie waren Parteigenossinnen.«

»Und du weißt nicht, inwieweit Ruth-Dorthe … meine Güte, was für ein Name!«

Sie lächelte und fuhr dann fort:

»Ob sie Roy Hansen überhaupt gekannt hat?«

»Nicht, daß ich wüßte.«

Øyvind Olve schüttelte den Kopf.

»Wenn ich dir also erzähle, daß ich …«

Der Kellner brachte die Rechnung und legte sie nach kurzem Zögern vor Hanne auf den Tisch, obwohl Øyvind darum gebeten hatte.

»Da siehst du, welche Autorität du ausstrahlst«, grinste Øyvind.

»Wenn ich dir erzähle, daß ich Ruth-Dorthe Nordgarden und Roy Hansen vor einem halben Jahr beim Bietrinken im Café 33 gesehen habe, bist du dann überrascht?«

Er sah sie mit einer tiefen Furche zwischen seinen Teddyaugen an.

»Ja«, sagte er und legte den Kopf schräg. »Das überrascht mich sehr. Bist du ganz sicher, daß sie das waren?«

»Ganz sicher«, antwortete Hanne Wilhelmsen und schob die Rechnung auf die andere Seite des Tisches. »Ich hab im Moment keine feste Arbeit.«

»Ich auch nicht«, murmelte Øyvind Olve, nahm die Rechnung aber trotzdem.

23.10, Vidars gate 11c

»Du mußt mir helfen«, flüsterte der Wächter. »Verdammt, Brage, ich brauche Hilfe.«

Brage Håkonsen trug ein kreideweißes T-Shirt und eine Hose in Tarnfarben. Er traute seinen Augen nicht. Vor seiner Tür stand der Wächter aus dem Regierungsgebäude. Er sah unmöglich aus. Seine Haare standen struppig und ungepflegt nach allen Seiten ab, er riß die Augen auf, als habe er vor zwei Minuten einen leibhaftigen Vampir gesehen. Die Kleider schlotterten um seinen Leib, und seine Schultern schienen in dem viel zu großen Militärmantel verschwunden zu sein.

»Hast du denn völlig den Verstand verloren?« fauchte

Brage. »Einfach herzukommen. Gerade jetzt! Hau ab und laß dich nie wieder hier blicken.«

»Aber Brage«, jammerte der Wachmann. »Verdammt, ich brauche Hilfe. Ich habe …«

»Ich scheiß drauf, was du getan hast.«

»Aber Brage«, quengelte der Wachmann noch einmal. »Hör mir doch erst mal zu. Laß mich rein und hör mir zu.«

Brage Håkonsen legte seine Riesenfaust auf die Brust des Wächters, der einen Kopf kleiner war als er.

»Zum letzten Mal: Mach, daß du wegkommst!«

Unten wurde die Tür geöffnet. Brage Håkonsen fuhr zusammen und schob den Wachmann unter den Treppenabsatz. Dann knallte er die Tür zu, und der Wachmann hörte die Sicherheitskette klirren.

Ein junger Mann kam die Treppe hinauf. Der Wachmann klappte den Jackenkragen bis an die Ohren hoch und starrte die Wand an, als der Mann an ihm vorüberging. Dann blieb er stehen und horchte auf die Schritte, die im vierten Stock verhallten.

Was sollte er tun? Ihm standen die Tränen in den Augen, seine Lippen zitterten. Er fühlte sich elend und mußte sich auf die Treppe setzen.

»Ich muß weg von hier«, sagte er zu sich. »Verdammt, ich muß weg von hier.«

Schließlich stand er auf und wankte unsicher hinaus in die Osloer Nacht.

Mittwoch, 9. April 1997

8.32, Hauptwache Oslo
Die Waffe steckte in einem gefütterten Umschlag. Auf dem Umschlag stand mit grobem Filzstift »Hauptwache Oslo«. Die Sendung war unfrankiert. Der Beamte, der in der Tür zum Büro von Polizeiinspektor Håkon Sand stand, schnappte nach Luft.

»Das lag im Hauptpostamt«, keuchte er. »Die Postler haben kapiert, daß es wichtig sein könnte, und es sofort hergebracht.«

Håkon Sand trug Latexhandschuhe. Der Umschlag war bereits geöffnet worden, an sich ein grobes Dienstvergehen, er hätte schließlich eine Bombe enthalten können. Håkon Sand zog einen Revolver heraus und legte ihn ungeheuer vorsichtig auf ein weißes Blatt Papier.

»Ein Nagant«, flüsterte Billy T. »Ein russischer M 1895.«

»Nicht auch noch du«, seufzte Håkon. »Spielst du mit Hanne samstags abends Quiz oder was?«

»Dreimal darfst du raten«, sagte Billy T. leise. »Über Waffen und Motorräder. Darüber weiß sie doch alles.«

»Nicht anfassen«, mahnte Håkon Sand, als Billy T. sich über den Revolver beugte.

»Spinnst du«, murmelte Billy und studierte die Waffe aus zehn Zentimeter Entfernung. »Außerdem wette ich, daß von dieser Waffe ganz gewissenhaft alles entfernt worden ist, was uns weiterhelfen könnte. Sie ist so sorgfältig gewienert worden, daß sie fast wie neu ist.«

»Da hast du wohl recht«, seufzte Håkon. »Aber faß sie trotzdem nicht an. Und den Umschlag auch nicht. Das geht jetzt alles an die Spurensicherung.«

Billy T. strahlte plötzlich. »Wenn die im Hauptpostamt abgegeben worden ist – was ist dann mit den Videos? Dieses ganze Dreckshaus ist doch mit Kameras vollgehängt.«

»Hab ich mir auch schon überlegt«, schwindelte Håkon. »Du.«

Er zeigte auf den Beamten, der noch immer in der Tür stand und den Hals reckte.

»Geh doch mal die Videoaufnahmen der letzten beiden Tage durch.«

»Und mit viel Mühe finden wir einen nichtssagenden, undeutlichen Kerl, der schlau genug war, sich abzuwenden«, murmelte Billy T.

»Wenn du einen besseren Vorschlag hast«, sagte Håkon ein wenig zu laut.

Billy T. zuckte nur die Schultern und ging zurück in sein eigenes Büro.

12.03, Jens Bjelkes gate 13

Natürlich war die Krankschreibung idiotisch gewesen. Aber der Chef hatte ihn immerhin besorgt gemustert und behauptet, er sehe schlecht aus. Ungefähr so schlecht, wie er sich fühlte, nahm er an.

Er mußte weg, das Land verlassen. Aber das würde Verdacht erregen, das war ihm klar. Er könnte nach Tromsø fahren. Zum Skilaufen. Das würde ihm guttun. Morten war sein bester Kumpel und hatte ihn schon so oft eingeladen. Und in diesem Winter lag da oben verdammt viel Schnee.

Er packte einen großen Rucksack und fuhr auf gut Glück zum Flughafen Fornebu. An einem Mittwoch im April konnten doch unmöglich alle Flüge ausgebucht sein. Auf jeden Fall nicht mitten am Tag.

Donnerstag, 10. April 1997

Vormittag, Regierungsviertel

»Alle tippen, daß die neue Regierung so aussehen wird wie die alte, abgesehen davon, daß Joachim Hellseth, derzeit finanzpolitischer Sprecher im Parlament, Finanzminister wird. Sonstige Umbesetzungen wären eine große Überraschung.«

Der Landwirtschaftsminister schaltete das Radio aus und ließ sich in seinen Schreibtischsessel zurücksinken. Der Rundfunksprecher hatte vermutlich recht.

Das Telefon klingelte.

Er betrachtete es eine Weile, lächelte es dann strahlend an; er fühlte sich ruhig und wohl in seiner Haut und wußte, das würde so bleiben, egal, wie die Botschaft nun lauten mochte. Dann nahm er ab.

»Tryggve Storstein«, sagte die Vorzimmerdame.

»Durchstellen«, sagte der Landwirtschaftsminister und fügte nach einer kurzen Pause hinzu:

»Hallo Tryggve, wie geht's?«

»Besser. Jetzt schlafe ich immerhin. Sechs Stunden letzte Nacht. Komme mir vor wie ein neuer und besserer Mensch.«

Der Landwirtschaftsminister schmunzelte und griff nach seiner Schnupftabakdose.

»Churchill hat sich mit vier begnügt. Und sein Leben war friedlicher als deins.«

Er glaubte, das Lächeln am anderen Ende der Leitung hören zu können.

»Na«, sagte Tryggve Storstein. »Du spielst doch sicher weiter mit?«

Der Landwirtschaftsminister merkte, daß seine Hand, die den Hörer hielt, jetzt zitterte. War der Posten ihm doch wichtiger, als er sich eingestehen mochte? Er schluckte und hustete kurz.

»Natürlich. Wenn du willst.«

»Ich will. Die Partei will.«

»Das freut mich, Tryggve. Vielen Dank.«

Die Kulturministerin blätterte in den vier Faxen, die eben auf ihren Schreibtisch gelegt worden waren. Sie steckte sich eine Prince Mild an und registrierte verärgert, daß sie mehr geraucht hatte, als sie es sich sonst vor dem Mittagessen gestattete.

Es handelte sich um Stellenangebote. Von zwei Fernsehsendern und einer Zeitung. Und von einer großen internationalen Gesellschaft, die jemanden für die Öffentlichkeitsarbeit brauchte. Sie überflog die Seiten, ohne sie richtig zu lesen. Dann faltete sie sie zusammen und schob sie in eine Schublade mit der Aufschrift »privat«.

Das Telefon klingelte.

Sie hob ab und führte ein Gespräch, das genau fünfundvierzig Sekunden dauerte.

Als sie auflegte, lächelte sie über das ganze Gesicht. Dann rief sie ihre Sekretärin und reichte ihr die vier Faxe, die sie eben erst in die Schublade gelegt hatte.

»Für den Reißwolf«, sagte sie.

Die ältere Frau seufzte erleichtert.

»Herzlichen Glückwunsch«, sagte sie und kniff das rechte Auge zu. »Das freut mich aber wirklich.«

Gesundheitsministerin Ruth-Dorthe Nordgarden schaffte gar nichts. Jedesmal, wenn das Telefon klingelte, stürzte sie sich darauf und wurde jedesmal von neuem enttäuscht. Inzwischen war sie nicht mehr enttäuscht. Sie war wütend.

Sie hatte schon mit dem Gedanken gespielt, die anderen anzurufen und zu fragen, ob sie etwas gehört hätten. Andererseits wäre es die größte Demütigung, auf diese Weise zu erfahren, was ihr langsam zur Gewißheit wurde: Die anderen durften weitermachen, sie nicht.

Zornig griff sie zu ihrer großen Handtasche und wühlte darin herum. Dann fand sie das Gesuchte, eine in Butterbrotpapier eingewickelte Möhre.

Ein schmerzhaftes Knacken erfüllte ihren Kopf, als sie hineinbiß.

14.46, Hauptwache Oslo

»Das kann kein Zufall sein. Das ist ganz einfach unmöglich.«

Der Beamte, der ohne anzuklopfen ins Büro des Überwachungschefs platzte, war eifrig und außer Atem, er schlug mit der rechten Hand auf die Unterlagen, die er Ole Henrik Hermansen hingelegt hatte.

»Die schwedischen Kollegen halten es für Sabotage. Eine Benzinleitung war beschädigt. Keine Materialermüdung. Kein Betriebsschaden. Das ganze Flugzeug war erst wenige Stunden zuvor gründlich durchgecheckt worden.«

Ole Henrik Hermansen zeigte jetzt nicht mehr sein Pokergesicht. Seine Miene war angespannt und hellwach, er runzelte die Stirn, und seine Augen funkelten voller Sorge.

»Steht das fest? Oder, um genauer zu sein, wie fest steht das?«

»Natürlich wissen sie es noch nicht. Sie ermitteln weiter. Aber das ist noch nicht alles.«

Der Beamte holte aus seinem Diplomatenkoffer einen roten Ordner hervor und nahm ein Bild heraus. Ein großes, grobkörniges Farbbild. Ein junger Mann mit blonden, zurückgekämmten Haaren starrte an der Kamera vorbei; er trug eine randlose Brille und hatte eine Zigarette im Mundwinkel.

»Tage Sjögren«, stellte der Beamte vor. »Zweiunddreißig Jahre alt, aus Stockholm. Leitet eine rechtsextreme Gruppe namens ›Weißer Kampf‹. Sie hatten schon häufiger Ärger mit der Polizei, vor allem bei Krawallen am Geburtstag Karls XII. und so. In den letzten Jahren schienen sie aber ziemlich abgetaucht zu sein. Die Kollegen hatten sie aus den Augen verloren, wußten aber, daß es sie noch gab. Und vor einer Woche …«

Jetzt war der Beamte so eifrig, daß er lachte, er erinnerte seinen Chef an dessen Sohn, wenn er vor den Sommerferien mit seinem Zeugnis angerannt kam.

»… ist Tage Sjögren nach Norwegen gekommen.«

Ole Henrik Hermansen hielt den Atem an. Das merkte er erst, als seine Ohren rauschten, und sofort stieß er die Luft durch seine zusammengekniffenen Lippen wieder aus. »Wissen wir irgend etwas darüber, wo in Norwegen er gewesen ist?«

Der Beamte ließ sich in den Sessel zurücksinken und verschränkte die Hände hinter dem Kopf.

»Nein. Das Dumme ist, daß die schwedischen Kollegen den jungen Tage nicht interessant genug gefunden haben, um uns Bescheid zu sagen. Sie wissen nur, daß er hier war und daß er jetzt wieder in Schweden ist, und zwar seit Samstag vormittag.«

Ole Henrik Hermansen starrte seinen Mitarbeiter an. Lange.

»Hol mir den Chef der schwedischen Sicherheitspolizei ans Telefon«, sagte er dann. »Wir müssen sie bitten, den Mann zu verhören. Und zwar sofort.«

22.30, Gesundheitsministerium
Der Fahrer wartete seit fünf Uhr nachmittags unten in der Tiefgarage. Sie wußte, daß sich alle über ihre Benutzung des Dienstwagens ärgerten, aber sie hatten ja keine Ahnung, wie nervig es war, sich mit allen möglichen Taxifahrern unterhalten zu müssen, die sich selbst als Stimme des Volkes betrachteten. Einige Vorteile mußte dieser Job doch auch mit sich bringen.

Außerdem schien dieser Tag der letzte zu sein, an dem sie die Vorzüge eines eigenen Fahrers würde genießen können. Tryggve Storstein hatte noch immer nicht angerufen.

Inzwischen machte sich auch die Presse ihre Gedanken. Liten Lettvik hatte sie auf ihrem privaten Mobiltelefon erreicht und gefragt, ob es zutreffe, daß sie nicht um ihre weitere Mitarbeit gebeten worden sei. Ruth-Dorthe Nordgarden hatte die Verbindung sofort gekappt. Die Fernsehnachrichten hatten sich zwar sehr vorsichtig ausgedrückt, jedoch ein Fragezeichen neben ihr Bild gesetzt, als sie ihre Vermutungen für die neue Regierung darlegten.

Sie brauchte noch eine Möhre. Wütend durchwühlte sie ihre Tasche, fand aber nichts. In der Teeküche lag noch eine Tüte.

In der Tür zum Vorzimmer blieb sie für einen Moment stehen. Würde sie auch in der Küche das Telefon hören können? Noch ehe sie sich entscheiden konnte, klingelte es. Sie hatte alle Anrufe auf ihren eigenen Apparat umgestellt und ihre Mitarbeiter nach Hause geschickt. Bei ihrer großen Demütigung wollte sie keine Zeugen haben.

»Hallo«, schrie sie in den Hörer. Sie war zum Schreibtisch gestürzt und stand jetzt auf der falschen Seite, wo es keine Sitzgelegenheit gab.

»Hallo?«

Die Stimme im Hörer klang überrascht.

»Mit wem spreche ich?«

Es war Tryggve.

»Hallo, Tryggve. Ich bin's, Ruth-Dorthe.«

»Noch immer bei der Arbeit?«

»Ich räume ein bißchen auf.«

Pause.

»Damit kannst du aufhören. Du machst weiter mit.«

Noch eine lange Pause.

»Vielen Dank, Tryggve. Das werde ich nie vergessen. Diesen Tag, meine ich.«

Tryggve Storstein spürte, wie sich seine Nackenhaare sträubten.

Ruth-Dorthes Dankesworte hörten sich fast an wie eine Drohung.

Freitag, 11. April 1997

10.55, Stortorget
Seit der Beisetzung von König Olav im Januar 1991 hatte in der Osloer Innenstadt kein solches Gedränge mehr geherrscht. Die Straßen, die zum Stortorg führten, waren für den Autoverkehr gesperrt, und ein Heer von uniformierten, schlechtgelaunten Polizisten versuchte, die Kirkegate offenzuhalten, damit die in wenigen Minuten erwartete Wagenkolonne dort passieren konnte. Überall waren Fernsehkameras aufgebaut, und Brage Håkonsen entdeckte hier und dort die lächerlich leicht erkennbaren Leute vom Überwachungsdienst, die mit Knopf im Ohr und Sonnenbrille ausgestattet waren, trotz des trüben Wetters.

Zwei Polizeipferde trippelten elegant und nervös den Straßenrand entlang. Das machte sich bezahlt, die Menschen wichen vor den großen Tieren zurück, die Schaum vor dem Maul hatten und die Augen so verdrehten, daß nur noch das Weiße zu sehen war. Plötzlich bogen vier Motorräder um die Ecke und fuhren durch die Kirkegate. Ihnen folgte die Wagenkolonne aus dunklen Limousinen.

In viel zu hohem Tempo ging es zum Osloer Dom, wo die Autos zum Halten kamen. Prominente Gäste aus aller Welt wurden schnell und bisweilen reichlich brutal von Polizisten mit und ohne Uniform in die Vorhalle geschoben. Brage Håkonsen grinste, als er von seinem

Standort an der Kreuzung Grensen und Kirkegate sah, daß Helmut Kohl nicht am Arm gepackt werden wollte; er versetzte dem übereifrigen Beamten – der einen Kopf kleiner war als er – einen Stoß und drehte sich um, um irgendwelche Bekannten zu begrüßen.

Nun zog die Gardemusik auf. Chopins Trauermarsch legte sich wie eine stille Decke über die Menschenmenge. Brage Håkonsen nahm die Mütze ab, nicht aus Respekt, sondern weil er wußte, daß es hier galt, sich wie alle anderen zu verhalten.

Danach fuhr ein schwarzes Auto mit norwegischer Flagge auf der Motorhaube vor. Auf Birgitte Volters weißem Sarg lag ein Kranz aus tiefroten Rosen, der an einen Ring aus dickem, geronnenen Blut erinnerte. Brage Håkonsen hörte vereinzeltes Schluchzen. Aus irgendeinem Grund, den er nicht erklären und schon gar nicht akzeptieren konnte, spürte auch er den Ernst der Stunde, ein Gefühl von Feierlichkeit und Trauer.

Gereizt schüttelte er dieses Gefühl ab und ging vor der Menschenmenge her in Richtung Stortorg.

Und dann geschah es: Vier Männer und sieben Frauen sprangen johlend und schreiend vor den Trauerzug, ehe die Polizei reagieren konnte.

»Stop the whaling«, brüllten sie. »Killers! Killers!«

Brage blieb stehen und starrte in die Augen eines riesigen Gummiwals, der immer dicker wurde, während ein Demonstrant eine Heliumpumpe betätigte.

»Stop the whaling NOW! Stop the whaling NOW!«

Die rhythmischen Rufe übertönten fast die Gardemusik, doch die Gardisten waren die einzigen weit und breit, die sich nicht aus der Ruhe bringen ließen. Sie spielten ihren schweren, traurigen Marsch, trotz des Gebrülls. Der Wal, der inzwischen fast seine natürliche Größe erreicht hatte, wackelte immer heftiger und sah aus, als wolle er in den Dom schwimmen. Einer der Demonstranten packte einen Eimer, den eine junge Frau ihm reichte. Blitzschnell stemmte er den Deckel mit einem Schweizer Offiziersmesser auf, und mit einer ausholenden, demonstrativen Bewegung kippte er die rote Farbe über den Leichenwagen. Der Fahrer hatte die Lage jedoch erfaßt und setzte zurück. Die Farbe traf auf den Asphalt, und nur wenige Tropfen erreichten den Wagen mit Birgitte Volters sterblichen Überresten.

Trotz ihrer Überraschung konnte die Polizei die Aktion sehr bald beenden. Zwanzig Beamte stürzten sich auf die Demonstranten, sie brauchten nur fünf Minuten, um ihnen Handschellen anzulegen, ein Loch in den Wal zu stechen und die Demonstranten mit ihrem schlaffen Pottwal in einen Polizeiwagen zu stecken.

»He«, schrie Brage Håkonsen und zerrte an seinen Handschellen. »Ich hab doch nichts damit zu tun!«

Er wehrte sich, so gut er konnte, als drei Männer ihn in den Wagen zwangen.

»Ich hab nichts damit zu tun, hört ihr nicht?«

»Halt die Fresse«, fauchte eine uniformierte Frau, die vorne im Auto saß. »Ihr habt ja überhaupt keinen Anstand. Eine ... eine Beerdigung zu stören! Schämt ihr euch denn überhaupt nicht?«

»Aber ich hab doch nichts damit zu tun, verdammt«, schrie Brage noch einmal und schlug immer wieder mit dem Kopf gegen die Wand. »Laßt mich raus, zum Teufel!«

Doch die einzige Antwort darauf waren das Brummen des Wagenmotors und das gemurmelte Mantra der anderen Verhafteten:

»Stop the whaling NOW! Stop the whaling NOW!«

12.13, Osloer Dom

»Es war wunderschön. Und so rührend!« Schluchzend hing Lerche Grinde am Arm ihres Sohnes. Sie bemühte sich, leise zu sprechen, aber ihre Stimme war so schrill, daß sogar ihr Flüstern meterweit zu hören war. Ihre gesamte Kleidung war schwarz, ihre Stöckelschuhe, ihre Netzstrümpfe, ihr Kleid, ihr Umhang. Zu allem Überfluß trug sie einen funkelnden Pillboxhut mit einem steifen schwarzen Schleier.

»Nimm dich doch zusammen, Mutter«, flüsterte Benjamin Grinde. »Kannst du dich nicht wenigstens ein bißchen zusammennehmen?«

In der Vorhalle des Doms standen Roy Hansen und Per Volter, beide im dunklen Anzug. Der Sohn war einen halben Kopf größer als der Vater, beide sahen verhärmt aus und starrten auf den Fußboden. Sie streckten ihre Hände aus, ohne hinzusehen, und viele Trauergäste gingen nach kurzem Zögern weiter, ohne ihr Beileid auszusprechen. Andere blieben stehen und sagten einige leise Worte, die meisten der Ministerinnen umarmten die beiden lange und herzlich.

Liten Lettvik stand mit einigen anderen Presseleuten etwas entfernt und betrachtete die Trauernden. Als Ruth-Dorthe Nordgarden als letzte Ministerin vortrat, wandte Roy Hansen sich ab, anscheinend mußte er gerade jetzt weinen und konnte erst damit aufhören, als Ruth-Dorthe aufgegeben hatte und durch das schwere Eichenportal verschwunden war. Per Volter dagegen hatte sich offen geweigert, die ausgestreckte Hand der Frau zu ergreifen, und sich demonstrativ zum Bischof von Oslo umgedreht, der in vollem Ornat neben den Trauernden aufragte; er sah aus wie ein in die Jahre gekommener Adler mit geliehenen Federn.

»Roy!« flüsterte Lerche Grinde, als sie ihn endlich erreicht hatte. »Roy! Was für eine Tragödie!«

Liten Lettvik bewegte sich Richtung Ausgang. Wer war die alte Frau an Richter Grindes Arm?

»Ausgerechnet Birgitte«, sagte Lerche Grinde jetzt, und die Umstehenden drehten sich zu ihr um. »Wie entsetzlich! Die kleine Birgitte. Die kleine, unschuldige Birgitte!«

Sie schniefte laut und wandte sich Per Volter zu, der diese seltsame Frau, die er noch nie in seinem Leben gesehen hatte, verwundert anstarrte.

»Per! Wie groß und elegant!«

Sie versuchte, den jungen Mann zu umarmen, aber der wich erschrocken zurück.

»Gott, ich glaube, ich falle in Ohnmacht«, keuchte die alte Frau Grinde.

Benjamin Grinde umklammerte den Arm seiner Mutter, ein Polizist packte sie um die Taille und richtete sie auf.

»Ich helfe Ihnen hinaus, gnädige Frau«, sagte er höflich und führte sie, ohne auf Antwort zu warten, durch die Tür und die Menschenmenge. Benjamin Grinde stapfte hinterher und schlug sich den Mantelkragen vors Gesicht.

Die Presse in der Vorhalle schmunzelte über diesen Auftritt. Alle außer Liten Lettvik, die sich in einem kleinen Block notierte:

»Alte Frau mit BG. Interessant?«

13.00, Slottsbakken

Die Journalisten hatten recht behalten. Sie hatten alle sechzehn Ministerposten korrekt erraten. Die Regierungspatience war ohne größere Überraschungen aufgegangen. Tryggve Storstein stand mitten in der langen Reihe seiner Kolleginnen und Kollegen, hielt einen großen Strauß roter Rosen in der Hand und lächelte zurückhaltend, wie es der Anlaß erforderte. Schließlich war seine Vorgängerin erst vor einer Stunde zur letzten Ruhe gebettet worden.

Es nieselte, und die Verkehrsministerin schien den Fototermin möglichst bald hinter sich bringen zu wollen. Immer wieder schaute sie auf die Uhr und ging zu früh auf die schwarzen Regierungswagen zu. Tryggve Storstein packte sie am Arm und hielt sie zurück.

Endlich war alles vorüber; die Versammlung zerstreute sich. Liten Lettvik faßte Ruth-Dorthe am Arm und erzwang sich eine Umarmung.

»Mobiltelefon, heute abend«, flüsterte sie ihr ins Ohr.

17.15, Hauptwache Oslo

»Erst lädt er die Polente zur Waffenbesichtigung ein, und dann verduftet er. Kapierst du nicht, daß das ganz einfach zum Himmel stinkt, Håkon?«

Håkon Sand trommelte demonstrativ mit der rechten Hand einen Wirbel auf seinem Schreibtisch.

»Daß sich jemand, der krankgeschrieben ist, nicht in seiner Wohnung aufhält, würde ich nicht als verduften bezeichnen, Billy T. Er kann überall sein. Beim Arzt. Bei seiner Freundin. Von mir aus sogar bei seiner Mutter.«

»Aber er geht auch nicht ans Telefon. Ich habe ihn seit gestern immer wieder angerufen, er kann doch nicht rund um die Uhr beim Arzt sein!«

»Im Krankenhaus vielleicht. Oder bei seiner Freundin, wie gesagt.«

»Der Typ hat keine Freundin. Das schwör ich.«

Håkon Sand fuhr sich durch die Haare und forderte Billy T. auf, sich zu setzen.

»Was glaubst du eigentlich diesem Wächter vorwerfen zu können?« fragte er müde.

»Erstens: Er war zur fraglichen Zeit am Tatort. Zweitens: Er besitzt Waffen. Laut Waffenregister sogar vier Stück. Und noch merkwürdiger ist …«

Billy T. streckte die Hand nach einer halbleeren Colaflasche aus und leerte sie, ohne ihren Besitzer um Erlaubnis zu fragen.

»Wohl bekomm's«, sagte Håkon sauer.

»Noch merkwürdiger ist«, sagte Billy T., »daß der Mann sich die Sache anders überlegt hat.«

»Was meinst du mit ›anders überlegt‹?«

Håkon hielt eine Streichholzschachtel in der Hand; er riß ein Hölzchen an, ließ es auflodern und verlöschen und nahm sich dann das nächste vor.

»Er hat zuerst gesagt, ich könnte zu ihm nach Hause kommen und mir die Waffen ansehen. Dann hat er sich die Sache anders überlegt. Er hat gesagt, er würde sie herbringen. Dieses Angebot habe ich dankend angenommen. Und jetzt hat er sich krankschreiben lassen. Ha!«

»Du meinst also«, sagte Håkon langsam, »daß wir einen Mann einbuchten sollen, gegen den nichts weiter vorliegt, als daß er am vergangenen Freitag seine Arbeit gemacht, sich dann herausgenommen hat, nicht wie versprochen zu Billy T. gerannt zu kommen, und außerdem krank geworden ist. Das ist wirklich ein gewaltiges Verbrechen.«

Er ließ die Streichholzschachtel auf den Tisch fallen, warf den Kopf in den Nacken und legte die Hände auf die Armlehnen.

»Dafür solltest du dir einen anderen Juristen suchen als

mich. Ein Hausdurchsuchungsbefehl bedeutet zugleich ein Haftbefehl. Und wir haben schon einen übereilten Haftbefehl ausgestellt. Außerdem ist das hier nicht dein Job. Du hast genauso große Probleme wie Hanne, wenn es darum geht, dich auf deine Arbeit zu beschränken. Es ist nicht deine Aufgabe, die Rolle des Wächters in diesem Fall zu beurteilen.«

»Verdammt, Håkon!«

Billy T. schlug mit der Faust auf den Tisch.

»Tone-Marit wollte doch unbedingt, daß ich diesen Typen verhöre.«

»Hilft nix«, grinste Håkon. »Vergiß es. Geh in dein Büro zurück, und such dir ein Paar weitere Freunde von Frau Volter, mit denen du dich unterhalten kannst.«

Billy T. sagte kein Wort, sondern knallte beim Gehen die Tür hinter sich zu.

Erst als Håkon zwei Telefongespräche geführt hatte und sich wieder an seine Arbeit machen wollte, ging ihm auf, daß Billy T. ihn ausgetrickst hatte.

Die Kopie des Obduktionsberichtes, der Billy T. nun wirklich nichts anging, den er jedoch unbedingt hatte sehen wollen, lag nicht mehr auf dem Schreibtisch.

Offenbar hatte Billy T. ihn ganz einfach geklaut.

19.00, Stolmakergate 15

»Willst du nicht die Nachrichten sehen, Hanne?«

Billy T. nahm sich ein kaltes Bier aus dem Kühlschrank und blickte sich zufrieden in seinem Wohnzimmer um. Obwohl er nie auf die alten orangefarbenen Vorhänge geachtet hatte, fand er die neuen kornblumenblauen gemütlicher, vor allem jetzt, wo Hanne außerdem ein ebenfalls blaues Sofa angeschafft hatte. Auf dem Dachboden hatte sie einige alte Plakate gefunden.

Woher sie die Rahmen hatte, wußte er nicht, aber sie machten sich gut an der Wand über dem Sofa. Die Pflanzen dagegen wären nicht nötig gewesen. Auch wenn die Töpfe mit dem Indianermuster ganz hübsch waren, so würden die grünen Wedel in weniger als drei Wochen eingegangen sein. Das wußte er genau. Er hatte schon früher sein Glück mit Topfblumen versucht.

Hanne gab keine Antwort. Sie vertiefte sich in die Kopie des Obduktionsberichtes und kaute auf ihrem Kugelschreiber herum.

»Hallo! Erde ruft Hanne Wilhelmsen! Willst du die Nachrichten sehen?«

Er tippte ihr mit der Flasche an den Kopf und schaltete den Fernseher ein. Aus den Lautsprechern dröhnte der Trauermarsch.

»Von mir aus. Aber stör mich nicht.«

Gereizt rieb sie sich die Stelle, wo die Flasche sie berührt hatte, gönnte aber dem Bildschirm keinen einzigen Blick. Billy T. stöhnte und setzte sich auf den Boden, um besser sehen zu können. Plötzlich brüllte er vor Lachen.

»Sieh dir das an!«

Ein unruhiges Bild fing die wütenden Demonstranten ein, und eine Stimme berichtete, daß nach der Demonstration vor dem Osloer Dom ein Norweger, drei Niederländer, zwei Franzosen und sechs US-Bürger festgenommen worden seien.

»Amis, die gegen den Walfang demonstrieren! Wo bei denen Menschen gegrillt, vergast und vergiftet werden! Und wo Millionen von Einwohnern hungern!«

Der Nachrichtensprecher teilte mit, der Norweger sei auf freien Fuß gesetzt worden, da er nichts mit der Aktion zu tun gehabt habe, die anderen jedoch würden noch festgehalten.

»Was suchst du da eigentlich?« fragte Billy T. und zeigte zum ersten Mal mehr als nur höfliches Interesse für Hannes Beschäftigung.

»Nichts«, seufzte Hanne und faltete die Unterlagen zusammen, um sie dann in eine Plastikhülle zu schieben. »Ich dachte, ich hätte eine geniale Idee, die alle unsere Fragen beantworten würde. Aber wie üblich war sie nicht besonders genial. Der Obduktionsbericht spricht dagegen. Immerhin war es richtig, das zu überprüfen. Danke, daß du mir den Bericht besorgt hast. Spielen wir eine Runde?«

»Yes!«

Billy T. sprang auf und holte das riesige, altmodische Tischfußballspiel aus dem Schlafzimmer.

»Ich bin England«, rief er, während er den Tisch mit den auf Stahlstangen aufgespießten Gummifiguren ins Wohnzimmer schleppte.

»Von mir aus. Und ich die Niederlande.«

21.30, Ole Brumms vei 212

Roy Hansen starrte das Bild von Birgitte an, das auf dem Büfett stand. Die Kerze daneben war die einzige Lichtquelle im Raum und übte auf ihn eine beinahe hypnotische Wirkung aus.

Die letzte Woche war unwirklich gewesen. Er hatte sich nie für New Age oder übersinnliche Phänomene interessiert, und religiös war er auch nicht. Aber während der letzten Tage war er dem Erlebnis, seinen eigenen Körper zu verlassen, so nahe gekommen, wie er es überhaupt nur für möglich hielt. Tryggve Storstein war zu Besuch gekommen, verlegen und erschöpft, aber doch mit einer aufrichtigen Trauer, die Roy Hansen auf seltsame Weise gefreut hatte. Tryggve hatte ihn gerührt.

Sie hatten lange miteinander gesprochen und noch länger miteinander geschwiegen. Die beiden Vertreter der Protokollabteilung des Außenministeriums waren weniger willkommen gewesen. Aber immerhin hatten sie ein Reinigungsunternehmen verständigt, und das Haus war inzwischen wenigstens aufgeräumt und sauber.

Alle hatten an diesem Nachmittag versucht, sich ihm aufzudrängen. Sie wollten ihm helfen, das wußte er. Aber er wollte niemanden sehen. Nur Per. Der jedoch weigerte sich, mit ihm zu sprechen. Entweder lief er seine endlos langen Touren, oder er saß allein in seinem Zimmer, ohne irgend etwas zu tun, oder führte ausgiebige Telefongespräche, von denen Roy nicht wußte, mit wem.

Er hatte den Empfang im Rathaus verlassen, sobald die Protokollabteilung es erlaubt hatte. Die Parteisekretärin und drei andere aus der Parteizentrale waren zusammen mit ihm aufgebrochen. Danach hatten sich noch andere Gäste eingestellt, die aber zum Glück begriffen hatten, daß er allein sein wollte. Und sie hatten alles ordentlich hinterlassen.

Roy Hansen hatte den Fernseher eingeschaltet. Dort aber gab es nur endlose Berichte über die Beisetzung. Und das hatte ihn an seine letzte, brennende Niederlage erinnert: Nicht einmal als sie dort gelegen hatte, unter einem weißen Holzdeckel in einem schweren Sarg, hatte sie ihm gehört, sondern dem Staat, der Öffentlichkeit, der Partei. Statt einer ruhigen, stillen Zusammenkunft im engsten Kreis mit den Menschen, die die Frau, mit der er sein Leben geteilt hatte, geliebt hatten, war aus Birgittes Beerdigung ein politisches Gipfeltreffen geworden.

Plötzlich ging ihm auf, daß er Birgittes Eltern vermißte. Sie waren beide Ende der achtziger Jahre gestorben, und das war vermutlich besser so. So hatten sie den Mord an ihrer Tochter nicht miterleben müssen. Auch von Birgittes immer stärkerer Distanz zu allen in ihrer Umgebung, von ihrer wachsenden Entfernung von allen, die sie liebten, hatten sie nichts mehr erfahren. Jetzt jedoch wäre es schön gewesen, sie bei sich zu wissen. Vielleicht hätten sie seine Trauer mit ihm teilen können. Per war dazu offenbar nicht in der Lage.

Die Stunden bis zum vergangenen Samstagvormittag, als Per endlich vor ihm stand, in Uniform und mit vollgestopftem Tornister, waren unerträglich gewesen. Doch als er dann endlich gekommen war, da war Pers Gesicht hart und verschlossen gewesen.

»Gute Nacht. Ich wollte nur warten, bis Oma einschläft. Ich gehe jetzt schlafen.«

Roy Hansen hatte nicht einmal den Wagen kommen hören. Er starrte die Umrisse seines Sohnes in der Türöffnung an; im Kerzenlicht war der junge Mann nur undeutlich zu erkennen.

»Aber Per«, flüsterte Roy. »Kannst du dich nicht ein bißchen zu mir setzen? Nur ein paar Minuten?«

Der junge Mann in der Tür rührte sich nicht. Sein Gesicht war nicht zu sehen. »Setz dich doch. Nur ein paar Minuten.«

Plötzlich strömte Licht von der Decke. Per hatte zum Lichtschalter gegriffen, und als Roy wieder klar sehen konnte, erlitt er einen Schock.

Per, der liebe, wohlerzogene Junge, der nicht einmal als Teenager seinen Eltern irgendeneinen Kummer gemacht hatte. Per, der *sein* Junge, *sein* Trost und eigentlich auch *seine* Verantwortung gewesen war; Birgittes lange Abwesenheit hatte kurz nach Pers zehntem Geburtstag begonnen. Dieser Junge war nicht wiederzuerkennen.

»Wenn du wirklich ums Verrecken mit mir reden willst, dann von mir aus.«

Sein Gesicht war verzerrt, seine Augen quollen hervor wie bei einem toten Kabeljau, und beim Reden spritzte Speichel aus seinem Mund.

»Eigentlich wollte ich nichts sagen. Aber glaubst du denn im Ernst, ich wüßte es nicht?«

Drohend stand er vor seinem Vater, mit geballten Fäusten.

»Du bist ein … du bist ein verdammter Heuchler! Weißt du, Papa, du bist ein … ein …«

Jetzt weinte der Junge. Während der Beisetzung hatte er nicht eine einzige Träne vergossen. Aber jetzt liefen ihm die Augen förmlich über, und sein Gesicht war fleckig, als habe ihn eine unbekannte Seuche entstellt.

»Glaubst du, ich wüßte nicht, warum Mama nie hier war? Warum sie es hier im Haus einfach nicht aushalten konnte?«

Roy Hansen versuchte, seinem Sohn auszuweichen, aber Pers heftige Faustbewegungen machten ihm angst, er erstarrte.

»Ausgerechnet Ruth-Dorthe Nordgarden! Mit ihrer Dolly-Parton-Visage! Was glaubst du eigentlich, was das für ein Gefühl für Mama war, den Ohrring im Bett zu finden?«

»Aber …«

Roy versuchte, sich aufzurichten. Wieder hob Per die Hände zum Schlag, die Fäuste hingen nur einen halben Meter über Roy in der Luft und nagelten ihn fest.

»Und ich habe euch gehört. Du hast an dem Abend gedacht, ich wäre nicht zu Hause, aber das war ich.«

»Per …«

»Komm mir nicht so! Ich hab euch gehört!«

Der junge Mann weinte noch immer. Er hustete und

schniefte, und was er sagte, war kaum noch zu verstehen.

»Beruhige dich doch, Per. Schrei nicht so!«

»Nicht so schreien? Und beruhigen soll ich mich? Du, Papa, du hättest an dem Abend im letzten Herbst die Ruhe bewahren sollen. Du und diese miese Hure!«

Plötzlich war es vorbei. Per Volter ließ langsam die Fäuste sinken, er stand in einer Art militärischer Ruhehaltung da und rang nach Atem.

»Ich will nie mehr mit dir reden.«

Per ging zur Tür.

Roy Hansen erhob sich langsam. Er hatte keine Stimme mehr.

»Aber Per«, flüsterte er. »Es gibt so viel, was du nicht weißt. So unendlich viel, was du nicht weißt.«

Er bekam keine Antwort, und gleich darauf hörte er den Wagen über die Einfahrt jagen. Die Kerze war erloschen, und das Zimmer war in ein erbarmungsloses, kreideweißes Licht getaucht.

Samstag, 12. April 1997

10.15, Odins gate 3
Er konnte einfach nicht aufstehen. Er hatte ein doppeltes Kissen unter dem Kopf, und das Atmen fiel ihm schwer. Er starrte seine nackten Füße an und suchte das Loch, aus dem seine Kräfte entwichen waren. Er fühlte sich wie tot. Er verspürte eine Trauer, wie er sie noch nie empfunden hatte.

Es gab keine Rettung. Benjamin Grindes Welt war in Auflösung begriffen. Die vergangene Woche war ein einziger langer Leidensweg ins Nichts gewesen. Es war so, als hätte ihn etwas Unbewegliches wie eine Haut umschlossen: Die Kollegen sprachen nicht mit ihm, ließen nur die notwendigsten Bemerkungen fallen. Der Zeitungsartikel hatte alles ruiniert. Obwohl der Haftbefehl nicht gerechtfertigt gewesen war. Obwohl die Polizei beteuerte, daß kein Verdacht gegen ihn bestehe. Doch das andere war weitaus schlimmer.

Würde er denn niemals aus dieser Schicksalsgemeinschaft mit Birgitte befreit werden? Sollte es niemals ein Ende nehmen? Sie hatten beide versucht, sich zu retten, sie waren in verschiedene Richtungen geflohen und hatten es jeder auf seine Weise sehr weit gebracht.

Krampfhaft versuchte er, sich zusammenzureißen. Er hob die Beine aus dem Bett und richtete sich mühsam auf. Der Bronzelöwe, der seine Schlafzimmertür bewachte, schien ihn anzufauchen. Seine Mähne war blankpoliert und leuchtete wie Gold, sein Maul war schwarz und mit Patina besetzt. Grinde hatte den Löwen in Teheran gekauft. Er war fasziniert von diesem fremdartigen Wesen, das zugleich etwas Urnorwegisches war, das offizielle Symbol Norwegens. Es fauchte im Landeswappen über dem Eingang zum Regierungsgebäude. Zwei Löwen lagen vor dem Parlament – zahme, zahnlose Löwen, die versuchten, ungeheuer wichtig zu wirken, ohne wirklich jemandem Angst einjagen zu können. Die allerschönste jedoch war die Löwin mit den üppigen Brüsten, die das Besprechungs- und Repräsentationszimmer des Obersten Gerichts bewachte.

Benjamin Grinde starrte die Bronzefigur an. Sie nagelte ihn ans Bett, und aus ihrem Maul schien ein abstoßender Gestank zu quellen. Mühsam kam er auf die Beine und ging in die Küche.

»Ich habe nie hineingeschaut«, fiel ihm plötzlich ein, während er nach Kaffee suchte. »Was mag wohl drinnen sein?«

Das große Eichenbüfett mit den Glastüren und den Traubenreliefs wirkte im Dämmerlicht fast schwarz. Die Vorhänge waren vorgezogen, das Leben fand draußen statt, hier drinnen gab es nichts.

Hinter den alten Decken der Urgroßmutter lag die kleine Dose, die er besser an ihrem ursprünglichen Platz gelassen hätte.

Eine hübsche kleine Pillendose aus emailliertem Gold.

Er zog sie heraus und versuchte sie zu öffnen.

11.00, Hauptwache Oslo

»Und dieser Mann war gestern hier? Auf der Wache?«

Von dem sonst so korrekten, neutralen Überwachungschef war nicht mehr viel übrig. Er lief hektisch in seinem Büro auf und ab und fuhr sich mit den Fingern durch die Haare.

»Wann ist er entlassen worden?«

»Gestern nachmittag. Er hatte nichts mit der Demonstration zu tun. Er war einfach zur falschen Zeit am falschen Ort.«

»Brage Håkonsen«, murmelte Ole Henrik Hermansen verbissen. »Liegt schon etwas gegen ihn vor?«

»Wenig.«

Der Beamte versuchte, seinen Chef im Auge zu behalten, aber das war nicht leicht, denn Hermansen wirbelte förmlich durch das Zimmer.

»Und was ist dieses Wenige?«

»Er gehört einwandfrei in die rechtsextreme Szene. Früher war er Mitglied der ›Arischen Macht‹, aber das ist schon eine Weile her. In den letzten zwei Jahren war er fast unsichtbar. Wir haben den Verdacht, daß er eine eigene Gruppe leitet, aber wir wissen nichts Näheres.«

Der Überwachungschef blieb abrupt stehen, unmittelbar hinter dem Rücken seines Mitarbeiters.

»Und Tage Sjögren hat ihn also besucht. Letzte Woche.«

Der Beamte begnügte sich mit einem Kopfnicken, obwohl er wußte, daß der andere das nicht sehen konnte.

»Bring alles über den Kerl heraus«, fauchte Ole Henrik Hermansen, lief zu seinem Schreibtischsessel und setzte sich. »Im Notfall kannst du ihn einfach verhaften.«

15.32, Tindfoten, Tromsdalen bei Tromsø

Der Schnee war nicht mehr weiß. Er umwirbelte ihn in einem Grauton, den er noch nie gesehen hatte. Das viele

Grau verschwamm zu einem übergangslosen Nichts; er konnte kaum noch seine Skispitzen erkennen. Sie hätten die Schutzhütte nicht verlassen dürfen. Er hatte Morten davor gewarnt; so, wie das Wetter sich entwickelt hatte, seit sie Snarbydalen verlassen hatten, hätten sie in der Hütte bleiben sollen.

»Aber es geht doch fast die ganze Zeit bergab«, hatte Morten protestiert. »Zwanzig Minuten leichter Hang, dann eine gute halbe Stunde toller Abfahrtslauf. Zu Hause wartet schon das Bier auf uns. Was willst du denn hier?«

Morten hatte auf die Regale in der kleinen Hütte gezeigt. Einige Tüten Blumenkohlsuppe und vier Konservendosen mit Eintopf wirkten sehr viel weniger verlockend als ein blutiges Steak und ein kaltes Bier in Mortens Wohnung in Skattøra.

»Aber die Lawinengefahr«, hatte der Wachmann eingewandt. »Es könnte doch Lawinen geben.«

»Himmel! Ich bin hier schon hundertmal unterwegs gewesen. Hier gibt's keine Lawinen. Jetzt komm schon!«

Er hatte nachgegeben. Jetzt wußte er nicht, wo Morten war. Er blieb stehen und stützte sich auf seine Skistöcke.

»Morten! Morten!«

Das graue Schneegestöber schien seinen Ruf zu verschlucken: Er machte vor seinem Mund kehrt und flog wieder hinein.

»Morten!«

Er wußte nicht einmal, wo er war.

Noch immer ging es leicht bergauf, obwohl er seit fast einer Stunde unterwegs war. Morten hatte gesagt, daß die Abfahrt nach zwanzig Minuten beginnen würde. Bei diesen Schneemengen waren die Laufverhältnisse sicher erbärmlich. Es lag mehr Schnee als sonst, der Wetterbericht für Nordnorwegen meldete fast täglich neue Rekorde.

Wurde es hier nicht ein wenig flacher? Er blieb stehen, um sich zu vergewissern. Der peitschende Schnee drang jetzt durch seine Kleider, keiner von ihnen hatte sich auf einen Sturm eingestellt.

»Morten!«

Dem Wachmann aus dem Regierungsgebäude wurde schwindlig; er wußte kaum noch, wo oben und wo unten war. Die Orientierung nach Himmelsrichtungen hatte er schon längst aufgegeben. Immerhin ging es jetzt geradeaus. Der Hang war zu Ende.

Plötzlich hörte er ein Geräusch. Etwas anderes als den heulenden Wind und das Klappern seiner Rucksackschnalle. Etwas mit niedriger Frequenz, etwas Bedrohliches; er stand wie erstarrt da und spürte, wie die Angst seine Beine hochkroch.

Ob er an einer Böschung stand? Oder an einer Felswand?

Verzweifelt lief er los, schnell, zielstrebig, auch wenn er nicht wußte, wohin er unterwegs war. Dann verlor er das Gleichgewicht.

Der Boden bewegte sich, langsam und träge. Das Brummen war zu einem ohrenbetäubenden Gebrüll geworden; und ehe der Wächter sich von seinem Sturz wieder aufgerappelt hatte, kamen die Schneemassen. Es war wie ein Weltuntergang. Er wurde hin und hergeschleudert, lag plötzlich auf dem Rücken, um dann auf dem Bauch weitergeschoben zu werden. Der Schnee drang überall ein – nicht nur durch die Kleidung, sondern auch in Ohren, Mund und Nase. Plötzlich wußte er, daß er sterben mußte.

Der Druck über ihm erhöhte sich noch, er segelte nicht mehr auf dem Schnee den Hang hinunter. Er lag darunter. Um ihn herum war es nicht mehr grau. Es war pechschwarz. Er hatte das Gefühl, als würden ihm die Augen in den Kopf gepreßt, und er schnappte nach Luft, die es nicht gab. Schnee füllte seine Atemwege.

»Jetzt werden sie es nie erfahren.«

Ein letztes Mal versuchte er, seine schmerzende, zusammengepreßte Lunge mit Luft zu füllen. Dann wurde ihm schwarz vor Augen, und nur drei Minuten später war er tot.

16.10, Kirkeveien 129

Ruth-Dorthe Nordgarden saß in einem schönen alten Empiresessel und dachte nach.

Sie starrte das Mobiltelefon in ihrer rechten Hand an. Dann knallte sie es auf den Tisch und griff zum normalen Apparat, einem schnurlosen, mit dem sie sich noch nicht richtig auskannte.

Sie würde sich rächen. Vielleicht nicht sofort; aber irgendwann würde sie sich rächen. Tryggve Storstein hatte sie nicht in seiner Regierung haben wollen, sie wußte, daß andere ihre Ernennung durchgesetzt hatten.

»Hallo!«

»Hallo?«

»Hier ist Ruth-Dorthe.«

»Meinen Glückwunsch.«

Die Stimme klang neutral. Aber sie wußte genau, was sie von ihm zu halten hatte. Natürlich war auf ihn kein Verlaß. Auf niemanden war Verlaß. Trotzdem gehörte er ihr. Er hatte ihr immer geholfen, hatte für sie gesorgt, sie unterstützt, hatte gewußt, daß ihre Karrieren miteinander verbunden, daß sie politisch gesehen siamesische Zwillinge waren. Auch Gunnar Klavenæs saß in der Parteileitung.

»Was in aller Welt ist denn passiert?« fragte sie.

»Vergiß es. Immerhin ist es gutgegangen. Zu guter Letzt.«

Schweigen. Sie konnte die Spülmaschine hören, die irgendwo im Programm festhing und spülte und spülte. Sie ging mit dem Telefon in die Küche.

»Moment mal.«

Die Spülmaschine klang wie ein gewaltiger Regenguß, ein Orkan in einer Blechdose. Hilflos starrte sie die Knöpfe und Schalter an, ohne sie jedoch zu berühren. Schließlich schaltete sie die Maschine aus. Die Windstärke flaute ab, jetzt war nur noch ein Sickern zu hören, und auch das wurde immer leiser.

»Hallo?«

»Ja, ich bin immer noch dran.«

»Er hält nicht lange durch«, sagte sie tonlos.

»Ich glaube, da verrechnest du dich, Ruth-Dorthe«, sagte der Mann am anderen Ende der Leitung. »Seine Position ist stärker, als du denkst.«

»Nicht, wenn er alle Probleme aus Birgittes Zeit erbt. Denn das tut er. Die Wahlen im Herbst werden ihn den Kopf kosten.«

»Sicher nicht. Dieser Mord wird uns Wählerstimmen bringen. Bei den schwedischen Sozialdemokraten war das doch auch so.«

Sie kniff die Augen zusammen und betrachtete einen Baum im Hinterhof, an dem sich erste grüne Blattspitzen zeigten.

»Wir werden sehen«, murmelte sie. »Ich rufe eigentlich nur an, um zu fragen, ob du mit mir essen gehst. Heute abend.«

»Heute geht das nicht. Ich habe im Moment so verdammt viel zu tun. Kann ich nicht lieber dich anrufen, wenn ich etwas mehr Luft habe?«

»Sicher«, sagte sie eingeschnappt. »Ich dachte, es würde dich interessieren, was ich zu erzählen habe.«

»Tut es ja auch, Ruth-Dorthe. Aber das heben wir uns auf, ja?«

Ohne zu antworten, drückte sie auf den grünen Knopf mit dem Symbol eines winzigen Telefons.

Sie hielten sie für ein Auslaufmodell. Auch ihre Anhänger. Einige zumindest. Sie hatte es nur Gros Rücktritt zu verdanken, daß sie immer noch stellvertretende Parteivorsitzende war. Die ersten vier Jahre hatten ihre Erwartungen nicht erfüllt, ihr Freundeskreis war geschrumpft, und die Klagen derer, die ihr nicht wohl gesinnt waren, waren lauter geworden. Auf dem Parteitag zwei Wochen nach dem Regierungswechsel hatten alle unnötigen Ärger vermeiden wollen. Die alte Parteileitung durfte im Amt bleiben, und Ruth-Dorthe Nordgarden wußte, daß sie nur um ein Haar davongekommen war. Und sie wußte, daß ihr größter Gegner Tryggve Storstein hieß. Damals war er nur stellvertretender Parteivorsitzender gewesen, genau wie sie. Jetzt war er Parteichef. Und Ministerpräsident.

Aber sie wußte noch immer, an welchen Fäden sie ziehen konnte.

Sie schaute auf die Uhr. Ihre Töchter würden erst in einigen Stunden zurückkommen. Ruth-Dorthe Nordgarden holte sich eine Tasse Kaffee. Er war zu stark, sie rümpfte die Nase und stapfte wieder in die Küche, um Milch hineinzugeben. Der Kühlschrank roch unangenehm, als sie ihn öffnete, die Mädchen waren derzeit pflichtvergessener denn je. Ärgerlich stellte sie fest, daß das Verfallsdatum der Milch bereits überschritten war. Sie roch daran und goß dann ein wenig davon in ihren Kaffee.

Während sie noch dastand und an dem schmutzigbraunen Getränk nippte, wanderten ihre Augen vom Mobiltelefon zum schnurlosen Gerät. Ihr war völlig unklar, wieso Mobiltelefone abhörsicher sein sollten; bei der heutigen Technik konnte es doch nicht sein, daß irgendeine Art von Telefongespräch keinem Lauscher zugänglich war. Das Mobiltelefon kam ihr einfach nicht sicher vor, es knackte und rauschte, und ab und zu hatte sie in der Leitung fremde Stimmen gehört. Schließlich griff sie doch danach.

»Sie wollten mich sprechen«, sagte sie tonlos, als sich am anderen Ende der Leitung jemand meldete.

Sie würde die Fenster putzen müssen. Die schrägstehende Abendsonne drang kaum bis zu ihrem Schreibtisch vor, und Staubkörner tanzten im trüben Licht. Sie hörte lange zu, was die Stimme am anderen Ende der Leitung zu sagen hatte.

»Sie sprechen von internen Dokumenten«, sagte sie endlich. »Das ist natürlich schwierig. Fast schon unmöglich.«

Was nicht stimmte. Das wußten sie beide. Aber Ruth-Dorthe Nordgarden wollte überredet werden. Sie wollte wissen, was dabei für sie herausspringen würde.

Fünf Minuten später beendete sie das Gespräch.

Sie kritzelte einige Worte in ihren Terminkalender, auf die Seite für den kommenden Montag. Sie mußte die Spülmaschine so bald wie möglich reparieren lassen. Sie würde ihren politischen Ratgeber bitten, das in die Wege zu leiten.

18.00, Jacob Aalls gate 16

»Ich bin skeptisch. Ich möchte das nur gesagt haben, ich bin skeptisch.«

Lerche Grinde runzelte ihre dunkelbraune Stirn und

spitzte den Mund. Doch Liten Lettvik entdeckte trotzdem ein neugieriges Funkeln in den Augen der alten Frau.

»Nachdem Ihre Zeitung diese schrecklichen Dinge über Ben geschrieben hat, ist es doch klar, daß ich von Ihrem Besuch nicht gerade begeistert bin. Andererseits ...«

Lerche Grinde zog sich in ihre winzige Diele zurück und bedeutete Liten Lettvik, ihr zu folgen.

»Wenn ich auf irgendeine Weise klarstellen könnte, daß Ben nichts mit dieser schrecklichen Geschichte zu tun hat, dann wäre das natürlich wunderbar.«

Die Frau, die weit über siebzig sein mußte, trug enge Jeans, die auf faszinierende Weise zeigten, wie sich ein alternder Körper verändert. Ihre Beine wirkten kraftlos und mager, ihre Waden waren dünn wie Pfeifenreiniger. Zwischen den engen Hosenbeinen und den Plateausandalen war ein Stück braune Wade mit straffer, glänzender Haut und dunklen Altersflecken zu sehen. Unter dem lockeren rosa Angorapullover, der Lerche Grinde bis halb über das Gesäß reichte, hatte das Alter die gesamte Sitzmuskulatur weggenagt. Vor zehn Jahren, dachte Liten Lettvik, konntest du solche Kleidung sicher noch tragen.

»Setzen Sie sich doch«, befahl Lerche Grinde, und Liten Lettvik spürte den unangenehmen Blick unter den Augenbrauen der alten Frau, die zu zwei dünnen Bogen auf ihrer hohen Stirn gezupft waren. »Etwas zu essen lehnen Sie sicher nicht ab.«

Als sie aus der Küche zurückkam, hielt sie in der einen Hand einen Teller mit Broten, in der anderen eine Plätzchenschale mit hohem Fuß.

»Ich habe immer auf die schlanke Linie geachtet, wie Sie sehen. Für mich gibt es nur Portwein. So.«

Sie schenkte sich ein großzügiges Glas ein; die rotbraune Flüssigkeit schwappte fast über. Liten Lettvik nickte kurz und bekam ein halbes Glas.

»Sie sind ja sicher mit dem Auto gekommen«, erklärte Lerche Grinde. »Greifen Sie zu. Na los!«

Sie schob der Journalistin die Speisen hin.

Es sah lecker aus. Liten Lettvik hatte Hunger. Sie hatte immer Hunger. Vor langer Zeit hatte sie in einer populärwissenschaftlichen Zeitung gelesen, daß Hunger das Gewissen ersetzen könne. Sie hatte versucht, den Artikel zu vergessen. Sie nahm sich ein Brot mit Lachs und Rührei und hätte gern gewußt, ob diese seltsame Frau immer solche Leckerbissen in der Küche bereithielt, schließlich war sie nur zehn Minuten dort gewesen.

Es gefiel ihr nicht, unter dem Adlerblick der Frau auf dem Sofa essen zu müssen, die sie über ihrem Portweinglas aus braunen, intensiven Augen anstarrte, und Liten Lettvik gab auf, als sie das halbe Brot verzehrt hatte.

»Wie konntet ihr das bloß schreiben?« sagte Lerche Grinde. »Da wußtet ihr doch schon, daß die Anklage ein Fehler gewesen war.«

»Der Haftbefehl«, korrigierte Liten Lettvik. »Das war ein Haftbefehl. Und wir haben doch geschrieben, daß der nicht haltbar war. In dem Artikel stand die reine Wahrheit.«

Lerche Grinde machte einen zerstreuten Eindruck. Sie glotzte Liten Lettvik zwar ungeniert an, ihre Gedanken aber schienen sich keineswegs um die Tatsache zu drehen, daß ihr Sohn erst vor wenigen Tagen irrtümlicherweise für einen Mörder gehalten worden war. In ihrem Gesicht zeigte sich ein neuer, seltsamer Zug, eine Mischung aus Belustigung und Verlegenheit, der Liten Lettvik verwirrte.

»Und inzwischen ist es doch vergessen«, sagte sie. »Alle vergessen so schnell. Das kann ich Ihnen versichern. Aber Sie könnten mir vielleicht ein wenig über Ihren Sohn …«

Der Blick der anderen war inzwischen unerträglich. Sie starrte Liten an und betupfte sich dabei immer wieder den Mund mit einer Stoffserviette.

»Stimmt was nicht?«

»Sie haben Rührei am Kinn«, flüsterte Lerche Grinde und beugte sich über den Couchtisch. »Hier.«

Sie zeigte auf ihr eigenes Kinn, und Liten Lettvik machte eine blitzschnelle Handbewegung.

»Sie haben übrigens eine Serviette«, sagte Lerche Grinde pikiert.

»Danke«, murmelte Liten Lettvik und zog eine Leinenserviette aus einem großen, ziselierten Silberring.

Liten Lettvik fühlte sich nur selten ausgetrickst. Sie ließ sich von ihrem Aussehen nie beeinträchtigen. Das war ihr egal. Das einzige, was sie beschäftigte und sie bisweilen sogar freute, war die Tatsache, daß sie eigentlich niemanden wirklich liebte; sie interessierte sich nicht einmal besonders für andere Menschen. Ihr Anliegen, ihr Kreuzzug, ihr großes Projekt war die Wahrheit. Die Wahrheit war wie eine Besessenheit, und sie lachte höhnisch über die blödsinnigen Versuche anderer Presseleute, die Grundsatzdiskussionen über journalistische Ethik zu führen. Nur zweimal in ihrer langen, erfolgreichen Karriere hatte sie Dinge drucken lassen, die sich als unrichtig erwiesen hatten. Das war hart für sie gewesen und hatte ihr noch Monate später zu schaffen gemacht.

Die Wahrheit konnte niemals unmoralisch sein. Wie man sie ermittelte und welche Folgen das für andere

Menschen hatte, war von zweitrangiger Bedeutung. Es spielte keine Rolle, ob sie zu Lüge und Unmoral griff, um die Wahrheit herauszufinden. Die Wahrheit hatte nur eine Seite: die objektive. Wenn jedes Wort in einem ihrer Artikel richtig war, dann war der Artikel damit legitim.

Die Gewißheit über ihre eigene ewige Wahrheitssuche machte sie unverwundbar. Aber in diesem Moment, vor dieser Hexe von Frau, vor diesem kleinen, eitlen, lächerlichen Eichhörnchen, das auf der anderen Seite des schweren Mahagonitisches seine Schnurrhaare bewegte, gerade jetzt empfand Liten Lettvik einen ungewohnten Anflug von Unsicherheit.

Ihr schauderte, und sie ließ sich in den Sessel zurücksinken, um ihren Bauch einziehen zu können.

»Ich dachte nur, Sie könnten mir vielleicht etwas über Ihren Sohn erzählen«, sagte sie schließlich. »Wir möchten unseren Lesern doch ein korrektes Bild von ihm vermitteln. Er ist in einer sehr exponierten Position, und sein Leben ist in höchstem Grad von öffentlichem Interesse, finden Sie nicht?«

Lerche Grinde lachte, ein lautes, perlendes, scharfes Lachen.

»Ich habe mich wirklich schon gefragt, warum die Presse sich bisher so wenig für ihn interessiert hat. Wissen Sie …«

Lerche Grinde beugte sich wieder vor, als wolle sie eine vertrauliche Stimmung schaffen.

»Ben hat als erster in Norwegen sowohl das medizinische Staatsexamen als auch einen Doktor in Jura gemacht. Als allererster. Schauen Sie her!«

Sie erhob sich vom Sofa, ging zu einem Bücherregal und zwitscherte dabei weiter. Mit steifen Bewegungen ging sie in die Hocke und zog ein Album heraus.

»Ich finde ja, daß das damals viel zu wenig Aufmerksamkeit erregt hat.«

Sie legte das Album vor Liten Lettvik auf den Tisch.

»Nur eine kleine Meldung in Aftenposten«, schnaubte sie und zeigte mit einem rotlackierten Fingernagel darauf. »Es war ein Ereignis, das kann ich Ihnen sagen. Aber …«

Sie ließ sich wieder aufs Sofa fallen.

»Als Ben sein Abitur machte, gab es einen größeren Artikel.«

Lerche Grinde gab Liten Lettvik ein Zeichen, weiter im Album zu blättern.

»Zwar nur in der Lokalzeitung, aber immerhin.«

Liten Lettvik blätterte. Plötzlich sah sie den jungen Benjamin Grinde, auf einem großen, grob gerasterten und verblichenen Zeitungsfoto. Er lächelte verlegen in die Kamera, und trotz seiner langen Mähne und den nackten Augen eines Achtzehnjährigen war er sofort zu erkennen. Der Mann war im Laufe der Jahre zwar schöner geworden, doch schon auf dem alten Foto war sein gutes Aussehen zu erkennen, unfertig, verletzlich und anziehend.

»Himmel«, murmelte Liten Lettvik. »So gute Noten hatte er?«

»Sehr gut in allen Fächern«. Lerche Grinde kicherte glücklich. »Auf der Osloer Kathedralschule. Dem besten Gymnasium der Stadt … ja, ich würde fast sagen, dem besten im Land. Damals zumindest. Inzwischen ist es ja auch damit bergab gegangen.«

Sie verzog mißbilligend den Mund.

»Wer ist das?«

Liten Lettvik legte das schwere Album vor Benjamin Grindes Mutter hin. Lerche Grinde nahm eine Brille mit halbmondförmigen Gläsern aus einem Lederetui und betrachtete das Bild.

»Das«, seufzte sie. »Das ist doch Birgitte, die arme Birgitte, sehen Sie doch nur, wie reizend sie war.«

Birgitte Volter hatte einen Arm um den achtzehnjährigen Benjamin Grinde gelegt. Der junge Mann stand stocksteif da, seine Hände hingen unschlüssig vor seinen Oberschenkeln; er starrte auf einen Punkt neben der Kamera. Birgitte Volter, mit halblangen Haaren und wippendem Röckchen, Pumps und einer Brille wie Katzenaugen, lachte in die Kamera. Auf dem anderen Arm trug sie einen Säugling. Das Kind lag nicht besonders gut da, und sein Kopf hing zu weit am Rand. Auf den grauschwarzen Bogen war mit weißer Tinte in eleganter und gut leserlicher Schrift geschrieben: »Klein-Livs erster Tag an der Sonne.«

»Sehen Sie«, sagte Lerche Grinde eifrig und blätterte weiter im Album. »Hier sind wir allesamt am Strand. Sie wissen doch, Birgitte Volter war eine sehr enge Freundin der Familie. Ihre Eltern – wunderbare Menschen, sie sind seit einigen Jahren leider tot – waren unsere nächsten Nachbarn. Es war eine wunderbare Zeit.«

Sie seufzte und ließ sich lächelnd ins Sofa zurücksinken. Dabei starrte sie sehnsüchtig aus dem Fenster.

»Was für eine wunderschöne Zeit«, wiederholte sie, eher an sich gerichtet als an Liten Lettvik.

Diese hörte ihr auch gar nicht zu.

»Wer ist das?« fragte sie laut und zeigte auf ein anderes Bild.

Lerche Grinde gab keine Antwort. Sie starrte noch immer aus dem Fenster, ihr Gesicht hatte sich verändert, ihre Augen wirkten jetzt sanft, und ihr Lächeln schien von tief innen zu kommen, aus einem seit langem verschlossenen Raum.

»Verzeihung«, sagte Liten Lettvik laut. »Frau Grinde!«

»Ach«, die alte Frau fuhr zusammen. »Tut mir leid. Was haben Sie gesagt?«

»Wer ist das?«

Liten Lettvik wollte keineswegs die Aufmerksamkeit auf ihre abgeknabberten Nägel lenken und klopfte deshalb mit dem Fingerknöchel auf das Bild eines Säuglings. Das Kind lag auf dem Rücken auf einem Frotteehandtuch, hatte die nackten Knie an die Brust gezogen und blickte unzufrieden mit zusammengekniffenen Augen in die Sonne. Auf der einen Seite des Kindes saß Birgitte Volter, noch immer lächelnd, auf der anderen saß ein tiefernster Benjamin Grinde. Hinter dem Kind hockte mit einem strahlenden Lächeln und einer Hand unter dem Kopf des Kindes ein breitschultriger Mann, den Liten Lettvik sofort erkannte: Roy Hansen.

»Wer ist dieses Kind?«

Lerche Grinde schaute sie verwirrt an.

»Das Kind? Aber das ist doch Liv.«

»Liv?«

»Ja, die kleine Tochter von Birgitte und Roy.«

»Die Tochter? Aber sie haben doch nur ein Kind. Einen Jungen, nicht wahr? Per.«

»Per ist doch erst Anfang Zwanzig«, erklärte Lerche Grinde. »Und das hier war 1965. In diesem Jahr ist die kleine Liv gestorben. Eine entsetzliche Tragödie. Einfach so ...«

Sie versuchte, mit den Fingern zu schnipsen.

»Ohne irgendeine Ursache. Wir haben alle so darunter gelitten. Die armen alten Volters, das hat sie krank gemacht. Nur gut, daß Birgitte so jung war. Und Roy natürlich auch, obwohl ich eigentlich nie begriffen habe, was Birgitte an ihm gefunden hat. Aber junge Leute, wissen Sie … junge Leute kommen immer wieder auf die Beine. Und Ben, der liebe Junge. Er war außer sich. Der arme Ben. Er ist so empfindsam. Das war sein Vater auch. Er war Fotograf, wissen Sie, und eigentlich eine Künstlernatur.«

»Und das war also 1965, haben Sie gesagt«, sagte Liten Lettvik und schluckte. »Wie alt war das Kind?«

»Nur drei Monate. Die arme Kleine. Ein wunderbares Kind. Bezaubernd. Sie war zwar nicht gerade geplant, wenn Sie verstehen, was ich meine.«

Lerche Grinde zwinkerte kurz mit dem rechten Auge.

»Aber sie war ein kleiner Sonnenschein. Und dann starb sie einfach. Plötzlicher Kindstod. Heißt das nicht heutzutage so? Wir haben es einfach als Tragödie bezeichnet. Damals gab es nicht so viele schöne Wörter, wissen Sie.«

Liten Lettvik hustete heftig, ein lautes, heiseres Husten, schlug sich beide Hände vor den Mund und keuchte:

»Könnte ich wohl einen Schluck Wasser haben?«

Lerche Grinde wirkte ganz verstört, als sie in die Küche lief.

Liten hustete weiter. Gleichzeitig packte sie das Album und ließ es in die große Tasche fallen, die sie immer bei sich hatte. Mit einem letzten, wilden Aufhusten schloß sie den Reißverschluß.

»Hier«, zwitscherte Lerche Grinde, die mit einem Kristallrömer aus der Küche zurückgekommen war. »Trinken Sie aber ganz vorsichtig. Rauchen Sie, Frau Lettvik? Das sollten Sie sich abgewöhnen.«

Liten Lettvik schwieg und leerte das Glas.

»Danke«, murmelte sie. »Jetzt muß ich aber gehen.«

»Schon?«

Lerche Grinde konnte ihre Enttäuschung nicht verbergen.

»Aber Sie kommen vielleicht wieder? Ein andermal?«

»Natürlich«, beteuerte Liten Lettvik. »Aber jetzt muß ich los.«

Einen Augenblick spielte sie mit dem Gedanken, sich schnell noch eins von den leckeren Broten zu schnappen. Aber dann riß sie sich zusammen. Irgendwo mußte es schließlich Grenzen geben.

Montag, 14. April 1997

2.00, Redaktion der Abendzeitung
Liten Lettvik beugte sich über den Bildschirm des Computers und studierte den Entwurf der nächsten Titelseite. Vor allem war sie mit dem Foto zufrieden, dem Hochzeitsbild von Birgitte Volter und Roy Hansen, aufgenommen von Benjamin Grindes Vater, dem Fotografen Knut Grinde.

»Woher hast du eigentlich diese Bilder?« murmelte der Endredakteur.

Er rechnete nicht mit einer Antwort und bekam auch keine. Liten Lettvik lächelte nur nachsichtig und bat um einen Ausdruck.

»Den kannst du dir selber machen«, sagte der Kollege sauer.

Aber nichts konnte Liten Lettvik in dieser Nacht aus ihrer guten Laune bringen. Sie lief in ihr Büro und klickte sich in ihrem Computer zur nächsten Ausgabe durch.

Jugendfreund untersucht Familientragödie

Bislang unveröffentlichte Bilder der
Ministerpräsidentin Birgitte Volter

Von Liten Lettvik. Foto: Privat

Als einzige Zeitung zeigt die AZ heute bislang unbekannte Seiten der verstorbenen Ministerpräsidentin Birgitte Volter. Die Bilder aus Volters Jugendzeit sind noch nie veröffentlicht worden.

Gänzlich unbekannt war auch, daß Birgitte Volter und ihr Mann Roy Hansen 1965 unter tragischen Umständen ihre drei Monate alte Tochter Liv verloren haben. Birgitte Volter war bei der Geburt ihres Kindes erst neunzehn, konnte aber dennoch ihr Abitur machen. Studiert hat sie bekanntlich nicht, zwei Monate nach Livs Tod nahm sie ihre Berufstätigkeit als Sekretärin in einer staatlichen Spirituosenhandlung auf. Erst 1975 kam ein weiteres Kind zur Welt, Per Volter, der derzeit die Unteroffiziersschule besucht. Die Familie hat sich gegenüber der Öffentlichkeit niemals zu Livs Tod geäußert. Personen, zu denen die AZ Kontakt aufgenommen hat und die nach eigener Aussage der Familie Volter/Hansen sehr nahestehen, sagen aus, nichts von diesem tragischen Ereignis gewußt zu haben. Der Witwer Roy Hansen stand für einen Kommentar nicht zur Verfügung.

Unbekannt war bisher auch, daß Birgitte Volter und Benjamin Grinde in ihrer Jugend eng befreundet waren. Über dreißig Jahre später leitet eben dieser Benjamin Grinde die Kommission, die die Ereignisse des Jahres 1965, als in Norwegen außergewöhnlich viele Kleinkinder starben, näher untersuchen soll.

Liten Lettvik zündete sich ein Zigarillo an und blätterte ein paar Seiten weiter.

»Äußerst bedenklich«, sagt Professor Fred Brynjestad

Von Liten Lettvik und Bent Skulle (Foto)

Es besteht aller Grund zur Skepsis, was Richter Benjamin Grindes Unbefangenheit als Leiter der Untersuchungen zu dem möglichen Gesundheitsskandal von 1965 angeht. Das behauptet zumindest Dr. jur. Fred Brynjestad, Professor des öffentlichen Rechts, im Gespräch mit der AZ.

»Wenn Birgitte Volter im fraglichen Jahr eine Tochter verloren hat und damals eng mit Benjamin Grinde befreundet war, dann sollten wir vorsichtig sein«, meint Prof. Dr. jur. Fred Brynjestad. »Ministerpräsidentin Volter hätte auf diese belastenden Tatsachen hinweisen müssen, ehe Grinde mit der Leitung der Kommission betraut wurde.«

»Noch schlimmer ist jedoch, daß Grinde das nicht selbst übernommen hat«, sagt Brynjestad. »Ihm als fähigem Juristen hätten diese äußerst bedenklichen Umstände sofort auffallen müssen.«

Brynjestad fügt hinzu, daß Grinde zwar nicht zwangsläufig befangen sein müsse, daß er den Auftrag aber in jedem Fall hätte ablehnen müssen.

»Wir sehen in unserer Gesellschaft die bedauerliche Tendenz«, sagt Professor Brynjestad, »daß die Elite in immer höherem Grad intern verbandelt ist, so daß für den normalen Bürger die Grenzen zwischen Macht und Einfluß verwischt werden. Es gibt ein unsichtbares Netzwerk aus Kräften, die wir nicht kontrollieren können.«

Die von der AZ in der letzten Woche vorgenommenen Untersuchungen zeigen uns Benjamin Grinde als graue Eminenz des norwegischen Gesellschaftslebens. Ein Jugendfreund Birgitte Volters, eng befreundet mit wichtigen Personen aus Parlament und Justiz.

Die Abgeordnete Kari-Anne Søfteland von der Zentralpartei ist zutiefst entrüstet darüber, daß diese Verhältnisse nicht früher ans Licht gekommen sind.

»Jetzt müssen wir uns überlegen, ob wir nicht eine ganz neue Kommission einsetzen sollten«, sagte sie gegenüber der AZ. »Vermutlich hätte auch diese Kommission vom Parlament eingesetzt werden müssen. Und es wäre sehr bedauerlich, wenn es zu Verzögerungen in der Ermittlungsarbeit der Kommission käme.«

Liten Lettvik schaltete den Computer aus. Dann zog sie das Fotoalbum aus einer Schreibtischschublade. Zerstreut blätterte sie darin herum. An einigen Stellen klafften Löcher; die Fotoecken, in denen Familienbilder gesteckt hatten, bildeten sinnlose Rahmen um ein Nichts.

Liten Lettvik hatte nur ein Problem: Wie sollte sie das Album zurückbringen?

Sie dachte eine Weile nach, während das Zimmer sich langsam mit leichtem, weißen Tabakrauch füllte.

»Genaugenommen ist das eigentlich egal«, beschloß

sie schließlich. »Ich könnte den ganzen Kram ja auch verbrennen.«

Das Album nahm sie mit nach Hause. Sicherheitshalber.

7.00, Botanischer Garten, Tøyen

Hanne Wilhelmsen mochte das Gefühl, wenn der Schweiß strömte und ihr Herz protestierte. Auf dem nicht besonders steilen Trondheimsvei hatte sie einen Zahn zugelegt und war danach durch den Botanischen Garten zum Zoologischen Museum gelaufen. Sie suchte sich eine Bank unter einem exotischen Baum, dessen Namen sie nicht kannte.

Sie war noch nie in so guter Form gewesen. Sie schloß die Augen und atmete den Duft der Bäume ein. Cecilie hatte recht gehabt: Ihr Geruchssinn hatte sich gebessert, seit sie das Rauchen aufgegeben hatte.

Ein alter Mann kam auf sie zu. In der einen Hand hielt er einen Rechen, in der anderen einen Blumenspaten.

»Schönes Wetter«, nickte er ihr zu und lächelte zum Himmel hoch, der grau und feucht über ihnen hing; es nieselte.

Hanne Wilhelmsen lachte.

»Sie haben gut reden!«

Der Mann sah sie an und faßte einen Entschluß. Er setzte sich neben sie auf die Bank und fischte einen Priem hervor, den er sorgfältig unter seiner Zunge verstaute.

»Das ist das beste Wetter«, murmelte er. »Morgens Regen, nachmittags Sonne.«

»Meinen Sie?« fragte Hanne skeptisch und legte den Kopf in den Nacken.

Der Nieselregen legte sich wie ein feuchtes Tuch auf ihr Gesicht.

»Garantiert«, sagte der Mann schmunzelnd. »Schauen Sie doch.«

Er zeigte nach Westen, wo die Sofienbergkirche im grauweißen Licht aufragte.

»Sehen Sie, da wird es heller.«

Hanne nickte.

»Wenn es dahinten überm Holmenkollen heller wird und wenn kein Wind weht, so wie jetzt, dann können wir einige Stunden später mit gutem Wetter rechnen.«

»Aber der Wetterbericht ist da anderer Meinung«, sagte Hanne, stand auf und reckte sich. »Die haben Regen bis zum Mittwoch gemeldet.«

Der alte Mann lachte und spuckte braunen Tabaksaft aus.

»Ich arbeite seit zweiundvierzig Jahren hier«, sagte er fröhlich. »Seit zweiundvierzig Jahren kümmere ich mich um meine Pflanzen. Ich weiß, was sie brauchen. An Wasser und Sonne und Pflege. Das ist eine schöne Arbeit, wissen Sie, junge Frau. Angeblich brauchen die Bäume und Pflanzen wissenschaftliche Betreuung. Aber in Wirklichkeit … brauchen sie noch mehr.«

Lange sah er sie an. Sie ließ die Arme sinken und blickte zurück. Sein Gesicht war runzlig und braun, und sie staunte darüber, daß er noch immer berufstätig war. Er hätte sicher schon vor Jahren in Rente gehen können. Er war eine angenehme Gesellschaft, denn er strahlte eine Ruhe aus, die von ihr nicht viele Worte verlangte.

»Der Instinkt ist am wichtigsten, wissen Sie. Ich bekomme von denen Bücher und Artikel und was weiß ich. Aber die brauche ich nicht. Ich weiß, was jede einzelne kleine Blume und jeder große Baum in diesem

Garten brauchen. Ich habe diesen Instinkt, wissen Sie, junge Frau. Ich weiß, wie das Wetter wird, und ich weiß, was sie brauchen. Jede einzelne kleine Blume.«

Er stand auf und ging zu einer kleinen Pflanze hinter der Bank.

»Sehen Sie sich diesen Busch hier an, junge Frau«, sagte der Gärtner. »Der kommt aus Afrika. Ich brauche keine Bücher zu lesen, um zu wissen, daß dieses kleine Wesen besonders viel Wärme und Pflege braucht. Er hat doch Heimweh, das arme Ding, nach der Wärme und den Freunden unten in Afrika.«

Er fuhr mit der Hand über den Stamm, und Hanne kniff die Augen zusammen, als sie sah, daß der Strauch diese Berührung offenbar genoß. Die Hand war groß und grob, berührte die Pflanze jedoch mit sanfter, sinnlicher Aufmerksamkeit.

»Sie lieben diese Pflanzen«, sagte Hanne und lächelte.

Der Gärtner richtete sich mühsam auf und stützte sich auf seinen Rechen.

»Sonst geht die Arbeit nicht«, sagte er. »Ich mach das jetzt schon seit zweiundvierzig Jahren, wissen Sie. Und was machen Sie?«

»Ich bin bei der Polizei.«

Der Mann lachte laut, ein polterndes, ansteckendes Lachen.

»Ja, da haben Sie sicher genug zu tun. Wo doch die arme Birgitte Volter krepiert ist und überhaupt. Haben Sie denn da überhaupt noch Zeit, sich in Parks rumzutreiben?«

»Ach, eigentlich bin ich gerade beurlaubt.« Hanne wollte gerade anfangen zu erzählen, unterbrach sich jedoch. »Aber ich muß ja trotzdem in Form bleiben, wissen Sie. Immer.«

Der Mann zog eine riesige Taschenuhr hervor.

»Na, ich muß machen, daß ich weiterkomme«, sagte er. »Der Frühling ist die anstrengendste Jahreszeit, das können Sie sich sicher denken. Schönen Tag noch.«

Er lächelte und hob den Rechen zu einem Gruß. Ein Stück weiter unten am Hang drehte er sich um und kam noch einmal zurück.

»Hören Sie«, sagte er ernst. »Ich hab ja keine Ahnung von solchem Polizeikram. Ich kümmere mich nur um meinen Garten. Aber bei euch ist das doch sicher nicht anders oder? Daß es auf den Instinkt ankommt, meine ich?«

»Ich glaube, da haben Sie recht«, sagte sie leise.

Wieder hob der alte Mann den Rechen und trottete weiter.

Hanne Wilhelmsen holte tief Atem. Die Luft war kühl, feucht und ein bißchen wie Kosmetik von innen. Ihr Kopf wurde leicht, die Gedanken erschienen ihr klarer als sonst.

Sie kam sich vor wie Hercule Poirot. Sie war auf ihre »kleinen grauen Zellen« angewiesen. Normalerweise verfügte sie über alle Informationen, die zu einem Fall gehörten. Jetzt kannte sie nur Bruchstücke; sogar Billy T. hatte sich über das frustierende Gefühl beklagt, in einer Gruppe zu arbeiten, die so groß war, daß nur die allerwenigsten über alle Informationen verfügten. Zwar hatte Håkon einen guten Gesamtüberblick, aber er stand total unter Streß und war vor allem nervös, weil das Kind noch immer nicht gekommen war.

Das Opfer hatte zwei Identitäten: die Ministerpräsidentin Birgitte Volter und der Privatmensch Birgitte. Welche von beiden war nun eigentlich ermordet worden?

Hanne lief weiter. Den Hang hinab, vorbei an dem alten Mann, der auf den Knien lag und im Boden grub;

er bemerkte sie nicht einmal. Dann steigerte sie ihr Tempo.

Bei keiner dieser beiden Identitäten schien es ein Motiv zu geben. Auf jeden Fall keins, das auf der Hand lag. Hanne hielt nichts von dem internationalen Motiv, auf dem die Zeitungen weiterhin herumritten. Die Extremistenspur kam ihr wahrscheinlicher vor, obwohl der Polizeiliche Überwachungsdienst in dieser Hinsicht offenbar nicht viel zu bieten hatte. Andererseits, wer wußte schon, was die Jungs im obersten Stock so trieben.

Billy T. hatte Birgitte Volters Privatleben ganz einfach als langweilig beschrieben. Darin gab es keine Skandale, denn ihr öffentliches Leben hatte sie voll und ganz ausgefüllt. Wenn sie einen heimlichen Geliebten gehabt hatte, dann mußte das der allerheimlichste Geliebte der Weltgeschichte sein. Die Gerüchte, die ihr irgendwelche Liebschaften andichteten, waren vage und nicht zu verifizieren, und außerdem bezogen sie sich alle auf längst vergangene Zeiten.

Es hatte auch keinerlei Gründe gegeben, die Ministerpräsidentin zu ermorden. In Norwegen wurden keine Regierungsoberhäupter umgebracht. Allerdings hatte Olof Palme das vermutlich auch über Schweden gedacht, als er an jenem schicksalhaften Abend im Februar 1986 ohne Leibwächter ins Kino gegangen war.

Hanne hatte den Sofienbergpark erreicht, und es regnete nicht mehr. Sie schaute nach Westen. Die hellen Stellen am Himmel, die der alte Mann ihr gezeigt hatte, waren inzwischen größer, jetzt prangte dort schon ein kleines Stück blauer Himmel. Sie setzte sich auf eine Schaukel und bewegte sich langsam hin und her.

Die wenigen, die Zugang zum Büro der Ministerpräsidentin gehabt hatten, kamen eigentlich nicht als Mörder in Frage. Wenche Andersen hätte ihre Chefin auf kaltblütige Weise ermorden müssen, um sich damit einen Oscar als beste weibliche Nebenrolle im Umgang mit der Polizei zu verdienen. Ausgeschlossen. Benjamin Grinde? Der nach Hause ging, um alles für seinen fünfzigsten Geburtstag vorzubereiten, und laut Protokoll bei seiner Festnahme ganz ruhig geblieben war, bis er erfahren hatte, daß Birgitte Volter tot war? Auch er konnte es nicht gewesen sein. Alle anderen Mitarbeiter hatten hieb- und stichfeste Alibis. Sie waren bei Besprechungen, im Rundfunkstudio, im Restaurant gewesen.

Sie hatte sich der Lösung so nah gefühlt, als sie um den Obduktionsbericht gebeten hatte. Eine ganze schlaflose Nacht hatte sie mit diesem Gedanken gekämpft: Selbstmord, ganz einfach. Aber wie sollte ein Selbstmordopfer die eigene Tatwaffe entfernen, um sie dann einige Tage später per Post an die Polizei zu schicken? Hanne Wilhelmsen glaubte nicht an ein Leben nach dem Tode. Und schon gar nicht an ein dermaßen aktives Leben. Sie hatte sich im Bett hin und her geworfen und immer neue Theorien aufgestellt. Aufgeregt hatte sie darum gebeten, den Obduktionsbericht lesen zu dürfen. Aber der hatte ihre Theorie gleich wieder ruiniert. Niemand kann Selbstmord begehen, ohne Spuren zu hinterlassen. Der Obduzent hatte Birgitte Volters Hände auf Spuren untersucht, die auf einen Kampf hingedeutet hätten, und auf andere Anzeichen, die einen Selbstmord ausschließen könnten. Und die hatte er gefunden: An ihren Händen hatte es keinerlei Schmauchspuren gegeben. Und damit war diese Theorie eingestürzt wie ein Kartenhaus.

Hanne Wilhelmsen mochte nicht mehr joggen. Sie machte sich auf den Heimweg, zur Stolmakergate 15 und Billy T.s seltsamer Behausung.

Würde die Frage, *warum* die Waffe der Polizei geschickt worden war, das Mordrätsel lösen können? Gab es jemanden, der der Polizei gern etwas erzählt hätte?

Gereizt schüttelte Hanne den Kopf. Wieder geriet alles in Unordnung, die Gedanken wirbelten durcheinander, ohne in dem unklaren Muster, an dem sie während des geamten Wochenendes gewebt hatte, einen passenden Platz zu finden.

Der Mord an Birgitte Volter war ein Fall ohne Motiv. Auf jeden Fall war kein Motiv zu sehen. Noch nicht. Was hatten sie überhaupt? Nur eine exklusive Sammlung verschwundener Gegenstände und eine Tote. Sie hatten einen gereinigten Revolver unbekannter Herkunft. Die ballistischen Untersuchungen hatten ergeben, daß es wirklich die Mordwaffe war, die im Briefumschlag gesteckt hatte.

Ein Schal war verschwunden. Und eine Pillendose aus emailliertem Silber oder Gold. Und eine Schlüsselkarte. Bestand zwischen all dem ein Zusammenhang?

Hanne Wilhelmsen dachte plötzlich an den alten Mann im Botanischen Garten. Instinkt. Sie blieb stehen, schloß die Augen und horchte in sich hinein. Sie kannte sich aus mit ihrem eigenen Instinkt. Mit dem Gefühl im Bauch. Mit ihren Rückenmarksreflexen. Jetzt spürte sie nichts anderes als eine Blase an ihrer linken Ferse.

Trotzdem lief sie in schnellem Tempo nach Hause.

9.10, Hauptwache Oslo

»Das kann doch kein Zufall sein, Håkon!«

Billy T. stürzte ins Büro des Polizeiinspektors, wobei er viel zu laut redete. In den Armen hielt er etwas Riesiges und Undefinierbares; es war rot und offenbar aus Gummi.

»Was ist denn das?« gähnte Håkon Sand.

»Der Wal«, grinste Billy T. und packte den roten Gummiwal, aus dem die Luft entwichen war, in eine Ecke. »Meine Jungs wollen im Sommer bestimmt gern damit spielen. Die größte Badeente am ganzen Strand.«

»Mensch, Billy T., du kannst doch nicht einfach beschlagnahmte Gegenstände an dich reißen.«

»Nicht? Soll er denn einfach da rumliegen, dieser Wal…«

Er versetzte der roten Masse einen Stups mit der Stiefelspitze, und der Wal quiekte leise und traurig.

»… ganz allein im finsteren Keller? Da hat er es bei meinen Jungs doch viel besser.«

Håkon Sand schüttelte den Kopf und gähnte noch einmal.

»Hör zu, Håkon«, sagte Billy T. und beugte sich über ihn. »Das kann doch kein Zufall sein. Der Wächter aus dem Regierungsgebäude ist tatsächlich am Samstag bei dem Lawinenunglück ums Leben gekommen. Jetzt ist der Typ tot, also können wir uns in seiner Bude umsehen.«

Billy T. knallte ein blaues Formular auf den Tisch des Polizeijuristen.

»Hier. Schreib mir einen Durchsuchungsbefehl.«

Håkon Sand schob den Zettel weg, als wäre er eine Schachtel voller lebender Skorpione.

»Wie lange kann der Termin wohl überschritten werden, ohne daß es gefährlich wird?« murmelte er.

»Hä?«

»Der Geburtstermin. Wie lange?«

Billy T. grinste breit.

»Nervös, was? Du hast das doch schon mal mitgemacht, Håkon. Das geht schon gut.«

»Aber Hans Wilhelm ist eine Woche zu früh gekommen.«

Håkon versuchte, ein weiteres Gähnen zu unterdrücken.

»Ich dachte, der Stichtag wäre erst gestern gewesen«, sagte Billy T.

»Ja«, murmelte Håkon und rieb sich das Gesicht. »Aber das Kind ist nicht gekommen.«

»Herrgott, Håkon. Der Stichtag kann gut um eine oder zwei Wochen überschritten werden, ohne daß die Lage kritisch wird. Und der Arzt kann sich auch verrechnet haben. Reg dich ab. Füll lieber das hier aus.«

Wieder versuchte er, Håkon das Papier aufzudrängen.

»Laß das!«

Håkon wollte das Papier zurückschieben, doch als ihm das nicht gelang, riß er es mit wütenden, hektischen Bewegungen in Fetzen.

»Ich sage es dir jetzt zum letzten Mal: Der Wächter fällt nicht in dein Ressort!« Håkon schlug mit der flachen Hand auf den Tisch. »Wenn du jetzt versuchst, dir von Tone-Marit die Kastanien aus dem Feuer holen zu lassen ... dann *reicht es mir endgültig!* Es gibt keine Grundlage für einen Haftbefehl. Und auch keine für die Annahme, daß es bei dem Wächter zu Hause etwas zu beschlagnahmen gäbe. Hier.«

Håkon fuhr herum und schnappte sich eine der vier Gesetzessammlungen im Regal hinter sich. Er knallte sie so energisch auf den Tisch, daß die Fensterscheiben klirrten.

»Strafprozeßgesetz, Paragraph 194. Lies selber!«

Billy T. rutschte in seinem Sessel hin und her.

»Verdammt, reg dich doch nicht so auf.«

Håkon Sand seufzte tief.

»Manchmal habe ich Hanne und dich so satt. Ich weiß, daß ihr tüchtig seid. Ich weiß sogar, daß ihr in der Regel recht habt. Es ist nur ...«

Er ließ sich in seinem Schreibtischsessel zurücksinken und schaute aus dem Fenster. Zwei Möwen auf der Fensterbank schauten herein, sie legten die Köpfe schräg und schienen ihn zu bedauern.

»Nicht ihr bekommt Ärger, wenn wir die Gesetze nicht einhalten, sondern ich. Weißt du, wie die anderen Juristen hier im Haus mich inzwischen nennen?«

»Den Laufburschen«, murmelte Billy T. und versuchte, sich ein Grinsen zu verkneifen.

»Das ist mir egal. Im Grunde finde ich es sogar in Ordnung. Ich freue mich über die Beziehung zwischen dir und mir und Hanne. Und wir haben ja auch einige große Fälle gemeinsam gelöst.«

Jetzt lächelten sie beide. Die Möwen vor dem Fenster schrien heiser.

»Aber könntet ihr mir nicht etwas … etwas Respekt entgegenbringen? Ab und zu?«

Billy T. musterte seinen Kollegen mit ernster Miene.

»Jetzt liegst du aber verdammt daneben, Håkon. Ich kann dir sagen …«

Er beugte sich vor und nahm Håkons Hand. Håkon wollte sie zurückziehen, aber Billy T. ließ sie nicht los.

»Wenn Hanne und ich einem einzigen Juristen hier im Haus Respekt entgegenbringen, dann dir. Sonst keinem. Und weißt du, warum?«

Håkon betrachtete schweigend ihre Hände. Billy T.s war groß und behaart und überraschend weich und warm, seine eigene dagegen war knochig und hart.

»Wir mögen dich, Håkon. Du erweist uns Respekt. Du bist bereit, dieses Geschreibsel da ein wenig großzügig auszulegen …«

Billy T. nickte zu dem großen roten Buch hinüber.

»Weil du weißt, daß wir die bösen Buben sonst nicht zu fassen kriegen. Du hast Dutzende von Malen für

Hanne und mich den Kopf hingehalten. Du irrst dich wirklich, wenn du glaubst, wir respektierten dich nicht. Wirklich.«

Håkon Sand wurde es warm, und tief unten in seinem Bauch hatte er ein gutes Gefühl, ähnlich dem längst vergessenen Glücksgefühl seiner Kindheit. Aber er empfand auch eine unbeschreibliche Müdigkeit. Ihm fielen die Augen zu, und ihm war schwindlig.

»Verdammt, was bin ich müde. Hab die ganze Nacht kein Auge zugetan. Hab immer nur Karens Bauch angestarrt. Bist du sicher, daß es nicht gefährlich ist?«

»Ich schwör's dir«, sagte Billy T. und ließ die Hand los. »Aber jetzt mußt du mir zuhören.«

Er fuhr sich mit den Fingerknöcheln über den Schädel.

»Birgitte Volter ist tot. Und dann kommt der Wächter plötzlich bei einem Lawinenunglück ums Leben. Er war genau zum kritischen Zeitpunkt in ihrem Büro. Er war sauer und mürrisch, er hatte Waffen und zeigte sie nicht vor, wie er es versprochen hatte. Es kann um Leben und Tod gehen, Håkon. Ich brauche diesen blauen Wisch!«

Håkon Sand erhob sich. Er blieb stehen, streckte die Arme Richtung Decke und wippte auf den Füßen auf und ab.

»Vergiß es, Billy T. Von mir bekommst du keinen Durchsuchungsbefehl. Aber wenn dir das vielleicht ein Trost ist ...«

Er ließ sich geräuschvoll auf die Hacken fallen.

»... am vergangenen Freitag wurde ein Auslieferungsbefehl gegen den Wächter erlassen. Mit anderen Worten, er wurde amtlich zu dem aufgefordert, worum du ihn so höflich gebeten hattest. Jetzt müssen seine Erben das entscheiden. Wenn Tone-Marit belegen kann, daß der

Wächter uns weiterbringt, dann werde ich mit ihr sprechen. Mit Tone-Marit. Nicht mit dir.«

»Aber Håkon!«

Billy T. wollte sich nicht geschlagen geben.

»Der Tod des Wächters kommt doch viel zu gelegen. Kapierst du das nicht?«

Jetzt lachte Håkon Sand.

»Du glaubst also an eine Terrororganisation, die für Nordnorwegen den Schneefall des Jahrhunderts bestellen kann, um danach einen unerwarteten Sturm und eine gewaltige Lawine auszulösen?«

Wieder lachte er, ausgiebig und herzlich.

»Gar nicht leicht, so ein Wetterchen zu inszenieren. Nein, du irrst dich, Billy T. Dieses eine Mal irrst du dich ganz einfach.«

Er hatte recht. Billy T. schmollte. Er sprang auf, ging in die Hocke und umarmte den Gummiwal.

»Mir ist das alles scheißegal«, sagte er sauer und verließ das Büro.

»Und den Wal legst du dahin zurück, wo du ihn hergenommen hast!« brüllte Håkon Sand hinter ihm her. »Ist das klar? Leg ihn zurück!«

12.15, Oberstes Gericht

Fünf Richter saßen in ihrem Aufenthaltsraum und ließen sich in der sogenannten »großen Pause« Tee und Butterbrote schmecken. Zwei von ihnen hatten sich noch nicht an den Kaffeeverzicht gewöhnen können. Beim Obersten Gericht wurde Tee getrunken. Das Zimmer war groß und schön; mit zwei Sitzgruppen aus hellem Birkenholz, bezogen mit apfelgrünem Wollstoff, der gut mit den Wänden harmonierte, die in einem warmen Gelb gehalten waren. An den Wänden hingen mehrere

Bilder in ansprechenden Farben. Die dünnen weißen Porzellantassen klirrten leise, und ab und zu war ein behutsames Schlucken zu hören.

»Hat heute schon irgendwer Benjamin Grinde gesehen?«

Der Gerichtspräsident runzelte die Stirn und verriet damit die leichte Unruhe, die ihn seit zwei Stunden quälte.

»Ich habe vorhin noch in seinem Büro nachgeschaut«, sagte er dann. »Er soll als erster sein Votum zu dem Versicherungsfall vom letzten Mittwoch bekanntgeben, oder?«

Drei andere Richter nickten kurz.

»Ich habe ihn auch nicht gesehen«, sagte Richter Sunde und rückte seinen kreideweißen Kragen zurecht.

»Ich auch nicht«, fügten die beiden anderen wie aus einem Munde hinzu.

»Aber er soll doch heute nachmittag sein Votum vortragen«, sagte Richter Løvenskiold. »Wir haben für sechzehn Uhr einen Termin. Das ist wirklich …«

»Seltsam«, fügte einer der anderen hinzu. »Ausgesprochen seltsam.«

Der Gerichtspräsident erhob sich und ging müde zu dem Telefon neben der Eingangstür. Nach einem kurzen, leisen Gespräch legte er auf und drehte sich zu den anderen um.

»Das ist wirklich besorgniserregend«, sagte er laut. »In seinem Vorzimmer sagen sie, daß sie ihn heute wie immer erwartet haben, daß er aber noch immer nicht gekommen ist. Und abgemeldet hat er sich auch nicht.«

Die Richter starrten in ihre Teetassen.

»Ich muß etwas unternehmen«, murmelte der Gerichtspräsident. »Und zwar sofort.«

Konnte Benjamin Grinde krank geworden sein? Es sah ihm einfach nicht ähnlich, unentschuldigt im Gericht zu fehlen. Der Gerichtspräsident ging in sein eigenes Büro und wählte Grindes Privatnummer. Er wußte, daß der Apparat in der Odins gate 3 jetzt klingeln müßte, aber der Lärm traf offenbar auf taube Ohren. Er gab auf und legte den Hörer vorsichtig wieder auf die Gabel.

Er hatte noch zwei Telefonnummern von Grindes Mutter, seiner nächsten Angehörigen. Eine im Ausland, die Landesvorwahl sagte dem Gerichtspräsidenten jedoch nichts. Die andere Nummer begann wie alle Osloer Nummern mit 22. Diese Nummer wählte er, langsam und sorgfältig.

»Hallo, hier Grinde«, wurde am anderen Ende der Leitung gezwitschert. »Womit kann ich behilflich sein?«

Der Gerichtspräsident stellte sich vor.

Lerche Grinde fühlte sich obenauf. Am Vortag hatte sie Besuch von einer Journalistin gehabt, heute rief der Präsident des Obersten Gerichts persönlich an.

»Nein, wie reizend«, kreischte sie, und der Gerichtspräsident mußte den Hörer sofort von seinem Ohr weghalten. »Womit kann ich Ihnen denn behilflich sein?«

Er erklärte ihr sein Problem.

»Ich kann mir nur vorstellen, daß Ben Ruhe braucht«, sagte sie beruhigend. »Er ist so erschöpft, wissen Sie. Diese Sache mit der Polizei hat ihm entsetzlich zu schaffen gemacht. Ich weiß ja nicht, ob Ihnen das aufgefallen ist, aber er ist ja so empfindsam, wissen Sie. Das liegt in der Grinde-Familie. Sein Vater zum Beispiel ...«

Der Gerichtspräsident fiel ihr ins Wort.

»Sie glauben also, daß er vielleicht einfach nur schläft? Aber er hat nicht Bescheid gesagt.«

»Wir wissen beide, daß das Ben überhaupt nicht ähnlich sieht. Aber vielleicht hat er verschlafen. Ich kann ...«

Sie unterbrach sich kurz, aber wirklich nur kurz.

»Ich kann heute nachmittag in seiner Wohnung vorbeischauen. Das schaffe ich vor dem Theater gerade noch. Ich muß gleich zum Friseur, wissen Sie, aber heute nachmittag …«

»Danke«, abermals fiel er ihr ins Wort. »Ich wäre Ihnen wirklich sehr verbunden.«

»Natürlich«, sagte Lerche Grinde, und der Gerichtspräsident glaubte aus ihrer Stimme eine leichte Pikiertheit herauszuhören.

»Adieu«, sagte er und legte auf, ehe sie noch etwas sagen konnte.

17.30, Gesundheitsministerium

»Aber das kann ich doch machen, meine Liebe.«

Die Sekretärin der Gesundheitsministerin sah entsetzt aus, als ihre Chefin sich über das Faxgerät beugte und mit zusammengekniffenen Augen zu begreifen versuchte, wie es funktionierte.

»Das sind Privatsachen«, kläffte Ruth-Dorthe Nordgarden und wies die nervöse Sekretärin aus dem Zimmer.

Endlich war das Fax dann verschickt, und Nordgarden ging mit dem Original wieder in ihr Büro.

»Schicken Sie sie rein«, befahl sie einer ihrer Vorzimmerdamen, ehe sie sich ans Kopfende des Besprechungstisches in ihrem Büro setzte, eine halbe Stunde nachdem die Besprechung hätte anfangen sollen.

Niemand derjenigen, die hereinkamen, sah sie an. Die Stimmung war gedrückt. Die Ministerin lächelte angespannt und bat die anderen, Platz zu nehmen.

»Ich muß als erstes sagen, daß ich mich mit diesen Dingen nicht auskenne«, sagte sie. »Versuchen Sie also, sich klar auszudrücken. Also, fangen wir an. Nein, Moment mal.«

Sie starrte die anderen an und fragte: »Wo ist Grinde? Ist der noch nicht da?«

Dann schaute sie auf die Uhr.

Die anderen wechselten überraschte Blicke.

»Ich bin davon ausgegangen«, sagte Ravn Falkanger, ein älterer Professor der Pädiatrie, »ich dachte, Richter Grinde sei bereits zu einer Vorbesprechung ...«

»Keineswegs«, fiel Ruth-Dorthe Nordgarden ihm ins Wort. »Ich weiß von keiner Vorbesprechung.«

Noch einmal schaute sie demonstrativ auf die Uhr; sie zog an ihrem Jackenärmel und hob den Arm unnötig weit.

»Na gut. Wenn er nicht kommt, müssen wir eben einfach anfangen. Ich habe das hier gelesen.«

Sie schwenkte den elfseitigen Bericht, den sie am selben Morgen von der Sekretärin der Kommission erhalten hatte, einer wissenschaftlichen Assistentin, die unglücklich und viel zu jung wirkte.

»Und ich muß sagen, daß diese vielen medizinischen Fachausdrücke mir das Verständnis doch sehr erschweren.«

Der ältere der beiden Männer, Edward Hansteen, Professor der Toxikologie, räusperte sich kurz.

»Das liegt daran, Frau Ministerin, daß sich die Arbeit der Kommission nach und nach in eine andere Richtung verlagert hat, als es ursprünglich geplant war. Auf unserer Seite gibt es inzwischen den Wunsch, auch ausländische Archive einzubeziehen. Darüber wollte Benjamin Grinde mit Ihnen sprechen, aber, wenn ich das richtig verstanden habe ...«

Wieder räusperte er sich, diesmal etwas stärker, und starrte auf seine Papiere.

»Ich habe das so verstanden, daß Ihre sonstigen Verpflichtungen eine solche Besprechung mit Herrn Grinde nicht zugelassen haben. Ich nehme an, deshalb hat er sich an Ministerpräsidentin Volter gewandt. Sie verstehen, Frau Ministerin ... Es geht um eine so brisante Angelegenheit, daß Herr Grinde bereits vorher mit der politischen Leitung darüber sprechen wollte.«

In der peinlichen Pause, die auf diese Aussage folgte, brach der Kommissionssekretärin der Schweiß aus. Vergeblich versuchte sie, die Schweißperlen auf ihrer Stirn unter ihren langen blonden Haaren zu verbergen.

»Nun ja«, sagte Ruth-Dorthe Nordgarden. »Das ist doch eigentlich alles Schnee von gestern. Sprechen wir doch über das Hier und Jetzt.«

Wieder nickte sie Dr. Hansteen zu.

Die Besprechung dauerte eine Dreiviertelstunde. Die Stimmung besserte sich nicht. Alle sprachen gedämpft, nur die Ausrufe »das verstehe ich nicht ganz« oder »können Sie das bitte wiederholen« der Ministerin und Edward Hansteens gleichmäßige, sonore Stimme waren etwas lauter. Die Sozialmedizinerin Synnøve von Schallenberg löste ab und zu ihren Kollegen ab, ebenfalls mit besorgter Miene und raschen Seitenblicken auf die Ministerin.

»Wie Sie sicher verstehen«, schloß Dr. Hansteen, »stehen wir vor dem Ergebnis, daß wahrscheinlich ziemliche Ungeheuerlichkeiten stattgefunden haben.«

Diese Aussage unterstrich er durch dreimaliges Klopfen auf seine Unterlagen.

Ruth-Dorthe Nordgarden starrte den Bericht an, den sie an diesem Morgen erhalten hatte. Sie hatte ihn gelesen. Aber vielleicht nicht sonderlich gründlich. Nicht gründlich genug. Nie im Leben hätte sie ihn an Liten

Lettvik faxen dürfen. Und schon gar nicht vom Büro aus. Ob sich das nachweisen ließe?

Sie schnitt eine für die anderen unbegreifliche Grimasse und zupfte sich an den Haaren.

»Ja, aber …«

Ihre Mundwinkel zitterten heftig.

»Bedeutet das Ärger, rein politisch gesehen?«

Die wissenschaftliche Assistentin vertiefte sich in die Maserung der Tischplatte, die anderen tauschten verlegene Blicke. Gesundheitsministerin Ruth-Dorthe Nordgarden begriff eine Sekunde zu spät, daß sie zu weit gegangen war. Die Kommission war nicht hier, um ihr politisch behilflich zu sein, sondern um ihr die Tatsachen vorzulegen.

»Sie können gehen«, sagte sie. »Danke für …«

Der Rest verschwand im Scharren der Stuhlbeine, als die Versammlung sich erhob. Die Kommissionssekretärin stieß dabei zu allem Überfluß ihren Stuhl um. Ruth-Dorthe Nordgarden stand tatenlos und mit Tränen in den Augen da. Aber das fiel niemandem von den anderen auf.

19.30, Stolmakergate 15

Obwohl es phantastisch war, daß Hanne Wilhelmsen bei ihm wohnte, genoß Billy T. es jetzt, ganz allein zu sein. Niemand zwang ihn, sich die Fernsehnachrichten anzusehen, und er konnte lauwarme Eintöpfe aus der Dose essen, ohne daß irgendwer die Nase rümpfte. Es war so praktisch: Er hielt einfach die Dose unter fließendes heißes Wasser und schwupp, schon war der Tisch gedeckt.

Er hatte sich den Sitzsack aus dem Schlafzimmer geholt, denn er hatte sich noch nicht so recht an das blaue Sofa gewöhnen können. Er lag mit dem Rücken auf dem Sack und streckte Arme und Beine nach allen Seiten aus. Es bekümmerte ihn nicht, daß seine verägerten Nachbarn an die Wand klopften, und er drehte die Lautstärke mit der Fernbedienung noch etwas höher.

Madame Butterfly ging dem Ende entgegen. Er litt bei ihrer tiefsten Niederlage mit ihr. Der Mann, den sie liebte und auf den sie viele Jahre gewartet hatte, war endlich wieder da – mit einer anderen. Und diese andere, die ihr den Geliebten genommen hatte, würde ihr auch ihren einzigen wirklichen Schatz rauben, ihren Sohn. Ihr einziges Kind.

Die Musik steigerte sich, verdichtet, dramatisch. Billy T. schloß die Augen, und er spürte, wie die Musik ihn erfüllte; sogar seine Zehen schienen zu vibrieren.

Con onor muore chi non può serbar vita con onore!

»In Ehren stirbt, wer nicht länger in Ehren leben kann«, flüsterte Billy T.

Das Telefon zerriß das Finale.

»Verdammt!«

Er sprang auf, riß den Hörer von der Gabel und brüllte:

»Moment mal!«

Er legte den Hörer neben das Telefon und trat wieder mitten ins Zimmer.

Madame Butterfly sang für ihren Sohn, intensiv und voller Schmerzen, für ihn wollte sie sterben.

Dann war es zu Ende.

Mit so sanfter Stimme, daß Tone-Marit Steen sich einen Moment fragte, ob sie vielleicht die falsche Nummer erwischt hatte, fragte er:

»Hallo, wer ist denn da?«

Aber seine Stimme klang wieder wie sonst, als er gleich darauf brüllte:

»Verdammt! Benjamin Grinde ist tot?«

Dienstag, 15. April 1997

8.30, Café Markveien
Hanne Wilhelmsen las »Calvin & Hobbes« und schmunzelte. Der Comic war immer das erste, was sie in der Zeitung las. Sie hatte alles gegessen, was ihr aufgetischt worden war, eine Frikadelle mit Zwiebeln und Bratkartoffeln, und hatte dazu einen halben Liter Milch getrunken. Sie unterdrückte ein Aufstoßen und bereute, die Kartoffeln aufgegessen zu haben.

Billy T. hatte keine Zeitung abonniert. Es ärgerte Hanne, daß er nicht einmal diese eine Grundbedingung für ein zivilisiertes Leben erfüllte. Die Ignoranz ihres Freundes glich sie dadurch aus, daß sie nach ihrer morgendlichen Lauftour in einem Café frühstückte und sich dort in sämtliche Zeitungen vertiefte.

Der Kaffee war nicht gut, aber stark. Sie rümpfte die Nase, aber daran konnten auch die vielen Nachrufe auf Richter Grinde schuld sein. Dagbladet brachte über dem Bild des Toten eine fette rote Schlagzeile, und Hanne folgte dem Hinweis und blätterte weiter auf Seite vier. Diese Seite schrie ihr förmlich entgegen, aber alles, was dort stand, wußte Hanne schon längst. Sie mochte nicht mehr weiterlesen. Immerhin mußte sie zugeben, daß die Zeitungen ausnahmsweise einmal nicht ganz unrecht hatten: Es war auffällig, daß Benjamin Grinde nur acht Tage nach Ministerpräsidentin Volter das Zeitliche gesegnet hatte. Der Wutausbruch des Polizeipräsidenten hatte offenbar Früchte getragen; soweit Hanne sehen konnte, hatte keine Zeitung in Erfahrung bringen können, daß die Gerichtsmediziner den Zeitpunkt des Todes für Samstag nachmittag berechnet hatten. Und das war wirklich ein seltsamer Zufall.

Der Wächter. Benjamin Grinde. Birgitte Volter. Alle waren innerhalb einer guten Woche gestorben. Eine mit dem Revolver erschossen. Einer von einer Lawine mitgerissen. Der letzte hatte wahrscheinlich Selbstmord begangen, das hatte ihr jedenfalls Billy T. zugeflüstert, als er gegen vier Uhr morgens neben ihr ins Bett gefallen war. Er hatte erzählt, der Mann habe im Bett gelegen, neben sich ein leeres Pillenglas. Hanne fischte einen Kugelschreiber aus ihrer Handtasche, stellte ihren leeren Teller auf den Nebentisch und zeichnete ein Dreieck auf ihre Serviette: Grinde, der Wächter und Volter, jeweils in eine Ecke. Darunter zeichnete sie ein Tuch, einen Revolver, eine Schlüsselkarte und eine Pillendose. Hier lag die Antwort. Das wußte sie genau.

Sie ließ ihren Kugelschreiber von Gegenstand zu Gegenstand und von Person zu Person wandern. Dabei ergab sich ein unordentliches und unbegreifliches Muster. Nach einiger Zeit bekam sie Kopfschmerzen. Seit sie im Jahre 1993 bei den Ermittlungen zu einem Drogenskandal vor ihrem Büro zusammengeschlagen worden war, quälten diese Kopfschmerzen sie in unregelmäßigen Abständen.

Mit dem letzten Rest Milch spülte sie zwei Kopfschmerztabletten hinunter.

Die AZ überschlug sich geradezu. Endlich hatte auch die politische Redaktion Interesse an Liten Lettviks Kreuzzug, und von dem, was auf den insgesamt sechs Seiten zu dieser Angelegenheit stand, war der politische Kommentar der auffälligste.

Können wir die Wahrheit ertragen?

Norwegen ist in der letzten Woche von Ereignissen heimgesucht worden, die sich in ihren dramatischen Auswirkungen mit nichts in der norwegischen Nachkriegsgeschichte vergleichen lassen. Am vergangenen Freitag wurde Ministerpräsidentin Volter in ihrem Büro erschossen aufgefunden. Gestern abend fand man einen Richter des Obersten Gerichts tot in seiner Wohnung.

Diese Ereignisse lassen sich natürlich aus verschiedenen Blickwinkeln betrachten. Manche werden sicher die Augen verschließen und sich einreden, daß auch Personen in leitenden Positionen der allgemeinen Gewalteskalation in unserer Gesellschaft zum Opfer fallen, gegen die unsere Politiker ja offenbar erfolglos ankämpfen. Eine solche Betrachtungsweise wäre naiv und würde die wahren Ereignisse verschleiern, statt sie ans Licht zu bringen.

Die norwegische Presse hat während der letzten Woche zahllose Theorien lanciert, laut denen die norwegische Ministerpräsidentin das Opfer von internationalen Terrororganisationen geworden sein soll. Aber wenn wir uns zu sehr auf diese Möglichkeit konzentrieren, besteht die Gefahr, daß wir für näherliegende Erklärungen blind werden.

Die AZ hat als einzige Zeitung selbständig die Umstände von Birgitte Volters Tod untersucht. Wir haben uns nicht damit begnügt, lediglich die offiziellen Verlautbarungen abzudrucken, mit denen die Polizei die Allgemeinheit abzuspeisen versucht. Durch unseren eifrigen Einsatz konnten wir an die Öffentlichkeit bringen, daß Benjamin Grinde vermutlich der letzte war, der die Ministerpräsidentin lebend gesehen hat. Wir haben ans Tageslicht gebracht, daß er einige Stunden lang des Mordes an Volter verdächtigt wurde. Später haben wir nachweisen können, daß sehr enge Verbindungen zwischen Richter Grinde und der Ministerpräsidentin bestanden haben. Heute nun können wir die Tatsache enthüllen, daß die Grinde-Kommission höchst bedenkliche Verhältnisse im norwegischen Gesundheitswesen aufgedeckt hat. Die entscheidende Frage ist jetzt: Wagen Politiker, Presse und Polizei, aus den nunmehr offengelegten Fakten die nötigen Schlußfolgerungen zu ziehen?

In einer schweren Zeit wie dieser muß sich Norwegen als Rechtsstaat erweisen. Wenn wir diese Prüfung bestehen wollen, brauchen wir klare Grenzen zwischen Presse, Polizei, Gerichten und Politikern. Das erfordert vor allem eine Presse, die bereit ist, den Mund aufzumachen und die Wahrheit zu suchen, egal, was die etablierten Instanzen davon halten.

Wir müssen von anderen Ländern lernen, die ähnliche nationale Traumata verarbeiten mußten. Schweden hat das vor elf Jahren erlebt, als Olof Palme auf offener Straße erschossen wurde. Während der ersten Zeit konzentrierten sich die Ermittlungen fast ausschließlich auf die sogenannte »Kurdenspur«. Andere Möglichkeiten wurden erst in Betracht gezogen, als es schon zu spät war. Die Ermittlungen haben unter fehlender Professionalität und vorgefaßten Meinungen gelitten. Und das hat dazu geführt, daß Schwedens nationales Mordrätsel wohl nie gelöst werden wird.

Belgien wurde erst kürzlich von einem Pädophilieskandal mit Verzweigungen bis tief hinein in Polizei und vermutlich auch Politik erschüttert. Die Hohenpriester der Macht waren so eng miteinander verbunden, daß sie die Aufklärung dieser grauenhaften Verbrechen jahrelang behindern konnten.

Wir müssen dafür sorgen, daß etwas Vergleichbares hierzulande unmöglich bleibt.

Die Informationen, die die AZ heute als einzige Zeitung dem norwegischen Volk vorlegen kann, zeigen, daß die überdurchschnittlich hohe Sterblichkeit von Säuglingen im Jahre 1965 vermutlich auf gravierenden Fehlern staatlicher Stellen beruhte. Das Staatliche Institut für Volksgesundheit hat tödliche Impfstoffe an vermutlich mehrere hundert Kinder verteilt. Eine staatliche Behörde hat einen Massenmord in die Wege geleitet und verwaltet.

Die wichtigste Politikerin des Landes und der Vorsitzende der Kommission haben nachweislich vor einer guten Woche über diesen Skandal gesprochen. Jetzt sind beide tot. Sind wir bereit, der Wahrheit ins Auge zu sehen?

Hanne Wilhelmsen hatte zum ersten Mal seit langer Zeit Lust auf eine Zigarette. Der Besitzer des kleinen Cafés hatte offenbar noch nie vom allgemeinen Rauchverbot gehört, alle Gäste pafften an ihren Glimmstengeln. Von dem Gesundheitsskandal hatte sie zum erstenmal gehört, kurz bevor sie in die USA gegangen war. Und sie hatte natürlich gewußt, daß Grinde die Kommission leiten sollte. Und daß er Volter an ihrem Todestag besucht hatte. Aber hatte dieser Besuch etwas mit dem Mord zu tun?

Wieder starrte sie ihre Serviette an. Das Muster war unbegreiflicher denn je. Vorsichtig zeichnete sie ein kleines Kreuz über den Wächter. Die Linie zwischen Benjamin Grinde und Birgitte Volter wurde verstärkt, wobei das weiche Papier zerriß. Aber der Wächter wollte nicht verschwinden. Sie strich ihn ganz durch, aber nun stimmte die Zeichnung erst recht nicht mehr. Irgend etwas wollte die Skizze ihr verraten. Hanne begriff nur nicht, was. Ihre Kopfschmerzen stellten sich wieder ein, und sie wollte nicht noch mehr Medikamente nehmen.

»Hanne! Hanne Wilhelmsen!«

Ein Mann schlug ihr mit einer Zeitung auf den Kopf. Sie hob schützend die Arme, doch dann öffnete ihr Gesicht sich zu einem breiten Lächeln.

»Varg! Was machst du denn hier? Setz dich!«

Der Mann trug einen weiten, abgenutzten Mantel, den er mit weltmännischer Geste über die Stuhllehne warf, als er sich setzte. Dann legte er die Unterarme vor sich auf den Tisch, faltete die Hände und starrte sie an.

»Unglaublich. Du wirst im Laufe der Jahre immer hübscher.«

»Was machst du denn hier? Ich dachte, du verläßt die schöne Stadt zwischen den sieben Bergen nur im alleräußersten Notfall.«

»Im Siebengebirge, Hanne, nicht die sieben Berge. Eine verdammt komische Sache bringt mich her. Ein junger Ausreißer, den niemand haben will und der offenbar das reinste Computergenie ist. Das Jugendamt findet immer wieder seine Spuren im Internet, aber sie haben keine Ahnung,wo er steckt. Er ist zwölf.«

Er winkte dem Wirt und bat um Kaffee.

»Nimm lieber Tee«, flüsterte Hanne.

»Den Teufel werd ich tun. Morgens brauch ich meinen Kaffee. Und du? Was machst du so?«

Varg und Hanne wußten nicht, woher sie einander kannten. Er war Privatdetektiv und kam nur selten nach Oslo. Sie waren entfernte Bekannte, und zweimal hatten sie beruflich miteinander zu tun gehabt. Sie waren einander auf den ersten Blick sympathisch gewesen, was sie beide gleichermaßen überrascht hatte.

»Ich bin eigentlich beurlaubt«, sagte Hanne, ohne das weiter zu erklären. »Aber ich beschäftige mich trotzdem ein wenig mit dem Fall Volter. Das kann ich einfach nicht lassen.«

»Bemerkenswert, was heute in den Zeitungen gestanden hat«, sagte er und nickte zu den wild auf dem Tisch herumliegenden Blättern hinüber. »Dieser Gesundheitsskandal scheint ja wirklich ein ziemlicher Hammer zu sein.«

»Ich bin eigentlich noch nicht weit gekommen«, sagte Hanne. »Worum geht es denn da?«

»Ach«, sagte er, während er ungeduldig nach dem Wirt winkte. »Offenbar ist damals eine außergewöhnlich große Anzahl von Säuglingen an ›plötzlichem Kindstod‹ gestorben. Das scheint eine Art Reservediagnose zu sein, wenn alle anderen Todesursachen ausgeschlossen werden können. Alle Kinder hatten dieselbe Impfung hinter sich. Eine Dreifachimpfung im Alter von drei Monaten. Und der Impfstoff war offenbar …«

Er riß die AZ an sich und blätterte eifrig darin, während er sich immer wieder den Zeigefinger anfeuchtete.

»Verunreinigt. Hier steht's: ›Vermutlich handelt es sich um ein Derivat des Konservierungsmittels.‹ Das Derivat ähnelt dem Wirkstoff des Impfmittels, hat aber eine ganz andere Wirkung. Es kann die Herzen der Säuglinge angegriffen und zum Stillstand gebracht haben.«

»Zeig mal«, sagte Hanne und nahm ihm die Zeitung weg.

Mehrere Minuten war sie dann in den Artikel vertieft, und Varg hatte schon die halbe Tasse Kaffee ausgetrunken, als sie wieder aufblickte.

»Das ist ja verdammt ernst«, sagte Hanne leise und faltete die Zeitung zusammen. »Sie wissen ja nicht mal, wo sie den Impfstoff herhatten.«

»Nein, und auch das ist ein Skandal. Die Kommission hat offenbar darum gebeten, in ausländischen Archiven weiterforschen zu dürfen. Die hierzulande vorhandenen Unterlagen weisen bedauerliche Mängel auf. Aller Wahrscheinlichkeit nach stammte der Impfstoff aus irgendeinem Uga-Buga-Land, wo sie sich mit Hygiene einfach nicht richtig auskannten.«

Er kippte den Rest seines Kaffees hinunter und sprang auf.

»Ich muß los. Aber hör mal.«

Er zögerte kurz, dann lächelte er und sagte:

»Ich werde im Herbst fünfzig. Kannst du dann nicht mal nach Bergen kommen? Ich möchte ein bißchen feiern.«

»Im Herbst bin ich in den USA«, bedauerte Hanne und machte eine resignierte Handbewegung. »Aber ich wünsche dir einen schönen Geburtstag. Bis demnächst!«

Er hüllte sich in seinen Mantel und war verschwunden. Hanne riß ein Blatt aus ihrem Terminkalender und zeichnete ihr Dreieck noch einmal. Volter-Grinde-Wächter. Im Artikel hatte Gesundheitsministerin Ruth-

Dorthe Nordgarden versichert, die Sache werde sehr ernst genommen, und der Kommission würden die nötigen Mittel und Befugnisse zur Verfügung gestellt werden, um die ausländischen Spuren zu verfolgen. Hanne zögerte kurz, ehe sie die Initialen RDN zwischen Grinde und Volter setzte. Der Wächter kam ihr plötzlich überflüssig vor, seine Anwesenheit auf dem Papier störte das neue Dreieck. Wenn Benjamin Grinde Selbstmord begangen hatte, was mochte ihn dazu veranlaßt haben? Falls es mit dem Gesundheitsskandal zu tun hatte, war das eigentlich unlogisch. Er hätte doch stolz darauf sein müssen, daß bereits soviel geklärt war. Die Schlagzeilen der letzten Woche waren für ihn zwar zweifellos sehr unangenehm gewesen, aber sich deswegen gleich das Leben zu nehmen …

Jetzt waren ihre Kopfschmerzen unerträglich. Plötzlich strich sie ihre Zeichnung durch und riß sie in Fetzen.

»Das hat doch alles keinen Sinn«, sagte sie sich und ging hinaus, vielleicht würde die frische Luft ihr ja helfen.

Draußen wählte sie eine Nummer auf ihrem Mobiltelefon. Ohne ihren Namen zu nennen, fragte sie:

»Sehen wir uns heute abend?«

Und einige Sekunden später beendete sie das Gespräch:

»Gut. Um sieben. Im Restaurant Tranen. Auf dem Alexander Kiellands Plass.«

Dann wählte sie Billy T.s Nummer.

»Hallo, ich bin's. Ich laß dich auch heute allein. Muß essen gehen.«

»Ist das off the record oder on the record, falls Cecilie anruft und nach dir fragt?« lachte Billy T. am anderen Ende der Leitung.

»Dussel. Ich bin mit Deep Throat verabredet. Das kannst du Cecilie ruhig erzählen.«

Jetzt waren die Kopfschmerzen mörderisch; sie preßte die Fingerspitzen gegen ihre Schläfen und beschloß, in die Stolmakersgate zu gehen und eine Runde zu schlafen.

11.15, Odins gate 3

Die Leute von der Spurensicherung waren am Vorabend stundenlang dort gewesen. Überall hatten sie ihre winzigen Zeichen hinterlassen; kaum merkliche Hinweise darauf, daß diese Wohnung von Leuten, die nicht dort wohnten, auf den Kopf gestellt worden war, auch wenn sie alles wieder aufgeräumt hatten. Abgesehen von dem leeren Pillenglas mit der Aufschrift »Sarotex 25 Milligramm«, das neben einem halbvollen Glas Wasser auf Grindes Schreibtisch gestanden hatte, und dem Bettzeug, das auf eine genauere Untersuchung wartete. Billy T. stand mit einem kurzen Untersuchungsbericht in der Hand mitten im Zimmer. Der Tote war im Bett gefunden worden, nur mit Boxershorts bekleidet. Nichts wies auf einen Einbruch hin, die Tür war von innen abgeschlossen gewesen, die Sicherheitskette vorgelegt. Die Mutter des Verstorbenen hatte einen Schlosser angerufen, als sie die Tür nicht öffnen konnte, doch der hatte dann geistesgegenwärtig zuerst die Polizei verständigt.

Billy T. faltete den Bericht zweimal zusammen und steckte ihn in die Hosentasche. Er hatte sich seine Anwesenheit erquengelt; Tone-Marit war ihm noch etwas schuldig gewesen, schließlich hatte er auf ihren Wunsch den Wächter verhört.

»Sarotex?« fragte er Tone-Marit. »Hat der Bursche Antidepressiva benutzt?«

»Sieht eigentlich nicht so aus«, antwortete sie. »Er weiß einfach, wie man's macht. Er hat zwei Valium genommen, um sich zu beruhigen, und danach eine Handvoll Sarotex. Die Packung hat er am Freitag gekauft. Er hatte das Rezept auf den Namen seiner Mutter ausgestellt und hat in der Apotheke erzählt, sein Vater sei gerade gestorben, und die Mutter brauche für die erste Zeit ein Beruhigungsmittel. Er war ja schließlich auch Arzt. Solche Leute wissen, was sie brauchen, und fast alles bekommen sie in der Apotheke.«

Die Küche war das beeindruckendste Zimmer in der Wohnung. Die Schränke waren aus Kirschbaumholz, die Arbeitsflächen sahen aus wie dunkler Marmor. Ein breiter amerikanischer Kühlschrank mit Gefrierfach auf der einen und Kühlabteilung auf der anderen Seite war in einen der rotbraunen Kirschbaumschränke integriert. Aus einer Öffnung mitten im Gefrierfach konnte Eiswasser entnommen werden. Er öffnete die Tür. Die Päckchen im Gefrierfach trugen Aufschriften wie »Elchfilet, 1996«, »Preiselbeeren, 1995« und »Fettuccine, selbstgemacht, 20. März« und verhießen einen ebenfalls delikat gefüllten Kühlschrank. Was jedoch nicht der Fall war. Dort fanden sich nur ein angeschimmelter Brie, eine welke Paprika, drei Flaschen Mineralwasser und zwei Flaschen Weißwein. Billy T. schnupperte an einem Karton Magermilch im Türfach, zog eine Grimasse und schüttelte den Kopf. Grinde hatte seit einer Weile nicht mehr gegessen. Über einem Zweipersonentisch neben dem Fenster hing eine Lithographie, und die Spülmaschine sah aus wie in der Großküche auf der Hauptwache. Es war eine großartige, aber ziemlich unpersönliche Küche.

Das Wohnzimmer war da schon gemütlicher. In den Bücherregalen an der einen Längswand waren alle Genres vertreten, und Billy T. drückte auf einen Knopf der Stereoanalge, um die CD herauszuholen: Benjamin Brittens Oper »Peter Grimes«. Billy T. schüttelte kurz den Kopf: Der Fischer Peter Grimes, der bei Sturm hinausfuhr und den Waisenknaben, die ihm helfen sollten, das Leben zur Hölle machte, entsprach nicht gerade seinem Geschmack. Eine so dramatische Geschichte war ganz sicher nicht das richtige für eine Seele in Selbstmordqualen.

Tone-Marit stand an dem großen, schweren Büfett und machte sich an einigen kleinen Figuren zu schaffen. Auch Billy T. nahm eine von ihnen aus dem Fach, konnte aber nichts damit anfangen.

»Japanische Netsuke«, sagte Tone-Marit lächelnd. »Miniaturen, die ursprünglich als Gürtelknöpfe dienten, später dann zur Dekoration und als Sammlerstücke.«

Billy T. starrte erst den kleinen, beängstigenden Shinto-Gott in seiner Handfläche und dann Tone-Marit verwundert an.

»Diese Exemplare sind wirklich schön«, sagte sie. »Vermutlich auch echt. Dann stammen sie aus der Zeit vor 1850 und sind wirklich wertvoll.«

Behutsam stellte sie die Figuren wieder an ihren Platz hinter den geschliffenen Glastüren zurück, eine neben die andere.

»Mein Großvater hat mit japanischen Kunstwerken gehandelt«, erklärte sie beinahe verlegen.

Billy T. ging in die Knie und öffnete die doppelten Türen mit den Traubenreliefs. Dahinter lagen steife, gebügelte Tischdecken mit Hohlsaum.

»Ein Ordnungsmensch, dieser Grinde«, murmelte er und schloß die Türen wieder.

Dann ging er ins Schlafzimmer, das ebenfalls aufgeräumt war – bis auf das Bett, das nicht mehr bezogen war. Eine Hose hing an der Wand in einem elektrischen Hosenbügler. Über einem kleinen Sessel hingen ein Hemd und ein Schlips. Eine Tür führte aus dem Schlafzimmer ins Badezimmer. Das Bad war durch und durch maskulin geprägt, mit dunkelblauen Fliesen auf dem Boden. Die weißen Wände waren in Schulterhöhe mit einem blauen und goldfarbenen Fries in einem ägyptischen Muster versehen, das sich um das ganze Zimmer zog. Es duftete leicht und frisch nach Mann. Eine Zahnbürste. Ein altmodischer Rasierpinsel und echte Rasierseife. Billy T. sah sich den Rasierer an, der aus Silber zu sein schien und in dessen Griff die Initialen BG eingraviert waren.

Er kam sich vor wie ein Eindringling. Plötzlich sah er ein Schreckensbild vor sich. Wenn er nun der Tote wäre! Wenn irgendein Polizist sein Badezimmer untersuchte, sich an seinen Dingen zu schaffen machte, seine allerintimsten Habseligkeiten betrachtete! Er schauderte und zögerte kurz, ehe er den Schrank öffnete.

Dort lag sie.

Er zweifelte nicht eine Sekunde.

»Tone-Marit«, brüllt er. »Komm sofort her, und bring eine Tüte mit!«

Gleich darauf stand sie in der Tür.

»Was ist los?«

»Schau mal!«

Sie kam auf ihn zu, und ihre Blicke folgten seinem Zeigefinger zu einer kleinen vergoldeten und emallierten Pillendose.

»Oh«, sagte sie und riß die Augen auf.

»Das kannst du wohl sagen«, grinste Billy T., während er die Dose in die Plastiktüte steckte, die sofort luftdicht verschlossen wurde.

15.45, Hauptwache, Oslo

Der Überwachungschef sah aus wie ein Bestattungsunternehmer. Sein Anzug war zu dunkel, sein Hemd zu weiß. Der schmale, kohlrabenschwarze Schlips hing wie ein Ausrufezeichen vor diesem unpassenden Aufzug. Sie waren zwar mit Birgitte Volters Angehörigen verabredet, aber die Beisetzung lag immerhin schon vier Tage zurück.

Die Anwesenden im Besprechungszimmer des Polizeipräsidenten hatten das noch nie erlebt. Natürlich hatten die meisten von ihnen schon häufiger mit den Hinterbliebenen eines Mordopfers gesprochen, aber nicht so offiziell. Und schon gar nicht nach dem Mord an einer Regierungschefin.

»Alle Achtung«, sagte der Polizeipräsident.

Ungläubig starrte er Billy T. an, der eine gebügelte graue Wollhose, ein weißes Hemd und ein offenes dunkelgraues Sakko trug. Sein Schlips war in gedämpften Herbstfarben gehalten, er war einfach ein ganz anderer. Er hatte sich sogar das Petruskreuz aus dem Ohr genommen und durch einen winzigen Diamanten ersetzt.

Der Abteilungsleiter kam mit rotem Gesicht atemlos ins Zimmer gestürzt.

»Der Fahrstuhl geht nicht«, stöhnte er und fuhr sich mit den Händen über die Oberschenkel.

Roy Hansen stand in der Tür, die Sekretärin des Polizeipräsidenten hatte sich freundlich seiner angenommen. Er ließ seinen Blick über die Versammelten wandern, und das Händeschütteln wurde im Gewirr der Stühle so lang und kompliziert, daß Billy T. sich vorsichtshalber an dieser peinlichen Runde nicht beteiligte. Er setzte sich, nickte dem Witwer zu und fragte auch nicht, wo Per Volter bleibe.

Der kam fünf Minuten zu spät. Seine Kleidung sah

aus, als habe er darin geschlafen. Was vermutlich auch der Fall war; der Gestank von altem Schweiß vermischte sich mit einer unverkennbaren Alkoholfahne, die versuchsweise mit Pfefferminzzahnpasta übertönt worden war. Sein Blick flackerte, und er hob die Hand zu einem kollektiven Gruß, statt die Hände zu schütteln, die ihm zögernd hingestreckt wurden. Seinen Vater würdigte er keines Blickes.

»Ich komme zu spät«, murmelte er und ließ sich in einen Stuhl fallen, demonstrativ und mit dem Rücken zu seinem Vater. »Tut mir leid.«

Der Polizeipräsident erhob sich, ohne so recht zu wissen, was er sagen sollte. Zu einer Besprechung über die genauen Umstände des Mordes an einer Ehefrau und Mutter konnte er ja nicht gut willkommen heißen. Er starrte Roy Hansen an, dessen Blick seinerseits am Rücken seines Sohnes klebte; es war ein dermaßen nackter und verzweifelter Blick, daß der Polizeipräsident sofort den Mut verlor und am liebsten die ganze Unterredung abgesagt hätte.

»Die Besprechung wird sicher ziemlich unangenehm«, sagte er dann endlich. »Was ich zutiefst bedauere. Aber ich – und meine Mitarbeiter – gehen davon aus, daß Sie lieber aus erster Hand über den Stand unserer Ermittlungen informiert werden möchten.«

»Wir wissen ja wohl noch weniger als die unten auf der Straße«, fiel Per Volter ihm laut ins Wort.

»Wie bitte?«

Der Polizeipräsident faßte sich an die Schulter und starrte den Jungen an.

»Unten auf der Straße?«

»Ja, die Journalisten. Das war der reine Spießrutenlauf für mich. Meinen Sie vielleicht, ich laß mich im Moment besonders gern fotografieren?«

Der Polizeipräsident musterte einen Punkt vor seinen Schuhspitzen und schluckte einige Male.

»Ich kann das alles nur bedauern. Es sollte niemand von unserem Termin erfahren. Tut mir leid.«

»Ewig tut irgendwem irgendwas leid!«

Per Volter schob seinen Stuhl zurück und hing wie ein trotziger Halbwüchsiger mit dem Hintern auf der äußersten Kante, während seine Schultern die Rückenlehne berührten und seine Beine ins Zimmer hineinragten. Er hieb mit der Faust gegen die Wand. Dann schlug er die Hände vors Gesicht.

Roy Hansen räusperte sich. Jetzt war er graubleich, und seine Augen wirkten bedrohlich feucht. Die anderen Männer im Zimmer saßen mucksmäuschenstill da, nur Billy T. wagte es, Vater und Sohn anzusehen.

»Per«, sagte Roy Hansen leise. »Du kannst doch …«

»Quatsch mich nicht an«, brüllte Per Volter. »Hab ich dir das nicht gesagt? Hab ich nicht gesagt, daß ich nie wieder mit dir reden will?«

Wieder schlug er die Hände vors Gesicht.

Der Überwachungschef war knallrot angelaufen. Er machte sich an einer Zigarette zu schaffen, schaffte es jedoch nicht, sie anzuzünden, und starrte auf sein eines Knie. Der Abteilungsleiter hatte den Mund aufgerissen, ohne das selbst zu bemerken, erst als ein Speicheltropfen aus seinem Mundwinkel lief, klappte er den Mund wieder zu und wischte sich schnell mit dem Ärmel über das Kinn.

Der Polizeipräsident schaute nachdenklich aus dem Fenster und schien nach einem möglichen Fluchtweg zu suchen.

»Per Volter!«

Das war Billy T.s Stimme. Tief und eindringlich.

»Schauen Sie mich an!«

Der Junge auf der anderen Seite des Tisches wiegte sich jetzt nicht mehr hin und her, hatte aber noch immer die Hände vors Gesicht geschlagen.

»Schauen Sie mich an!« brüllte Billy T. und schlug mit der Faust so heftig auf den Teakholztisch, daß die Fensterscheiben klirrten.

Der Junge fuhr zusammen und ließ die Hände sinken.

»Wir wissen, wie dreckig es Ihnen geht. Alle hier in diesem Zimmer kapieren, wie schrecklich das alles ist.«

Billy T. beugte sich vor.

»Aber Sie sind nicht der einzige Mensch in der Weltgeschichte, der seine Mutter verloren hat. Also reißen Sie sich gefälligst zusammen!«

Wütend richtete Per Volter sich auf.

»Nein, aber ich bin der einzige hier, dessen gesamtes Familienleben in den Zeitungen breitgetreten wird.«

Jetzt weinte er, ein leises Weinen, unterbrochen von kurzem Schluchzen, er rieb sich immer wieder die Augen, aber das half nichts.

»Da haben Sie recht«, sagte Billy T. »Ich kann mir sicher nicht vorstellen, was das für ein Gefühl ist. Aber Sie müssen uns trotzdem unsere Arbeit tun lassen. Im Moment besteht unsere Arbeit darin, Ihnen und Ihrem Vater zu erzählen, wie weit wir mit unseren Ermittlungen gekommen sind. Wenn Sie zuhören wollen, gut. Wenn nicht, finde ich, daß Sie gehen sollten. Ich kann Sie zum Hinterausgang bringen lassen, dann umgehen Sie die Presse.«

Der junge Mann sagte nichts dazu, er weinte noch immer.

»He«, sagte Billy T. leise. »Per!«

Per Volter schaute hoch. Die Augen des Polizisten sahen seltsam aus; sie hatten eine helle eisblaue Farbe, die man eigentlich eher bei einem bissigen Hund oder in einem Horrorfilm erwartet hätte. Sein Mund jedoch verzog sich zu einem leisen Lächeln, das eine Art von Verständnis zeigte, wie Per Volter es seit dem Tod seiner Mutter vermißt hatte.

»Wollen Sie gehen oder lieber bleiben? Oder wollen Sie vielleicht in meinem Büro warten, dann können wir uns später unter vier Augen unterhalten?«

Per Volter rang sich ein Lächeln ab.

»Entschuldigung. Ich bleibe.«

Dann putzte er sich mit einem Papiertaschentuch, das der Überwachungschef ihm hingehalten hatte, die Nase, setzte sich dann gerade hin, schlug ein Bein über das andere und starrte den Polizeipräsidenten an, als frage er sich ungeduldig und überrascht, warum die Besprechung beendet zu sein schien, noch ehe sie wirklich angefangen hatte.

Es dauerte nicht lange. Der Polizeipräsident erteilte nach einer kurzen Einführung dem Überwachungschef das Wort, der sich ebenfalls ziemlich kurz faßte. Billy T. wußte, daß diese Informationen nach allen Regeln der Kunst ausgewählt worden waren, eigentlich erzählte Ole Henrik Hermansen so gut wie gar nichts. Interessant war höchstens, daß sich sein Mund auf ganz besondere Weise verzog, als er auf die Extremistenspur zu sprechen kam; er sah viel unsicherer aus als sonst.

Der Wächter, dachte Billy T. Sie wissen irgend etwas über den Wächter.

»Oh, Entschuldigung«, sagte er, als der Polizeipräsident dreimal seinen Namen genannt hatte, ohne daß er reagiert hätte. »Die Pillendose, ja, richtig.«

Er fischte eine kleine Plastiktüte aus der Jackentasche und legte sie vor Roy Hansen hin. Der Witwer hatte seit Pers Ausbruch kein Wort gesagt, und auch jetzt schwieg er. Er schaute sich die Plastiktüte an, ohne eine Miene zu verziehen.

»Kennen Sie diese Dose?« fragte Billy T. »Hat die Ihrer Frau gehört?«

»Die hab ich noch nie gesehen«, sagte Per Volter, noch ehe sein Vater antworten konnte.

Der junge Mann beugte sich vor und streckte die Hand nach der Tüte aus. Billy T. bedeckte sie blitzschnell mit der Hand.

»Noch nicht. Kennen Sie sie?«

Er zog die Dose aus der Tüte und hielt sie Roy Hansen hin.

»Die gehört uns«, flüsterte der Witwer. »Wir haben sie zur Hochzeit bekommen. Birgitte und ich. Ein Hochzeitsgeschenk. Das ist die Dose vom Foto.«

»Sicher?«

Roy Hansen nickte langsam und ließ die Dose nicht aus den Augen.

»Ich habe sie noch nie gesehen«, wiederholte Per Volter.

»Woher haben Sie die?« fragte Roy Hansen und hielt Billy T. seine Handfläche hin.

»Aus Benjamin Grindes Wohnung«, antwortete Billy T. und legte die Dose in Roy Hansens Hand.

»Was?«

Per Volter ließ seinen Blick vom einen zum anderen wandern.

»Bei diesem Richter?«

Alle Polizisten nickten eifrig, als wollten sie damit dieser Aussage ein besonderes Gewicht verleihen.

»Bei Benjamin Grinde?« sagte Roy Hansen. »Wieso denn das?«

Er blickte von seiner eindringlichen Musterung der kleinen Pillendose auf.

»Wir hatten eigentlich gehofft, daß Sie uns das erklären könnten«, sagte Billy T. und spielte an dem Diamanten in seinem Ohr herum.

»Keine Ahnung«, murmelte Roy Hansen.

»Nicht die geringste Vermutung?«

Die Verzweiflung war jetzt der Aggression gewichen. Roy Hansen sprach jetzt lauter.

»Vielleicht hat Benjamin sie ganz einfach gestohlen. Geklaut. Irgendwann. Was weiß ich? Er kann sie auch schon vor vielen Jahren mitgenommen haben, ich weiß wirklich nicht mehr, wann ich sie zuletzt gesehen habe.«

»Nein. Das müßte dann an dem Tag gewesen sein, an dem Ihre Frau ermordet worden ist«, widersprach Billy T. ruhig. »Ihre Sekretärin kann sich erinnern, daß die Dose auf dem Schreibtisch lag.«

Er schaute Per Volter an. Der zuckte mit den Schultern und schüttelte den Kopf.

»Keine Ahnung«, sagte er. »Hab sie noch nie gesehen.«

»Ihnen ist sicher aufgefallen, daß sie sich nur schwer öffnen läßt«, sagte Billy T. jetzt zu Roy Hansen. »Aber wir haben es geschafft. In der Dose liegt eine Locke. Und die scheint von einem Baby zu stammen ...«

Per keuchte auf und schien sich gewaltig zusammenreißen zu müssen, um nicht wieder loszuweinen.

»Wir dachten«, sagte Billy T. »Wir glaubten, vielleicht ... es fällt mir nicht leicht, Sie das zu fragen, Herr Hansen, aber ...«

Roy Hansen schien geschrumpft zu sein, und er hatte die Augen geschlossen.

»Wir haben doch betont, daß wirklich alle Auskünfte über Ihre Frau für den Fall von Bedeutung sein können, und deshalb muß ich Sie fragen ...«

Billy T. hob die Handfläche an seinen rasierten Schädel und bewegte sie langsam hin und her. Er sah den

Polizeipräsidenten ganz bewußt nicht an; er wußte, was sein Vorgesetzter sagen würde.

»Warum haben Sie nichts von Ihrem toten Kind erzählt?« fragte er schnell. »Von Ihrer Tochter?«

»Billy T.«, sagte der Polizeipräsident mit scharfer Stimme, wie Billy T. es erwartet hatte. »Das hier ist kein Verhör. Sie brauchen diese Frage wirklich nicht zu beantworten, Herr Hansen.«

»Aber das will ich!«

Roy Hansen sprang auf. Mit steifen Schritten ging er zum Fenster, dann drehte er sich zu den anderen um.

»Sie haben eben gesagt, daß Sie nicht wissen, was es für ein Gefühl ist, sein Leben in allen Zeitungen breitgetreten zu sehen. Da haben Sie völlig recht. Sie haben keine Ahnung. Ganz Norwegen beschäftigt sich mit Birgitte. Auch Sie beschäftigen sich mit Birgitte. Das nehme ich hin. Aber es gibt auch noch Dinge, die nur mich angehen. Nur mich. Ist das klar?«

Jetzt stützte er sich mit einer Hand auf den Tisch und schaute Billy T. in die Augen.

»Warum ich nichts über Liv gesagt habe, wollen Sie wissen. *Weil Sie das nichts angeht.* Okay? Livs Tod war unsere Tragödie. Birgittes und meine.«

Seine Wut legte sich so schnell, wie sie gekommen war. Plötzlich schien er nicht so recht zu wissen, wo er war und warum er dort war. Er blickte sich verwundert um und ging dann zu seinem Stuhl zurück.

Es war still, sehr lange.

»Na gut«, sagte Billy T., schob vorsichtig die Pillendose in die Tüte und steckte beides in die Jackentasche. »Lassen wir das erst mal. Es tut mir leid, wenn ich etwas Verletzendes gesagt habe. Und jetzt ist da nur noch eins ...«

Er blickte den Polizeipräsidenten an, der ihn mit resigniertem Nicken zum Weiterreden aufforderte.

»Wir haben etwas, das um nichts in der Welt an die Öffentlichkeit gelangen darf. Wir haben es bisher vor der Presse verbergen können, und wir möchten diese Information noch eine Weile für uns behalten. Wir haben …«

Er zog einen Umschlag aus seinem Ordner und zeigte Vater und Sohn den Inhalt.

»Wir wissen, daß es sich hierbei um die Mordwaffe handelt«, sagte er und zeigte auf die beiden Fotos. »Es ist ein russischer …«

»Nagant«, fiel Per Volter ihm ins Wort. »Ein russischer Nagant M 1895.«

Er starrte das Bild an.

»Wo ist diese Waffe?«

»Wieso?« meinte Billy T.

»Wo ist diese Waffe?« fragte Per Volter noch einmal, und seine Wangen glühten wie bei einem Fieberkranken. »Ich will diese Waffe sehen.«

Schon nach wenigen Minuten klopfte ein Polizist an die Tür, reichte Billy T. einen Revolver, nickte und verschwand wieder.

»Darf ich sie anfassen?« fragte Per Volter und blickte Billy T. an, der ihm zunickte.

Mit geübten Handbewegungen untersuchte Per Volter die Waffe, die seiner Mutter das Leben genommen hatte. Er untersuchte das Magazin, stellte fest, daß es leer war, zielte auf den Boden und drückte ab.

»Kennst du diesen Waffentyp?« fragte Billy T.

»Ja«, sagte Per Volter. »Ich kenne diese Waffe sehr gut. Sie gehört mir.«

»Ihnen?«

Der Überwachungschef hatte fast gebrüllt.

»Ja. Dieser Nagant gehört mir. Kann mir jemand sagen, wieso er hier ist?«

17.30, Stenspark

Es ärgerte ihn schrecklich, daß er nicht auf einem anderen Treffpunkt bestanden hatte. Brage Håkonsen haßte den Stenspark. Er konnte die kleine grüne Lunge zwischen Stensgate und Pilestredet kaum durchqueren, ohne von dem Abschaum belästigt zu werden, der sich immer hier herumtrieb, von widerlichen Schwulen, die ihn immer für ihresgleichen hielten, egal, wie er sich kleidete oder verhielt.

Außerdem hätte er einen späteren Zeitpunkt vorschlagen sollen. Es war doch noch hell. Der Lieferant hatte jedoch nicht mit sich reden lassen, er sei unterwegs ins Ausland und wolle die Sache hinter sich bringen.

Brage Håkonsen hatte drei Runden durch den Park gedreht. Er konnte nicht stehenbleiben, denn dann kamen sie angekrochen. Die Termiten der Gesellschaft.

Endlich. Der Mann im dunklen, knöchellangen Mantel machte eine winzige Bewegung in Håkonsens Richtung. Brage Håkonsen sah sich so diskret wie möglich nach allen Seiten um und ging dann auf den anderen zu. Im Vorübergehen merkte er, daß etwas in seine Tasche fiel, ein Nylonbeutel, in dem sein Trainingsanzug lag. Er hatte den einen Handgriff gerade im richtigen Moment losgelassen.

Jetzt packte er ihn wieder und lief zu den beiden Mülleimern am Parkausgang. Er öffnete den einen und ließ einen zerfetzten Umschlag hineinfallen.

Fünftausend waren gar nicht schlecht. Nicht für eine unregistrierte, effektive Waffe. Als Brage Håkonsen den Park verließ, sah er aus dem Augenwinkel, daß der Mann im langen Mantel auf die Mülleimer zuging. Brage lächelte und packte seine Tasche noch fester.

Plötzlich lief es ihm eiskalt den Rücken hinunter. Den Mann dort hinten, der zeitunglesend unter einem hohen

Baum stand, hatte er schon einmal gesehen. Am selben Tag. Vor kurzem erst. Er versuchte sich genauer zu erinnern. Am Kiosk? In der Straßenbahn? Er lief schneller und schaute über die Schulter, um zu sehen, ob der Zeitungsleser ihm folgte. Das tat er nicht. Er schaute ihm nur hinterher, um sich dann wieder seiner Lektüre zu widmen.

Er war bestimmt einer von den Schwulen. Brage atmete erleichtert auf und ging in Richtung Tiermedizinisches Institut weiter.

Aber der Gedanke an den zeitunglesenden Mann ließ ihm keine Ruhe. Eigentlich wollte er zur Hütte fahren und die Waffe dort verstecken. Bis auf weiteres. Bis sein Plan feststand. Der Plan war fast komplett, aber eben nur fast. Er wußte nicht so recht, wen er hinzuziehen sollte. Allein würde er die Sache nicht durchziehen können. Aber er wollte nur einen Helfer dabeihaben. Je mehr mitmachten, desto größer war die Gefahr, daß alles den Bach hinunterging.

Jetzt, da die Ministerpräsidentin erledigt war, war als nächstes die Parlamentspräsidentin an der Reihe. Das würde von gewaltigem symbolischem Wert sein. Aber als er seine Wohnungstür aufschloß, kamen ihm Zweifel. Er konnte nicht zur Hütte fahren. Niemand wußte, daß er die hatte – bis auf die alte Dame aus dem Erdgeschoß, für die er einkaufte und die Treppe putzte, und die ihm zum Dank die Schlüssel für die Hütte gegeben hatte. Sie war kinderlos und uralt und kannte kaum andere Menschen als die, die ihr dreimal in der Woche Essen auf Rädern brachten. Er hatte eigentlich keine Hintergedanken gehabt, als er angefangen hatte, sich ab und zu mit ihr zu unterhalten, aber dann hatte sich herausgestellt, daß ihr Mann sich im Krieg an die Ostfront gemeldet hatte und dort gefallen war. Und seitdem half er ihr. Um die eigenen Leute hatte man sich zu kümmern. Das war Ehrensache.

Er wollte zur Hütte. Aber eine innere Stimme sagte ihm, daß er das lieber nicht tun solle. Sie sagte ihm auch, daß die Waffe keinesfalls in seiner Wohnung oder in seinem Kellerraum liegen dürfe.

Er ging in den Keller hinunter, schloß Frau Svendsbys Raum auf und legte die noch eingepackte Pistole hinter vier Gläser Marmelade des Jahrgangs 1975.

Er hatte sich die Waffe nicht einmal näher angesehen, als er den Raum wieder verschloß und den Schlüssel zwischen zwei Deckenbalken verstaute.

Frau Svendsby hatte kaputte Hüftgelenke und war seit über fünfzehn Jahren nicht mehr in ihrem Keller gewesen.

19.10, Restaurant Tranen

Hanne Wilhelmsen saß in der verräucherten Kneipe, schaute auf die Uhr und versuchte, sich nicht zu ärgern. Endlich kam Øyvind Olve atemlos hereingestürzt. Er schaute sich verwirrt um und entdeckte Hanne Wilhelmsen erst, als sie ihm zuwinkte. Erleichtert ließ er sich ihr gegenüber auf einen Stuhl fallen. Dann knallte er seine Tasche auf den Tisch.

»Aber Øyvind«, sagte sie mit vorwurfsvollem Lächeln. »Wann legst du dir endlich eine schönere zu?«

Er starrte beleidigt seine Tasche an, einen kleinen Diplomatenkoffer aus rotem und schwarzem Nylon, geschmückt mit dem Logo der sozialdemokratischen Partei.

»Ja, aber mir gefällt die nun mal.«

Hanne Wilhelmsen legte den Kopf in den Nacken und lachte laut.

»Die gefällt dir? Die ist doch einfach scheußlich. Hast du die von einem Parteitag mitgebracht oder was?«

Øyvind Olve nickte verwirrt und stellte die Tasche auf den Boden, wo die Hauptkommissarin sie nicht sehen konnte.

»Warum hast du mich denn in dieses Loch bestellt?« flüsterte er und verdrehte die Augen.

»Weil das der einzige Ort in Oslo ist, wo du ganz sicher sein kannst, daß du nicht belauscht wirst«, flüsterte sie zurück und schaute sich verschwörerisch um. »Hier hat sich noch nicht mal der Überwachungsdienst etabliert.«

»Kann man hier denn wirklich essen?« murmelte er und starrte die fettige Speisekarte an.

»Wir gehen danach woandershin«, erklärte sie. »Und das Bier ist so gut wie überall. Also, erzähl.«

Sie nippte an ihrem Glas, stützte die Ellbogen auf den Tisch und leckte sich die Lippen.

»Worum um Himmels willen geht es eigentlich bei diesem Gesundheitsskandal? Was läuft hier wirklich ab?«

»In solchen Fällen läuft fast immer ein Machtkampf ab. Und irgendwer füttert heimlich die Presse.«

»Meinst du, den Leuten von der Presse werden Informationen zugespielt?«

»Das, was heute in der Zeitung stand«, sagte Øyvind und malte einen Kreis auf sein beschlagenes Bierglas, »das war nicht einmal im Büro der Ministerpräsidentin bekannt. Irgendwer scheint es auf uns abgesehen zu haben.«

»Auf euch abgesehen? Aber stand da denn nicht die Wahrheit?«

»Doch, wahrscheinlich schon. Und wenn es stimmt, dann wäre es auch veröffentlicht worden. Es geht darum, daß die Sache von der zuständigen Kommission untersucht werden muß, und wenn schon jetzt so viel herauskommt, dann ist es schwer für uns, uns vernünftig zu verhalten.«

»Für uns? Meinst du die Partei?«

Øyvind Olve lächelte, fast verlegen.

»Ja, im Grunde schon. Aber vor allem meine ich die Regierung.«

»Wie kann das denn der Regierung schaden? Das Ganze ist doch vor über dreißig Jahren passiert.«

»Alles wird der Regierung angehängt. Die Regierung hat die Verantwortung für die Untersuchungen übernommen, und wir konnten nur mit Mühe verhindern, daß das Parlament sich auch diese Geschichte unter den Nagel gerissen hat. Zum Glück hat Ruth-Dorthe rasch gehandelt und eine Kommission einberufen, noch ehe sich die Leute im Parlament besonnen hatten.«

Er trank einen großen Schluck Bier und stöhnte.

»Sieh dir doch den Überwachungsskandal damals an«, sagte er dann mit noch leiserer Stimme. »Als der Bericht der Kommission endlich vorlag …«

Wieder hob er sein Glas an den Mund und leerte es zur Hälfte.

»Hast du nicht gesehen, wie sie versucht haben, das zu ihrem Sieg zu erklären?«

»Wer denn?«

»Die Opposition. Die Mittelparteien. Und auch andere. Als ob das Parlament die ganze Arbeit geleistet hätte und nicht eine Kommission aus lauter fähigen Leuten. Als ob wir nicht ebenso dringend hätten wissen wollen, wer in Norwegen alles ohne Erlaubnis überwacht worden ist.«

»Aber«, protestierte Hanne, »die Regierung hatte die Sache doch auch schon untersucht und so gut wie gar nichts herausgebracht.«

»Ja«, sagte Øyvind Olve und knallte sein Glas auf den Tisch. »Aber das war doch nicht der Fehler der Regierung. Es war doch nicht Gro persönlich, die die Akten und Unterlagen überprüft hat.«

Gereizt bestellte er noch zwei Bier.

»Du warst mitten in deinem Bericht«, sagte Hanne, als das Bier gekommen war, und goß den letzten Rest aus ihrem alten Glas in das neue.

»Regieren ist ein unbehaglicher Balancegang«, sagte Øyvind. »In jeder Hinsicht. Vor allem, wenn die Belastungen so groß sind wie bei unserer Partei. Alles wird uns angekreidet. Alles Negative. Das Land fließt über von Milch und Honig, aber trotzdem sind alle sauer auf die Sozialdemokraten. Dieser Gesundheitsskandal ...«

Er schaute auf die Uhr und legte sich die flache Hand auf den Bauch.

»Hunger?« fragte Hanne Wilhelmsen.

»Mmm.«

»Nachher. Erzähl erst weiter.«

»Na ja«, sagte Øyvind Olve. »Wenn 1965 wirklich etwas schiefgelaufen ist, wollen wir das natürlich aufklären. Aus vielen Gründen. Es muß festgestellt werden, wer die Verantwortung trägt, und vor allem müssen wir aus solchen Fehlern lernen, auch aus solchen, die vor so langer Zeit passiert sind. Wenn aber solche Mengen an Informationen an die Presse durchsickern, wird die Regierung in die Defensive gezwungen ... das Büro der Ministerpräsidentin hat nichts von dem gewußt, was heute in der Zeitung gestanden hat.«

»Ich kapiere das immer noch nicht«, sagte Hanne. »Wer war 1965 eigentlich an der Macht?«

»Erst wir, dann die Konservativen«, murmelte Øyvind. »Aber darum geht es nicht. Es geht darum, daß die Regierung eine schlechte Figur macht, denn sie weiß viel weniger als die Presse, und das ist in den Augen der Leute immer ein Zeichen von Schwäche. Oder zumindest in den Augen der Presse. Und das will etwas heißen.«

Er mußte aufstoßen.

»Du mußt etwas mit deinem Magen machen«, sagte Hanne.

»Und wenn sie heute den Gesundheitsskandal mit dem Mord an Birgitte in Verbindung bringen, dann haben wir wirklich Ärger.«

Jetzt beugte er sich so weit vor, daß sein Gesicht nur noch zwanzig Zentimeter von Hannes entfernt war.

»Aber das ist doch bestimmt nur Unsinn«, protestierte Hanne.

»Unsinn? Ja, sicher, aber das spielt doch keine Rolle. Solange die Zeitungen beides zu einem einzigen Fall zusammenrühren, wird es von der Öffentlichkeit auch für einen Fall gehalten. Vor allem, wenn es so aussieht, als ob ...«

Plötzlich ließ er sich auf seinem Stuhl zurücksinken und starrte zum Tresen hinüber. Er schien nicht weiterreden zu wollen.

»Wenn es so aussieht, als ob was?«

Hanne flüsterte jetzt.

»Als ob die Polizei keine Ahnung hätte, was diesen Mord betrifft«, sagte Øyvind langsam. »Oder wißt ihr etwa irgendwas?«

Hanne zeichnete in die feuchte Stelle, die ihr Bierglas auf dem Tisch hinterlassen hatte, ein Herz.

»Du solltest mich nicht mit der Polizei gleichsetzen«, sagte sie. »Da arbeite ich zur Zeit nicht.«

Øyvind Olve bückte sich und hob seinen albernen Nylonkoffer auf den Tisch. Er machte sich am Reißverschluß zu schaffen, dann legte er Hanne drei Bogen hin.

»Genau. Da arbeitest du nicht. Also erzähl mir, was ich hiermit anfangen soll.«

Er schob ihr die Unterlagen hin.

»Was ist das?« fragte sie und drehte sie zu sich hin.

»Das habe ich in Birgitte Volters Büro gefunden. Ich mußte alle Unterlagen durchsehen, viele waren ja von ziemlicher politischer Brisanz. Und das hier steckte zwischen zwei roten Mappen.«

»Roten Mappen?«

»Gesperrten Unterlagen.«

Die Bogen enthielten eine Reihe von Namen, die jeweils mit einem Datum versehen waren.

»Geburts- und Todesdaten«, erklärte Øyvind Olve. »Offenbar eine Liste der plötzlichen Todesfälle des Jahres 1965. Und sieh hier ...«

Er zog die Papiere zurück, suchte kurz, schob sie dann wieder Hanne hin und zeigte auf eine Stelle.

»Liv Volter Hansen. Geboren am 16. März 1965, gestorben am 24. Juni 1965. Über allerlei Umwege und mit vielen Notlügen habe ich erfahren, daß die Grinde-Kommission diese Liste angelegt hat. Die Eltern dieser Kinder wurden von einem Computer ausgesucht, sie sollten ausführlich über Gesundheit, Verhalten, Essensgewohnheiten und so weiter ihrer Kinder befragt werden. Eine repräsentative Auswahl, mit anderen Worten. Und zufällig landete die Ministerpräsidentin in dieser Gruppe. Noch interessanter ist, daß die Liste am 3. April fertig war. Am Tag vor Birgittes Tod. Sie kann diese Liste nur von Benjamin Grinde bekommen haben. Ich habe alle anderen Möglichkeiten überprüft. Posteingang, Protokolle von Besprechungen, absolut alles. Sie muß die Liste von Grinde bekommen haben. Und schau her ...«

Wieder zeigte er auf eine Stelle auf dem Bogen. Am

Rand der ersten Seite war handschriftlich ein Vermerk angebracht.

»Neue Person?« und »Was sagen?«

»Was in aller Welt soll das denn bedeuten?« fragte Hanne, mehr zu sich selbst als zu Øyvind.

»Ich weiß es nicht«, sagte er. »Aber es ist Birgittes Handschrift. Was soll ich tun?«

»Das, was du sofort hättest tun sollen«, sagte Hanne mit lauter, vorwurfsvoller Stimme. »Du wirst diese Unterlagen der Polizei bringen. Jetzt, sofort.«

»Aber wir wollten doch essen gehen«, klagte Øyvind Olve.

20.00, Hauptwache Oslo

Per Volters Haare wurden schon dünn. Billy T. konnte das deutlich sehen, oben auf dem Kopf waren sie schütter. Es war nur eine Frage der Zeit, bis der junge Mann mit einer Halbglatze rechnen könnte.

Billy T. wußte nicht so recht, was er tun sollte. Per Volter saß seit fast zehn Minuten an seinem Schreibtisch, hatte den Kopf auf die Arme gelegt und weinte wie ein Kind. Und all das hatte eine kleine Behauptung von Billy T. verursacht: »Ich glaube, Sie haben mir einiges zu erzählen.«

»Glauben Sie etwa, ich hätte meine Mutter umgebracht?« hatte Per Volter gerufen, um dann in Tränen auszubrechen.

Nichts hatte geholfen. Billy T. hatte beteuert, daß das nicht der Fall sei. Zum einen hatte Per Volter ja ein hieb- und stichfestes Alibi, zwanzig Soldaten und drei Offiziere konnten beschwören, daß der Junge sich auf der Hardangervidda aufgehalten hatte, als im Büro der Ministerpräsidentin der Schuß gefallen war. Zum zweiten hatte er nicht die Spur von einem Motiv. Und drittens hätte er wohl kaum die Tatwaffe als seine eigene identifiziert, wenn er wirklich der Mörder gewesen wäre.

Das hatte Billy T. immer wieder gesagt, aber nichts hatte geholfen. Am Ende gab er auf und beschloß, Per Volter in Ruhe weinen zu lassen.

Billy T. musterte seine Fingernägel und spielte mit dem Gedanken, aufs Klo zu gehen. Als er seinen Entschluß gefaßt hatte und schon aufstehen wollte, schniefte Per Volter energisch und richtete sich zögernd auf. Sein Gesicht war rot und verquollen.

»Geht's ein bißchen besser?« fragte Billy T. und glitt lautlos wieder auf seinen Sitz.

Per Volter gab keine Antwort, sondern wischte sich als Geste der Zustimmung das Gesicht am Pulloverärmel ab.

»Hier«, sagte Billy T. und bot ihm ein Papiertaschentuch an. »Sie haben wirklich eine bemerkenswerte Ordnung in Ihren Waffen, Per.«

»Habt ihr da nachgesehen?« murmelte Per und starrte das feuchte Taschentuch an.

»Ja. Zwei Beamte waren bei Ihrem Vater und haben einen Bericht geschrieben, in dem von vorbildlicher Aufbewahrung die Rede ist. Die Waffen in einem verschlossenen Schrank, die Munition in einem anderen. Und alle fünf Waffen sind bei uns registriert.«

»Dieses Register ist eigentlich ein Witz«, murmelte Per Volter. »Soviel ich weiß, gilt es nur für diesen Bezirk, und ihr habt es noch nicht einmal im Computer.«

»Wir warten auf ein neues Waffengesetz«, sagte Billy T., goß aus einer Thermoskanne Kaffee in zwei Tassen und schob Per eine schwarze mit dem Bildnis Franz Kafkas zu.

»Aber warum …«, sagte er und zögerte dann.

»Warum was?«

»Warum haben Sie den Nagant nicht registrieren lassen?«

Per blies in seine Tasse. Da der Kaffee weiterhin zu heiß blieb, stellte er sie vorsichtig auf den Tisch.

»Das hat sich einfach nicht so ergeben. Die anderen Waffen habe ich gekauft. Der Nagant war ein Geschenk. Zu meinem achtzehnten Geburtstag. Der Revolver hat meiner Großmutter gehört. Die war im Krieg ziemlich aktiv, und wir haben den Nagant immer als ihren Orden bezeichnet.«

Jetzt lächelte der junge Mann kurz und sah ein bißchen stolz dabei aus.

»Sie hat einen verletzten Russen operiert und ihm damit das Leben gerettet. Und dabei war sie nicht einmal Ärztin. Das war im Herbst dreiundvierzig, und der Mann konnte ihr zum Dank nichts anderes geben als seine Waffe. Er hieß Kliment Davidowitsch Raskin.«

Jetzt strahlte er.

»Als Kind fand ich diesen Namen toll. Viele Jahre nach Kriegsende hat meine Großmutter versucht, ihn zu finden. Über das Rote Kreuz, die Heilsarmee und so. Sie hat ihn nicht finden können. Ich war sechzehn, als sie gestorben ist. Phantastische Frau. Sie …«

Wieder traten ihm die Tränen in die Augen, und er versuchte noch einmal sein Glück mit dem Kaffee.

»Meine Mutter hat mir dann später den Nagant geschenkt«, murmelte er in seine Tasse. »Es war das schönste Geschenk, das ich je bekommen habe.«

»Hast du auch schon mal damit geschossen?«

»Ja. Er braucht eine ganz besondere Munition, die mußte ich erst bestellen. Ich habe mit dieser Waffe vielleicht … vielleicht sechs- oder siebenmal geschossen. Eigentlich eher aus Pflichtbewußtsein. Sie ist ziemlich unpräzise. Und sie ist eben alt. Meine Großmutter hatte sie nie benutzt.«

Wieder überwältigte ihn die Erinnerung an eine Tote. Aus seinem linken Auge floß eine Träne, aber er bleib aufrecht sitzen.

»Warum sind Sie so wütend auf Ihren Vater, Per?«

Kaum hatte Billy T. diese Frage gestellt, als seine inneren Alarmsirenen auch schon schrillten. Der Junge mußte erst erfahren, daß er gegen seine eigene Familie nicht auszusagen brauchte. Trotzdem zog Billy T. seine Frage nicht zurück.

Per Volter starrte aus dem Fenster. Er hielt sich die Tasse vors Gesicht, trank aber nicht. Der Dampf schien ihm gutzutun, denn er schloß die Augen und fand die Feuchtigkeit, die sein Gesicht überzog, offenbar angenehm.

»Wütend ist noch viel zu milde gesagt«, sagte er leise. »Der Mann ist ein Arsch. Er hat meine Mutter betrogen und mich belogen.«

Plötzlich schaute er Billy T. voll ins Gesicht. Seine Augen waren blau, und einen unangenehmen Moment lang hatte Billy T. das Gefühl, ein Gespenst anzustarren, denn der Junge hatte große Ähnlichkeit mit seiner Mutter.

»Mein Vater hatte ein Verhältnis mit Ruth-Dorthe Nordgarden.«

Aber Billy T. war zu erschöpft. Er konnte nicht mehr. Er schloß die Augen und fragte sich, wie er es bis in sein Bett schaffen sollte.

»Ich laß Sie nach Hause fahren«, sagte er leise.

»Ich will nicht nach Hause«, antwortete Per Volter. »Ich weiß nicht, wohin ich will.«

23.30, Vidars gate 11c

Er konnte nicht schlafen. Er dachte an die Waffe hinter den Marmeladengläsern in Frau Svendsbys Kellerraum. Obwohl sie dort sicherer war als in seinem eigenen, war ihm nicht wohl in seiner Haut. Sie gehörte in die Hütte.

Er grübelte über den Mann mit der Zeitung nach. Er hatte nicht ausgesehen wie die anderen. Er hatte desineressiert gewirkt, hatte ihn aber trotzdem im Auge behalten. Und das machte ihm arg zu schaffen.

Brage Håkonsen drehte sich um und merkte, daß sein Bettzeug klamm war. Er stöhnte genervt und stand auf. Am liebsten hätte er Tage angerufen. Er brauchte Hilfe von außen. Das wäre am sichersten so. Aber er konnte ihn nicht anrufen. Vielleicht wurde das Telefon abgehorcht. Das Mobiltelefon war zwar eine abhörsichere Alternative, aber dafür konnte die Polizei feststellen, wo er telefoniert hatte. Deshalb waren sie auf Telefonzellen angewiesen. Und auf kryptische Briefe, die nach dem Lesen sofort verbrannt wurden.

Er hatte das Gefühl, Ameisen im Bauch zu haben. Seine Haut brannte und juckte, er kratzte sich und lief unruhig in seinem kleinen Wohnzimmer auf und ab. Schließlich setzte er sich auf seinen Heimtrainer und fuhr los. Er strampelte und strampelte, und nach zwei Kilometern merkte er, daß seine Muskeln sich lockerten. Sein halbnackter Körper war von Schweiß bedeckt, und er atmete schwer und rhythmisch.

Da ging die Türklingel.

Brage Håkonsen erstarrte und ließ die Pedale los, die sich von ganz allein weiterdrehten.

Er hatte keine Ahnung, wer vor der Tür stehen könnte, aber die unangenehme Spannung von vorhin meldete sich wieder, sein Zwerchfell krampfte sich zusammen, und er zitterte. Langsam und leise legte er sich wieder ins Bett, wagte aber nicht, das Licht auszuknipsen. Eine von außen sichtbare Veränderung würde verraten, daß jemand zu Hause war.

Wieder wurde geklingelt, hart und energisch.

Er lag starr und ganz ruhig da. Er würde nicht öffnen. So spät durfte man nicht klingeln. Es war sein gutes Recht, nicht zu öffnen. Plötzlich fielen ihm seine Pornozeitschriften ein, und als er sich leise auf einem Ellbogen erhob, bereiteten die ihm größere Sorgen als die Pistole im Keller. Er stand wieder auf, hob die Matratze an und stopfte die Zeitschriften zwischen Polster und Lattenrost.

Jetzt wurde wieder geklingelt, wütend und fast eine Minute lang.

Er hatte nichts in der Wohnung, wofür man ihn einbuchten könnte. Er hatte bei niemandem eine Rechnung offen.

Er mußte aufmachen.

Er warf einen dunkelblauen Bademantel mit schwarzen Streifen über und verknotete den Gürtel, als er zur Tür ging.

»Komm ja schon«, murmelte er und nahm die Sicherheitskette ab.

Vor der Tür standen zwei Männer. Beide waren um die Vierzig, der eine trug einen graubraunen Anzug mit Krawatte, der andere Hose, Jacke und ein am Hals offenes Hemd.

»Brage Håkonsen?« fragte der Mann im Anzug.

»Ja.«

»Polizei.«

Beide hielten ihm ihre Dienstausweise hin.

»Sie sind verhaftet.«

»Verhaftet? Wieso denn?«

Brage Håkonsen wich unwillkürlich zurück, und die

beiden Männer betraten seine Wohnung. Der Polizist ohne Krawatte schloß leise die Tür.

»Illegaler Waffenbesitz.«

Der Mann reichte ihm einen blauen Zettel.

»Waffenbesitz? Ich habe doch gar keine Waffen.«

»Einen Waffenschein haben Sie jedenfalls nicht«, sagte der höhergewachsene Polizist. »Trotzdem haben Sie heute nachmittag im Stenspark eine Pistole gekauft.«

Verdammt. Verdammter Mist. Der Zeitungsmann war keine Schwuchtel gewesen, sondern ein Bulle.

»Hab ich nicht«, sagte Brage Håkonsen, ging sich aber trotzdem anziehen.

Er durfte nicht allein in sein Schlafzimmer; der großgewachsene Polizist folgte ihm und starrte ihn an, bis er sich fertig gemacht hatte, um die Beamten zur Wache zu begleiten.

Mittwoch, 16. April 1997

9.15, Hauptwache Oslo

»Long time no see.« Billy T. grinste Severin Heger an und bückte sich, um dem Mann beim Aufheben der zu Boden gefallenen Ordner zu helfen.

»Paß doch auf«, sagte Heger, lächelte aber trotzdem.

»Wo steckst du denn so im Moment?« fragte Billy T. und sah seinen Kollegen erwartungsvoll an.

Severin Heger arbeitete schon seit fast vier Jahren beim Polizeilichen Überwachungsdienst. Er war der einzige dort, mit dem Billy T. sich verstand, und das hatte eine ganz besondere Vorgeschichte. Sie waren gleichaltrig und hatten ihre Ausbildung zusammen gemacht. Beide waren über zwei Meter groß, beide fuhren eine Honda Goldwing, und als Billy T. 1984 beim Karate inoffizieller norwegischer Meister geworden war, war Severin auf dem zweiten Platz gelandet. Als sie ihre letzte Prüfung bestanden hatten und ihre nackten Uniformschultern stolz mit einem goldenen Streifen versehen durften, waren sie mit anderen durch die Stadt gezogen. Zu einem späteren Zeitpunkt in dieser Nacht hatte Severin in ziemlich betrunkenem Zustand einen unbeholfenen sexuellen Annäherungsversuch gemacht. Billy T. hatte das Angebot weitaus taktvoller und eleganter abgelehnt, doch als Severin darauf in heftiges Schluchzen ausgebrochen war, hatte Billy T. ihm den Arm um die Schulter gelegt und ihn nach Hause gebracht. Billy T.

hatte im Laufe dieser Nacht drei Kannen Kaffee gekocht und den verzweifelten Severin mit vielen Worten getröstet. Als die Sonne im Osten die Wolkendecke durchbrach und beide ganz ausgenüchtert auf dem Balkon der kleinen Wohnung in Etterstad saßen, sprang Severin plötzlich auf, holte einen kleinen Silberpokal mit einer Gravur und rief:

»Der ist für dich, Billy T. Das ist mein allererster und allerschönster Pokal. Vielen Dank.«

Seither hatten sie nur wenig miteinander zu tun gehabt; ab und zu tauschten sie einen Gruß und ein Schulterklopfen, und noch viel seltener trafen sie sich bei einem kühlen Bier. Keiner von beiden hatte den Frühlingsabend, der nun schon viele Jahre zurücklag, je wieder erwähnt. Der Silberpokal stand im Regal in Billy T.s Schlafzimmer, zusammen mit einem Eierbecher, den er zur Taufe geschenkt bekommen hatte, und einem Babyschuh seines ältesten Sohnes. Soviel Billy T. wußte, hatte Severin damals in der Nacht eine Entscheidung getroffen, eine ganz andere, als Billy T. ihm geraten hatte. Severin Heger lebte im Zölibat, und Billy T. hatte niemals irgendwelchen boshaften Klatsch über seinen alten Kumpel gehört.

»Ich mache vermutlich dasselbe wie du«, sagte Severin Heger. »Das tun wir doch derzeit fast alle, oder?«

»Geh ich mal von aus. Wie geht's sonst?«

Severin Heger biß sich auf die Unterlippe und schaute sich nach allen Seiten um. Kollegen eilten an ihnen vorbei, manche hoben die Hand zum Gruß, andere schmetterten im Vorübergehen ein munteres Hallo.

»Hast du Zeit für eine Tasse Kaffee?« fragte Severin plötzlich.

»Eigentlich nicht, aber gerne«, grinste Billy T. »Kantine?«

Sie setzten sich nach ganz hinten, vor die Türen zur Dachterrasse. Es war kühl, und der Himmel drohte mit Regen, deshalb waren sie hier allein.

»Ihr genießt das da oben bestimmt«, sagte Billy T. und nickte Richtung Decke. »Habt euch wahrscheinlich noch nie dermaßen amüsiert.«

Severin blickte ihn mit ernster Miene an.

»Ich begreife einfach nicht, warum du so eine schlechte Meinung von uns hast«, sagte er. »Meine Kollegen sind anständige, hart arbeitende Menschen, genau wie ihr.«

»Von dir habe ich überhaupt keine schlechte Meinung. Aber ich kann eure Geheimniskrämerei nicht ausstehen. Jetzt zum Beispiel habe ich ein ziemlich starkes Gefühl, daß nicht einmal unsere Ermittlungsleiter wissen, von welchen Theorien ihr ausgeht. Bei diesem Fall ist besonders frustrierend, daß offenbar niemand den Überblick hat. Aber wir anderen versuchen zumindest, uns gegenseitig zu informieren.«

Severin sagte nichts, starrte Billy T. aber weiterhin an und kratzte sich dabei den Handrücken.

»Woran denkst du?« fragte Billy T. und goß sich so energisch Cola ins Glas, daß die schwarze, schäumende Flüssigkeit auf den Tisch schwappte.

»Verdammt«, murmelte er, wischte mit der Hand über den Tisch und trocknete sie dann an seiner Hose ab.

Severin beugte sich zu ihm vor und betrachtete die Colalache.

»Wir haben gestern einen Extremisten eingebuchtet«, sagte er leise. »Einen, der in einem Park eine unregistrierte Waffe gekauft hat und von dem wir glauben, daß er eine Neonazigruppe leitet. Er hat auf jeden Fall Kontakte zu einem schwedischen Gesinnungsgenossen, und der Schwede …«

Severin zog ein Taschentuch hervor und trocknete damit den Tisch ab.

»Dieser Schwede kam drei Tage vor dem Mord an Birgitte Volter nach Norwegen, besuchte unseren Freund hier in Oslo und verschwand am Tag nach dem Mord wieder ins Nachbarland.«

Billy T. sah aus, als habe Severin Heger soeben seine Verlobung mit Prinzessin Märtha Louise verkündet.

»Was sagst du da?«

Severin Heger bedachte Billy T. mit einem blitzschnellen, warnenden Blick, als zwei Frauen vorüberkamen, die feststellen wollten, ob man nicht doch auf der Terrasse sitzen könnte. Sie überlegten es sich jedoch schnell anders und gingen zum Tresen, der ein ganzes Stück weiter hinten im Raum war.

»Und damit nicht genug.« Jetzt flüsterte Severin fast schon. »Wir haben Grund zu der Annahme, daß der Typ, den wir eingebuchtet haben, irgendwelche Kontakte zu dem Wächter aus dem Regierungsgebäude hatte. Zu dem, der bei dem Lawinenunglück umgekommen ist. Weißt du was über ihn?«

»Ob ich was über ihn weiß?«

Billy T. versuchte, leise zu sein, aber der Eifer verzerrte seine Stimme, und er fauchte: »Und ob ich was über ihn weiß. Ich hab den Typen doch verhört, zum Henker. Und ich hab mir den Mund fransig geredet, damit wir ihn uns näher ansehen. Stimmt das wirklich? Gibt es da wirklich eine Verbindung?«

»Das wissen wir nicht«, sagte Severin und machte eine beruhigende Handbewegung.

»Aber wir haben Grund zu der Annahme. Sagt man das nicht so, wenn man nicht verraten darf, woher man etwas weiß?«

»Aber habt ihr was aus dem Typen rausholen können?«

»Nix, nothing. Wir haben seine ganze Bude auf den Kopf gestellt. Da gab es aber nur suspekte Literatur im Regal und Pornos unter der Matratze. Keine Waffen. Nichts Strafbares.«

»Aber könnt ihr ihn festhalten?«

»Wohl kaum. Es dauert doch so lange, bis das neue Waffengesetz in Kraft tritt. Und das derzeit geltende Strafmaß ist so niedrig, daß wir ihn wohl heute irgendwann laufenlassen müssen. Die schwedische Sicherheitspolizei hat Tage Sjögren verhört, diesen Schweden, du weißt schon. Sie haben ihn zwei Tage lang festgehalten und ordentlich durch die Mangel gedreht. Aber der Typ sagt nichts, und sie mußten ihn laufenlassen.«

Plötzlich sah er auf die Uhr und strich mit dem Daumen über das Glas.

»Ich muß los.«

»Du, Severin!«

Billy T. packte Severin am Arm, als er an ihm vorbei wollte.

»Wie sieht denn dein Leben aus?« fragte er leise.

»Ich habe kein Leben, ich bin beim Polizeilichen Überwachungsdienst.«

Severin Heger lächelte kurz, befreite sich aus Billy T.s Griff und lief aus der Kantine.

17.19, Vidars gate 11c

Brage Håkonsen wußte, daß er während der nächsten Tage keinen einzigen unbeobachteten Schritt tun würde. Überall würde es Augen geben, und sein ganzes Tun und Lassen würde gebührend registriert werden und in einem Ordner in der obersten Etage des Polizeigebäudes landen. Irgendwie mußte er damit leben. Er war bei weitem nicht so verzweifelt, wie er erwartet hatte, im Grunde war es viel schlimmer gewesen, aus Versehen als Walschützer festgenommen zu werden. Jetzt ging es trotz allem um eine Sache, an die er glaubte, und es wäre doch naiv gewesen, zu glauben, daß er niemals ins Visier der Polizei geraten würde. Er würde in Zukunft eben noch vorsichtiger sein müssen.

Es war vernünftig gewesen, die Klappe zu halten. Sein Anwalt hatte ihm dazu geraten, ein alter Knacker, der eigentlich etwas trottelig wirkte, jedoch in vielen Punkten dieselben Meinungen wie er selbst vertrat. Die Bullen waren stocksauer gewesen und hatten von ihm verlangt, sich einen anderen Anwalt zu nehmen, und erst nach einigen Stunden hatten sie in Ruhe miteinander reden können. Schließlich hatte der Anwalt ihm geraten, sich in der nächsten Zeit in acht zu nehmen. Und dabei hatte er mit dem rechten Auge gezwinkert.

Die Bullen hatten die Waffe nicht gefunden. Er hatte sich zwar nicht getraut, im Keller nachzusehen, aber sie hätten ihm die Pistole bestimmt gezeigt, wenn sie sie entdeckt hätten. Er mußte die Waffe im Keller liegen lassen. Vorläufig zumindest.

Seine Festnahme bedeutete vor allem, daß er das Attentat aufschieben mußte. Das war aus mehreren Gründen bedauerlich. Zum einen würde die Wirkung nachlassen, wenn der nächste Anschlag erst längere Zeit nach dem Tod der Ministerpräsidentin stattfände. Zum anderen war es immer verdammt ärgerlich, einen so detaillierten Plan ändern zu müssen. Allerdings hatte er ja schon beschlossen, sich einen anderen Mitarbeiter zu suchen. Auf Reidar war zwar Verlaß, aber Brage hatte nicht lange gebraucht, um festzustellen, daß der Junge nicht sonderlich hell im Kopf war. Als Tage zum Abschied beteuert hatte, jederzeit zur Verfügung zu stehen, und die Wichtigkeit der Zusammenarbeit über die Landesgrenzen hinweg betont hatte, war ihm sofort der Gedanke gekommen: Sie würden das zusammen machen, Tage und er. Und dann konnte es von Vorteil sein, die Sache aufzuschieben. Tage hatte vielleicht Änderungsvorschläge für seinen Plan.

Der bloße Gedanke machte ihn glücklich, und er lächelte, als er aus dem Fenster schaute und in einem alten Volvo auf der anderen Straßenseite zwei Männer sitzen sah.

Er wußte, wie er trotz allem ungesehen die Hütte erreichen würde. Er brauchte nur zwei Tage zu warten.

Freitag, 18. April 1997

12.07, Pressekonferenzraum im Regierungsviertel

»Das hat ja gerade noch geklappt.«

Edvard Larsen mußte sich zusammennehmen, um nicht erleichtert aufzuseufzen, als er an den Fotografen vorüberging, die vor dem Saal auf die Ministerin warteten.

Er hatte seine im Laufe vieler Jahre erarbeitete Klugheit und List anwenden müssen, um ihr klarzumachen, daß er recht hatte. Ruth-Dorthe Nordgarden hatte sich lange gewehrt. Larsen sollte, so meinte sie, ihre Verlautbarung vorlesen, dann wollte sie dazustoßen und zehn Minuten lang Fragen beantworten.

»Aber Frau Nordgarden«, hatte er ihr zu erklären versucht. »Es würde einen seltsamen Eindruck machen, wenn ich als Angestellter im Ministerium eine Verlautbarung von Ihnen, der Politikerin, vorlesen würde. Es würde einen sehr seltsamen Eindruck machen.«

»Aber ich will einfach nichts laut vorlesen, wenn ich dabei von einem Haufen Leute angestarrt werde«, hatte sie gejammert. »Ist das denn so schlimm, wenn es einen etwas ungewöhnlichen Eindruck macht? Das Wichtigste ist doch, daß sie erfahren, was wir bisher unternommen haben.«

Er hatte eine halbe Stunde gebraucht, um sie zu überreden, und während dieser halben Stunde hätte er sich eigentlich vorbereiten müssen. Immerhin hatte sie dann endlich Vernunft angenommen.

Larsen bahnte sich einen Weg durch die Journalisten und stieg dann aufs Podium. Sein Schlips hing schief, ein Hemdzipfel war aus seinem Hosenbund gerutscht. Diskret versuchte er, ihn wieder hineinzustopfen, nachdem eine gute Freundin, eine Fernsehreporterin, ihn durch ihre Grimassen dazu gebracht hatte, an sich hinunterzublicken.

Vor ihm auf dem Tisch lagen die aktuellen Tageszeitungen. Er hatte sie schon gelesen. Sehr gründlich. Alle berichteten ausgiebig über den Gesundheitsskandal, und die AZ widmete ihre gesamte Titelseite dem Farbbild eines Ehepaars von Anfang Sechzig, das neben einem kleinen weißen Marmorgrabstein kniete, der von einem Engel geziert wurde. In goldenen Buchstaben war der Name Marie in den Stein eingraviert, darunter stand: »Geboren am 23. Mai 1965, gestorben am 28. August 1965.« Über dem Bild schrie ihm förmlich die Schlagzeile entgegen:

»WER TRÄGT DIE VERANTWORTUNG FÜR DEN TOD DER KLEINEN MARIE?«

Edvard Larsen setzte sich und schaute zur Tür. Endlich hielt Ruth-Dorthe Nordgarden in gewaltigem Blitzlichtgewitter ihren Einzug. Sie hielt sich den Arm vors Gesicht, als werde sie unter dem Verdacht eines ernsthaften Verbrechens dem Untersuchungsrichter vorgeführt und wolle nicht erkannt werden.

Herrgott, dachte Larsen. Das werden ja phantastische Bilder.

Er fuhr sich kurz mit der Hand über die Augen und führte danach Ruth-Dorthe Nordgarden zu ihrem Platz. Sie betrachtete die Versammlung mit zusammengekniffenen Augen und fuchtelte wieder mit der Hand, um die Blitze zum Erlöschen zu bringen. Dann hüstelte sie und versenkte sich in ihre Unterlagen.

»Willkommen zu dieser Pressekonferenz«, sagte Larsen, der jetzt aufgestanden war. »Ministerin Nordgarden wird zuerst kurz unser derzeitiges Wissen über die Todesfälle von dreimonatigen Säuglingen im Jahre 1965 zusammenfassen. Das wird etwa zehn Minuten in Anspruch nehmen. Danach können Sie Fragen stellen.«

Er nickte Ruth-Dorthe Nordgarden aufmunternd zu, doch die war noch immer in ihre Unterlagen vertieft. Er trat neben sie und legte ihr vorsichtig die Hand auf die Schulter.

»Bitte sehr, Frau Ministerin.«

Ihre Stimme klang dünn und hörbar nervös. Ihre großen, babyblauen Augen irrten durch die Versammlung, bis sie schließlich auf dem vor ihr liegenden Manuskript zur Ruhe kamen. Und nun fiel ihr das Reden etwas leichter.

»Vor dem Hintergrund der Pressemeldungen der letzten Tage erscheint es mir notwendig, mich zu den Umständen zu äußern, unter denen der norwegische Staat in den Jahren 1964 und 1965 Dreifachimpfstoff gekauft hat. Ich betone, daß meine Verlautbarungen die Arbeit der Untersuchungskommission nicht berühren werden, die ja bekanntlich noch längst nicht beendet ist, hier handelt es sich um eine Verlautbarung rein faktischen Charakters.«

An dieser Stelle schaute sie plötzlich von ihren Papieren auf, eine einstudierte Geste, die ihr nicht sonderlich gut gelang, denn sie fand danach nicht wieder in ihren Text zurück.

»Die Regierung möchte alles ans Licht bringen«, sagte sie, als sie endlich den Faden wiedergefunden hatte. »Innerhalb kurzer Zeit hat das Ministerium beträchtliche Arbeit geleistet, um weitere Spekulationen zu verhindern. Ich hoffe, daß wir diese Angelegenheit bald für beendet erklären und uns aktuelleren Problemen zuwenden können.«

Larsen schloß resigniert die Augen. Er hatte diesen Satz gestrichen und Ruth-Dorthe Nordgarden höflich zu erklären versucht, daß sie diesen Fall um nichts in der Welt bagatellisieren dürfe. Aber offenbar hatte sie seinen Rat in den Wind geschlagen.

»Für die Impflinge des Jahres 1965 wurde eine begrenzte Menge Dreifachimpfstoff gekauft, und zwar beim renommierten niederländischen Pharmaunternehmen Achenfarma. Zuständig für den Einkauf war das Staatliche Institut für Volksgesundheit. Ende 1965 kamen die ersten Berichte über eine ungewöhnlich hohe Sterblichkeit von dreimonatigen Säuglingen in diesem Jahr. Der Dreifachimpfstoff wurde vom Markt genommen, obwohl ich betonen möchte …«, jetzt schlug ihre Stimme in eine schrille Tonlage um, und sie mußte sich zweimal räuspern, ehe sie weitersprechen konnte.

»Ich betone, daß zwischen den Todesfällen und dem Dreifachimpfstoff zuerst keinerlei Zusammenhang nachzuweisen war. Es war einfach eine Sicherheitsmaßnahme. Genauere Untersuchungen haben dann erwiesen, daß das Konservierungsmittel im Impfstoff verunreinigt war. Für die Impflinge des nächsten Jahres wurde deshalb der Impfstoff bei einer Firma in den USA bestellt, die einen äußerst guten Ruf genießt.«

Ruth-Dorthe Nordgarden redete jetzt immer schneller, so schnell, daß einige Journalisten ihr nicht mehr folgen konnten, weshalb sich im Saal ein unzufriedenes Gemurmel ausbreitete. Larsen schrieb ein Wort auf einen gelben Klebezettel und schob ihn der Ministerin so diskret wie möglich hin.

Das verwirrte sie abermals, doch sie hatte immerhin begriffen. Als sie sich wieder gefaßt hatte, las sie langsamer weiter:

»Die schädlichen Folgen des Impfstoffs von Achenfarma waren der Öffentlichkeit bisher nicht bekannt. Das Institut für Volksgesundheit weist darauf hin, daß die Bevölkerung Vertrauen zu den staatlichen Impfprogrammen haben muß. Wenn sich mehr als zehn Prozent der Bevölkerung nicht mehr impfen lassen, verlieren unsere Programme ihre vorbeugende Wirkung. Ich möchte daran erinnern, daß die in Norwegen routinemäßig durchgeführten Impfungen vor ernsthaften und teilweise lebensgefährlichen Krankheiten schützen sollen und daß keinerlei Grund ...«, und das betonte sie, indem sie auf den Tisch schlug, »... keinerlei Grund besteht, den heutigen Impfstoffen für Kinder und Jugendliche zu mißtrauen.«

Als sie geendet hatte, war es zunächst ganz still im Raum. Dann brach der Sturm los. Larsen mußte aufspringen, versicherte über eine Minute lang mit lauter Stimme, daß alle zu Wort kommen würden, und konnte damit endlich wieder Ordnung ins Verfahren bringen. Die Fragen hagelten nur so, es ging dabei um alles von der Möglichkeit von Entschädigungszahlungen für die Betroffenen bis zu der Frage, ob Achenfarma weiterhin existiere. Dagbladet wollte wissen, ob das Gesundheitsministerium die ganze Zeit über von dem Zusammenhang zwischen Todesfällen und Impfstoff gewußt oder ob man von dem Skandal erst durch die Arbeit der Kommission erfahren habe. Bergens Tidende war vertreten durch einen Hitzkopf, der seine Fragen unnötig detailliert, unnötig provozierend und auch unnötig konspirativ klingen ließ.

Ruth-Dorthe Nordgarden überraschte Larsen durch

eine Ruhe und Klarheit, wie er sie nie bei ihr erlebt hatte. Sie ließ sich nicht aus dem Konzept bringen und antwortete ausgesprochen plausibel. Er atmete auf, alles in allem würde diese Konferenz doch nicht zum Fiasko werden. Das einzige, was ihm noch ein wenig Sorgen machte, war, daß Liten Lettvik ganz still in der ersten Reihe saß und sich nicht eine einzige Notiz machte. Erst als der Hagelschauer von Fragen ein wenig nachgelassen hatte, sprang sie plötzlich auf und bat um das Wort.

»Ich habe mit großem Interesse registriert, daß Sie alle historischen Tatsachen ans Licht bringen möchten«, sagte sie und stellte voller Zufriedenheit fest, daß die anderen verstummten und sie anstarrten.

Sogar die Fotografen legten eine Pause ein. Alle wollten Liten Lettvik hören, sie hatte den Stein ja schließlich ins Rollen gebracht.

»Und das mit dem Einkauf der Impfstoffe ist ja wirklich interessant. Sind Sie sicher, daß Achenfarma den Impfstoff hergestellt hat?«

Ruth-Dorthe Nordgarden sah verwirrt aus, ein leichtes Zucken wanderte auf ihrer linken Wange auf und ab.

»Ja«, sagte sie. »Der Impfstoff wurde tatsächlich dort gekauft.«

»Ich habe nicht gefragt, wo der Impfstoff gekauft wurde«, sagte Liten Lettvik. Sie stand breitbeinig da, ihre struppigen Haare standen nach allen Seiten ab, und ihr ganzer Körper sah so eifrig aus wie der eines in die Jahre gekommenen, übergewichtigen Jagdhundes, der den Welpen zeigen will, wie man's macht. »Ich frage, wer ihn hergestellt hat.«

»Na ja«, sagte Ruth-Dorthe Nordgarden und blätterte in ihren Unterlagen. Dort fand sie keine Antwort und blickte deshalb Edvard Larsen hilfesuchend an. Er schüttelte den Kopf und zuckte leicht mit den Schultern.

»Also, hergestellt … gibt es denn in der pharmazeutischen Industrie auch Zwischenhändler?«

»Dürfen wir das als Frage auffassen?« fragte Liten Lettvik. »In dem Fall kann ich mitteilen, daß der Impfstoff, der 1965 etwa tausend Säuglinge das Leben gekostet hat, in der DDR hergestellt wurde. Von einer Firma namens Pharmamed, die noch immer existiert, inzwischen jedoch privatisiert worden ist.«

Nach einem Moment totaler Stille wurde es laut. Die Fernsehjournalisten wanderten durch den Saal, hielten Liten Lettvik ihre Mikrofone hin und erteilten ihren Kameraleuten leise den Befehl, zwischen ihr und der Ministerin zu wechseln.

»Wir bei der AZ haben nämlich das geschafft, was der Grinde-Kommission bisher nicht gelungen ist«, sagte Liten Lettvik jetzt mit einem breiten Lächeln. »Wir haben ausländische Archive untersucht. Das war ganz einfach.«

Wieder lächelte sie, herablassend und boshaft, und ging dann zum Podium, wo sie vor der Ministerin einige Papiere auf den Tisch fallen ließ.

»Der VEB Pharmamed erhielt 1964 die Exportlizenz für eine Partie Impfstoff, die an Achenfarma gehen sollte. Doch der Dreifachimpfstoff gelangte niemals auf den niederländischen Markt. Er wurde lediglich mit einer neuen Verpackung versehen, dann wurde die gesamte tödliche Ware nach Norwegen weiterverkauft.«

Ein junger Mann kam hereingestürzt, blieb einen Moment lang stehen und schaute sich mit wilden Blicken um. Dann entdeckte er Liten Lettvik, lief auf sie zu und reichte ihr eine Zeitung.

»Danke, Knut«, sagte sie und gestattete sich einen arroganten Blick.

Dann hielt sie die Zeitung hoch.

»Das ist die Sonderausgabe der AZ, die in diesem Moment an die Kioske kommt«, sagte sie und ließ ihren Blick über ihre Kollegen schweifen. »Da könnt ihr alles Weitere lesen.«

Sie lachte kurz, atmete zweimal tief durch und fügte hinzu:

»Ich habe auch einen Brief gefunden. Vom norwegischen Sozialministerium an Achenfarma, datiert vom zehnten April 1964. In diesem Brief wird der Impfstoff angemahnt. Und ganz am Ende steht, ich übersetze es der Einfachheit halber ins Norwegische: ›Das Sozialministerium bestätigt, daß ein Teil der Summe direkt an den Zwischenhändler gezahlt wird.‹«

Ruth-Dorthe Nordgarden schien gar nicht mehr zu atmen. Larsen hätte für sein Leben gern die Pressekonferenz abgebrochen, er wußte jedoch, daß das alles nur noch schlimmer machen würde.

»Ich möchte alle Anwesenden daran erinnern«, sagte Liten Lettvik, und jetzt wandte sie sich gleichermaßen an ihre Kollegen wie an die Ministerin, »daß das während der kältesten Jahre des kalten Krieges war. Drei Jahre nach Bau der Berliner Mauer. Damals war die DDR politisch isoliert, und alle NATO-Länder hatten Handelsrestriktionen verhängt.«

Liten Lettvik legte eine Kunstpause ein.

»Könnten Sie uns verraten, warum all das in ihrer Verlautbarung von vorhin mit keinem Wort erwähnt wurde, wo doch die historischen Tatsachen ans Licht gebracht werden sollten?«

Ruth-Dorthe Nordgarden riß sich zusammen.

»Es ist nicht meine Aufgabe, vollkommen unbestätigte Behauptungen zu kommentieren.«

»Unbestätigt? Lesen Sie die AZ, Frau Ministerin. Und ich möchte, wenn ich darf, der Regierung noch einen freundschaftlichen Rat erteilen. Sehen Sie sich doch einmal genauer an, in welche Länder damals Eisenerz aus Narvik exportiert wurde. Sehen Sie sich das mal genauer an. Das haben wir nämlich getan.«

Sie setzte sich wieder.

Niemandem fiel so schnell eine weitere Frage ein, worauf Edvard Larsen augenblicklich die Pressekonferenz für beendet erklärte.

Ruth-Dorthe stürzte vor einem Troß von Fotografen aus dem Zimmer, die übereinander stolperten, fluchten und schrien. Keiner von ihnen registrierte allerdings, daß Ruth-Dorthe Nordgarden die Tränen übers Gesicht strömten.

23.52, Eidsvoll

»Schläfst du, Liebes?« flüsterte er von der Tür her.

Seine Frau setzte sich im Bett auf.

»Nein«, schluchzte sie. »Ich schlafe nicht. Ich denke.«

Es tat ihm weh, ihre Stimme zu hören. Die Verzweiflung, die daraus sprach. Die Trauer. Sie hatten so viele Jahre gebraucht, um damit leben zu lernen. Irgendwie war es ihnen gelungen, aus der Trauer etwas zu machen, das sie aneinanderband, etwas Großes und Schweres, das nur ihnen gehörte. Das Bild der kleinen Marie hing über dem Sofa an der Wand: Das Mädchen lag nackt auf einem Schaffell, mit großen, kugelrunden Augen und einem weitaufgerissenen Mund mit etwas Speichel an der Unterlippe. Es war ihr einziges Foto des Kindes. Im Laufe der Jahre war es verblaßt, so, wie ihr ganzes Leben nach Maries Tod verblaßt war, als Kjell und Elsa Haugen aus irgendeinem Grund keine Kinder mehr bekommen hatten. Ein Jahr nach dem Tod des Kindes hatte er aus dem Kinderzimmer ein Arbeitszimmer gemacht, was

Elsa stillschweigend hingenommen hatte. Aber er wußte, daß sie in einem Schuhkarton Erinnerungen an das Kind aufbewahrte, eine blaßrosa Strampelhose, eine Stoffwindel, eine Rassel, eine Locke, die sie ihr nach ihrem Tode abgeschnitten hatten. Der Karton stand unten im Kleiderschrank, aber für Kjell bedeutete er keine Anklage, auch wenn Elsa ihn nicht mit ihm teilen wollte. Der Karton enthielt die Erinnerungen einer Mutter, das verstand und akzeptierte er. Im Laufe der Jahre hatten sie aufgehört, Maries Geburtstag zu begehen, und irgendwann war das Leben wieder erträglich geworden. Jedes Jahr zu Heiligabend besuchten sie das Grab ihrer Tochter, sonst nie. Es war besser so, darüber waren sie sich einig.

Er starrte seine Hände an. Sein Trauring hatte sich tief in den Mittelfinger der rechten Hand eingeschnitten.

»Komm, wir machen uns einen Kaffee«, sagte er. »Wir können ja doch nicht schlafen.«

Sie lächelte ihn zaghaft an, wischte sich mit einem großen, zerknüllten Taschentuch die Tränen ab und folgte ihm in die Küche. Sie setzten sich einander gegenüber an den Eßtisch, den Alltagstisch, an dem nur zwei Stühle standen.

»Es ist so seltsam«, sagte sie. »In meinen Gedanken ist Marie immer ein Baby. Aber jetzt wäre sie ja erwachsen. Zweiunddreißig Jahre alt. Vielleicht wären wir …«

Die Tränen liefen ihr über die verhärmten Wangen, und sie drückte seine Hand.

»Vielleicht wären wir jetzt sogar schon Großeltern. Und eins von den Enkelkindern könnte den Hof übernehmen.«

Sie sah ihren Mann an. Er war vierundfünfzig Jahre alt. Mit fünfzehn Jahren hatten sie sich auf einem Fest im Dorf kennengelernt und waren seither immer zusammen gewesen. Ohne Kjell hätte ihr Leben an dem Morgen geendet, an dem sie aufgewacht war und Marie tot in ihrem Bettchen gefunden hatte. Vier Stunden lang hatte sie ihr Kind noch gewiegt, sie hatte es nicht hergeben wollen, als der Bezirksarzt gekommen war. Kjell hatte sie am Ende dazu bringen können, es loszulassen. Kjell hatte drei Tage lang neben ihr gelegen und sie im Leben festgehalten. Kjell hatte es ihr mit der Zeit ermöglicht, beim Gedanken an das Kind, das sie trotz allem einige Monate lang gehabt hatten, zu lächeln.

»Tja«, sagte Kjell und schaute aus dem Fenster. Es war nicht mehr so winterlich schwarz, ein grauer Schimmer in der Nacht kündigte den nahenden Frühling an. »Es hilft nichts, so zu denken, Elsa. Es hilft einfach nichts.«

»Du hättest diese Journalistin nicht kommen lassen dürfen, Kjell«, flüsterte sie. »Du hättest sie nicht kommen lassen dürfen. Alles wird … alles ist jetzt …«

Er drückte ihre Hände noch fester. »Aber, aber«, sagte er und versuchte zu lächeln.

»Ich habe das Gefühl, daß alles wieder hochkommt«, schluchzte sie leise. »Alles Schlimme. Das, was wir doch …«

»Schschsch«, flüsterte er. »Ich weiß es doch, Liebes. Ich weiß es. Es war dumm von mir. Aber am Telefon wirkte sie so anständig. Es schien ihr so wichtig zu sein, daß … was hat sie noch gesagt? Diesen Impfskandal ins rechte Licht zu rücken. Mir kam es richtig vor, so, wie sie es sagte. Sie wirkte so interessiert und mitfühlend.«

»Hier war sie dann nicht mehr besonders mitfühlend«, sagte Elsa. Sie sprach jetzt lauter und ließ die Hände ihres Mannes los, um sich die Nase zu putzen. »Hast du gesehen, wie sie das Bild von Marie angestarrt hat? Unverschämt war das, daß sie es ausleihen wollte. Richtig unverschämt!«

Sie sprang wütend auf und griff zur Kaffeekanne. Sie schenkte ihnen beiden ein, doch statt sich wieder zu setzen, blieb sie, an den Spülstein gelehnt, stehen.

»Und dann diese Fotografie! Wie sie sich auf dem Friedhof aufgeführt hat! Hast du gesehen, daß sie die Blumen zertrampelt hat? Verzeihung, sagte sie nur und trat mitten ins frischangelegte Grab von Herdis Bråttom. Was für ein Benehmen!«

Kjell Haugen schwieg. Er nippte an seinem Kaffee und ließ Elsa wütend sein. Für einen kurzen Moment konnte das ihre Trauer lindern. Er bereute das alles zutiefst. Die Frau von der AZ war kaum eine halbe Stunde geblieben, und zugehört hatte sie ihnen auch nicht. Jedenfalls nicht bei dem, was sie wirklich gesagt hatten. Sie interessierte sich nicht für Kjell und Elsa, ihr war es nur um Einzelheiten gegangen, die sie in wildem Tempo auf ihrem Block notiert hatte, ohne ihre Gegenüber auch nur anzusehen. Und obwohl Elsa extra für sie eine Sahnetorte gebacken hatte, hatte sie Kaffee und Kuchen abgelehnt.

»Es ist wie ein Messer«, flüsterte sie. »So, als ob jemand eine Narbe aufschneiden würde, die viele Jahre gebraucht hat, um zu verheilen.«

Kjell Haugen erhob sich mit steifen Bewegungen und ging ins Wohnzimmer. Er nahm die AZ vom Tisch. Dann zerriß er sie und warf die Fetzen in den Ofen. Er griff nach einer Streichholzschachtel, aber seine Hände zitterten so, daß er kein Feuer machen konnte.

»Ich mach das«, sagte seine Frau ruhig hinter seinem Rücken. »Gib mir die Streichhölzer.«

»Es war dumm«, flüsterte er in die Flammen, als sie aufloderten und sein Gesicht gelbrot färbten. »Aber am Telefon wirkte sie so sympathisch.«

Samstag, 19. April 1997

4.20, tief im Waldgebiet Nordmarka bei Oslo

Er hatte sie ausgetrickst, es war lächerlich einfach gewesen. Natürlich hatte er eine Weile gebraucht, um herauszufinden, wo sie sich befanden. Jetzt standen nach seinen überflüssigen Ausflügen in den kleinen Laden an der Ecke sechs Liter Milch im Kühlschrank. Die würden alle sauer werden, aber das spielte keine Rolle. Die Polizei behielt den Ausgang zur Vidars gate im Auge. Das war's. Sie wußten offenbar nicht, daß man durch den Keller ins Nachbarhaus gelangen konnte, wo eine Kellerluke es ermöglichte, vom Hinterhof aus über den Zaun zu springen und durch das übernächste Haus auf die Straße zu gehen. Niemand hatte ihn gesehen. Um ganz sicherzugehen, war er mit drei Bussen und einer Straßenbahn in verschiedene Richtungen gefahren und im letzten Moment plötzlich abgesprungen, um schließlich in ein Sportgeschäft zu gehen und sich ein billiges Fahrrad zu kaufen.

Er war dann mit dem Rad zur Hütte gefahren. Dort war er erst spät am vorigen Abend eingetroffen. Es war schon stockfinster gewesen. Zuletzt war ihm kein Mensch mehr begegnet, das unfreundliche Frühlingswetter konnte offenbar nicht einmal die eifrigsten Wandervögel aus ihren Nestern locken. Er hatte ein wenig gelesen und war dann nur mit Mühe eingeschlafen. Mehrere Male war er aufgestanden, um sich selbst zu beruhigen. Doch niemand war draußen gewesen. Ab und zu hörte er am anderen Ufer des Weihers irgendein Tier rufen, und eine Stunde lang war ein leichter Frühlingsregen herabgerauscht. Ansonsten war alles still.

Nachdem er drei Stunden sehr unruhig geschlafen hatte, war er noch immer müde, beschloß aber aufzustehen. Er durchschwamm zweimal den Teich, und danach war sein Körper hellwach, während sein Kopf schwer blieb. Er kochte Kaffee und machte sich vier Brote mit billigem Kaviar.

Er schaltete das Radio ein, aber es war nur laute Popmusik zu hören. Brage Håkonsen gefiel das nicht. Er nahm sich ein Buch von David Irving und las beim Essen.

Bestimmt hatte er seinen Job verloren. Jetzt hatte er schon vier Tage unentschuldigt gefehlt, und sein ewig vergrätzter Lagerchef würde ihn sicher anspucken, wenn er sich noch einmal sehen ließe. Aber das hatte er nicht vor. Zumindest wollte er jetzt nicht an diese Möglichkeit denken. Er hatte Geld auf der Bank und lebte genügsam.

Draußen war es inzwischen ganz hell, und er schaute aus dem Fenster. Es wäre vernünftig, zum Kartoffelkeller zu gehen, solange es noch früh war. Ab und zu kamen an den Wochenenden Leute hier vorbei, obwohl der Weg über zweihundert Meter entfernt war. Der Weiher lockte die wenigen Wanderer an, die sich so tief in den Wald hineinwagten, und er hatte den Versuch aufgegeben, sie mit »Angeln und Baden verboten«-Schildern zu verscheuchen. Die Forstverwaltung entfernte die Schilder ja doch immer wieder.

Er zog einen Trainingspullover über und stieg in seine Turnschuhe.

Die Morgenluft duftete leicht nach Erde und Wald,

und ihm wurde davon schwindlig, obwohl er doch schon draußen gewesen war. Er lief die vierzig Meter zu dem kleinen Hang weiter im Osten. Die Tür zum Kartoffelkeller war von Tannenzweigen und Reisig verdeckt; wer nicht wußte, daß sie sich dort befand, hätte sie nicht gefunden.

Er legte sie frei, stapelte die Zweige neben der Tür auf und zog den Schlüssel zu dem riesigen Hängeschloß aus einer kleinen Tasche in einem seiner Turnschuhe. Das Schloß war gut geschmiert, und ohne Probleme konnte er die schwere Türe heben, deren Angeln dabei ein wenig ächzten. Brage hielt einen Moment inne und horchte. Dann atmete er auf, legte die Tür vorsichtig neben der Lukenöffnung ab und stieg in das schwarze Loch. Seine Augen mußten sich erst an die Dunkelheit gewöhnen, und er schaltete seine Taschenlampe ein.

Dann hörte er etwas. Zweige brachen. Er hörte Schritte.

»Komm raus da«, rief eine Stimme laut und gebieterisch.

Einen Moment lang schätzte er seine Möglichkeiten ab. Er hatte die eben erworbene Pistole in der Tasche. In der Hand hielt er Munition. Vor ihm lagen vier G 3 und zwei Schrotgewehre, dazu vier Salongewehre. Und im Regal hatte er Munition für alle. Er würde noch laden können. Er könnte sich den Weg freischießen.

»Komm sofort raus«, brüllte der Mann draußen.

Barge Håkonsen spürte, wie die Angst sein Zwerchfell packte. Er versuchte, das Paket mit den Pistolenkugeln zu öffnen, aber seine Finger waren klamm und gehorchten ihm nicht.

Ich trau mich nicht, dachte er plötzlich. O verdammt, ich trau mich nicht.

Mit zusammengebissenen Zähnen verließ er rückwärts den Kartoffelkeller. Ihm standen die Tränen in den Augen, aber er schluckte und schluckte und konnte dadurch eine gewisse Kontrolle behalten.

Draußen warfen sie sich auf ihn. Er lag platt wie eine Kröte auf dem Boden und spürte den Geschmack des Waldbodens, als Tannennadeln in seine Nase und seinen Mund eindrangen. Es tat weh, als sich die Handschellen um seine Handgelenke schlossen.

»Die sind zu eng«, schrie er und spuckte aus. »Scheiße, die sind zu eng!«

Der eine Mann war schon im Kartoffelkeller gewesen.

»Schau mal«, sagte er, während sein Kollege Brage auf die Füße zog. »Was haben wir denn hier?«

In der einen Hand hielt er eine G 3. In der anderen den Kasten mit den Unterlagen. Den Plänen. Den großen Ideen.

»Ich glaube, wir haben dich ganz schön über den Tisch gezogen, was?« sagte der Mann und lachte laut. »Du hast uns wohl für Dilettanten gehalten, die nur die Haustür überwachen.«

Das Lachen hallte über dem Weiher wider, und auf der anderen Seite schrie ein großer Vogel.

»Alte Schwuchtel«, fauchte Brage.

Der Polizist, der ihn festhielt, ein kräftiger Bursche von vielleicht fünfzig, grinste breit.

»Selber Schwuchtel«, sagte er und zog Brage hart und energisch in Richtung Hütte.

Severin Heger war schon vorgelaufen, um Verstärkung zu holen.

9.40, Kirkeveien 129

Diese Kopfschmerzen würden sie noch umbringen. In ihre Schläfen schienen sich spitze Nägel zu bohren, und ihre Augen litten unter einem Druck, dessen Herkunft sie einfach nicht identifizieren konnte. Am Vorabend hatte sie nichts getrunken, seit dem fatalen Abend, an dem Birgitte Volter gestorben war, hatte sie wirklich keinen Tropfen mehr angerührt. Dieser Schmerz war neu, fremd und äußerst beängstigend. Die beiden Paracetamoltabletten hatten nichts geholfen, und sie suchte in ihrer Handtasche nach einem stärkeren Mittel.

Die Zeitungsbuchstaben tanzten vor ihren Augen, als sie sich an den Küchentisch setzte. Der Kaffee schmeckte ranzig, aber nach einer halben Tasse verspürte sie trotzdem ein gewisses Gefühl der Erleichterung. Ob das am Kaffee lag oder an dem mit Fusseln beklebten Paralgin forte, konnte sie nicht sagen.

Der Fall war inzwischen nicht mehr das alleinige Eigentum der AZ. Obwohl die noch immer eine Nasenlänge vor den anderen lag, hatten sich jetzt alle großen Zeitungen darauf gestürzt. Und das führte zu neuen Herangehensweisen, Blickwinkeln, Theorien. Jetzt kannten die Spekulationen der pessimistischen, schwermütigen Kommentatoren kaum noch Grenzen. Obwohl noch immer niemand wagte, einen Mörder beim Namen zu nennen, stellte nun die gesamte Presse eine enge Verbindung zwischen dem Gesundheitsskandal und dem Mord an Birgitte Volter her. Zwischen den Zeilen tauchte immer wieder der Name Benjamin Grinde auf. Alle bezeichneten die Freundschaft zwischen Volter und Grinde als Beweis für die Vetternwirtschaft in der Staatsverwaltung und als Folge der langjährigen Herrschaft der Sozialdemokraten. Daß mitten im kalten Krieg in einem Ostblockland Impfstoff gekauft worden war, wurde unverblümt zum größten Skandal der norwegischen Nachkriegsgeschichte erklärt, für unvergleichlich viel schlimmer als die illegalen Lauschangriffe oder das Atomwaffenunglück in der Kings Bay. Durch ihre stechenden Kopfschmerzen hindurch mußte Ruth-Dorthe Nordgarden zugeben, daß die Zeitungen in dieser Hinsicht nicht ganz unrecht hatten, der Kauf hatte ja möglicherweise mehrere Hundert Leben gekostet. Wenn das alles stimmte.

Obwohl die anderen Zeitungen im Grunde nichts Neues brachten, war die gestrige Sonderausgabe der AZ so inhaltsreich gewesen, daß die anderen unzählige Seiten mit Kommentaren von Fachleuten und Laien füllen konnten, von Politikern und unermüdlichen Meinungsverkündern. Professor Dr. jur. Fred Brynjestad ritt wie immer heftige Attacken, auch wenn die aufmerksame Leserschaft nicht so genau erkennen konnte, gegen wen diese sich richteten.

Einige Kommentatoren befaßten sich auch mit Ruth-Dorthe Nordgardens Rolle in der ganzen Angelegenheit. Nicht, daß sie zur Mörderin ausgerufen worden wäre – 1965 war sie ein zwölfjähriges Pfadfindermädel gewesen–, aber trotzdem wurde ihr jetziges Verhalten hinterfragt. Besonders sauer stieß ihr auf, daß die Presse aus »sicheren Quellen« wußte, daß sie sich einige Tage vor Grindes Besuch bei Birgitte Volter geweigert hatte, sich mit diesem zu treffen. Die Spekulationen der Presse für den Grund dieser Absage waren ebenso phantasievoll wie unzutreffend.

»Ich hatte einfach keine Zeit«, murmelte sie vor sich hin. »Ich hab das nicht geschafft.«

Auch die Parlamentsabgeordneten meldeten sich zu Wort, manche schwerfällig und zögernd, andere preschten vor, ohne an etwas anderes zu denken als die Wahlen, die in fünf Monaten stattfinden sollten. Wie üblich machten sie zunächst mehr oder weniger sinnlose Vorbehalte geltend. Sinnlos, da sie danach ihre tiefe Enttäuschung über wirklich alles vorbrachten – über das Verhältnis der Sozialdemokraten zum Ostblock während der sechziger Jahre, über die Rolle der Polizei in den Ermittlungen zum Mord an Volter, über die Arbeit der Grinde-Kommission und deren Zusammensetzung und nicht zuletzt darüber, was der Mord für die norwegische Gesellschaft im allgemeinen und die norwegische Politik im besonderen für Folgen haben werde. Die Schonzeit sei einwandfrei zu Ende, und die Opposition wolle nun dafür sorgen, den Sozialdemokraten vor den Wahlen einen allzu heftigen Palme-Effekt unmöglich zu machen.

»Als ob der Mord die Unfähigkeit der Sozialdemokraten beweisen würde«, seufzte Ruth-Dorthe Nordgarden, griff sich an die Stirn und kniff die Augen zu. »Als ob der Mord irgend etwas über die Sozialdemokratie aussagen würde. Und vor einem halben Jahr ist uns noch vorgeworfen worden, wir hätten in den sechziger Jahren die Kommunisten verfolgt. Jetzt dagegen sollen wir mit ihnen unter einer Decke gesteckt haben.«

Wütend und resigniert schlug sie mit der Zeitung nach einer dreisten und von der Frühlingsluft benommenen Fliege, die auf die Marmeladenschale zukrabbelte.

»Ich bin dann weg, Mama«, sagte ein blonder, zerzauster Kopf, der plötzlich durch die Türöffnung lugte.

»Hast du gefrühstückt?«

»Bis nachher!«

»Frühstück!«

Sie seufzte demonstrativ und ließ sich auf ihren Stuhl zurücksinken. Die hohe Lärche vor dem Fenster zog ihr

Frühlingskleid an, noch vor dem Nationalfeiertag würde sie strahlendgrün sein.

»Ist Astrid abgehauen?«

Ein weiterer und womöglich noch struppigerer Kopf starrte sie sauer an.

»Du gehst erst, wenn du gefrühstückt hast.«

»Aber ich muß jetzt wirklich los.«

Auf das Knallen der Wohnungstür folgte ein Vakuum der Stille, und sie wußte nicht, ob dieses Vakuum ihr gefiel oder ob sie es lieber mit etwas anderem gefüllt hätte. Sie brauchte nicht lange darüber nachzudenken. Ihr Mobiltelefon stand in der Lademulde, starrte sie aus einem bösen grünen Auge an und schien genau zu wissen, welche Überwindung es sie kostete, es zu benutzen.

Sie wußte die Nummer auswendig.

»Ich hoffe, Sie haben gut geschlafen«, sagte sie mürrisch, als sich am anderen Ende der Leitung endlich jemand meldete.

»Danke der Nachfrage«, lautete die zuckersüße Antwort. »Es war der holde Schlaf der Gerechten.«

»Sowas können Sie doch einfach nicht schreiben«, explodierte Ruth-Dorthe Nordgarden. »Ausgerechnet Sie schreiben so über mich, wo Sie doch …«

»Wo ich was? Wo ich so gute Hilfe an Ihnen hatte, meinen Sie? Aber ist das denn nicht im Dienste der Pressefreiheit passiert?«

»Sie wissen ganz genau, was ich meine.«

»Nein, ehrlich gesagt, das weiß ich nicht. Sie haben mir den Bericht der Kommission geschickt. Und zwar freiwillig. Ich habe Ihnen keinerlei Gegenleistungen versprochen.«

»Aber Sie haben doch … Sie haben doch meinen guten Ruf ruiniert! Und vielleicht nicht nur meinen, sondern den der ganzen Regierung! Man muß sich doch nur anschauen, was Aftenposten heute geschrieben hat! Daß …«

Sie raschelte mit ihren vielen Zeitungen.

»Hier. ›Mit tiefem Bedauern müssen wir feststellen, daß sich in unserer größten Partei die Kultur der Seilschaften einfach nicht ausrotten läßt. Der einzige Unterschied zu früher scheint zu sein, daß die Seilschaften damals auch Walter Ulbricht einbezogen haben. Wir wissen wirklich nicht, was schlimmer ist.‹«

Sie warf die Zeitung auf den Boden.

»Im Leitartikel! Was haben Sie da bloß angerichtet, Frau Lettvik? Wir hatten doch eine Abmachung.«

»Irrtum. Wir hatten keine Abmachung. Ich habe Ihnen geholfen, wenn mir das angebracht erschien. Und Sie mir. Daß diese gegenseitigen Nettigkeiten nun leider ein Ende haben müssen, buchen wir auf dem Konto für freie Presse und lebendige Demokratie. Dafür sind wir doch beide, oder?«

»Ich …«

Sie mußte sich zusammenreißen und verstummte. Ihre Kopfschmerzen dröhnten wieder, und ihr war schlecht.

»Ich werde in meinem ganzen Leben kein Wort mehr mit Ihnen reden«, flüsterte Ruth-Dorthe ins Telefon.

Aber dort hörte sie nur ein Summen, das sich für dieses zu spät abgelegte Versprechen nicht zu interessieren schien.

Das Telefon klingelte, und sie fuhr zusammen.

»Hallo?«

Das Mobiltelefon war mausetot, aber trotzdem klingelte es weiter.

Verwirrt schaute sie sich im Zimmer um und preßte sich das Mobiltelefon an die Wange, wie ein tröstendes Schmusetuch in einer bösen Zeit.

Was da klingelte, war das andere Telefon, das schnurlose.

»Hallo«, versuchte sie es noch einmal, diesmal mit dem richtigen Hörer. »Ach, hallo, Tryggve. Ich wollte dich auch gerade anrufen. Ich würde gern mal mit dir über diesen Gesundheits … ach?«

Sie knabberte am Nagel ihres linken kleinen Fingers.

»Alles klar. Am Montag um vier. In deinem Büro. Aber da bin ich … egal. Ich komme. Um vier.«

Sie hatte den Nagel zu weit abgebissen, und ein brennender Schmerz jagte durch den Finger. Ein wenig Blut quoll hervor, und sie steckte die Fingerspitze in den Mund. Dann machte sie sich auf die Suche nach einem Pflaster.

14.27, Hauptwache Oslo

»Sieh an, sieh an«, sagte Severin Heger sanft und zufrieden.

Er versuchte, den Blick seines Gegenübers einzufangen, aber der junge Mann starrte seine Hände an und murmelte irgend etwas Unverständliches.

»Was haben Sie gesagt?« fragte der Polizist.

»Die hier sind doch wohl nicht notwendig«, sagte der Mann noch einmal und hielt ihm die Handgelenke hin. »Handschellen, hier im Haus.«

»Wenn Sie nicht auf dem Weg hierher an die zehn Fluchtversuche unternommen hätten, würde ich mit mir reden lassen. Aber so nicht.«

Mit strahlendem Lächeln servierte er Brage Håkonsen eine Cola.

»Wie soll ich das denn mit den Dingern hier trinken?« Er war inzwischen beinahe den Tränen nahe.

»Das ist doch kein Problem«, versicherte Severin Heger. »Das habe ich selber schon mal probiert. Und was haben wir hier?«

Er war in Bogen vertieft, die einzeln in Plastikmappen steckten. Sie waren mit der Maschine beschrieben und in einer ziemlich gestelzten und beinahe etwas altertümlichen Sprache abgefaßt.

»Das haben Sie geschrieben, was?«

Der Polizist lächelte noch immer, und seine Stimme klang freundlich, fast schon fröhlich.

»Kann Ihnen doch scheißegal sein«, murmelte der Häftling leise.

»Wie meinen?«

Severin Heger lächelte nicht mehr. Er beugte sich plötzlich über den Schreibtisch und packte Brages Flanellhemd.

»Noch ein Wort von dieser Sorte, und das Ganze wird Ihnen sehr viel weniger Spaß machen«, fauchte er. »Und jetzt antworten Sie höflich auf alle meine Fragen. Kapiert?«

»Ich will mit einem Anwalt sprechen«, sagte Brage. »Ich sage kein Wort, solange ich nicht mit einem Anwalt gesprochen habe.«

Severin Heger sprang auf und starrte Brage Håkonsen so ausgiebig an, daß der in seinem Sessel hin und her rutschte.

»Aber sicher«, sagte der Polizist endlich. »Natürlich können Sie mit einem Anwalt sprechen. Das ist Ihr gutes Recht. Es dauert eine Weile, und ich kann Ihnen sagen, daß ich in ein paar Stunden um einiges weniger freundlich und geduldig sein werde. Wir haben ziemlich viel in der Hand gegen Sie. Diese Unterlagen. Und diese Waffen. Genug, um Sie richtig in die Pfanne zu hauen. Aber das ist Ihre Sache. Eine schnelle, klare Runde mit mir wäre natürlich das Beste für Sie, aber sicher … wenn Sie einen Anwalt wollen, dann kriegen Sie auch einen. Die haben an den Wochenenden zwar meistens frei, aber bis morgen vormittag wird sich schon irgendwas in die Wege leiten lassen.«

Brage Håkonsen starrte in sein Colaglas und versuchte, es mit beiden Händen an den Mund zu heben.

»Sehen Sie! Das ist doch kein Problem. Jetzt bringe ich Sie in die Zelle, und dann können wir auf Ihren Anwalt warten.«

»Nein«, sagte Brage leise.

»Wie meinen?«

»Nein. Wir können auch jetzt noch ein bißchen reden. Wenn ich dann später einen Anwalt kriege, meine ich.«

»Ganz sicher? Und nachher gibt's kein Gequengel, weil Sie Ihre Rechte nicht wahrnehmen konnten oder so?«

Der junge Mann schüttelte leicht den Kopf.

»Vernünftig.« Severin Heger lächelte und setzte sich wieder. »Geboren am 19. April 1975, richtig?«

Brage nickte.

»Lagerarbeiter, ledig, wohnhaft Vidars gate 11c?«

Brage nickte wieder.

»Und jetzt erzählen Sie mir ein bißchen über diese Papiere.«

Brage Håkonsen räusperte sich und setzte sich gerade hin.

»Was ist die Höchststrafe für so was?« fragte er leise.

Severin Hegers linke Hand machte eine abwehrende Bewegung.

»Sie werden angeklagt, weil Sie Paragraph vier des Strafgesetzbuches übertreten haben, ›wer in einer bla bla Organisation militärischen Charakters bla bla durch

Sabotage, Gewaltanwendung oder andere ungesetzliche Mittel die gesellschaftliche Ordnung stört, bla, bla.‹ Das Gesetz sollten Sie doch kennen. So belesen, wie Sie sind.«

Er starrte die Inventarliste über Brages Bücherregal an und nickte anerkennend.

»Bis zu zwei oder bis zu sechs Jahren. Kommt drauf an«, erklärte Severin Heger, als ihm aufging, daß Brage Håkonsen erst weiterreden würde, wenn er eine Antwort hätte. »Aber denken Sie jetzt nicht daran. Antworten Sie mir ganz einfach. Haben Sie das hier geschrieben?«

Brage Håkonsen starrte mit bleichem Gesicht vor sich hin.

»Sechs Jahre«, flüsterte er. »Sechs Jahre.«

»Sind Sie jetzt nicht ein bißchen voreilig?« meinte der Polizist.

»Das sind meine Papiere«, fiel Brage ihm ins Wort. »Ich habe sie geschrieben. Nur ich, ganz allein.«

»Ach, wie ärgerlich«, sagte Severin Heger trocken und fügte gleich darauf hinzu:

»Aber es ist ziemlich gescheit von Ihnen, gleich alles zuzugeben. Sehr gescheit, würde ich sagen. Die Parlamentspräsidentin umzubringen wäre dagegen nicht so gescheit gewesen.«

Er blätterte drei Seiten weiter.

»Noch unangenehmer ist das hier«, sagte er und legte Brage das Blatt hin. »Ein kompletter Plan für den Mord an Ministerpräsidentin Volter. Im Rimi-Supermarkt.«

»Da kauft sie immer ein. Hat sie immer eingekauft, meine ich.«

»Aber es ist ja nicht im Supermarkt passiert«, sagte Severin Heger. »Sondern in ihrem Büro.«

»Ich war das ja auch nicht«, sagte Brage Håkonsen tonlos. »Das waren andere.«

Severin Heger hörte das Blut in sein Gehirn strömen, sein ganzer Körper schien zu begreifen, daß das hier der entscheidende Moment war. Das Rauschen in seinen Ohren war so laut, daß er unwillkürlich den Kopf schräg legte, ehe er fragte:

»Und wissen Sie wer?«

»Ja.«

Er hörte Schritte auf dem Gang und bereute für eine entsetzliche Sekunde, daß er vergessen hatte, das Schild mit der Aufschrift »Verhör – bitte nicht stören« anzubringen. Er atmete langsam auf, als die Schritte sich wieder entfernten.

»Und wer war es?«

Er versuchte ganz normal zu klingen. Er griff nach seinem eigenen Colaglas, wie um zu betonen, daß das für ihn eine ganz alltägliche Situation sei. Daß er fast jeden Tag mit Rechtsextremen spreche, die wußten, wer wichtige Personen aus der norwegischen Gesellschaft umgebracht hatte. Die Cola schwappte über, als er sich nachschenkte.

Zum ersten Mal huschte die Andeutung eines Lächelns über Barge Håkonsens Gesicht.

»Ich weiß, wer das war. Ich weiß auch, wer euch die Waffe geschickt hat. In einem großen braunen Umschlag, schwarz beschriftet und unfrankiert. Der Umschlag war am Hauptpostamt eingeworfen, oder? Was ich jetzt schon sagen kann, daß das zwei verschiedene Typen waren.«

Diese Details hatte die Polizei nicht an die Öffentlichkeit kommen lassen. Nicht einmal unter den Kollegen wußten viele davon. Daß die Waffe aufgetaucht war, das war auch in der Presse breitgetreten worden. Aber nicht, daß sie am Hauptpostamt aufgegeben worden war. Und schon gar nicht, daß sie in einem unfrankierten braunen Umschlag gesteckt hatte.

»Aber Namen wollen Sie mir nicht nennen?«

»Nein.«

Jetzt strahlte Brage Håkonsen, und Severin Heger mußte sich an der Tischkante festhalten, um ihm nicht eine zu scheuern.

»Nein. Ich weiß, wer die Volter umgebracht hat. Und wer die Waffe geschickt hat. Zwei Namen kann ich euch bieten. Aber ihr kriegt erst was von mir, wenn wir uns auf den Preis geeinigt haben.«

»Sie haben zu viele Filme gesehen«, fauchte Severin Heger. »So läuft das in Norwegen nicht!«

»Na«, sagte Brage Håkonsen. »Irgendwann passiert alles zum ersten Mal. Und jetzt möchte ich gern mit einem Anwalt sprechen.«

19.00, Stolmakergate 15

Billy T.s vier Söhne, Alexander, Nicolay, Peter und Truls, sahen im Schlafanzug bezaubernd aus. Wenn sie schliefen. Aber auch nur dann. Ansonsten waren sie spannend und witzig, zäh und phantasievoll, aber vor allem laut, sehr laut. Hanne Wilhelmsen faßte sich diskret an die Stirn, rasch und unmerklich, wie sie glaubte.

»Müde?« fragte Billy T., während er die Näpfe seiner Sprößlinge mit Haferbrei füllte. Die Kinder hatten Hannes Bewegung gesehen und saßen jetzt einigermaßen still da, abgesehen davon, daß Peter Truls mit einer Würstchenzange, die er aus der untersten Küchenschublade geholt hatte, in den Oberschenkel kniff.

»Nicht doch.« Sie lächelte. »Nur ein wenig … müde.«

Die Kinder waren am vorigen Abend zur Tür hereingestürzt, johlend und erwartungsvoll. Truls als Indianer verkleidet, denn er kam gerade von einem Kostümfest, die drei älteren in Trainingsanzügen und nassen Badehosen darunter.

»Also wirklich, Billy T.«, hatte Hanne gemahnt. »Es ist April!«

Beschämt hatte er gemurmelt, er habe sie doch abgetrocknet. Dabei hatte er Truls' Federkrone an die Wand gehängt. Seither war es Schlag auf Schlag gegangen. Hanne wußte nicht, was das Schlimmste gewesen war. Vermutlich, daß Billy T. darauf bestanden hatte, Karabinerhaken mit Seilenden an der Decke zu befestigen, um zu sehen, wie weit die Jungen kommen würden. Alexander hatte sich vom Badezimmer zur Küche und zurück gehangelt, ohne einmal loszulassen, zur tiefen Bewunderung seiner jüngeren Brüder und zum lauten Applaus seines Vaters. Truls war nach dem dritten Griffwechsel heruntergefallen, und sie waren morgens im Krankenhaus gewesen, um den Arm in Gips legen zu lassen.

Und diese unglaubliche Aktivität machte sie jedenfalls todmüde. Truls achtete nicht einmal auf die Würstchenzange; ihm fielen die Augen zu, und er kaute so langsam auf seinem Haferbrei herum, als ob er schon schliefe.

»He, Junge«, brüllte Billy T. »Du mußt noch Zähne putzen!«

Eine halbe Stunde später schliefen sie wie die Murmeltiere.

»Drei Namen aus der russischen Zarenfamilie, und dann Truls«, flüsterte Hanne, als sie im Kinderzimmer nachsahen, ob alles in Ordnung war. »Ich wollte immer schon wissen, warum.«

»Seine Mutter meinte, er brauche einen echten, unbestreitbar norwegischen Namen.«

»Das ist aber ein dänischer.«

»Hä?«

»Truls. Das ist kein norwegischer Name, sondern ein dänischer.«

»Egal. Er ist doch sowieso nicht ganz wie alle anderen. Also brauchte er einen sozialdemokratischen skandinavischen Namen. Um nicht außen vor zu stehen, meine ich. Seine Mutter wollte das so. Ich habe doch erst von seiner Existenz erfahren, als er schon drei Monate alt war. Bis ich das Besuchsrecht hatte, hab ich eine ziemliche Hölle erlebt. Aber jetzt läuft alles gut.«

Truls war nicht wie die anderen. Er war schwarz. Billy T.s älteste Söhne sahen ihrem Vater sehr ähnlich: Sie hatten blonde Haare, eine klare Haut und große, hellblaue Augen. Peter, der zweitjüngste, hatte rote Haare und ein sommersprossiges Gesicht. Truls war schwarz, so dunkel, daß niemand auf einen weißen Vater getippt hätte. Doch wenn er die Mundwinkel zu einem schrägen Lächeln verzog, dann war er seinem Vater wie aus dem Gesicht geschnitten.

»Feine Kinder, Billy T. Das muß man dir lassen. Du machst feine Kinder.«

Hanne Wilhelmsen streichelte vorsichtig Nicolays Bettdecke und wollte Billy T. aus dem Zimmer ziehen.

Er wehrte sich und setzte sich auf das untere Bett, in dem Truls mit offenem Mund schlief. Seinen frisch eingegipsten Arm hatte er sich wie einen Schutzschild über die Augen gelegt.

»Ob er wohl Schmerzen hat, was meinst du?« flüsterte Billy T. »Merkt er das? Ob ich ihm ein Schmerzmittel geben sollte?«

»Du hast doch gehört, was der Arzt gesagt hat. Glatter, sauberer Bruch, heilt in drei Wochen, und du sollst ihm nur etwas geben, wenn er ganz eindeutig Schmerzen hat. Jetzt schläft er tief. Also kann es unmöglich sehr weh tun.«

»Aber er hält den Arm doch sonst nie so.«

Billy T. versuchte, den Arm neben die Decke zu legen, aber der Arm fuhr sofort zurück, und der Junge wimmerte leise.

»Ich hätte ihm ein Schmerzmittel geben sollen«, sagte Billy T. verzweifelt.

»Du hättest dieses Rennen unter der Zimmerdecke nicht veranstalten dürfen. Oder zumindest etwas auf den Boden legen sollen, Matratzen oder so. Siehst du nicht, daß Truls viel schmächtiger ist als die anderen? Er wird nie im Leben so groß wie du.«

»Er ist eben der Jüngste«, sagte Billy T. mürrisch. »Er ist so klein, weil er erst sechs ist. Er wird noch wachsen. Warte nur.«

»Er ist kleiner als die anderen, Billy T. Und er ist dein Junge, auch wenn er kein athletisches Ungeheuer ist. Jetzt hör endlich auf.«

»Seine Mutter wird mich umbringen, wenn sie den Arm sieht«, murmelte er und fuhr sich mit der Hand durchs Gesicht. »Sie findet, ich springe zu hart mit ihm um.«

»Tust du ja vielleicht auch«, flüsterte Hanne. »Komm jetzt.«

Er wollte nicht. Er blieb auf der Bettkante sitzen, gebückt und mit gesenktem Kopf, weil der Abstand zum Bett darüber einfach nicht groß genug war. Dann ließ er seine Hand vorsichtig von seinem Gesicht auf den Kopf des Jungen sinken. Immer wieder streichelte er die schwarzen, wolligen Locken.

»Wenn ihm etwas Schlimmes passiert«, sagte er leise. »Wenn einem von meinen Kindern etwas Schlimmes passiert, dann weiß ich nicht, was ich …«

Hanne setzte sich vorsichtig auf Peters Bett und schob den Jungen behutsam zur Seite. Ein kreideweißer Arm mit Myriaden von Sommersprossen legte sich auf die Decke; der Junge hustete im Schlaf und runzelte die Stirn.

»Überleg mal, wie das für Birgitte Volter gewesen sein muß«, sagte sie und schob den Arm des Jungen unter die Decke, denn es war kühl im Schlafzimmer, und seine Haut fühlte sich kalt an.

»Birgitte Volter?«

»Ja. Zuerst, als ihr Kind gestorben ist. Und dann, als über dreißig Jahre später alles wieder aufgewühlt wurde. Ich glaube …«

Im oberen Bett bewegte Alexander sich.

»Papa.«

Billy T. sprang auf und fragte den Jungen, was er wolle. Alexander kniff im Licht, das durch die geöffnete Tür hineinfiel, die Augen zusammen.

»Durst«, murmelte er. »Cola.«

Billy T. grinste und gab Hanne ein Zeichen, ins Wohnzimmer zu gehen. Er holte für den Jungen ein Glas Wasser und ließ sich gleich darauf neben Hanne auf das blaue Sofa fallen.

»Was glaubst du?« fragte er und griff nach der Bierdose, die sie ihm reichte. »Du hast vorhin irgend etwas über Volter gesagt.« Er rülpste leise und fuhr sich mit dem Handrücken über den Mund.

»Das tote Kind. Überleg doch mal, wie sie gelitten haben muß. Aus irgendeinem Grund werde ich den Gedanken nicht los, daß dieser Tod etwas mit dem Fall zu tun haben muß. Aber dann …«

Billy T. griff zur Fernbedienung, die vor ihnen lag, um Musik einzuschalten. Hanne nahm sie ihm gerade noch rechtzeitig aus der Hand und legte sie außer Reichweite.

»Also wirklich, Billy T.«, sagte sie ärgerlich. »Selbst du mußt doch einmal ein Gespräch führen können, ohne daß im Hintergrund zweihundert Dezibel aus den Lautsprechern dröhnen.«

Er sagte nichts, sondern nahm einen großen Schluck Bier.

»Vielleicht sollten wir genauer feststellen, wie Birgitte ihr Leben gesehen hat«, sagte Hanne leise. »Wie hat sie die letzten Tage ihres Lebens erlebt? Das müßten wir feststellen. Statt wild herumzufragen, wie es allen anderen zum Zeitpunkt der Tat zumute war. Wir müßten feststellen, was diese Bemerkungen auf der Liste bedeuten. ›Neue Person‹ mit Fragezeichen, war das nicht so? Und was war noch das andere?«

Billy T. schien nicht richtig zugehört zu haben.

»Aber der Wächter«, sagte er in die Luft hinein. »Nach allem, was Severin mir gestern erzählt hat, bin ich verdammt sicher, daß der Wächter auf irgendeine Weise mit der Sache zu tun hat. Und dann ist es ziemlich unwichtig, ob diese Birgitte glücklich war oder nicht.«

»Jetzt bist du gemein. Noch vor ein paar Minuten wärst du fast durchgedreht bei der Vorstellung, deinem eigenen Kind könnte etwas passieren, und jetzt läßt es dich eiskalt, daß Birgitte Volter diesen Albtraum am eigenen Leib erleben mußte. Fehlendes Einfühlungsvermögen nennt man so was. Du brauchst eine Therapie!«

»Du!«

Er kniff sie in den Oberschenkel.

»Du hast jede Menge Einfühlungsvermögen, das kann ich dir sagen, aber wir kommen nicht weiter, wenn wir uns bei unseren Ermittlungen in Gefühle verrennen.«

»Doch«, sagte Hanne Wilhelmsen und schob seine Hand weg. »Ich glaube, nur so können wir der Sache auf den Grund gehen. Wir müssen wissen, wie ihr zumute war, was sie wirklich empfand, wie ihr Leben an diesem Tag ausgesehen hat. Am 4. April 1997. Und dann müssen wir feststellen, welche Rolle der Wächter bei der ganzen Sache gespielt hat.«

»Und wie sind Eure Majestät eigentlich auf diese Gedanken gekommen?« fragte er und stand auf, um sich ein Stück Brot zu holen. »Willst du eins mit Makrele?«

Sie gab keine Antwort, sondern sagte:

»Ich habe ganz stark das Gefühl, daß der Tod ihres Kindes mehr mit dem Fall zu tun hat als der Gesundheitsskandal insgesamt. Ich glaube, wir starren uns an den anderen toten Babys nur blind. Außerdem hast du mit dem Wächter schon recht. Irgend etwas stimmt nicht mit ihm. War er Jahrgang 1965?«

»Nein. Er war viel jünger.«

»Der alte Mann hatte recht.«

»Hä?« fragte Billy mit dem Mund voller Brot und Makrele.

»Der alte Mann im Park. Vergiß es. Ich glaube, ich will doch ein Brot. Und ein Glas Milch.«

»Mußt du wissen«, murmelte Billy T. und öffnete noch eine Dose Bier.

23.15, Ole Brumms vei 212

»Kannst du dich nicht setzen, Per?«

Die Stimme war heiser vom Whisky und den vielen Zigaretten, und beim Aufstehen mußte er sich auf die Armlehne stützen. Er hätte nicht soviel trinken dürfen. Andererseits suchte er doch einen Ausweg aus den vielen Schmerzen, und nichts anderes bisher hatte geholfen. Der Arzt hatte ihm vor zwei Tagen Valium verschrieben, aber das ging ihm denn doch zu weit.

Er wollte keine Tabletten nehmen. Ein Whisky war da schon weniger gefährlich. Inzwischen hatte er sechs getrunken.

Per musterte ihn voller Verachtung. Der Junge trug seinen Trainingsanzug, obwohl er unmöglich vom Joggen kommen konnte. Roy Hansen hatte vor sechs Stunden seinen Sohn türenschlagend das Haus verlassen hören.

»Säufst du?« fragte Per mit schneidender Stimme. »Das hat uns ja gerade noch gefehlt!«

Jetzt reichte es. Roy Hansen schlug mit der Faust gegen die Wand und stieß dabei eine Stehlampe neben dem Sofa um, und der gläserne Lampenschirm zersprang in tausend Stücke.

»Jetzt setzt du dich«, schrie er und rieb sich die Brust, als versuche er, sich auf diese Weise unter seinen Kleidern zusammenzureißen; er trug sie schon zwei Tage zu lange, und gebügelt waren sie auch nicht. »Jetzt setzt du dich und redest mit mir!«

Per Volter starrte seinen Vater verdutzt an, dann zuckte er mit den Schultern und ließ sich ihm gegenüber in einen Sessel fallen. Roy setzte sich aufs Sofa, plötzlich nüchtern, fuhr sich mit den Fingern durch die Haare und beugte sich vor, als sei er auf dem Sprung.

»Jetzt hörst du auf, mich zu bestrafen«, sagte er. »Findest du nicht, daß es bald reicht?«

Der Sohn sagte nichts dazu, er machte sich an einem großen Tischfeuerzeug aus Zinn zu schaffen, das jedoch leer war und lediglich ein leises, sinnloses Zischen hören ließ.

»Es geht mir ganz schrecklich, Per. Genau wie dir. Ich sehe, daß du leidest, und ich würde alles tun, um dir zu helfen. Aber du bestrafst mich nur und stößt mich weg. Wir wissen beide, daß das so nicht weitergehen kann.

Wir müssen irgendeine … irgendeine Möglichkeit finden, um miteinander zu sprechen.«

»Und was würdest du mir dann sagen?« fragte der Junge plötzlich und unerwartet und schlug mit dem Feuerzeug auf den Tisch.

Roy ließ sich auf dem Sofa zurücksinken und legte die Hände in den Schoß. Mit seinem gesenkten Kopf und den ineinander verflochtenen Fingern schien er eine höhere Macht um Hilfe anzuflehen.

»Ich würde wohl sagen, wie traurig ich bin. Ich würde um Verzeihung bitten. Für die Sache im letzten Herbst. Das mit …«

»Ruth-Dorthe Nordgarden«, sagte Per giftig. »Aber nicht mich solltest du um Verzeihung bitten, sondern Mama! Die hättest du um Vergebung anflehen müssen. Aber davon hatte sie sicher keine Ahnung.«

»Da irrst du dich.«

Roy Hansen steckte sich noch eine Zigarette an. Als er daran zog, schnitt er eine unzufriedene Grimasse; er schien erst jetzt zu merken, wie scheußlich es schmeckte. Aber er rauchte trotzdem weiter.

»Deine Mutter hat alles gewußt. Es war das einzige Mal in unserer Ehe, daß ich so etwas getan habe. Ich weiß nicht, warum es passiert ist, es ist einfach …«

Er stieß den Rauch durch die Nase aus und sah seinem Sohn ins Gesicht.

»Es kommt mir nicht richtig vor, dir das zu erklären. Aber du sollst wissen, daß ich Birgitte alles erzählt habe. Als sie von dieser Tagung in Bergen zurückkam. Ich saß hier auf dem Sofa, bis sie nach Hause kam. Um zwei Uhr nachts, sie war zuerst noch im Büro gewesen, und als sie nach Hause kam, habe ich ihr alles erzählt.«

Per starrte seinen Vater mit einer Miene an, die verriet, daß er das soeben Gehörte nicht für die volle Wahrheit hielt.

»Aber … was hat sie denn gesagt?«

»Das geht nur deine Mutter und mich etwas an. Aber sie hat mir verziehen. Nach einer Weile. Lange vor ihrem Tod. Das solltest du auch tun. Ich wünschte, du könntest mir verzeihen, Per.«

Eine Weile blieben sie schweigend im Halbdunkel sitzen. Draußen rauschte der Regen. Eine Dachrinne war seit kurzem leck, das Wasser sprudelte wie ein Wasserfall über die Nordwestecke des Hauses. In der Ferne bellte ein großer Hund. Er bellte tief und warnend und übertönte damit sogar den strömenden Regen. Zugleich erinnerte das heftige Kläffen sie daran, daß es draußen etwas gab, etwas, zu dem sie gehörten und mit dem sie bald wieder konfrontiert sein würden.

»Wenn ich im Herbst wieder nach Hause ziehe, möchte ich mir gern einen Hund zulegen«, sagte Per plötzlich.

Roy merkte, wie ihn eine unbeschreibliche Müdigkeit überkam. Ihm war schwindlig, und er konnte kaum die Augen offenhalten.

»Natürlich kannst du einen Hund haben«, sagte er und versuchte zu lächeln, doch selbst das erforderte einen nahezu unmöglichen Kraftaufwand. »Willst du einen Jagdhund?«

»Mmm. Ich glaube, einen Setter. Stimmt das wirklich?«

»Ja, natürlich kannst du einen Hund haben. Du bist erwachsen und entscheidest selber.«

»Das meinte ich nicht. Hast du es Mama wirklich erzählt?«

Roy drückte seine Zigarette aus und hüstelte.

»Ja. Deine Mutter und ich … wir hatten nicht viele

Geheimnisse voreinander. Einige gab es natürlich. Aber nicht viele. Und nicht solche.«

Per stand auf und ging in die Küche. Roy blieb sitzen, noch immer mit geschlossenen Augen. Sein Junge war wieder da. Und im Herbst würde er wieder zu ihm ziehen. Hierher, in das Haus, in dem die kleine Familie seit Pers Geburt gelebt und sich gestritten und geliebt hatte.

Vielleicht war er eingeschlafen. Auf jeden Fall schien nur eine Sekunde vergangen zu sein, als plötzlich mit einem Klirren ein Teller auf den Tisch gestellt wurde.

»Kann ich eins haben?« fragte Roy.

Per gab keine Antwort, schob aber den Teller mit den Broten einige Zentimeter auf ihn zu.

»Wie war sie eigentlich?« fragte Per.

»Mama? Birgitte?«

Roy war verwirrt.

»Nein. Liv. Meine Schwester. Wie war sie?«

Roy Hansen legte sein unangebissenes Brot auf den Tisch. Er kratzte sich am Bauch und fühlte sich plötzlich hellwach.

»Liv war wunderbar.«

Er lachte kurz und leise.

»Das sagen sicher alle über ihre Kinder. Aber sie war so … so klein! So winzig und zart. Ganz anders als du. Du warst … du warst so sehr Junge. Groß und stark. Wenn du Hunger hattest, hast du vom ersten Tag an geschrien wie ein Schwein. Liv war … sie hatte Lachgrübchen und blonde Haare. Ja, ich glaube … ja, sie waren blond. Beinahe weiß.«

»Haben wir irgendwo ein Bild von ihr?«

Langsam schüttelte Roy den Kopf.

»Es gab jede Menge Bilder«, sagte er nach einer Weile. »Benjamin Grindes Vater, ja, du weißt schon … Also, der Vater war Fotograf, und sie wohnten direkt neben Oma und Opa, und da wohnten ja auch Birgitte und ich, in den ersten beiden Jahren, ehe wir … es gab jede Menge Bilder. Ich glaube, Birgitte hat sie alle verbrannt. Ich habe jedenfalls nie mehr eins gesehen. Aber …«

Er schaute zu seinem Sohn hinüber, der die Brote ebenfalls noch nicht angerührt hatte und ihn mit einer fragenden, fast verlegenen Miene musterte.

»Vielleicht liegen noch welche auf dem Dachboden«, sagte Roy dann. »Ich werde demnächst alles in Ruhe durchsehen. Ein wenig aufräumen. Ich glaube, ich gehe auch bald wieder zur Arbeit. Am Dienstag oder Donnerstag vielleicht. Wann mußt du zurück in die Schule?«

»Bald.«

Schweigend aß jeder drei Brote, und sie tranken Milch und Kaffee. Ab und zu wechselten sie einen Blick. Jedesmal lächelte Roy, jedesmal wandte Per den Blick ab. Aber das Böse war nicht mehr da. Sein haßerfüllter Blick war verschwunden. Draußen steigerte sich das Unwetter, der Regen trommelte hart und wütend gegen das große Fenster zum Garten.

»Wo ist sie begraben, Papa? Liv, meine ich. Hat sie einen Grabstein?«

»Auf Nesodden. Wir können ja mal hinfahren.«

»Bald, ja? Sehr bald?«

»Bald, mein Junge. Bald.«

Als der Junge schlafen ging, wünschte er seinem Vater nicht gute Nacht. Aber bald würde er das wieder tun.

Montag, 19. April 1997

9.00, Hauptwache, Oslo

Seltsamerweise gefielen Billy T. die Vollversammlungen inzwischen. Normalerweise haßte er diese Art von Besprechungen, aber es war im Grunde gar nicht schlecht, daß sich die Leiter so vieler Ermittlergruppen zweimal die Woche trafen. So konnten sie Fäden sammeln und ihr weiteres Vorgehen koordinieren, und außerdem war es inzwischen auch möglich, bei diesen Treffen zu diskutieren. Alle machten mit, sogar Tone-Marit Steen. Warum, wußte niemand so recht, schließlich leitete sie keine Untersuchungsgruppe, jedenfalls nicht offiziell, aber sie hatte in gewisser Weise eine Funktion übernommen, die zu ihr paßte. Sie war beredt, gründlich und hatte den Überblick. Niemand brachte gegen ihr Auftauchen Einwände vor.

Der einzige, der in der Regel kurz angebunden war und den anderen etwas zu verschweigen schien, war der Überwachungschef. Aber etwas anderes wäre wohl auch nicht zu erwarten gewesen. An diesem Tag war die Generalstaatsanwältin anwesend, aber Billy T. beschloß, sich von dem mürrischen, unfreundlichen Verhalten der seiner Meinung nach starrköpfigsten Frau der Welt nicht den Tag verderben zu lassen. Sie war tüchtig, langweilig und stur und hatte es zu einer Tugend werden lassen, sich von keiner anderen Meinung irgendeines Menschen beeindruckt zu zeigen. Egal, wie diese Meinung aussehen mochte. Jetzt blätterte sie in ihren Unterlagen, blickte Billy T. sauer an, als er den Raum betrat, und gönnte ihm nicht einmal ein kleines Nicken. Ihm war das nur recht, das konnte er auch, und er grüßte sie ebenfalls nicht.

Er goß aus einer Thermoskanne Wasser in eine weiße Tasse mit dem Aufdruck »Staatliche Kantinen«. Den Teebeutel ließ er genau anderthalb Minuten darin liegen und schaute auf die Uhr, ehe er ihn mit den Fingern ausdrückte und in den Papierkorb in der Ecke warf. Das Wasser war nur lauwarm, der Tee schmeckte nach nichts.

Endlich hatten alle sich eingefunden, nur Polizeiinspektor Håkon Sand fehlte noch. Niemand hatte etwas von ihm gehört oder gesehen, und sie waren schon zehn Minuten zu spät dran. Der Polizeipräsident wollte nicht mehr warten.

»Die letzte Woche hat uns einige Überraschungen gebracht«, sagte er. »Billy T. Fängst du an?«

Billy T. stellte die Teetasse weg und trat ans Ende des Tisches. Er lehnte sich an die Wand und schob sich die Arme hinter den Rücken.

»Wir glauben, daß die Familie aus dem Fall herausgenommen werden kann«, sagte er. »Per, der Sohn, hat ein hieb- und stichfestes Alibi. Wir haben natürlich an ein Komplott gedacht, er hätte im Grunde nicht im Büro von Birgitte Volter sein müssen, als der Schuß gefallen ist, aber für ein Komplott gibt es absolut keinen Anhaltspunkt. Was die Waffe angeht … wir haben die Komplott-Theorie noch einmal aufgegriffen, als sich herausstellte, daß sie Per gehört. Aber wir müssen einfach davon ausgehen, daß sie der Familie auf irgendeine Weise gestohlen worden ist. Nein …«

Er stieß sich mit den Händen von der Wand ab, wippte auf den Fußballen auf und ab und starrte kurz zu Boden.

»Per Volter ist ein sehr unglücklicher junger Mann, dessen Leben über Nacht auf den Kopf gestellt worden ist. Aber ein Mörder … nein, dafür halte ich ihn nicht. Auch Roy Hansen können wir vernachlässigen. Das habe ich ja schon erklärt …«

Er sah den Polizeipräsidenten an, der kurz nickte.

»Er kann sich wohl kaum an den Wächtern vorbeigeschlichen, seine Frau ermordet und uns dann die Waffe seines Sohnes geschickt haben. Außerdem wissen wir, daß er um 18.40 von seinem Haus aus mit seiner Mutter telefoniert hat. Das bestätigen die Gesprächslisten des Fernmeldeamtes. Allein das schließt ihn im Grunde schon aus, sie wohnen ja in Groruddalen. Der Mord muß ungefähr um diese Zeit geschehen sein. Selbst wenn …«

Wieder blickte er den Polizeipräsidenten an, wieder nickte der, diesmal jedoch verärgert.

»Es macht wenig Spaß, schmutzige Wäsche in der Öffentlichkeit zu waschen, aber wir müssen doch erwähnen, daß Roy Hansen im letzten Herbst einen kleinen Seitensprung hatte. Mit der Gesundheitsministerin Ruth-Dorthe Nordgarden.«

Leises Gemurmel kam auf, selbst die Generalstaatsanwältin hinter ihrer wenig kleidsamen, altmodischen Stahlbrille schien interessiert.

»Aber die Affäre hat nicht lange gedauert. Und ich halte es für höchst zweifelhaft, ob eine solche Beziehung ein Mordmotiv darstellen kann. Nein …«

Billy T. ging auf seinen Stuhl zu, blieb jedoch auf halber Strecke stehen.

»Die Familie Volter/Hansen ist eine ganz normale norwegische Familie. Mit ihren Freuden und Sorgen und ihren düsteren Geheimnissen. Wie alle anderen auch. Und was diesen Gesundheitsskandal angeht …«

Er fuhr sich über den Schädel, wie immer, wenn er resignierte.

»Den müssen wohl andere bewerten. Ich kann nur sagen, daß …«

Sein Gespräch mit Hanne Wilhelmsen vom Samstagabend, als die Kinder schon schiefen, lief wie ein Video im Zeitraffer vor seinem inneren Auge ab.

»Wenn dieser Skandal mit dem Mord in Zusammenhang stehen sollte, dann geht es wohl kaum um den Skandal in seiner Gesamtheit. Birgitte war damals eine blutjunge Mutter. Falls die Todesfälle von 1965 etwas mit diesem Mord zu tun haben, dann müssen wir wohl nach etwas suchen, das Birgitte Volters eigenes kleines Mädchen betrifft. Aber ich glaube das alles nicht, wie gesagt.«

Er setzte sich und murmelte:

»Der Wächter. Der war's.«

Er hielt dabei die Hand vor den Mund und wollte von niemandem gehört werden. Der Wächter fiel nicht in sein Ressort. Tone-Marit saß neben ihm und konnte sich ein Lächeln nicht verkneifen.

»Du gibst nicht auf«, flüsterte sie und erhob sich auf ein Zeichen des Polizeipräsidenten hin.

»Billy T. hat die Waffe nicht erwähnt«, sagte sie laut. »Den Nagant-Revolver, mit der der Mord verübt wurde und von dem wir jetzt mit Sicherheit wissen, daß er Per Volter gehört. Wir haben den Waffenschrank im Haus der Familie untersucht. Dort haben wir die Fingerabdrücke aller Familienmitglieder gefunden, was ja kein Wunder ist. Ansonsten kann ich noch hinzufügen, daß es im Hause ansonsten kaum Abdrücke gab. Kein Wunder, schließlich hat das Außenministerium eine der leistungsstärksten Reinigungsfirmen hingeschickt, ehe wir das Haus untersuchen konnten.«

Tone-Marit legte eine vielsagende Pause ein.

»Ein ziemlicher Patzer, das können wir getrost sagen. Also, ich glaube, im Moment müssen wir uns mit der Feststellung begnügen, daß die Waffe aus dem Haus der Familie entwendet wurde, auch wenn nichts auf einen Einbruch hinweist. Leider wissen wir nichts über den Zeitpunkt des Diebstahls, da Per den Waffenschrank seit Weihnachten nicht mehr geöffnet hatte.«

Sie setzte sich auf die Tischkante und blickte die anderen Anwesenden an.

»Billy T. hat sich ziemlich in diesen Wächter aus dem Regierungsgebäude verbissen«, sagte sie und lächelte ihren Kollegen an. »Und ich stimme ihm da eigentlich zu. Da gibt es irgend etwas, das wir noch nicht zu fassen bekommen. Aber ich bin davon überzeugt, daß dieser Bursche gelogen hat. Es war wirklich ärgerlich, daß er einfach gestorben ist. Rücksichtslos geradezu.«

Einige von den anderen schmunzelten, die Generalstaatsanwältin jedoch bedachte Tone-Marit mit einem tödlichen Blick. Tone-Marit machte ein aufgesetzt ernstes Gesicht und zwinkerte Billy T. zu.

»Wir wissen immerhin, daß er im Gegensatz zu den meisten anderen, die in diesen Fall verwickelt sind, wirklich am Tatort war. Was nicht unwichtig ist, denn unser größtes Problem abgesehen vom fehlenden Motiv ist, herauszufinden, wie irgendwer Frau Volter ermordet haben könnte. Wir versuchen also festzustellen, ob er zu einer bestimmten Szene gehört. Und dabei könnte ich mir durchaus eine engere Zusammenarbeit … mehr Hilfe von …«

Tone-Marit blickte den Überwachungschef herausfordernd an, der jedoch saß da wie eine Sphinx. Billy T. war beeindruckt. Tone-Marit fürchtete sich wirklich vor nichts und niemandem.

»Und nun zu diesem Benjamin Grinde«, sagte sie und ließ ihren Blick zum Polizeipräsidenten weiterwandern. »Soll ich das machen oder vielleicht der Polizeirat …?«

Der Polizeipräsident machte mit der rechten Hand eine ungeduldige, rotierende Bewegung, und Tone-Marit sagte:

»Was die Pillendose angeht, so weist sie von außen Fingerabdrücke auf – von Birgitte Volter, Wenche Andersen und Benjamin Grinde. Was bedeutet, daß sie Grinde vermutlich vor relativ kurzer Zeit in die Hände geraten ist. Und das stimmt mit Wenche Andersens Aussage überein. Innen gibt es keine Abdrücke. Was die Dose bedeutet und ob sie überhaupt etwas bedeutet, läßt sich noch nicht sagen.«

Sie fuhr sich mit dem Zeigefinger über die Stirn und schaute den Polizeipräsidenten an.

»Ich gäbe sehr viel für einen Abschiedsbrief dieses Mannes. Denn es steht ganz fest, daß Benjamin Grinde wirklich Selbstmord begangen hat. Keine Anzeichen für einen Einbruch in seiner Wohnung, überhaupt nichts, was auf Gewaltanwendung oder Zwang hindeutet. Die Wohnung war aufgeräumt und sauber, im Kamin gab es Asche, die darauf schließen läßt, daß er geistesgegenwärtig genug war, um sich von seinen persönlichsten Papieren zu trennen. Die Unterlagen, die er von der Arbeit mit nach Hause genommen hatte, lagen fein säuberlich auf dem Tisch, als wollte er seinem Nachfolger so wenig Probleme wie möglich machen. Aber es gibt keinen Abschiedsbrief. Was ja an sich sehr ungewöhnlich ist.«

»Er schuldete vielleicht niemandem eine Erklärung«, sagte der Polizeipräsident mit leiser Stimme.

Tone-Marit blickte von ihren Notizen auf, einer kleinen Karteikarte voller Stichwörter, die sie in der linken Hand hielt.

»Das gibt es manchmal«, sagte der Präsident und stützte die Ellbogen auf den Tisch. »Wir können hier von einem *geordneten* Selbstmord sprechen. Alles ist geklärt und geordnet, es gibt keine losen Fäden. Nur das Ende eines Lebens. Es ist gewissermaßen ausgewischt. Als ob es nie bestanden hätte. Traurig. Sehr, sehr traurig.«

»Aber die Mutter ... und der Mann hatte Freunde. Sehr enge Freunde.«

»Aber war er ihnen irgend etwas schuldig?«

Der Polizeipräsident schien in der Sache sehr engagiert, und Billy T. konnte sein Erstaunen kaum verbergen. Als der Präsident vor einem guten halben Jahr seine Stelle antrat, hatte Billy T. wie die meisten anderen, große Zweifel gehabt. Der Mann hatte nur wenig Erfahrung mit der Ermittlungsarbeit; er war kaum bei der Polizei gewesen und hatte nur zwei Referendariatsjahre in Bodø Anfang der siebziger Jahre vorzuweisen. Dafür war er elf Jahre Richter gewesen, was nicht gerade ideale Voraussetzungen waren, wenn jemand die größte und turbulenteste Wache im ganzen Land übernehmen sollte. Aber er war mit seinen Aufgaben gewachsen. Er hatte sie während der vergangenen zwei Wochen alle beeindruckt. Er hielt sie zusammen, machte aus ihnen ein Team. Sie arbeiteten, bis sie vor Müdigkeit umfielen, aber noch niemand hatte sich über diese unbezahlten Überstunden beklagt. Und allein das war eine seiner allergrößten Leistungen.

»Selbstmord ist ein sehr interessantes Thema«, fuhr der Polizeipräsident fort und ließ sich in den Sessel zurücksinken, denn er wußte, daß alle jetzt genau zuhörten. »Düster und sehr interessant. Der Unterschied zwischen uns allen, die wir ab und zu in schweren Stunden mit dem Gedanken spielen, uns das Leben zu nehmen ...«

Er lächelte, ein bisher unbekanntes, jungenhaftes

Lächeln; Tone-Marit fand ihn plötzlich anziehend in seinem frischgebügelten Uniformhemd, dessen Ärmel er gegen alle Vorschriften hochgekrempelt hatte. Er hatte etwas jungenhaft Maskulines, etwas Lässiges und zugleich sehr Starkes.

»Der Unterschied zwischen uns und den anderen ist, daß wir uns darüber Gedanken machen, wie ein solcher Todesfall die Menschen treffen würde, die uns nahestehen«, sagte er leise. »Wir sehen, welch entsetzliche Tragödie er für sie wäre. Also beißen wir die Zähne zusammen, und einige Monate später sieht das Leben schon etwas besser und heller aus. Aber ...«

Er stand auf und ging zum Fenster. Der Regen hatte nachgelassen, doch die Wolkendecke hing noch immer grau und feucht über dem riesigen graugrünen Rasen im Dreieck zwischen Polizeihaus, Gefängnis und Grønlandsleiret. Der Polizeipräsident schien nach einem bestimmten Code im Regentropfenmuster auf der Fensterscheibe zu suchen, als er sagte:

»Aber der *echte* Selbstmordkandidat denkt anders. Er glaubt, daß das Leben für diejenigen, die ihn lieben, besser wird, wenn er sich für den Tod entscheidet. Er empfindet sich als Belastung. Nicht unbedingt, weil er etwas falsch gemacht hat, sondern weil sein Schmerz so ... so unerträglich wird, daß er auf die anderen übergreift und auch ihnen das Leben unerträglich macht. Das glaubt er zumindest. Und nimmt sich das Leben.«

»Himmel«, rief Billy T. spontan, er hatte noch nie das Wort »lieben« aus dem Munde eines seiner Vorgesetzten gehört.

»Sehen Sie sich diesen Grinde an«, fuhr der Polizeipräsident fort und ließ sich durch Billy T.s Zwischenruf nicht stören. »Ein erfolgreicher Mann. Sehr tüchtig. Überall geachtet. Er hat viele Interessen, er hat gute

Freunde. Und dann passiert irgend etwas. Etwas so Entsetzliches, daß … Er muß seinen Entschluß nach ruhiger Überlegung gefaßt haben – er hat sich selbst die Medikamente besorgt, hat sorgfältig aufgeräumt … der Schmerz war offenbar unerträglich. Aber was hatte diesen Schmerz verursacht?«

Er fuhr herum und breitete die Arme aus, wie zu einer kollektiven Einladung zur Nennung von Selbtmordmotiven eines Mannes, über den sie im Grunde nicht sehr viel wußten.

»Sie haben nichts von Ehre gesagt«, sagte Billy T. leise.

»Wie bitte?«

Der Polizeipräsident starrte ihn an, etwas brannte in seinen Augen, und Billy T. bereute schon, den Mund aufgemacht zu haben.

»Ehre«, murmelte er aber trotzdem. »Wie in Madame Butterfly.«

Der Polizeirat riß den Mund auf und schien keine Ahnung zu haben, wovon hier die Rede war.

»In Ehren stirbt, wer nicht länger in Ehren leben kann. Oder so«, sagte Billy T.

Als er merkte, daß er weiterreden durfte, hob er die Stimme.

»Wenn die Spitzen der Gesellschaft mit den Fingern im Marmeladenglas oder mit heruntergelassener Hose erwischt werden, nehmen sie sich ja bisweilen das Leben. In der Regel denken wir uns dann unser Teil, nicht wahr? Wir denken, daß es demjenigen peinlich war, der Sturz wäre zu tief und so weiter. In der Regel erscheint ein solcher Selbstmord uns als Schuldgeständnis. Jemand hat etwas Entsetzliches verbrochen und kann der Welt nicht mehr ins Auge schauen. Aber es muß nicht … es braucht nicht immer so zu sein. Vielleicht kommt es vor, daß jemand einfach nicht mit einer

Schande leben kann, selbst wenn er gar nicht schuldig ist.«

»Es kann ja auch sein«, wagte Tone-Marit Steen, ihn zu unterbrechen, »daß der Selbstmordkandidat etwas getan hat, das vielleicht ... das vielleicht moralisch falsch, aber nicht unbedingt strafbar ist. So gesehen kann dieselbe Tat von verschiedenen Menschen ganz unterschiedlich bewertet werden, manche reagieren höchstens mit einem Schulterzucken darauf, für einen anderen dagegen, der besonders hohe moralische Maßstäbe hat, ist sie ...«

»Mit Verlaub, Herr Polizeipräsident!«

Überwachungschef Ole Henrik Hermansen, der bisher ziemlich gelassen seine Fingernägel inspiziert hatte, schlug mit der Faust auf den Tisch.

»Ich finde es wenig sinnvoll, hier mehr oder weniger vage Überlegungen über das Rätsel des Selbstmordes anzustellen, während wir so viel zu tun haben. Es muß ja wohl Grenzen geben!«

Seine Mundwinkel zuckten, seine Gesichtshaut hatte eine dunklere Farbe angenommen als sonst. Er wippte heftig mit den Füßen und starrte den Polizeipräsidenten herausfordernd an.

Der Polizeipräsident lächelte. Es war ein so herablassendes Lächeln, daß nicht einmal der Polizeirat daran zweifeln konnte, daß es sich um eine Zurechtweisung handelte, noch dazu um eine ziemlich arrogante. Der Überwachungschef war jetzt tiefrot und sprang auf, um noch mehr zu sagen.

»Wenn wir diese hochfliegenden Theorien mal beiseite legen würden«, sagte er, wobei seine Stimme beinahe ins Falsett umgeschlagen wäre, »dann könnte ich allerlei erzählen.«

Die anderen tauschten Blicke. Das waren ganz neue

Töne. Vielleicht war diese philosophische Erörterung des tieferen Charakters von Selbstmordfällen nötig gewesen. Immerhin wollte Ole Henrik Hermansen plötzlich reden!

»Bitte sehr«, sagte der Polizeipräsident, lächelte jedoch noch immer.

»Dann möchte ich mich zuerst entschuldigen«, sagte Hermansen und strich sich einige Haarsträhnen glatt. »Ich weiß ja, daß sich hier manche … unterinformiert gefühlt haben, um es mal so zu sagen. Ich möchte dafür um Verständnis bitten. Wir wissen alle, daß diese Wache leider nicht dicht ist. Immer sickert etwas an die Presse durch. Wir mußten diese Informationen für uns behalten.«

Er schob seinen Stuhl nach hinten und ging ans Tischende.

»Wenn ich es jetzt für notwendig halte, mich ausführlicher zu äußern, dann ist es, weil ich finde, daß diese Ermittlungen … gewissermaßen in alle Richtungen auseinanderlaufen. Während wir eigentlich vor etwas stehen, das wir für einen Durchbruch halten.«

»O verdammt«, rutschte es Billy T. heraus.

Der Ausflug des Polizeipräsidenten in die höheren Ebenen des Daseins war spannend gewesen. Aber nichts war besser als eine handfeste Spur.

»Das bedeutet also«, fuhr Hermansen fort, »daß wir die größtmögliche Vorsicht walten lassen müssen, was die nun folgenden Informationen betrifft. Wenn das hier herauskommt, riskieren wir, daß unsere gesamten Ermittlungen wie ein Kartenhaus in sich zusammenfallen und wir mit leeren Händen dastehen.«

»Ungefähr wie bisher also«, murmelte Billy T., hielt aber den Mund, als Tone-Marit ihm einen harten Tritt gegen das Schienbein verpaßte.

»Es ist interessant, daß es im letzten Gespräch, das Birgitte Volter vor ihrem Tod geführt hat, offenbar um diesen Fall ging, der inzwischen allgemein als Gesundheitsskandal bezeichnet wird. Wir haben in den vergangenen Tagen nicht ohne ziemliches Interesse die Berichterstattung der Zeitungen mitverfolgt.«

Mehr tut ihr ja auch nicht, dachte Billy T., verdammt, ihr tut ja nichts anderes als Zeitung lesen, ausschneiden, einkleben und sammeln.

Aber er hielt klüglich den Mund, Tone-Marits Blick war nicht mißzuverstehen.

»Das meiste, was im Moment geschrieben wird, wußten wir allerdings schon. Und wir wissen noch viel mehr.«

Hermansen gönnte sich eine Kunstpause. Er genoß diesen Moment. Alle starrten ihn aufmerksam an. Endlich hatte jemand etwas Konkretes.

»Einige alliierte Staaten unterhielten in den Jahren 1964 und 1965 gewisse Handelsverbindungen zur DDR«, sagte Hermansen mit lauter Stimme und wanderte vor seinem Publikum hin und her. »Das war Bestandteil einer größeren Operation unter Führung der USA, die zu einem Gefangenenaustausch zwischen Ost und West führen sollte. Die DDR stellte die Bedingung, Mangelwaren einführen und ihre eigenen Produkte in den Westen ausführen zu dürfen. Auf diese Weise erhielten sie Waren und Valuta.«

Billy T. begriff nicht, worauf das hinauslaufen sollte, und trommelte ungeduldig auf dem Tisch herum, bis ein Blick des Polizeipräsidenten ihn aufhören ließ.

»Norwegen war bereit, Eisenerz zu exportieren und pharmazeutische Produkte zu kaufen. Damals überquerten die verschiedenden Waren die Grenzen zwischen Ost und West, aber darauf brauchen wir nicht näher einzugehen. Wichtig ist, daß das alles in Zusammenarbeit mit unseren Verbündeten, den USA, geschah und einem sehr guten Zweck dienen sollte: westliche Agenten und festgenommene Diplomaten freizubekommen. Die USA betrieben solche Geschäfte natürlich in einem viel breiteren Rahmen als wir, obwohl das gegen die Truman-Doktrin verstieß, und natürlich wurde nicht laut darüber geredet. Aber wir dürfen nicht vergessen …«

Der Überwachungschef setzte sich auf eine Stuhllehne und stellte die Füße auf den Sitz, was jungenhaft und etwas wichtigtuerisch aussah.

»Die DDR war vom Westen damals noch nicht als selbständiger Staat anerkannt worden. Das geschah erst 1971. Die DDR war ein geschlossenes System, und das schlimmste war aus unserer Sicht, daß sie nicht bezahlen konnten.«

Jetzt hob der Polizeipräsident die Augenbrauen.

»Aber«, warf er vorsichtig ein, »sie hatten doch eine Art Währung?«

»Natürlich hatten sie das. Aber was war die DDR-Mark schon wert? Rein gar nichts. Die beste Lösung für uns war, Waren zu tauschen. Die USA hatten es da schwerer. Die DDR wollte nämlich Geld, und die USA haben ihre Leute ganz einfach freigekauft. Für teures Geld und außerdem auf Kosten eines ihrer wichtigsten außenpolitischen Prinzipien: Nur mit solchen Systemen Geschäfte zu machen, die ihren Bürgern politische Rechte und allgemeine Menschenrechte gewähren.«

»Als ob sie sich jemals daran gehalten hätten«, murmelte Billy T., aber wieder wurde das von allen ignoriert. »Was zum Teufel hat das mit dem Mord an Birgitte Volter zu tun?«

»Der damalige Überwachungschef war natürlich nicht

in diese geschäftlichen Verbindungen verwickelt«, fuhr Hermansen unangefochten fort. »Aber er wurde fortlaufend informiert. Das mußte so sein, da wir einige DDR-Bürger im Auge behalten mußten. Ich brauche wohl niemandem zu erzählen, daß wir noch etliche Akten aus jener Zeit haben …«

Er sprang vom Stuhl und lief wieder im Zimmer hin und her.

»Heute dagegen interessiert uns ein DDR-Bürger, über den wir damals keine Akte angelegt haben. Genauer gesagt, ein Ex-DDR-Bürger. Kurt Samuelsen, geboren im Januar 1942 in Grimstad. Die Mutter war Norwegerin, sie hieß Borghild Samuelsen. Sein Vater war ein Wehrmachtssoldat, dessen Namen wir nicht kennen. Der Junge kam gleich nach seiner Geburt in ein Waisenhaus und wurde ein Jahr darauf im Rahmen des Lebensborn-Programms nach Deutschland geschickt. Dann …«

Plötzlich unterbrach Hermansen sein ruheloses Hin-und-her-laufen. Er blieb breitbeinig stehen und verschränkte zu allem Überfluß die Hände auf dem Rücken.

»Nach dem Krieg befand Kurt Samuelsen sich in der Ostzone. Niemand hörte von ihm, niemand fragte nach ihm. Die Mutter machte zwar um 1950 einen zaghaften Versuch, aber kaum jemand wollte einer Frau helfen, die 1945 als Soldatenliebchen kahlgeschoren worden war und dann drei Monate im Gefängnis gesessen hatte. 1963, auf einer Studienreise nach Paris, springt unser Freund Kurt Samuelsen ab. Er ist ein einundzwanzigjähriger vielversprechender Chemiestudent, der in der norwegischen Botschaft auftaucht und sich als Norweger ausgibt. Er kann beweisen, daß er wirklich Kurt Samuelsen ist. Er reist nach Norwegen und ist mit seiner

Mutter wieder vereint, kein Auge bleibt trocken. Selbst hartgesottene Widerständler konnten sich inzwischen über eine rührende Wiedervereinigung zwischen Mutter und Kind freuen. Egal. Kurt Samuelsen studierte danach in Oslo. Er war sehr tüchtig und machte mit nur vierundzwanzig Jahren Examen. In Pharmakologie, wohlgemerkt, nicht in Pharmazie. Er sprach schon nach einem halben Jahr perfekt Norwegisch, was den Glauben der Mutter nur untermauerte, daß ihr verlorener Sohn zurückgekehrt sei.«

Der Überwachungschef unterbrach sich plötzlich und steckte sich, ohne um Erlaubnis zu bitten, eine Zigarette an. Er zog einen Reiseaschenbecher aus der Tasche und stellte ihn vor sich auf den Tisch. Er machte einen Lungenzug, lächelte zufrieden und erzählte weiter.

»Bisher ist also alles Friede, Freude, Eierkuchen. Aber Kurt Samuelsen ging schon 1968 in die DDR zurück. Ohne sich von seiner Mutter zu verabschieden. Und seitdem hat niemand von ihm gehört.«

Jetzt schwieg sogar Billy T. und begnügte sich mit einem leichten Zungenschnalzen.

»Es stört mich wirklich sehr, wenn Sie rauchen«, sagte Tone-Marit plötzlich. »Könnten Sie bitte Ihre Zigarette ausmachen?«

Der Überwachungschef starrte sie beleidigt an, gehorchte dann aber.

»Nach dem Tod der Mutter 1972 konnten seine norwegischen Verwandten ihn nicht ausfindig machen. Inzwischen ist der Fall natürlich untersucht worden, und 1987 stießen westliche Nachrichtendienste in Bulgarien auf ihn. Inzwischen wissen wir, daß der Mann gar nicht Kurt Samuelsen war. In Wirklichkeit heißt er Hans Himmelheimer. Der echte Kurt Samuelsen hat nie einen

Fuß aus Ostdeutschland herausgesetzt. Nicht einmal nach der Wiedervereinigung. Und jetzt kommen wir zum interessantesten Teil der ganzen Angelegenheit.«

Er ertappte sich dabei, daß er eine neue Zigarette aus der Packung zog, zündete diese jedoch nicht an.

»Wir wurden von unseren bundesdeutschen Kollegen auf Hans Himmelheimer aufmerksam gemacht, sie fanden seinen Namen in den Stasi-Archiven. Unser guter Himmelheimer ist heute wissenschaftlicher Leiter eines gigantischen Pharmakonzerns – vielleicht möchte jemand raten, wie der heißt?«

»Pharmamed«, sagten Tone-Marit, Billy T. und der Polizeipräsident wie aus einem Munde.

»Exakt. Die Pharmamed war früher ein volkseigener Betrieb, hat aber, anders als so viele andere, den Privatisierungsprozeß glänzend überstanden. Unter anderem hat das Unternehmen das Monopol auf eine Spritze, die nach einmaliger Verwendung zerbricht, ein Patent, das in den Zeiten von AIDS Gold wert ist. Und Hans Himmelheimer war noch im vergangenen März in Norwegen ...«

»Was?« fragte der Polizeipräsident ungläubig, doch Hermansen winkte ab.

»Moment noch. Er hat an einem Kongreß im Oslo Plaza teilgenommen und dort vier Tage gewohnt. Unter seinem richtigen Namen. Ziemlich waghalsig, finde ich, es bestand doch das Risiko, erkannt zu werden. Er hat ja immerhin fünf Jahre in Norwegen gelebt.«

Bisher hatte Ole Henrik Hermansen die Situation genossen. Was er zu erzählen hatte, war wirklich aufsehenerregend. Und er erzählte gut. Doch plötzlich strahlte seine ganze Gestalt Unsicherheit aus. Sein Blick flackerte, und er machte sich an der Zigarette zu schaffen.

»Unsere Analytiker halten es für außerordentlich schädlich für die Pharmamed, daß die Sache mit dem Impfstoff durchgesickert ist. Nicht notwendigerweise, weil sie zur Verantwortung gezogen werden kann. Vermutlich gilt sie rein juristisch heute nicht mehr als derselbe Betrieb. Wegen der Privatisierung und überhaupt. Aber es geht ja auch um den Namen Pharmamed. Der Konzern hat nach der Wende ein sagenhaftes Wachstum erlebt. Heute ist er viele Millionen wert. Und heißt weiterhin Pharmamed. Ich verstehe nicht, warum sie nicht einfach ihren Namen ändern können, wenn es ganz schlimm kommt, aber das würde wohl sehr viel kosten und wäre außerdem nicht leicht. Mir ist erklärt worden, daß eingeführte Namen Gold wert sind. Dieser Skandal kann der Firma ziemlichen Ärger machen, und das ist in einer Branche wie der pharmazeutischen Industrie, die dermaßen auf das Vertrauen ihrer Kundschaft angewiesen ist, einfach eine Katastrophe. Und wenn wir uns an unsere ursprüngliche Theorie halten …«

Überwachungschef Ole Henrik Hermansen rieb sich das Gesicht, seine Haut rötete sich, und zum ersten Mal an diesem Tag sah er müde aus.

»Die Zeichnung mit dem Tuch, bitte.«

Hermansen gab dem Polizeirat ein Zeichen, das Licht zu dämpfen, und schob eine Folie auf den Overheadprojektor. Die Zeichnung des gesichtslosen Mannes hinter Birgitte Volter, deren Gesicht von dem Tuch verdeckt war und der ein Revolver an die Schläfe gehalten wurde, die Zeichnung, die sie bereits am ersten Samstag gesehen hatten, gewann plötzlich eine ganz neue Bedeutung.

»Stellen wir uns also vor, daß wir recht hatten. Er wollte Birgitte Volter gar nicht umbringen. Er wollte sie bedrohen. Und was wäre dann effektiver …«

»... als ihr zu zeigen, daß sie in ihrem Haus gewesen waren und den Nagant gestohlen hatten, ohne daß es jemandem aufgefallen war«, rief Billy T.

»Aber«, stammelte der Polizeirat, »sie hatte doch das Tuch vor dem Gesicht. Sie konnte den Revolver nicht sehen.«

Der Überwachungschef bedachte ihn mit einem mitleidigen Blick.

»Der Mörder kann ihr zuerst die Waffe gezeigt haben. Wie ich schon gesagt habe, als wir diese Zeichnung zum ersten Mal gesehen haben, kann er ihr mit dem Tuch noch mehr Angst eingejagt haben. Wenn diese Theorie zutrifft, dann war ihr Tod ein Unfall. Er wollte sie dazu bringen, die Arbeit der Grinde-Kommission anzuhalten oder zumindest hinauszuzögern.«

»Das kann stimmen«, sagte Billy T. »Das kann wirklich stimmen.«

Der Lärmpegel hob sich, als alle untereinander diese neue aufsehenerregende Wendung diskutierten, die der Fall genommen hatte. Der Überwachungschef machte ein skeptisches Gesicht und schien diese Diskussionen nur ungern abzubrechen.

»Leider, muß ich fast sagen, ist das nicht unsere einzige Spur. Der Fall hat gestern noch eine interessante Wendung genommen.«

Alles verstummte.

»Was?« rief Tone-Marit Steen. »Hat das etwas damit zu tun?«

»Mit dem Mord an Ministerpräsidentin Volter, ja. Mit der Pharmamed, nein.«

Kurz und präzise berichtete der Überwachungschef von Brage Håkonsens bisheriger Rolle im Fall Volter. In nur sieben Minuten hatte er die ganze Geschichte erzählt: von dem abgestürzten Flugzeug, wobei man noch immer nicht wußte, ob es sich um eine gegen Göran Persson gerichtete Sabotage-Aktion gehandelt hatte, von Tage Sjögrens Abstecher nach Norwegen zu diesem kritischen Zeitpunkt, und von Brage Håkonsens ziemlich beeindruckendem Waffenlager und den ausgearbeiteten Plänen für sechzehn namentlich genannte wichtige Personen der norwegischen Öffentlichkeit. Am Ende seufzte er laut und fügte hinzu:

»Ich würde den Kerl gern als schwärmerischen Trottel abschreiben. Meine Leute halten ihn für zu feige, um wirklich einen Mord zu begehen. Er hätte sich bei seiner Festnahme freischießen können, schließlich befand er sich in Reichweite von Waffen, die für eine beachtliche Einsatztruppe gereicht hätten. Aber er hat sich nicht getraut. Dennoch ...«

Wieder erhob er sich, jetzt mit steifen Bewegungen. Alle waren erschöpft, die Besprechung dauerte nun fast schon drei Stunden, und die meisten sehnten sich nach Kaffee und einer Zigarette.

»Er behauptet zu wissen, wer es war. Und er scheint auch zu wissen, wovon er da redet.«

Hermansen berichtete, daß Brage Håkonsen bis ins Detail schildern konnte, wie die Tatwaffe zur Polizei gelangt war.

»Dann weiß er mehr als wir«, rief Tone-Marit. »Wir haben stundenlang vor dem Video aus der Hauptpost gesessen und konnten einfach nichts von Interesse finden. Wenn die da schon Videoaufnahmen machen, dann sollten sie auch dafür sorgen, daß sie von brauchbarer Qualität sind.«

»Håkonsen behauptet also, den Mörder zu kennen. Aber er möchte einen Tauschhandel abschließen.«

»Einen Tauschhandel?«

Die Generalstaatsanwältin hatte bisher noch nicht einmal den Mund aufgemacht. Jetzt funkelten ihre Augen hinter den dicken Brillengläsern.

»Wir sollen ihn laufenlassen, damit er uns den Namen nennt? Kommt nicht in Frage.«

»Wir haben ihm schon zu verstehen gegeben, daß das hierzulande nicht üblich ist«, sagte der Überwachungschef trocken.

»Aber ein Mord an einer Ministerpräsidentin ist auch nicht gerade alltäglich«, murmelte Billy T., der jedoch keine Lust hatte, sich mit der Generalstaatsanwältin anzulegen. Aus bitterer Erfahrung wußte er, daß das nichts brachte.

»Na, machen wir eine halbe Stunde Pause«, erklärte der Polizeipräsident. »Und danach planen wir unser weiteres Vorgehen. Ich glaube, es wäre vernünftig, die Gruppen von Billy T. und Tone-Marit Steen zusammenzulegen.«

»Super«, jubelte Billy T. und drückte Tone-Marit einen Schmatz auf die Wange.

»Eine halbe Stunde«, wiederholte der Polizeipräsident. »Und keine Minute länger.«

»Manchmal bist du wirklich verflixt kindisch, Billy T.«, sagte Tone-Marit Steen wütend.

Dann wischte sie sich demonstrativ die Wange ab.

12.30, Büro des Ministerpräsidenten

Sie fand einfach keine Ruhe. Seit elf Jahren arbeitete sie im Büro der Ministerpräsidentin, und sie lebte ein Leben, das ihren Verpflichtungen entsprach. Es war ruhig und nüchtern, ohne Ausschweifungen und mit einem ungewöhnlich kleinen Freundeskreis. Im Laufe der Jahre hatten viele versucht, sie auszuhorchen, Fremde, Bekannte und einige Presseleute, aber sie wußte, wie sie sich zu verhalten hatte. Ihre Position hatte ihren Ehrenkodex. Und wenn auch alle anderen ihre altmodischen Normen aufgaben, wollte sie ihren Idealen treu bleiben.

Die Zweifel waren kaum zu ertragen gewesen. Seit Tagen hatte sie sich den Kopf zerbrochen, ohne die richtige Lösung zu finden. Sie wußte nicht mehr, was ausschlaggebend für ihre Entscheidung gewesen war. Vielleicht die aufrichtige Verzweiflung und Ratlosigkeit ihrer Freundin. Aber vor allem wohl die Gewißheit, daß das Vergehen, das sie verriet, viel schlimmer war als die Indiskretion, die sie beging, wenn sie sich dem Ministerpräsidenten anvertraute.

Tryggve Storstein war hellhörig und entgegenkommend gewesen, er hatte sich bei ihr mit einer Freundlichkeit bedankt, die einen scharfen Kontrast zu seiner resignierten, fast traurigen Miene bildete. Rückwärts war sie aus der Tür gegangen und hatte noch immer nicht gewußt, ob sie sich richtig verhalten hatte.

Sie mochte den neuen Ministerpräsidenten. Natürlich konnte sie das noch nicht ganz sicher sagen, außerdem wollte sie gar nicht bewußt darüber nachdenken, ob sie ihren Chef gern hatte oder nicht. Aber es war unmöglich, sich in seiner Gesellschaft nicht wohl zu fühlen, obwohl er manchmal zerstreut wirkte, fast fehl am Platze hinter dem großen, geschwungenen Schreibtisch, mit seiner ewig gerunzelten Stirn und dem seltsamen kleinen Zucken der Mundwinkel, wenn er sich räusperte und sie um etwas bat. Normalerweise holte er sich alles selbst. Es schien ihm unangenehm zu sein, sich bedienen zu lassen; einmal hatte er das ganz offen gesagt, als sie an der Kaffeemaschine in der Küche beinahe miteinander zusammengestoßen wären:

»Ich komme mir so blöd vor, wenn jemand anders das

für mich tut. Eigentlich können sich doch alle ihren Kaffee selber kochen und holen.«

Die Freundin hatte wirklich geweint. Sie hatte geflüstert und leise geschluchzt, ihre feuerroten Fingernägel hatten nervös vor ihrem Gesicht getanzt, als sie ihr stotternd das Herz ausgeschüttet hatte. Sie war zu Wenche Andersen gekommen, weil sie restlos verwirrt war und weil Wenche Andersen nicht nur eine alte Freundin war, sondern auch eine Art Vorgesetzte, wenn nicht formal, so doch durch ihre Erfahrung und ihre Tüchtigkeit. Die Freundin arbeitete erst seit vier Jahren im Vorzimmer der Gesundheitsministerin. Sie war aufgrund von Wenche Andersens Empfehlung dort gelandet, und deshalb fühlte diese sich für sie besonders verantwortlich.

»Er war sehr froh darüber, daß wir ihm Bescheid gegeben haben«, tröstete sie ihre Freundin am Telefon.

Ministerpräsident Storstein hatte ausdrücklich darum gebeten, diese Episode niemandem gegenüber zu erwähnen. Das war am Freitag gewesen, und seither war nichts passiert. Zumindest nichts, wovon Wenche Andersen gewußt hätte.

Kaum hatte sie aufgelegt, klingelte das Telefon schon wieder.

»Vorzimmer des Ministerpräsidenten.«

Am anderen Ende der Leitung war das Garagenbüro. Sie hörte einige Sekunden aufmerksam zu.

»Steckt sie in eine Plastiktüte, und faßt sie auf keinen Fall noch einmal an. Bringt sie sofort zur Wache. Fragt nach Tone-Marit Steen. Steen, ja, mit zwei e. Ich melde euch schon mal an.«

Die Schlüsselkarte. Sie hatten Birgitte Volters Schlüsselkarte gefunden. Sie hatte in der Spalte zwischen Sitz und Rückenlehne eines Regierungsfahrzeugs gelegen und war erst beim Staubsaugen entdeckt worden.

Wenche Andersen versuchte, die freundliche junge Beamtin zu erreichen, die sie, wie ihr schien, vor einer halben Ewigkeit verhört hatte. Während sie die Nummer wählte, betrachtete sie ihre Hände. Alles außer der Haut schien geschrumpft zu sein; die Haut lag in dünnen Falten über Sehnen und Gewebe und schien alle Kraft eingebüßt zu haben. Wenche Andersen fuhr sich langsam über den Handrücken und merkte zum ersten Mal seit sehr langer Zeit, daß sie älter wurde.

Wieder durchfuhr es sie, diese Sehnsucht nach vergangenen Zeiten.

13.00, Hauptwache Oslo

»Wenn wir ihn jetzt dem Untersuchungsrichter vorführen, ist die Hölle los, verstehst du das nicht?«

Severin Heger war dem Überwachungschef gegenüber noch nie laut geworden, aber jetzt strahlte er die pure Verzweiflung aus.

»Wenn das herauskommt, sind wir am Ende. Ich habe noch nie gehört, daß es gelungen wäre, jemanden hinter dem Rücken der Presse in U-Haft zu stecken. Herrgott, Hermansen, wenn das durchsickert, werden wir vor Gericht die Hölle erleben.«

Der Überwachungschef schob den Unterkiefer mit einem klickenden Geräusch hin und her, eine Unsitte, die seine Frau ihm nun schon seit Jahren auszutreiben versuchte. Jetzt dachte er so intensiv nach, daß es knackte.

»Ich weiß ja, was du meinst«, murmelte er und zupfte an seiner Schreibunterlage herum. »Aber wir können ihn doch nicht einfach festhalten. Er sitzt schon seit Samstagmorgen, und heute ist im Grunde unsere letzte Frist.«

Severin Heger faltete die Hände und versuchte, ruhig zu sitzen.

»Können wir nicht einen der festen Richter fragen?« schlug er dann vor. »Einen von denen, mit denen wir viel zu tun haben? Und dann regeln wir das in aller Ruhe heute abend, wenn niemand mehr im Gericht ist.«

Ole Henrick Hermansen starrte den Weberknecht an, der gerade in der Ecke über der Tür sein Werk vollendete. Das eifrige Insekt jagte hin und her und hing plötzlich in der losen Luft, gehalten von einem so feinen Faden, daß er mit bloßem Auge nicht zu erkennen war. Eine Mücke rang vergeblich mit dem Spinnennetz, der Weberknecht hatte sie entdeckt und näherte sich auf seiner unsichtbaren, selbstkonstruierten Seilbahn.

»Es geht auf den Frühling zu«, grunzte der Überwachungschef. »Ich werde sehen, was sich machen läßt. Wir können uns den Richter nicht aussuchen. Aber wir können die Unterlagen durchsehen. Ich rufe den Gerichtspräsidenten an und frage, was sich in bezug auf den Zeitpunkt machen läßt. Der spätere Nachmittag wäre auf jeden Fall besser als jetzt.«

»Du mußt es einfach schaffen«, sagte Severin Heger und verließ das Büro seines Chefs, um sich an die Papierarbeit zu setzen.

16.03, Büro des Ministerpräsidenten

Tryggve Storstein hatte sich in seinem neuen Büro kaum eingelebt. In dem großen, rechteckigen Raum gab es nicht einen einzigen Gegenstand von persönlichem Charakter. Nicht einmal ein Foto von Frau und Kindern. Oder eine Kaffeetasse mit der Aufschrift »lieber Vater« oder »braver Junge«. Obwohl er beides verdient hätte. Das fanden zumindest seine Jungen; aber der Becher, auf dem in grüner Schrift vor orangenem Hintergrund »der beste Papa der Welt« stand, lag hinten in der Schublade mit der Aufschrift »privat«. Er fühlte sich nicht wohl hier, dieses Zimmer gehörte ihm einfach nicht. Nicht das Büro. Nicht der Posten. Nicht die vielen Menschen, die hin und her liefen und sein »Apparat« sein sollten. Sein Büro war zu groß, der Ausblick auf die bunte, lärmende Stadt zu großartig. Ihm wurde schwindlig davon. Aber er hatte den Job angenommen. Er war der Richtige dafür, auch wenn seine Anzüge bisher ein wenig zu groß ausgesehen hatten, er unbeholfen wirkte, und seine Frau ihm jeden Sonntagabend drei Schlipse binden mußte. Es würde schon alles klappen. Wenn man ihm nur genug Zeit ließe.

»Lassen Sie sie herein«, murmelte er in die Sprechanlage, als Wenche Andersen leise die Gesundheitsministerin ankündigte.

»Tryggve!«

Mit energischen Schritten kam sie auf ihn zu und breitete die Arme aus, um ihn zu umarmen. Dem konnte er entgehen, indem er sich setzte und in nichtssagenden Unterlagen blätterte. Er schaute erst auf, als sie sich gesetzt hatte.

»Ich glaube, du weißt, warum ich mit dir reden will«, sagte er dann plötzlich.

Ruth-Dorthe Nordgarden hatte noch nie auf Tryggve Storsteins Augen geachtet. Sein Blick traf sie wie ein unerwarteter Hagel von Pfeilen. Sie waren unangenehm offen; aus irgendeinem Grund hingen seine Lider nicht mehr traurig und geniert herab und sorgten dafür, daß niemand seinen wirklichen Blick und die tiefliegenden Augäpfel sah. Er hatte sich verändert. Seine Augen waren jetzt sein Gesicht. Ein grüngrauer Ausdruck von etwas, das sie widerwillig und ungläubig erkennen mußte – ein Ausdruck von offener, unverhohlener Verachtung.

Schamesröte breitete sich auf ihrem Gesicht aus. Sie spürte das Prickeln in ihren Handflächen, und ohne es zu wollen, griff sie zu ihrer schlimmsten Unsitte bei Nervosität: Sie kratzte sich am Hals.

»Wie meinst du das?«

Ruth-Dorthe rang sich ein Lächeln ab, aber ihre Gesichtsnerven weigerten sich, so daß ihr Mund sich zu einer Grimasse des Eingeständnisses verzog.

»Wir wollen das doch nicht unnötig peinlich machen, Ruth-Dorthe«, sagte er und erhob sich.

Vor dem Fenster blieb er stehen. Er sprach mit seinem eigenen Spiegelbild in dem dicken grünlichen Fensterglas, das ihn vor Anschlägen von außen schützen sollte. Er lächelte bitter. Birgitte hatte das nichts genutzt.

»Weißt du, warum man wirklich in die Politik geht?« fragte er. »Hast du dich je gefragt, worum es dabei eigentlich geht?«

Sie rührte sich nicht, er sah sie im Spiegelbild, eine erstarrte Gestalt, nur die Hand wanderte an ihrem dünnen Hals auf und ab, auf und ab.

»Das wäre sinnvoll gewesen. Ich beobachte dich schon lange, Ruth-Dorthe. Länger als du mich. Und was ich dabei gesehen habe, hat mir noch nie gefallen. Auch das ist kein Geheimnis.«

Plötzlich drehte er sich um. Er starrte sie an, versuchte, ihren Blick einzufangen, aber auch der ließ sie im Stich, sie fixierte einen Punkt neben seiner Schulter.

»Du hast keine Ideale, Ruth-Dorthe. Ich wüßte gern, ob du jemals welche gehabt hast. Ohne Ideale verlieren wir das Wichtigste … die Grundlage für unsere politische Tätigkeit. Du bist Mitglied der Sozialdemokratischen Partei, verdammt noch mal!«

Jetzt erhob er seine Stimme, seine Wangen wurden rot, und seine Augen sahen noch größer aus.

»Wofür kämpfen wir denn eigentlich? Kannst du mir das sagen?«

Er beugte sich vor, stützte die Hände auf ihre Armlehne, sein Gesicht war nur noch dreißig Zentimeter von ihrem entfernt. Sie roch sein Rasierwasser, wollte ihn aber nicht ansehen, hatte nicht die Kraft.

»Das Publikum draußen … die Wähler, die Leute im Land … egal, wie du sie nennst. Warum sollen die ausgerechnet uns wählen? Weil wir verteilen wollen, Ruth Dorthe. Wir sind nicht mehr revolutionär. Wir sind nicht einmal radikal. Wir verwalten eine vom Markt gelenkte Gesellschaft und leben in einem internationalen Raum, der größtenteils vom Kapital gesteuert wird. Vieles hat sich verändert. Vielleicht sollten wir uns sogar einen neuen Namen geben.«

Sie spürte die Wärme seines Gesichts, spürte winzige Tropfen Speichel, die auf ihr flammendes Gesicht trafen, sie kniff wieder die Augen zusammen, wagte aber nicht, sich abzuwenden.

»Gerechtigkeit«, flüsterte er. »Eine angemessene, einigermaßen gerechte Verteilung der Milch und des Honigs, die in diesem Land fließen.«

Er erhob sich zu voller Größe, als sei er plötzlich von Rückenschmerzen überwältigt worden.

Am Fenster drehte er sich wieder um. Die Dunkelheit senkte sich über die Stadt, zusammen mit dem Regen, der hinter den Bergen auf der Lauer gelegen und auf den Abend gewartet hatte. In der Akersgate waren zwei Autos zusammengestoßen, er sah wütende Menschen mit den Armen fuchteln, während ein erboster Bus versuchte, auf dem Bürgersteig an ihnen vorbeizufahren.

»Wir werden niemals vollständige Gerechtigkeit erreichen können«, sagte er dann. »Nie. Aber um irgend etwas zu tun, um zumindest zu versuchen, mehr Ausgleich zu schaffen ... bist du eigentlich jemals im Ostteil der Stadt gewesen?«

Er sah sie in der Fensterscheibe, in ihrem Spiegelbild hatte die Haut einen grünlichen Farbton angenommen.

»Bist du wirklich jemals dort gewesen? Hast du schon mal eine Einwandererfamilie in Tøyen besucht, mit fünf Kindern, Klo auf halber Treppe und Ratten im Keller, die so groß wie Katzenjunge sind? Und bist du dann dorthin gefahren ...«

Er zeigte auf die Hügel im Westen.

»... und hast dir angesehen, wie *die* leben?«

Ruth-Dorthe mußte sich in die Wange beißen, um nicht zusammenzubrechen. Sie zwinkerte verzweifelt mit den Augen und merkte plötzlich, daß sich in ihrer linken Hand ein Krampf ankündigte, die Fingerknöchel waren kreideweiß, und sie versuchte, die Stuhllehne loszulassen.

»Man hat ja nicht viel Zeit«, sagte Tryggve Storstein.

Seine Stimme klang jetzt anders, mild, er schien mit einem widerspenstigen Kind zu sprechen, das väterliche Ermahnungen brauchte.

»Man hat viel zu selten Zeit, um sich über das Warum Gedanken zu machen. Warum wir das tun, was wir tun. Aber ab und zu muß das sein.«

Plötzlich schlug seine Stimme wieder um, er ließ sich in seinen Schreibtischsessel fallen, und seine Worte peitschten über den Tisch.

»Du machst Politik für dich selber, Ruth-Dorthe. Zu deinem eigenen persönlichen Vorteil. Du denkst nicht an andere. Nicht an die Partei, nicht an deine Mitmenschen. Nur an dich selber.«

Das wollte sie sich nicht gefallen lassen. Das Leben schien unter ihren Füßen wegzugleiten, sie hatte das Gefühl, bei einem Erdbeben nicht mehr zu wissen, ob sie noch festen Boden unter den Füßen hatte oder ob sich im nächsten Moment der Abgrund auftun würde. Aber das hier würde sie sich nicht gefallen lassen. Sie warf sich wütend über den Tisch, schnappte sich einen gläsernen Briefbeschwerer und hob ihn drohend.

»Jetzt gehst du zu weit«, fauchte sie. »Vergiß nicht, daß ich stellvertretende Vorsitzende …«

Er lachte. Er legte den Kopf in den Nacken und lachte schallend.

»Und wie du das geworden bist, ist ein Rätsel.«

»Aber …«

»Halt den Mund!«

Sie ließ sich in den Sessel zurücksinken. Noch immer hatte sie den Briefbeschwerer in der Hand, sie umklammerte ihn, hielt die klobige Figur aus blauem Glas fest, als enthalte sie ihre letzte große Chance für … ja, wofür, wußte sie selbst nicht so genau.

»Du bist eine Idiotin«, sagte Tryggve Storstein, und seine Stimme troff geradezu vor Verachtung. »Weißt du nichts über moderne Kommunikationsmittel? Weißt du nicht, daß ein Faxgerät alle Sendungen registriert und alle Nummern speichert?«

Vor ihr drehte sich alles. Was sollte sie tun?

»Du bist so egoistisch, daß du keine anderen Menschen siehst, Ruth-Dorthe. Du verstehst sie nicht. Du läßt dir nie die Zeit, dich in andere hineinzuversetzen, weil es dich nicht interessiert, wie die Menschen in deiner Umgebung die Welt erleben und was sie empfinden. Und deshalb wird aus dir nie im Leben eine Politikerin. Du bist auch noch nie eine gewesen. Du willst Macht um der Macht willen. Die Macht ist dein Aphrodisiakum. Das Problem ist, daß du nur dich selbst liebst. Zu etwas anderem bist du auch nicht fähig, weil du andere Menschen nicht leiden kannst. Verstehst du, was du angerichtet hast, als du der AZ den Kommissionsbericht zugespielt hast?«

»Aber ich …«. Ihre Stimme klang tonlos und metallisch. »… darin stand doch nur die *Wahrheit*!«

Plötzlich schien sie zu ihrer Überraschung eine Waffe gefunden zu haben, und sie griff mit beiden Händen zu.

»Aber du hast Angst vor der Wahrheit, Tryggve. Und du haßt Menschen wie mich, die glauben, daß wir eine freie Presse brauchen … die glauben, daß Meinungsfreiheit etwas anderes bedeutet als Stempel mit der Aufschrift ›streng vertraulich‹.«

Er schmunzelte. Er drehte sich mit seinem Sessel immer im Kreis, und konnte gar nicht aufhören zu lachen.

»Die Wahrheit! Und wer bist du, daß du, selbstherrlich und über alle andere erhaben, die Wahrheit verwalten willst? Glaubst du …«

Er warf den Kopf in den Nacken und wollte sich ausschütten vor Lachen.

»Glaubst du, die Wahrheit ist etwas, das du in kleinen Dosen deinen Pressekontakten überreichen kannst, damit sie dich ab und zu in den Himmel loben? Das habe ich mich schon oft gefragt, weißt du …«

Jetzt lachte er nicht mehr, seine Stimme zitterte, und er mußte sich alle Mühe geben, um nicht zu schreien.

»Ich habe mich schon oft gefragt, wie es kommt, daß eine so illoyale, unfähige, unbeliebte und intrigante Person wie du so unglaublich wenig Probleme mit der Presse hat. Warum sie dich nicht schon vor einer Ewigkeit fertiggemacht haben, war mir ein Rätsel. Und nicht nur mir. Aber jetzt weiß ich es. Du hast sie bezahlt. Mit Informationen. Ha!«

Er streckte energisch die Hand aus.

»Gib mir den Briefbeschwerer.«

Sie schlug die Augen nieder, zögerte kurz und stellte den Briefbeschwerer dann an die Tischkante. Er wäre fast auf den Boden gefallen, und Tryggve Storstein mußte aufspringen, um ihn zu retten.

»Ich hätte nie gedacht … ich hätte nie gedacht, daß ich einer Ministerin in meiner eigenen Regierung die Grundregeln der Demokratie erklären müßte. Begreifst du nicht, Ruth-Dorthe, daß du für das Gesundheitswesen Norwegens verantwortlich bist? Aber du hast deine Vollmachten mißbraucht, um dich an mir zu rächen. Du hast Informationen an die Presse durchsickern lassen, um mich kalt zu erwischen. Das ist ein so grober Vertrauensbruch, daß … ach, mir fehlen die Worte. Ein Vertrauensbruch mir und allen gegenüber, für die du deine Arbeit tun solltest. Und durch die Informationsbrocken, die du weitergereicht hast, hast du es geschafft, nicht nur die Würde der Regierung und das Vertrauen, das ihr entgegengebracht wird, zu erschüttern, sondern außerdem Angst zu schüren und Spekulationen Tür und Tor zu öffnen. Da hast du deine Wahrheit!«

Er schloß die Augen, und als er sie öffnete, hatte er wieder seine bekümmerte und leicht verlegene Miene. Das machte ihr Mut, und sie griff noch einmal an.

»Aber die Wahrheit kann niemals schaden! Nur durch sie …«

»Ich werde dir etwas über Wahrheit erzählen«, sagte er müde und mit leiser Stimme. »Natürlich muß sie ans Licht. In voller Breite. Also werde ich mich vor dem Parlament erklären. Nur so läßt sich … die Würde bewahren, die ein Fall von dieser Gewichtigkeit erfordert. Und inzwischen ...«

Er beugte sich vor und wählte eine vierstellige Nummer.

»Bitte bringen Sie zwei Tassen Tee.«

Beide schwiegen, bis Wenche Andersen kam. Sie hatte kleine lila Flecken auf den Wangen, aber ihre Hände waren ganz ruhig, als sie Tassen und Untertassen verteilte und beiden Tee einschenkte.

»Zucker?« fragte sie Ruth-Dorthe Nordgarden. »Milch?«

Die Gesundheitsministerin gab keine Antwort, und Wenche Andersen hielt es für überflüssig, sie zu nötigen. Eilig verließ sie das Zimmer, konnte aber noch einen aufmunternden Blick ihres Chefs erhaschen, ehe sie die Tür schloß.

»Von jetzt an wirst du keinen einzigen wichtigen Entschluß fassen, ohne daß ich vorher befragt werde«, sagte er leise und verrührte einen Löffel Zucker in der goldbraunen Flüssigkeit. »Ist das klar?«

»Aber ...«

Irgend etwas geschah mit Ruth-Dorthe Nordgarden. Ihr Gesicht sah jetzt anders aus, ihre Gesichtszüge schienen zu wachsen: der Mund schwoll an, die Nase wuchs, die Augen quollen aus dem eigentlich schmalen Gesicht hervor. Die Schatten der Schreibtischlampe betonten die verschobenen Proportionen – ein dünnes Gesicht mit viel zu großen Linien.

»Das kannst du nicht machen. Dazu hast du wirklich kein Recht. Bei Regierungsbesprechungen kannst du mich überstimmen, von mir aus ... aber meine Entscheidungen kannst du mir nicht aus der Hand nehmen.«

Tryggve Storstein rührte noch immer in seinem Tee,

eine unnötige Kreisbewegung, auf die er seinen Blick richten konnte. Plötzlich hörte er auf, leckte den Löffel ab und blies in die heiße Flüssigkeit.

»Die Alternative wäre dein Rücktritt«, sagte er leise. »Du hast die Wahl zwischen zwei Übeln. Entweder gehorchst du, und dann tausche ich dich einige Zeit nach der Wahl aus. Ruhig und ordentlich, und niemand erfährt Näheres darüber. Oder du trittst jetzt zurück, und ich teile der Öffentlichkeit die Ursachen für deinen Rücktritt mit. Und zwar in allen Einzelheiten.«

»Aber du kannst nicht ... die Partei ... Tryggve!«

»Die Partei!«

Er lachte wieder, herzlicher diesmal, als finde er die Situation wirklich amüsant.

»Du hast doch noch nie an die Partei gedacht«, sagte er müde. »Jetzt hast du die Wahl. Pest oder Cholera.«

Fünf Minuten saßen sie schweigend da. Tryggve trank Tee, streckte die Beine aus und schien an etwas ganz anderes zu denken. Ruth-Dorthe war wie versteinert. Eine vereinzelte Träne rollte über ihre glühendrote Wange. Er sah diese Träne und verspürte einen kurzen Anflug von Mitleid. Rasch verdrängte er dieses Gefühl.

Plötzlich klingelte das Telefon. Beide fuhren zusammen, und Tryggve Storstein nahm erst nach kurzem Zögern ab.

»Für dich«, sagte er kurz und verdutzt und reichte ihr den Hörer.

Die Gesundheitsministerin griff mechanisch danach, wie eine Schaufensterpuppe mit steifen Gliedern und ruckartigen Bewegungen.

»Na gut«, sagte sie und gab ihm den Hörer zurück. »Ich soll zur Hauptwache kommen. Jetzt gleich.«

Dann verließ die Gesundheitsministerin ihren Regierungschef, ohne ihn über ihre Entscheidung informiert zu haben.

Das spielte aber keine Rolle. Er wußte, daß sie nie im Leben eine öffentliche Niederlage wählen würde.

Er hatte sie zerschmettert. Es überraschte ihn, daß er nicht einmal einen Hauch von Reue oder Kummer verspürte. Wenn er in sich hineinhorchte, merkte er, daß sie ihm leid tat. Aber das war auch alles.

Man hätte ihr schon vor langer Zeit das Handwerk legen sollen.

23.10, Hauptwache Oslo

»Keinen Schimmer.«

Billy T. rieb sich kurz das Gesicht und schnaubte, als tauche er aus eiskaltem Wasser auf.

»Aber ihre Aussage wirkt doch eigentlich plausibel. Diese Frau hat irgend etwas …«

Er schüttelte sich, versuchte mit den Fingern einen Punkt auf seinem Rücken zu erreichen und wand sich verzweifelt.

»Hanne, kratz mich mal. Da! Nein, nein, weiter oben, mehr seitlich. Da, ja.«

Hanne Wilhelmsen verdrehte die Augen und kratzte ihn hart und brutal fünf Sekunden lang.

»So. Setz dich.«

Sie lächelte Håkon Sand an, doch der dachte weiterhin nur an sein Kind, das sich weiterhin weigerte, Mamas Bauch zu verlassen. Er wählte eine Nummer und bedeutete den beiden anderen, still zu sein.

»Ach je, tut mir leid«, sagte er und schnitt eine Grimasse. »Hab ich dich geweckt?«

Er hörte kurz zu, machte dann ein Kußgeräusch und legte auf.

»Meine Besorgnis geht ihr auf die Nerven«, grinste er hilflos. »Aber es macht mich alles so verdammt nervös! Ich habe heute die Besprechung verpaßt, nur weil ich glaubte, beim Aufstehen Zuckungen in Karens Bauch gesehen zu haben. Herrgott, wie anstrengend das alles ist!«

»Reg dich ab«, sagten die beiden anderen wie aus einem Munde. »Er kommt schon noch.«

»Er ist ein Mädchen«, murmelte Håkon Sand und starrte Birgitte Volters Schlüsselkarte an, die in einer Plastikmappe steckte und schon auf Fingerabdrücke hin untersucht worden war.

Die von Ruth-Dorthe Nordgarden waren sehr deutlich gewesen. Zwei Abdrücke. Einer vom Daumen, einer vom Mittelfinger der rechten Hand. Als sie mit dieser Tatsache konfrontiert worden war, hatte ihre Miene absolute Verwirrung gezeigt. Nach vielen Denkpausen war sie stotternd zu der Aussage gelangt, Birgitte habe die Karte vor ungefähr einem Monat im Besprechungssaal des Parlaments verloren. Ruth-Dorthe hatte sie aufgehoben, war hinter Birgitte hergelaufen und hatte sie ihr gegeben. Eine andere Möglichkeit, wie ihre Fingerabdrücke auf Birgitte Volters Schlüsselkarte gelangt sein könnten, fiel ihr nicht ein.

»Wenn sie die Karte wirklich benutzt hätte, dann hätte sie doch ihre Abdrücke abgewischt, ehe sie sie in das Auto gelegt hat«, sagte Hanne müde. »Wenn ich das richtig verstanden habe, dann haben die Regierungsmitglieder keine festen Dienstwagen, und Tone-Marit hat erzählt, daß Volter und Nordgarden in den letzten beiden Wochen vor dem Mord mehrmals dasselbe Auto benutzt haben.«

»Ich glaube ihr«, sagte Billy T. »Wie gesagt, die ganze Frau hat etwas Ekelhaftes an sich, aber die Nachbarn haben ja gesehen, daß sie am Mordabend um halb sieben den Müll aus dem Haus gebracht hat. Ehrlich gesagt war ich ziemlich neugierig, als sie den ganzen Abend lang nicht zu erreichen war, aber sie sagt, sie hätte einfach einen ruhigen Abend haben wollen und deshalb das Telefon ausgestöpselt.«

»Ruth-Dorthe ist einfach eine Schlange im Paradies«, sagte Hanne leise. »Eine, die jegliche Ermittlungen stört, weil sie so viele Geheimnisse hat und uns dazu zwingt, sie zu verabscheuen. Was in aller Welt kann Roy Hansen an dieser alten Kuh gefunden haben?«

»Slip of the dick«, grinste Billy T.

»Ja, damit kennst du dich ja aus«, fauchte Hanne. »Aber sei mal ernst. Was war da los?«

»Vielleicht nennst du mich jetzt einen Macho, Hanne, aber ich glaube, das Ganze war ein kleines Ränkespiel unserer Freundin Ruth-Dorthe Nordgarden. Die Frau sammelt Geheimnisse und Druckmittel wie andere Leute Briefmarken. Grips und Aussehen dazu hat sie ja. Auf jeden Fall geht es uns nichts an, mit wem sie ins Bett geht. Solange das für den Fall keine Bedeutung hat, und das hat es nicht. Davon bin ich überzeugt.«

Håkon gähnte und schaute auf die Uhr.

»Jetzt muß ich nach Hause. Wenn dieses Kind sich in den nächsten vierundzwanzig Stunden nicht blicken läßt, verlange ich einen Kaiserschnitt.«

In der Türöffnung stand ein Mann, der so leise gekommen war, daß niemand ihn bemerkt hatte.

»Severin Souverän«, sagte Billy T. begeistert. »So spät noch unterwegs?«

»Bin rund um die Uhr unterwegs«, sagte Severin und nickte Hanne zu. »Du bist aber braun. Machst du Heimaturlaub, oder was?«

»Irgendwie schon«, sagte sie. »Und wie geht's dir?«

»Ganz gut. Ich würde gern kurz mit dir sprechen, Billy T.«

Er warf den Kopf in den Nacken.

»Alles klar«, sagte Billy T. »Gehen wir zu mir.«

Er trampelte aus dem engen Büro und warf dabei einen Becher mit Kugelschreibern um.

»Wir treffen uns in zehn Minuten im Foyer«, sagte er zu Hanne und boxte Severin Heger in den Rücken.

Dann drehte er sich um und schaute noch einmal ins Zimmer. Dabei flüsterte er so laut, daß alle es hören konnten:

»Sie schläft in meinem Doppelbett, Håkon. Zusammen mit mir.«

»Kiss and tell«, murmelte Hanne Wilhelmsen und beschloß, bei einer Freundin zu übernachten.

Doch bei genauerem Nachdenken war es zu spät, um noch anzurufen.

Dienstag, 22. April 1997

7.35, Jens Bjelkes gate 13

Jens Bjelkes gate 13 war eine Mietskaserne, die Gott und die Stadtsanierung vergessen hatten. Moderne Technologie hatte das graue Haus, von dem längst der Putz abgeblättert war, nie erreicht, es gab keine Gegensprechanlage, und Hanne Wilhelmsen und Billy T. mußten einen dunklen Torweg durchqueren.

»Das ist doch Wahnsinn«, sagte Hanne leise. »Ich kapier nicht, wie du vorgehen willst. Und warum können die Jungs vom Polizeilichen Überwachungsdienst das nicht selber erledigen?«

»Ach, die leiden im Moment alle an Verfolgungswahn«, sagte Billy T. und blieb stehen. »So, wie die in den letzten Jahren durch die Mangel gedreht worden sind, ist es doch ein Wunder, daß sie überhaupt noch leben.«

»Himmel«, sagte Hanne. »Hältst du jetzt etwa zu denen?«

»Quatsch. Aber wir sind doch alle der Meinung, daß wir eine Überwachungspolizei brauchen.«

»Wirklich?« murmelte Hanne und wollte weitergehen.

»Moment«, sagte Billy T. »Severin weiß etwas, das er offiziell nicht wissen darf. Ich habe keine Ahnung, wieso nicht, was weiß ich. Jedenfalls ...«

Er dämpfte seine Stimme, legte den Arm um Hanne und hielt sein Gesicht ganz dicht an ihres.

»Dieser Brage-Heini, von dem ich dir erzählt habe, ist heute offiziell in U-Haft gesteckt worden. Im Moment wird ihm nur Paragraph 104 a vorgeworfen, aber sie hoffen, daß es im Fall Volter bald vorangeht. Das Problem ist, daß der Kerl für den Mordabend ein Alibi hat, er war mit einem schwedischen Neonazi im Scotsman, dafür gibt es an die zwanzig Zeugen.«

»Was natürlich ein Komplott nicht ausschließt«, sagte Hanne nachdenklich.

»Genau. Und was Severin offiziell nicht wissen darf, ist, daß dieser Brage Håkonsen Verbindungen zum Wächter hatte.«

»Was?«

»Frag mich nicht, wieso. Ich nehme an, daß im obersten Stock noch immer allerlei illegale Akten liegen. Jedenfalls habe ich ja die ganze Zeit gesagt, daß mit dem Wächter etwas nicht stimmt. Die ganze Zeit!«

Plötzlich kam ein Mädchen durch den Torweg. Es war dünn und schlaksig und schaute die beiden mit kaum verhohlener Neugier an. Im Vorübergehen machte es eine riesige rosa Kaugummiblase, die jedoch platzte und sich wie ein feuchtes, zerrissenes Handtuch über das Gesicht legte.

»Hallo«, sagte Hanne und lächelte.

»Hallo«, murmelte das Mädchen und pflückte sich die Kaugummireste vom Gesicht.

»Moment mal«, sagte Billy T., so freundlich er konnte, aber das half nichts, das Mädchen sah ihn erschrocken an und lief auf die Straße zu.

»Warte mal«, sagte Hanne, ging hinterher und faßte es am Arm. »Wir würden dich gern etwas fragen. Wohnst du hier?«

»Wer zum Henker seid ihr?« fragte das Mädchen wütend. »Laßt mich los!«

Hanne ließ sofort los, sie sah noch immer den kleinen Funken von Neugier in den Augen des Mädchens und wußte, daß keine Fluchtgefahr bestand.

»Hast du den Mann aus dem ersten Stock gekannt? Den dünnen mit den braunen Haaren?«

Das Mädchen starrte sie an, und weder Hanne noch Billy T. hatten jemals einen so raschen Wechsel der Gesichtsfarbe gesehen.

»Nein«, sagte das Mädchen mürrisch und wollte gehen.

Billy T. war an ihr vorbeigegangen und versperrte ihr jetzt den Weg. »Hatte er oft Besuch?« fragte er.

»Keine Ahnung.«

Sie war eine seltsame Mischung aus Kind und Frau. Ihr Körper war mager, doch die Brüste rundeten sich bereits. Ihre Hüften waren jungenhaft schmal, aber sie hatte schon gelernt, sich auf eine herausfordernde Weise zu bewegen. Ihre Haare waren unregelmäßig in Farbtönen zwischen Schmutzigrot und Mokka gesträhnt, im linken Nasenflügel saß ein Silberkügelchen. Die Augen unter den gefärbten Augenbrauen waren trotzdem die eines Kindes, groß und blau und ziemlich verängstigt.

»Wie alt bist du?« fragte Hanne und versuchte freundlich zu wirken.

»Fünfzehn«, flüsterte das Mädchen.

»Wie heißt du?«

Plötzlich war die Kleine wieder erwachsen.

»Wer zum Teufel seid ihr?« fragte sie und versuchte noch einmal, sich an Billy T. vorbeizuquetschen.

»Wir sind von der Polizei«, sagte er und blieb stehen.

Plötzlich fing die Unterlippe des Mädchens an zu zittern. Sie schlug die Hände vors Gesicht.

»Laßt mich vorbei«, schluchzte sie. »Laßt mich raus hier!«

Hanne legte ihr den Arm um die Schultern und versuchte, ihr die Hände vom Gesicht zu ziehen. Ihre Nägel, die unter dem Haaransatz auf ihrer Stirn zu sehen waren, waren fast ganz abgeknabbert.

»Er hatte nichts verbrochen«, flüsterte das Mädchen. »Das stimmt alles nicht.«

11.00, Hauptwache Oslo

Billy T. hatte bald erkannt, daß er der Wahrheit nicht näher kommen würde. Jedenfalls nicht, solange Kajas Vater im Zimmer saß. Der Mann mußte um die fünfzig sein, aber Alkohol, Tabak und eine ungesunde Ernährung hatten seine Haut grobporig und schlaff werden lassen, er hätte auch weit über sechzig sein können. Wenn er hustete, schien er mit einem Fuß in einem offenen Grab zu stehen, und Billy T. ertappte sich dabei, wie er sich eine Hand vor den Mund hielt, in einem vergeblichen Versuch, sich vor anscheinend lebensgefährlichen Bakterien zu schützen.

»Verdammt«, keuchte der Hausmeister. »Ich hab Anspruch auf einen Anwalt, nur damit Sie das wissen.«

»Hören Sie zu« sagte Billy T. und starrte Kaja an, die wie eine zu früh verwelkte Blume aussah und offenbar nicht wußte, vor welchem der beiden Männer im Zimmer sie sich mehr fürchtete. »Entweder bleiben Sie hier sitzen, während ich mich ein wenig mit Kaja unterhalte, oder ich verständige das Jugendamt, und dann besorgen die vorübergehend einen Vormund. Sie haben die Wahl.«

»Das Jugendamt? Das Jugendamt soll uns in Ruhe lassen. Ich bleibe hier.«

Der Mann faltete die Hände über dem Bauch. Er

räusperte sich energisch, und für einen Moment glaubte Billy T., er werde gleich auf den Boden spucken. Aber er schluckte nur schwer.

»Aber ich hab Anspruch auf einen Anwalt.«

»Nein. Haben Sie nicht. Ich will nur mit Kaja sprechen, ich will sie nicht unter Anklage stellen.«

»Nein, darauf können Sie Gift nehmen. Kaja hat nix angestellt. Jedenfalls nix, was die Polizei was angehen würde.«

Billy T. ließ seinen Blick von Kaja zu ihrem Vater wandern.

»Hat Kaja eigentlich keine Mutter?« fragte er optimistisch. »Vielleicht könnte die Sie hier ablösen, wenn Sie keine Zeit haben.«

»Kajas Mutter ist tot. Ich bleib hier. Kann meine Tochter doch nicht in den Krallen von den Bullen lassen, Mann.«

Jetzt schien sich der Mann auf der Wache plötzlich wohl zu fühlen. Sein bleiches, verschwitztes Gesicht wies eine zufriedene Miene auf, und er fischte eine Packung Tabak aus seinem Hosenbund.

»Rauchen ist hier leider verboten«, murmelte Billy T. »Aber hören Sie mal …«

Er griff zu einem Schreibblock, füllte ein Formular aus und sagte dabei:

»Jetzt schreibe ich Ihnen eine Anweisung für einen kleinen Imbiß aus. Die Kantine liegt im sechsten Stock. Da gibt's sogar eine Raucherabteilung. Ich unterhalte mich solange mit Kaja, aber ich schreibe erst etwas auf, wenn Sie wieder da sind. Okay?«

Er lächelte so freundlich wie möglich. Der Hausmeister zögerte, sein Blick wanderte zwischen Kaja und der Anweisung hin und her.

»Was kann ich da denn essen?« fragte er unsicher.

»Was Sie wollen. Nehmen Sie sich, worauf Sie Lust haben.«

Der Hausmeister faßte einen Entschluß und kam keuchend auf die Füße.

»Aber kein verdammtes Wort aufschreiben, solange ich weg bin. Kapiert? Kein verdammtes Wort!«

»Natürlich nicht. Lassen Sie sich ruhig Zeit. Hier ...«

Billy T. reichte dem Mann zusammen mit der Anweisung eine Zeitschrift.

»Lassen Sie sich ruhig Zeit.«

Kajas Vater hinterließ eine spürbare Lücke. Das kleine Arbeitszimmer schien zu wachsen, nun gab es Platz für das schmächtige Mädchen, das endlich mit dem Nägelkauen aufgehört hatte. Jetzt starrte es aus zusammengekniffenen Augen aus dem Fenster und schien vergessen zu haben, wo es war.

»Das mit deiner Mutter tut mir leid«, sagte Billy T. leise. »Sehr leid.«

»Mmm«, sagte Kaja und schien recht ungerührt.

»Hattest du Angst vor ihm?«

Sie fuhr herum.

»Vor meinem Vater?«

»Nein, Vor ihm.«

Sie schüttelte kurz den Kopf.

»Hast du ihn vielleicht gern gehabt?«

Billy T. mußte an den Wächter denken – er hatte vor fast genau zwei Wochen im selben Sessel gesessen wie jetzt Kaja, schwächlich und durch und durch übellaunig. Er war sicher ein Mensch gewesen, für den viele nur mit großer Anstrengung etwas anderes empfinden könnten als Abscheu. Aber da lag etwas im Blick des Mädchens, in den Handbewegungen, Kaja flocht die Finger ineinander und spielte an einem kleinen Ring aus schlichtem Metall herum. Noch immer schwieg sie.

»Ich sehe ja, daß du traurig bist«, sagte Billy T. »Aber wovor hast du solche Angst?«

Da geschah etwas, das Billy T. später nur mit Mühe beschreiben konnte, es ging so schnell und kam so unerwartet. Kaja machte eine totale Verwandlung durch: Sie breitete die Arme aus, starrte ihm in die Augen, erhob sich halbwegs und rief:

»Ihr glaubt, daß er das war, aber da irrt ihr euch, immer glaubt ihr von allen nur das Schlimmste, kein Wunder, daß er sich nicht getraut hat, mit euch zu reden, ihr glaubt ja doch nur, daß er es war … Dabei war das nicht Richard! Richard hat das nicht getan. Und jetzt ist er tot, und ihr glaubt …«

Sie warf sich über die Tischplatte, legte den Kopf auf die Arme und begann zu weinen.

»Es war nicht Richard, er hat nur … es liegt zu Hause in meinem Schrank, aber er war es wirklich nicht, er hat nur … es liegt in meinem Schrank, und ich weiß nicht … Richard …«

Billy T. schloß die Augen. Er merkte, wie müde er war. Wie verdammt satt er das alles hatte. Aus irgendeinem Grund dachte er an Truls. Das Bild des kleinen Jungen, der tapfer versucht hatte, nicht zu weinen, während sein Arm eingegipst wurde, ging ihm nicht aus dem Kopf, und er fuhr sich über die Augen, um sich davon zu befreien. Dann öffnete er die Augen und blickte Kaja schweigend an.

Wie viele junge Menschen wohl noch in diesem schlichten, häßlichen Büro im zweiten Stock des Polizeigebäudes sitzen und ihre mehr oder weniger blutigen Tränen vergießen würden, bis dieser Fall gelöst wäre?

Billy T. dachte an seinen jüngsten Sohn und daran, daß das Leben nie wieder so sein würde wie vorher. Norwegen würde nie wieder so sein wie früher. Hier saß dieses Mädchen – ein kleines, vernachlässigtes Menschenkind – und besaß vermutlich den Schlüssel zu allem. Kaja könnte erzählen, was wirklich am 4. April 1997 am frühen Abend im fünfzehnten Stock des Hochhauses geschehen war, und wenn er ein bißchen mehr bohrte und stocherte, würde sie ihr Wissen mit ihm teilen. Aber Billy T. war nicht sicher, ob er die Kraft dazu hatte.

Er dachte daran, daß Hanne Wilhelmsen bald in die USA zurückkehren würde. Das hatte sie an diesem Morgen gesagt, in einem Nebensatz, mit dem Mund voller Cornflakes, sie hatte Sehnsucht nach Cecilie.

Ein weiteres Bild, das er energisch zu verdrängen versuchte, zeigte Truls' wütende Mutter beim Anblick des kreideweißen Gipsverbandes mit den schwarzen Namenszügen der älteren Brüder; hilflose Buchstaben, die der Kleine seiner Mutter stolz hingehalten hatte, dieser Frau mit ihrem schwarzen, vorwurfsvollen Blick.

»Was liegt im Schrank, Kaja?« fragte er dann.

»Das Tuch«, murmelte sie und stand auf. »Das Tuch, das die Ministerpräsidentin getragen hat, als sie ermordet wurde.«

Billy T. fuhr auf, sein Schreibtischstuhl rollte zur Wand, und Billy T. hatte vergessen, daß er müde war und alles satt hatte. Wirklich alles.

»Das Tuch! Du hast das Tuch? Hat der Wächter Frau Volter umgebracht? *Hör mir zu, Kaja! Hat Richard die Ministerpräsidentin umgebracht?*«

»Haben Sie denn nicht zugehört?« schluchzte sie. »Richard war das nicht. Der wollte nur … der Alarm wurde ausgelöst, und dann ist er allein nach oben gegangen, der andere schlief, glaub ich …«

Sie wischte sich mit dem Handrücken die Augen ab, aber der Tränenstrom ließ sich nicht zum Versiegen bringen.

»Er hat den Revolver genommen. Er ist verrückt nach Waffen, aber … die Frau war schon tot, als er gekommen ist. Er schießt total viel, er hat haufenweise Zeitschriften und Bücher darüber … Richard ist total verrückt nach Waffen. Er … da lag der Revolver, ja, und die Frau war tot, und er lag auf diesem Tuch, und er hat ihn mitgenommen und … Scheiße, danach hatte er eine Sterbensangst … ich hab ja gemerkt, wie komisch er war, als ich an einem Abend …«

Jetzt wurde sie rot, und ihre blauen Augen sahen jünger aus denn je.

»Sagen Sie es Papa nicht«, bettelte Sie. »Ich darf nicht zu Richard gehen. Versprechen Sie mir, daß Sie Papa nichts sagen.«

»Scheiß auf deinen Vater«, kläffte Billy T. »Willst du mir erzählen, daß Richard einfach die Waffe eingesackt hat, die neben der erschossenen Ministerpräsidentin lag? War er total verrückt, oder was?«

»Ich hab dann die Idee gehabt, sie mit der Post zu schicken. Ich dachte, wenn ihr den Revolver hättet, dann könntet ihr vielleicht auch den Mörder finden. Wir haben ihn abgewischt, und dann bin ich damit zur Post gegangen und habe … die Briefmarken vergessen. Aber ich hatte Handschuhe an.«

»Aber das Tuch«, rief Billy T. »Warum habt ihr das nicht auch geschickt?«

Kaja rutschte in ihrem Sessel hin und her und starrte sehnsuchtsvoll den Tabak an, den sie aus ihrem Rucksack gefischt hatte, der aussah wie ein naiver Pandabär, der sich an ihren Rücken klammerte.

»Rauch du nur«, sagte Billy T. und knallte ihr einen riesigen Aschenbecher aus orange glasierter Lava auf den Tisch. »Warum habt ihr nicht auch das Tuch geschickt?«

»Richard hat gesagt … ein Tuch läßt sich doch nicht

so leicht abwischen. Er hatte Angst, er könnte Spuren hinterlassen haben, solche, die man nicht entfernen kann. Er hat gesagt, daß man vielleicht Fingerabdrücke finden würde. Und wir konnten das Tuch auch nicht wegwerfen, weil … in Filmen und so untersuchen die Bullen immer den Müll, und da war es doch sicherer, das Tuch erst mal aufzubewahren. Richard wollte nach Deutschland gehen und mich dann nach einer Weile holen … Papa hat Richard gehaßt, wirklich …«

Der Gedanke an ihren Vater brachte die Tränen wieder zum Fließen, Kajas Gesicht verzog sich zu einer schmerzhaften Grimasse.

»Immer mit der Ruhe«, sagte Billy T. jetzt ruhiger. »Ich kümmere mich um deinen Vater. Ich verspreche dir, daß er dir keinen Ärger machen wird.«

Er wußte nicht, ob das Lächeln, mit dem er sie zu beruhigen versuchte, irgendeine Wirkung hatte, er hatte keine Zeit, sich davon zu überzeugen. Jetzt würde er den Durchsuchungsbefehl erhalten, den er so oft verlangt hatte. Und zwar sofort. Er schnappte sich das Telefon und wollte Polizeiinspektor Håkon Sand sprechen.

»Tut mir leid«, sagte die Vorzimmerdame freundlich. »Der ist im Krankenhaus. Die Geburt hat eingesetzt.«

Billy T. fluchte verbissen und bat Kaja mit einem kurzen Blick um Entschuldigung. Sie hatte nichts bemerkt, vermutlich war sie schlimmere Ausdrücke gewohnt.

»Tone-Marit«, kläffte er in den Hörer. »Schnapp dir den diensthabenden Juristen und komm her. Jetzt. Sofort!«

Kaja war schon bei ihrer zweiten Zigarette.

»Soll ich mitkommen?« fragte sie leise und blies Rauch aus ihrem Mundwinkel. »Soll ich mitkommen und Ihnen das Tuch zeigen?«

18.05, Hauptwache

Brage hatte sich bereit erklärt, bis Mittwoch in Untersuchungshaft zu bleiben, um den Bullen Zeit zum Nachdenken zu geben. Bisher hatten sie sich die Presse vom Leib halten können. Der Anwalt hatte mit Schadenersatzforderungen gedroht, wenn sie diese kurze Haft nicht geheimhielten. Zwei Tage lang konnten sie sich die Sache überlegen. Ob es einen Deal geben würde. Er hatte etwas, das sie haben wollten. Zwei Namen, Richard und seine Freundin. Es war idiotisch von Richard gewesen, die Kleine in diese Sache hineinzuziehen! Brage hatte sie gesehen, war ihr auf dem Weg zum Postamt gefolgt. Warum Richard die Waffe nicht behalten hatte, konnte er nicht verstehen. Vielleicht war die Kleine in Panik geraten. Rotzgöre, sie konnte doch nicht älter sein als vierzehn oder fünfzehn.

Die Bullen waren total scharf auf die Namen. Dieser Heger war ziemlich überrascht gewesen, als er die ganzen Einzelheiten erzählt hatte. Deshalb wußten sie auch, daß er zwei wichtige Namen hatte.

Brage Håkonsen trat in die Mitte der warmen, feuchten Zelle und legte sich auf den Betonboden. Dort machte er Liegestütze, ohne Pause, in raschem Tempo. Achtundneunzig, neunundneunzig.

Hundert.

Er setzte sich hin und schlang die Arme um die Knie. Er schwitzte nicht einmal besonders. Solange er die Namen hatte, würden die Bullen auf alles eingehen. Und ihn laufenlassen.

22.30, Motzfeldts gate 14

Liten Lettvik saß mit einem Jack Daniels in einem alten Sessel und vermißte das Gefühl von Erfolg. Es war immer so. Im ersten Moment ein kurzes, intensives Triumphgefühl, danach Leere. Man mußte weiter. Nichts war so tot und sinnlos wie die Zeitung von gestern. In einigen Monaten würde niemand mehr wissen, daß sie alles aufgedeckt hatte. Für einige Stunden war es wunderbar gewesen. Ruth-Dorthe in aller Öffentlichkeit fertigzumachen gehörte zu ihren besten Leistungen. Die halb anerkennenden, halb neidischen Blicke der Kollegen hatten gutgetan. Einige der jüngsten hatten ihr begeistert auf die Schulter geklopft und wissen wollen, wie sie dermaßen blitzschnell der Pharmamed auf die Spur gekommen war.

Wenn die wüßten!

Als sie daran dachte, spürte sie einen Stich unter ihrem Brustkorb. Ein Unbehagen. Sie starrte vorwurfsvoll in ihr Glas und preßte sich die linke Faust auf den Magen.

Vielleicht hätte sie es nicht tun sollen. Sie hatte etwas ausgenutzt, das fast verjährt war und in gewisser Hinsicht … wertvoll. Sie hustete und stellte das Glas energisch auf den Tisch.

Natürlich hatte sie es tun müssen. Niemand würde es erfahren, denn niemand hatte es je gewußt während dieser vielen Jahre … dreiunddreißig Jahre.

Die Türklingel ging.

Das Stechen unter ihrem Solarplexus verstärkte sich, Liten Lettvik krümmte sich vor Schmerz.

Die Klingel rief noch einmal wütend ihr Ding-Dong. Liten Lettvik versuchte sich aufzurichten, zusammengekrümmt schleppte sie sich zur Tür, der Schweiß trat ihr auf die Stirn.

»Liten Lettvik?«

Sie brauchte nicht zu fragen, woher die beiden Männer kamen. Einen kannte sie, er arbeitete bei der Überwachungspolizei.

»Ja«, stöhnte sie.

»Wir würden uns auf der Wache gern eine Runde mit Ihnen unterhalten.«

»Jetzt? Um halb elf Uhr abends?«

Der hochgewachsene Mann lächelte, sie ahnte die Verachtung in seinen Augen und schaute schnell den anderen an. Der war jünger, kleiner, senkte seinen Blick jedoch nicht.

»Ja. Sie wissen sicher, warum es so eilt.«

Sie wäre fast in Ohnmacht gefallen. Unsicher griff sie nach dem Türrahmen und schloß die Augen, in der Hoffnung, daß das Zimmer dann aufhören würde, sich zu drehen.

Sie wußten es, verdammt, sie wußten es.

Als sie ihre große Tasche gepackt und ihren Mantel angezogen hatte, kam ihr ein Gedanke, den sie dann so schnell wie möglich wieder verdrängte.

Sie dachte daran, wie wohl Benjamin Grinde zumute gewesen war.

Mittwoch, 23. April 1997

17.30, Aker-Krankenhaus, Frauenklinik

Hanne Wilhelmsen blickte in ein schrumpliges Gesichtchen.

Die neugeborene Kleine kniff die Augen zu zwei Strichen zusammen. Ein leises Kätzchengejammer ertönte, ihre Lippen verzogen sich und zitterten unzufrieden. Ihre Haut war von roten Flecken übersät, ihr Gesicht asymmetrisch, vor ihren Ohren wuchs rötlicher Haarflaum. Die Fontanelle – die viel zu offen aussah – pochte rasch und rhythmisch, es war geradezu beängstigend.

»Ist sie nicht wunderbar?« flüsterte Karen Borg. »Ist sie nicht das hübscheste Kind, das du je gesehen hast?«

»Doch«, log Hanne Wilhelmsen. »Sie ist reizend. Alle Babys sind reizend.«

»Sind sie überhaupt nicht«, widersprach Karen Borg, noch immer flüsternd. »Hast du den kleinen Jungen dahinten gesehen? Der sieht aus wie … ein Affe.«

Karen kicherte, mußte sich aber die Tränen abwischen, die aus ihrem linken Auge quollen.

»Tut mir leid, daß ich allein komme«, sagte Hanne. »Håkon ist im Gericht, und es ist so verdammt wichtig, daß dieser Haftbefehl erlassen wird. Er kommt sofort, wenn sie fertig sind. Er hat versprochen …«

»Hier«, fiel Karen ihr ins Wort und hielt der Kommissarin das kleine Baumwollpaket mit dem vierundzwanzig Stunden alten Baby hin. »Fühl mal, wie wunderbar sie ist.«

»Nein, nein«, sagte Hanne Wilhelmsen, aber das half nichts. Karen wirkte nicht stark genug, um das Kind noch lange mit ausgestreckten Armen zu halten.

Es war wirklich nicht hübsch. Hanne schmiegte vorsichtig, ohne es zu wollen, ihr Gesicht an das der Kleinen. Es roch wunderbar. Ein guter, süßer Duft, der bei Hanne eine Gänsehaut auslöste. Das Baby öffnete plötzlich die Augen, tiefe, farblose Brunnen ohne klar gezeichnete Iris.

»Sie sieht klug aus«, flüsterte Hanne. »Sie hat Augen wie meine Großmutter. Wie soll sie heißen?«

»Das wissen wir noch nicht. Wir können uns nicht einigen. Håkon möchte zwei Namen, wo Hans Wilhelm doch auch zwei hat, aber ich finde Doppelnamen für Mädchen nicht schön. Wir werden sehen.«

»Dyveke«, sagte Hanne leise und küßte federleicht die Stirn des Kindes; die Babyhaut kitzelte ihre Lippen. »Sie sieht aus wie eine Dyveke.«

»Wir werden sehen«, lachte Karen. »Setz dich doch.«

Hanne ließ sich vorsichtig auf der Bettkante nieder und gab das Kind seiner Mutter zurück.

»Wie war die Geburt – schlimm?«

»Kannst du sie bitte ins Bett legen?« fragte Karen und schnitt eine Grimasse. »Am Ende mußte dann doch ein Kaiserschnitt gemacht werden, und es tut so verdammt weh, wenn ich mich bücke.«

Hanne verstaute das Bündel vorsichtig in einer Plastikwanne auf hohen Beinen, an denen Räder befestigt waren.

»Sieht nicht sehr stabil aus«, sagte sie skeptisch. »Kaiserschnitt?«

»Ja, sie konnten die Herztöne nicht mehr hören.«

Sie weinte. Karen Borg weinte heftig. Und zwischendurch lachte sie wie zur Entschuldigung und versuchte, sich die Tränen abzuwischen. Aber die flossen nur so, und sie konnte sie einfach nicht zurückhalten.

»Ich begreife nicht, warum ich mich so anstelle, aber ich heule schon den ganzen Tag. Zum Glück habe ich mich zusammenreißen können, als meine Mutter vorhin mit Hans Wilhelm hier war. Er war so niedlich, er …«

Hanne stand auf und zog einen Wandschirm auf Rädern vor das Bett. Dann setzte sie sich wieder und nahm Hannes Hand.

»Dann heul doch einfach.«

»Ich bin so froh über deinen Besuch«, schniefte Karen. »Aber eigentlich müßte Håkon hier sein. Wir hätten sie doch fast verloren. Sie ist gesund und munter, und ich dürfte eigentlich nicht weinen, aber …«

Scheißwache, dachte Hanne. Hätten die nicht irgendeinen anderen Juristen schicken können? Sie stand wieder auf und ging zu einem Waschbecken neben der Tür. Darunter befand sich ein Regalfach mit Lappen, sie hielt einen unter das kalte Wasser und legte ihn dann auf Karens Stirn.

»Sie hätte sterben können«, flüsterte Karen. »Jetzt geht es ihr gut, aber sie hätte … wenn sie gestorben wäre, dann wäre das meine Schuld gewesen. Håkon wollte schon die ganze Zeit die Geburt einleiten lassen, aber ich … es wäre meine Schuld gewesen. Ich hätte es nicht ertragen …«

Der Rest des Satzes erstarb in heftigem Schluchzen, Karen legte die Hände auf den kalten Lappen und verbarg ihr Gesicht.

Hanne kam der Gedanke so schnell, daß sie sich abwenden mußte. Sie ließ ihren Blick auf dem kleinen Mädchen in seiner rosa Decke ruhen. Die Kleine schlief, und neben ihrem Kopf hielt ein kleines gelbes Kaninchen mit aufgerissenen Augen Wache.

So mußte auch Birgitte Volter empfunden haben. Am Johannistag 1965. Genau so. Mit dem wesentlichen Unterschied, daß ihr Kind nicht überlebt hatte. Es war gestorben. Mit nur drei Monaten.

»Liv Volter Hansen«, murmelte Hanne dem gelben Kaninchen zu; es hatte unwahrscheinlich große Vorderzähne aus Frottee, deren untere Kanten sich munter und unnatürlich umbogen.

»Was hast du gesagt?« schluchzte Karen ein wenig ruhiger. »Liv was?«

Hanne lächelte und schüttelte den Kopf.

»Ich mußte an Birgitte Volters Kind denken. An das tote Kind. Birgitte Volter muß ganz entsetzlich …«

»… gelitten haben«, vollendete Karen den Satz und setzte sich mit großer Mühe im Bett auf. »Ich kann mir nichts Schlimmeres vorstellen.«

Sie lächelte schwach und konnte sich offenbar zusammenreißen.

»Ich weiß ja, daß die Hölle los ist«, sagte sie. »Das habe ich eben in den Nachrichten gehört.«

»Ich war vorhin im Untersuchungsgericht, ein solches Presseaufgebot habe ich noch nie gesehen. Die erste Festnahme in diesem Fall … die rasten aus. Nimm es als Kompliment, daß Håkon dabeisein mußte. Das nächste Kind kommt dann hoffentlich, wenn gerade keine Ministerpräsidentin ermordet worden ist.«

»Es gibt kein nächstes Kind«, stöhnte Karen und lächelte dann. »Kommt nicht in Frage. Aber bedeutet das, daß dieser Fall … ist er aufgeklärt?«

»Das wäre vielleicht übertrieben. Aber wir sind doch ein gutes Stück weitergekommen.«

Hanne schaute sich kurz um. Die Frau im Nachbarbett hatte Besuch vom Vater ihres Kindes, sie schmiegten ihre Gesichter aneinander und waren über dem hellblauen Bündel in ein leises Gespräch vertieft. Die Frau im übernächsten Bett war dunkelhäutig und hatte fünf Erwachsene und zwei kleine Kinder zu Besuch. Die Kinder krochen auf ihrem Bett herum und machten einen Höllenlärm. Hanne stand auf, ging auf die andere Seite des Bettes, kehrte dem restlichen Raum den Rücken zu und erzählte dann leise von den Ereignissen des Vortags.

»Billy T. war von der Hausdurchsuchung total enttäuscht. Sie haben einen Haufen Waffenliteratur, allerlei dubiose Zeitschriften und vier registrierte Waffen gefunden. Und das war alles. Abgesehen von einem kleinen Detail, das für Billy T. nicht genug war, über das Håkon sich aber ungeheuer gefreut hat. Ein Adreßbuch. Ein kleines rotes Adreßbuch, und unter H wie Håkonsen war Brage aufgeführt, mit Adresse, ohne Telefonnummer. Und damit haben wir …«

Sie beugte sich über ihre Freundin und konnte trotz der Erschöpfung an Karens Augen sehen, wie interessant sie das alles fand. Hanne zählte an ihren Fingern auf:

»Erstens haben wir Brages Mordpläne und seine riesige Waffensammlung. Zweitens: Auch wenn er leugnet, den Wächter gekannt zu haben, so hat er doch im Verhör behauptet, Dinge zu wissen, die er nicht wissen könnte, wenn er nicht irgend etwas mit diesem Burschen zu tun gehabt hätte. Er hielt sich für clever, hat sich aber auf diese Weise ziemlich verquatscht.«

Sie kicherte, strich sich die Haare hinter die Ohren und tippte mit einem Mittelfinger auf die Bettdecke.

»Drittens ist das Adreßbuch ein Beweis dafür, daß sie sich gekannt haben. Und der Wächter ist …«

Sie unterbrach sich und setzte sich gerade.

»Der Wächter war die ganze Zeit die beste Spur. Wenn er Birgitte Volter umgebracht hat, können wir die Frage vergessen, die der Polizei solches Kopfzerbrechen macht: Wie konnte jemand in einen Raum gelangen, der so gut wie versiegelt war? Er war da. Und er hatte Waffen.«

»Aber wie hat er diesen Revolver an sich gebracht, der doch Volters Sohn gehört hat?«

»Du beeindruckst mich. Gute Frage. Ich habe keine Ahnung. Jedenfalls ist der Wächter die beste Spur, und jetzt ...«

Hanne schaute auf die Uhr und lächelte.

»Und jetzt zittert Brage Håkonsen vor dem Untersuchungsrichter, während dein brillanter Ehemann ... nein, Ehemann ist er ja nicht, dein brillanter Lebensgefährte ... während Håkon einen Richter davon überzeugt, daß ausreichende Verdachtsmomente bestehen.«

»Aber ihr habt doch mehr als nur das«, sagte Karen und nahm sich den Lappen von der Stirn.

»Soll ich den noch mal naß machen?«

»Nein, danke. So langsam nähert ihr euch also einer Anklage?«

»Nein«, sagte Hanne. »Von einer Anklage sind wir noch ziemlich weit entfernt. Das müßtest du wissen. Denn ...«

»Kaja könnte recht haben«, sagte Karin leise. »Vielleicht sagt sie ja die Wahrheit.«

Hanne streckte die Hand nach dem Babykorb aus und zog das Kaninchen heraus. Sie strich ihm über die Ohren, nickte und sagte in die Luft, die nach Baby und Desinfektionsmittel roch:

»Genau. Kaja kann die Wahrheit gesagt haben.«

Donnerstag, 24. April 1997

6.50, Stolmakergata 15

»Hanne! Aufwachen!«

Billy T. zog vorsichtig an Hannes Arm; sie lag quer über dem Bett und genoß das Alleinsein. Zwei Decken hatten sich um ihre Hüften und ihre Beine gewickelt, sie lag auf dem Rücken und hatte die Hände über den Kopf gestreckt.

»Wo warst du denn?« murmelte sie und drehte sich auf den Bauch. »Mach das Licht aus.«

»Wir mußten noch verdammt viel erledigen. Papierkram und so.«

Er riß ihr die Decken weg und ballte sie zu zwei riesigen Kissen zusammen, die er ans Kopfende legte. Dann zog er Hanne trotz ihrer leise gemurmelten Proteste in eine sitzende Stellung.

»Kaffee und Frühstück«, sagte er mit aufgesetzter Munterkeit und nickte zum Nachttisch hinüber.

»Und Zeitungen. O verdammt. Alles nur über Brages Verhaftung.«

Hanne gähnte ausgiebig und schüttelte sich. Dann hob sie die Kaffeetasse an ihren Mund und zog eine Grimasse, als sie sich die Oberlippe verbrannte.

Zuoberst lag Dagbladet. Die ganze Vorderseite zeigte Brage Håkonsen auf dem Weg vom Gericht zu einem Streifenwagen. Wie so oft auf solchen Bildern hatte er sich die Jacke über den Kopf gezogen.

»Vor wenigen Tagen noch waren die Zeitungen überzeugt davon, daß es zwischen dem Gesundheitsskandal und dem Mord an Volter einen Zusammenhang gebe. Das haben sie immer wieder behauptet, haben alle Welt dazu Kommentare abgeben lassen und Leitartikel über Seilschaften geschrieben. Aber dann, schwupp!«

Sie versuchte, mit den Fingern zu schnippen, aber da sie Butter am Daumen hatte, rutschten ihre Finger aneinander vorbei.

»Eine kleine Verhaftung, und schon machen sie eine Kehrtwendung. Jetzt gibt es ... eins, zwei, drei, vier, fünf...«

Rasch blätterte sie durch die Zeitungen.

»... neun Seiten zum Thema, und alle sind davon überzeugt, daß der Wachmann und Brage Håkonsen den Mord begangen haben. Neun Seiten! Der Typ ist noch eine Ewigkeit von einer Verurteilung entfernt. Leiden die an Gedächtnisschwund?«

»Wer denn?«

»Die Presseleute natürlich. Wissen die nicht mehr, was sie vor einer Woche geschrieben haben?«

»Doch, aber ...«

Billy T. kratzte sich ausgiebig im Schritt und machte ein saures Gesicht.

»Hältst du jetzt plötzlich zur Presse?« fragte Hanne und lachte. »Du machst ja schon genauso viele Bocksprünge wie die. Kratz dich nicht da unten. Wasch dich, wenn du Läuse hast.«

Diesmal schlug sie ihm dabei auf die Finger.

»Jetzt hör aber auf. Verdammt, das hat weh getan.«

Er rieb sich den Handrücken und rutschte weiter nach links.

»Ich freu mich schon fast, wenn du bald fährst.«

»Das meinst du nicht im Ernst.«

Sie kroch zu ihm und legte sich seinen Arm um die Schultern.

»Eigentlich habe ich gar keine große Lust zu fahren. Ich bin doch hier zu Hause. Aber Cecilie fehlt mir so sehr, und sie … ich fahre am Samstag.«

Er drückte sie an sich.

»Das weiß ich. Wenn dieser Fall endlich geklärt ist, besuche ich euch.«

»Schön. Kannst du nicht die Kinder mitbringen?«

Billy T. warf den Kopf in den Nacken, schlug damit gegen die Wand und lachte laut.

»Das wäre mal was. Cecilie schafft bestimmt viel, wenn euer Haus voll von meinem Nachwuchs ist.«

Hanne setzte sich eifrig im Bett auf und schaute ihn an.

»Sie ist den ganzen Tag bei der Arbeit. Überleg doch mal, wie lustig das wäre. Sonne und Sommer und Baden … wir könnten nach Disneyland fahren.«

Er schüttelte den Kopf.

»Kann ich mir nicht leisten.«

»Dann nimm eben nur Truls mit.«

Er wehrte ab.

»Mal sehen. Übrigens …«

Er sprang auf und verschwand in die Küche. Ein Poltern war zu hören, gefolgt von einem lauten Geheul.

»Håkon macht morgen ein Abschiedsfest für dich«, rief er über den Lärm des Tischstaubsaugers hinweg.

»Wer kommt denn alles?« fragte Hanne und rollte sich im letzten Moment aus dem Bett.

»Du und ich und Håkon. Und Tone-Marit, nehme ich an. Und wenn du nichts dagegen hast, lade ich auch Severin ein.«

»Was?«

Sie griff nach dem Staubsauger. Billy T. hob ihn über den Kopf und warf sich auf die andere Seite.

»Ausschalten!«

»Schon gut, schon gut«, maulte Billy T. und drückte auf den Knopf. »Ist es dir recht, daß Severin und Tone-Marit kommen?«

Hanne stand vor ihm und schüttelte kurz den Kopf. Dann kratzte sie sich mit dem einen Fuß den anderen.

»Du weißt doch, daß ich in der Freizeit nichts mit der Polizei zu tun haben will«, sagte sie leise. »Warum fragst du also?«

Billy T. ließ den Staubsauger aufs Bett fallen.

»Aber Cecilie ist doch nicht hier, und außerdem ...«

Er kroch zu Hanne hinüber und versuchte, ihre Hand zu nehmen. Blitzschnell zog sie sich zurück, außer Reichweite, und sah ihn dabei nicht einmal an.

»Wie lange willst du eigentlich noch so weitermachen?« flüsterte er. »Wie lange soll dieses Versteckspiel weitergehen?«

»Ich verstecke mich nicht«, fauchte sie. »Aber ich darf mir meine Freunde ja wohl noch selber aussuchen.«

Sie knallte die Schlafzimmertür hinter sich zu, und bald hörte Billy T. die Dusche rauschen. Er schlich aus dem Zimmer und öffnete die Badezimmertür einen Spaltbreit.

»Dürfen sie jetzt kommen?« rief er, den Mund an den Spalt gepreßt. »Dürfen Severin und Tone-Marit auf dein Fest kommen?«

Seine Stimme war verzerrt, wie die eines kleinen Kindes, und er war in die Hocke gegangen.

»Bitte!«

Er hörte ein leises, widerwilliges Lachen. Dann schloß er die Tür und rief Håkon Sand an.

23.45, Motzfeldts gate 15

Liten Lettvik war unglücklich. Das war ein neues und ungewohntes Gefühl, wie eine Unruhe im Leib, wie eine unerklärliche Angst. Etwas hatte sich oben in ihrem Rücken verbissen, irgendwo hinter den Schulterblättern, es jagte Pfeile durch ihren Körper und erfüllte sie mit einem Schmerz, gegen den gar nichts half. Sie hatte fast alles versucht, aber es gab schließlich Grenzen dafür, was sie einwerfen konnte, ohne einen Arzt aufzusuchen. Alkohol war keine Hilfe, sie wurde nicht einmal betrunken.

Die Demütigung. Das war es. Der durch die Demütigung erzeugte Schmerz. Sie hatten sie angesehen, hatten durch sie hindurchgesehen und Stück für Stück erzählt, was sie wußten. Wie genau war sie wohl überwacht worden? Manches von dem, was sie sagten, deutete darauf hin, daß sie genau wußten, was sie getan und wie sie es getan hatte. Allein dieser Gedanke ließ sie erröten und ihren Schmerz noch wachsen. Das Allerschlimmste war jedoch, daß sie es schon seit vielen Jahren wußten.

Sie war naiv gewesen. Grenzenlos naiv. Liten Lettvik, die überaus fähige Journalistin, preisgekrönt und respektiert, bekannt für ihr Gespür für die Schwächen der Mächtigen. Aber sie hatte nicht begriffen, daß die anderen alles wußten.

Vielleicht hatte sie die Augen davor verschlossen, weil es im Grunde so lange her war. Ein paar Male im Laufe der letzten Jahre, und dann im März …

Der Schmerz war jetzt unerträglich, und die Tränen traten ihr in die Augen. Liten Lettvik beugte sich vor und griff nach einem kleinen Brief, der an diesem Tag gekommen war, einem Brief in zierlicher, geschwungener Handschrift; die Briefmarke saß ordentlich in der rechten oberen Ecke und hatte noch alle Zacken. Sie hatte sich zuerst nicht an den Namen erinnern können, Elsa Haugen. Erst als sie den Brief zweimal überflogen hatte, war es ihr wieder eingefallen. Die Mutter der kleinen Marie. Die Frau aus Elverum. Oder Eidsvoll? Der Brief berichtete von Trauer und Schmerz und von wieder aufgerissenen Wunden. Von schlaflosen Nächten und taktlosem Verhalten.

Liten Lettvik seufzte tief und riß den Brief in Fetzen. Ihr eigener Schmerz reichte ihr wirklich aus.

Freitag, 25. April 1997

21.35, Holmenveien 13

Øyvind Olve saß an dem großen Eßtisch aus Kiefernholz und wiegte ein kleines Kind. Das Kind machte unbegreifliche Handbewegungen. Øyvind starrte die winzigen Finger fasziniert an. Karen Borg beugte sich über ihn und nahm ihm das Bündel weg, er merkte, daß er es eigentlich gar nicht hergeben wollte.

»Eine süße Kleine«, sagte er und lächelte verlegen. »Wie soll sie heißen?«

»Das wissen wir noch nicht«, antwortete Karen.

Sie drückte das Kind an ihre Schulter und sah müde und mitgenommen aus. Hanne Wilhelmsen versetzte dieser Anblick einen Stich; sie hatte einfach nicht daran gedacht, daß es für Karen vielleicht nicht gerade angenehm war, das Haus voller Leute zu haben – an dem Tag, an dem sie mit einem Baby und einer frischen Operationsnarbe aus dem Krankenhaus kam.

»Ich gehe ins Bett. Da oben höre ich gar nichts, also macht es euch nur gemütlich. Versucht nur, ein bißchen leise zu sein, wenn ihr geht, ja?«

Håkon Sand sprang auf.

»Ich helfe dir.«

»Nein, nein, setz dich nur. Amüsier dich hier unten. Aber vergiß nicht, daß du dich morgen früh um Hans Wilhelm kümmern mußt.«

»Ich kann das machen«, brüllte Billy T. »Überlaß den Knaben nur mir, Karen!«

Karen sagte nichts dazu, sie hob das Baby zu einem Gutenachtgruß hoch und verschwand im ersten Stock des großen, gemütlichen Holzhauses. Billy T. schnappte sich die sechste Rotweinflasche und öffnete sie mit weltmännischer Miene.

»Ich hoffe, du hast noch mehr davon, Håkon«, grinste er und schenkte reihum ein.

»Nein, danke, ich hab genug«, sagte Øyvind Olve und legte die Hand auf sein Glas.

»Was hast du denn hier für ein Weichei angeschleppt, Hanne? Der trinkt ja gar nichts!«

Øyvind Olve fühlte sich noch immer ausgeschlossen. Er konnte nicht so recht verstehen, warum Hanne ihn unbedingt dabeihaben wollte. Billy T. war ihm zwar schon zweimal begegnet, bei Hanne und Cecilie nämlich, aber der riesige, laute Mann schien ihn vergessen zu haben. Und die anderen Gäste kannte er gar nicht.

»Ich muß morgen früh Auto fahren«, murmelte er und ließ sein Glas nicht los.

»Fahren! Er muß Auto fahren! Was ist das denn bloß?«

»Jetzt reiß dich zusammen, Billy T.«, sagte Hanne und klopfte ihm beruhigend auf den Rücken, in der Hoffnung, daß er sich setzen würde. »Nicht alle können eben dein Tempo beibehalten, weißt du.«

»Weiter, Tone-Marit«, sagte Billy T. und setzte sich. »Was wolltest du gerade sagen?«

Tone-Marit lachte noch immer Tränen. Dann sagte sie ziemlich leise:

»›Vielleicht war er niemandem etwas schuldig.‹ Und dann verbreitet Billy T. sich über Madame Butterfly und Ehre! Ihr hättet den Polizeirat sehen sollen.«

Die anderen brüllten vor Lachen, sogar Øyvind Olve

lächelte, obwohl er wirklich nicht wußte, was an Billy T.s und Tone-Marits Wiedergabe der letzten Vollversammlung so komisch sein sollte.

»Und dann«, brüllte Billy T., schwenkte sein Rotweinglas und hätte fast die ganze Flasche umgeworfen, als er aufsprang und mit den Fäusten auf die Tischplatte hämmerte. »Dann gingen diese geistreichen Überlegungen dem Überwachungschef zu weit. Er ...«

Billy T. räusperte sich, und als er wieder sprach, hatte er sich plötzlich in Ole Henrik Hermansen verwandelt:

»Mit Verlaub, Herr Polizeipräsident! Ich möchte meine Arbeitszeit nicht für dieses Gewäsch vergeuden.«

Jetzt mußte Hanne die anderen ermahnen, denn sie lachten so laut, daß Karen unmöglich dabei schlafen konnte. Tone-Marit verschluckte sich und lief dunkelrot an. Billy T. hämmerte auf ihren Rücken ein.

»Aber es ist doch gar nicht schlecht, daß der Präsident sich für solche Dinge interessiert«, sagte Hanne.

»Sein Sohn hat sich vor zwei Jahren umgebracht«, sagte Tone-Marit. »Wir dürften also eigentlich nicht über ihn lachen.«

»Das wußte ich nicht«, sagte Hanne und hielt sich ihr Glas an die Wange. »Woher weißt du das?«

»Ich weiß alles, Hanne. Einfach alles.«

Tone-Marit flüsterte laut und dramatisch und hielt Hannes Blick so lange fest, daß die sich plötzlich mehr Grillfleisch nehmen mußte.

»Aber warum habt ihr überhaupt über Ehre gesprochen?«

Das war Øyvind Olve, der an diesem Abend ungefähr zum dritten Mal den Mund aufmachte.

Billy T. starrte ihn an, dann verschränkte er die Hände im Nacken.

»Ehrlich gesagt, weiß ich selber nicht so recht, was ich mir dabei gedacht habe. Wenn von ›Integrität‹ die Rede ist, dann wissen alle, was das bedeutet. Daran denken wir die ganze Zeit. Aber ›Ehre‹ … das ist ein Wort geworden, bei dem wir aus lauter Verlegenheit die Tischplatte anstarren. Dabei sind es doch eigentlich zwei Seiten einer Medaille. Aber überlegt doch mal …«

Er schob den Teller mit Resten von Fleisch und Grillsoße weg und legte die Arme auf den Tisch.

»Denkt doch mal an Benjamin Grinde. Sein Leben lang ein tüchtiger Junge. Ein verdammt tüchtiger Junge. Alles gelingt ihm. Er wird Richter und Arzt und Gott weiß was. Dann wird er von den Zeitungen durch den Dreck gezogen. Eine Woche später nimmt er sich das Leben. Da muß man sich doch ein paar Gedanken machen dürfen, oder?«

Hanne Wilhelmsen starrte in ihr Rotweinglas. Die rote Flüssigkeit schien zu glühen und ließ kleine Lichtstrahlen zu ihren Augen wandern, als sie langsam das Glas drehte.

»Vielleicht war das bei Benjamin Grinde wirklich so einfach«, sagte sie und nippte an ihrem Wein. »Aber gehen wir doch noch mal die Reihenfolge der Ereignisse durch. Wenn Benjamin Grinde in irgendeinem anderen Zusammenhang Selbstmord begangen hätte, dann hätte außer seinen engsten Angehörigen niemand auch nur mit der Wimper gezuckt. Die Polizei hätte kurz hereingeschaut, den Selbstmord festgestellt und den Fall beiseite gelegt. Aber Grindes plötzlicher und aller Wahrscheinlichkeit nach von ihm gewollter Tod geschah …«

Sie faltete eine große Papierserviette auseinander und beugte sich über den Tisch, um einen Kugelschreiber aus Øyvind Olves Brusttasche zu ziehen.

»Birgitte Volter wurde am vierten April umgebracht.«

Sie zeichnete einen Punkt und schrieb darüber eine Vier.

»Wir wissen, daß sie an einem Kopfschuß gestorben ist, der aus einer Waffe abgegeben wurde, bei der der Mörder nicht sicher sein konnte, daß der Schuß wirklich tödlich wäre, nicht einmal aus nächster Nähe. Es gibt keine Spur des Täters. Insgesamt drei Personen hatten zum Zeitpunkt des Mordes am Tatort oder in seiner unmittelbaren Nähe zu tun: die Sekretärin, der Wächter und Grinde. Zwei von ihnen sterben innerhalb von acht Tagen, obwohl sie in ihren besten Jahren waren. Komisch, was?«

Sie betonte ihre Überlegung noch, indem sie zwei kleine Kreuze aufs Papier malte.

»Und dann haben wir noch …«

»Aber Hanne«, fiel Tone-Marit ihr ins Wort.

Håkon merkte, daß er plötzlich angespannt wartete. Hanne Wilhelmsen in ihren Überlegungen zu unterbrechen rächte sich in der Regel durch einen eiskalten Blick, der die meisten für lange, lange Zeit zum Schweigen brachte. Er starrte in eine Schüssel, in der Hoffnung, nicht zum Zeugen dieser Demütigung werden zu müssen. Zu seiner großen Überraschung aber ließ Hanne sich in den Sessel zurücksinken und blickte Tone-Marit freundlich und abwartend an.

»Ab und zu neigen wir doch zum Überinterpretieren«, sagte Tone-Marit eifrig.

»Findest du nicht? Ich meine, der Wächter ist doch bei einer Naturkatastrophe ums Leben gekommen, und die kann schließlich nur der Herrgott arrangieren …«

Sie errötete leicht über dieses kleine religiöse Eingeständnis, sprach aber sofort weiter:

»Und ehrlich gesagt kommt es mir komisch vor, daß

Benjamin Grinde sich das Leben genommen haben soll, weil er bereute, die Ministerpräsidentin umgebracht zu haben, die noch dazu eine alte Freundin war. Vielleicht hat sein Selbstmord gar nichts mit dem Fall zu tun! Vielleicht litt er schon lange unter Depressionen? Außerdem wissen wir doch jetzt mit Sicherheit, daß der Wächter die Waffe bei sich zu Hause hatte, und damit ist Benjamin Grinde aus der Sache heraus. Oder nicht?«

»Doch, im Grunde schon. Auf jeden Fall können wir ihn als Mörder wohl ausschließen. Aber sein Selbstmord kann trotzdem etwas mit diesem Fall zu tun gehabt haben. Auf eine andere Weise!«

Niemand sagte etwas, alle hatten aufgehört zu essen.

»Es geht mir darum«, sagte Hanne und räumte sich noch mehr Platz frei, »daß uns die Reihenfolge der Ereignisse manchmal verwirren kann. Wir suchen ein Muster oder eine Logik, wo es keine gibt.«

Sie trommelte mit dem Kugelschreiber auf dem Tisch herum und legte den Kopf schräg. Die Haare fielen ihr ins Gesicht, und Billy T. wandte sich zu ihr und strich sie ihr hinters Ohr.

»Du bist so niedlich, wenn du so engagiert redest«, flüsterte er und küßte sie auf die Wange.

»Idiot. Hör lieber zu. Falls du noch nüchtern genug bist. Außer den beiden Toten und einigen seltsamen Gegenständen, die auf Abwege geraten waren und sich nun wieder eingefunden haben, hätten wir fast eine Regierungskrise gehabt. Nicht wahr, Øyvind?«

Øyvind Olve kniff hinter seiner schmalen Brille die Augen zusammen. Er hatte dem Gespräch interessiert zugehört, war aber überrascht, daß er selbst etwas sagen sollte.

»Tja«, sagte er zögernd und spielte an seiner Gabel herum. »Eigentlich sogar zwei. Die erste bei der Regierungsbildung. Politisch gesehen haben wir einige Munition für den Wahlkampf bekommen. Die Zentrumsparteien waren ja nicht gerade begeistert von der Möglichkeit, die Macht zu übernehmen.«

»Aber du hast von zwei Krisen gesprochen«, sagte Severin Heger. »Was war denn dann die andere?«

»Der Gesundheitsskandal natürlich. Nicht gerade eine Regierungskrise, aber hart war es schon. Der Sturm hat sich inzwischen gelegt. Tryggves vorläufiger Bericht an das Parlament ist einigermaßen gut aufgenommen worden. Meiner Meinung nach ist der ganze Impfskandal ein Beispiel für den Zynismus, der während des kalten Krieges gewaltet hat. Niemand konnte dem entkommen. Nicht einmal einige hundert Säuglinge.«

Um den Tisch wurde es ganz still. Sie hörten kleine, stapfende Schritte auf der Treppe.

»In gewisser Hinsicht sind diese Kinder Kriegsopfer«, seufzte Øyvind.

Ein Zweijähriger stand in der Türöffnung neben dem prachtvollen großen Kamin aus Speckstein. Er trug einen blauen, mit Fußbällen bedruckten Schlafanzug und rieb sich die Augen.

»Papa! Hassillem kannich schlafen!«

»Hassillem kriegt gleich schöne Gutenachtgeschichten erzählt«, sagte Billy T. und stand auf.

»Billit«, lächelte der Kleine und streckte die Arme nach ihm aus.

»Dauert höchstens fünf Minuten«, sagte Billy T., ehe er verschwand. »Sagt solange nichts Wichtiges.«

»Hanne«, sagte Håkon. »Wenn du dich zwischen der Brage-Wächter-Spur und der Pharmamed-Spur entscheiden müßtest, welche würdest du nehmen? Denn die eine schließt die andere doch aus, oder nicht? Und um ganz ehrlich zu sein, habe ich …«

Er stapelte die Teller aufeinander.

»Anyone for dessert?«

»Herrgott, ist das ansteckend«, murmelte Tone-Marit. »Muß ich Englisch sprechen, um an dieser Runde teilnehmen zu dürfen?«

»Yesss«, sagte Hanne und beteiligte sich am Abräumen. »Was gibt's denn?«

»Eis mit spanischen Erdbeeren.«

»Ja, bitte«, sagte Severin. »Was wolltest du sagen, Håkon?«

»Hanne hat ja gemeint, daß ihr die ursprüngliche Theorie des Überwachungschefs zu weit geht«, sagte Håkon, der mit drei Tellern in jeder Hand mitten im Zimmer stand. »Und da sind wir uns ja auch einig. Es klingt zu sehr nach Räuberpistole, daß eine riesige Firma in einem demokratischen Land die Ministerpräsidentin eines freundlich gesinnten und nahen Alliierten in den Tod schicken sollte!«

»Da sagst du natürlich was Wahres«, sagte Hanne, nachdem sie Eis und Erdbeeren geholt und Dessertteller auf dem Tisch verteilt hatte. »Aber du solltest deiner Phantasie niemals Grenzen setzen. Ich muß schon sagen, auch ich hatte meine Probleme, als die Mannesmann-Sache damals ihren Höhepunkt erreichte.«

Sie kam Tone-Marits Frage zuvor.

»Statoil kauft Dienste und Waren in Milliardenhöhe. Die Verträge sind Gold wert, und die Konzernleitung braucht sehr viel Zeit und Kraft, um Korruption im eigenen Laden zu verhindern. Aber trotzdem hat sich dort jemand von einem riesigen deutschen Konzern kaufen lassen. Die Statoil-Angestellten erhielten Bestechungsgelder, Mannesmann bekam den Zuschlag und konnte Röhren für die Bohrinseln liefern. Ich hätte das nicht für möglich gehalten. Nicht in Norwegen. Und eigentlich auch nicht in Deutschland. Die Moral ist: Es gibt keine Moral – außer Geld zu scheffeln. Und wenn wir an die Contergan-Geschichte denken …«

Sie hätte sich die Zunge abbeißen können. Ihr war beim Reden plötzlich etwas eingefallen, das Billy T. ihr vor vielen Jahren erzählt hatte. Severin Hegers Schwester hatte weder Beine noch Arme. Und nur ein Ohr.

»Ist schon gut«, sagte Severin und trank noch einen Schluck. »Das ist völlig in Ordnung, Hanne.«

Sie rührte beschämt in ihrem inzwischen schmelzenden Eis.

»Hörst du nicht, Hanne? Ist schon gut, habe ich gesagt.«

»Na gut. Contergan, das in Norwegen unter dem Namen Neurodyn verkauft wurde, ist ein Mittel gegen Übelkeit in der Schwangerschaft. Unter anderem. Ich glaube, es sollte auch eine gewisse beruhigende Wirkung haben. Es wurde in den fünfziger Jahren in der Bundesrepublik hergestellt, und erst nachdem über zehntausend Kinder mit schweren Behinderungen geboren waren, konnte ein deutscher Genforscher nachweisen, daß es einen Zusammenhang zwischen diesen Behinderungen und den Medikamenten gab, die die Mütter genommen hatten.«

»Woher in aller Welt weißt du das alles?« murmelte Tone-Marit.

»Ich weiß alles«, flüsterte Hanne und starrte ihr in die Augen. »Absolut alles.«

Øyvind lachte laut, aber Hanne ließ sich nicht beirren.

»Für die Hersteller war das natürlich eine Katastrophe: gewaltige Schadenersatzforderungen, fast der Konkurs. Obwohl die Firma auch eine Reihe von absolut hervorragenden Medikamenten produzierte. Niemand wollte sie danach auch nur mit der Zange anfassen. Die Leute von der Pharmamed haben im Moment bestimmt ganz schön die Hosen voll. Obwohl es so lange her ist und obwohl die Besitzer gewechselt haben. Man wird den Firmennamen ›Pharmamed‹ für sehr lange Zeit mit diesen schrecklichen Todesfällen in Verbindung bringen.«

Eine Zeitlang war nur das Kratzen der Löffel auf den teuren Glastellern zu hören.

»Aber«, sagte Severin plötzlich, »obwohl ich im Prinzip ...«

Er nuschelte ein wenig, »Prinzip« war kein leichtes Wort.

»Obwohl ich eigentlich deiner Meinung bin, daß man nichts ausschließen darf und daß Geld fast immer eine Antriebskraft ist ...«

Billy T. kam ins Zimmer gestürzt.

»Hab ich was verpaßt?«

»Schläft er?« fragte Håkon.

»Wie ein gefällter Baum. Ich hab ihm zwei Horrorgeschichten erzählt. Er ist vor Angst erstarrt, und jetzt schläft er süß. Worüber redet ihr gerade?«

»Ich muß leider mitteilen, daß wir die Pharmamed-Spur an den Nagel hängen können«, sagte Severin. »Jedenfalls war es nicht weiter suspekt, daß Himmelheimer neulich in Oslo war. Er war mit ganz anderen Dingen beschäftigt, um es mal so zu sagen ...«

»Du, Severin«, sagte Billy T. ruhig und bedachte ihn mit einem mahnenden Blick. »Hier sind nicht nur Leute von der Truppe, weißt du ...«

»Der da«, sagte Severin und zeigte auf Øyvind Olve. »Der kennt doch sicher die ganz großen Geheimnisse. Er hat doch für die Ministerpräsidentin gearbeitet. Aber jetzt hört zu ...«

Er nahm einen Riesenschluck aus seinem Rotweinglas.

»Als wir uns ein Bild von diesem Hans Himmelheimer machen wollten, haben wir zuerst im SAS-Hotel nachgefragt. Bedienung, Zimmerservice, Telefonate … alles. Er hat keine suspekten Gespräche geführt. Zwei mit seiner Frau in Deutschland, vier mit der Pharmamed. Allerdings wußte seine Frau zu Hause sicher nicht, daß Herrn Himmelheimers Hotelzimmer von zwei Menschen bewohnt wurde. Außer unserem Hänschen war nämlich auch noch eine Frau eingetragen.«

»Eine Geliebte«, murmelte Billy T.

»Genau. Und jetzt dürft ihr raten. Ich kann euch immerhin verraten, daß es eine Norwegerin war. Aber ihr werdet mir sicher eine Million Norwegerinnen namentlich aufzählen, ehe ihr bei der richtigen landet.«

Niemand fühlte sich zum Rätselraten berufen, und Billy T. runzelte ungeduldig die Stirn.

»Die Frau war Liten Lettvik.«

»Das kann doch nicht sein«, sagte Billy T.

»Die von der AZ?« fragte Øyvind.

»Das ist einfach nicht möglich«, murmelte Hanne.

»Liten Lettvik«, wiederholte Håkon.

Tone-Marit lachte laut und lange, und ihre Augen wurden dabei zu schmalen Schlitzen.

»Psssst!« sagte Severin und hob und senkte die Handflächen über dem Tisch. »Ich muß um allergrößtes Schweigen bitten. Die beiden kennen sich schon seit Jahren. Sie haben sich 1964 an der Uni kennengelernt. Seitdem sind sie sich immer wieder begegnet, wenn Hans im Ausland Kongresse besuchte. Zu Hause in Leipzig hat er Frau und drei Kinder im Teenie-Alter, aber bei seinen Auslandstouren hat er sich immer an Liten gehalten. Eigentlich niedlich.«

Er leerte sein Glas und hielt es Billy T. hin, der bereitwillig nachschenkte.

»Wir haben sie also zum Verhör geholt. Sie hat allerlei über den Schutz ihrer Gewährsleute von sich gegeben, deshalb haben wir nicht besonders viel aus ihr herausholen können. Aber ohne Zweifel verdankt sie ihre Infos auf irgendeine Weise ihm. Wahrscheinlich hat sie ihn total an der Nase herumgeführt. Bei einem kleinen Schäferstündchen vielleicht.«

»Deshalb konnte die AZ den Fall so verdammt schnell knacken«, sagte Hanne nachdenklich. »Das hat mich wirklich gewundert. Um ehrlich zu sein, ich war auch ein bißchen beeindruckt.«

»Auf jeden Fall«, sagte Severin und seufzte tief, »hat Hans Himmelheimer in Oslo einfach nur zwei Sitzungen besucht und ansonsten mit Liten im Bett gelegen. Das konnten wir immerhin feststellen. Und wir können weiterhin nicht belegen, daß die Pharmamed auch nur das geringste mit unserem Fall zu tun hat.«

Es regnete jetzt. Håkon stand auf und legte ein Holzscheit in den Kamin. Der Blitz, der die Fenster vor dem dunklen, frühlingsnassen Garten plötzlich blau färbte und auf den sofort ein dröhnendes Donnern folgte, ließ alle zusammenfahren. Sie rückten näher aneinander heran, beugten sich in vertraulicher, konzentrierter Stimmung über den Tisch, und in dieser Stimmung kamen sie sich als bessere Freunde vor, als sie in Wirklichkeit waren. Sogar Tone-Marit lächelte, als Billy T. ihr freundlich den Rücken streichelte, nachdem sie unter dem ohrenbetäubenden Krachen zusammengezuckt war.

»Ich hasse Donner«, sagte sie fast als Entschuldigung.

»Wenn die Pharmamed keine aktuelle Spur mehr ist …«, setzte Hanne an.

»Wir haben da jedenfalls nichts, worauf wir aufbauen könnten«, fiel Severin ihr ins Wort. »Was natürlich nicht bedeutet, daß wir diese Spur nicht weiter verfolgen werden. Aber ich glaube nicht, daß es da etwas zu holen gibt. Vor allem, weil die Waffe beim Wächter gelegen hat, und wie der Wächter in Kontakt mit der Pharmamed gekommen sein sollte ... Wenn wirklich die Pharmamed hinter dem Mord stecken sollte, dann wäre alles professioneller durchgeführt worden. Mit einer anderen Waffe und auf jeden Fall mit einem ganz anderen Handlanger als diesem Heini. Nein, die Pharmamed können wir vergessen.«

»Den Wächter auch«, sagte Billy T. plötzlich. »Der hat mich drei Wochen lang wie ein Albtraum verfolgt, aber stellt euch vor ... er ist ein Weichei. Er läßt sich von seiner *fünfzehnjährigen* Freundin dazu überreden, uns die Waffe zu schicken. Er macht Ferien in Tromsø ... in *Tromsø*! Wenn er Volter wirklich umgebracht hätte, dann wäre er doch nach Bolivien oder so gegangen. Ich glaube, der Wächter hat die Wahrheit gesagt, als er Kaja alles erzählt hat. Warum hätte er sie anlügen sollen? Er hatte doch offenbar so ein Vertrauen zu ihr, daß er ihr vom Tuch und von der Waffe erzählt hat. Wenn er Volter umgebracht hätte, dann hätte er den Revolver niemals wieder rausgerückt. Zwar ist er so ungefähr das Widerlichste, was mir je über den Weg gelaufen ist, aber er ist eine feige Sau. Genau wie dieser Adonis Brage. Nein. Den Wächter können wir vergessen.«

»Hört mal zu, Leute.«

Hanne war auf Mineralwasser umgestiegen, sie hielt sich das Glas ans Gesicht und hatte das Gefühl, daß die Kohlensäure ihre Haut kitzelte.

»Wenn wir Benjamin Grinde an den Nagel hängen ... und diese Furie Ruth-Dorthe Nordgarden, die nur

Ärger gemacht hat, aber offenbar nicht mehr … und die Pharmamed und den Wächter … und damit auch diesen armseligen Nazi Brage, der in unserem Hinterhof versauert … dann … dann bleibt uns doch niemand.«

»Irgendein persönlicher Feind, von dem wir ganz einfach noch nichts wissen«, sagte Billy T. »Das bedeutet hektische Tage und Monate, und wahrscheinlich werden wir die Wahrheit nie erfahren. Wir sind nicht gut genug. Ganz einfach nicht gut genug. Und jetzt will ich Musik. Richtige Musik.«

Er sprang auf und boxte Håkon in den Rücken.

»Oper, Håkon, hast du so was? Puccini?«

»Ich glaube, wir haben ›Tosca‹. Schau selber nach.«

»Tosca ist spitze. Sie hat aus Liebe gemordet. Und aus diesem Grund morden die meisten, das kann ich euch sagen, meine Damen und Herren.«

»Liebst du deshalb die Oper so sehr?« fragte Tone-Marit. »Weil sich alle gegenseitig umbringen? Kriegst du davon beim Job denn nicht genug?«

Billy T.s Finger wanderten am CD-Gestell auf und ab. Endlich fand er das Gesuchte. Als er die CD einlegte, hätte er Håkon eigentlich gern gesagt, was er von dessen mickriger Stereoanlage hielt, aber das verkniff er sich. Er erhob sich mit einem zufriedenen Seufzer, als die Ouvertüre von »Tosca« aus den Lautsprechern ertönte.

»Ich sag dir eins, Tone-Marit.«

Er schloß die Augen und fing an, das unsichtbare Orchester zu dirigieren.

»Opern«, rief er. »Opern sind eigentlich ein ziemlicher Quatsch. Aber Puccini, weißt du, Puccini stellt Frauen dar, wie sie eigentlich sein sollten: Tosca, Lulu, Madame Butterfly … sie bringen sich um, wenn ihnen die endgültige Tragödie widerfährt. Sie stellen große Ansprüche an das Leben und an sich selber und wollen nicht mehr leben, wenn etwas richtig danebengeht.«

Seine Armbewegungen wurden immer heftiger, und die anderen verfolgten wie gebannt diesen seltsamen Auftritt.

»Sie sind kompromißlos«, rief Billy T. »Restlos kompromißlos!«

Dann hielt er plötzlich inne, mitten in einem gewaltigen Bogen vom Boden bis zur Decke. Seine Arme sanken herab, er öffnete die Augen und ging ruhig zur Anlage, um sie leiser zu drehen.

»Genau wie du, Hanne«, sagte er, setzte sich neben sie und drückte ihr einen schmatzenden Kuß auf die Wange. »Total kompromißlos. Aber …«

Er starrte sie an, und auch den anderen schien es aufgefallen zu sein: Hauptkommissarin Hanne Wilhelmsen sah aus, als wäre sie in Trance. Ihr Mund war leicht geöffnet, und es schien, als hätte sie aufgehört zu atmen. Ihre Augen waren klar und groß und schienen etwas zu sehen, das sich an einem ganz anderen Ort befand, vielleicht auch in einer ganz anderen Zeit. An ihrem Hals pochte eine Ader – deutlich und rhythmisch.

»Was ist los mit dir?« fragte Billy T. »Hanne, bist du in Ordnung?«

»Ich denke an den Volter-Mord«, flüsterte sie. »Wir haben alle möglichen Mörder eliminiert. Und damit haben wir …«

Die CD schrammte leicht, die Anlage spuckte drei abgehackte Noten aus, immer wieder. Aber nicht einmal Billy T. sprang auf, um Abhilfe zu schaffen.

»Der Mord an Ministerpräsidentin Volter kann nicht begangen worden sein«, sagte Hanne Wilhelmsen. »Niemand kann es getan haben.«

Unerklärlicherweise riß das CD-Gerät sich dann von

selbst zusammen. Wieder ertönte die Musik aus den Lautsprechern, rein und fließend, und füllte das Haus, in dem ein neugeborenes Kind zusammen mit seiner Mutter schlief. Tone-Marit betrachtete ihren nackten Arm, sie hatte eine Gänsehaut. Es war, als sei ein Engel durch das Zimmer geflogen.

Sonntag, 27. April 1997

16.00, Ole Brumms vei 212

Der Lichtstreifen, der wie ein Kegel durch die Dachluke auf den schmutzigen Holzboden fiel, erinnerte ihn an einen Seehund. Die Luft war erfüllt von Staub und alten Erinnerungen, und er stolperte über Pers erste, blaugestrichene Ski, als er sich dem Lichtkegel näherte. Er dachte an Ferien vor langer Zeit – vor Per. Birgitte und er waren nach Bergen gefahren. Die Seehunde im Aquarium, wie er sie durch das Fenster im Becken gesehen hatte, unten, in einer Art Keller – die Seehunde drehten sich im Wasser, immer wieder, bis sie dann plötzlich zum Licht emporjagten, das wie ein Fächer durch das Wasser strömte; die Seehunde wollten nach oben, zum Licht, zur Luft.

Roy Hansen stand auf seinem Dachboden. Er war seit drei Jahren nicht mehr hier oben gewesen, und er dachte an Seehunde. Höchste Zeit, um mal wieder durchzuatmen.

Einige Tage hatte er mit dem Gedanken an einen Umzug gespielt. Nach der Beerdigung, als er ein wenig Distanz zu allem gewonnen hatte, während der Weg nach vorn ihm weiterhin versperrt zu sein schien, wollte er nicht mehr in diesem Haus wohnen, nicht zwischen Birgittes Habseligkeiten und den Erinnerungen; ein Kühlschrankmagnet aus Gips, den sie einmal zu Weihnachten gebastelt hatte, das Sofa, das er nicht hatte haben wollen, auf das sie aber bestanden hatte. Es passe so gut zu den Wänden, hatte sie gemeint, und er hatte nachgegeben. Ihre Kleider hatte Per eines Abends, als Roy seine Mutter besucht hatte, in aller Stille weggeräumt. Als er nach Hause gekommen war, hatte Per nichts gesagt, sondern nur kurz gelächelt, und Roy hatte versucht, sich zu bedanken, aber es war ihm nicht gelungen. Die Kleider waren verschwunden und damit auch etwas von ihrem Duft. Das Bettzeug, in dem sie in der letzten Nacht ihres Lebens geschlafen hatte, hatte er weggeworfen.

Doch während der letzten Tage hatten die Gegenstände eine neue Bedeutung gewonnen. Sie waren keine brennende, tödliche Erinnerung mehr an etwas, das für ihn für immer verloren war. Birgitte steckte in den Wänden, in den Gegenständen, in den Bildern, die sie ausgesucht, und in den Büchern, die sie gelesen hatte. Und das war gut so. Er wollte es so. Aber er wollte wissen, was es hier oben gab.

Deshalb stand er auf dem Dachboden. Birgitte war auch nicht oft hier oben gewesen. Aber doch viel häufiger als er. Wenn sie dann nach unten gekommen war, hatte sie etwas Melancholisches, Abwesendes gehabt. Nie lange, vielleicht einen Tag lang. Eine Distanz im Blick, etwas, das er nicht zu durchbrechen versucht hatte. Dazu hatte er sie zu lange geliebt. Irgend etwas mußte es hier oben geben, und bisher hatte er es nicht geschafft, danach zu suchen.

Es war schwer, die vielen Kartons zu verschieben. Da stand ein alter Webstuhl mit zerbrochenen Schiffchen, und Roy lachte leise vor sich hin. Birgitte war damals hoch schwanger mit Per gewesen, sie hatte handgewebte Kittel getragen und wollte unbedingt weben lernen, über einen Einführungskurs jedoch war sie nie hinausgekommen. Er berührte die Wolle, die so verstaubt war, daß er in dem trüben Licht die Farbe einfach nicht erkennen konnte. Das Muster in dem eben nur begonnenen Wandbehang war fast unsichtbar. Er ließ seinen Zeigefinger über den Staub wandern und zeichnete ein Herz mit einem B darin hinein. Den Webstuhl wollte er stehenlassen. Er würde sich niemals von ihm trennen.

Am Rand des Lichtkegels stand eine riesige Seekiste. Er stöhnte auf, als er sie ins Licht zog, um sie sich besser ansehen zu können. Der Schlüssel fehlte. Er richtete sich auf und schaute sich um. Das Versteck lag auf der Hand, er hatte es sofort entdeckt. Vielleicht wollte Birgitte das so, dachte er und ließ die Finger über den Balken laufen, der den Dachboden in zwei Hälften teilte. Der Schlüssel, groß, schwer und schwarz, lag da, wo er liegen mußte.

Der Deckel war schwer, knirschte aber nicht, als er ihn öffnete. Die Kiste war leer, nur eine runde, kleinere Schachtel lag darin. Eine Hutschachtel, dachte er, seine Mutter hatte früher solche Schachteln gehabt. Diese hier war altrosa und mit einer großen Schleife zugebunden. Die Schleife hat Birgitte gebunden, dachte er, und ließ die schwere Seide durch seine Finger gleiten.

Er zögerte, ehe er die Schachtel öffnete. In seinem Mund breitete sich ein seltsamer Geschmack nach Eisen oder Blut aus. Das Hocken war unbequem. Vorsichtig hob er die Schachtel hoch, klappte die Seekiste wieder zu und setzte sich auf den Deckel. Dann öffnete er die Hutschachtel.

Ganz oben lag ein Paar Babysöckchen, die früher sicher einmal kreideweiß gewesen waren. Sie waren winzigklein, für ein neugeborenes Kind, mit winzigen Mäusezähnchen am Rand. Er legte die Socken auf sein Knie und fuhr mit dem Daumen darüber. Dann hob er das Foto aus der Schachtel. Es war das erste Bild von Liv, nackt, die Knie an die Brust gezogen, die Fäuste geballt, sie weinte. Unter dem Bild lag ein hellrotes Buch. Er schlug es auf und blätterte vorsichtig darin. Er hatte Angst, die Seiten könnten ihm zwischen den Händen zu Staub zerfallen. Birgitte hatte so vieles notiert.

Geburtsgewicht, Größe; das kleine Armband aus der Klinik mit Birgittes Namen und Livs Geburtstag, das sie auf die erste Seite geklebt hatte, fiel heraus, als er es berührte, und er steckte es weiter hinten zwischen die Seiten. Die allerletzte Eintragung stammte vom 22. Juni 1965: »Liv bekam heute die Dreifachimpfung. Sie hat sehr geweint, es war hart für groß und klein, aber es war ja bald vorbei.« Mehr stand nicht in dem Buch.

Roy bekam keine Luft mehr. Er legte die Schachtel auf den Boden, und die Babysocken fielen von seinem Knie auf den schmutzigen Boden, als er aufsprang. Die Dachluke klemmte und ließ sich nicht bewegen, doch schließlich konnte er sie öffnen. Eine Zeitlang hielt er sein Gesicht in den frischen Wind und das blendende Licht.

Birgitte hatte keine Bilder aufstellen wollen. Sie hatte ihn wütend aufgefordert, es sofort wegzunehmen, als er ein Jahr nach Livs Tod ein Bild von ihr auf den Nachttisch gestellt hatte, in einem Silberrahmen, den er eigens dafür gekauft hatte. Sie wollte auch nicht über Liv sprechen. Sie wollte keine Andenken an sie behalten. Nach Pers Geburt hatte Roy einige Male versucht, das Thema zur Sprache zu bringen. Per mußte es doch erfahren. Die Gefahr, daß er von dritter Seite von seiner Schwester erfahren würde, was viel schlimmer gewesen wäre, war zu groß. Wieder war Birgitte wütend geworden. Am Ende war Liv zum Unthema geworden, und Roy hatte es noch unmöglicher gefunden, Per davon zu erzählen, als der Junge größer wurde. Auf diese Weise war Liv einfach verschwunden, langsam und allmählich. Ab und zu hatte er an sie gedacht, bisweilen überwältigten ihn die Erinnerungen, vor allem zu Mittsommer, wenn die Sonne hoch am Himmel stand und alles frisch nach neuem, sommerlichem Leben roch. Birgitte wollte nichts von ihr hören, nicht über sie sprechen, nichts von ihr wissen.

Es gab nur ein Kind in Birgittes Leben: Per. Diesen Eindruck hatte sie zumindest vermittelt. Das hatten alle gedacht. Per hatte sie voller Ernst und Verantwortungsgefühl angenommen. Die verspielte, jugendliche Freude, die bei Livs Geburt zwischen ihnen geherrscht hatte, war verschwunden. Sie war einer ewig ängstlichen Fürsorge gewichen, die erst nachgelassen hatte, als Birgitte endlich einsehen mußte, daß Per zu einem robusten, gesunden Teenager herangewachsen war.

Roy setzte sich vorsichtig wieder auf die Seekiste und nahm die Hutschachtel auf den Schoß. Darin lag der Silberlöffel, den sie zu Livs Taufe gekauft hatten. Und der Schnuller, und er lächelte, als er sah, wie altmodisch der wirkte, schlicht und babyrosa, das Gummi war inzwischen hart geworden. Ganz unten in der schlichten Andenkensammlung lag ein Brief. Es schien ein langer Brief zu sein, der in einem Umschlag steckte. Auf dem Umschlag stand Roys Name, in Birgittes Schrift, geschwungen und elegant.

Als er den Umschlag öffnete, zitterten seine Hände so sehr, daß ihm der Brief auf den Boden fiel. Er richtete sich auf, schaute wieder ins Licht und atmete tief durch. Dann faltete er den Brief auseinander und fuhr mehrere Male mit der Hand darüber.

Der Brief war zweiunddreißig Jahre alt.

Nesodden, 2. August 1965

Liebster Roy,
diesen Brief wollte ich schon lange schreiben, aber ich glaube, ich schaffe es erst jetzt. Wenn nicht, fürchte ich, daß ich es niemals über mich bringen werde. Dieser Brief wird nur in Deine Hände gelangen, wenn ich Dich verlassen muß. Ich glaube aber nicht, daß das passiert. Du hast genug verloren, und ich liebe Dich, aber Gott weiß, daß ich während der letzten Wochen kaum gewußt habe, wie ich weiterleben sollte. Es erscheint mir so unmöglich. Ich schleppe mich von einem Tag zum anderen und will eigentlich nur schlafen. Was ich getan habe, kann nie verziehen werden. Nicht von Dir, und schon gar nicht von mir selbst.

Ich sehe, daß Dein Schmerz so groß ist wie meiner, aber Du trägst zumindest keine Schuld. Ich dagegen habe gefehlt, und diese Schande ist nicht zu ertragen. Wenn Du versuchst, mit mir über Liv und über alles, was passiert ist, zu sprechen, spüre ich, wie mich Schuld und Scham ergreifen. Der Schmerz in Deinen Augen, wenn Du glaubst, ich sei wütend, ist ebenfalls unerträglich, und ich gebe mir wirklich Mühe, aber es ist so unmöglich. Vielleicht wäre es das beste, Dir einfach die Wahrheit zu erzählen. Dann könntest Du mich hassen und mich verlassen, und für mich wäre das die gerechte Strafe. Aber ich schaffe das nicht. Ich wage es nicht. Ich bin zu feige. Zu feige zum Sterben und zu feige, um auf ehrliche Weise weiterzuleben.

Und deshalb schreibe ich Dir jetzt.

Während dieser Wochen habe ich mich immer wieder gefragt: Wie konnte das passieren?

Ich habe sie so sehr geliebt! Auch wenn sie ungelegen kam. Ich weiß noch so gut, wie Du reagiert hast, als ich Dir von meiner Schwangerschaft erzählte. Zwei Wochen lang hatte ich mich davor gefürchtet. Du hattest doch gerade erst Deinen Studienplatz an der PH bekommen, und nichts war in diesem

Moment schlimmer als ein Kind. Aber du hast gelacht! Du hast mich durch die Luft geschwenkt und gesagt, daß alles gutgehen werde, und am nächsten Tag hattest du all Deine Pläne umgestürzt und wolltest aller Welt erzählen, daß Du Papa wirst. Das werde ich alles nie vergessen.

Ich hatte solche Angst, daß ihr etwas passieren könnte. Mama hat mich damit aufgezogen und gesagt, daß auch früher schon Kinder auf die Welt gekommen seien und überlebt hätten. Jetzt, heute nacht, sehe ich, daß meine Liebe zu Liv nichts wert war. Ich hielt mich für eine gute Mutter, die auf ihr Kind aufpaßte, aber ich war verantwortungslos. Verantwortungsgefühl ist wichtiger als alle Liebe auf der Welt, und wenn ich Verantwortungsgefühl gehabt hätte, dann wäre Liv noch bei uns.

Am Johannistag wollten wir uns freinehmen. Ich hatte mich so gefreut. Endlich wollten wir nur zu zweit sein, wie in der Zeit vor Liv, wie letztes Jahr, in diesem wunderbaren Sommer. Ich weiß ja, wir hätten ein so kleines Kind niemals einem Babysitter überlassen dürfen, aber wir wollten doch nur zum Tanzen am Hafen, und Benjamin konnte so gut mit Liv umgehen. Mama und Papa waren in Oslo, und ich glaube, das Schlimme wäre nicht passiert, wenn sie zu Hause gewesen wären. Mama hätte mich nicht gehen lassen. Oder selber auf Liv aufgepaßt.

Du warst so lustig, als ich gegen elf gegangen bin, um Liv zu stillen. Du hast gelacht, als ich winkte und Dir durch Zeichensprache klarmachen wollte, daß ich bald zurückkommen würde. Du warst beschwipst, aber Du sahst so gut aus und warst so witzig, und ich war glücklich, als ich nach Hause stolperte, auch ich hatte zuviel getrunken. Ich konnte an diesem Abend keinen Alkohol vertragen. Du weißt, wie selten ich Alkohol anrühre, und ich war ein bißchen wirr im Kopf. Das ist meine einzige Erklärung für das, was dann passiert ist: Ich war ein bißchen wirr im Kopf.

Ich habe Dir und allen anderen gesagt, ich sei müde gewesen und zu Hause dann bald eingeschlafen. Daß ich deshalb nicht zurückgekommen sei.

Das war eine Lüge.

Roy fuhr sich über die Augen und spürte die Feuchtigkeit an seinen Fingerspitzen. Die nächsten Zeilen im Brief waren durchgestrichen, mit schwarzer Tinte, an zwei Stellen waren dabei Löcher im Papier entstanden. Er blätterte weiter.

Alles ist eine große schwarze Lüge. Ich merke, wie schwer es ist, die Wahrheit auch nur zu schreiben. *Sie will einfach nicht aufs Papier.*

Benjamin stand in der Tür, als ich kam. Er war ziemlich aufgeregt und hatte mich gerade holen wollen. Liv sei unruhig und weine, sagte er, und nun hatte sie fast vierzig Grad Fieber. Ich begriff nicht, daß das gefährlich sein konnte, Roy. Sie hatte doch schon häufiger Fieber gehabt, das schnell gekommen und auch schnell wieder verschwunden war. In diesem Moment hatte ich das Kind einfach ein wenig satt. Wir wollten uns doch einen schönen Abend machen. Also sagte ich, es sei sicher nicht weiter schlimm, sie müsse nur ein wenig an die Brust gelegt werden, und dann werde sie sicher wieder einschlafen.

Und sie beruhigte sich auch, als ich sie an die Brust legte, ich bin sicher, daß ich mir das nicht einbilde. Sie kann zwar nicht viel getrunken haben, aber als ich sie dann wieder ins Bett legte, war sie nicht sonderlich unruhig. Sie hatte noch immer Fieber, das konnte ich an ihren Augen sehen und an ihrer Haut fühlen, aber Kinder haben doch bisweilen Fieber, nicht wahr?

Plötzlich fand ich Benjamin so niedlich. Es ist so schrecklich, ich hatte Dich doch gerade erst am Hafen verlassen und dabei gedacht, daß Du der tollste Mann von allen seist. Großes Ehrenwort, ich hatte Benjamin noch nie so betrachtet, er geht doch noch zur Schule und ist immer so ernst. Aber irgend etwas ist passiert, vielleicht war es dumm von mir, Liv vor Benjamins Augen zu stillen.

Verzeih mir. Es ist einfach passiert. Er war unerfahren und unsicher, und wir tranken Wein, obwohl ich wußte, daß Dir auffallen würde, daß die Flasche leer war. Es war doch die einzige Flasche, die wir uns seit einem halben Jahr hatten leisten können. Warum hast Du nie danach gefragt?

Der Wein nach dem Bier war zuviel, und als ich um fünf Uhr morgens auf dem Sofa aufwachte, war Benjamin nicht mehr da. Du warst noch nicht nach Hause gekommen, und ich hatte schreckliche Kopfschmerzen und schämte mich furchtbar. Ich suchte Kopfschmerztabletten, konnte aber keine finden. Und dann wollte ich nach Liv sehen. Ihre Augen waren geschlossen, und ihre Haut war ganz kalt. Ich hob sie hoch, und ich brauchte sicher eine Minute, um zu begreifen, daß sie tot war.

An viel mehr erinnere ich mich nicht. Nur daran, daß ich die Weingläser spülte und in den Schrank stellte. Und daß Du gleich darauf nach Hause kamst, fröhlich und sturzbetrunken.

Mit Benjamin habe ich seither kein Wort gewechselt, aber wenn wir uns auf der Straße begegnen, sehe ich ihm an, daß er entsetzlich leidet. Ende des Monats zieht er in die Stadt, er hat einen Studienplatz in Medizin bekommen, hat Frau Grinde mir erzählt. Sie scheint sich Sorgen zu machen. Er hat abgenommen und ist noch schweigsamer als früher, hat sie gesagt. Ich hoffe, ich brauche ihn niemals wiederzusehen. Er wird mich immer, immer an den Verrat, den großen Verrat an Dir und den unverzeihlichen Verrat an unserer Tochter erinnern.

Ich denke die ganze Zeit an sie, und nachts träume ich von ihrer Haut, von ihren honigfarbenen Haaren, von ihren kleinen Fingernägeln, die nur so groß wie Punkte waren. Ab und zu, für einen winzigen Moment, vergesse ich, daß sie tot ist.

Aber das ist sie.

Ich war verantwortungslos und habe sie verraten. Ich habe mich entschlossen weiterzuleben, aber ich muß Liv aus meinem Leben verbannen, aus unserem Leben. In meinem zukünftigen Leben werde ich niemals, niemals vergessen, daß Verantwortungsgefühl das Allerwichtigste ist. Ich werde Verantwortung übernehmen und nie wieder loslassen.

Jetzt kann ich nicht mehr schreiben. Wenn Du diesen Brief jemals liest, Roy, dann bin ich nicht mehr da.

Und dann weißt Du, daß ich Deine Trauer nicht wert bin.

Deine Birgitte

Der Staub tanzte im Lichtkegel. Die Zugluft der Dachluke ließ die winzigen Staubkörner in unvorhersagbaren Bewegungen umherwirbeln, sie funkelten wie mikroskopische Scheinwerfer, hier und dort, ohne Zweck und Ziel. Roy faltete mit unbeholfenen Bewegungen den Brief zusammen. Als er seine Hände betrachtete, schienen sie jemand anderem zu gehören, einem Menschen, dem er noch nie begegnet war. Er legte den Brief in die Hutschachtel, die neben seinen Füßen stand. Langsam streckte er die Hände ins Licht und drehte die Handflächen nach oben.

Jemand schien sie mit Goldstaub zu berieseln. Er bildete sich ein, die Staubkörner auf der Haut spüren zu können; er hatte ein Bedürfnis nach Schmerz, und plötzlich versetzte er sich selbst eine schallende Ohrfeige.

Die letzten Stunden mit Birgitte standen ihm glasklar vor Augen. Die letzte Nacht. Sie hatte schlecht geschlafen. Das sah er jedesmal, wenn er wach wurde: Sie starrte aus weitoffenen Augen in die Dunkelheit und zwinkerte nicht einmal. Die Mauer zwischen ihnen war zu hoch gewesen; er wußte nicht, was ihr so zu schaffen machte, aber er kannte sie gut genug, um sich nicht zu ihr hinzudrehen, um sie nicht zu bedrängen. Er hatte damals nichts gesagt, und später auch nicht. Die Fragen der Polizei – nach Birgitte, nach der Pillendose, nach Liv – waren so schrecklich gewesen. Und plötzlich wußte er, warum. In ihm gab es etwas, das so lange versteckt und vergessen gewesen war, daß es nicht herauswollte. Er wollte es nicht herauslassen. Es sollte dort bleiben, wo es war, weit entfernt von jeglichem Bewußtsein. Er hatte doch alles vergessen.

Doch das hatte er ja eigentlich gar nicht.

Die Wahrheit überkam ihn fast wie eine Offenbarung. Die Sonne stand jetzt genau über dem Dach, und ihr grelles Licht erfüllte den gesamten Bodenraum. Roy dachte wieder an den Seehund. Das Bild stand ihm wunderbar klar vor Augen, wie eine guterhaltene Fotografie oder ein Filmausschnitt, der nie gealtert war; der glatte, das Wasser gewohnte Seehund, der sich 1970 in Bergen in einem türkisblauen Becken umgedreht und Roy mit einem gequälten Blick bedacht hatte, ehe er nach oben geschossen war, ans Licht, zum Leben über der Wasseroberfläche, an die Luft.

Niemand hatte Birgitte ermordet. Birgitte hatte sich das Leben genommen.

Coda

Freitag, 4. April 1997

18.30, Büro der Ministerpräsidentin

Als Benjamin die Tür hinter sich schloß, war es, als schließe er das Leben selbst.

Er war genauso gutaussehend wie früher und genauso ernst. Aber er war nicht mehr jünger als sie. Dieses ozeangroße Jahr klaffte nicht mehr zwischen ihnen, jetzt war er ebenbürtig. Sie hatten leise miteinander gesprochen. In gewisser Weise schien in den vergangenen zweiunddreißig Jahren nichts geschehen zu sein; wenn sie ihm ins Gesicht sah, nahm sie den Duft von Flieder und Muttermilch wahr. Sie sah sich selbst in ihrem Prinzessinnenkleid, über der Brust eng geschnitten und mit einem weiten, gewagt kurzen Rock. Sie hatte es selbst genäht, und war glücklich gewesen, weil ihr Körper nach der Geburt so schnell sein altes Aussehen zurückgewonnen hatte. Seine Augen, braune Augen mit Mädchenwimpern, waren Mittsommeraugen, Jugendaugen; Liv war in seinem Blick, und Birgitte Volter wußte, daß ihr Entschluß unwiderruflich feststand.

»Ich muß aus der Kommission ausscheiden«, hatte er gesagt und sich an der kleinen Pillendose zu schaffen gemacht, die seine Eltern ihr und Roy zur Hochzeit geschenkt hatten, die niemand anfassen durfte. Sie konnte sie ihm nicht wegnehmen, konnte ihn nicht daran hindern, sie genauer zu untersuchen, vielleicht würde er sie öffnen, und sie würde es nicht verhindern können. »Ich habe so viele Jahre zum Vergessen gebraucht, und ich hatte es vergessen. Es ist unfaßbar, daß ich es vergessen konnte. Vielleicht konnte ich es, weil ich damals so jung war. Damit tröste ich mich, Birgitte. Ich war so schrecklich jung. Aber ich kann nicht noch einmal schweigen, Birgitte. Wenn ich gefragt werde, muß ich die Wahrheit sagen. Auch wenn sie uns beide trifft.«

Sie hatte nicht versucht, ihn zu überreden. Mechanisch hatte sie einige Worte auf die Computerausdrucke gekritzelt, die er ihr gebracht hatte. Livs Name leuchtete ihr von der Liste entgegen, und ihr wurde klar, daß Livs Tod nicht mehr in einem lange zurückliegenden Jahr versteckt werden konnte, einem Jahr, das sie in ihrem restlichen Leben so energisch auszuwischen versucht hatte.

Benjamin war sanft gewesen. Seine Stimme hatte gesungen, sein Blick hatte ihren erwidert, wann immer sie das wollte. Sie hatten eine Weile miteinander gesprochen und dann noch länger geschwiegen. Am Ende war er aufgestanden. Er hatte es nicht einmal zu verbergen versucht, als er die Pillendose einsteckte. Er hob sie hoch, betrachtete sie und steckte sie wortlos in die Tasche.

»Es ist so lange her, Birgitte. Wir müssen jetzt lernen, damit zu leben. Wir dürfen nicht mehr versuchen, es als ungeschehen zu betrachten. Wir haben beide einen schrecklichen Fehler begangen. Aber es ist lange her.«

Dann hatte er sie verlassen, und als sich die Tür hinter ihm geschlossen hatte, schloß sich das Leben für Birgitte Volter.

Sie fürchtete sich nicht vor der Demütigung. Nicht vor dem Verlust der Ehre. Den Sturz, der ihr vielleicht bevorstand, würde sie ertragen können. Sie fürchtete auch nicht das Urteil der anderen. Vielleicht würden sie ihr nicht einmal Vorwürfe machen. Sie hatte Roy. Und Per. Sie verdiente, alles andere zu verlieren, nur diese beiden nicht, und sie würde sie auch nicht verlieren.

Letzte Nacht war sie zur Gewißheit gelangt. Ihr Entschluß war eigentlich schon vor vielen Jahren gefallen.

Zweiunddreißig Jahre waren nicht genug gewesen. Sie hatten die Wunden nicht heilen lassen, hatten sie nur reif genug gemacht, um die Ausmaße ihres Verrats einzusehen. Ihr kleines Mädchen war allein gestorben, obwohl ihre Mutter ganz in der Nähe gewesen war. Ihr Schuldbewußtsein über diesen Verrat mischte sich mit einer Sehnsucht nach Livs Welt.

Das Leben war vorbei, denn Liv war wieder da. Liv war im Zimmer. Birgitte nahm den Duft im Nacken des kleinen Mädchens wahr, sie fühlte die Flaumhärchen an ihrer Nase. Sie spürte, daß ihre Brust zum Bersten gefüllt war, während der kleine Mund sich zu einer hungrigen Grimasse verzog. Sie spürte das gewaltige, fremde, beängstigende Gefühl von Verantwortung, das sie überwältigt hatte, als sie mit nur achtzehn Jahren ihr erstes Kind in den Armen hielt; sie hatte viele Stunden lang geweint. Jetzt hörte sie ihr Weinen, es kam von überall her, es füllte das Zimmer, das weit oberhalb der Stadt Oslo lag, der Stadt, in der sie sich vor Liv versteckt, sich von der Katastrophe ihrer Jugend weggearbeitet und geplagt hatte. Seither hatte sie große Verantwortung übernommen, hatte große Verantwortung gefühlt, vor ihrem abgrundtiefen Verrat jedoch hatte sie niemals wirklich weglaufen können. Jetzt hatte dieser Verrat sie eingeholt, er stand vor ihr wie ein grinsender, geifernder Löwe, und hier an diesem Ort würde alles enden. Livs Tod hatte sie hierhergeführt, nach ganz oben, und hier mußte ihr Leben enden.

Langsam wickelte sie den Revolver in ihr Tuch. Sie konnte den Anblick der Waffe nicht ertragen. Der Revolver an sich war schon eine Anklage. Sie hatte sich für den Nagant ihrer Mutter entschieden, weil ihre Mutter sie damals aufgehalten, festgehalten hätte, ihre Mutter hätte Liv niemals sterben lassen.

Als sie die verhüllte Waffe auf ihre Schläfe richtete, hörte sie, wie jemand das Aufenthaltszimmer hinter ihr betrat.

Doch das hinderte sie nicht daran abzudrücken.